Goethe-Jahrbuch 2020
Band 137

Goethe-Jahrbuch

Im Auftrag
des Vorstands der Goethe-Gesellschaft
herausgegeben von
Frieder von Ammon, Jochen Golz,
Stefan Matuschek und Edith Zehm

137. Band
der Gesamtfolge
2020

WALLSTEIN VERLAG

Redaktion: Dr. Petra Oberhauser

Mit 6 Abbildungen

Gedruckt mit Unterstützung des Thüringer Ministeriums
für Bildung, Jugend und Sport

Bibliografische Information der Deutschen Nationalbibliothek

Die Deutsche Nationalbibliothek verzeichnet diese Publikation in der Deutschen Nationalbibliografie; detaillierte bibliografische Daten sind im Internet über http://dnb.d-nb.de abrufbar.

Gedruckt auf alterungsbeständigem Papier

www.wallstein-verlag.de
Vom Verlag gesetzt aus der Sabon
Umschlaggestaltung: Susanne Gerhards, Düsseldorf – © SG-Image
unter Verwendung des Goethe-Porträts von Friedrich Dürck nach Joseph Carl Stieler
(Klassik Stiftung Weimar, Museen, GGe/00439)
Druck und Verarbeitung: Hubert & Co, Göttingen

ISBN 978-3-8353-5053-3
ISSN 0323-4207

Inhalt

Vorwort

Wie jedes zweite beginnt auch dieses Jahrbuch mit den Beiträgen der Nachwuchstagung, die seit langem unsere Hauptversammlungen einleiten. Sie geben Einblick, welchen Themen und Methoden sich die jüngeren Generationen zuwenden, und sie belegen – was keine Selbstverständlichkeit ist – das sich fortsetzende internationale Interesse an Goethes Werken. Neu ist diesmal nur die Überschrift, ein klein wenig neu. Statt von den ›jungen Goetheforschern‹ sprechen wir nun vom Symposium der ›jungen Goetheforschung‹. Das liegt im Trend. Und es gibt manche, die diesem Trend skeptisch gegenüberstehen und vielleicht jetzt die Augen verdrehen, dass ihm auch die Goethe-Gesellschaft folgt. An den Universitäten ist es allerdings längst kein Trend mehr, sondern die neue Normalität. Die Deutsche Forschungsgemeinschaft hat ihre ehemaligen ›Forscher-‹ in ›Forschungsgruppen‹ umbenannt, und die allermeisten Studentinnen und Studenten verwenden den ›glottal stop‹, um die männliche und die weibliche Form je für sich und kompromisshaft doch in einem Zug zu artikulieren oder durch die Pause den Raum jenseits der binären Ordnung zu markieren. Im Deutschen hat man für dieses phonetische Phänomen den Ausdruck ›Gender-Pause‹ eingeführt, was freilich einen ungewollten heiteren Nebensinn eröffnet. Wie schön, dass sich die Sprache immer wieder ein anarchisches Element bewahrt. Dass wir jetzt von der ›jungen Goetheforschung‹ sprechen, ist also kein Kotau vor den Hütern der Political Correctness. Es entspricht einfach dem Sprachgefühl derer, die an diesem Symposium beteiligt sind. Der Vorschlag zur Namensänderung kam aus deren Kreis. Wir haben ihn gern aufgenommen. Denn so bleibt die Sprache lebendig und frei: Indem man keine Vorschriften macht, wie man zu sprechen hat, sondern andere Ausdrucksgewohnheiten zu verstehen versucht, bevor man sie verurteilt. An den Universitäten erlebt man und lernt man zu verstehen, dass viele das generische Maskulinum nicht mehr als neutral empfinden und deshalb nicht mehr gebrauchen. Das ist eine Herausforderung für die Sprachökonomie, und man wird sehen, wie sie langfristig bewältigt wird. Purismus in grammatischer oder in politischer Hinsicht wird dazu wohl nichts Konstruktives beitragen. Man muss sich nur immer wieder daran erinnern, dass die Geschlechtergerechtigkeit in der Hauptsache keine sprachliche Angelegenheit ist. Das beweist auch unser Symposium. Seine geschlechterneutrale Benennung kann nicht darüber hinwegtäuschen, dass für anteilig mehr Goetheforscherinnen noch viel Platz ist – zumal die Philologien ja mehrheitlich von Frauen gewählt werden.

Eine zentrale Angelegenheit der Sprache betrifft indes das Dokument, dessen erste originale Edition Sie in diesem Buch finden. Es handelt sich um eine Anleitung zu *Entwerfung einer allgemeinen Sprach Karte* für Europa. Verfasst hat sie Wilhelm von Humboldt, und zwar auf Anregung Goethes, durch dessen Nachfragen der hauptsächlich typologisch an viel ferneren Sprachen interessierte Humboldt sich dieser engeren Aufgabe der europäischen Sprachgeographie zugewandt hat. Diese im Goethe- und Schiller-Archiv aufbewahrte Handschrift von 1812 wird hier das erste Mal veröffentlicht. Im Jahr 2020 ist der Text schon in französischer Übersetzung gedruckt worden, mit einer ausführlichen Dokumentation der Humboldt-

Goethe'schen-Verbindung in dieser Sache. Im Rezensionsteil bringen wir eine Besprechung dieser französischen Ausgabe. Der ersten Edition des deutschen Textes im vorliegenden Jahrbuch hat der Herausgeber, Jürgen Trabant, einführende Erläuterungen beigegeben.

Die weiteren Abhandlungen führen u.a. nach Polen sowie zu den Goethe-Bezügen Thomas Manns und Bertolt Brechts. Die anderen Rubriken informieren wie üblich über ein laufendes Editionsprojekt und – im diesmal besonders reichen Rezensionsteil – die Neuerscheinungen der Goetheforschung. Der neue Blick auf deren ältere Zeugnisse fördert abermals einen Fund zutage: George Henry Lewes' *The Life and Works of Goethe* von 1855. Dieses neu gelesene alte Buch weht heute wie eine frische englische Brise in den so vollgewucherten Goethe-Blätter-Wald.

Nicht weit vom Erscheinungstermin dieses Jahrbuchs (am 6. Juli 2021) liegt das Datum, an dem ein früherer Herausgeber seinen 100. Geburtstag gefeiert hätte: Karl-Heinz Hahn. Von 1957 bis 1986 war er Direktor des Goethe- und Schiller-Archivs, von 1973 bis zu seinem Tod im Jahr 1990 Präsident der Goethe-Gesellschaft in Weimar. 1967 wurde – besonders auf Betreiben des damaligen Vizepräsidenten Helmut Holtzhauer – deren internationale Dimension neu betont und politisch festgeschrieben, wobei die verschiedenen Akteure verschiedene Ziele verfolgten. Andreas Bruno Wachsmuth, dem damaligen Präsidenten, ging es vor allem wohl darum, die Einheit der Goethe-Gesellschaft zu bewahren und eine Ost-West-Teilung zu verhindern. In der internationalen Gesellschaft konnten auch Westdeutsche Mitglieder in Weimar bleiben und werden, und sie blieben auch im Vorstand vertreten. Holtzhauer, der zwischen Wachsmuth und Hahn für zwei Jahre (von 1971 bis zu seinem Tod 1973) das Präsidentenamt übernahm, war dagegen wohl mehr an der Entwicklung der Goethe-Gesellschaft zu einem Organ der internationalen marxistischen Kulturpolitik gelegen. Als Generaldirektor der Nationalen Forschungs- und Gedenkstätten der klassischen deutschen Literatur hatte er zugleich ein dafür entscheidendes staatliches Amt. Hahns Beiträge und Vorworte zum Goethe-Jahrbuch erscheinen im Rückblick heute spannungsvoll. Einerseits vertritt er die erbepolitische sozialistische Klassik-Doktrin in einer für die Siebzigerjahre bemerkenswert scharfen Weise. Andererseits öffnet er das Jahrbuch für die internationale, insbesondere auch die westliche Germanistik. Trotz seines langen Festhaltens am politisch-kategorischen Klassik-Romantik-Gegensatz ist er 1978 der Herausgeber des Bandes, der mit Werner Kellers Studie *Der klassische Goethe und sein nicht-klassischer Faust* beginnt. Wie das zusammengeht, werden die Zeitzeugen vielleicht noch wissen. Für die nachfolgenden Generationen ist es ein Forschungsdesiderat. Wir hoffen sehr, dass es sich bald erfüllt.

Das Jahr 2020 war das erste Jahr der Pandemie. Sie hat das gesellschaftliche, das gesellige und das kulturelle Leben auf ungeahnte, dauerhafte Weise eingeschränkt. Alle Ortsvereinigungen der Goethe-Gesellschaft waren davon betroffen. Ihr ehrenamtliches Engagement wurde in einer so noch nie erlebten Weise frustriert und herausgefordert. Das laufende Jahr wird zeigen, wie nachhaltig die Schäden sind oder wie gut sie bewältigt und überwunden werden können.

Wenn dieser Band erscheint, hoffen wir, das Schwierigste hinter uns zu haben und nicht nur im zweiten, sondern auch im letzten Jahr der Pandemie zu sein. Was wir auf jeden Fall haben, ist die Verlässlichkeit dieses Jahrbuchs. Mit Ihnen halten es jetzt weltweit mehrere Tausend in Händen, mit denen Sie durch gemeinsame Interessen und Aufmerksamkeiten vielseitig verbunden sind. Die Zuwendung zu Goethes Werken stiftet so Gemeinschaft, und das Buch ist deren robustes, krisenfestes Medium. Man muss es schätzen für diesen Dienst. Viel Freude beim Öffnen und Hineinlesen wünscht Ihnen

Stefan Matuschek

Dank an die Jahrbuch-Paten

Eine besondere Würdigung verdienen unsere Mitglieder Manfred Klenk, Werner Löfflmann und Ekkehard Taubner, die das Erscheinen des Goethe-Jahrbuchs in großzügiger Weise mit einer lebenslangen Patenschaft fördern.

Nachfolgend danken wir sehr herzlich all jenen Damen und Herren, die Jahrbuch-Pate für drei aufeinanderfolgende Jahrbücher geworden sind und das Goethe-Jahrbuch 2020 mit 100 € gefördert haben:

Dr. Pjotr Abramow, Moskau (Russland)
Herbert Andert, Weimar
Dr. Stephan Anger, Berlin
Volkmar Birkholz, Erfurt
Dr. Ulrike Bischof, Weimar
Prof. Dr. Martin Bollacher, Bochum
Hubert W. Böttger, Weimar
Gerhard Bücker, Bremen
Erika Danckwerts, Berlin
Dr. Hans-Jürgen Danzmann, Säckingen
Dr. Hans-Helmut Dieterich, Ellwangen
Hartwig Dück, Coburg
Franz Dudenhöffer, Speyer
Prof. Dr. Udo Ebert, Jena
Dr. Gerd Eidam, Burgwedel
Dr. Arne Eppers, Hamburg
Peter Ewert, Mönchengladbach
Klaus Martin Finzel, Köln
Dr. Hans-Ulrich Foertsch, Marl
Ingrid Freisleben, Nürnberg
Dr. Jens Giesdorf, Lasel
Dr. Klaus F. Gille, Bloemendaal (Niederlande)
Dietrich Gneist, Bonn
Goethe-Gesellschaft Hamburg e. V.
Arthur Granat, Berlin
Ina Greyn, Kempen
Dr. Renate Grumach, Berlin
Prof. Dr. Werner Hansen, München
Marion Heise, Halle/Saale
Dr. Mathias Iven, Potsdam
Dr. Sabine Jüttner, Landshut
Wilhelm Kaltenborn, Berlin
Dietrich Kauffmann, Düsseldorf

Prof. Dr. Ulrich Keil, Münster
Manfred Klenk, Mannheim
Prof. Dr. Lothar Köhn, Senden
Mario Kopf, Dessau-Roßlau
Dr. Joachim Krause, Gladbeck
Helmut Krumme, Bonn
Prof. Dr. Paul Laufs, Stuttgart
Erika Leck, Münster
Dr. Gert Legal, München
Werner Löfflmann, Ramosch (Schweiz)
Dr. Gertrude Lückerath, Köln
Cedric Lutz, Lenzburg (Schweiz)
Prof. Dr. Manfred Mörl, Schiffdorf
Dr. Karl Peter Müller, Marl
Boris Oppermann, Ehingen
Dr. Claudia Paris, Leipzig
Friedrich Petry, Wetzlar
Dr. Ruth Peuckert, Erfurt
Michael Plett, Arnsberg
Prof. Dr. Karl Richter, St. Ingbert
Inge Rossbach, Bad Kreuznach
Andreas Rumler, Elsdorf
Jutta Rumler, Elsdorf
Dr. Wolfgang Saalfrank, Wallhalben
Prof. Dr. Gerhard Sauder, St. Ingbert
Dr. Martin Schencking, Welschneudorf
Willi Schmid, Rosenheim
Dr. Thomas Schmitt, Fulda
Dr. Henner Schultz, Weimar
Dr. Brigitte Seebacher, Rothenbach
Dr. Sabine Solf, Wolfenbüttel
Dr. Angela Spelsberg, Münster
Holger Spies, Frankfurt a. M.
Gertrud Staffhorst, Karlsruhe
Monika Steffens, Köln
Prof. Dr. Matthias Steinhart, Würzburg
Ilse Streit-Dewald, München
Ekkehard Taubner, Bergen/Vogtland
Stefan Tönjes, Nordenham
Dr. Markus Wallenborn, Worms
Prof. Dr. Reinhard Wegner, Heidelberg
Weimarer Zirkel e. V., Verein zur Förderung der Humanität
Dr. Bernhard Wiesner, Bad Berka
Prof. Dr. Reiner Wild, Heidelberg

Eberhard Wolff, Köln
Gerd Ziegler, Weimar
Alexander von Zweidorff, Hamburg.

Im Abschnitt *Dank für Zuwendungen im Jahr 2020* danken wir namentlich all jenen Damen und Herren, die dem Goethe-Jahrbuch eine größere oder kleinere Spende zuteilwerden ließen.

Symposium junge Goetheforschung

Simon Friedland

Poesie und Plastik. Über den epischen Hexameter in Goethes »Hermann und Dorothea«

Beim Rundgang durch das Weimarer Goethehaus begegnet man unweigerlich einer kolossalen Büste, der sogenannten Juno Ludovisi, die sich in dem nach ihr benannten Zimmer befindet. Goethe ist mit dem kolossalen Kopf erstmals in der Villa Ludovisi in Rom in Berührung gekommen, woraufhin er einen Abguss für seinen römischen Wohnsitz anschaffen ließ. In der *Italienischen Reise* notiert er dazu Folgendes: »Es war dieses meine erste Liebschaft in Rom und nun besitz' ich sie. Keine Worte geben eine Ahndung davon. Es ist wie ein Gesang Homers« (FA I, 15.1, S. 165). Zunächst erfolgt die Hervorhebung der Unaussprechlichkeit – »Keine Worte geben eine Ahndung davon« –, dann ein Vergleich, kurz und bündig: »Es ist wie ein Gesang Homers«. Der Vergleich mag überraschen, denn Goethe, geschult an den epochemachenden Arbeiten von Winckelmann und Lessing, wusste Bescheid über die sich an der Antike orientierenden ästhetischen Debatten, die darauf bedacht waren, die Kunstformen sorgfältig zu unterscheiden, ihren jeweiligen Grundbedingungen nachzugehen und ihre jeweiligen Modi der Darstellung herauszuarbeiten. In der Einleitung zu den *Propyläen* schreibt er:

> Die Künste selbst, so wie ihre Arten, sind unter einander verwandt, sie haben eine gewisse Neigung, sich zu vereinigen, ja sich in einander zu verlieren; aber eben darin besteht die Pflicht, das Verdienst, die Würde des echten Künstlers, daß er das Kunstfach, in welchem er arbeitet, von andern abzusondern, jede Kunst und Kunstart auf sich selbst zu stellen, und sie aufs möglichste zu isolieren wisse. (FA I, 18, S. 468 f.).

Angesichts der Tendenz, die Künste zu vermischen, und der Notwendigkeit, sie zu unterscheiden, stellt sich die Frage: Wie ist der Vergleich zwischen Junokopf und homerischem Gesang zu verstehen? Was verbindet die antike Plastik mit der epischen Dichtung? Wo liegt das Tertium Comparationis?

Es liegt nahe, den Grund des Vergleichs im Kolossalischen der Juno Ludovisi zu suchen. In ihrer Größe strahlt sie eine erhabene Nüchternheit aus.[1] Wie der epische

1 Rolf-Peter Janz betont die Zentralität der ästhetischen Kategorie des Erhabenen in Goethes Rezeption der Juno Ludovisi (ders.: *Ansichten der Juno Ludovisi. Winckelmann – Schiller – Goethe*. In: *Prägnanter Moment. Studien zur deutschen Literatur der Aufklärung und Klassik*. Fs. für Hans-Jürgen Schings. Hrsg. von Peter-André Alt u. a. Würzburg 2002, S. 357-372; bes. S. 367-372).

Dichter, der eigene Affekte nicht in seine Narration mischt, sondern unbeteiligt und souverän über seiner Schöpfung schwebt, um sie als abgerundete Totalität zu gestalten, wirkt der Junokopf mit seinem distanzierenden Blick erhaben und abgeschlossen, wie eine Welt in sich. Diese wirkungsästhetische Auslegung des Vergleichs möchte ich mit einer These zum Verscharakter des Epos und seinem Verhältnis zur Plastik erweitern. Wirkt homerischer Gesang ruhig und anschaulich, scheint er zum Greifen nahe und gleichzeitig in der Höhe schwebend, so ist die Verwandtschaft mit der Plastik nicht zuletzt das Verdienst der Versform, des daktylischen Hexameters. Diese Versform war Gegenstand intensiver Diskussionen in der deutschsprachigen Poesie und Poetik des ausgehenden 18. Jahrhunderts. War die Laokoon-Gruppe die Statue, zu der jeder ernstzunehmende Kunsttheoretiker der Epoche sich äußern musste, so war der Hexameter das Vermaß, mit dem sich jeder an der Antike orientierte Kritiker und Dichter auseinandersetzen musste. Aus dieser Auseinandersetzung entwickelt sich, wie sich zeigen wird, ein bemerkenswerter Konsens über den Hexameter: Die Versform epischer Dichtung weist eine ästhetische Verwandtschaft mit der antiken Bildhauerkunst auf. Das Silbenmaß zeugt zugleich von der zeitlosen Anschaulichkeit antiker Statuen und den mannigfaltigen Gestaltungsmöglichkeiten, die ein knetbarer Stoff anbietet. Die Konturen des Hexameters erscheinen fest umrissen und nachgiebig zugleich. Sein Rhythmus wirkt edel und stattlich wie der Junokopf, kann sich aber auch über die sinnliche Welt des Epos biegsam ausbreiten. Anders gesagt: Dichter und Kritiker sind sich darüber einig, dass der Hexameter die *plastischste* der antiken Versformen ist. So ist Plastizität der Leitbegriff der nachfolgenden Argumentation. Etymologisch verwandt mit dem griechischen Verb ›plassein‹, »aus weicher Masse bilden, formen, gestalten«[2] bedeutet Plastizität sowohl »*Anschaulichkeit, Bildhaftigkeit*« als auch »*Geschmeidigkeit, Form-, Knetbarkeit (eines Materials)*«.[3] Das Grimm'sche Wörterbuch definiert »plastisch« als »*körperlich bildend, gestaltend oder gestaltet, der plastik gemäsz, dienend*«.[4] Die Verwendung sowohl des Partizips Präsens »*gestaltend*« als auch des Partizips Perfekt »*gestaltet*« verweist auf die Wechselwirkung, die dem Plastischen innewohnt. Der Begriff der Plastizität besetzt eine Schnittstelle zwischen Geformtem und Formendem, zwischen der Statue und der bildenden Kraft, welche die Statue hervorbringt. Plastizität ist nicht mit Elastizität gleichzusetzen; diese setzt die Rückkehr zur ursprünglichen Form voraus, jene schließt eine solche Rückkehr aus. Plastizität ist vielmehr die Fähigkeit zur Anverwandlung des Fremden, zur Metamorphose als Formgewinnung. Nietzsche zufolge ist die plastische Kraft »jene Kraft, aus sich heraus eigenartig zu wachsen, Vergangenes und Fremdes umzubilden und einzuverleiben, Wunden auszuheilen, Verlorenes zu ersetzen, zerbrochene Formen aus sich nachzuformen«.[5] Darum geht es in Goethes

2 Zit. unter dem Lemma *Plastik* in Friedrich Kluge, Elmar Seebold: *Etymologisches Wörterbuch der deutschen Sprache*. Berlin [23]1999, S. 635.

3 *Plastizität*. In: *Brockhaus Wahrig Deutsches Wörterbuch*. Hrsg. von Gerhard Wahrig u. a. Bd. 5. Wiesbaden, Stuttgart 1983, S. 148.

4 DWb, Bd. 7, Sp. 1900.

5 Friedrich Nietzsche: *Vom Nutzen und Nachtheil der Historie für das Leben*. In: *Sämtliche Werke I. Die Geburt der Tragödie; Unzeitgemäße Betrachtungen; Nachgelassene Schriften*

Hexameter-Epos *Hermann und Dorothea*. Das Gedicht schildert die Lebenswelt einer in ihren Sitten verfestigten deutschen Kleinstadt, die den Folgen der Französischen Revolution ausgesetzt ist. Wie begegnet man weltumwälzender Gewalt, ohne auf einer spröden und letztlich reaktionären Rigidität zu beharren? Wie bleibt man offen für die Zukunft, ohne die haltgebenden Traditionen im Chaos des Neuen zu verlieren? Der Rhythmus des Hexameters, so meine These, entfaltet eine Antwort auf diese Fragen.

Die metrische Gestalt des Hexameters bildet die Voraussetzung für sein Verständnis und seine Aufnahme in die deutsche Poetik und Dichtung des ausgehenden 18. Jahrhunderts. Das metrische Schema zum deutschen Hexameter lässt sich mit den herkömmlichen Zeichen auf folgende Weise abbilden:

(–) (–) (–) (–) (–)
– ◡(◡) | – ◡(◡) | – ◡(◡) | – ◡(◡) |–◡◡| –◡ [6]

So nützlich es sein mag, so hat ein abstraktes Schema, zumal wenn es als Norm verstanden wird, doch den Nachteil, dass es den phänomenalen Gehalt des Hexameters eher verdeckt als erhellt. Denn fast jeder Aspekt des deutschen Hexameters stand um 1800 in der sich an der Antike orientierenden Prosodie zur Debatte. Einige Streitpunkte waren: Gibt es im Deutschen prosodisch messbare Silbenlängen oder nur Gradationen der Silbenbetonung? Inwieweit sind Tonhöhen und -tiefen von prosodischer Relevanz abhängig? Sind Spondeen im Deutschen zu bilden und wenn ja, auf welche Weise? Dürfen im deutschen Hexameter Daktylen durch Trochäen ersetzt werden? Kann angesichts der prosodischen Unterschiede zwischen der deutschen Sprache und der altgriechischen bzw. lateinischen überhaupt von einem deutschen Hexameter die Rede sein? Solche Fragen mögen den Eindruck einer belanglosen Gelehrtendebatte erwecken, es sind jedoch Fragen, die um 1800 nicht nur die Philologen, sondern auch die Dichter beschäftigten. Letztlich steht die Möglichkeit einer Annäherung an die Antike in der deutschen Dichtung auf dem Spiel. Ich werde auf Goethes Stellungnahme zu den prosodischen Erwägungen der Philologen später eingehen; zunächst gilt es, sich dem »Hexametererlebnis«[7] zuzuwenden, denn die Auseinandersetzungen um das Versmaß zielten nicht primär auf prosodische Regeln, sondern auf die Erzeugung eines spezifischen rhythmischen Erlebnisses.

1870-1873. Hrsg. von Giorgio Colli u. Mazzino Montinari. München 1999, S. 241-334; hier S. 251.

6 Die Klammern verweisen darauf, dass im deutschen Hexameter ein Daktylus (–◡◡) entweder mit einem Spondeus (––) oder mit einem Trochäus (–◡) ersetzt werden darf. Die erste Ersetzung war im altgriechischen bzw. lateinischen Hexameter gebräuchlich, letztere galt in der Antike als unerhört und war daher Objekt der Kontroverse um 1800. In der Regel akzeptierten die großen Altertumswissenschaftler wie W. von Humboldt, A.W. Schlegel und J.H. Voß diese Ersetzung im deutschen Hexameter nicht. Sie war aber seit Klopstock bei Dichtern üblich, unter anderem bei Goethe.

7 Friedrich Neumann: *Grundsätzliches zum epischen Hexameter Goethes. Geprüft am 1. Gesang von »Hermann und Dorothea«*. In: *Deutsche Vierteljahrsschrift für Literaturwissenschaft und Geistesgeschichte* 40 (1966) 3, S. 328-359; hier S. 347.

Man kann den Rang, der um 1800 dem epischen Hexameter zugeschrieben wurde, kaum überschätzen. Das lässt sich an einer Schrift Wilhelm von Humboldts gut veranschaulichen. Neben dem großen Übersetzer der homerischen Epen, Johann Heinrich Voß und dessen Sohn, war Wilhelm von Humboldt Goethes wichtigster Berater während der Arbeit an *Hermann und Dorothea*. Humboldt geht so weit in seiner Würdigung des Hexameters, dass er ihn als ein kosmisches Prinzip begreift. In dem 1806 geschriebenen, jedoch zu seinen Lebzeiten nicht veröffentlichten Aufsatz *Latium und Hellas oder Betrachtungen über das classische Alterthum* schreibt Humboldt:

> Der ursprünglichste und älteste Vers der Griechen, der Hexameter, ist zugleich der Inbegriff und der Grundton aller Harmonien des Menschen und der Schöpfung. [...] Wenn man sich das Hin- und Wiederfluten aller lebendigen Bewegung der ganzen Schöpfung nach gesetzmässiger Harmonie hinstrebend denkt, so ist es, als hätte sie endlich ihr üppiges Ueberschwanken in diese leicht beschränkenden Masse beschwichtigt, sich beruhigend in diese Weise eingewiegt, die dann ein glücklich organisirtes Volk ergriff, und in seiner Sprache heftete. So viel mehr scheint dieser Vers dem Rhythmus der Welt, als dem Stammeln menschlicher Laute anzugehören.[8]

Einen Begriff Hans Blumenbergs aufgreifend, könnte man Humboldts Beschreibung des Hexameters eine »Daseinsmetapher« nennen.[9] Sein Verständnis des Versmaßes als »Rhythmus der Welt« ersetzt nicht ›logos‹ mit ›mythos‹; es schiebt kein impressionistisches Bild dort ein, wo man genauso gut mit exakten Begriffen arbeiten könnte, sondern konstituiert selbst eine Denkform, die dort einspringt, wo es sich um ein Phänomen handelt, das am Rand des Diskursivierbaren liegt. Ein solches Phänomen ist der Rhythmus. Der Rhythmus ist – zumindest was die Dichtung betrifft – nicht von den Worten zu trennen, kann jedoch durch deren semantische, syntaktische oder phonologische Konstitution nicht völlig erklärt werden; der Rhythmus führt ein sublinguistisches Leben. In dem Versuch, den Rhythmus des Hexameters zu erfassen, greift Humboldt auf die Metapher der Schöpfung zurück, deren chaotische Gewalt einem Maß – einem *Vers*maß – unterworfen und dabei zu einer dynamischen Ruhe gebracht wird. Diese »bewegte Ordnung« (Gerhard Kaiser) wird sich als äußerst wichtig für die dargestellte Welt von Goethes Epos erweisen.[10]

8 Wilhelm von Humboldt: *Latium und Hellas oder Betrachtungen über das classische Alterthum*. In: *Sämtliche Werke II. Schriften zur Altertumskunde. Übertragungen*. Hrsg. von Wolfgang Stahl. Essen 1999, S. 31-59; hier S. 40.

9 Vgl. Hans Blumenberg: *Schiffbruch mit Zuschauer. Paradigma einer Daseinsmetapher*. Frankfurt a.M. 1979.

10 Gerhard Kaiser: *Französische Revolution und deutsche Hexameter. Goethes »Hermann und Dorothea« nach 200 Jahren. Ein Vortrag*. In: *Poetica* 30 (1998), S. 81-97; hier S. 95. Kaiser begreift den Hexameter in *Hermann und Dorothea* einerseits als idealisierend, indem das Versmaß die kleinstädtische Welt ins Episch-Exemplarische hinaufzieht, andererseits als ironisch, indem das heroische Metrum auf eine humorvolle Distanz zwischen den in den homerischen Epen geschilderten Heldentaten und der bürgerlichen Alltäglichkeit der deutschen Kleinstadt aufmerksam macht.

Friedrich Schlegels 1796 veröffentlichter Aufsatz *Über die homerische Poesie* bietet einen weiteren Einblick in die sich in der Goethezeit herausbildende Auffassung des Hexameters:

> Seine Bewegung ist weder steigend noch sinkend, weder überspringend noch überfließend, weder männlich noch weiblich, weder gebunden noch zügellos. Ebenso unbestimmt wie seine Richtung, ist auch sein Verhältnis der Kraft und Schnelligkeit. Sein Gesetz fordert nur sinnliche Einteilung und Ordnung der Massen, Gleichheit der Teile, und klare Andeutung der Einschnitte. Er hat die Freiheit, von der raschesten Leichtigkeit bis zur langsamsten Schwere zwischen den verschiedensten Mischungen von Kraft und Schnelligkeit zu wechseln. Er weiß sich, wie die epische Dichtart selbst, an alle Gegenstände anzuschmiegen, und er allein ist der unbestimmten Dauer derselben angemessen; wie nach dem Aristoteles die Natur selbst gelehrt, und die Erfahrung bewährt hat. Das heroische Metrum habe die größte Beharrlichkeit, die vollkommenste Gleichmäßigkeit, und den stärksten Schwung.[11]

Friedrich Schlegels Beschreibung nimmt ihren Ausgangspunkt von Aristoteles' lakonischer Charakterisierung des Hexameters als das »stabilste« und »gewichtigste« Versmaß,[12] geht jedoch weit darüber hinaus. Schlegel schreibt der Versform eine schwebende Androgynität zu. Sie ist »weder männlich noch weiblich«, sie vermeidet alle binären Kategorien und kann sich daher jedem Gegenstand der epischen Welt schmiegsam anpassen. Gleichzeitig arbeiten die Reihen von Negationen – »weder steigend noch sinkend, weder überspringend noch überfließend, [...] weder gebunden noch zügellos« – darauf hin, das Wesen des Hexameters – seine rhythmische *Substanz* – von allen Besonderheiten zu reinigen. Vielleicht nur Winckelmanns Statuenbeschreibungen bieten eine so spannungsvoll zwischen Sinnlichkeit und platonisch anmutender Idealität schwebende Darstellung eines Kunstgegenstands. Man muss sich nur die Flüssigkeitsmetaphorik Winckelmanns vergegenwärtigen, um der Verwandtschaft zu Schlegel gewahr zu werden. In der Tat beschreibt Winckelmann die Empfindung des Schönen selbst mit einem Vergleich, der das Statuenhafte mit dem Flüssigen zusammenführt: »Das wahre Gefühl des Schönen gleichet einem flüßigen Gipse, welcher über den Kopf des Apollo gegossen wird, und denselben in allen Theilen berühret und umgiebt«.[13] Mit einer vergleichbaren Metapher beschreibt Schlegel die prosodische Flexibilität des Hexameters, dessen Rhythmus der ganzen sinnlichen Breite und Detailliertheit der epischen Welt entgegenkommt, mit dem höchst plastischen Verb ›anschmiegen‹.

Schlegels Behandlung des Hexameters ist nur das ausführlichste Beispiel des Paradigmas der Plastizität, das den gemeinsamen Nenner für das Verständnis des

11 Friedrich Schlegel: *Über die homerische Poesie.* In: *Kritische Friedrich-Schlegel-Ausgabe. Erster Band. Studien des klassischen Altertums.* Hrsg. von Ernst Behler. München 1979, S. 116-132; hier S. 128 f. Goethe kannte diesen Aufsatz, den er in einem Brief an Schiller vom 28. April 1797 erwähnt (FA II, 4, S. 326).

12 Aristoteles: *Poetik*, 1459b35.

13 Johann Joachim Winckelmann: *Abhandlung von der Fähigkeit der Empfindung des Schönen in der Kunst, und dem Unterrichte in derselben.* In: ders.: *Kleine Schriften. Vorreden. Entwürfe.* Hrsg. von Walter Rehm. Berlin 2002, S. 211-233; hier S. 217.

Versmaßes um 1800 bildet. Es seien einige andere Beispiele kurz erwähnt. August Wilhelm Schlegel lässt die Worte seines Bruders Friedrich mitklingen, wenn er in seiner bahnbrechenden Rezension von *Hermann und Dorothea* schreibt: »Der griechische Hexameter hat weder einen fallenden Rhythmus [...] noch einen steigenden [...], sondern er ist schwebend, stetig, zwischen Verweilen und Fortschreiten gleich gewogen, und kann deswegen, ohne zu ermüden, den Hörer auf einer mittleren Höhe in ungemessene Weiten forttragen«.[14] In seiner *Zeitmessung der deutschen Sprache* betont Johann Heinrich Voß in gleicher Weise die »Mannigfaltigkeit« des Versmaßes: »Jene vielfachen Wendungen des Rhythmus sowohl, als diesen Reichthum des Wohllauts, verlangt der Hexameter, ohne Rücksicht auf seinen Inhalt, für sich selbst«.[15] Die Anpassungsfähigkeit des Hexameters liegt in seiner rhythmischen Fluidität – seinem Vermögen, sich die vielfältige Welt der Epik einzuverleiben –, während seine gewogene Bewegung, weder zu langsam noch zu schnell, dem Versmaß eine Objektivität verleiht, die dem Hörer eine gelassene Distanz verschafft.

Bevor wir uns Goethes *Hermann und Dorothea* zuwenden, seien zwei weitere Beispiele von Daseinsmetaphern angeführt, die den Hexameter-Rhythmus erfassen sollen. Es handelt sich um zwei Distichen von Schiller, die gleichsam in nuce das Verständnis von Versformen um 1800 zum Ausdruck bringen:

Das Distichon
Im Hexameter steigt des Springquells silberne Säule,
Im Pentameter drauf fällt sie melodisch herab.

Der epische Hexameter
Schwindelnd trägt er dich fort auf rastlos strömenden Wogen,
Hinter dir siehst du, du siehst vor dir nur Himmel und Meer.
(SNA 1, S. 285)

Bemerkenswert am Distichon über das Distichon ist erstens die Verflechtung des Flüssigen und Statuenhaften in der Metaphorik. Der Hexameter wird mit einem in die Höhe strebenden Wasserstrahl verglichen. Diesem Wasserstrahl wohnt aber eine säulenhafte Solidität inne. Das Herabfallen und Wieder-zu-sich-Kommen des Wasserstrahls im Pentameter evoziert die Gebundenheit und Abrundung des Epigramms – einer literarischen Gattung, die sich traditionell des Distichons bedient. Dagegen setzt der Hexameter im zweiten Distichon den Leser oder Hörer auf eine rhythmische Schifffahrt. Man befindet sich in medias res, umgeben von einem ausgedehnten Horizont und getragen vom wogenden Rhythmus des Meeres. Wie Humboldt bedient sich Schiller einer Metapher, die ins Kosmologische ausgreift. Der Rhythmus eröffnet dem Hörer eine ausgedehnte Aussicht, die Himmel und Meer umfasst. Sowohl Humboldt als auch Schiller deuten auf die *weltbildende* Funktion des Hexameters. Er ist kein leeres Schema, das mühsam mit metrisch passenden Wörtern befüllt werden muss, sondern ein rhythmisch gestalteter und

14 August Wilhelm Schlegel: *Goethes »Hermann und Dorothea«*. In: *Kritische Schriften und Briefe I. Sprache und Poetik*. Hrsg. von Edgar Lohner. Stuttgart 1962, S. 42-66; hier S. 48.

15 Johann Heinrich Voß: *Zeitmessung der deutschen Sprache. Zweite mit Zusätzen und einem Anhange vermehrte Ausgabe*. Königsberg 1831, S. 189 f.

rhythmisch begrenzter Erfahrungsraum, innerhalb dessen sich ein menschliches Drama abspielt. Wie jetzt zu zeigen ist, geht es in *Hermann und Dorothea* darum, eine solche Welt zu bilden, eine plastisch sich formende und umformende Welt, die den Schock der Französischen Revolution aufzunehmen vermag, ohne daran zugrunde zu gehen.

Ein Schlüsselwort in *Hermann und Dorothea* ist das Wort ›schwanken‹.[16] Es wandert durch die neun Gesänge des Gedichts in allen möglichen grammatischen Gestaltungen und semantischen Kontexten, denn die Welt von *Hermann und Dorothea* ist im Schwanken. Der enge Kreis bürgerlichen Lebens sieht sich einer welthistorischen Umwälzung ausgesetzt: der Französischen Revolution, die alles ins Schwanken bringt. Evoziert Goethe neben dem Epos die Gattung der Idylle – auch ein in Hexametern verfasstes Langgedicht –, so wird diese Idylle von destruktiven Kräften erschüttert.[17] Die bürgerlichen Bewohner einer in ihren Sitten verfestigten deutschen Kleinstadt sehen sich mit dem ›Neuen‹ konfrontiert, indem linksrheinische Flüchtlinge durch die Gegend ziehen. Hermann, ein junger, empfindsamer Bürgersohn, dessen künftige Heirat mit einer Nachbarin vom Vater als eine ausgemachte Sache angesehen wird, begegnet unter den Flüchtlingen Dorothea und verliebt sich in sie. Das Gedicht erzählt von Hermanns Werben um Dorothea vor dem Hintergrund der Französischen Revolution. Somit treten der Makrokosmos der Politik und der Mikrokosmos der Liebe in eine dynamische Beziehung wechselseitiger Spiegelung. Im Folgenden sollen zwei Szenen näher betrachtet werden. Die erste gehört zum alles umfassenden Bereich der Revolution, die zweite zum intimen Bereich des Liebespaares. Es wird sich zeigen, dass die zwei Welten durch den Begriff der Plastizität aufeinander bezogen sind.

Bevor Hermann und Dorothea in der abschließenden Szene des letzten Gesangs Trauringe tauschen, schiebt Goethe eine Art epische Retardation ein, in der Dorotheas ehemaliger Verlobter, ein begeisterter Anhänger der Revolution, der sein Leben

16 Ilse Graham hat der Wiederholung des Wortes in *Hermann und Dorothea* besondere Aufmerksamkeit geschenkt (vgl. dies.: *A delicate Balance. »Hermann und Dorothea«*. In: dies.: *Goethe, Portrait of the Artist*. Berlin, New York 2014, S. 297-312).

17 Bekanntlich wurde Goethes Arbeit an *Hermann und Dorothea* durch das 1795 erschienene Hexameter-Gedicht *Luise* von Johann Heinrich Voß angeregt. Während dieser aber in seiner kleinstädtischen »Idylle« die Darstellung eines überzeitlichen Ideals bürgerlichen Lebens anstrebt, holt Goethe die Geschichte in Gestalt der alle überzeitliche Kontinuität in Frage stellenden Französischen Revolution ein. Goethes Abweichen von Voß fand aber nicht nur auf der thematischen, sondern auch auf der verstechnischen Ebene statt. Denn mit seinen 1793 veröffentlichten überarbeiteten Übersetzungen der homerischen Epen wurde Voß zum unumstrittenen Meister des dem Griechischen nachgebildeten Hexameters im Deutschen. Goethe wehrte sich letztendlich gegen die rigoristische, am strengen philologischen Studium geschulte Auffassung des Hexameters. Diese Abwehr hat, so argumentiere ich, nicht wenig mit Goethes geschichtlichem Bewusstsein zu tun. Für Weiteres über Goethes Auseinandersetzung mit Vossens Hexameter siehe Clémence Couturier-Heinrich: *Autorität und Konkurrenz. Zur Reaktion von Goethe und Schiller auf Vossens Hexameterlehre und -praxis*. In: *Voß' Übersetzungssprache. Voraussetzungen, Kontexte, Folgen*. Hrsg. von Anne Baillot u.a. Berlin 2015, S. 71-92. Zu Goethes ambivalenter persönlicher Beziehung zu Voß siehe *Klassizist und Klassiker. Zum Verhältnis von Voß und Goethe* (ebd., S. 51-69).

verlor, in Erscheinung tritt. Es folgt eine der mächtigsten Schilderungen der Revolution in Goethes gesamtem Œuvre:

> Nur ein Fremdling, sagt man mit Recht, ist der Mensch hier auf Erden.
> Mehr ein Fremdling als jemals, ist nun ein jeder geworden.
> Uns gehört der Boden nicht mehr; es wandern die Schätze;
> Gold und Silber **schmilzt** aus den alten heiligen Formen;
> Alles regt sich, als wollte die Welt, die **gestaltete**, rückwärts
> Lösen in Chaos und Nacht sich auf, und neu sich **gestalten**.
> Du **bewahrst** mir dein Herz; und finden dereinst wir uns wieder
> Über den Trümmern der Welt, so sind wir erneute Geschöpfe,
> **Umgebildet** und frei und unabhängig vom Schicksal.
> (FA I, 8, S. 881; Hervorhebungen S. F.)

Die fettgedruckten Wörter heben das Wortfeld der Plastizität hervor. Die Revolution drückt sich nicht – wie das Wort ›Revolution‹ erwarten lässt – in einer Kreisbewegung aus, sondern in einem Fortschreiten der Gestaltung und Umgestaltung, des Bildens und Umbildens. Dieser zukunftsorientierte Begriff von Revolution zielt darauf, den Schock des Neuen zu absorbieren und aus dessen weltverändernder Kraft eine neue Welt zu bilden. Goethe legt diese Auffassung revolutionärer Veränderung in den Mund eines gescheiterten Revolutionärs. Daher ist sie weder mit der Auffassung des Dichters noch mit dem Aussagegehalt des Gedichts gleichzusetzen. Dennoch lässt sich die semantische Arbeit des Gedichts als Versuch verstehen, diese Auffassung zu bändigen und damit produktiv zu machen. So wie Humboldt sich den Hexameter als ein den überwältigenden Weltrhythmus besänftigendes und damit fassbar machendes Versmaß vorstellt, so wird in Goethes Epos die gewaltige geschichtliche Umwälzung durch Einlenkung der entfesselten Kräfte in ein neues Bündnis überführt, welches die Heirat von Hermann und Dorothea symbolisch vorstellt.

Die Beziehung zwischen Hermann und Dorothea verkörpert jenes welterhaltende Maß, welches das ungestalte Schwanken zu einer plastischen Gestaltung fügt. Das lässt sich am Beispiel der wohl intimsten Szene des Gedichts beobachten. Hermann führt Dorothea zu seinem Elternhaus, wo sie meint, aufgrund von Hermanns schüchtern vorgebrachtem Angebot eine Stelle als Dienstmädchen antreten zu können. In der Dunkelheit des nächtlichen Ganges kommt es fast zu einem bedeutsamen Fallen:

> Aber sie, unkundig des Steigs und der roheren Stufen,
> Fehlte tretend; es knackte der Fuß, sie drohte zu fallen.
> Eilig streckte gewandt der sinnige Jüngling den Arm aus,
> Hielt empor die Geliebte; sie sank ihm leis' auf die Schulter,
> Brust war gesenkt an Brust und Wang' an Wange. So stand er,
> Starr wie ein Marmorbild, vom ernsten Willen gebändigt,
> Drückte nicht fester sie an, er stemmte sich gegen die Schwere.
> Und so fühlt' er die herrliche Last, die Wärme des Herzens,
> Und den Balsam des Atems, an seinen Lippen verhauchet,
> Trug mit Mannesgefühl die Heldengröße des Weibes.
> (FA I, 8, S. 870)

Auf den ersten Blick scheint das »Marmorbild« hier alles andere als plastisch zu sein. Verweist der Vergleich mit einer Statue eher auf Starrheit als auf Biegsamkeit, auf Abtötung als auf Verlebendigung? Dieser Eindruck erweist sich als zu einseitig, denn die Tendenz der Bildformung zielt auf Gegenseitigkeit und Austausch: Brust senkt sich an Brust, Wange an Wange. Die Kälte von Hermanns zu Marmor gewordenem Körper begegnet der Wärme von Dorotheas Herzen. Die Starrheit Hermanns ist die Gegenkraft zu Dorotheas weichem Sinken. Gleichzeitig haucht Dorothea ihrem Liebhaber Leben ein. Die Szene findet ihre Vollendung mit dem Vers »Trug mit Mannesgefühl die Heldengröße des Weibes«, dessen chiastische Struktur das körperliche und geistige Gleichgewicht spiegelt. Diesem Gleichgewicht ist zu verdanken, dass Dorothea das Fallen vermeiden kann. Der glückliche Ausgleich zwischen Hermanns formgebender Solidität und Dorotheas lebensspendender Geschmeidigkeit verkörpert das Paradigma der Plastizität, die das gefährliche Schwanken, welches die epische Welt des Gedichts in allen seinen Teilen durchdringt, zu einer bewegten Ordnung »beschwichtigt«.[18]

In dieser Szene kommt auch dem »Fuß« eine große Bedeutung zu. Es sei an folgende Zeilen erinnert: »Aber sie, unkundig des Steigs und der roheren Stufen, / Fehlte tretend; es knackte der Fuß, sie drohte zu fallen«. Aufgrund des schroffen Zeilensprungs und der Abgrenzung des Satzteils »es knackte der Fuß« zwischen Neben- und Hauptzäsur stolpert die ganze Zeile. Am ›Fehltritt‹ wird nicht nur die Anfechtbarkeit der körperlichen und moralischen Ordnung thematisch, auch das ›Schwanken‹ des Versfußes wird spürbar. Während der Niederschrift von *Hermann und Dorothea* setzte Goethe sich intensiv mit der Prosodie des Hexameters auseinander. Er schickte Manuskripte an Wilhelm von Humboldt und den jüngeren Johann Heinrich Voß mit der Bitte um metrische Korrektur. Diese Korrekturen waren nicht gering; der jüngere Voß machte nicht nur metrische, sondern auch syntaktische und semantische Verbesserungsvorschläge, für fast jede Zeile des Gedichts.[19] Es lohnt sich, ein Beispiel näher zu betrachten. Es bezieht sich auf die Zeilen 143 und 144 des zweiten Gesangs, hier zitiert mit der partiellen Skandierung von Voß:

> – – ◡ ◡ – ◡ ◡ – ◡ ◡ – ◡
> Hof weg, da | stand noch das Thor des Hauses mit seinem Gewölbe,
> –◡ – –
> Wie es jetzt | steht, es | war al | lein von | allem ge | blieben, […].[20]

Die Skandierung der ersten Zeile macht deutlich, dass Voß die Betonung auf der zweiten Silbe des ersten Versfußes als zu stark empfand. In der zweiten Zeile ist es wiederum die dritte Silbe des ersten Versfußes, die ihm eine zu starke Betonung zu verlangen schien. Diese ›falschen‹ Daktylen, in denen der Akzent auf der zweiten bzw. dritten Silbe den auf der ersten Silbe überwiegt, waren häufig Gegenstand der Kritik von Voß und Humboldt. Voß schlug folgende Verbesserung vor:

18 Humboldt (Anm. 8), S. 40.

19 Die Korrekturen sind nachzulesen in Siegfried Scheibe: *Goethe. Epen.* Bd. 2: *Überlieferungen, Varianten und Paralipomena*. Berlin 1963.

20 Zit. in ebd., S. 221.

– – | – ∪ ∪| – ∪ ∪| – – | – ∪ ∪ |– ∪
Hofraum. Siehe, da stand noch das Hausthor samt dem Gewölbe,
– ∪∪| – –| – ∪ ∪|– ∪ |– ∪ ∪| – ∪
So wie es jezt dasteht, und allein wars übrig geblieben.[21]

In der ersten Zeile fügte Voß das Kompositum »Hausthor« ein, um einen Spondeus zu erzeugen. Überhaupt kritisierten Voß und Humboldt den Mangel an Spondeen in Goethes Versen und gaben sich Mühe, Stellen, an denen ein Spondeus leicht eingefügt werden konnte, hervorzuheben. In der zweiten Zeile wird das »jetzt« durch das lexikalisch schwächere »es« ersetzt, um einen überzeugenderen Daktylus zu bilden. Solche Korrekturen zeugen von einer fast peinlichen Genauigkeit, verweisen aber gleichzeitig auf einen größeren ästhetischen Zusammenhang. In der prosodischen Auseinandersetzung um *Hermann und Dorothea* kristallisieren sich zwei unterschiedliche Einstellungen zum dichterischen Umgang mit der Poetik der Antike heraus. August Wilhelm Schlegel, Johann Heinrich Voß und Wilhelm von Humboldt vertreten eine strenge Schule der Prosodie; sie zielen auf eine Wiedergewinnung antiker Formvollendung durch eine metrische Treue, die auf einem intensiven philologischen Studium basiert. In dieser Einstellung lebt die Winckelmann'sche Forderung nach Nachahmung der Alten fort. An der antiken Prosodie sehen die Philologen überzeitliche Grundgesetze der harmonisch gebundenen Rede. Im Ringen um sein eigenes Werk gelangt Goethe zu einer anderen Position. Denn von Humboldts Korrekturvorschlägen übernahm Goethe nur wenige, von Voß keinen einzigen. Goethe weigerte sich, vor der strengen Schule der Prosodisten zu kapitulieren. Sein Widerstand ist in dem Bemühen begründet, die vielgerühmte Plastizität des altgriechischen Hexameters nicht zur Starrheit einer antikisierenden Regelpoetik gerinnen zu lassen, sondern in ihrer Lebendigkeit zu bewahren. Eine allzu strenge Nachahmung hätte den Effekt, die Unzulänglichkeit des deutschen Verses gegenüber seinem griechischen Modell hervorzuheben. Nicht Nachahmung, sondern Weltbildung – darin hat in *Hermann und Dorothea* der Hexameter seine Funktion. Zielt das Gedicht auf eine plastische Welt, die wandlungsfähig ist und Neues und Fremdes in sich aufzunehmen vermag, so ist der Hexameter Bedingung und bewegender Grund dieser Welt. Das Versmaß ist das Weltmaß einer radikal beweglichen Welt. Im Lichte dessen scheint der Rat, den Dorotheas erster Verlobter ihr beim Scheiden erteilt, von größter Prägnanz: »[...] setze nur leicht den beweglichen Fuß auf« (FA I, 8, S. 882).

21 Ebd., Skandierung von mir.

Jakob Gehlen

Römische Mythenarbeit. Goethes nachitalienisches Spiel mit Herkules

Herder schätzte Ovid nicht besonders. Das zeigt sich nicht nur an seinen abschätzigen Bemerkungen über den vermeintlich allzu spielerischen Dichter,[1] sondern auch in der Beschreibung eines ausgewiesenen Ovid-Liebhabers: Goethe. Der Darstellung in *Dichtung und Wahrheit* zufolge führt die unterschiedliche Bewertung des römischen Poeten gar zu einer gewissen Distanz:

> Er [Herder; J.G.] hatte mir den Spaß an so manchem, was ich früher geliebt, verdorben und mich besonders wegen der Freude, die ich an Ovids Metamorphosen gehabt, aufs strengste getadelt. Ich mochte meinen Liebling in Schutz nehmen wie ich wollte, [...] das alles sollte nicht gelten, es sollte sich keine eigentliche unmittelbare Wahrheit in diesen Gedichten finden; hier sei weder Griechenland noch Italien, weder eine Urwelt noch eine gebildete, alles vielmehr sei Nachahmung des schon Dagewesenen und eine manierierte Darstellung, wie sie sich nur von einem Überkultivierten erwarten lasse. (FA I, 14, S. 450)

In Goethes Schilderung der Herder'schen Ovid-Skepsis spiegeln sich Begriffe, die für den theoretischen Antike-Diskurs um 1800 kennzeichnend sind: »Urwelt« oder »unmittelbare Wahrheit« verband man mit den Griechen. Die Römer, die Goethe hier der »gebildete[n]« Welt zurechnet, sah man dagegen vermehrt als »manieriert« und ›überkultiviert‹ an, allen voran Ovid. Es bildete sich die Vorstellung einer ›griechisch-deutschen Wahlverwandtschaft‹ aus.[2] Goethe galt lange als »erste[r]

1 Herder sah in Ovid »ein[en] Dichter, der in mehr als einer Absicht mit der Poesie gespielt« habe. Ovids *Epistulae heroidum* etwa »rauben also der Dichtkunst alle Würde«, und zwar unter anderem durch »jene erkünstelte Sprache der Leidenschaften, die mit Worten spielt, mit erdichteten Sentiments um sich wirft, und sich übt, von beiden Seiten Linsen durch ein Nadelöhr zu werfen« (zit. nach Johann Gottfried Herder: *Über die neuere deutsche Literatur. Fragmente als Beilagen zu den Briefen. Dritte Sammlung. 1767.* In: ders.: *Werke in zehn Bänden.* Bd. 1: *Frühe Schriften 1764-1772.* Hrsg. von Martin Bollacher u.a. Frankfurt a.M. 1985, S. 367-540; hier S. 493).

2 Z.B. Walther Rehm: *Griechentum und Goethezeit. Geschichte eines Glaubens.* Bern, München [4]1968; hier S. 17: »Griechisches und Deutsches, nach dem Glauben der Zeit, durch eine Wahl-Verwandtschaft, eine ›affectio originalis‹ verbunden: das Griechische scheint gewissermaßen als eine mögliche Form des Deutschen, vor allem aus seiner menschlich-urbildhaften Art heraus«. Die Herausbildung dieses ›deutschen Menschentums‹ beschreibt Rehm mit drastischen Worten: »[D]er Rom-Gedanke hat den Athen-Gedanken, der Kult des Staates den der Bildung verdrängt« (S. 20). Erst Winckelmann und Lessing stellten sich dieser Verdrängung entgegen: »Sie stehen zusammen im erbitterten Kampf gegen den romanischen Westen und gegen alle Formansprüche des französischen Kunst- und Dichtungsklassizismus, der im Kern nur überdeckter Barockklassizismus ist« (S. 59). Rehm bemerkt, dass »Winckelmanns durchgreifende theoretische Vernichtung dieses Barockklassizismus römischer Observanz« die »Bahn für Zukünftiges frei« gemacht

Hellenist unseres Volkes«,[3] an Studien zu Goethes Auseinandersetzung mit der römischen Literatur mangelt es noch heute.[4] Doch gerade jene Texte, die Goethe nach der Italienreise in antiken Metren verfasste, können als Ausdruck eines programmatisch ›römischen‹ Schreibprojekts verstanden werden, das an Ovid ausgerichtet ist. Das zeigt prägnant Goethes Umgang mit der mythischen Figur des Herkules, den er als in sich widersprüchlichen Heros denkt. Wie sein römischer Weggefährte Karl Philipp Moritz begreift Goethe nämlich den Mythos als »weiten Spielraum«.[5] Das heißt, er sieht in ihm ein poetisches Material, das wiederholt, variiert, transformiert und so lebendig gehalten wird. Dieser Umgang mit dem Mythos ist nicht nur distinkt römisch, sondern garantiert letztlich auch das ruhmvolle Fortleben der Dichtung und des Dichters.

Im programmatischen Vorwort *Gesichtspunkt für die mythologischen Dichtungen* zu seiner *Götterlehre oder mythologische Dichtungen der Alten* (1791) hält Karl Philipp Moritz im ersten Satz fest, dass die »mythologischen Dichtungen [...] als eine Sprache der Phantasie« zu betrachten seien, die »eine Welt für sich« ausmachten und »aus dem Zusammenhange der wirklichen Dinge herausgehoben« seien.[6] Damit beschreibt Moritz den Mythos aus ästhetischer Perspektive als Poesie. Die »Sprache der Phantasie« sei als unendlicher, sich wiederholender, metamorphotischer Bildungsprozess zu verstehen: »Ihr Wesen ist zu formen und zu bilden; wozu sie sich einen weiten Spielraum schaft, indem sie sorgfältig alle abstrakten und metaphysischen Begriffe meidet, welche ihre Bildungen stören könnten«.[7] Konsequent negiert Moritz für den Mythos christliche Konzepte wie »den Begriff eines anfangslosen Daseyns« oder »den Begriff der Allgegenwart«, denn »alles ist bei ihr [der Phantasie; J.G.] Entstehung, Zeugen und Gebähren, bis in die älteste Göttergeschichte«.[8] Dieses stete Werden denkt Moritz keineswegs als friedliche Genese, sondern beschreibt es als Verschmelzungsprozess von Gegensätzlichem.[9] Dem entspricht, dass auch die mythischen Helden und ihre Taten in ihrer Widersprüchlichkeit belassen werden. So spiegele etwa Herkules' Vergöttlichung die An-

habe (ebd.). Zur damit zusammenhängenden Frage nach einem ›Sonderweg der deutschen Klassik‹ Conrad Wiedemann: *Deutsche Klassik und nationale Identität. Eine Revision der Sonderwegs-Frage*. In: Wilhelm Voßkamp (Hrsg.): *Klassik im Vergleich. Normativität und Historizität europäischer Klassiken*. Stuttgart, Weimar 1993, S. 541-569.

3 Ernst Maaß: *Goethe und die Antike*. Berlin, Stuttgart, Leipzig 1912; hier S. 646.

4 Vgl. aber Volker Riedel: *Goethe als Rezipient römischer Literatur*. In: *International Journal of the Classical Tradition* 17 (2010) 2, S. 178-218.

5 Karl Philipp Moritz: *Götterlehre oder mythologische Dichtungen der Alten. Mit fünf und sechzig in Kupfer gestochenen Abbildungen nach antiken geschnittenen Steinen und anderen Denkmälern des Altertums*. Berlin 1791, https://reader.digitale-sammlungen.de/de/fs1/object/display/bsb10254809_00007.html; 28.3.2020, S. 1.

6 Ebd., S. 1.

7 Ebd.

8 Ebd., S. 2.

9 Vgl. die Kosmogonie: »Zuerst ist das Chaos, dann die weite Erde, der finstere Tartarus – und Amor, der schönste unter den unsterblichen Göttern. / Gleich im Anfange dieser Dichtungen vereinigen sich die entgegengesetzten Enden der Dinge; an das Furchtbarste und Schrecklichste grenzt das Liebenswürdigste. – Das Gebildete und Schöne entwickelt sich aus dem Unförmlichen und Ungebildeten« (ebd., S. 13).

näherung von Menschen und Göttern, im Heros sei »die Menschheit gleichsam bis zu dem Gipfel ihrer Größe emporgestiegen«.[10] Doch Moritz führt ferner Herkules' Liebesabenteuer an, denn »[b]ei den Helden findet sich immer viel Licht und Schatten, und Herkules selbst muß noch mit manchen Schwächen für seine Heldenstärke büßen. -- / In seinen Vermählungen, und in seinen Ausschweifungen in der Liebe fand Herkules sein Unglück«.[11]

Die Anfangslosigkeit, die unendliche, sich wiederholende Transformation, und auch das Nebeneinander von Gegensätzlichem verbinden Moritz' Mythosbegriff mit Romkonzepten. Als »Stadt ohne Ursprung«, deren »Realität« aus »Veränderung und Anverwandlung« besteht,[12] begreift sich Rom als übertragenes Griechenland,[13] ist nicht auf einen einmaligen und fortan gültigen Gründungsakt zurückzuführen, sondern wird und muss immer wieder neu gegründet werden.[14] Darin liegt Roms besondere Imperialität, durch die es auf die ganze Welt ausgreifen, aber auch Disparates integrieren kann.[15] Rom bestimmt daher nicht Einmaligkeit, Wahrheit oder Pathos (wie das beim idealen Griechenbild oftmals ist),[16] vielmehr garantiert stete Wiederholung eine infinite Lebendigkeit.[17] Wie Moritz' ›weiter Spielraum‹ funktionieren die Rom-›Ideen‹ rezeptiv und produktiv, sind transformativ.[18] Wenn da-

10 Ebd., S. 244.

11 Ebd., S. 247.

12 Florence Dupont: *Rom – Stadt ohne Ursprung. Gründungsmythos und römische Identität.* Aus dem Französischen von Clemens Klünemann. Darmstadt 2013; hier S. 208.

13 Vgl. zum Kulturtransfer Franz Josef Worstbrock: *Translatio artium. Über Herkunft und Entwicklung einer kulturhistorischen Theorie.* In: *Archiv für Kulturgeschichte* 47 (1965), S. 1-22.

14 Zu den vielfältigen Gründungsgeschichten Hans Jürgen Hillen: *Von Aeneas zu Romulus. Die Legenden der Gründung Roms.* Mit einer lateinisch-deutschen Ausgabe der Origo gentis Romanae. Düsseldorf, Zürich 2003; hier S. 134-144 u. passim; zur Idee des ›Wiedergründens‹ Michèle Lowrie: *Rom immer wieder gegründet.* In: *Übertragene Anfänge. Imperiale Figurationen um 1800.* Hrsg. von Tobias Döring, Barbara Vinken u. Günter Zöller. München 2010, S. 23-49.

15 Vgl. Friedrich Klingner: *Rom als Idee.* In: *Rom als Idee.* Hrsg. von Bernhard Kytzler. Darmstadt 1993, S. 13-30.

16 Eliza Marian Butler etwa betrachtet der Deutschen »hopeless passion for the absolute« (dies.: *The Tyranny of Greece over Germany. A study of the influence exercised by Greek art and poetry over the great German writers of the eighteenth, nineteenth and twentieth centuries.* Boston 1958; hier S. 3) und mit Blick auf Goethe die Idee des Dämonischen.

17 Die Lebendigkeit Roms verfolgte Moritz gleichzeitig explizit. In *ΑΝΘΟΥΣΑ oder Roms Alterthümer* (1791) untersucht Moritz staatsreligiöse Riten der Römer, um »ein geheimes Band [zu] ahnden, wodurch die Nachwelt mit der Vorwelt, gleichwie die lebende Menschheit untereinander, verknüpft ist« (Karl Philipp Moritz: *ΑΝΘΟΥΣΑ oder Roms Alterthümer. Ein Buch für die Menschheit. Die heiligen Gebräuche der Römer.* Berlin 1791; hier S. 3). Damit untersucht er abermals das metamorphotische »Werden der Geschlechter ineinander« (ebd.).

18 Vgl. Lutz Bergemann u.a.: *Transformation. Ein Konzept zur Erforschung kulturellen Wandels.* In: *Transformation. Ein Konzept zur Erforschung kulturellen Wandels.* Hrsg. von Hartmut Böhme u.a. München 2011, S. 39-56. Karl-Heinz Hahn spricht in seinem Durchgang durch die *Römischen Elegien* von der »Idee Rom« (*Der Augenblick ist Ewigkeit. Goethes »Römische Elegien«.* In: GJb 1988, S. 165-180; hier S. 165).

mit der Mythos immer schon Poesie ist und keinen Urschrecken darstellt, ist mythisches Schreiben auf Wiederholung und Variation ausgelegt. Musterbeispiel eines solchen Schreibens sind die von Herder verschmähten *Metamorphosen*, denn sie setzen sich zwar den Rahmen einer fortlaufenden Geschichte – von den Anfängen der Welt bis in die zeitgenössische Gegenwart –, doch in der Ausgestaltung der mythischen Episoden verfährt Ovid frei und spielerisch. Sein Schreiben greift Erzählstrukturen immer wieder wiederholend auf, wandelt Phrasen und Plots ab, ironisiert bekannte mythische Muster und etabliert so Neues.[19] Goethes Mythenarbeit, insbesondere nach Italien, ist dieser ovidischen Herangehensweise verpflichtet. Das zeigt sich exemplarisch am Herkules der *Römischen Elegien*[20] – und zwar in scharfer Abgrenzung zu Herkulesbildern, die bis dahin Geltung in Deutschland hatten.

Herkules ist durch die Vielfalt seiner Taten, durch seine Vergöttlichung und seinen tragischen Tod ein mythischer Held mit hohem Identifikationspotenzial. So diente er im Frankreich des 17. und 18. Jahrhunderts sowohl der Bildpolitik Ludwigs XIV. als auch der des revolutionären Volkes.[21] Im Deutschland des späten 18. Jahrhunderts wird Herkules' Polyvalenz durch das Bild des tugendhaften Kulturstifters dominiert, das Johann Joachim Winckelmann durch seine Lektüre des Torsos von Belvedere prägte.[22] Den fragmentierten Rumpf deutet Winckelmann als »vergötterte Gestalt« des Herkules – Paradigma seines (griechischen) Ästhetik-Ideals einer Harmonie aus »Stärke und Leichtigkeit«:[23]

> Sein Bild des Helden [das des Künstlers; J. G.] giebt keinem Gedanken von Gewaltthätigkeit und ausgelassener Liebe Platz. In der Ruhe und Stille des Körpers

19 Zu Ovids wiederholendem Schreiben Alessandro Barchiesi: *Speaking Volumes. Narrative and intertext in Ovid and other Latin poets*. Hrsg. u. übers. von Matt Fox u. Simone Marchesi. London 2001. Zur Mythenarbeit Michael von Albrecht: *Mythos und römische Realität in Ovids »Metamorphosen«*. In: *Aufstieg und Niedergang der römischen Welt II* 31 (1981) 4, S. 2328-2342. Ovid inszeniert sich als paradigmatischer Epigone (Cédric Scheidegger Lämmle: *Werkpolitik in der Antike. Studien zu Cicero, Vergil, Horaz und Ovid*. München 2016; hier S. 188).

20 Mathias Mayer hat den Mythos in den *Römischen Elegien* auch auf die Nähe zu Ovid hin untersucht (*Natur und Reflexion. Studien zu Goethes Lyrik*. Frankfurt a. M. 2009; hier S. 85-88). Mayers einschlägiger Aufsatz zu Goethes Mythenarbeit ist *Mythos und Ironie. Goethes Relativitätspoesie*. In: *Heikle Balancen. Die Weimarer Klassik im Prozess der Moderne*. Hrsg. von Thorsten Valk. Göttingen 2014, S. 139-159. Zum Mythos in den *Elegien* auch Nikolas Immer: *Die Götter Italiens. Goethes mythoerotische Elegien*. In: *Goethes Liebeslyrik. Semantiken der Leidenschaft um 1800*. Hrsg. von Carsten Rohde u. Thorsten Valk. Berlin, Boston 2013, S. 107-124.

21 Vgl. Lynn Hunt: *Symbole der Macht – Macht der Symbole. Die Französische Revolution und der Entwurf einer politischen Kultur.* Aus dem Amerikanischen von Michael Bischoff. Frankfurt a. M. 1989; hier S. 119-147.

22 Vgl. Ludwig Uhlig: *Apotheose und Medienwechsel – Herkules in der Goethezeit*. In: *Herakles/Herkules I. Metamorphosen des Heros in ihrer medialen Vielfalt*. Hrsg. von Ralph Kray u. Stephan Oettermann. Basel, Frankfurt a. M. 1994, S. 149-158.

23 Johann Joachim Winckelmann: *Beschreibung des Torso im Belvedere zu Rom*. In: ders.: *Kleine Schriften, Vorreden, Entwürfe*. Hrsg. von Walter Rehm. Berlin, New York ²2002, S. 169-173; hier S. 170.

> offenbaret sich der gesetzte große Geist; der Mann, welcher den Dichtern ein Beyspiel der Tugend geworden ist, der sich aus Liebe zur Gerechtigkeit den größten Gefährlichkeiten ausgesetzet, der den Ländern Sicherheit und den Einwohnern Ruhe geschaffet.[24]

Diesen Kulturstifter und Tugendhelden bedient auch Christoph Martin Wieland in seinen Singspielen. Dem am Geburtstag von Herzog Carl August in Weimar uraufgeführten Fürstenspiegel *Die Wahl des Herkules* (1773) liegt die Episode von Herkules am Scheideweg zugrunde: In seiner Jugend sieht sich der Heros vor die Wahl gestellt, entweder dem unerschöpflichen Genuss und seiner Allegorie, der Kakía, oder aber der Tugend zu folgen, verkörpert durch Areté, die ihm nach ruhmreicher Erledigung harter Arbeiten die Unsterblichkeit verspricht. Ein Ausschnitt aus der letztlich überzeugenden Werberede der Areté sei hier wiedergegeben:

> Soll dein Vaterland dich ehren,
> Arbeite für sein Glück!
> Soll deinen Nahmen
> Der Ruhm den Völkern und der Nachwelt nennen?
> Verdien es um die Welt!
> Sey ein Wohlthäter der Menschheit,
> Lebe, schwitze, blute zu ihrem Dienst.[25]

Der tugendhafte Herkules, der nach mühevollen Aufgaben am Ende des Lebens als wohlverdienten Lohn Ruhm und Unsterblichkeit empfängt, findet sich etwa auch in Schillers 1795 in den *Horen* veröffentlichter Elegie *Das Reich der Schatten*. Auch hier ist die Apotheose Konsequenz eines wahrhaftigen, idealen Menschenlebens. Eine solch moralische Ausdeutung des Mythos ist dagegen Goethes Sache nicht. Schon seine Farce *Götter Helden und Wieland* (1774), die unmittelbare Reaktion auf die Singspiele, konfrontiert Wieland mit seiner Antikenrezeption. Im Stück träumt der Dichter, wie er seinen Figuren begegnet; Herkules tritt am Ende als gigantische Erscheinung auf, was Wieland erstaunt:

> WIEL. Ich habe nichts mit Euch zu schaffen Koloß.
> HERCK. Bin ich dir als Zwerg erschienen?
> WIEL. Als wohlgestalter Mann, mittlerer Größe tritt mein Herkules auf.
> HERCK. Mittlerer Größe! Ich!
> (FA I, 4, S. 434)

Wieland ist die gewaltige Größe des Heros nicht geheuer, widerspricht sie doch dem Ideal eines mittleren Charakters. Auch die »Tugend für die mein Herck.<ules> alles tut«, wie Wieland hervorhebt, wird verspottet, hat doch Goethes Herkules dieses »Wort erst hierunten von ein paar albernen Kerls gehört« (FA I, 4, S. 435). Wielands

24 Ebd., S. 172.
25 Christoph Martin Wieland: *Die Wahl des Herkules*. In: *Wielands Werke. Historisch-kritische Ausgabe*. Hrsg. von Klaus Manger u. Jan-Philipp Reemtsma. Bd. 11.1. Bearbeitet von Klaus Manger u. Tina Hartmann. Berlin, New York 2009, S. 1-24; hier S. 13. Zum Folgenden Jens Tismar: *Herakles als Leitfigur bei Wieland, Goethe und Hölderlin*. In: *Text & Kontext* 13 (1985) 1, S. 37-48.

Versuche, Herkules an sein tugendhaftes Dasein zu erinnern, scheitern solange, bis der Heros aufstöhnt: »Will dir das nicht in Kopf. Aber des Prodikus Herkules, das ist dein Mann« (FA I, 4, S. 436).[26] Die einseitige Antikenrezeption Wielands bringt Herkules schließlich derart in Rage, dass er dem Dichter vorhält: »Hättest du nicht zu lang unter der Knechtschaft deiner Religion und Sittenlehre geseufzt, es hätte noch was aus dir werden können. Denn jetzt hängen dir immer noch die scheelen Ideale an. Kannst nicht verdauen daß ein halbgott sich betrinkt und ein Flegel ist seiner Gottheit ohnbeschadet« (FA I, 4, S. 437). Die Verspottung des Wieland'schen Singspiels birgt schon hier die ernsthafte Kritik an einer moralischen Funktionalisierung des Mythos. Goethes Farce ist ein Plädoyer für eine rein ästhetische Mythenrezeption und gleicht darin der späteren Theorie von Karl Philipp Moritz.

Das bestätigt sich in den *Römischen Elegien*. Im vorletzten Gedicht des Zyklus tritt Herkules als burleske Komödienfigur auf. Die Elegie beginnt mit der ätiologischen Ankündigung, die Ursache für den Streit zwischen Amor und Fama, zwischen der Allegorie der Liebe und der des Gerüchts, klären zu wollen:

> Schwer erhalten wir uns den guten Namen, denn Fama
> Steht mit Amorn, ich weiß, meinem Gebieter im Streit.
> Wißt auch ihr woher es entsprang, daß beide sich hassen?
> Alte Geschichten sind das und ich erzähle sie wohl.
> (FA I, 1, S. 431, V. 1-4)

Was folgt, basiert zwar teils auf »Alte[n] Geschichten«,[27] doch der zugrunde liegende Plot des Ursprungsmythos ist von Goethe selbst erdacht, die tradierten Mythen werden umbesetzt und transformiert. Zunächst wird Fama als angeberische Prahlerin eingeführt.[28] In einer längeren Rede tönt sie, dass sie Herkules versklavt habe und mit ihm als Ehegatten zum Olymp aufsteigen werde, da sie als personifizierter Ruhm die Heldentaten des Herkules allererst bekannt gemacht habe (vgl. FA I, 1, S. 431, 433, V. 11-22). Aus Angst vor übler Nachrede wagt daraufhin kein Gott Widerspruch, einzig Amor heckt etwas aus: »den Helden / Bracht er mit weniger Kunst unter der Schönsten Gewalt« (FA I, 1, S. 433, V. 25b-26). Nun kombiniert Goethe als Höhepunkt seines Ursprungsmythos zwei Episoden – die Travestie des Herkules bei Omphale mit dem legendären Seitensprung der Venus mit Mars.

26 Die Episode von Herkules am Scheideweg stammt von Prodikos und ist bei Xenophon überliefert. Vgl. dazu Andrea Harbach: *Die Wahl des Lebens in der antiken Literatur*. Heidelberg 2000; hier S. 95-134.

27 Goethes Eröffnung gleicht dem Beginn der Episode von Herkules und Omphale in Ovids *Fasti*, die in Goethes Elegie später verarbeitet wird: »Aber warum gerade Faunus die Kleidung verschmäht, dazu ist eine alte, reichlich lustige Geschichte überliefert« (Publius Ovidius Naso: *Fasti. Der römische Festkalender*. Lateinisch/Deutsch. Ausgewählt, übers. u. hrsg. von Gerhard Binder. Stuttgart 2014; hier S. 65: Ov. fast. 2,303-305).

28 Goethes Ausgestaltung der Fama erinnert mehrmals an Ovids *Metamorphosen*. Im neunten Buch ist Herkules Opfer der schwätzerischen Fama (vgl. Ov. met. 9,137-139), im zwölften wird Famas Haus aus »tönendem Erz« (Ov. met. 12,46) beschrieben (vgl. P. Ovidius Naso: *Metamorphosen*. Lateinisch/Deutsch. Übers. u. hrsg. von Niklas Holzberg. Berlin, Boston 2017). Goethes Fama besitzt eine »Stimme von Erz« (FA I, 1, S. 431, V. 8).

Unter Omphale muss Herkules Sklavendienste verrichten. Im Spiel zieht der Heros die Kleider der Königin an, im Gegenzug legt Omphale sich das Löwenfell um und ergreift die schwere Keule. Als der Hirtengott Faunus sich nachts zu Omphale schleicht, trifft er statt der Königin den Heros an und wird nicht nur unsanft weggestoßen, sondern auch verlacht. Während im griechischen Mythos die Variante nur marginal verarbeitet wird, nutzen die Römer die Episode häufig.[29] An sie schließt Goethe an, besetzt aber die Protagonisten um und lässt Amor Regie führen:

Nun vermummt er sein Paar, ihr hängt er die Bürde des Löwen
Über die Schultern und lehnt mühsam die Keule dazu.
Drauf bespickt er mit Blumen des Helden sträubende Haare,
Reichet den Rocken der Faust, die sich dem Scherze bequemt.
(FA I, 1, S. 433, V. 27-30)

Omphale wird durch Venus ersetzt, um diese erste Mythe mit der Geschichte ihres Ehebruchs mit Mars zu verknüpfen.[30] Der Sonnengott Phoebus Apollo hatte Venus' Ehemann Vulkan über das geheime Liebesverhältnis seiner Gattin unterrichtet, worauf dieser über dem Ehebett ein feines Netz spannt, das Venus und Mars beim nächsten Stelldichein gefangen hält. Erzürnt führt Vulkan den Göttern den schändlichen Ehebruch vor, diese aber verfallen ins sprichwörtliche homerische Gelächter. Ovid verarbeitet die Episode mehrmals und mit unterschiedlicher Gewichtung. Dabei merkt er jeweils wortgleich an, dass »diese Geschichte im ganzen Himmel die bekannteste« sei – eine Fabula notissima (vgl. Ov. met. 4,189).[31] Goethes Version gleicht der Episode in den *Metamorphosen*, in der die verratene Venus (wie bei Goethe die gekränkte Fama) auf Rache sinnt. Amor wird in den *Elegien* allererst in die Episode integriert und als zentrale Figur gesetzt, denn er übernimmt nun Apolls Anzeige und Vulkans kunstvolle Fesselung. Dieser ist nicht mehr Initiator der Falle, sondern Rezipient. Erst spät löst er die »neckische Gruppe« (FA I, 1, S. 433, V. 31), Fama aber läuft »voll Grimmes« (FA I, 1, S. 435, V. 52) davon. Der Mythos ist vollendet und wird auf das Leben des elegischen Ich übertragen.[32]

29 Bei Properz führt Herkules die Episode in einer Suasorie selbst an (vgl. Prop. 4,9,47-50). Ovid erzählt die Episode ausführlich, Goethes Wortwahl ist an den *Fasti* orientiert (vgl. Ovid [Anm. 27], S. 65-69: Ov. fast. 2,303-358). Auch Moritz greift die Episode als kompromittierendes Gegenbeispiel zu herkulischen Heldentaten heraus, denn Herkules »mußte sich der wollüstigen Königin Omphale in Lydien zum Sklaven verkaufen lassen, und weibliche Geschäfte auf ihren Befehl verrichten. / Hier stellt die bildende Kunst Omphalen mit der Löwenhaut umgeben, und mit der Keule in der Hand, den Herkules aber in Weiberkleidern am Rocken spinnend dar« (Moritz [Anm. 5], S. 250).

30 Vgl. besonders Homer: *Odyssee*. In: ders.: *Ilias und Odyssee*. In der Übertragung von Johann Heinrich Voß. Mit einem Nachwort von Ute Schmidt-Berger u. Jochen Schmidt. Mannheim 2012, S. 439-776; hier S. 542-545: Od. 8,267-366.

31 »The story [...] is said to be ›well-known in the entire sky‹, *fabula toto notissima caelo*«. *Fabula* ist Ovids Terminus für ›Mythos‹ (Fritz Graf: *Myth in Ovid*. In: *Cambridge Companion to Ovid*. Hrsg. von Philip Hardie. Cambridge 2002, S. 108-121; hier S. 110 f.).

32 »Und so geht es auch mir, schon leid ich ein wenig; die Göttin / Eifersüchtig sie forscht meinem Geheimnisse nach. / Doch es ist ein altes Gesetz, ich schweig und verehre, / Denn der Könige Zwist büßten die Griechen, wie ich« (FA I, 1, S. 435, V. 67-70).

Goethes Mythopoiesis funktioniert nach metamorphotischem Prinzip. Die wohl bekannteste Mythe der Antike wird mit einer marginalen Anekdote des Herkules-Mythos kombiniert, um so den für den Gedichtzyklus und dessen Rezeption zentralen Konflikt zwischen Amor und Fama darzustellen. Dabei wird der Mythos aus rein ästhetischem Gesichtspunkt betrachtet, die Arbeit an mythischen Episoden produziert dank der Freiheit des ›weiten Spielraums‹ eine neue Mythe. In den *Römischen Elegien* taucht Herkules noch an einer weiteren Stelle auf, wenngleich nicht namentlich. In der *Siebenten Elegie* imaginiert das Ich sein Auffahren in den Olymp:

> Welche Seligkeit ward mir Sterblichen! Träum' ich? Empfänget
> Dein ambrosisches Haus, Jupiter Vater, den Gast?
> Ach! hier lieg' ich und strecke nach deinen Knieen die Hände
> Flehend aus. O! vernimm Jupiter Xenius mich!
> Wie ich hereingekommen, ich kanns nicht sagen, es faßte
> Hebe den Wandrer und zog mich in die Hallen heran.
> (FA I, 1, S. 411, V. 11-16)

Die Anrufung des Ich an Jupiter ist intratextuell mit der Fama-Rede der *Neunzehnten Elegie* und ihrer Beschreibung der Anrufungsgesten verbunden.[33] Die eigentliche Verknüpfung aber leistet der vielfältige Herkules-Mythos. Hebe, die Göttin der Jugend, die hier als Helferin des Aufstiegs angenommen wird, wurde nach Herkules' Apotheose mit dem Helden vermählt; beiden gemeinsam war auf dem römischen Kapitol ein Tempel geweiht.[34] Das Ich vermutet zudem, dass es fälschlicherweise für einen »Heroen« (FA I, 1, S. 411, V. 17) gehalten wurde – auch das ein Hinweis auf den paradigmatischen Heros Herkules. Jupiter sieht in der Bitte um ein dauerhaftes Bleiberecht eine Anmaßung des Dichters:

> »Dichter! wo versteigst du dich hin?« – Vergib mir, der hohe
> Capitolinische Berg ist dir ein zweiter Olymp.
> Dulde mich Jupiter hier und Hermes führe mich später,
> Cestius Denkmal vorbei, leise zum Orcus hinab.
> (FA I, 1, S. 411, V. 23-26)

Das Ich begnügt sich mit Jupiters »zweite[m] Olymp«, dem schon einmal übertragenen römischen Kapitol. Wird Herkules in der *Siebenten Elegie* als unmögliche Identifikationsfigur aufgerufen, dient er in der *Neunzehnten Elegie* einem exemplarischen Vergleich, ist Aufhänger für eine ätiologische Anekdote, die den für den Zyklus bestimmenden Grundkonflikt aus Öffentlichkeit und privater Liebe begründet. Goethes mythisierendes Schreiben ist demnach nicht dem *einen* Herkules verpflichtet, sondern gestaltet souverän den mythischen Spielraum aus. Wie bei

33 »Schaut er nach dem Olymp, so glaubst du er schaue nach deinen / Mächtigen Knieen, vergib! Nur in den Äther nach mir / Blickt der würdigste Mann« (FA I, 1, S. 431, V. 15-17a).

34 Vgl. in Goethes mythologischem Standardnachschlagewerk, dem Hederich, das Lemma »Hebe« (Benjamin Hederich: *Gründliches mythologisches Lexikon*. Leipzig 1770, http://www.woerterbuchnetz.de/Hederich?lemma=hebe; 28.3.2020, Sp. 1200-1202).

Ovid bestimmen nicht Kohärenz, Wahrheit oder Einmaligkeit Goethes Mythenarbeit, sondern der selbstverständliche und dabei ironische Zugriff auf den Mythos-Fundus. Diese kontrollierte Ironie bedarf einer gelassenen Urbanität, die dem Asyl auf dem ›zweiten Olymp‹, dem Kapitol im Zentrum Roms, entspricht. Schon für Cicero nämlich ist die ironische Haltung zur Welt Ausdruck von Urbanitas – und damit Rom zuzurechnen.[35] Die Duldung des Ich in Rom muss so auch programmatisch gelesen werden. Sie ist Ausweis eines römischen Schreibens, das ironisch und imperial ist, da es auf ganz unterschiedliche Mythen ausgreift, sie transformiert und ins Eigene integriert. Der ironische Modus bestimmt das Verhältnis zur Tradition – der Mythos wird buchstäblich wiederholt, wie Mathias Mayer das mit Blick auf die Goethe-Elegie *Euphrosyne* beschrieben hat: »Die als vorbildlich angesehene Antike wird nicht monumentalisiert, sondern im Sinne eines mythologischen ›re-writing‹ ebenso bestätigt wie unterlaufen«.[36] Dieses Re-Writing ist im ovidischen Sinne römisch – eine metamorphotische Integration ins eigene Werk, das an der Wirkkraft der Referenzen partizipiert, sie in ihrer Diversität belässt und auch dadurch lebendig bleibt. Der Dichter beansprucht die Bleibe im Zentrum der Welt, indem er qua urbanem Schreiben den »Capitolinische[n] Berg« für sich einnimmt. Damit dient Goethes Mythenarbeit auch dem römischen Zweck, tatsächlich das einzulösen, was die personifizierte Fama für Herkules veranschlagt: Erst die Kontrolle der Mythen führt zur Kontrolle der eigenen Fama. Wer souverän-spielerisch über die Tradition verfügt, setzt letztlich sich selbst ins Zentrum der Welt. Die Steuerung der mythischen Polyphonie garantiert so den eigenen literarischen Ruhm.[37] Auch hier gleicht Goethe Ovid, da beide beständig Werk und Leben verknüpften.[38] Wenn Goethe den Mythos von Fama und Amor erfindet, um das spannungsreiche Verhältnis von Liebe und Öffentlichkeit zu thematisieren, verwischt er bewusst die Grenzen zwischen elegischem Ich und empirischem Autor. Das Gerede um die Liebe zu Christiane Vulpius war außerhalb Weimars kaum vernehmbar, Goethes Ruhm aber verbreitete sich wie die stetig wiederholten Mythen.

35 Die Vorstellung einer souveränen Ironie geht auf Kierkegaards Beschreibung der goetheschen Ironie zurück (Mayer [Anm. 20], S. 147). Cicero versieht die Ironie (dissimulatio) mehrmals mit dem Adjektiv ›urbana‹ (M. Tullius Cicero: *De oratore. Über den Redner.* Lateinisch/Deutsch. Übers. u. hrsg. von Harald Merklin. Stuttgart 2006; hier S. 382: Cic. de orat. 2,269).

36 Mayer: *Mythos und Ironie* (Anm. 20), S. 149.

37 Zum Verhältnis von Mythos und Ruhm Detlev Schöttker: *Die Bewunderung des Autors. Zur Theorie des literarischen Ruhms.* In: *Geschichte der Germanistik* 31/32 (2007), S. 34-42, und Dirk Werle: *Mythos und Ruhm. Zur Funktion zweier Konzepte des kulturellen Gedächtnisses in Gedichten um 1800 (Hölderlin, Goethe, Schiller).* In: *Gedächtnis und kultureller Wandel. Erinnerndes Schreiben – Perspektiven und Kontroversen.* Hrsg. von Judith Klinger u. Gerhard Wolf. Tübingen 2009, S. 201-216.

38 Vgl. zu Ovid Scheidegger Lämmle (Anm. 19), S. 177-193, zu Goethe Gerhard Neumann: *»Die höchste Lyrik ist entschieden historisch« – Goethes Gedichte als Lebens-Werk.* In: *Über die Grenzen Weimars hinaus – Goethes Werk in europäischem Licht.* Hrsg. von Thomas Jung u. Birgit Mühlhaus. Frankfurt a.M. 2000, S. 135-170.

Clemens Özelt

Anfangsschwierigkeiten. Zur Poetik von Goethes Eröffnungsprologen

1. Anfangsschwierigkeiten

Der Eintrag ›Anfang‹ im *Deutschen Wörterbuch* der Brüder Grimm reiht zwei Goethe-Zitate aus den 1790er Jahren aneinander, die unterschiedlicher kaum sein könnten: »der anfang ist an allen sachen schwer. Goethe 11, 351; aller anfang ist heiter, die schwelle ist der platz der erwartung. 20, 125« (DWb, Bd. 1, Sp. 324). Das erste Zitat steht am Beginn von Goethes Direktorat am Weimarer Hoftheater, das zweite am Ende von Wilhelm Meisters Theaterkarriere. Zusammen entwerfen die beiden Sätze ein komplexes, ja widersprüchliches Bild des Anfangens. Anfänge sind darin Schwellen. Sie begegnen uns in Realität und Fiktion – im Theater stehen sie sogar zwischen Realität und Fiktion –, sie können schwer sein und heiter wirken, sie erfüllen und enttäuschen Erwartungen, sie haben eine Vorgeschichte und eine Zukunft.

Die Gründe für die Anfangsschwierigkeiten, die der Theaterdirektor Goethe 1791 in seiner ersten Vorrede geltend macht, sind vielfältig; sie hängen aber auch mit der Form selbst zusammen. Eröffnungsprologe dienen der Einstimmung, sollen die Neugier auf ein neues Stück, eine neue Spielzeit oder Spielstätte wecken – allerdings drohen gerade die immer gleichen Eröffnungsformeln das Gegenteil zu erreichen und das Publikum zu langweilen. Die Prologe werfen so die Frage auf, wie und ob man überhaupt anfangen kann. Poetologisch gelesen, reflektiert Goethes erster Vers – »Der Anfang ist an allen Sachen schwer« (FA I, 6, S. 875, V. 1) – diese Schwierigkeiten, deren Tragweite sich im intertextuellen Horizont der Zeit noch deutlicher zeigt. Denn man stößt in zahlreichen Theaterreden des 18. Jahrhunderts, also in Prologen und Epilogen, auf ähnlich lautende Formulierungen. »Aller Anfang ist schwer«, heißt es 1781 in Wien, »Ein jeder Anfang ist klein!«, so 1777 in Dresden, »Wer anfängt, streitet stets mit Müh und Hinderniß«, so 1740 in Leipzig.[1] Nicht nur Anfänge, auch die Anfangsschwierigkeiten haben Tradition.

Dieser erste gattungshistorische Rundblick bietet zugleich Argumente gegen die Einseitigkeiten vergangener, goetheimmanenter Lektüren der Eröffnungsprologe. Es soll keine Sonderstellung der Texte behauptet werden, die sie von den »konven-

1 Karl Marinelli: *Aller Anfang ist schwer. Ein Gelegenheitsstück in einem Aufzuge. Bey Eröfnung des neuerbauten Schauspielhauses in der Leopoldstadt.* [Wien] 1781; August Gottlieb Meißner: *Prolog. Gesprochen bey Eröffnung eines gesellschaftlichen Theaters zu Dresden; am 2. März 1777.* In: ders.: *Sämmtliche Werke.* Hrsg. von Christoph Kuffner. Bd. 5. Wien 1813, S. 281; Johann Elias Schlegel: *Anrede an das Parterre, bey dem Schlusse der Schauspiele, die von der Schönemannischen Gesellschaft ums Jahr 1740 in Leipzig zum erstenmale aufgeführet worden.* In: ders.: *Werke.* Hrsg. von Johann Heinrich Schlegel. Bd. 4. Kopenhagen, Leipzig 1766, S. 142.

tionellen Prologe[n] und Epiloge[n] der europäisch-abendländischen Literatur«[2] unterscheidet, wie Gerwin Marahrens in der bislang einzigen, ausschließlich den Theaterreden gewidmeten Monographie festhält. Goethe schreibt offensichtlich – und wie noch näher auszuführen sein wird – die Geschichte des Prologs im ausgehenden 18. Jahrhundert gemeinsam mit anderen Zeitgenossinnen und Zeitgenossen weiter, als vermehrt neue Theaterbauten errichtet, Spielsaisons eröffnet und Gastaufenthalte begonnen werden, die man in Theaterreden ankündigt.

Dieser funktionale Aspekt ist, bedingt durch die ästhetische Geringschätzung von Gebrauchsliteratur, für das ansonsten geringe Interesse der Goethe-Forschung an den Texten verantwortlich. Nach Marahrens hat sich Nandakishore Banerjee nochmals eingehender mit den Theaterreden auseinandergesetzt und versucht, die literaturtheoretische Vermittlungsfunktion der Form aufzuwerten. Er spricht von einem »Bildungsauftrag der Prologe«; seine Auffassung, dass Goethe den »Prolog als ein Sprachrohr benutzte, um dem Publikum seine Auffassung von der Kunst mitzuteilen«,[3] prägt in unterschiedlicher Gestalt die Forschung bis heute. So hebt zum Beispiel auch Gerhard Sauder im *Goethe-Handbuch* ausschließlich den »programmatischen Charakter« der Texte hervor, das »Theater als Bildungsanstalt zu nutzen«.[4] Die Aufmerksamkeit, die den Eröffnungsprologen so zuteilwurde, hat sie zugleich auf Sachtexte reduziert, auf »reine Prosa in Jamben«.[5]

Diese beiden Einseitigkeiten der Forschung möchte der vorliegende Beitrag korrigieren. Dazu wird zunächst ein kurzer Blick auf die Gattungsgeschichte des Prologs im 18. Jahrhundert geworfen, bei dem der ästhetische Status der Form sowie seine Rolle bei der Institutionalisierung des deutschsprachigen Theaters im Mittelpunkt stehen. Vor diesem Hintergrund soll dann an drei Textbeispielen gezeigt werden, wie Goethes Eröffnungsprologe die institutionellen und gattungsspezifischen Anfangsschwierigkeiten nicht nur zum Thema machen, sondern sie gestalten und poetologisch reflektierte Antworten entwerfen, die auf Goethes Literaturtheater einstimmen.

2. *Der Prolog im 18. Jahrhundert*

Der Prolog weist eine lange und wechselvolle Geschichte auf. Bekannt sind vor allem Prologe prominenter Autoren wie Euripides oder Shakespeare, die unser Bild

2 Gerwin Marahrens: *Goethes Theaterreden*. Phil. Diss. Freiburg i. Br. 1958, S. 3.

3 Nandakishore Banerjee: *Der Prolog im Drama der deutschen Klassik. Studien zu seiner Poetik*. München 1970, S. 27, 33.

4 Gerhard Sauder: *Theaterreden: Pro- und Epiloge, Vor- und Nachspiele*. In: *Goethe-Handbuch*, Bd. 2, S. 320 f. Vgl. »So uninteressant solche Gelegenheitsgedichte meist auszufallen pflegen, will der Intendant es sich doch nicht entgehen lassen, dem Publikum und zugleich den Akteuren etwas Programmatisches zu sagen« (Dietrich Fischer-Dieskau: *Goethe als Intendant. Theaterleidenschaften im klassischen Weimar*. München 2006, S. 129); »Theaterreden erschienen Goethe als geeignet, dem Publikum bestimmte Ereignisse, Ideen und Überlegungen mitzuteilen« bzw. »seine eigenen Ansichten von Kunst und Theater kund zu tun« (Birgit Himmelseher: *Das Weimarer Hoftheater unter Goethes Leitung. Kunstanspruch und Kulturpolitik im Konflikt*. Berlin 2010, S. 54).

5 Georg Brandes: *Goethe*. Übers. von Erich Holm u. Emilie Stein. Berlin [4]1922, S. 417.

der Form prägen, bisweilen aber auch den Blick für die historische Formen- und Funktionsvielfalt verstellen. Im 18. Jahrhundert ist die Form im deutschsprachigen Raum einem weiteren Strukturwandel unterworfen, der mit den wichtigsten theaterhistorischen Transformationsprozessen der Zeit zusammenhängt: der Einrichtung stehender Theater sowie der Herausbildung des Literaturtheaters.[6] Eine aufschlussreiche theoretische Schrift, die diesen Strukturwandel reflektiert, ist Carl Friedrich Cramers *Ueber den Prolog* aus dem Jahr 1776.

Cramer nimmt in dem Text eine Blüte des deutschen Theaters wahr: mit Dramatikern wie Lessing, Lenz und Goethe, mit Schauspielern wie Eckhof, Seyler und Reinecke. Er kritisiert aber auch veraltete, überkommene Strukturen und meint in diesem Zusammenhang, es »bedürfte vielleicht kein Theil unsers Schauspiels eine grössere Reform, als der Prolog«.[7] Cramer stößt sich vor allem an der für Prologe typischen Captatio Benevolentiae. Wörtlich heißt es, dass die »ganze Gattung von complimentirenden Prologen verwerflich ist«; es seien Verse »oft nur von mittelmäßigen Bänkelsängern in aller Eil zusammengescribelt, allemal aber aus der untersten Classe der Dichtungsart«.[8] Cramer geht es nicht darum, den Prolog abzuschaffen; er fragt vielmehr, wie man ihn »veredlen, und zu einer würdigen Beschäfftigung für den, der ihn macht, der ihn hersagt, der ihn anhört, erheben könnte«.[9] Seine Antwort ist ein Plädoyer für Vorreden, die das Publikum in eine »Stimmung« versetzen, die mit »der Wirkung des Dramas analog ist«,[10] und er fügt seiner Forderung auch einen selbstverfassten Prolog für Goethes *Clavigo* bei, der diese Akzentverschiebung veranschaulichen soll.

Cramers Ausführungen legen nahe, dass der halbimprovisierte, pragmatisch auf Wohlwollen zielende Prolog im zweiten Drittel des 18. Jahrhunderts fragwürdig geworden ist. Diesen Eindruck können Zahlen bestätigen. Sieht man sich in der verdienstvollen Bibliographie *Theaterperiodika des 18. Jahrhunderts* den Zeitraum zwischen 1750 und 1780 an, bemerkt man, wie in wenigen Jahren die Zahl der Theaterreden rasant ansteigt. Zwischen 1750 und 1760 ist keine Theaterrede verzeichnet, zwischen 1760 und 1770 sind es acht und zwischen 1770 und 1780 schließlich 168.[11] Man kann daran zwar nicht direkt ablesen, dass plötzlich mehr Prologe verfasst und auf den Bühnen gesprochen wurden, sondern zunächst nur, dass mehr Prologe in Theaterzeitschriften abgedruckt wurden. Daran ist aber die Veränderung ihres literarischen Status zu ermessen. Prologe werden nicht mehr nur schnell ›zusammengescribelt‹ und dienen dem Augenblick der Aufführung, sondern man kann sie lesen, vor allem wiederholt lesen, Gattungsmuster weiterentwickeln und immer kunstvoller gestalten. Goethe schreibt in diesem Sinn am 22. Juli 1811

6 Vgl. z.B. Erika Fischer-Lichte: *Kurze Geschichte des deutschen Theaters*. Tübingen, Basel 1999, S. 83-115.

7 Carl Friedrich Cramer: *Ueber den Prolog*. Leipzig 1776, S. 5 f.

8 Ebd., S. 10 f.

9 Ebd.

10 Ebd., S. 14.

11 Wolfgang F. Bender, Siegfried Bushuven, Michael Huesmann: *Theaterperiodika des 18. Jahrhunderts. Bibliographie und inhaltliche Erschließung deutschsprachiger Theaterzeitschriften, Theaterkalender und Theatertaschenbücher*. Bd. 1: *1750-1780*. München u.a. 1994, S. 1013-1017.

an Anton Genast über seinen Entschluss, den Prolog für Halle auch in Druck zu geben: »Da jedoch nicht leicht Jemand beim ersten Mal Hören das Einzelne faßt und man nachher Abschriften verlangen und machen wird, diese aber immer sehr inkorrekt und unschicklich ausfallen: so habe ich mich entschlossen, den Prolog hier abdrucken zu lassen« (zit. nach FA I, 6, S. 1478). Die Briefstelle zeigt, dass Goethe Prologe als literarische Kunstwerke betrachtet, die nach einer wiederholten Lektüre verlangen.

Der Prolog, den Cramer für Goethes *Clavigo* entwirft, und der Prolog, den Goethe für die Eröffnung des neuen Theaters in Halle schreibt, sind repräsentativ für zwei zentrale Entwicklungstendenzen des Prologs im 18. Jahrhundert. Bei der ersten Textgruppe geht es um die kunstvolle Exposition eines Einzeltextes, eines neuen Dramas. Die analoge Wirkung, von der Cramer spricht, rufen oft Figuren aus dem Stück hervor; so spricht bei ihm Clavigo den Prolog. Zur gleichen Zeit wird auch Lessings *Emilia Galotti* von Reden Odoardos, Marinellis oder Emilias gerahmt.[12] Die zweite Textgruppe sieht dagegen vom Einzeltext ab und führt das (stehende) Theater als kulturelle Institution ein.[13] Goethes Theaterreden versammeln beide Formen: Expositionen zu Stücken wie Carlo Goldonis *Der Krieg* oder August Wilhelm Ifflands *Alte Zeit und neue Zeit* und Eröffnungsprologe für Städte wie Weimar, Halle oder Berlin. Auf diese zweite Textgruppe werden sich die weiteren Ausführungen beschränken, weil diese Funktion von Prologen bislang kaum erforscht wurde und Goethe auf diesem Feld Bemerkenswertes geleistet hat.

3. *Weimar 1784 | 1791*

Die Unterschiede zwischen bänkelsängerhaften und veredelten Prologen, von denen Cramer spricht und die mittelbar mit den erwähnten Umwandlungsprozessen zusammenhängen, können am Beispiel Weimar vor Augen geführt werden. Vor Goethes Direktorat hatte sich von 1784 bis 1791 Giuseppe Bellomos Schauspielgesellschaft in Weimar niedergelassen. Aus dem Jahr 1784 ist ein Eröffnungsprolog der Truppe überliefert, den die Figur des Improvisatore mit den Worten beginnt:

Mein gutes Glück, aus fernem Land
Hat mich anheut hieher gesandt.
Ich find die Stadt schön und scharmant,
Und wüßte mir im Deutscherland,
Kein Ort, kein Stadt, noch groß, noch klein,
Wo ich, per Dio! wollt lieber seyn.[14]

12 Vgl. Hans-Joachim Jakob: *»Und so wie er ersticht auch keiner mehr«. Pro- und Epiloge als Medien zwischen Bühne und Publikum (am Beispiel von »Emilia Galotti«-Aufführungen zwischen 1772 und 1793)*. In: ders., Hermann Korte, Bastian Dewenter (Hrsg.): *Medien der Theatergeschichte des 18. und 19. Jahrhunderts*. Heidelberg 2015, S. 77-91.

13 Vgl. Mirjam Springer: *Schauspiel vor dem Theater. Theaterprologe und -epiloge zwischen 1750 und 1800*. In: Jakob, Korte, Dewenter (Anm. 12), S. 53-76, 59 f.

14 Karl Siegmund von Seckendorff: *Zur Feyer des dreyfachen Geburtsfestes. Prolog, gesprochen im Namen der Bellomoischen Gesellschaft, von Mezner. Weimar, den 3ten Februar 1784*. In: *Theater-Kalender auf das Jahr 1786*, S. 3.

Die Merkwürdigkeit, dass der Improvisatore einen vorgefertigten Text spricht, ist bezeichnend für die Schwierigkeit, ja Unmöglichkeit, eine mündliche Kultur aus schriftlichen Texten rekonstruieren zu wollen. Man kann sich dieser nur annähern. Bei dem Prolog handelt es sich auch gar nicht um einen Text *von* Mitgliedern der Schauspielgesellschaft, sondern um einen Text *für* die Gesellschaft, verfasst von Karl Siegmund von Seckendorff, dem »Directeur des plaisirs«[15] in Weimar. Dennoch führt der Prolog in die Welt der Wanderbühne ein. Es gibt die Thematisierung der Reise und der Ankunft, das auf Musiktourneen heute noch übliche Stadtlob, sogar die sprachliche Markierung der Fremde im »per Dio«, und metrisch wird im dahinklappernden Knittelvers, den paargereimten vier Jamben, das Improvisierte, Bänkelsängerhafte betont. Goethe zählte den Text in einem Brief an Charlotte von Stein später mit anderen Prologen zu den »Exkrementen der Weimarischen Armuth« (WA IV, 7, S. 171).

Im direkten Vergleich mit Goethes Eröffnungsprolog vom 7. Mai 1791 treten die Unterschiede der Texte besonders deutlich hervor, zunächst die klanglichen. Goethe wählt die Blankversform, also das Metrum seiner jüngst publizierten Dramen *Iphigenie auf Tauris* und *Torquato Tasso*, das sich auch zum wichtigsten Dramenvers der Weimarer Klassik entwickeln wird. Vor allem ist der Prolog nicht schon an einem (geographischen) Ziel angekommen, sondern der poetologische Text steht am Anfang und macht selbst einen Anfang:

Der Anfang ist an allen Sachen schwer;
Bei vielen Werken fällt er nicht ins Auge.
Der Landmann deckt den Samen mit der Egge,
Und nur ein guter Sommer reift die Frucht;
Der Meister eines Baues gräbt den Grund
Nur desto tiefer, als er hoch und höher
Die Mauern führen will; der Maler gründet
Sein aufgespanntes Tuch mit vieler Sorgfalt,
Eh' er sein Bild gedankenvoll entwirft,
Und langsam nur entsteht, was jeder wollte.
(FA I, 6, S. 875, V. 1-10)

Die selbstreflexive Eingangspassage tritt als betont literarischer Anfang auf. Die scheinbar allgemeingültige Sentenz, die eine wiederholt artikulierte Behauptung der Epoche aufgreift, wird sofort in die drei Sprachbilder vom Landmann, Baumeister und Maler übersetzt, die die Anfangsschwierigkeiten literarisch konkretisieren und gestalten. Der Weg der Metaphern führt vom Feldbau und der Natur über das Handwerk zur Kunst, sodass sich am Ende der ersten Strophe das Thema der Bilder und das von Beginn an eingesetzte Medium der Sprache im Sprachbild treffen. So ist ein kunstvoller Anfang aus Literatur gemacht, dem Fundament des Weimarer Theaters.

Eine wesentliche Schwierigkeit dieses Anfangens liegt in der Unscheinbarkeit begründet, von der der zweite Vers spricht. Das Anfangen wird unterschätzt: das

15 Effi Biedrzynski: *Goethes Weimar. Das Lexikon der Personen und Schauplätze*. Zürich 1992, S. 409.

Samenkorn, das Fundament eines Hauses, die Grundierung eines Bildes und – übertragen auf den Text – auch der Prolog. Mit dieser Diagnose hat es aber nicht sein Bewenden, es werden zudem Bedingungen eines gelingenden Anfangens im Theater formuliert. Die Grundierung entwirft der Text als erste unentbehrliche Anforderung. Man muss den Boden bereiten, die Fundamente legen, sich um die Voranfänge kümmern. Diese Grundierung genügt sich jedoch nicht selbst, sie ist mit einer Bewegung nach oben verbunden. Die Pflanze wächst aus dem Boden, das Haus wird in die Höhe gebaut und im übertragenen Sinn entsteht ein gedankenvolles Bild. Es kommt – als zweiter Anforderung – zu einer Erhebung. Der Weg führt schließlich nicht nur nach oben, sondern er verästelt sich auch. Das Samenkorn wächst im Prolog zur »Frucht« (V. 4), später zur »Blume« (V. 31), die schließlich den »schöne[n] Kranz der Kunst vollendet« (V. 32). Es gibt also eine komplexe Vielfalt, die als dritte Bedingung eines gelungenen Anfangs erscheint und die auch die drei unterschiedlichen Metaphern vor Augen führen.

Die Konzepte Grundierung, Erhebung und Vielfalt, die dieser erste Textabschnitt metaphorisch entwickelt, eignen sich auch, die weitere Eröffnungspoetik Goethes näher zu charakterisieren. Dass es sich tatsächlich um Gestaltungsprinzipien der Texte handelt, kann an der rhythmischen Organisation verdeutlicht werden. Bei der Sentenz in den ersten beiden Versen sind Vers und Syntax noch deckungsgleich. Danach kommt jedoch langsam rhythmische Bewegung in die Logik der Sprache. Die Enjambements prägen sich immer deutlicher aus und setzen hinter zwei Leitkonzepte Pausen, die die Bewegungsrichtungen rhythmisch gestalten. »Der Meister eines Baues gräbt den Grund«, in den man am Versende hineinfällt, »Nur desto tiefer, als er hoch und höher«, wohin man mit dem Komparativ aufsteigt, »Die Mauern führen will«. In den *Regeln für Schauspieler* wird Goethe später schreiben: »Hat man Jamben zu deklamieren, so ist zu bemerken, daß man jeden Anfang eines Verses durch ein kleines kaum merkbares Innehalten bezeichnet« (FA I, 18, S. 870). Grundierung und Erhebung sind also klangliche Effekte in den Blankversen, und die Verse sind insofern vielstimmig, als sich hier Syntax und Versstruktur nicht mehr wie zu Beginn decken. Das zeigt auch der Vers am Ende. Hier verbindet das »Und« über die Versgrenzen hinweg, und der Gliedsatz teilt wie schon zuvor den Vers in eine drei- und eine zweihebige Periode auf.

So ist nicht nur ein Anfang aus Literatur gemacht, sondern auch ein Anfang für die Schauspieler, für die Rezitation, auf die Goethe als Bühnendirektor viel Wert legen wird. Der Prolog fungiert somit selbst als ein unscheinbares Samenkorn, das den Boden des Weimarer Hoftheaters mitbereitet – das Haus einweiht und eine Poetik entfaltet –, und als ein Samenkorn, das die weitere Richtung der Institution zu bestimmen versucht. Der komplexe Wachstumsprozess, die vielschichtige Erhebung stimmen dabei auf die Besonderheiten einer stehenden Bühne ein. Die dargebotene Schauspielkunst präsentiert sich als stete Tätigkeit an einem Ort wie der Landbau und das Handwerk. In diesem Sinn exponiert der Prolog kein nachfolgendes Stück – August Wilhelm Ifflands *Die Jäger* wird nicht einmal erwähnt –, sondern er führt das Stück als Teil eines verstetigten Projekts ein.

Der Prolog bietet einen Ausblick und verlangt dem Publikum zugleich einen Verzicht ab. Das grelle Gegenbild wäre der Ausrufer, der die unmittelbar nachfolgenden Sensationen lautstark ankündigt. Eine Verstetigung des Theaters bedeutet dagegen, dass man mit dem Aufschub von Erwartungen umzugehen lernt – eine Haltung, die Theaterbesucher auch Abonnements abschließen lässt. Zugespitzt kann man sagen, dass Prologe wie die Goethes eine Politik und Poetik der Institutionalisierung verfolgen, die keine Stücke, sondern eine Theaterform einführen. Die Prologe, die Goethe später für neu eröffnete Theater anderer Städte geschrieben hat, machen diesen institutionellen Aspekt besonders deutlich. Sie unterstreichen, dass es in den Vorreden nicht nur um neue Gebäude und Bühnen geht, sondern um den Anfang des stehenden Theaters als einer kulturellen Einrichtung. Diese Ausweitung des Projekts und die Variationsbreite von Goethes Eröffnungspoetik sollen in den folgenden Analysen der Theatereröffnungen in Halle und Berlin im Mittelpunkt stehen.

4. Halle 1811

In den 20 Jahren, die zwischen der Eröffnung in Weimar 1791 und der in Halle 1811 liegen, hat Goethe kontinuierlich weitere Theaterreden verfasst, die meisten für Weimar. Die Reden weisen untereinander zahlreiche Anknüpfungspunkte auf, sodass man trotz der Anlassbezogenheit Entwicklungen einer Textsorte beobachten kann. Die selbstreflexive Thematisierung der Anfangsschwierigkeiten weicht zum Beispiel zunehmend dem Verweis auf vorausliegende Anfänge und bewährte Gestaltungskonzepte. Im Oktober 1791 erinnert Goethes zweiter Eröffnungsprolog noch einmal daran, »Daß unsre Kunst mit großen Schwierigkeiten / Zu kämpfen hat« (FA I, 6, S. 877, V. 19 f.) – zugleich kann man den Wunsch, »das zum zweitenmal zu leisten, / Was einmal […] gelang« (V. 37 f.), unmittelbar auf die Konsolidierungsbemühungen des Vorgängerprologs beziehen. Das Anfangen wird so immer stärker zu einem Fortsetzen. Im *Prolog bei Wiederholung des Vorspiels in Weimar* (1802), gemeint ist das Vorspiel *Was wir bringen*, heißt es zehn Jahre später noch expliziter, »wie wir denken, wie wir fühlen ist euch schon / Genug bekannt« (FA I, 6, S. 888, V. 11 f.), »da vor euren Augen sich / Was wir begonnen, nach und nach entwickelt hat« (V. 22 f.). Dieser Projektcharakter verändert die Struktur und die Wirkung der Prologe, gerade im Dialog mit dem Publikum. Die Texte sprechen nicht mehr primär die Anwesenden an, sondern die Eingeweihten, die mit den Voranfängen vertraut sind. Die Verstetigung des Theaters geht so mit einer sozialen Gruppenbildung der Theatergeher einher, die die Prologe abbilden und an der sie performativ mitwirken.

Diese Tendenz lässt sich zugleich in den Prologen für neu eröffnete Theater anderer Städte erkennen. In Halle ist das nicht nur verwunderlich, weil Goethe hier zuvor nicht tätig war, sondern auch weil erst 1806 das seit 1771 bestehende Theaterverbot aufgehoben wurde und die Stadt mittlerweile als Teil des Königreichs Westphalen von Jérôme Bonaparte regiert wurde. Trotz der völlig neuen theaterhistorischen und politischen Rahmenbedingungen heißt es im Ton der Vertrautheit:

> Auch, was wir bringen, ist Euch allen wohl bekannt:
> Das Mannigfalt'ge vorzutragen ist uns Pflicht,
> Damit ein Jeder finden möge was behagt;
> […]

So schaffet Mannigfaltigkeit die höchste Lust,
Beschäftigt leicht den Geist und Sinn Gebildeter,
Und bildet Jeden, den zum Urteil sie erregt.
(FA I, 6, S. 895, V. 20-22; S. 896, V. 32-34)

Der Textausschnitt streicht erneut die Bekanntheit des Theaterunternehmens hervor und beginnt mit einem Selbstzitat. Goethe rekurriert auf sein zuvor erwähntes Vorspiel *Was wir bringen*, das 1802 zur Eröffnung des Schauspielhauses im nahegelegenen Lauchstädt aufgeführt wurde. Der Prolog erklärt so die vorausliegenden Anfänge zu Fundamenten dieses Anfangs und signalisiert insbesondere einer Goethe-Theatergemeinde, dass eine Gattungs- und Eröffnungstradition fortgeführt wird. Der Text legt aber auch knapp dar, was »allen wohl bekannt« ist, und konkretisiert zum Beispiel in der Engführung von ›Mannigfaltigkeit‹ und ›Bildung‹ die Richtung des Anfangens.

Die Vorrede ruft die zuvor beschriebenen Konzepte Grundierung, Erhebung und Vielfalt begrifflich auf, macht sie zu Gestaltungsprinzipien, verändert aber die Mittel der Darstellung. Im Prolog für Halle ist vor allem die vielschichtige Anredestruktur auffällig; der Text vertieft und variiert also ein für Prologe typisches Grundmuster. Wie wichtig das Spiel mit der wechselnden Anrede ist, zeigt sich auch daran, dass Goethe der Schauspielerin Anna Amalia Wolff, die den Prolog in Halle vorgetragen hat, individuelle Regieanweisungen mit roter Tinte an den Rand geschrieben hat (vgl. FA I, 6, S. 1478-1480), die sie auf diese Wechsel aufmerksam machen.

Das obige Zitat stammt aus dem ersten Teil des Textes, der den Kontakt zwischen dem Publikum und den Schauspielern herstellt. Die Prologsprecherin beginnt diesen Teil in der Ich-Form und wechselt im dritten Satz zum Wir: »Daß *ich* mit Kränzen *heute* reichlich ausgeschmückt […] / Vor *Euch* erscheine« – »Wie sind *wir* fröhlich, gegenwärtig *hier* am Ort / Vor *Euch* zu treten« (V. 1-3, V. 7 f.; Hervorhebungen C. Ö.). Zwischen ›hier‹ und ›heute‹, die in zahllosen Prologen den Präsenzeffekt der direkten Anrede hervorheben, verwandelt sich vor den Augen des Publikums ein Individuum in eine Repräsentantin des Ensembles. Der Weg führt also vom Teil zum Ganzen. Die Publikumsansprache erfolgt in umgekehrter Richtung, von einem unbestimmten ›Euch‹ zu den einzelnen Besuchergruppen wie den Bürgern der Stadt, den Initiatoren des Theaterunternehmens, den Kurgästen und den neuen Herrschern. Die angekündigte Mannigfaltigkeit wird so in den Adressierungen gestaltet.

Nach der ersten Kontaktaufnahme – der Projektvorstellung, dem Anruf der Stadt und der Stadtgeschichte – verändert sich die Anredestruktur. Die Prologsprecherin wendet sich an den Boden und die natürlichen Ressourcen der Kurstadt Halle, denen zwei Strophen gewidmet sind. Die erste Strophe beginnt mit den Worten: »Entwallet nicht der Erde dort ein Wunderquell?« (V. 53), sie endet mit den Versen: »Die erst' und letzte Würze jedes Wohlgeschmacks, / Das reine Salz« (V. 64 f.). Der Kreis, der sich hier schließt, wird durch die W-Laute in fünf der zehn Betonungen hervorgehoben: »Entwallet«, »Wunderquell«, »Würze jedes Wohlgeschmacks«, also durch den Laut, auf den man nach Ernst Jünger »in allen Gedichten, in denen das Spiel des Wassers zum Ausdruck kommt«,[16] trifft. Der so

16 Ernst Jünger: *Lob der Vokale*. In: ders.: *Sämtliche Werke*. Bd. 12. Stuttgart 1979, S. 14 f.

angesprochene »Wunderquell« des »Wohlgeschmacks« fungiert wie das Samenkorn als ein Fundament, das nicht in sich ruht.

Der Bewegungsimpuls der Quellen treibt den Text weiter, es geht danach wie schon im ersten Prolog in die Höhe. Der Übergang von der Natur zur Kultur erfolgt knapp, sentenzhaft und unpersönlich. Die Richtung ist indes klar: »Doch so viel Gutes reichlich auch Natur verliehn, / Des Menschen Geist verbessert's immer und erhöht's« (V. 88 f.). Von dieser Höhe aus werden zunächst die Männer angesprochen, die sich um den Kurort Halle verdient gemacht und die Einrichtung des Theaters angeregt haben. Dann erfolgt die Anrede an die Kurgäste, die poetologisch gesehen die wichtigeren Adressaten sind, weil nun ein Weg in die Höhe gestaltet wird, der zur »Gesundheit«, dem »höchste[n] Gut« (V. 92), führt, die keine bloß körperliche Gesundheit meint:

> Dies aber zeig' ich Euch vertraulich an, daß wir
> Ganz eigentlich dem treuen Arzt zur Seite stehn:
> Denn Geist und Körper innig sind sie ja verwandt;
> [...]
> Dies also bleibt die Vorschrift! diese merkt Euch wohl,
> Und setzt nicht aus: das ist Beding bei jeder Kur,
> Daß man ununterbrochen ernstlich sie gebraucht;
> (V. 109-111, 118-120)

In Halle, dem Kurort und der Theaterstadt, treten Natur und Kultur in eine besondere Konstellation, die eigene Adressierungen ermöglicht. Die Captatio Benevolentiae kann ironisch durch den Ton ärztlicher Autorität ersetzt werden, die Vorrede wird zur »Vorschrift«. Zudem kann die Verstetigung – der zuvor schon erwähnte Aufschub von Erwartungen – per Analogie plausibilisiert und empfohlen werden. Wie die Kur entfaltet das stehende Theater in der Regelmäßigkeit seine Wirkung. Man muss, wie es für heutige Ohren tongebeugt heißt, ›unúnterbrochen‹ Gebrauch machen.[17]

5. Berlin 1821

Der *Prolog zu Eröffnung des Berliner Theaters im Mai 1821* ist der bekannteste Eröffnungsprolog Goethes für ein Theater außerhalb Weimars und auch der umfangreichste. Mit 283 Versen ist die Vorrede mehr als doppelt so lang wie die für Halle (127 Verse) und über achtmal so lang wie die erste für Weimar (35 Verse). Diese Erweiterung geht mit einer Universalisierung des Vorgetragenen einher, wie sich bereits an der Prologsprecherin zeigt. Es tritt diesmal kein Ensemblemitglied vor den Vorhang, sondern dezidiert eine Kunstfigur: die ›Muse des Dramas‹, die den zeit- und ortsübergreifenden Geist der Kunst verkörpert. Die Muse rekurriert auch nicht auf die lokale Theatertradition, sondern beginnt mit einer Entwick-

17 In Goethes *Die Lustigen von Weimar* und anderen zeitgenössischen Gedichten wird ›ununterbrochen‹ genauso auf der Stammsilbe betont. Dadurch ist der Gegenbegriff ›unterbrochen‹ stärker mitaufgerufen, zusammen mit der Opposition von Kontinuität und Diskontinuität, die hier verhandelt wird.

lungsgeschichte der dramatischen Formen von der Antike bis zur Gegenwart. Sie geht zudem auf die Oper und das Ballett ein und erweitert die Ankündigung so um die Künste Musik, Gesang und Tanz. Darüber hinaus macht die Muse des Dramas auf den neuen Theaterbau, die Innenarchitektur und das Bühnenbild aufmerksam, sodass der »Gesamtblick« (FA I, 6, S. 913, V. 181) der Zuschauenden auf ein intermediales Gesamtkunstwerk gelenkt wird.[18]

Trotz dieser Tendenz zur Universalisierung schließt Goethe wieder an seine Voranfänge an. Die Verse, es »Eröffnen die Räume, die heiteren, hellen, / Sich als ein Gemeingut, wie heilende Quellen« (V. 268 f.), greifen zum Beispiel unmittelbar die Grundierungsmetaphorik aus dem Prolog für Halle auf. Die belebende Wirkung zeigt sich erneut als eine nach oben führende Bewegung: »Denn das ist der Kunst Bestreben / Jeden aus sich selbst zu heben, / Ihn dem Boden zu entführen« (V. 187-189). Schließlich stößt man auch ein weiteres Mal auf den Leitbegriff der Mannigfaltigkeit, der die Vielfalt im Prozess der Verstetigung akzentuiert: Die Bühne »Wird mannigfaltig, so nun Jahre walten, / Sich nach und nach vor eurem Blick entfalten« (V. 252 f.).

Die paargereimten Verse, die dem dritten Abschnitt der dreiteiligen Vorrede entnommen sind, rufen also wieder die zentralen poetischen Konzepte in Goethes Eröffnungsprologen auf. Erstaunlich ist, dass die drei Passagen drei verschiedene Versmaße aufweisen. Die Quellen-Verse sind daktylische Vierheber (xx́xxx́xxx́xxx́x / xx́xxx́xxx́xxx́x), die Erhebungs-Verse trochäische Vierheber (x́xx́xx́xx́x / x́xx́xx́xx́x) und die Mannigfaltigkeits-Verse jambische Fünfheber (xx́xx́xx́xx́xx́x / xx́xx́xx́xx́xx́x). Bei der Wahl der Gestaltungsmittel deutet sich somit wieder eine Schwerpunktverlagerung an, die nun eingehender analysiert wird. Metrische Parallelstellen aus *Faust* können die formsemantischen Interpretationen der nur selten in Dramen eingesetzten Versmaße stützen.[19]

Die Berliner Vorrede beginnt mit jambischen Fünfhebern, die im Unterschied zu den bisherigen Eröffnungsprologen gereimt sind. Die Klangwirkung wird so gesteigert; dennoch hält Goethe den Vers offenbar für geeignet, »didaktische Stellen [...] klar und deutlich ins Publikum [zu] schicken« (zit. nach FA I, 6, S. 1490), wie es in einem der zahlreichen Kommentare zum Prolog heißt. In *Faust II* ruft ein Herold – also eine Figur, die von der Antike bis zum Fastnachtsspiel besonders häufig als Prologsprecher auftritt – mit derselben Versform und in einer vergleichbaren Raumsituation »*die griechische Mythologie hervor*« (FA I, 7.1, S. 225). Der fünfhebige Ankündigungsvers, der den Anfang macht und zu den Anfängen des Dramas zurückführt, bereitet so den Boden für die weitere Aufführung. Im Verlauf des ersten Abschnitts stößt man nur auf vereinzelte, bedeutungstragende Lizenzen. Beim Hinweis auf die neue Spielstätte – »Was ich gewollt, gefordert und befahl, / Es steht, und übertrifft mein Wollen hundertmal« (V. 3 f., xx́xx́xx́xx́xx́ / xx́xx́xx́xx́xx́xx́) – wechselt zum Beispiel einmal der fünf- zu einem sechshebigen Vers, um dem Übertreffen der Erwartungen durch die Erweiterung der Verslänge Ausdruck zu verlei-

18 Vgl. Hans-Georg von Arburg: *Alles Fassade. ›Oberfläche‹ in der deutschsprachigen Architektur- und Literaturästhetik 1770-1870*. München 2008, S. 118-120.

19 Vgl. Markus Ciupke: *»Des Geklimpers vielverworrner Töne Rausch«. Die metrische Gestaltung in Goethes »Faust«*. Göttingen 1994.

hen. Insgesamt wird bei dem theaterhistorischen Grundlagenunterricht aber nur zurückhaltender Gebrauch von metrischen Variationen gemacht.

Am Ende des ersten Abschnitts resümiert die Muse des Dramas ihre Strategie und bereitet gleichzeitig den Übergang zum zweiten Abschnitt vor: »Ja! was ich sagte, sagt' ich offenbar / Dem Menschensinn gemäß, wahrhaft und klar; / Nach Wunderbarem aber treibt mich's, will es fassen« (V. 110-113, xx́xx́xx́xx́xx́ / xx́xx́x x́xx́xx́ / xx́xx́xx́xx́xx́xx́x) – wobei das Streben nach »Wunderbarem« wie zuvor das Übertreffen durch einen sechshebigen Vers markiert wird. Der Übergang stellt sich als ein Übergang von der Vernunft zum Wunderbaren, von der Perspicuitas zur Obscuritas dar. Der zweite Abschnitt beginnt bezeichnenderweise mit den Versen: »Tausend, aber tausend Stimmen / Hör' ich durch die Lüfte schwimmen« (V. 114 f., x́xx́xx́xx́x / x́xx́xx́xx́x), die selbstreflexiv auf die Vervielfältigung der Rhythmen und die Hinwendung zu einem anderen Sinneskanal verweisen. Das klare, imaginative Sehen weicht dem fließenden Hören. Der Wechsel vom gereimten jambischen Fünfheber zum gereimten trochäischen Vierheber erhöht durch die Verkürzung der Verslänge die Klangdichte, sodass die Signifikanten gegenüber den Signifikaten stärker zur Geltung kommen.

In *Faust I* beginnt der Wechselgesang von Faust und Mephistopheles in der *Walpurgisnacht* mit derselben Versform und den Worten: »In die Traum- und Zaubersphäre / Sind wir, scheint es, eingegangen« (FA I, 7.1, V. 3871 f.). Nach der antiken Klarheit taucht der zweite Abschnitt des Eröffnungsprologs, der auch gesungen vorgetragen werden sollte, in eine romantische »Traum- und Zaubersphäre«. Wie beim Aufstieg auf den Brocken wird nun die Horizontale von der Vertikalen als der dominanten Raumachse abgelöst. Die oben zitierten Stimmen, die den zweiten Abschnitt eröffnen, führen »Berghinan und talhernieder / Und das Echo schickt sie wieder« (V. 124 f.). Dieser vertikale Aufriss, der am Ende der ersten Strophe des zweiten Abschnitts steht, bereitet zudem den ersten Rhythmuswechsel innerhalb eines Abschnitts vor: von den vierhebig-trochäischen Versen zurück zu den fünfhebig-jambischen Versen, die unmittelbar darauf das Auf-und-Ab nochmals in einem anderen Ton und mit anderem Akzent wiederholen: »Und von den niedern zu den höchsten Stufen / Sind Kräfte der Natur hervorgerufen« (V. 126 f., xx́xx́xx́xx́xx́x / xx́xx́xx́xx́xx́x). Der Wechsel von fallenden und steigenden Versformen, von Trochäus und Jambus, gestaltet offenkundig ein Auf- und Absteigen vom Tiefen zum Hohen, von der Natur zur Kultur. Dieses zentrale poetische Konzept Goethes umspielt der gesamte zweite Abschnitt, der nach einem weiteren metrischen Wechsel mit daktylischen Vierhebern auf den Grund der Hölle führt, bis man schließlich mit den trochäischen Vierhebern metrisch zurück an den Anfang und auch räumlich zurück in den Himmel gelangt: »Kehrst du wieder, Himmels-Helle! / Iris, mit gewohnter Schnelle« (V. 156 f.). Die für den zweiten Abschnitt charakteristischen schnellen Kehrtwendungen stellen diese Verse überdeutlich aus.

Der dritte Abschnitt, so Goethe in dem vorhin zitierten Kommentar, sollte sich an »Vernunft und Gefühl« (zit. nach FA I, 6, S. 1493) wenden. Der synthetische Charakter ließe sich noch in manch anderer Hinsicht geltend machen: im Hinblick auf die Gegensätze von Kultur und Natur, Klassischem und Romantischem, Wortbedeutung und Wortklang. Nach einer weiteren Wechselfolge der beiden bislang dominanten Versmaße endet der dritte und letzte Abschnitt mit der dritten Versform des Textes: mit zwei Strophen in daktylischen Vierhebern, denen die Quellen-Verse zu Beginn entnommen wurden. Das ist insofern naheliegend, als der Daktylus, ähnlich wie der W-Laut, besonders häufig in Versen anzutreffen ist, die das Wasser thematisieren, zum Beispiel in den berühmten Versen: »Seele des Menschen, / Wie gleichst du dem Wasser!« (FA I, 1, S. 285, x́xxx́x / xx́xxx́x), in denen die Daktylen über die Versgrenze hinwegfließen.

Innerhalb des Prologs ist der Rhythmuswechsel zunächst überraschend, wurde doch zuvor der Moment des größten Schreckens in dieser Form gestaltet. Doch es zeigt sich im Rückblick auch eine Gemeinsamkeit der Passagen: Die erste führt nämlich »Durch's Feuermeer« (V. 143) der Hölle. Die Daktylen verbinden so Feuermeer und Heilquellen, Zerstörung und Aufbau, und entsprechen in dieser Abfolge auch dem historischen Theaterbrand von 1817 und der 1821 erfolgten Eröffnung des Neubaus. Einen Schöpfungsakt, der mit der Vereinigung von Feuer und Wasser beginnt, hat Goethe in *Faust II* mit derselben Versform gestaltet. In der letzten Szene des zweiten Akts *Felsbuchten des ägäischen Meers* sprechen verschiedene Wasserwesen in daktylischen Vierhebern, von denen eine »hymnisch-feierliche Wirkung ausgeht«.[20] Nach dem Eindringen des Feuers in die maritime Umgebung besingen die Sirenen Homunculus' Geburt in folgender Weise: »Und rings ist alles vom Feuer umronnen; / So herrsche denn Eros, der alles begonnen!« (FA I, 7.1, S. 334, V. 8478 f., xx́xxx́xxx́xxx́x / xx́xxx́xxx́xxx́x). Hier wie im Berliner Eröffnungsprolog formen die daktylischen Vierheber also ein Versmaß der hymnisch gefeierten Vereinigung.

In den letzten beiden Strophen der Vorrede stellen vor allem die zahlreichen asyndetischen Aufzählungen den Prozess der Vereinigung aus (»wir wechseln, wir steigern«, »Dem Nächsten, dem Fernsten, dem Höchsten«, »So Alte, so Junge«, »dem Einen, dem Andern«, »Zum Streben, zum Handeln, zum Wirken«; V. 266-277), der auch den begrifflichen Schlusspunkt des Prologs bildet (»sich vereint«). Die Anredestruktur und die Metaphorik der letzten Strophe gestalten einen entscheidenden Übergang, der von der Kunst in die Politik, vom Theater zur Nation führt. Die Mannigfaltigkeit, die mit Blick auf das Gesamtkunstwerk bislang vor allem als ästhetisches Prinzip von Bedeutung war, erfährt eine politische Wendung, die auf das nationale Ganze zielt. Als einigendes Organisationsprinzip tritt nicht Eros, sondern der Monarch auf:

> So sind wir am Ziel nun; Er hat es gewollt,
> Daß freudig geschehe, was Alle gesollt.
> Des Vaterland's Mitte versammelt' uns hier,
> Nun ist es ein Tempel und Priester sind wir;
> Wo Alles zum Höchsten, zum Besten gemeint,
> Um unseren Herrscher entzückt sich vereint.
> (V. 278-283, xx́xxx́xxx́)

Die Begegnung vom »Wir« (V. 266) der Darstellenden und dem »Sie« (V. 265) des Publikums in der vorletzten Strophe wechselt hier zur Vereinigung von »Alle« und »Er«, »Vaterland« und »Herrscher«. Die Natur mit ihren heilenden Quellen, die

20 Ebd., S. 122.

zuvor als »Gemeingut« bezeichnet wurden, weicht einer sozialen Institution (»Tempel und Priester«), die hierarchisch organisiert einem Gott dient. Im Unterschied zu Weimar im kleinen Herzogtum Sachsen-Weimar oder zu Halle, das 1811 unter französischer Herrschaft stand, sind in Berlin die Voraussetzungen nun günstig, ein stehendes Theater als Nationaltheater einzuweihen. Der Beginn der Strophe, wo »Er« gegenüber »Alle« noch in unbetonter Stellung steht, scheint zunächst den Akzent auf die Nation zu legen, in deren geographischer Mitte sich Berlin befindet. Die politische Schlusswendung, die »Alles« einem »Herrscher« unterordnet, macht aber deutlich, dass weniger ein *Nationaltheater* als ein *Königliches Schauspielhaus* eröffnet wird.[21]

21 Vgl. Gerhard Müller u.a. (Hrsg.): *Apollos Tempel in Berlin. Vom Nationaltheater zum Konzerthaus am Gendarmenmarkt. Eine Berliner Theaterchronik 1776-2008*. München 2008, S. 72-83.

Reto Rössler

Goethes Sternwartenszene der »Wanderjahre« und die Transformation(en) des kosmologischen ›Weltgebäudes‹ der Aufklärung

In seiner *Theorie des Romans* (1916) hat Georg Lukács die meist getrennt wahrgenommenen Verläufe von kosmologischer Wissensformation, Subjektgenese und literarischer Formgeschichte zwischen Früher Neuzeit und Moderne auf prägnante Weise enggeführt. Während sich der dort einleitend evozierten »[s]elig[en] [...] Zeiten, für die der Sternenhimmel die Landkarte der gangbaren und zu gehenden Wege« anzeigte,[1] lediglich noch in nostalgischer Weise (in der Lektüre antiker Epen) gedenken lässt, kennzeichnet den Roman bekanntlich die Erfahrung der Einsamkeit und ›transzendentalen Obdachlosigkeit‹ des modernen Individuums. Zu den literarischen Kronzeugen dieser nachkopernikanischen Kontingenzerfahrung zählen für Lukács neben Cervantes' *Don Quixote* (1605/15) und Flauberts *L'Éducation sentimentale* (1869) – zugleich in der bewusstseinsgeschichtlichen wie poetologischen Mitte zwischen beiden stehend – Goethes *Lehrjahre* (1795/96).[2] Umso erstaunlicher mutet es indes an, dass der zweite Teil, die *Wanderjahre* (1821/29), trotz der für den Ideengehalt des Romans so zentralen Verhältnisbestimmung von Kosmos und Subjekt bei Lukács keine Erwähnung findet – dies umso mehr, wenn man sich bewusst macht, dass gerade die Fortsetzung die avisierte Linie bestens hätte belegen können. Ohne die geschichtsphilosophischen Implikationen der *Theorie des Romans* in all ihren Facetten mitzugehen, erscheint es (gerade in Anbetracht der gegenüber dem ersten Romanteil so auffällig veränderten Erzählweise) jedoch grundsätzlich lohnenswert, an die hier eingeschlagene Fragerichtung anzuknüpfen und den Zusammenhang von (kosmologischem) Wissen und literarischer Form in Goethes *Wanderjahren* erneut zu betrachten. Konkret stellt dieser Beitrag dazu eine Relektüre der viel beachteten Sternwartenszene des Romans an und wirft die Frage auf, inwiefern sie sich als theoretische Auseinandersetzung *mit* sowie als literarischer Reflex *auf* den Diskurs um das kosmologische ›Weltgebäude‹ und dessen Transformationen im 18. und frühen 19. Jahrhundert lesen lässt.

Mit der Ankunft auf Makaries Schloss im zehnten Kapitel des *Ersten Buchs* der *Wanderjahre* betreten Wilhelm und Felix einen eigenständigen astronomischen Wissensraum, dessen narrative Schwelle über die mehrfache Rahmung (›Mauer‹, ›Tor‹, ›Gebäude‹, ›Pforte‹; vgl. FA I, 10, S. 378) im Text klar markiert wird. Praktisch von ihrem Beginn an ist die Sternwartenszene durch die Kontrastierung unterschiedlicher historischer, astronomischer bzw. kosmologischer Wissensordnungen

1 Georg Lukács: *Die Theorie des Romans. Ein geschichtsphilosophischer Versuch über die Formen der großen Epik*. Darmstadt, Neuwied 1971, S. 21.
2 Vgl. ebd., S. 117.

gekennzeichnet. Auch hier unterstreichen die minuziöse Ausgestaltung der Schlossszenerie und das Interieur die mehrfache Opposition zwischen Natur und Kultur, freier und theoretischer Naturbetrachtung, Offenheit und Geschlossenheit sowie zwischen ›Altem‹ und ›Neuem‹. An diese Selbstdeutung des Textes anschließend, haben bisherige Lesarten der Szene insbesondere die Dichotomie zwischen einer neuzeitlichen, technisch gestützten, ›nachkopernikanischen‹ Astronomie einerseits und einem vormodernen, hermetisch-ganzheitlichen Kosmologiewissen andererseits akzentuiert. Als Beispiele lassen sich etwa die sozialgeschichtlich motivierte These Hannelore Schlaffers anführen, derzufolge das aus der Wirklichkeitserfahrung der astronomischen Beobachtung herausgefallene Mythische in Gestalt der für den Roman so zentralen Figur Makaries im Medium der Kunst restituiert wird,[3] sowie die kulturpoetische Lesart Franziska Schößlers, wonach im Roman zwei gegenläufige soziokulturelle Selbstbeschreibungen, der ›innovierende‹ Blick »der sich modernisierenden Gesellschaft«, zu dessen Selbstkonstitution jedoch stets die theatralische ›Reevokation‹ des Vergangenen hinzutreten muss, angelegt sind.[4]

Die hier vorgenommene Relektüre der Sternwartenszene behauptet nun gerade keinen harten Widerspruch zu den genannten Lesarten, ebenso wenig zu den speziell der Astronomie in Goethes Roman gewidmeten Untersuchungen Barbara Hunfelds, Aeka Ishiharas oder Hans Dietrich Irmschers.[5] Bezogen auf die Gesellschaftsstruktur zum einen und die Wissensordnung zum anderen betont diese Relektüre gleichermaßen den Transformationscharakter der Sternwartenszene wie des Romans im Ganzen, fasst jedoch die hier dargestellte epistemische Transformation nicht, wie bislang mehrheitlich der Fall, als wissenschaftshistorischen Rückblick auf die Wissensbestände der sogenannten ›kopernikanischen Revolution‹ im 17. Jahrhundert auf, sondern sieht darin vielmehr Reflexe auf astronomie- und kosmologiegeschichtliche Umbrüche um 1800 realisiert. Die Sternwartenszene spielt, so die These, *erstens* weniger hermetisch-ganzheitliches und exaktes Beobachtungs- bzw. Himmelswissen der ›new science‹ gegeneinander aus, vielmehr inszeniert sie den Bruch mit einem genuin ›aufgeklärten‹, postkopernikanischen Weltentwurf: den des ›Weltgebäudes‹. Sie weist *zweitens* die astronomisch-kosmologische Beobachtungs- und Erkenntnisproblematik zugleich als *ästhetisches* Darstellungsproblem aus, das als solches auch auf die besondere Romanform der *Wanderjahre* durchschlägt.

3 Vgl. Hannelore Schlaffer: *Goethes Wilhelm Meister. Das Ende der Kunst und die Wiederkehr des Mythos*. Stuttgart 1990, S. 183-194.

4 Vgl. Franziska Schößler: *Goethes »Lehr- und Wanderjahre«. Eine Kulturgeschichte der Moderne*. Tübingen 2002, S. 344-354; hier S. 352.

5 Vgl. Barbara Hunfeld: *Der Blick ins All. Reflexionen des Kosmos der Zeichen bei Brockes, Jean Paul, Goethe und Stifter*. Tübingen 2004, S. 148-185; Aeka Ishihara: *Makarie und das Weltall. Astronomie in Goethes »Wanderjahren«*. Köln, Weimar, Wien 1998; Hans Dietrich Irmscher: *Wilhelm Meister auf der Sternwarte*. In: GJb 1993, S. 275-297.

I. Literatur und ›Weltgebäude‹ im 18. Jahrhundert

Zwischen der Begründung und Etablierung der kopernikanischen Hypothese im 17. Jahrhundert und dem nachnewtonschen Paradigma der Astrophysik zu Beginn des 19. Jahrhunderts spannt sich im 18. Jahrhundert ein kosmologisches Projekt eigenen Ranges auf: Der Versuch, die mit Galileis Fernrohrbeobachtungen erstmals vor Augen stehende Verstreutheit der ›Vielheit der Welten‹ in die ›überkopernikanische‹ Ordnung eines ›Weltgebäudes‹ zu überführen, faszinierte in dieser Phase Naturforscher, Gelehrte und Dichter gleichermaßen.[6] Als grundlegend für die sich etablierende Kosmosvorstellung als zusammengesetztes ›Gebäude‹ aus kosmischen Teilgebäuden wie das uns bekannte Sonnensystem erwies sich neben der kopernikanischen Astronomie *erstens* die ab etwa dem ersten Drittel des 18. Jahrhunderts auch auf dem europäischen Kontinent anerkannte Newton'sche Himmelsphysik, die man seitdem in paradigmatischer Weise auf angrenzende, die Natur und den Menschen betreffende Wissensgebiete sowie die bis dato kaum erforschte ›Fixsternsphäre‹ zu übertragen versuchte. Ein zwischen christlicher Heilslehre, teleologischer Naturforschung, mechanischer Naturinterpretation und Anthropologie vermittelndes Framework bildete *zweitens* die Physikotheologie, bot sie doch jenen Überbau, der die Welt als göttliches, somit ›vollständiges‹ und ›vollkommenes‹ Uhrwerk konzipierte und zugleich dem menschlichen Beobachter, wenn er dessen Bauart zu rekonstruieren suchte, die Rolle eines Schöpfers zweiter Ordnung zuwies. *Drittens* schließlich erwiesen sich die Rolle der Leibniz'schen Metaphysik und die mit ihr vorangetriebene Öffnung der Epistemologie für den Gebrauch der wissenschaftlichen Einbildungskraft, das Räsonieren über bloß ›wahrscheinliche‹ Hypothesen und das vernunftgeleitete Denken in Fiktionen, für die umfassende Verbreitung dieser kosmologischen Modellbildung weit über die Naturforschung hinaus als immens bedeutsam. So ist es auch kaum verwunderlich, wenn die Rede von einem durch kein Teleskop dieser Zeit beobachtbares Objekt im 18. Jahrhundert insbesondere in Textsorten im Grenzbereich von wissenschaftlichem und literarischem Schreiben auftauchte: etwa in astronomischen und kosmologischen Lehrgedichten, Dialogen, Traumtexten und Erzählungen, Aphorismen, (Brief-)Romanen und Erzählungen.

Wenn Johann Heinrich Lambert in seinen 1761 erschienenen *Cosmologischen Briefen über die Einrichtung des Weltbaues* einen der beiden fiktiven Briefschreiber etwa konzedieren lässt, »daß wir noch lange nicht genug Copernicanisch denken«,[7] so umreißt er damit prägnant ein auf Naturforschung, Ästhetik und Dichtung gleichermaßen ausgreifendes kosmologisches Epochenprojekt. Kopernikus kollektiv zu überbieten – das konnte für Lambert und seine Zeitgenossen nicht weniger heißen, als nach dem Sonnensystem auch die Fixsterne und Milchstraße(n) in ein einziges Systemgebäude zu überführen. Wie die Goetheforschung spätestens seit den Arbeiten von Diedrich Wattenberg und Rolf Christian Zimmermann weiß, ist

6 Reto Rössler: *Weltgebäude. Poetologien kosmologischen Wissens der Aufklärung*. Göttingen 2020.

7 Johann Heinrich Lambert: *Cosmologische Briefe über die Einrichtung des Weltbaues*. Augsburg 1761, S. 134. Vgl. auch Hans Blumenberg: *Die Genesis der kopernikanischen Welt*. 3 Bde. Frankfurt a. M. 1975, Bd. 3, S. 616ff.

Goethes Natur- und Menschenbild nicht bloß am Rande, sondern maßgeblich, vom Früh- bis zum Spätwerk, durch die Resultate und Perspektiven der Astronomie und Kosmologie geprägt.[8]

Während man dieses kosmologische Interesse des Dichters bereits mehrfach im Zusammenhang mit seinen verstreuten Andeutungen hinsichtlich des geplanten Romans über das Weltall[9] gesehen hat, so läge es vor dem hier umrissenen Hintergrund nahe, dieses bekanntlich nie realisierte Romanprojekt ebenfalls auf den *konkreten* Kontext der kosmologischen Beschreibungsversuche um das ›Weltgebäude‹ zu beziehen.[10] Um 1780, als Goethe im Brief an Johann Heinrich Merck erstmals und in emphatischem Ton von seinem Vorhaben berichtet, lag die Verbindung von Kosmologie und Romanform zudem aus gleich mehreren Gründen nahe: Während in lyrischen und epischen Kleinformen bis dahin im 18. Jahrhundert zahlreiche literarische Beschreibungsversuche des nachkopernikanischen Himmels und des Weltgebäudes im Speziellen unternommen worden waren, galt die Prosaform des Romans nicht zuletzt aufgrund von Christian Friedrich von Blanckenburgs wenige Jahre zuvor erschienenem *Versuch über den Roman* (1774) als neue und poetologisch hoch innovative Gattung, da sie eine literarische Perspektive eröffnete, um nicht nur Mikro- und Makrokosmos, sondern auch die äußere kosmische Natur und die innere Natur des Menschen unmittelbar aufeinander zu beziehen.

Als nicht weniger aufschlussreich erweist sich der konkrete kosmologische Diskurs um das epistemische, gleichwohl imaginäre Objekt des ›Weltgebäudes‹ darüber hinaus hinsichtlich möglicher Erklärungen für das angesichts des anfänglichen Enthusiasmus umso rätselhaftere plötzliche Aufgeben der Romanpläne Goethes. Mit Blick auf das gesamte 18. Jahrhundert und die Diskussion um das ›Weltgebäude‹ markierten die Jahre um 1780 so etwas wie einen diskursiven Wendepunkt. Während nämlich zum Zeitpunkt von Goethes Briefäußerung etwa Lamberts wenig erfolgreiche, weil stilistisch gänzlich missglückte *Cosmologische Briefe* über die Bemerkung einer der beiden Briefpartner, es sei künftig »den Dichtern überlassen, aus meinen Betrachtungen über den Weltbau vollends einen astronomischen Roman zu machen«,[11] noch ein literarisches Desiderat anzeigten, musste bereits wenige Jahre später ein solcher Roman, sofern er auf die Rekonstruktion kosmischer ›Totalität‹, ›Harmonie‹ und ›Vollkommenheit‹ zielte, als antiquiert erscheinen. Ob nun Schillers Hymne *Die Götter Griechenlandes* (1788), Jean Pauls *Die Rede des toten Christus vom Weltgebäude herab, dass kein Gott sei* (1796), die Poetik und Philosophie der Frühromantik[12] oder schließlich die Sternwartenszene der *Wanderjahre* – sie alle reagieren ganz unmittelbar auf den Zusammenbruch des

8 Rolf Christian Zimmermann: *Das Weltbild des jungen Goethe. Studien zur hermetischen Tradition des deutschen 18. Jahrhunderts.* 2 Bde. München 1969; Diedrich Wattenberg: *Goethe und die Sternenwelt.* In: GJb 1969, S. 66-111.

9 Vgl. Goethe an Johann Heinrich Merck, 11.10.1780 (WA IV, 4, S. 311).

10 Dass Goethe die Diskussion um das ›Weltgebäude‹ genau gekannt hat, ergibt sich beispielsweise aus seiner Tagebuchnotiz vom 26. Juli 1824, in der er festhält »Kants Abhandlung über das Weltgebäude [gelesen; R. R.]« zu haben (WA III, 9, S. 248).

11 Lambert (Anm. 7), S. 121.

12 Vgl. Philipp Weber: *Kosmos und Subjektivität in der Frühromantik.* Paderborn 2017.

aufgeklärten Modells des ›Weltgebäudes‹ und der damit einhergehenden Ruptur zwischen Kosmos und Erkenntnis- bzw. Dichtersubjekt.

II. Ende des ›astronomischen Jahrhunderts‹ in den »Wanderjahren«

Mit dem zeitlichen Abstand von gut zwei Jahrzehnten unterscheiden sich Problemgehalt und Inszenierung des zertrümmerten ›Weltgebäudes‹ in Goethes Sternwartenszene, verglichen mit den genannten Texten um 1800, jedoch in signifikanter Weise. Ganz im Gegensatz etwa zu der hochgradig affektgeladenen Alptraumszenerie Jean Pauls, welche die Einsamkeit des nachkopernikanischen Menschen in immer neuen Variationen und Serien literarischer Pathosformeln virtuos ausgestaltet, liegt der Fokus bei Goethe von Anfang an auf der Inszenierung des plötzlichen Relevanzverlusts des einstmals so ›erhabenen‹ Gegenstands der Kosmologie. Wissenschaftshistorisch geht dieser dabei klar erkennbar mit den disziplinären Verschiebungen am Ende des 18. Jahrhunderts einher. Vermochten sich Wissenschaftsbegriff und Methode über weite Strecken des Aufklärungsjahrhunderts hinweg noch an der (insbesondere Newton'schen) Astronomie zu orientieren, so verlor diese ihre Leitfunktion am Übergang zum 19. Jahrhundert schrittweise an neu aufkommende Disziplinen – so beispielsweise an die Chemie, die sich vom Paradigma materieller Anziehungen (und Abstoßungen) zunehmend löste und stoffliche Verbindungen stattdessen auf experimentell ermittelte quantitative Verhältnisse gründete.[13]

Dass die erwähnte raumstrukturelle Opposition von Altem und Neuem zu Beginn der Sternwartenszene nun auf einen kosmologiegeschichtlichen – weniger historischen denn in der Gegenwart des Romans situierten – Umbruch verweist, offenbart sich in deren Fortgang zunächst auf der Figurenebene. Bereits Aeka Ishihara hat vorgeschlagen, die Sternwartenszene auf die Astronomie in und um Weimar um 1800 bezogen zu sehen. Als literarische Vorbilder des Schlosses, Makaries und des Hausfreundes dürften demnach einerseits die Gemahlin Herzog Ernsts II., Marie Charlotte Amalie, die 1786 neu gegründete Sternwarte auf dem Seeberg in Gotha sowie der durch den Herzog als dessen Direktor berufene Astronom Franz Xaver von Zach gedient haben.[14] Als noch grundlegender für das Verständnis der Szene erscheint jedoch die Kenntnis der literarischen bzw. wissenschaftspopularisierenden Texttradition zur Astronomie und Kosmologie des 18. Jahrhunderts, die mit dem Figurenpaar überdies aufgerufen wird. So erinnern Makarie und der Hausfreund sowohl an die Marquise und den Philosophen in

13 Vgl. z.B. Rudolf Stichweh: *Zur Entstehung des modernen Systems wissenschaftlicher Disziplinen – Physik in Deutschland 1740-1890*. Frankfurt a.M. 1984, S.99-112; Isabelle Stengers: *Die doppelsinnige Affinität. Der Newtonsche Traum der Chemie im achtzehnten Jahrhundert*. In: *Elemente einer Geschichte der Wissenschaften*. Hrsg. von Michel Serres. Frankfurt a.M. 2005, S.527-567; hier S.566f., sowie mit Blick auf Goethes *Wahlverwandtschaften* Christoph Hoffmann: *»Zeitalter der Revolutionen«. Goethes »Wahlverwandtschaften« im Fokus des chemischen Paradigmenwechsels*. In: *Deutsche Vierteljahrsschrift für Literaturwissenschaft und Geistesgeschichte* 6 (1993) 3, S.417-450.

14 Vgl. Aeka Ishihara: *Goethe und die Astronomie seiner Zeit. Eine astronomisch-literarische Landschaft um Goethe*. In: GJb 2000, S.103-117; hier S.106.

Bernard de Fontenelles Dialog *Entretiens sur la pluralité des mondes* (1686) als auch an die analoge Figurenbesetzung in Leonhard Eulers *Briefen an eine deutsche Prinzessin über einige Gegenstände der Physik und Philosophie* (1768-1772).[15] Insbesondere Fontenelles Dialog ist in seiner Bedeutung für die Popularisierung des kosmologischen Wissens vom ›Weltgebäude‹ im 18. Jahrhundert kaum zu überschätzen.[16] Bezeichnend ist nicht allein, dass die Konjunktur der Übersetzungen dieses Texthybrids zwischen wissenschaftlicher Darstellung und literarischem Schreiben von der Frühaufklärung bis in die letzten beiden Jahrzehnte des 18. Jahrhunderts nicht abriss, sondern auch, dass die Übertragungen ins Deutsche dabei jeweils von zu dieser Zeit bereits etablierten Autoren – Dichtern wie Astronomen – bereitwillig übernommen und jeweils mit umfassenden Fußnotenkommentierungen versehen wurden.[17]

Der literarische Erfolg der *Entretiens* lässt sich unter anderem dadurch erklären, dass es Fontenelle vortrefflich gelungen war, ein vormals hoch abstraktes Astronomie- und Kosmologiewissen auf seine grundlegenden Prinzipien zu beschränken und es den Lesern im literarisierten Dialog anschaulich vor Augen zu stellen. Aus moderner Perspektive zeugt der flirtend-leichte Ton, in dem die beiden Fontenelle'schen Figuren ihr neues Weltgebäude schrittweise dialogisch entwickeln, auch vom Werben eines wissenschaftlichen Autors um die beständige Aufmerksamkeit seiner Leser. Dabei erschöpft sich der narrative Kunstgriff des Dialogischen hier nicht allein in seiner didaktischen Funktion; vielmehr konnten und sollten Fontenelles Leser angesichts der bis dato noch immer ›unvollständig‹ erkannten Weltordnung das Gelesene jederzeit auch als Einladung zum eigenen Nach- und Weiterdenken, zum Spekulieren und Fabulieren über das ›Weltgebäude‹ auffassen.

Eine geradezu gegenläufige affektive Welthaltung zu einem solchen kosmischen Enthusiasmus des Aufklärungsjahrhunderts grundiert demgegenüber die Sternwartenszene der *Wanderjahre*. Das in der Szene angelegte kopernikanische Pathos kommt gerade nicht zur Entfaltung, stattdessen kippt deren potenziell erhabene Wirkung unvermittelt ins Parodistisch-Komische. Dies erhellt etwa aus dem Umstand, dass Wilhelm und Felix Makaries Schloss in mehrfacher Hinsicht im genau falschen Moment erreichen, kommen die beiden doch sowohl ›zu spät‹ als auch ungelegen. Der Eindruck historischer Verspätung stellt sich ein, da nicht nur das Äußere, sondern mit den »ritterlichen Bilder[n]«, dem »grüne[n] Vorhang« und dem von den beiden Damen hereingeschobenen »Lehnsessel« das Interieur des Schlosses, schließlich die Bewohner selbst, die als »ältlicher Mann« sowie als »ältliche wunderwürdige Dame« eingeführt werden, bereits in die Jahre gekommen sind (FA I, 10, S. 379). Als ungelegen erscheint die Ankunft der Wanderer, weil die beiden offenbar genau in dem Moment eintreten, als sich das astronomische Gespräch, der Dialog zwischen Makarie und dem Astronomen, anbahnt. Doch solle

15 Vgl. Ishihara (Anm. 5), S. 129-138.

16 Nikola Roßbach: *»Ein deutscher Fontenelle«? Überlegungen zum französisch-deutschen Kulturtransfer anhand der Übersetzungen von Bernard de Fontenelles »Entretiens sur la pluralité des mondes«*. In: *Literatur für Leser* 32 (2009) 1, S. 14-30; hier S. 20.

17 Rainer Baasner: *Das Lob der Sternkunst. Astronomie in der deutschen Aufklärung*. Göttingen 1987, S. 32 f.

die Gegenwart des »neuen Freundes«, so ermahnt Makarie den Hausfreund, nicht »Anlaß zu einer Entschuldigung« bieten, die »versprochene Unterhaltung abermals [zu] verspäten« (FA I, 10, S. 379 f.). Selbstverständlich aber geschieht genau das. Die Ankunft der beiden unterbricht und durchkreuzt das schrittweise dialogische Werden eines astronomischen Lehrgebäudes und stellt damit zweierlei aus: dass es sich dabei um eine narrative bzw. fiktive Konstruktion eines kosmischen Gedankengebildes handelt und dass dieses Modell der Welt im ersten Drittel des 19. Jahrhunderts bereits ein historisches war. Der Gestus dieses epistemischen Bruchs wird an einer nachfolgenden Stelle nochmals markiert. Denn nachdem man sich darüber verständigt hat, dass ein »Gespräch« in dieser erweiterten Runde nicht zu führen sei, einigt man sich darauf, dass der Hausfreund stattdessen eine astronomische »Vorlesung« halten möge. Doch ist es nun der Erzähler, der interveniert und den Inhalt der Vorlesung – weil er ihn schlichtweg für nicht mehr erzählenswert hält – kurzerhand einer redaktionellen Streichung unterzieht:

> Wenn wir aber uns bewogen finden diesen werten Mann nicht lesen zu lassen, so werden es unsere Gönner wahrscheinlich geneigt aufnehmen [...]. Unsere Freunde haben einen Roman in die Hand genommen, und wenn dieser hie und da schon mehr als billig didaktisch geworden, so finden wir doch geraten, die Geduld unserer Wohlwollenden nicht noch weiter auf die Probe zu stellen. Die Papiere, die uns vorliegen, gedenken wir an einem andern Orte abdrucken zu lassen und fahren diesmal im Geschichtlichen ohne weiteres fort [...]. (FA I, 10, S. 381 f.)

Der Bericht über die Vorlesung wird also selbst zum Index, der den interessierten Leser auf andere, externe Quellen, nicht aber auf den Roman verweist, dessen Form sich hier en passant und ex negativo über die Auslagerung rein didaktischer Gespräche, wie sie etwa die Romane der Aufklärung prägten, konstituiert.

III. Fernrohrblick und Sinnesphysiologie. Makarie als ›Nachbild‹

Die literarische Kosmologie in den *Wanderjahren* erschöpft sich nicht in der Reevokation eines überkommenen, bereits historisch gewordenen, aufgeklärten Weltmodells. Die Teleskopien, die Wilhelm unter Anleitung des Hausfreundes in der Nacht und am frühen Morgen anstellt, weisen den Blick in den Sternenhimmel nicht mehr als Epochenleistung aufgeklärter Wissenschaftlichkeit, sondern viel eher als hochgradig prekäre epistemische Beobachtungssituation aus. In den Kontext der astronomischen Beobachtungspraxis des beginnenden 19. Jahrhunderts rückt die Szene dabei insofern, als die Unsicherheit der beobachteten Objekte nicht, wie noch in den Anfängen der Himmelsteleskopie im 17. und frühen 18. Jahrhundert, auf die Ungenauigkeit des technischen Geräts zurückgeführt, sondern nun vordergründig im Zusammenhang mit der *sinnesphysiologischen* Täuschungsanfälligkeit des Erkenntnissubjekts gesehen wird.[18] Als rhetorische Frontstellung von Kosmos

18 Vgl. Gerhard Neumann: *Fernrohr, Mikroskop, Luftballon. Wahrnehmungstechnik und Literatur in der Goethezeit.* In: *Spektakuläre Experimente. Praktiken der Evidenzproduktion im 17. Jahrhundert.* Hrsg. von Helmar Schramm, Ludger Schwarte u. Jan Lazardzig. Berlin, New York 2006, S. 345-378; hier S. 362.

und Subjekt gipfelt diese Problematisierung der Rolle des astronomischen Beobachters hier in Wilhelms Abwendung vom Fernrohr und der vielzitierten Frage »Was bin ich denn gegen das All?« (FA I, 10, S. 382). Diese Pathosformel und Sprachgebärde, die in einer einzigen Wendung das Ich als epistemologische und anthropologische ›Mitte‹ in Zweifel zieht, hat man bislang meist als neuzeitliche Wissenschaftskritik oder gar als Ausdruck einer antikopernikanischen Rückwende gedeutet. Das von Wilhelm evozierte Weltbild sei, so Hans Dietrich Irmscher, 1. »geozentrisch«, 2. »anthropozentrisch« und 3. »aktiozentrisch«.[19] Eine solche Lesart klingt auf den ersten Blick überzeugend, weil sie auch durch die Selbstdeutung Wilhelms bestätigt scheint:

> Das Ungeheure hört auf erhaben zu sein, [...] es droht uns zu vernichten. [...] darfst du dich in der Mitte dieser ewig lebendigen Ordnung auch nur denken, sobald sich nicht gleichfalls in dir ein beharrlich Bewegtes, um einen reinen Mittelpunkt kreisend, hervortut? (FA I, 10, S. 382 f.)

Muten Wilhelms Selbstreflexionen am Fernrohr jedoch, wie bereits Hans-Jürgen Schings bemerkte,[20] wie ein Reflex auf eine philosophische Lektüreerfahrung, nämlich das Kapitel zum ›Erhabenen‹ in Kants *Kritik der Urteilskraft* (1790) an, so ist es naheliegend, auch diese wiederum zu historisieren und sie als Integral jener kosmologischen Wissensordnung zu betrachten, deren Auflösung die Sternwartenszene gerade inszeniert. Bedingten die Kosmologie des ›Weltgebäudes‹ zum einen und der ästhetische Modus des Natur- bzw. Subjekterhabenen zum anderen im 18. Jahrhundert einander wechselseitig, dergestalt, dass Erstere die Fiktion eines äußeren, sich erhebenden, jenseits des ›Gebäudes‹ stehenden Weltbetrachters, Letztere hingegen die Präsenz einer dem Beobachter entgegenstehenden übergroßen Natur voraussetzte, so musste eine derartige dichotomische Trennung von Subjekt und Objekt am Ende des 18. Jahrhunderts zunehmend als unplausibel erscheinen. Jene kosmologische Hintergrundmetapher, die Wilhelm aufruft, als er erklärt, sich nur als »Mitte dieser ewig lebendigen Ordnung« denken zu können, wenn er die planetarische Kreisbewegung zugleich in seinem Inneren fühle (FA I, 10, S. 383), ist nicht mehr die bereits überkommene einer aufgeklärten ›Weltmaschine‹, sondern vielmehr die einer organischen Kosmologie, aus der heraus Kosmos und Subjekt stets als miteinander untrennbar verwoben gelten müssen. Wilhelms Ausspruch »Wer durch Brillen sieht, hält sich für klüger als er ist« (FA I, 10, S. 384), ist demnach weniger eine Generalkritik an der kopernikanischen bzw. ›neuzeitlichen‹ Wissenschaft als vielmehr eine Zurückweisung jener Aufklärungskosmologie, welche um der Illusion eines souveränen Erkenntnissubjekts und der Möglichkeit einer vollständigen Erkenntnis des kosmischen ›Weltgebäudes‹ willen den Betrachter stets in ein fiktives ›Außen‹ verlagert hat.

19 Irmscher (Anm. 5), S. 290.

20 Vgl. dazu Hans-Jürgen Schings: *Beobachtungen über das Gefühl des Erhabenen bei Goethe*. In: *Begegnungen mit dem ›Fremden‹. Grenzen – Traditionen – Vergleiche. Akten des VIII. Internationalen Germanisten-Kongresses*. Hrsg. von Eijirō Iwasaki. 10 Bde. München 1991, Bd. 7, S. 15-26; hier S. 24 f.

Wilhelms Revisionen des Wissens vom ›Weltgebäude‹ und die mit diesem verbundene Blickordnung zeitigen somit weniger eine Rückwendung auf eine vorkopernikanische, hermetisch-ganzheitliche Kosmologie, sondern auf die Beobachtungstheorie und -praxis um 1800, speziell auch auf die von Goethe im Umkreis seiner Farbstudien angestellten Wahrnehmungsexperimente. Sowohl Goethes *Farbenlehre* (1810) als auch bereits der methodologische Aufsatz *Der Versuch als Vermittler von Objekt und Subjekt* (1792) weisen in den Experimentalpraktiken zur Optik im 17. und 18. Jahrhundert entscheidende Fehler nach. Weder lässt sich demnach der Sehvorgang, wie von Kepler unternommen, in Analogie zu Bau- und Funktionsweise einer Camera obscura rein mechanisch auffassen, noch reichten, wie Newton meinte, einzelne entscheidende Versuche (›experimenta cruces‹) zur Erkenntnisfindung und Herstellung robuster ›Tatsachen‹ aus. Demgegenüber betont die Goethe'sche Beobachtungslehre hinsichtlich der Physiologie des Auges die stete Formation des Objekts durch das Wahrnehmungssubjekt. So beschreiben in Goethes *Farbenlehre* die Farben als zunächst ›physiologische‹, dann ›physische‹ und schließlich ›chemische‹ Farben nicht einfach nur einen »Weg«, sondern das Phänomen der Farbe gestaltet sich als eine fortwährende »Kosmogonie«[21] aus Licht und Finsternis. Auch aus der Perspektive des neuesten wahrnehmungsphysiologischen Wissens und Goethes optischen Versuchsreihen spiegelt sich damit der Makrokosmos der äußeren Welt um 1800 (erneut) im mikrokosmischen Inneren (des Auges) – und weist damit seit der Aufklärung kanonisch gewordene Erkenntnismodellierungen als simplifizierend zurück.[22]

Auf der Seite der kosmischen Objektformation lässt sich überdies Wilhelms Vorbehalt gegen die unverhältnismäßige Vergrößerung eines einzelnen und isolierten Objekts auf Goethes methodologische bzw. experimentalpraktische Konsequenz einer als obsolet erkannten epistemischen Trennung von Subjekt und Objekt und sein daraus im *Vermittler*-Aufsatz abgeleitetes Plädoyer für die Serialisierung bzw. die »Vermannigfaltigung« (FA I, 25, S. 33) von Versuchen beziehen. So wurde die Wissenschaftsfiktion des ›Weltgebäudes‹ unter anderem erst durch Techniken der Rahmung, also durch die Bildung isolierter Einheiten bzw. Tableaus und deren anschließende, nicht zuletzt auch literarische Ausgestaltung qua Einbildungskraft ermöglicht. Wilhelms Rede vom Selbstbetrug der »Brillen« negiert insofern gerade jenes Erkenntnismodell, das die Welt als System aus Teilsystemen durch partielle Vergrößerung und additive Zusammensetzung zu rekonstruieren versucht.

Der Anspruch an eine jede Kosmologie und dasjenige, was Goethe am Projekt einer ›Morphologie‹ interessierte, lag folglich nicht in der detaillierten Kenntnis von Einzeltableaus, sondern in jener der Zusammenhänge und Wechselwirkungen innerhalb des Ganzen der Natur. Eben dieses ›Ganze‹ begegnet Wilhelm in der Nacht auf der Sternwarte in Gestalt der emporschwebenden Makarie – jedoch nicht (mehr) in einem kosmologisch-transzendentalen, sondern in einem genuin empirischen bzw. wahrnehmungsphysiologischen Sinn. Wilhelms Traum von ihrer kosmi-

21 Joseph Vogl: *Bemerkung über Goethes Empirismus*. In: *Versuchsanordnungen 1800*. Hrsg. von Sabine Schimma u. dems. Zürich 2009, S. 113-123; hier S. 113.

22 Vgl. Jonathan Crary: *Techniken des Betrachters. Sehen und Moderne im 19. Jahrhundert*. Übers. von Anne Vonderstein. Dresden, Basel 1996, S. 75-103 (Kap. 3).

schen Elevation, der sich wiederum als intertextuelle Referenz auf die Gattung kosmologischer Traum- und Flugreisen seit der Antike lesen lässt, wird dabei ebenso jäh unterbrochen wie das ›astronomische Gespräch‹ zu Beginn der Szene durch die Ankunft der Wanderer. Vom Hausfreund zur erneuten Beobachtung geweckt, erinnert sich Wilhelm:

> [S]chlaftrunken taumle ich nach dem Fenster, den Stern noch lebhaft in meinem Auge, und wie ich nun hinblicke – der Morgenstern, von gleicher Schönheit, obschon vielleicht nicht von gleicher strahlender Herrlichkeit, wirklich vor mir! Dieser wirkliche da droben schwebende Stern setzt sich an die Stelle des geträumten, er zehrt auf was an dem erscheinenden Herrliches war, aber ich schaue doch fort und fort, und Sie schauen ja mit mir was eigentlich vor meinen Augen zugleich mit dem Nebel des Schlafes hätte verschwinden sollen. (FA I, 10, S. 386)

Wilhelm sieht ein Traumbild, das nachwirkt und die Wahrnehmung überlagert. Bei dieser Erscheinung handelt es sich offensichtlich um das optische Phänomen eines Nachbilds, wie es Goethe in seiner *Farbenlehre* (1810) ausführlich beschrieben hat.[23] Der Hausfreund schließlich nimmt Wilhelms Ergriffenheit auf und spricht selbst von einem »Wunder« (ebd.), weil die Wahrnehmungstäuschung als Naturphänomen durchaus ein solches darstellt und gerade deshalb nach einer naturwissenschaftlich exakten und physiologisch gegründeten Erklärung verlangt.

Diese implizite Wendung des Transzendentalen ins Empirische an dieser Stelle scheint von entscheidender Bedeutung für die Interpretation der Sternwartenszene im Ganzen zu sein. Spätestens hier wird deutlich, dass nicht unterschiedliche Wissensformationen (kopernikanischer und hermetisch-ganzheitlicher Himmelsblick) gegeneinander ausgespielt, sondern *beide* als Möglichkeiten kosmologischer Welterkenntnis nach 1800 suspendiert werden. Die erstmals auf statistische Verfahren gestützten und mittels selbstkonstruierter Großteleskope vorgenommenen ›Durchmusterungen‹ Wilhelm Herschels enthüllten zu Beginn des 19. Jahrhunderts die Ansicht auf einen Kosmos, der weder in der Einheit eines ›Weltgebäudes‹ vorgestellt noch vollständig erkennbar gedacht werden konnte. Was sich dem modernen Contemplator caeli seitdem bis heute darbietet, sind einerseits epistemisch singuläre, fragmentarische und unsichere, in ästhetischer Hinsicht dagegen umso deutungsoffenere Ansichten des Sternenhimmels.[24]

23 Vgl. Sabine Schimma: *Die Poesie der Doppelblicke. Goethes entoptische Studien im Gedicht und ihr wissenschaftlicher Hintergrund.* In: *»Wir sind Experimente: wollen wir es auch sein«. Experiment und Literatur II. 1790-1890.* Hrsg. von Michael Gamper, Martina Wernli u. Jörg Zimmer. Göttingen 2010, S. 77-100; dies.: *Blickbildungen. Ästhetik und Experiment in Goethes Farbstudien.* Köln, Weimar, Wien 2014, S. 245-265.

24 Vgl. Hartmut Böhme: *»Nur leerer Raum und Schatten«. Phantasien und Bilder über Weltraum und Vakuum, Planeten und Meteoriten.* In: *Kosmos und Kontingenz. Eine Gegengeschichte.* Hrsg. von Reto Rössler, Tim Sparenberg u. Philipp Weber. Paderborn 2016, S. 77-99; hier S. 79 f.

IV. Ausblick: Kontingenz des Wissens und Erzählens im Roman (Goethe/Lukács)

In den Kategorien von Lukács gesprochen, inszeniert die Sternwartenszene der *Wanderjahre* somit also nicht nur Transformationen des astronomischen und kosmologischen Wissens am Übergang vom 18. zum 19. Jahrhundert, sondern auch ein »problematisch« gewordenes Verhältnis von Kosmos und Subjekt.[25] Darstellungsästhetisch gestaltet sie sich dabei – pars pro toto für den Roman – in einer geradezu paradoxen narrativen Form, wie sie ebenfalls als Fragehorizont in *Theorie des Romans* aufscheint: einer Form, die im Akt des Erzählens an formaler Kontur verliert, mithin zunehmend formlos wird – und die doch gerade so, das heißt über ihre als ›Un-Form‹ realisierte Wirklichkeit bzw. Lebendigkeit, poetologische Legitimität erlangt.[26]

Dass sich die Form der *Wanderjahre* grundsätzlich und über die gesamte Romanlänge hinweg durch ein hohes Maß an narrativer Kontingenz und Diskontinuität auszeichnet, ist bereits in einer Reihe von Arbeiten gezeigt worden. Etabliert wurden dazu zum einen die Begriffe des »stückhaften«[27] und des »pluralen« bzw. »kollektiven«[28] Erzählens; zum anderen stützen dies, darauf hat Martin Bez zuletzt hingewiesen, auch Goethes eigene poetologische Überlegungen zum ›Aggregat‹ und ›Archiv‹ im Umkreis des Romans, die gleichermaßen die Vorstellungen von formästhetischer Einheit und Geschlossenheit negieren bzw. unterlaufen.[29]

Mit Blick auf die Sternwartenszene ist es nun insbesondere deren handlungsästhetisch vergleichsweise undramatisch anmutendes Ende – Wilhelms Gang vom Schlossturm ins angrenzende Archiv –, in welchem sich die Verschränkung von dargestelltem kontingenten Wissen und der Kontingenz des Erzählens im Roman zeigt. Denn während die Institution des Schlosses die Unendlichkeit, Mannigfaltigkeit und Unergründlichkeit des Kosmos zuerst enthüllt, stellt das Archiv ein adäquates Ordnungs- und Aufschreibesystem für eine auf singulären, bereits empirisierten Einheiten – vereinzelten Notizen, Blättern und Abschriften – basierende Wissensformation im 19. Jahrhundert bereit (vgl. FA I, 10, S. 388).[30] Wie die Auswahl des Redaktors und unter anderem seine Streichung der astronomischen Vorlesung zeigen, hält dieser nach dem kosmischen Kollaps die Legitimität des Archivs als neues Zentrum und narrativen ›Mittelpunkt‹ des Romans ohnehin für ausgemacht; eben hierauf gründet sich sein Anspruch, nicht mehr ›didaktisch‹ sein und

25 Lukács (Anm. 1), S. 67.

26 Vgl. Rüdiger Campe: *Form und Leben in der Theorie des Romans*. In: *Vita Aesthetica. Szenarien ästhetischer Lebendigkeit*. Hrsg. von Armen Avanessian, Winfried Menninghaus u. Jan Völker. Berlin, Zürich 2013, S. 193-211; hier S. 194 f.

27 Vgl. Heidi Gidion: *Zur Darstellungsweise von Goethes »Wilhelm Meisters Wanderjahre«*. Göttingen 1969, S. 18-72.

28 Vgl. Safia Azzouni: *Kunst als praktische Wissenschaft. Goethes »Wilhelm Meisters Wanderjahre« und die Hefte »Zur Morphologie«*. Köln, Weimar, Wien 2005, S. 178-207.

29 Vgl. Martin Bez: *Goethes »Wilhelm Meisters Wanderjahre«. Aggregat, Archiv, Archivroman*. Berlin, Boston 2013, S. 51-66, 114-117.

30 Zu dieser Transformation im 19. Jahrhundert siehe den Band *Empirisierung des Transzendentalen. Erkenntnisbedingungen in Wissenschaft und Kunst 1850-1920*. Hrsg. von Philip Ajouri u. Benjamin Specht. Göttingen 2019.

die Welt als Lehrgebäude repräsentieren zu müssen, sondern die heterogenen Materialien des Romans stattdessen in nicht-systematischer, ›aggregativer‹ Weise zu verdichten.

Dass Lukács den kosmopoetischen Fluchtpunkt in Goethes zweitem *Meister*-Roman jedoch keineswegs gänzlich übersehen hat und seine Ausklammerung der *Wanderjahre* in der *Theorie des Romans* somit wohl vor allem der geschichtsphilosophischen Symmetrieforderung mit je einem Romanvertreter im 17., 18. und 19. Jahrhundert geschuldet sein dürfte, erschließt sich, wenn man auch deren Prätext, die zwischen 1916 und 1918 entstandene *Heidelberger Ästhetik*, hinzuzieht. Im Unterschied zur *Theorie des Romans* verweist Lukács im Kapitel zur »spekulativ-entwicklungsphilosophische[n] Schönheitsidee« sehr wohl auf den Konnex von Kants kritischer Philosophie und Goethes *Wanderjahren*, und er führt als Beleg einer bereits dort als »problematisch« erscheinenden Beziehung zwischen neuzeitlichem Kosmos und modernem Individuum ausgerechnet Wilhelms Denkfigur von planetarischer äußerer und innerer Kreisbewegung in der Sternwartenszene an.[31] Im Unterschied zu der hier vorgeschlagenen Lesart sind für Lukács allerdings ›inneres‹ und ›äußeres Universum‹ in den *Wanderjahren* bereits voneinander entkoppelt; es ist demnach bekanntlich gerade das Fortbestehen dieser Trennung gewesen, das die moderne Romanform begründet, wenn nicht gar erfordert hat. So bestechend diese These mit Blick auf die Geschichte des Romans seit dem 19. Jahrhundert auch anmutet, so behauptet sie mit Blick auf die *Wanderjahre* jedoch letztlich eben dort eine robuste Unterscheidung, wo in Goethes Roman tatsächlich zunächst eine Frage – und mit dieser der Versuch einer ästhetischen Rekonstruktion historischer und epistemischer Transformationen – steht. Mit und gegen Lukács wäre daher die Formgeschichte des Romans nach Goethe auch vor dem Hintergrund eines spätestens im 19. Jahrhundert aufkommenden Interesses an einer ›Historischen Epistemologie‹ eingehender zu betrachten. Ausgehend von den *Wanderjahren* wäre dabei eine ›kosmopoetische‹ Linie zu verfolgen, die weniger ontologische Trennungen vorschnell behauptet, als vielmehr historische wie neu aufkommende epistemische Konfigurationen zwischen Mensch, Natur und Kosmos beobachtet und sich die daraus hervorgehenden Darstellungspraktiken ästhetisch anverwandelt.

31 Vgl. Georg Lukács: *Heidelberger Ästhetik (1916-1918)*. Aus dem Nachlaß hrsg. von György Márkus u. Frank Benseler. Neuwied u.a. 1975, S. 187. Vgl. dazu auch Clemens Özelt: *Literatur im Jahrhundert der Physik. Geschichte und Funktion interaktiver Gattungen 1900-1975*. Göttingen 2018, S. 41.

Eliza Ronzheimer

Sankt Joseph, Sankt Christoph, Sankt Wilhelm? Zum Verhältnis von Legende und Roman in »Wilhelm Meisters Wanderjahren«

Die Form von Goethes spätem Roman *Wilhelm Meisters Wanderjahre* ist oft als ›Aggregat‹ beschrieben worden, als »Verbindung aller nur möglichen literarischen und nichtliterarischen Textformen zu einem heterogenen Ganzen«.[1] Die Aggregat-Form der *Wanderjahre* ist insofern prototypisch für den modernen Roman, als sie einen Formprozess darstellt, der einfache Formen wie das Idyll, das Märchen oder die Novelle in die ›Unform‹ des Romans absorbiert und »an ihnen die eigene Formlosigkeit kompensiert«,[2] wie Rüdiger Campe es formuliert hat. Diese Formwerdung des ›unförmigen‹ Romans durch die lose Verbindung einfacher Formen ist bislang vor allem anhand der Beziehung von Roman und Novelle verhandelt worden, wofür Goethes Werk mit den *Unterhaltungen deutscher Ausgewanderten* und ihrem Boccaccio-Bezug oder den *Wahlverwandtschaften*, die aus der Novelle von den zwei Nachbarskindern entstanden sind, einschlägige Beispiele bietet.[3] Selten jedoch wird in Bezug auf die *Wanderjahre* – begreift man den Roman als Aggregat und nicht als ›Novellenkranz‹ – unterschieden zwischen den narrativen Untergattungen und ihren jeweiligen Formeigenschaften. Eine solche Differenzierung einfacher Erzählformen in ihrem Verhältnis zum Roman hat Gerhard Neumann in seiner Lektüre der *Wahlverwandtschaften* unternommen. Neumann zeigt, wie Goethe das Kernproblem der *Wahlverwandtschaften*, die »unaufgelöste Mitte zwischen Statik und Dynamik«,[4] durch die Aufsplitterung in verschiedene Erzählformen (Novelle, erzähltes Tableau vivant, Anekdote, Aphorismus) zur Darstellung

1 Gerhard Neumann: *Roman – Novelle – Anekdote. Zur Gattungsfrage in Goethes »Wahlverwandtschaften«*. In: *Geistiger Handelsverkehr. Komparatistische Aspekte der Goethezeit*. Hrsg. von Anne Bohnenkamp u. Matías Martínez. Göttingen 2008, S. 315-333; hier S. 315. Martin Bez hat den Begriff des Aggregats zur Plausibilisierung der Archivpoetik von Goethes Roman herangezogen (vgl. ders.: *Goethes »Wilhelm Meisters Wanderjahre«. Aggregat, Archiv, Archivroman*. Berlin, Boston 2013, S. 51-79). Carlos Spoerhase hat dafür plädiert, Goethes Aggregat-Begriff aus der dichotomischen Entgegensetzung zum System als einem integralen Formganzen zu lösen und stattdessen für ein Verständnis von Goethes Aggregat als einer ›mittleren Form der mereologischen Integration‹ argumentiert (vgl. ders.: *Das Format der Literatur. Praktiken materieller Textualität zwischen 1740 und 1830*. Göttingen 2018, S. 511-528).

2 Rüdiger Campe: *Form und Leben in der Theorie des Romans*. In: *Vita aesthetica. Szenarien ästhetischer Lebendigkeit*. Hrsg. von Armen Avanessian, Winfried Menninghaus u. Jan Völker. Berlin, Zürich 2009, S. 193-211; hier S. 198.

3 Vgl. etwa Georg Guntermann: *»Wiederholte Spiegelungen« in Goethes »Wahlverwandtschaften«. Noch einmal zum Verhältnis von Roman und Novelle*. In: GJb 1992, S. 77-89.

4 Neumann (Anm. 1), S. 319f.

bringt.[5] Die dem Roman inhärente Fähigkeit zur Integration anderer Gattungen werde von Goethe, »indem er konkurrierende Metanarrative einander konfrontiert«,[6] funktionalisiert, um der Unauflöslichkeit des zugrundeliegenden Konflikts eine Form zu geben.[7] »Es ist genau diese Unauflösbarkeit und ihre Artikulation durch die Konkurrenz gattungsdifferenter Rahmungen, die das Strukturmerkmal dieses singulären Romans bildet«.[8]

An Gerhard Neumanns Differenzierung schließen die folgenden Überlegungen an, die sich auf das Verhältnis zwischen dem Roman und einer einfachen Form, der Legende, in *Wilhelm Meisters Wanderjahren* beschränken. Bei der Legende und dem Roman handelt es sich, so die Annahme, um zwei verschiedene Weisen der Lesbarmachung und des Erzählens einer Lebensgeschichte. Inwieweit diese Formen der Lebenserzählung in den *Wanderjahren* konkurrieren oder auch konvergieren, wird im Folgenden diskutiert.

Als Ausgangspunkt dient die Episode von Sankt Joseph dem Zweiten im ersten und zweiten Kapitel des ersten Buchs der *Wanderjahre*, überschrieben *Die Flucht nach Ägypten* und *Sanct Joseph der Zweite*.[9] Die Josephs-Episode ist in der jüngeren Forschung vor allem im Hinblick auf Goethes Kunst- und Religionsauffassung behandelt worden. Bruce Armstrong liest sie als eine kritische Auseinandersetzung Goethes mit dem Konzept des Handwerks.[10] Gabrielle Bersier hat daran Goethes Kritik am Kunstverständnis der Nazarener herausgearbeitet.[11] Peter Brandes hat das Verhältnis von Bild und Schrift und die Bedeutung ekphrastischer Verfahren in bildtheologischen Zusammenhängen erörtert.[12] Uwe Petry versteht die Erzählung als Verweis auf »das garantierende religiöse Prinzip, von dem Goethes Dichtung, am Ende einer langen christlich-abendländischen Tradition stehend, immer noch abhängt«.[13] Narratologische und gattungstheoretische Perspektiven sind bei der

5 Vgl. ebd., S. 326: »In der Novelle von den wunderlichen Nachbarskindern wird das Dynamische verabsolutiert. Im Tableau vivant wird das Statische zum Darstellungsprinzip. In der Anekdote kommt der Konflikt zwischen Statik und Dynamik zum Tragen; es öffnet sich die Lücke zwischen beiden. In den Aphorismenreihen aus Ottilies Tagebuch entwickelt sich ein reflexives Metanarrativ«.

6 Ebd., S. 325.

7 Vgl. ebd., S. 324.

8 Ebd., S. 326.

9 Die *Wanderjahre* werden im Folgenden nach der Version von 1829 zitiert: FA I, 10, S. 261-774.

10 Bruce Armstrong: *An Idyl Sad and Strange. The St. Joseph the Second Section and the Presentation of Craft Work in Goethe's »Wilhelm Meister's Wanderjahre«*. In: *Monatshefte* 77 (1985) 4, S. 415-432.

11 Gabrielle Bersier: *Goethe's Parody of ›Nazarene‹ Iconography. The Joseph Story in »Wilhelm Meisters Wanderjahre«*. In: *Goethe Yearbook* 9 (1999), S. 264-277.

12 Peter Brandes: *Sankt Joseph der Zweite. Bildtheologie in Goethes »Wanderjahren«*. In: *Literatur und Theologie. Schreibprozesse zwischen biblischer Überlieferung und geschichtlicher Erfahrung*. Hrsg. von Ulrich Wergin u. Karol Sauerland. Würzburg 2005, S. 107-126.

13 Uwe Petry: *»Wie hast Du's mit der Religion?«. Zur Bedeutung der Episode »Sankt Joseph der Zweite« in Goethes Roman »Wilhelm Meisters Wanderjahre oder Die Entsagenden«*. In: *Germanisch-Romanische Monatsschrift* 66 (2016) 4, S. 395-416; hier S. 412.

Behandlung der Josephs-Episode weithin unberücksichtigt geblieben; Marina Kouzmitskaia etwa schließt gattungstheoretische Ansätze aus ihrer kürzlich erschienenen motivgeschichtlichen Darstellung zu Goethes Legendenbearbeitungen, die die Figur von Sankt Joseph dem Zweiten unberücksichtigt lässt, ausdrücklich aus.[14] Fragen der Form und Gattung sollen daher in den folgenden Beobachtungen zum Verhältnis von Legende und Roman in den *Wanderjahren* im Vordergrund stehen.

Zu Beginn seiner Wanderung mit Felix trifft Wilhelm in der Eröffnungsszene des Romans auf eine kleine Gruppe, die sich aus einem Ehepaar, zwei Söhnen und einem Kleinkind zusammensetzt. Die Kinder tragen Schilfbüschel, »als wenn es Palmen wären« (FA I, 10, S. 265), der Vater ist an seinem Handwerkszeug als Zimmermann zu erkennen, und die Mutter mit Kind – in rotem Kleid und blauem Mantel – reitet auf einem Esel. Zu seinem Erstaunen stellt Wilhelm fest, dass es sich bei der Gruppe um eine Inszenierung der »Flucht nach Ägypten« handelt, das heißt einer Episode aus dem Leben des heiligen Joseph von Nazareth in ihrer typischen zeitgenössischen Ikonographie. Der Familienvater führt tatsächlich den Namen Joseph und bekennt von sich:

> Es lag eine unwiderstehliche Neigung in mir diesem Heiligen nachzufolgen; und da sich ähnliche Begebenheiten nicht leicht herbeirufen ließen, so wollte ich wenigstens von unten auf anfangen, ihm zu gleichen: wie ich denn wirklich durch den Gebrauch des lastbaren Tiers schon lange begonnen hatte. (FA I, 10, S. 279)

Wie Joseph Wilhelm später erklärt, versteht er sein eigenes Leben als Imitation des Heiligen, das heißt als Wahrung des »äußern Schein[s]« der Josephs-Legende:

> [...] so überschritt zwar unsere kleine Familie, indem sie sich vermehrte, ihr Vorbild an Zahl der Personen, aber die Tugenden jenes Musterbildes an Treue und Reinheit der Gesinnungen wurden von uns heilig bewahrt und geübt. Und so erhalten wir auch mit freundlicher Gewohnheit den äußern Schein, zu dem wir zufällig gelangt, und der so gut zu unserm Innern paßt [...]. (FA I, 10, S. 285)

Das Leben von Sankt Joseph dem Zweiten geht auf in der Imitation der Legende des Heiligen Joseph und ist damit in Ablauf und Form vorhersehbar. Insofern steht seine Lebenserzählung quer zur Entwicklungsgeschichte Wilhelms in den *Lehrjahren* und den *Wanderjahren*. Wilhelms Lebenslauf wird als eine Geschichte mit offenem Ende erzählt, das Leben von Sankt Joseph dem Zweiten hingegen ist durch das Vorbild des Heiligen vorherbestimmt. Während die Erzählung von Wilhelms Geschichte im Roman einer kausalen Motivierung folgt und auf diese Weise Entwicklung darstellt, ist die Legendenerzählung durch die Heiligsprechung nach dem Tod final motiviert und mit einem offenen Entwicklungsdenken unvereinbar: Die Identität des Protagonisten ist im Roman dynamisch angelegt, in der Legende hingegen statisch.

14 Vgl. Marina Kouzmitskaia: *Goethes Aufnahme und Bearbeitung von Legenden. »Genau betrachtet, möchte man doch wohl gut heißen, daß es so viele Heilige gibt ...«*. Hamburg 2017, S. 13.

Als Konstruktion einer Erzählung mit dem Ziel der »Imitabilität« hat André Jolles die Legende in seinem Buch *Einfache Formen* definiert. Die legendarische Erzählung dekonstruiere, so Jolles, die historische Biographie des Heiligen und setze sie nach dem Prinzip der »Imitabilität« wieder zusammen.

> Die Vita, die Legende überhaupt erbricht das »Historische« in seine Bestandteile, sie erfüllt diese Bestandteile von sich aus mit dem Werte der Imitabilität und baut sie in einer von dieser bedingten Reihenfolge wieder auf. Die Legende kennt das »Historische« in diesem Sinne überhaupt nicht, sie kennt und erkennt nur Tugend und Wunder.[15]

Es gehe in dieser legendarischen Transformation einer historischen Biographie darum, die Identität der dargestellten Person nicht als unveräußerliche Individualität zu begreifen, wie dies in der biographischen Darstellung und auch im Roman der Fall ist, sondern sie auf eine Weise zu ›ent-individualisieren‹, die es den Lesern erlaubt, sich in den Protagonisten der Legende »hineinzubegeben«:

> Es ist eben die Eigenart der historischen Lebensbeschreibung, daß in ihr die Person sie selbst bleibt und uns zwar ein Beispiel sein kann, aber keine Möglichkeit bietet, uns ganz in sich aufzunehmen. Doch wenn die Lebensbeschreibung so verläuft, daß die historische Persönlichkeit nicht mehr ganz in sich geschlossen ist, wenn sie sie so baut, daß wir geneigt sind, uns in sie hineinzubegeben, wird sie Legende.[16]

Was mit Jolles' Beschreibung der Legende als einem »Kulturprozess«[17] und der institutionalisierten zweistufigen Kanonisierung durch die Beatificatio (Seligsprechung) und die Canonisatio (Heiligsprechung) in den Blick rückt,[18] ist deren Konstitution als Lesbarmachung eines Lebenslaufs. Die Verbindung von Legende und Lektüre ist freilich bereits in der Etymologie des Wortes angelegt, das sich vom lateinischen ›legere‹ herleitet und damit auf den christlichen Brauch verweist, am Todestag des Heiligen seine Lebensgeschichte zu verlesen.[19] Die Legende stellt die populäre kanonische Lesart eines Lebenslaufs dar, gewissermaßen die Bedingung seiner Erzählbarkeit, und schreibt damit die Art und Weise der Rezeption der legendarischen Erzählung – durch Imitation – vor. Durch die konstitutive Veräußerlichung der Individualität des Protagonisten steht das legendarische Erzählen im Gegensatz zur biographischen Erzählung des Romans.[20]

15 André Jolles: *Einfache Formen. Legende, Sage, Mythe, Rätsel, Spruch, Kasus, Memorabile, Märchen, Witz*. Tübingen [8]2006, S. 40.

16 Ebd.

17 Ebd., S. 28.

18 Vgl. ebd., S. 26f.

19 Vgl. Elke Koch: *Legende*. In: *Handbuch Literatur und Religion*. Hrsg. von Daniel Weidner. Stuttgart 2016, S. 245-249; hier S. 245.

20 Zum Zusammenhang von Biographik und Roman vgl. auch Rüdiger Campe: *Die Form der Person im Roman. Poetologie nach der Poetik mit Georg Lukács, Clemens Lugowski und Käte Hamburger*. In: *Poetik. Historische Narrative und aktuelle Positionen*. Hrsg. von Armen Avanessian u. Jan Niklas Howe. Berlin 2014, S. 165-194; insbes. S. 174-176.

Die Frage, wie ein Lebenslauf zu lesen sei, verweist auf eine Grundproblematik der *Lehrjahre* und der *Wanderjahre*, deren Anlage Hannelore Schlaffer treffend als ›Deutungsmanie‹ beschrieben hat.[21] Die Frage des (richtigen) Lesens bezeichnet darüber hinaus einen Grundzug von Goethes Romanpoetologie, nämlich die Proliferation einander widerstrebender Lektüren, die Waltraud Wiethölter in einem Aufsatz zu Legendarisierungsprozessen in den *Wahlverwandtschaften* herausgearbeitet hat.[22] Das ›richtige Lesen‹ wird in den *Wanderjahren* nicht nur innerhalb der Legendenerzählung problematisiert, wenn Sankt Joseph der Zweite vom liebsten Zeitvertreib seiner Kindheit berichtet, in der Kapelle »die Bilder zu betrachten, die mir niemand recht auslegen konnte«(FA I, 10, S. 275).[23] Bereits die der Episode unmittelbar vorangehende Eröffnungsszene, die Wilhelm und Felix an »grauser, bedeutender Stelle« (FA I, 10, S. 19) platziert, stellt die Versuche der Figuren dar, ihre Umgebung zu bezeichnen, und bettet damit die Josephs-Episode in einen Kontext ein, der von Problemen der Deutung und der Lesbarmachung bestimmt ist. In diesem Zusammenhang führt die Josephs-Episode eine Art des Lesens vor, das in der nachahmenden Aneignung einer als eindeutig begriffenen Lebensgeschichte über jegliche Deutungsambivalenz erhaben scheint. Damit kommentiert Goethe, am Anfang seines Romans, freilich auch eine mitunter simplifizierende Rezeption der *Lehrjahre* bei seinen Zeitgenossen.[24] Die Spannung zwischen der vereindeutigenden Kanonisierung einer Lebensgeschichte und der Proliferation ihrer Lektüren ist dabei der narrativen Form der Legende selbst eingeschrieben.

Die jüngere Forschung hat sich mit Jolles' Legendendefinition kritisch auseinandergesetzt und unter anderem die ›Einfachheit‹ dieser sogenannten ›einfachen Form‹ in

21 Schlaffer bezieht sich dabei auch auf Goethes eigene Biographie (vgl. dies.: *Wilhelm Meister. Das Ende der Kunst und die Wiederkehr des Mythos*. Stuttgart 1980, S. 2: »Erzogen in einem bürgerlichen Hause, in dem man sich Bildung immerhin gewissenhaft und mit Anstrengung aneignete, war Goethe von früh an schon geradezu von einer Manie des Kombinierens und Deutens besessen«).

22 Vgl. Waltraud Wiethölter: *Legenden. Zur Mythologie von Goethes »Wahlverwandtschaften«*. In: *Deutsche Vierteljahrsschrift für Literaturwissenschaft und Geistesgeschichte* 56 (1982), S. 1-64.

23 Vgl. auch die Szene, in der Sankt Joseph der Zweite seiner zukünftigen Frau – mit dem Namen Marie – seine Zuneigung offenbart: »Was ich jedoch so gern gesagt hätte und nicht zu sagen wagte, kam auf eine sonderbare und liebliche Weise zur Sprache, als ich sie in die Kapelle führte, die ich schon damals zu einem wohnbaren Saal umgeschaffen hatte. Ich zeigte und erklärte ihr die Bilder, eins nach dem andern, und entwickelte dabei die Pflichten eines Pflegevaters auf eine so lebendige herzliche Weise, daß ihr die Tränen in die Augen traten und ich mit meiner Bilderdeutung nicht zu Ende kommen konnte« (FA I, 10, S. 284).

24 Die verschiedenen Strategien von Goethes Kommentar der *Lehrjahre* und ihrer Rezeption in den *Wanderjahren* hat Hannelore Schlaffer herausgearbeitet (vgl. dies. [Anm. 21], S. 31: »Mit Wilhelms ausdrücklichem Hinweis, daß die Legende mit seiner Biographie in Zusammenhang stehe, gibt der Autor am Eingang seines zweiten Wilhelm-Meister-Romans einen Wink, daß alle eingeschobenen Novellen Personen und Ereignisse der *Lehrjahre* reflektieren, um ein komplizierteres Verständnis dieser Figuren anzubieten. Goethe wird in den Erzählungen der *Wanderjahre* zum Interpreten seines früheren Romans«).

Zweifel gezogen.[25] Dabei wird deutlich, dass es sich bei der Legende um eine komplexe Erzählform handelt, die durch Ambivalenzen geprägt ist. Hans Ulrich Gumbrecht hat eine der Legende eigene Funktionsambivalenz herausgearbeitet, die daraus entstehe, dass die Legende im Sinne der Imitatio zu einer »Lebensbewältigung durch gerechtes Handeln« anleite und zugleich, mit dem für die Legende charakteristischen Wunder, eine »Lebensbewältigung durch Rekurs auf übernatürliche Mächte« begünstige.[26] »Der spezifische ›Kompromiß‹ der Legende [...] liegt also in ihrer Funktionsambivalenz, welche die theologisch legitime Imitatio explizit nahelegt, ohne theologisch anrüchige, aber offenbar einem Rezipientenbedürfnis entgegenkommende magische Formen der Heiligenverehrung auszuschließen«.[27] Susanne Köbele hat im Anschluss an Gumbrecht die »mehrschichtige Spannung«[28] des Legendenerzählens weiter ausdifferenziert: Die mittelalterliche Legende sei geprägt durch Ambivalenzen zwischen dem Anspruch auf die Einzigartigkeit des Heiligenlebens und der Serialität der Legendenform, zwischen dem tugendhaften Helden als handelndem Subjekt und seinem Verständnis als »Objekt göttlichen Heilshandelns«, zwischen einer Abkehr von der Welt und der Stiftung von Welthaftigkeit, zwischen Jenseitsgerichtetheit und ihrer Begründung im Diesseits und schließlich zwischen Rhetorikfaszination und Rhetorikskepsis.[29] Der Balanceakt, den die Legende auf verschiedenen Ebenen leiste, lasse sich daher nicht mit dem Begriff der ›einfachen Form‹ fassen, sondern werde begreifbar als die Produktion der *Illusion* einer ›einfachen Form‹: »Die religiöse und ästhetische Attraktion der Legende liegt im kontrollierten Risiko, in der Illusion der einfachen Form«.[30]

Für das Verhältnis von Legende und Roman in den *Wanderjahren* bedeutet das: Die Spannung zwischen der Lebenserzählung als einem Individualisierungsprozess im Roman und der Lebenserzählung als einem Verfahren der Ent-Individualisierung und Kanonisierung in der Legende geht nicht erst aus der Konfrontation von einfacher Form (Legende) und Roman hervor – sie ist der Legende selbst inhärent. Das mag der Grund dafür sein, dass die Legende als Form im Aggregat von Goethes Roman bislang wenig Beachtung gefunden hat: Die Grenze zwischen Roman und Legende ist fließend und die Legende als Form von der Unform des Romans nur schwer zu unterscheiden. Anschaulich wird durch die Episode von Sankt Joseph dem Zweiten das, was Rüdiger Campe in seinen Bemerkungen zu Friedrich Schlegels *Gespräch über die Poesie* die »Theorie des Romans« genannt hat, nämlich die nachträgliche Konstruktion von einfachen Formen durch den Romantext, die den Roman als Formprozess rückwirkend ermöglicht:

25 Vgl. zur Rezeption von Jolles in der Legendenforschung Kouzmitskaia (Anm. 14), S. 56.

26 Hans Ulrich Gumbrecht: *Faszinationstyp Hagiographie. Ein historisches Experiment zur Gattungstheorie.* In: *Deutsche Literatur im Mittelalter. Kontakte und Perspektiven.* Hrsg. von Christoph Cormeau. Stuttgart 1974, S. 37-84; hier S. 54.

27 Ebd., S. 55.

28 Susanne Köbele: *Die Illusion der ›einfachen Form‹. Über das ästhetische und religiöse Risiko der Legende.* In: *Beiträge zur Geschichte der deutschen Sprache und Literatur* 143 (2012), S. 365-404; hier S. 375.

29 Vgl. ebd., S. 375-377.

30 Ebd., S. 402.

> Die Theorie ist genau die Operation, im laufenden Roman im Nachhinein die Vorbilder der geprägten Formen, der Gattungen, zu entdecken und sie als seine eigenen Startbedingungen retroaktiv zu erfinden. Die Gattungsgeschichte des Märchens, der Novelle, der Anekdote als Voraussetzungen des Formprozesses zu erforschen, der der Roman ist – das wäre für Schlegel die ausgeführte Theorie des Romans. Der Name »Theorie« wird gebraucht, um im Nachhinein unserer laufenden Interaktionen die Startmomente des Prozesses der modernen Kultur aufzustellen.[31]

Indem der Roman einfache Formen in seinen Text installiert, generiert er eine Differenz zwischen Romantext und einfacher Form, die dem Roman nachträglich einen Ursprung verleiht. Goethe zeigt nun mit der Legendenerzählung von Sankt Joseph dem Zweiten, dass es sich bei der Vorstellung der einfachen Form um eine Illusion handelt. Mit der daraus folgenden Annäherung von Legende und Roman wird die Legende nicht als Apriori des Romans sichtbar, sondern als dessen – genuin moderne – Fiktion. In diesem Sinne zeugen die *Wanderjahre* von der Arbeit an der »Theorie des Romans«. Sie machen aus der inhärenten Ambivalenz der Legendenform – zugespitzt gesagt: aus ihrer Roman(un)förmigkeit – keinen Hehl. Gezeigt wird der Versuch eines nachträglichen Einschreibens der scheinbar einfachen Form ›Legende‹ in den Romantext, um eine Differenz einzuziehen, die dem Roman als Ursprung dienen soll – gezeigt wird zugleich die Unmöglichkeit dieses Versuchs, denn die narrative Form der Legende unterläuft die ihr zugeschriebene ›Einfachheit‹ und lässt sich nicht in Differenz zum Roman begreifen.

Dass die Josephs-Episode keineswegs eine affirmative Adaption der Legende darstellt, sondern ein distanziertes Formzitat, wenn nicht gar eine Parodie, ist in der jüngeren Forschung bereits dargelegt worden.[32] Die Säkularisierung der ursprünglich religiösen Form wird etwa dadurch unterstrichen, dass die Familie von Sankt Joseph dem Zweiten die Kapelle zu einer Wohnung umfunktioniert (vgl. FA I, 10, S. 284). Anders als sein Heiliger übt sich Sankt Joseph der Zweite nicht in Enthaltsamkeit (vgl. FA I, 10, S. 285). Das ultimative Ziel jeder Legendenerzählung, die Heiligkeit, wird er nicht erreichen. Vom Wunder, dem typischen Merkmal der Heiligenlegende, bleibt hier nichts als eine »wundersam altertümliche Stimmung« (FA I, 10, S. 273); an seine Stelle tritt, wie Hannelore Schlaffer bemerkt hat, die

31 Rüdiger Campe: *Das Argument der Form in Schlegels »Gespräch über die Poesie«. Eine Wende im Wissen der Literatur*. In: *Merkur* 68 (2014) 777, S. 110-121; hier S. 118 f.

32 Bruce Armstrong und Gabrielle Bersier geben einen Abriss von Interpretationen der Josephs-Episode in der älteren Forschung, in der affirmative Lektüren der Josephs-Figur als einem Vorbild Wilhelms überwiegen. Armstrong und Bersier arbeiten stattdessen eine kritische Lektüre heraus, zu der bereits Anneliese Klingenberg angeregt hatte. Vgl. Armstrong (Anm. 10), S. 416-420, Bersier (Anm. 11), S. 265 f., sowie Anneliese Klingenberg: *Goethes Roman »Wilhelm Meisters Wanderjahre oder die Entsagenden«. Quellen und Komposition*. Berlin, Weimar 1972, S. 37-43. Klingenberg hebt insbesondere die Veräußerlichung der Lebensform in der Legende hervor (vgl. ebd., S. 38: »Einer Nachahmung der äußeren Form der Gemälde ordnet Joseph sein Leben unter. An vielen Stellen weist Goethe dann auch auf die Nichtübereinstimmung von Inhalt und Form hin«).

›Wunderlichkeit‹ – im Sinne der Exzentrizität – des Protagonisten und seiner anachronistischen Lebensform.[33]

Mit der Figur des Sankt Christoph, einem Mitglied der Vereinigung »Das Band«, der Wilhelm im dritten Buch der *Wanderjahre* begegnet, wird an die Akzentuierung der Ambivalenz der Legendenform in der Josephs-Episode angeknüpft. Sankt Christoph tut sich, neben seinen Gesangskünsten, vor allem durch seine Tätigkeit als Lastenträger hervor. So begleitet er Lenardo auf seiner Reise zu den Webern ins Gebirge und legt dadurch eine Referenz zum Heiligen Christophorus nahe, der der Legende nach Christus über einen Fluss getragen haben soll und als Schutzheiliger der Reisenden gilt. In den *Wanderjahren* findet die Legende des Heiligen Christophorus jedoch keine Erwähnung. Über die Lebensgeschichte von Sankt Christoph ist nichts zu erfahren als eine anekdotische Erzählung, die als »Schwank«, »Fabel« und »Märchen« (FA I, 10, S. 659, 664) bezeichnet wird. Darin erzählt Sankt Christoph einen Possen aus seiner Jugendzeit, in dem ihm seine »Beharrlichkeit« und sein »Trutz«, auf der Flucht vor einem vornehmen Herrn, dem er einen Streich gespielt hatte, beinahe zum Verderben wurden (FA I, 10, S. 664). Die Erzählung schließt mit einem Verweis auf ihre moralische Lehre, die vermutlich in der Warnung vor dem unsittlichen Gebrauch von Tugenden wie der »Beharrlichkeit« liegt und damit die Ambivalenz von Tugendhaftigkeit selbst zum Gegenstand hat: »Da nun jede Fabel eigentlich etwas lehren soll, so ist euch allen, wohin die gegenwärtige gemeint sei, wohl überklar und deutlich« (ebd.). Über eine Läuterung von Sankt Christoph, die ihm seinen heiligen Namen eingebracht haben könnte, lässt sich nur spekulieren. Was mit seiner Figur und deren Geschichte, die den für die Legende charakteristischen Ausweis von Tugendhaftigkeit in ihr Gegenteil verkehrt, vor allem deutlich wird, ist die scheinbare Entdifferenzierung von Legende und Roman. Mit Sankt Christoph verliert die Legende jegliche Kontur, sie verläuft sich in der Anekdote. Die derart ›unsichtbar‹ gewordene Legende wird nur noch durch den Namen der Figur kenntlich gemacht, der auf die Absorption der Legende durch den Roman verweist.

Verschwindet die Legende mit Sankt Christoph im Roman, bleibt schließlich zu bedenken, inwieweit der Roman mit der Figur Wilhelms in die Legende eingeht. Wie ist Wilhelms Heilung des verunglückten Felix am Ende zu verstehen? Vor dem Hintergrund der Betrachtung des Verhältnisses von Legende und Roman lässt sich nicht übersehen, dass mit der Krankenheilung ein typisches Element der Legendenerzählung den Fluchtpunkt der Romanhandlung bildet und derart dem Geschehen eine finale Motivation zu verleihen scheint – wenngleich es sich um eine Heilung kraft der medizinischen Ausbildung Wilhelms handelt, die anders als in der Legende nicht durch göttliche Mächte vollzogen wird. Und doch bleibt schließlich die Frage ungelöst, inwieweit das Ende der *Wanderjahre* eine ›legendarische‹ Lesart des Romans begünstigt, die durch die finale Motivation eine Vereindeutigung von Wilhelms Lebenslauf nahelegt und damit zu dessen Kanonisierung beiträgt.

33 Vgl. Schlaffer (Anm. 21), S. 27: »Mit der wirklichen Bedeutung nur andeutungsweise bekannt, bleibt er, das Wunder zitierend, letztlich doch nur wunderlich. Nicht ein göttliches Heilsgeschehen ist es was er mit seiner Familienszene installiert, sondern eine ›wundersam altertümliche Stimmung‹«.

Wilhelm Meisters Wanderjahre ist nicht der einzige Roman Goethes, in dem die Spannung innerhalb der Erzählung zwischen einem biographischen Lebenslauf und seiner Legendarisierung ausgelotet wird. In den *Lehrjahren* ist es Sperata, die Mutter Mignons, die nach ihrem Tod vom Volk zur Heiligen erhoben wird. Im Falle Speratas ist die Verschränkung der kanonisierenden Rezeption einer Lebensgeschichte mit deren Transformation zur Legende besonders eindrücklich.[34] Sperata wird zu ihrem eigentümlichen Handeln, um dessentwillen sie nach ihrem Tod zu einer Heiligen erklärt wird, zuerst durch die bereits bestehende Legende einer »untröstlichen Mutter« veranlasst, die ihr ertrunkenes Kind vom Tode wiedererweckt, indem sie dessen Knochen aus dem See birgt: »Auf die arme Mutter machten diese Geschichten großen Eindruck, ihre Einbildungskraft fühlte einen neuen Schwung, und begünstigte die Empfindung ihres Herzens« (FA I, 9, S. 970). Durch ihre Imitation dieser Legende und deren geschickte Inszenierung durch den sie betreuenden Geistlichen erwirbt Sperata den Ruf, selbst eine Heilige zu sein, was nach ihrem Tod durch Krankenheilungen bestätigt scheint.[35] Auf ähnliche Weise wird in den *Wahlverwandtschaften* Ottilies posthume Heiligsprechung bekräftigt durch das Wunder, das ihre Dienerin Nanny vom Sturz durch Berührung ihres leblosen Körpers zu heilen und von ihrer Schuld zu erlösen scheint (vgl. FA I, 8, S. 524). Hier wird ebenfalls die Transformation einer Lebensgeschichte in eine populäre kanonische Lesart vor Augen geführt. Die Skepsis des Erzählers gegenüber den legendarisierenden Lektüren ist in beiden Texten unüberhörbar. So heißt es in den *Lehrjahren* von Speratas Bestattung:

> Als man sie zu Grabe bestatten wollte, drängten sich viele Menschen mit unglaublicher Heftigkeit hinzu, man wollte ihre Hand, man wollte wenigstens ihr Kleid berühren. In dieser leidenschaftlichen Erhöhung fühlten verschiedene Kranke die Übel nicht, von denen sie sonst gequält wurden, sie hielten sich für geheilt, sie bekannten's, sie priesen Gott und seine neue Heilige. (FA I, 9, S. 973)

In den *Wahlverwandtschaften* kommentiert der Erzähler den Kult um die verstorbene Ottilie knapp: »Jedes Bedürfnis dessen wirkliche Befriedigung versagt ist, nötigt zum Glauben« (FA I, 8, S. 527).

Auffällig bleibt dabei, dass Goethes Romanenden zur Legendarisierung neigen. Insofern ließe sich die Eröffnung der *Wanderjahre* mit einer Legende, die den Anachronismus der Form und der mit ihr einhergehenden kanonisierenden Lektürepraxis in einer Weise offenlegt, wie es die Episode von Sankt Joseph dem Zweiten tut, als ein Versuch der Immunisierung des Romans gegen die Legende verstehen.[36] Die Verhältnisbestimmungen von Legende und Roman, die die *Wanderjahre* durchlau-

34 Vgl. dazu auch Kouzmitskaia (Anm. 14), S. 75-79.

35 Vgl. FA I, 9, S. 971: »Der Geistliche, der durch die unerläßliche Ausübung seiner Pflicht ihren Zustand verursacht hatte, nahm sich auch ihrer nun aus allen Kräften an. Durch seinen Einfluß ward sie in der Gegend für eine Entzückte, nicht für eine Verrückte, gehalten, man stand mit gefalteten Händen, wenn sie vorbeiging, und die Kinder küßten ihr die Hand«.

36 Vgl. dazu Cornelia Zumbusch: *Die Immunität der Klassik*. Berlin 2012, S. 299. Zumbusch arbeitet die prekären ästhetischen Verfahren heraus, mithilfe derer Goethe den Roman von anderen Gattungen wie der Tragödie zu scheiden sucht.

fen, legen jedoch offen, dass Form und Unform hier weniger differenziert als vielmehr entdifferenziert werden.[37] Sie lassen sich begreifen als Reflexion einer ironischen Verschränkung von Legende und Roman. Die kontingenzsensible Erzählung im Roman verlangt nach einer vereindeutigenden Lesart – wie es die Legendarisierungsprozesse in Goethes Romanen veranschaulichen –, doch zeigt die Integration der Legende in den Romantext, dass die scheinbar einfache Form die Ambivalenzen der Romanerzählung nicht auflöst, sondern auf ihre Weise fortschreibt.

37 Zum »Schwanken von Form zu Unform, von Unform zu Form« (FA I, 24, S. 633) in Goethes Morphologie vgl. auch Eva Geulen: *Aus dem Leben der Form. Goethes Morphologie und die Nager*. Berlin 2016.

Svitlana Shkvarchuk

Das Phänomen Goethe-Zitat. Von klassischen Weisheiten bis zu ›entflügelten Worten‹

I. Goethes geflügelte Worte und ihre Analyse aus sprachwissenschaftlicher Sicht

Man könnte annehmen, dass Goethe-Zitate oder die sogenannten geflügelten Worte des deutschen Klassikers für die moderne Sprachwissenschaft nicht mehr von Interesse seien, wäre da nicht die Tatsache, dass seine Worte – wenn auch nicht als wortwörtliche Zitate – als anonyme Floskeln, Gemeinplätze, Werbeslogans und geläufige Redewendungen erfolgreich weiterleben. Wer erkennt noch, dass der Werbeslogan der bekannten Drogeriekette *dm* »Hier bin ich Mensch, hier kauf ich ein« eigentlich ein abgewandeltes Zitat aus Goethes *Faust* ist? Dank Goethe nennen wir eine Theorie »grau«, suchen »den roten Faden«, wundern uns, dass das Blut »ein ganz besonderer Saft« ist, fragen nach »des Pudels Kern« oder behaupten, dass der Name »Schall und Rauch« sei.

Für das Bildungsbürgertum des 19. Jahrhunderts, das »gerne als das ›zitierselige‹«[1] bezeichnet wird, war die Verwendung von Klassikerzitaten »ein absolutes Muss und ein Maßstab«,[2] was in der Zwischenkriegszeit und insbesondere nach dem 2. Weltkrieg stark nachgelassen hat. Den Verlust einer Funktion als Statussymbol kommentierte der Berliner Verleger Klaus Wagenbach wie folgt: »Bildung mitzubringen, ist kein Ausweis mehr für eine bestimmte gesellschaftliche Klasse. Früher musste es schon ein Goethe-Zitat sein, heute genügt der Mercedes vor der Tür«.[3]

Nicht zufällig erschien gerade im 19. Jahrhundert und genau im Jahr 1864 unter dem Titel *Geflügelte Worte. Der Citatenschatz des Deutschen Volks* die Zitatensammlung des Berliner Philologen und Gymnasiallehrers Georg Büchmann (1822-1884),[4] die sich als Standardwerk etablierte und eine weite Verbreitung in Deutschland fand. Dieses Buch fixierte, worauf Wolfgang Frühwald in seiner Abhandlung *Büchmann und die Folgen. Zur sozialen Funktion des Bildungszitates in der deutschen*

1 Robert Charlier: *Goethismus. Zur Phänomenologie literarischer Zitation.* In: *Jb. für internationale Germanistik* 39 (2007) 2, S. 99-116; hier S. 100.

2 *Duden.* Bd. 12: *Zitate und Aussprüche. Herkunft und aktueller Gebrauch.* Bearb. von Maria Grazia Chiaro u. Werner Scholze-Stubenrecht. 2., neu bearb. u. akt. Aufl. Mannheim u. a. 2002, S. 11.

3 *SPIEGEL online*, 11.10.2003: https://www.spiegel.de/kultur/literatur/verleger-wagenbach-deutsche-sind-hosenscheisser-a-269360.html.

4 Georg Büchmann: *Geflügelte Worte. Der Citatenschatz des Deutschen Volks.* Berlin 1864, S. 220. *Diese erste Ausgabe wurde digitalisiert und ist abrufbar unter https://reader.digitale-sammlungen.de/resolve/display/bsb10575852.html.*

Literatur des 19. Jahrhunderts hinweist, das »Inventar des bürgerlichen Bildungsdialektes«.[5] Erst seit dem Erscheinen von Büchmanns Zitatensammlung wird der Ausdruck ›geflügelte Worte‹ im Sinne von »literarisch belegbaren, in den allgemeinen Sprachschatz des deutschen Volkes übergegangenen, allgemein geläufigen Redensarten«[6] angewendet.

In der Sprachwissenschaft werden geflügelte Worte wie auch andere feste Wortkomplexe (Idiome, Sprichwörter) von der Phraseologie oder *Parömiologie* untersucht. In diesem Bereich der Linguistik setzt auch mein Forschungsvorhaben an, das darauf abzielt, die Besonderheiten des Gebrauchs von Goethe-Zitaten in der modernen deutschen Sprache, insbesondere der Presse-Sprache, zu verfolgen und durch die empirische Untersuchung ihre Bekanntheit festzustellen. Im vorliegenden Beitrag werden einige Arbeitsschritte und erzielte Resultate sowie die sich daraus ergebenden Schlussfolgerungen präsentiert.

II. Die Untersuchung

Im ersten Schritt meiner Untersuchung wurden phraseologische Wörterbücher, Zitatensammlungen und Büchmann-Ausgaben verschiedener Jahre – insgesamt elf Lexika – analysiert. Ich habe ein Korpus von 307 Goethe-Zitaten zusammengestellt, die in den meisten Wörterbüchern als ›geflügelt‹ präsentiert werden und an denen ich die weiteren Recherchen vornahm. Dazu wurde in elektronischen Zeitungs- und Zeitschriftenarchiven recherchiert, ob und wie diese geflügelten Worte in den modernen Massenmedien benutzt werden. Insgesamt wurden den wichtigsten deutschsprachigen Zeitungen und Zeitschriften 3015 Belege entnommen, und zwar aus *Der Spiegel*, *Die Zeit*, *Frankfurter Allgemeine Zeitung*, *Süddeutsche Zeitung*, *Die Welt* und *tageszeitung (taz)*.

Schon die erste Analyse der erstellten Liste ermöglichte einige interessante, zugleich aber vorhersehbare Schlussfolgerungen, z.B. welche Werke Goethes die meisten geflügelten Worte in das allgemeine deutsche Sprachgut geliefert haben. So erstaunt es nicht, dass mehr als die Hälfte der Zitate (158 = 51,5 %) aus Goethes *Faust* stammt, der zu Recht »der meistzitierte Text deutscher Zunge«[7] genannt wird. Der größte Teil der Zitate aus dem *Faust* entstammt dabei dem *Faust I* (133 = 84 %). An der zweiten Stelle nach *Faust* stehen solche klassischen Gedichte und Balladen wie *Der Zauberlehrling*, *Erlkönig*, *Der Fischer*, *Der Schatzgräber* und natürlich das berühmte Lied der Mignon mit dem Zitat »Kennst du das Land, wo die Zitronen blühn« (82 = 25,3 % aller Zitate aus der Liste). Es sind also vor

5 Wolfgang Frühwald: *Büchmann und die Folgen. Zur sozialen Funktion des Bildungszitates in der deutschen Literatur des 19. Jahrhunderts.* In: *Bildungsbürgertum im 19. Jahrhundert.* Teil 2: *Bildungsgüter und Bildungswissen.* Hrsg. von Reinhart Koselleck. Stuttgart 1990, S. 197-219; hier S. 207.

6 Sibylle Benninghoff-Lühl: *»Figuren des Zitats«. Eine Untersuchung zur Funktionsweise übertragener Rede.* Stuttgart, Weimar 1998, S. 147.

7 Frank Möbus: *Meyrink-Hypothese. Zur aktuellen Verwendung geflügelter Worte – das Beispiel »Faust«.* In: *Muttersprache. Vierteljahresschrift für deutsche Sprache* 108 (1998), S. 232-251; hier S. 238.

allem die Werke, die zum deutschen Bildungskanon zählen und die für mehrere Generationen zum obligatorischen Schulprogramm gehörten.[8] Man könnte schon erwarten, dass, wenn man als Kind den *Zauberlehrling* auswendig gelernt hat, der Spruch »Besen! Besen! / Seid's gewesen!« noch lange in Erinnerung bleibt, und es ist nicht erstaunlich, dass die Redewendung »Und bist du nicht willig, so brauch ich Gewalt« aus *Erlkönig* zu einer geflügelten geworden ist. Letztere wurde kurioserweise von einem jungen Probanden meiner Untersuchung nicht mit Goethe in Verbindung gebracht, sondern als eine Lieblingswarnung seiner Oma identifiziert.

Eine tiefere Analyse des zusammengestellten Korpus weist zudem auf einige spezifische Besonderheiten hin, die für die Prozesse der Phraseologisierung des Zitats, also den Übergang eines Autorenzitats in ein geflügeltes Wort, im Allgemeinen typisch sind und die mit den Eigenschaften der menschlichen Psyche zusammenhängen. Es handelt sich dabei um die sogenannten starken Positionen des Ausgangszitats im Original, zu denen man in der Textlinguistik die auffallenden, leicht einprägsamen Textpositionen zählt, die mit großer Wahrscheinlichkeit im Gedächtnis hängenbleiben (z.B. die Position am Anfang, am Ende oder im Titel eines Werks).

Wie die Beispiele aus der Liste zeigen, spielen solche Positionen des Ausgangszitats eindeutig auch eine bedeutende Rolle bei der Phraseologisierung vieler Goethe-Zitate. So zählen zu den geflügelten Worten der Anfangs- und der Schlussvers aus dem Osterspaziergang (*Faust I*, *Vor dem Tor*): »Vom Eise befreit sind Strom und Bäche« und »Hier bin ich Mensch, hier darf ich's sein« sowie aus dem Gedicht *Wandrers Nachtlied* die Anfangsverse und der Schluss: »Über allen Gipfeln ist Ruh« und »Warte nur, balde«. Ebenso gehören dazu folgende Schlussverse aus Gedichten und Monologen: »In der Beschränkung zeigt sich erst der Meister« (*Das Sonett*), »Nach Golde drängt, am Golde hängt doch alles« (*Faust I*, *Abend*), »Prophete rechts, Prophete links, das Weltkind in der Mitten« (*Diner zu Coblenz im Sommer 1774*), »Glücklich allein ist die Seele, die liebt« (so endet Clärchens Lied in Goethes Trauerspiel *Egmont*, das zusätzlich durch die Bühnenmusik Beethovens und durch die Vertonungen von Schubert, Liszt und Reichardt bekannt geworden ist). Natürlich gehören zu den bekanntesten geflügelten Worten auch die Schlussverse: »Das Ewig-Weibliche zieht uns hinan«, mit denen die Tragödie *Faust* endet.

Die starke Position des Titels haben die geflügelten Worte »Dichtung und Wahrheit« (aus Goethes Autobiografie *Aus meinem Leben. Dichtung und Wahrheit*), *Die Leiden des jungen Werthers*, ein Titel, der von Ulrich Plenzdorf zu *Die neuen Leiden des jungen W.* umgewandelt wurde, aber ebenso Zitate wie *Bekenntnisse einer schönen Seele* und der Titel des Aufsatzes *Shakespeare und kein Ende.*

Zu den sogenannten starken Positionen, in denen die Zitate ein besonders hohes Potenzial haben, in die Umgangssprache übernommen zu werden, zählt man auch die Schlüsselszenen der Theaterstücke, z.B. Fausts erste Begegnung mit Gretchen,

8 Ausführlicher zu einzelnen Werken Goethes im Deutschunterricht Joachim Schulze-Bergmann: *Goethe im Lehrplan des Deutschunterrichts im 19. Jahrhundert – Zur Kanonisierung eines Klassikers*, Wolfgang Leppmann: *Didaktik in Stehkragen und Blue Jeans – Goethe im Deutschunterricht* u.a. Beiträge im Sammelband: *Dauer im Wechsel? Goethe und der Deutschunterricht*. Hrsg. von Bodo Lecke. Frankfurt a.M. 2000.

bei der er seine geflügelt gewordenen Worte ausspricht: »Mein schönes Fräulein, darf ich wagen, meinen Arm und Geleit Ihr anzutragen?«; des Weiteren die Szene der Verwandlung vom schwarzen Pudel in Mephisto, worauf der überraschte Ausruf Fausts folgt: »Das also war des Pudels Kern!«; schließlich die vielzitierte Gretchenfrage aus der Szene *Marthens Garten* in *Faust I*: »Nun sag', wie hast du's mit der Religion?«.

Eine wichtige Rolle spielt auch die gereimte Form der Zitate, denn solche Verse prägen sich leichter ins Gedächtnis ein. Zu den berühmten geflügelten Worten Goethes, die entweder Reime oder Halbreime (Assonanzen) aufweisen, zählen: »Da steh' ich nun, ich armer Tor! Und bin so klug als wie zuvor« (*Faust I*, *Nacht*); »Nichts ist schwerer zu ertragen als eine Reihe von schönen Tagen« (*Sprichwörtlich*) – die hier angeführte Form weicht vom Original ab, ist aber gerade in dieser Form gebräuchlicher geworden; »Dass ich erkenne, was die Welt im Innersten zusammenhält« (*Faust I*, *Nacht*); »So fühlt man Absicht, und man ist verstimmt« (*Torquato Tasso*); »Du gleichst dem Geist, den du begreifst« (*Faust I*, *Nacht*).

Es sei betont, dass sich 172 Zitate (56 %) aus unserer Liste ursprünglich, das heißt in den Originaltexten, in einer starken Position befanden. Wenn man dazu noch die Zitate zählt, die in gereimter Form vorkommen oder im Originaltext wiederholt werden, so steigt der Prozentsatz auf 70,4 % an, was deutlich macht, dass die Prozesse der Phraseologisierung bei Goethe-Zitaten nicht zufällig sind. Einfacher ausgedrückt: Was von Goethe-Sentenzen geflügelt wurde und in den allgemeinen Sprachgebrauch übergegangen ist, sind nicht unbedingt die weisesten oder am schönsten formulierten Gedanken. Vielmehr sind es jene, die am häufigsten visuell (in obligatorischen Texten der Curricula) oder audio-visuell (in Theaterstücken oder Vertonungen von Liedern) rezipiert wurden und die noch dazu durch ihre leicht einprägsame Form (im Falle von gereimten Strophen) oder durch ihre auffallende Position (am Anfang, am Ende, im Titel oder in einer Schlüsselszene) ein größeres Potenzial hatten, im Gedächtnis der Leser, Zuhörer oder Zuschauer haften zu bleiben und für die weitere Verwendung als fertige Sprachformeln zu dienen.

III. »Viele Worte sind lange zu Fuß gegangen, ehe sie geflügelte Worte wurden« (Marie von Ebner-Eschenbach)

Auf einem über Jahrhunderte dauernden Weg vom Autorenzitat bis zu einem oft anonym wirkenden geflügelten Wort erlebten Goethe-Zitate verschiedene Veränderungen, sei es struktureller oder semantischer Art. Als Beispiel für die strukturelle Veränderung kann man hier den bekannten Spruch »Warum in die Ferne schweifen?« anführen. Er wird in den Wörterbüchern mit dem Fragewort warum/wozu fixiert, obwohl es im Original, der Anfangszeile des Gedichts *Erinnerung*, heißt: »Willst du immer weiter schweifen? / Sieh, das Gute liegt so nah« (FA I, 1, S. 44). Außerdem ist darauf hinzuweisen, dass dieser Ausdruck in einigen Wörterbüchern ohne zusätzliche Informationen zu seiner Herkunft wiedergegeben wird, denn in der alltäglichen Kommunikation ist er schon längst anonym geworden. Ähnlich ist das bei dem Ausdruck ›etwas zieht sich wie ein roter Faden hindurch‹, der nicht mehr mit seinem Schöpfer assoziiert wird. Diese Redewendung im Sinne von

›leitender, verbindender Grundgedanke, Grundmotiv‹ geht auf Goethes Roman *Die Wahlverwandtschaften* zurück. Dort wird die alles verbindende Hauptidee im Tagebuch Ottiliens mit dem durchlaufenden roten Faden im Tauwerk der englischen Marine verglichen:

> Wir hören von einer besondern Einrichtung bei der englischen Marine. Sämtliche Tauwerke der königlichen Flotte, vom stärksten bis zum schwächsten, sind dergestalt gesponnen, daß ein roter Faden durch das Ganze durchgeht, den man nicht herauswinden kann ohne alles aufzulösen [...]. Eben so zieht sich durch Ottiliens Tagebuch ein Faden der Neigung und Anhänglichkeit, der alles verbindet und das Ganze bezeichnet. (FA I, 8, S. 402 f.)

Wie die Beispiele aus dem analysierten Korpus beweisen, kann das Autorenzitat auf dem Weg zu einem geflügelten Wort bis auf die wichtigsten Komponenten schrumpfen, die aber den Sinn der gesamten Äußerung (oder manchmal sogar der ganzen Situation) behalten. Hierzu einige Beispiele (in der Folge: Zitat des Originals – heute gekürzte Form des geflügelten Wortes):

- »Die ich rief, die Geister, werd ich nun nicht los« → die Geister, die jemand rief (über bewusst eingesetzte Kräfte, die außer Kontrolle geraten sind)
- »Zwei Seelen wohnen (ach) in meiner Brust!« → zwei Seelen in jemandes Brust (wenn jemand zwiespältig, unentschlossen ist)
- »Das also war des Pudels Kern!« → etwas ist des Pudels Kern (etwas ist der wahre Grund, die eigentliche Ursache)
- »Gefühl ist alles, Name ist Schall und Rauch« → Name ist Schall und Rauch → etwas ist Schall und Rauch (etwas ist vergänglich, eitel oder nichtig)
- »Grau, teurer Freund, ist alle Theorie und grün des Lebens goldner Baum« → Grau ist alle Theorie → etwas ist graue Theorie (etwas ist rein theoretisch, in der Praxis nicht zutreffend).

Ein interessantes Beispiel, bei dem nicht nur die Form (die strukturelle Veränderung), sondern auch der Inhalt (die Veränderung der Semantik) ins Spiel kommt, ist die berühmte Gretchenfrage, die im Originaltext wie folgt klingt: »Nun sag', wie hast du's mit der Religion? / Du bist ein herzlich guter Mann, / Allein ich glaub', du hält'st nicht viel davon« (*Faust I*, *Marthens Garten*; FA I, 7.1, S. 148, V. 3415-3417). Dieses geflügelte Wort, abgeleitet aus der Szene *Marthens Garten*, wo Gretchen Faust nach seinem Verhältnis zur Religion fragt, hat im Laufe der Zeit eine Bedeutungserweiterung erfahren: Heute meint man mit einer Gretchenfrage nicht unbedingt die nach der Religion, sondern im Allgemeinen eine bedeutsame oder auch heikle Frage, die zu einer klaren Gewissensentscheidung und zu einem offenen Bekenntnis auffordert. Als Beispiel sei hier eine Titelzeile aus der *Süddeutschen Zeitung* vom 14. August 2012 angeführt: »Atomkraft oder erneuerbare Energien? Das ist die Gretchenfrage des 21. Jahrhunderts« (*Süddeutsche Zeitung*, Nr. 187, 14.8.2012, S. 13).

Von besonderer Popularität auch in der jungen Generation zeugt die Verwendung dieses geflügelten Wortes als Titel einer neuen Rubrik der Jenaer Hochschulzeitung *Akrützel*. Hier wird die kurze redaktionelle Einleitung zu dieser neu geschaffenen Rubrik angeführt, in der auch deren Bedeutung sehr gut erklärt wird:

> *Gretchenfrage*
> Die Hochschule ist ein Ort der Fragen. Trotzdem werden nie die wichtigen gestellt, namentlich diejenigen, die das Potential haben, Leben zu verändern, Liebesbeziehungen zu zerstören und Weltbilder auf den Kopf zu stellen. Glücklicherweise sind Journalisten aber neugierige Menschen, die nichts lieber tun, als sich mit Fragen aller Art zu beschäftigen. Darum starten wir mit diesem Semester eine neue Serie und befassen uns mit dem, was die Welt im Innersten zusammenhält. Auf dieser Seite findet ihr die großen Streitthemen unserer Zeit, die endgültig und abschließend ausdiskutiert werden müssen. Nun sag, wie hast du's mit dem Telefon?[9]

In diesem Absatz findet sich die voll formulierte, dabei aber auf das nachfolgende Thema zugeschnittene Variante der Gretchenfrage: »Nun sag, wie hast du's mit dem Telefon?«, mit der das erste Thema der Rubrik »Zelle vs. Cellphone« eingeleitet wird, sowie ein anderes geflügeltes Goethe-Zitat über »die Welt«, die etwas »im Innersten zusammenhält« (vgl. Faust in *Faust I*: »Daß ich erkenne was die Welt / Im Innersten zusammenhält«; FA I, 7.1, S. 34, V. 382f.).

IV. »Geflügelte Worte sind geistige Gene, die sich über Generationen vererben, gelegentlich mutieren und sich selbst immer wieder reproduzieren«[10]

Nachdem wir den Wegen der Goethe-Zitate gefolgt sind und die Besonderheiten der Herausbildung geflügelter Worte des Klassikers analysiert haben, stellt sich nun die Frage nach deren Gebrauch als ›entflügelte Worte‹. Diesen etwas ungewöhnlich klingenden Begriff hat der amerikanische Germanist Wolfgang Mieder geprägt, ein Parömiologe und leidenschaftlicher Zitatensammler.[11] Sein Begriff ›entflügelte Worte‹ weist darauf hin, dass heute viele Zitate in Literatur, Medien, Karikaturen und Graffiti nicht in ihrem ursprünglichen Wortlaut auftreten, sondern parodistisch, satirisch, ironisch oder witzig abgewandelt werden. Meine Forschungsarbeit kann diese Tendenz für den modernen Gebrauch der Goethe-Zitate deutlich veranschaulichen, denn von den insgesamt 3015 Beispielen aus der deutschen Presse wurde fast jedes dritte Goethe-Zitat modifiziert (30,3 %). Hier erstmals einige Beispiele aus unserem Fund:

> *Über allen Gipfeln ist … Merkel*
> »Konjunkturgipfel«, »Jobgipfel«, »IT-Gipfel«: Merkel regiert gerne von allerhöchster Stelle aus. Ihre Botschaft: So kommt Deutschland über den Berg.
> (*Süddeutsche.de*, 8.12.2009)[12]

9 *Akrützel. Jenas führende Hochschulzeitung*, 30.10.2014, Nr. 337, S. 20.

10 Gerhard Uhlenbruck: *EinFACH gesimpelt. Aphorismen mit vier Foto-Collagen von Roland Wentzler.* Aachen ²1979, S. 56.

11 Wolfgang Mieder: *»Entflügelte Worte«. Modifizierte Zitate in Literatur, Medien und Karikaturen.* Wien 2016; ders.: *»Wie anders wirkt dies Zitat auf mich ein!«. Johann Wolfgang von Goethes entflügelte Worte in Literatur, Medien und Karikaturen.* Wien 2011.

12 Vgl. https://www.sueddeutsche.de/wirtschaft/politshows-ueber-allen-gipfeln-ist-merkel-1.128209.

Und bist du nicht billig …
Der Kampf um Fleischpreise eskaliert. Behörden ermitteln wegen Lohnsklaverei auf Schlachthöfen.
(*Die Zeit*, 7.4.2004, Nr. 16)[13]

Goethe-Institut und Fußball: Hier steh ich nun, ich armes Tor
Wenn ein Sprachkurs Jugendliche nicht sehr reizt, gibt man ihnen einfach einen Ball dazu – schon wird daraus eine runde Sache. 14- bis 17-Jährige aus aller Welt können in einem Karlsruher Kurs kickend Deutsch lernen. Das Goethe-Institut heuerte dafür den arbeitslosen Trainer Ralf Rangnick an. (*Spiegel online*, *Uni-Spiegel*, 20.7.2004)[14]

Meine Untersuchung ergab, dass solche Modifikationen besonders oft in Überschriften vorkommen. Einerseits fallen sie in dieser Position sofort auf, erwecken Interesse und regen damit zum Weiterlesen an, andererseits kann der Journalist so auf spielerische Weise ein Thema einleiten und auf den eigentlichen Inhalt des Artikels hinlenken. Dies sei hier illustriert an einer Auswahl von Modifikationen des bekannten Goethe-Zitats »Edel sei der Mensch, hilfreich und gut!«:

Edel sei der Manager, hilfreich und gut
»Ohne tatsächlich gelebte moralische Prinzipien und Werte« sei eine gute, verantwortungsvolle Unternehmensführung undenkbar. Diese Überzeugung äußerte Fraport-Chef Wilhelm Bender gestern beim »Berliner Forum für Ethik in Politik und Wirtschaft«, als er zum Thema Gerechtigkeit und Fairness als Maxime der Unternehmensführung sprach.
(*Frankfurter Allgemeine Zeitung*, 21.1.2005, Nr. 17, S. 51)

Edel sei die Kunst, stimulierend und gut
Auch die Deutsche Bank setzt auf wahre Werte – Anleger sollten sich an dem Primus ein Beispiel nehmen.
(*Die Welt*, 15.10.2010, Nr. 241, S. 17)

Edel sei das Auto, adlig und gut
Volkswagen macht's möglich: ein neues und ein altes Schloß für den Veyron von Bugatti
(*Frankfurter Allgemeine Zeitung*, 2.1.2006, Nr. 1, S. 36)

Edel sei der Gesang, bezaubernd und gut
Starsopranistin Edita Gruberova in der Musikhalle
(*Die Welt*, 24.10.2009, Nr. 248, S. 44)

Ökologisch sei das Produkt, hilfreich und gut
(*Frankfurter Allgemeine Zeitung*, 29.3.1997, Nr. 74, S. 13).

Die populärsten Umwandlungen der Klassiker-Zitate sind so weit fortgeschritten, dass sie bereits in die phraseologischen Wörterbücher aufgenommen wurden. Ein

13 Vgl. https://www.zeit.de/2004/16/Schlachthof-Mafia.

14 Vgl. https://www.spiegel.de/lebenundlernen/uni/goethe-institut-und-fussball-hier-steh-ich-nun-ich-armes-tor-a-309513.html.

schon existierendes, aber umgewandeltes Zitat erhält damit ein neues Leben (nach dem oben angeführten Aphorismus von Gerhard Uhlenbruck: »sich selbst immer wieder reproduzieren«). Als Beispiel sei hier das bekannte Zitat »Wer nie sein Brot mit Tränen aß« aus dem Roman *Wilhelm Meisters Lehrjahre* angeführt:

> Wer nie sein Brot mit Tränen aß,
> Wer nie die kummervollen Nächte
> Auf seinem Bette weinend saß,
> Der kennt euch nicht, ihr himmlischen Mächte.
> (FA I, 9, S. 491)

Eine umgangssprachliche Abwandlung dieses Zitats lautet: »Wer nie sein Brot im Bette aß, weiß nicht wie Krümel piken«. Sie ist nun in der Bedeutung »wer diese Erfahrung nicht gemacht hat, kann nicht nachvollziehen, was sie bedeutet« in den *Duden* aufgenommen worden.[15] Ähnliches gilt auch für die scherzhafte Abwandlung von Schillers »die Axt im Haus erspart den Zimmermann« aus *Wilhelm Tell* zu »Die Axt im Haus erspart die Ehescheidung / den Scheidungsrichter«, die nun in den phraseologischen Wörterbüchern registriert ist.[16]

Die Frage, warum eigentlich Klassikerworte so oft und so gern in der Presse modifiziert werden, lässt sich möglicherweise beantworten mit dem Auftreten gewisser Ermüdungserscheinungen gegenüber den häufig zitierten Stellen, die auf die Leser in ihren ursprünglichen Formen nicht mehr so frisch und originell, sondern eher abgenutzt und altmodisch wirken könnten. Eine Überlegung hierzu äußerte der österreichische Sprachforscher Heinz-Helmut Lüger, der in seiner Habilitationsschrift die satzwertigen Phraseologismen untersucht hat:

> Kommen Sprichwörter, Gemeinplätze oder geflügelte Worte in ihrer usuellen Form vor, kann offenbar leicht der Eindruck entstehen, der Textautor habe, aus welchen Gründen auch immer, auf eine eigene Formulierung verzichtet und sich mit dem Rückgriff auf eine abgegriffene, klischeehafte Formel begnügt. Gerade im journalistischen Umfeld mag eine solche Sehweise riskant erscheinen.[17]

Wie die Belege zeigen, werden manche Zitate so oft modifiziert, dass man sie aus sprachwissenschaftlicher Sicht zu den sogenannten Phraseoschablonen zählen kann. Sie fungieren also als vorgeprägte Sprachformeln, in denen einige Komponenten austauschbar sind. Zu einer Phraseoschablone entwickelte sich z.B. das Zitat »Nach Golde drängt, / Am Golde hängt / Doch Alles. Ach wir Armen!« (Margarete in *Faust I*, *Abend*; FA I, 7.1, S. 119, V. 2801-2803), in dem das Substantiv ›Golde‹ durch ein anderes, zum Inhalt des Artikels besser passendes Wort ausgewechselt werden kann. Hier einige Beispiele, die nach der Phraseoschablone ›Nach X drängt, an X hängt doch alles‹ gebildet sind (statt ›nach‹ kann auch ›am‹ oder ›zu‹ gebraucht werden):

15 *Duden*. Bd. 11: *Redewendungen. Wörterbuch der deutschen Idiomatik*. Hrsg. von der Dudenredaktion. 3., überarb. u. aktualisierte Aufl. Mannheim 2008, S. 142.

16 Ebd., S. 87.

17 Heinz-Helmut Lüger: *Satzwertige Phraseologismen. Eine pragmalinguistische Untersuchung*. Wien 1999, S. 217.

Am Biere hängt, zum Biere drängt doch alles – ach wir Armen.
(*Die Welt*, 16.12.2000, Nr. 294, S. 46)

Am Weibe hängt, zum Weibe drängt doch alles.
(*Frankfurter Allgemeine Zeitung*, 19.8.1994, Nr. 192, S. 27)

An der Börse hängt, zur Börse drängt doch alles.
(*Der Spiegel*, 13.9.2004, Nr. 38, S. 82)

Am Strome hängt, zum Strome drängt doch alles.
(*taz Berlin lokal*, 6.2.1992, S. 21)

Nach Brüssel drängt, an Brüssel hängt doch alles.
(*Die Zeit*, 17.6.1994, Nr. 25)

»Zum Fernsehen drängt, am Fernsehen hängt doch alles!« müßte Goethe heute sagen.
(*Frankfurter Allgemeine Zeitung*, 16.12.1998, Nr. 292, S. 13).

Zu solchen Phraseoschablonen kann man auch folgende geflügelte Worte zählen (die austauschbaren Komponenten sind unterstrichen): Mein Leipzig lob' ich mir!; Amerika, du hast es besser!; Heinrich! Mir graut's vor dir; Wie hältst du's mit der Religion?; Die Leiden des jungen Werthers; Kennst du das Land, wo die Zitronen blühn?; Das Land der Griechen mit der Seele suchend.

Aber nicht nur in Presseartikeln zeigen die Autoren durch spielerische und originelle Umwandlungen ihre Kreativität, sondern auch in der Werbung sowie in Anzeigen. Die bekannteste Modifikation in der Werbung, die Deutsche wohl am häufigsten im alltäglichen Leben finden können, ist der abgewandelte Goethe-Spruch: »Hier bin ich Mensch, hier kauf ich ein«, den der Gründer des Unternehmens *dm-drogerie markt*, der bekennende Anthroposoph Götz Werner, zum zentralen Werbeslogan seiner 1973 in Karlsruhe eröffneten Drogeriekette machte.

Als ein Anzeigenbeispiel sei hier eine Heiratsannonce aus der *Zeit* angeführt, in der Goethes Sprachduktus meisterhaft umgewandelt wurde (die vom Original abweichenden Stellen sind unterstrichen):

Habe nun, ach! c'est la vie,
Der Liebe Lust und Ungestüm
Und leider auch die Havarie
Durchaus studiert mit heißem Bemühn.
Da steh ich nun, ich armer Tor!
Und bin so klug als wie zuvor …
Der Tor ist Lehrer (Naturwiss.), 45/1,76/70, NR, gesch. und lebt in KARLSRUHE. Er liebt die Musik und vielleicht auch bald Dich: gebildete, schlanke, aufrichtige Sie (bis 40, gerne auch mit Anhang), die sich eine dauerhafte Lebensgemeinschaft wünscht.
(*Die Zeit*, 18.11.1994, Nr. 47, S. 87)

Der Autor dieser Heiratsanzeige benutzt eine umgewandelte Strophe aus Goethes *Faust* und eine französische Redewendung (C'est la vie!) und möchte sich damit als ein gebildeter Mensch positionieren, aber auch ein bestimmtes Signal an eine ebenfalls Gebildete geben. Durch geschickte Modifikation einiger Komponenten des Originals: »Habe nun, ach! *Philosophie, / Juristerei und Medizin*, / Und leider auch Theologie« durch Ersetzungen: *Der Liebe Lust und Ungestüm* und *die Havarie* weist er auf eine nicht geglückte Beziehung hin.

V. »Der langen Rede kurzer Sinn« (frei nach Schiller)

Als ich mit meiner Forschungsarbeit begonnen habe, war nicht abzusehen, welche Schätze mich auf diesem Weg erwarten würden und wieviel Freude ein Forscher mit jedem neuen Fund, mit jeder neuen spielerisch-witzigen Umwandlung des ›klassischen Erbes‹ haben kann. Während einer solchen Arbeit lernt man nicht nur viele geflügelte Worte des Klassikers kennen, sondern macht sich mit einer gewissen modernen Kunstform bekannt – mit der Kunst, Goethe zu zitieren. Was würde wohl der Klassiker selber zu dieser neuen Kunst sagen? Vielleicht hat er diese Frage schon in seinem Gespräch mit Friedrich Wilhelm Riemer beantwortet und den nachfolgenden Generationen seine Erlaubnis erteilt:

> Ich will alles, was ich kann, spielend treiben, was mir eben kommt und so lange die Lust daran währt. So hab' ich in meiner Jugend gespielt unbewußt; so will ich's bewußt fortsetzen durch mein übriges Leben. ›Nützlich‹ – Nutzen, das ist eure Sache. Ihr mögt mich benutzen [...].[18]

Das Phänomen ›Goethe-Zitat‹ erwies sich als ein äußerst interessanter linguistischer Forschungsgegenstand, der früher meist aus kulturhistorischer und literaturwissenschaftlicher Perspektive betrachtet wurde. Gerade der sprachwissenschaftliche Blick gewährt aber eine neue Sichtweise, die gegenüber der traditionell-literaturwissenschaftlichen fast gegensätzliche Schlussfolgerungen erlaubt. Häufig reagieren die Literaturwissenschaftler noch demütig oder bedauernd-pessimistisch auf den heutigen Gebrauch der Goethe-Zitate: Man spricht von den »Verfälschungen geflügelter Worte«, die »in aller Regel unsanktioniert« bleiben in der »immer illiterater werdenden Sprachgemeinschaft«,[19] von »verstummten Zitaten«[20] des Klassikers, die nicht wortgetreu oder die in unpassenden Kontexten verwendet würden, oder aber von der »Usurpation seiner denkwürdigen Aussagen«.[21]

Demgegenüber sieht die Situation aus sprachwissenschaftlicher Sicht keineswegs so trübe aus, eher sogar umgekehrt. Durch den aktiven Gebrauch sowie vielfältige Modifizierungen haben viele Goethe-Worte es erfolgreich geschafft, mit strukturell-semantischen Veränderungen, Verlust des Zitatbewusstseins oder Autorenbezugs als fertige Phraseologismen oder sogar Phraseoschablonen in den Kernbereich des deutschen Sprachsystems überzugehen. Wenn jemand z.B. »Warum in die Ferne

18 *Gespräche*, Bd. 2, S. 360.

19 Möbus (Anm. 7), S. 243.

20 Rolf Christian Zimmermann: *Der stille Rückzug der Literaturzitate aus Büchmanns »Geflügelten Worten«*. In: *Deutsche Vierteljahrsschrift für Literaturwissenschaft und Geistesgeschichte* 81 (2007), S. 475-499; hier S. 497.

21 Wolfgang Mieder: *»Edel sei das Zitat«. Goethes geflügelte Worte in den Massenmedien*. In: ders.: *Aphorismen, Sprichwörter, Zitate von Goethe und Schiller bis Victor Klemperer*. Bern 2000, S. 11-34; hier S. 28.

schweifen?« und nicht »Willst du immer weiter schweifen?« zitiert oder »Nichts ist schwerer zu ertragen als eine Reihe von guten Tagen« anstatt »Alles in der Welt läßt sich ertragen, / Nur nicht eine Reihe von schönen Tagen« oder wenn man mit der Gretchenfrage nicht die Frage nach der Religion meint, ist das jedenfalls keine Respektlosigkeit gegenüber dem deutschen Klassiker. Es bedeutet nur, dass sich Form und Semantik solcher Ausdrücke verselbständigt und stabilisiert haben, und man holt sie jetzt nicht vom großen Dichter und Denker, sondern aus dem allgemeinen Sprachgut. – Das ist vielleicht sogar die allerhöchste Stufe der Anerkennung, zu der ein Autorenzitat gelangen kann.

Arin Haideri

*Einheit und Differenz. Die Goethe-Gesellschaft im geteilten Deutschland**

1985 feierte die Goethe-Gesellschaft in Weimar ihr 100-jähriges Bestehen. Anlässlich des Jubiläums hielt der damalige Präsident Karl-Heinz Hahn den Festvortrag auf der im selben Jahr veranstalteten Hauptversammlung. Seine Rede, die er vor knapp 1300 angereisten Mitgliedern und Gästen hielt,[1] trug den Titel *Goethe-Gesellschaft und Gegenwart. Ein Versuch.*[2] Die Zentenarfeier nahm der Präsident zum Anlass, um über die Entwicklung der literarischen Vereinigung nachzudenken. Dabei ist der Untertitel *Ein Versuch* treffend gewählt und dies nicht allein, weil der historische Vergleich die Gegenwart konturieren sollte und damit eine gewisse Unzulänglichkeit barg, sondern auch weil Hahn im Namen der Mitglieder sprach. So fragte er rückblickend:

> Sind wir noch, was wir waren, oder hat sich unser Wesen, unser Charakter, so gewandelt, daß eigentlich von einer ganz anderen Goethe-Gesellschaft gesprochen werden müßte, als die war, die vor hundert Jahren im Enthusiasmus der Gründung der Weimarer Goethe-Institute ins Leben gerufen wurde?[3]

Offensichtlich stellte der Präsident diese Fragen rhetorisch. Im Fokus seiner Reflexion stand die damals aktuelle Goethe-Gesellschaft, die sich nach 1945 herausgebildet hatte. Hahn betonte die historische Differenz, die die zeitgenössische Identität der Goethe-Gesellschaft als literarische Organisation[4] markant von ihrer eigenen Vergangenheit und damit von sich selbst unterschied. Schaut man gegenwärtig in das Jahr 1985 zurück, so stellt sich diese feierliche Zusammenkunft als eine intern

* Der Vortragstext basiert auf Überlegungen, die im Rahmen meines Dissertationsprojekts genauer untersucht werden. Matthias Buschmeier und Holger Dainat schulde ich Dank für ihre kritischen Anmerkungen in Vorbereitung auf das *Symposium junger Goetheforscher* 2019.

1 Vgl. *Bericht über die 69. Hauptversammlung der Goethe-Gesellschaft in Weimar*. In: GJb 1986, S. 394-404; hier S. 395.

2 Hahns Rede erschien zuerst 1986 im Goethe-Jahrbuch, so dass auch abwesende Mitglieder diese nachlesen konnten. Vgl. Karl-Heinz Hahn: *Goethe-Gesellschaft und Gegenwart. Ein Versuch*. In: GJb 1986, S. 11-30. Die Festrede und weitere Arbeiten Hahns erschienen 2001 als Sammelband in der Reihe *Schriften der Goethe-Gesellschaft*. Verweise und Zitate aus Hahns Rede sind im Folgenden aus dem 2001 veröffentlichten Band entnommen (siehe Anm. 13).

3 Karl-Heinz Hahn: *Vorwort*. In: GJb 1986, S. 5 f.; hier S. 5.

4 Die Bezeichnung ›Organisation‹ rekurriert hier immer auf die Goethe-Gesellschaft, die im Folgenden als ein soziales System bestimmten Typs gedacht wird. Vgl. Niklas Luhmann: *Interaktion, Organisation, Gesellschaft. Anwendungen der Systemtheorie*. In: ders. (Hrsg.): *Soziologische Aufklärung 2. Aufsätze zur Theorie der Gesellschaft*. Opladen 1975, S. 9-20; hier S. 13 f.

vorgenommene Selbstdarstellung unter Mitgliedern dar. Redebeiträge von dieser Art haben dann die Funktion, Einigkeit über die vermeintlich neue Arbeitsweise der Goethe-Gesellschaft zu bestätigen, also die eigene historische Dynamik offenzulegen, ohne dabei die 100-jährige Tradition zu missachten, die es fortzusetzen galt.

Beachtenswert scheint indes nicht nur die Differenz, sondern auch die Kontinuität ihres Schaffens. Seit ihrer Gründung 1885 stellt die Goethe-Gesellschaft eine auf Dauer ausgerichtete Institution dar, besitzt eine soziale Adresse, mit der sie für und mit Goethe handelt. Soziologisch gesehen, ist die Goethe-Gesellschaft eine moderne Organisation.[5] Sie basiert auf einer freiwilligen Mitgliedschaft und verfügt über eine arbeitsteilige Struktur im Innern, um im Sinne des übergeordneten Zwecks, der Erforschung von Goethes Leben und Werk sowie der Förderung und Verbreitung von Kenntnissen darüber, tätig zu sein.

Die bis 1985 erbrachten Leistungen attestieren ihr zugleich Beständigkeit. Seit jeher gelang es der Goethe-Gesellschaft, unabhängig vom historischen Kontext, neue Mitglieder zu rekrutieren und auf diese Weise fortzubestehen, obwohl ihr schon früh Überalterung nachgesagt wurde. In den 100 Jahren ihrer Organisationstätigkeit schwankten die Mitgliederzahlen zwischen 1160 und 4730 bekennenden Goethelesern.[6] Dabei kamen die Mitglieder nicht nur aus den deutschsprachigen Gebieten, auch zahlreiche Goethe-Interessierte aus dem Ausland gehörten ihr an.[7] Zu den Mitgliedern zählten keineswegs nur Fachwissenschaftler und akademische Institutionen, vor allem bestand die Gesellschaft aus nicht-professionellen Kennern mit einer besonderen Affinität für die Literatur um 1800. Außerdem hat sie im Zeitraum von 1885 bis 1985 102 Bände des *Goethe-Jahrbuchs* und 62 Bände ihrer Schriftenreihe *Schriften der Goethe-Gesellschaft* herausgegeben. Diese Publikationen wurden vornehmlich über Mitgliedsbeiträge finanziert; sie fungierten als eine Art Sachleistung für die Mitglieder. Außerdem fand bis zum Kriegsausbruch 1939 alljährlich eine Hauptversammlung in Weimar statt. Nach dem Krieg konnte die Goethe-Gesellschaft diese wichtige Tradition erst 1954 wieder aufnehmen.

Eine andere Konstante bestand in der Art, wie die Arbeit an Goethes Nachruhm artikuliert wurde. So implizierte die Mitgliedschaft für jeden eine gewisse Bringschuld, die als eine zu erfüllende Erwartung mit den Worten ›Dienst‹, ›Pflicht‹ oder ›Schuldigkeit‹ immer wieder in den Jahresberichten kommuniziert wurde. Jeder Vorstandsbeschluss, jede Organisationshandlung, jedes Verdienst erfolgte für Goethe.

Eine der wichtigsten Aufgaben der Goethe-Gesellschaft war es aber, als Bewahrer nationaler Kulturgüter ihr jeweiliges Goethe-Bild im semantischen Apparat der Gesellschaft zu verankern und Deutungsofferten anzubieten. Vorherrschend für die

5 Grundlegend dazu Niklas Luhmann: *Funktion und Folgen formaler Organisation*. Berlin 1964.

6 Vgl. *Jahresbericht der Goethe-Gesellschaft*. In: GJb 1886, Anhang, S. 17; *Bericht* (Anm. 1), S. 404. – Aus Gründen der Lesbarkeit wird die generische Form verwendet.

7 »Deren Zahl war zu Beginn des 20. Jahrhunderts beachtlich. 1904 betrug sie beispielsweise 480 bei 2.847 Mitgliedern insgesamt, im Jahr 1911 lag das Verhältnis bei 668 zu 3.657« (Jochen Golz: *Klassisches Erbe und deutsches Nationalempfinden. Die Kulturpolitik der Goethe-Gesellschaft*. In: *Ilm-Kakanien. Weimar am Vorabend des Ersten Weltkriegs*. Hrsg. von Franziska Bomski, Hellmut Th. Seemann u. Thorsten Valk. Göttingen 2014, S. 117-135; hier S. 118).

gesamte Semantik war es, Goethe als Personifikation des ganzheitlich gebildeten Menschen wohlwollend, möglichst kritikfrei zu betrachten.[8] Das implizierte die ganze Bandbreite seines dichterischen Œuvre und die Rollenvielfalt, die Goethe auf seine Person vereinte. Mit diesem Facettenreichtum ließ sich eine normative Einheit in Anlehnung an Goethe konstruieren. In der Auseinandersetzung mit Goethes Leben, Werk und Wirkung behielt die Organisation die Vorstellung bei, Bildung – verstanden als Prozess zur Herstellung einer harmonischen Einheit – gelänge im Gespräch mit anderen, besonders mit anderen Mitgliedern. In ihrer Selbstdarstellung zeichnete sich die Goethe-Gesellschaft als allen »Freunden Goethes« und der damit einhergehenden thematischen Vielfalt gegenüber offen. In den ersten Jahrzehnten nach ihrer Gründung stilisierte sie sich gekonnt als Gemeinschaft mit Exklusivitätsprädikat, deren Mitglieder sich über ihre ausgeprägte Beziehung zu Goethe durch ihren Beitritt als Teile der »guten Gesellschaft« bestätigten.[9] Aber spätestens mit Weimars Zugehörigkeit zu einem sozialistischen Staat konnte die soziale Dimension der Mitgliedschaft nicht mehr an eine elitäre Zugehörigkeit geknüpft werden, wie Andreas B. Wachsmuth 1958 folgerichtig konstatierte:

> Man meinte, die Goethe-Gesellschaft sei eine Angelegenheit der geistig feinen Leute und ein absolviertes Studium sei gleichsam der Eintrittspreis. Der Geruch einer gewissen gesellschaftlichen Exklusivität, der ihr zweifellos lange angehangen hat, sei es mit Recht oder zu Unrecht, ist wohl zum Teil hieraus entsprungen. Natürlich hatte und hat die Goethe-Gesellschaft ein geistiges Niveau zu wahren. Über Goethe mit Phrasen und Denkschablonen zu reden, kommt einer Schändung seines Namens gleich. Aber vor solchen Fehltritten bewahrt kein akademisches Studium, sondern allein eine kräftig angeborene geistige Selbständigkeit.[10]

Neben das universell gültige Bildungsverständnis trat immer auch die Betonung Goethes als Nationalautor. Gleichzeitig existierte eine Präferenz für Goethe als *den* deutschen Dichter und Denker mit globaler, das heißt weltliterarischer Bedeutung.[11] In der Rückschau dominiert zunächst ein patriotisch-nationaler, besonders während der Präsidentschaft Gustav Roethes (1922-1926) und in der NS-Zeit dann

8 Vgl. Arin Haideri: *Die Kunst, eine Goethe-Organisation zu sein*. In: *Archiv für das Studium der neueren Sprachen* 255 (2018), S. 347-363; hier S. 358 f.

9 Grundlegend dazu André Kieserling: *Das Ende der guten Gesellschaft*. In: ders. (Hrsg.): *Selbstbeschreibung und Fremdbeschreibung. Beiträge zur Soziologie soziologischen Wissens*. Frankfurt a. M. 2004, S. 192-211; hier S. 200, 202.

10 *Jahresbericht und Bericht über die Hauptversammlung 1960*. In: GJb 1960, S. 315-335; hier S. 327. Andreas B. Wachsmuth war von 1950 bis 1971 Präsident der Goethe-Gesellschaft.

11 Vgl. Arin Haideri: *Auf den »Spuren Goethischen Weltwirkens«. Internationale Beziehungen im Goethe-Jahrbuch während der NS-Zeit*. In: *»Zwischenvölkische Aussprache«. Internationaler Austausch in wissenschaftlichen Zeitschriften 1933-1945*. Hrsg. von Andrea Albrecht, Lutz Danneberg, Ralf Klausnitzer u. Kristina Mateescu. Berlin, Boston 2020, S. 213-243.

auch ein zunehmend völkischer, antisemitischer[12] Sprachgebrauch. Nach 1945 avancierte Goethe zum Nationalautor des geteilten Deutschland mit pazifistischem, stellenweise sogar sozialistischem Auftrag. Das Interessante dabei ist, dass sich die Goethe-Gesellschaft stets an der wertbesetzten Semantik als (Zweck-)Programm orientierte und sich damit der Kontinuität ihrer eigenen Geschichte versicherte, zugleich aber unmerklich wichtige Veränderungen in ihren Deutungen vornahm. Ermöglicht haben dies ihre Vorstellung von praktizierter Bildung und ihr Goethebild, das sich aus dem Nationalautor einerseits und dem Inbegriff des gebildeten Humanisten mit globaler Resonanz andererseits zusammensetzte. Es besitzt genügend Elastizität, um die Betonungen einfach anders zu setzen und anhand der variierenden historisch-politischen Bedingungen passende Bedeutungsstränge zu akzentuieren. Goethe als Nationalautor mit Weltgeltung ließ sich mit Rückgriff auf das Selbstverständnis der Goethe-Gesellschaft nahtlos wieder an das Humanistische koppeln und mit Blick auf die drohende Spaltung der Organisation sogar steigern, weil er als Einheitsgarant wirkte.[13] Die Goethe-Gesellschaft repräsentiert nach 1945 ein anderes Deutschland als das vor 1933. Hatte sie sich zuvor auch dem NS-Regime verpflichtet gefühlt, so vereinte sie jetzt all diejenigen, die sich eigentlich nie mit der NS-Ideologie identifizieren konnten, sondern mit Goethe.[14] Von hier aus schien es nur folgerichtig, dass das Bestreben der Goethe-Gesellschaft, als eine gesamtdeutsche Organisation zu existieren, in Form eines nationalen Vermächtnisses eingefordert und plausibilisiert werden konnte, zumal es unabhängig von gesellschaftlichen und damit auch politischen Formationen Geltung beanspruchte.

Insofern feierte die Goethe-Gesellschaft 1985 tatsächlich ein »Doppeljubiläum«.[15] Erfolgreich arbeitete sie seit 100 Jahren und seit knapp vier Jahrzehnten als einzige gesamtdeutsche Dichter-Gesellschaft in der DDR.[16] Dennoch bleibt die Frage, was das Neue, das Hahn in seinem Bestimmungsversuch der eigenen Gegenwart im historischen Vergleich bemüht war zu ermessen, denn eigentlich ist? 1985 schien die Antwort evident zu sein: »Die wichtigste Form unserer Arbeit ist – und das unterscheidet die Goethe-Gesellschaft von heute sehr wesentlich von der Gesellschaft früherer Jahrzehnte – der Dialog, die Diskussion, echter Meinungsstreit«, so Hahn.[17]

In der Tat hatte es seit der deutschen Teilung Veränderungen in der Goethe-Gesellschaft gegeben: Seitdem setzten sich die Vorstandsmitglieder paritätisch aus

12 Vgl. W. Daniel Wilson: *Der Faustische Pakt. Goethe und die Goethe-Gesellschaft im Dritten Reich.* München 2018.

13 Vgl. Karl-Heinz Hahn: *Goethe-Gesellschaft und Gegenwart. Ein Versuch.* In: *»Dann ist Vergangenheit beständig …«. Goethe-Studien.* Hrsg. von Jochen Golz u. Werner Keller (SchrGG, Bd. 68). Weimar 2001, S. 181-198; hier S. 182, 187.

14 Vgl. die Jahresberichte der Goethe-Gesellschaft von 1954 bis 1960 und dazu Wilson (Anm. 12), S. 96.

15 Hahn (Anm. 13), S. 182.

16 Vgl. Jochen Staadt: *»Auf den Zinnen der Partei«. Die SED-Führung plante 1967 eine Spaltung der Goethe-*Gesellschaft. In: *Goethe in Gesellschaft. Zur Geschichte einer literarischen Vereinigung vom Kaiserreich bis zum geteilten Deutschland.* Hrsg. von Jochen Golz u. Justus H. Ulbricht. Köln, Weimar, Wien 2005, S. 183-202.

17 Hahn (Anm. 13), S. 197.

Ost und West zusammen. Die Präsidentschaft sollte ebenso im Wechsel von einem Vorstandsmitglied aus der BRD und der DDR übernommen werden. Das Programm der Hauptversammlung bestand nun nicht mehr nur aus einem Festvortrag, sondern wurde seit 1954 um zwei zur Diskussion auffordernde Beiträge zum selben Thema erweitert. Fortan zelebrierte man Goethe nicht nur, man diskutierte ihn. Es kam auf sachlich fundierte Diskussionsbeiträge an. Mit der zunehmenden Verwissenschaftlichung ihres Programms führte die Goethe-Organisation einen legitimen Pluralismus ein, um sowohl die Einheit wie die unterschiedlichen Auffassungen zu repräsentieren. Vorerst bewerkstelligte sie dies über die Diskussionsbeiträger aus den beiden deutschen Staaten.

Als dann 1967 die Spaltung der Goethe-Gesellschaft durch das SED-Regime drohte, beschloss der Vorstand – namentlich sind hier vor allem die Mitglieder Wilhelm Girnus und Helmut Holtzhauer zu nennen –, die Goethe-Gesellschaft nicht mehr als gesamtdeutsch zu charakterisieren, sondern in eine internationale Vereinigung umzuwandeln.[18] Dabei handelte es sich zwar um eine autonome Entscheidung des Vorstands, doch erfolgte sie unter politischem Druck.[19] Die SED duldete die internationalisierte Goethe-Gesellschaft, um die Herausbildung eines westdeutschen Pendants zu unterbinden und um die westlichen Mitglieder in einer von ihr dominierten Organisation integriert zu wissen. Sowohl in der personellen Besetzung ihres Vorstands (insgesamt vier nicht-deutschsprachige Forscher aus dem östlichen und westlichen Ausland)[20] als auch in der thematischen Ausrichtung ihrer Hauptversammlungen hielten sich die Verantwortlichen im Interesse ihrer Organisation an das Internationalisierungsgebot. Dem neuen Selbstverständnis gemäß praktizierte die Goethe-Gesellschaft nun während der Hauptversammlungen mittels einer wissenschaftlichen Arbeitsweise ihren an Goethes ›Weltbürgertum‹ orientierten Auftrag, der ohnehin stets Teil der Organisation gewesen sei.[21] Im Jahresbericht der 79. Hauptversammlung heißt es im Jahr 1971:

> Zum ersten Male in ihrer 85jährigen Geschichte treten die Mitglieder zu ihrer ordentlichen Hauptversammlung in dem Bewußtsein zusammen, wirklich eine internationale, dem Werk und dem Wirken Goethes gewidmete wissenschaftlich-literarische Vereinigung zu sein, deren Sitz sich nicht nur in Weimar, der Stadt Goethes und Schillers befindet, sondern deren Tätigkeit auch aus dem weltbürgerlichen Geiste ihres Namenspatrons gespeist wird. […] Heute nun dürfen wir

18 Vgl. Staadt (Anm. 16), S. 190f.

19 Dazu Luhmann: »Die Umwelt sagt nicht, wie ein System sich organisieren soll oder kann. Natürlich setzt die Umwelt Grenzen dessen, was möglich ist, aber die Autopoiesis hat dann gleichsam die Eigenverantwortung für das Ausreizen der Möglichkeiten, die sich in einer solchen Umwelt bieten« (Niklas Luhmann: *Einführung in die Theorie der Gesellschaft*. Hrsg. von Dirk Baecker. Heidelberg ²2009, S. 243).

20 Prof. Dr. Pierre Grappin (Paris), Prof. Dr. Ernst Stahl (Oxford), Prof. Dr. Roman M. Samarin (Moskau) und Prof. Dr. Otar Dshinoria (Tiflis).

21 Genauer zu erforschen sind die ausländischen Vorstandsmitglieder, zumal man ihnen politische Haltungen zuschrieb, die nicht gänzlich konträr zur SED-Politik schienen. Danken möchte ich Jochen Golz, der an diesen wichtigen Aspekt in der anschließenden Vortragsdiskussion erinnert hat.

> Mitglieder unserer Weimarer Gesellschaft aus 18 Ländern begrüßen und der Überzeugung sein, daß sich das Bild einer sich über die ganze Welt erstreckenden Gesellschaft bei künftigen Versammlungen von Mal zu Mal farbenreicher zeigen wird.[22]

Mit inhaltlich zum Teil divergierenden Vorträgen und einer geregelten Anzahl ausländischer Vorstandsmitglieder behielt die Goethe-Gesellschaft ihre Einheit bei. Schließlich galt 1976 das Gebot der ›echten Kritik‹ auch programmatisch für die Mitglieder. Hatten die angereisten Teilnehmer zuvor mehr passiv, das heißt als rezipierendes Publikum, an der Hauptversammlung teilgenommen, gestalteten sie jetzt aktiv durch die Etablierung von Arbeitsgruppen als Diskutanten die Veranstaltung mit. Gemeinsam mit einem Referenten und einem Diskussionsleiter, wieder nach dem Prinzip der Ost-West-Parität ausgewählt, schufen die Arbeitsgruppen Raum für unterschiedliche Lesarten und Zugangsweisen. Die damit gewonnenen kommunikativen Überschüsse resultierten aus einer produktiven Auseinandersetzung mit Goethe – ein Umstand, mit dem so nicht zu rechnen war.[23]

Mit diesem Rekurs auf die Geschichte der Goethe-Gesellschaft nach 1945 ist das innovative Moment in Strukturen und Praktiken zu sehen, die sich mit den Begriffen ›Parität‹, ›Internationalität‹ und ›Diskussion‹ auf eine Formel bringen lassen. Diese Neuerungen bestehen in unterschiedlichen, teilweise konträren Vorträgen zu einem spezifischen Goethe-Thema; der deutsch-deutschen, dann internationalen Besetzung von Vorstandspositionen und schließlich den Partizipations- oder Gesprächsformaten in Kleingruppen. Die Maßnahmen sind als Effekt eines politischen Ost-West-Konflikts zu verstehen, verbunden mit dem Willen der Goethe-Gesellschaft, angesichts der Spaltung der Welt die eigene Einheit zu bewahren. Das Neue ist die Art und Weise, wie die Goethe-Gesellschaft nach 1945 auf die politisch-gesellschaftlichen Zwänge reagierte. Anders als in der NS-Diktatur löste die Goethe-Gesellschaft das Problem ihrer drohenden Auflösung nicht durch politisch und moralisch bedenkliche Konformität, sondern durch strukturelle Trennung, genauer: durch organisatorische Differenzierung, ohne die Einheit aufzugeben. Dabei stellen die Internationalität und auch die Diskussionskultur konsequent gesteigerte Formen des paritätischen Aufteilungsmodus dar; es handelt sich um Variationen eines Differenzierungsprozesses auf Organisationsebene. Die so induzierte Koexistenz »diametrale[r] Positionen« reproduziert die Polyphonie, erzwingt dieser Zustand doch, dass die Mitglieder Unterscheidungen vornehmen, indem sie diverse Rollen, Positionen und Referenzebenen trennen, bei gleichzeitigem Rekurs auf die unwiderruflich verbindende Instanz Goethe. Verständlicher wird dieser Gedankengang an der Selbstbeschreibung von 1985:

22 *Jahresbericht und Bericht über die Hauptversammlung 1971*. In: GJb 1971, S. 219-251; hier S. 225 f. – In diesem Zusammenhang müsste man prüfen, inwiefern die ausländischen Vorstandsmitglieder tatsächlich in interne Entscheidungsprozesse involviert waren.

23 Bemerkenswert scheint mir außerdem, dass wenige Jahre nach Roland Barthes' *Tod des Autors* (1967/68) die Goethe-Gesellschaft die Position des Rezipienten fokussierte und sich auf diese Weise den Klassik-Kritiken aus Ost und West bewusst zuwandte.

> Deshalb verstehen wir uns als eine Vereinigung von Menschen vielfach divergierender weltanschaulicher und politischer Auffassungen und unsere Veranstaltungen als Foren des Gedankenaustausches und des Meinungsstreits zwischen Marxisten und Nichtmarxisten, Gläubigen und Atheisten. Wir weichen diesen diametralen Positionen nicht aus, versuchen sie nicht zu verschleiern, sondern tragen sie aus, einig dabei in der Überzeugung, daß Goethes Wort und Werk und dessen verpflichtender Gehalt, daß die Erinnerung an sein Leben und seine Zeit unverzichtbar geistiger Besitz auch unserer Gegenwart sein müssen. [...] Dabei streben wir danach, Goethes Universalität geltend zu machen. Unser Interesse gilt dem Dichter ebenso wie dem Naturwissenschaftler, dem Autor kulturgeschichtlicher Monographien ebenso wie dem Wissenschaftshistoriker, dem Politiker und Staatsbeamten ebenso wie dem Schauspieldirektor, Bibliotheksbetreuer und Museumsgründer. Forscher, Fachvertreter, Liebhaber der unterschiedlichsten Disziplinen sind da gefordert.[24]

Die Einheit wurde über das Austarieren des politischen Drucks und über die strikte Bezugnahme auf die semantisch nahezu unerschöpfliche Ressource Goethe im Innern der literarischen Gesellschaft hergestellt. In »Goethes Universalität« war die Vielfalt bzw. Differenz eingeschrieben, weshalb eine Übereinkunft in der Uneinigkeit erfolgen konnte. Innerhalb der Goethe-Gesellschaft kam es daher weniger auf einen Prozess der Konsensfindung an, vielmehr ermöglichte ihr der Organisationscharakter, gerade im Kontext der SED-Diktatur, auf Pluralität zu setzen und so die Einheit in der Differenz zu realisieren.

Ähnlich wie ihr Namensgeber wusste die Goethe-Gesellschaft »gut zu differenzieren«,[25] denn auch sie »hatte sich frühzeitig schon von überkommenen weltanschaulichen und gesellschaftlichen Positionen distanziert und nach eigenen Antworten gesucht«.[26]

24 Hahn (Anm. 13), S. 196f.
25 Ebd., S. 187.
26 Ebd., S. 186.

Abhandlungen

Arne Klawitter

Goethe im Norden. Die Rezeption von Goethes Frühwerk im Altonaer »Neuen gelehrten Mercurius« und in den Greifswalder »Neuesten Critischen Nachrichten«

I.

Über die ersten beiden Teile der 1775 unrechtmäßig von Himburg in Berlin verlegten Schriften Goethes schreibt ein norddeutscher Rezensent im Februar 1776 euphorisch: »Herr D. Göthes Genie ist ein wilder Strom, der über Berge und Wald unaufhaltbar daherbraust, hier in schäumender Wuth Felsen und Schleusen zerbricht, und dort mit lautem Gemurmel Thal und Wiesen überschwemmt. Schaudernd und bewundernd steht man da, [...] und weiß nicht, woher er kommt und wohin er fähret«.[1] Das Bild des ›wilden Stroms‹ mit der Assoziation einer ungebändigten Naturkraft steht hier gleichsam für eine neue literarische Bewegung, die man seitdem vor allem mit Goethes Namen verbunden hat, und zwar so sehr, dass selbst Lenzens *Hofmeister* dem aufstrebenden Dichter zugeschrieben wird, während andernorts die meisten der nachfolgenden Stürmer und Dränger zur Imitatorum servum pecus deklariert werden.[2] Bereits im ersten Band dieses 1775 als *Neueste Critische Nachrichten* neu begründeten Greifswalder Rezensionsorgans wurde die zweite Auflage der *Leiden des jungen Werthers* besprochen. Ihr folgte im zweiten Band eine Sammelrezension zur *Stella*, zu deren sechsten Akt und einer anonymen Fortsetzung,[3] sowie zu *Claudine von Villa Bella*.[4] Dort wird die *Stella* zwar gegen

1 *Neueste Critische Nachrichten*, 2. Bd., 5. Stück, 3.2.1776, S. 38. Vgl. *Schiller und Goethe im Urtheile ihrer Zeitgenossen. Zeitungskritiken, Berichte und Notizen, Schiller und Goethe und deren Werke betreffend, aus den Jahren 1773-1812*. 6 Bde. Gesammelt u. hrsg. von Julius W. Braun. Berlin 1882-1885, hier Bd. II.1: *Goethe 1773-1786*. Berlin 1883, S. 226 f.

2 Vgl. *Auserlesene Bibliothek der neuesten deutschen Litteratur*. 20 Bde., Lemgo 1772-1781, Bd. 11 (1777), S. 364, und Ludwig Fronhofer: *Deutschlands belletri[sti]sches göldenes Jahrhundert, ist, wenn's so fortgeht, so gut, als vorbey*. München 1779, S. 22.

3 [Johann Georg Pfranger:] *Stella. Ein Schauspiel für Liebende von J. W. Göthe. Sechster Akt*. Altenburg 1776 und *Stella Nummer Zwey, oder Fortsetzung des Göthischen Schauspiel Stella in fünf Akten*. Frankfurt, Leipzig 1776.

4 *Neueste Critische Nachrichten*, 2. Bd., 34. Stück, 24.8.1776, S. 271 f. (nicht enthalten in *Schiller und Goethe im Urtheile ihrer Zeitgenossen* [Anm. 1]).

die zwei Polemiken in Schutz genommen, die *Claudine* aber hinsichtlich ihrer »Unregelmäßigkeit, die nicht für die Bühne« geschaffen sei, scharf kritisiert. Beanstandet wird darüber hinaus, dass die »wilde Scene der Leidenschaft, die Hr. G. besonders sehr zu variiren in seiner Gewalt zu haben scheint«, im höchsten Affekt nur noch einen »matte[n] Gesang«[5] hervorbringe.

Bislang hat sich die Forschung vergleichsweise wenig für die Rezeption der Frühwerke Goethes in den gelehrten Zeitschriften Norddeutschlands interessiert (mit Ausnahme des *Wandsbecker Bothen*),[6] die in mancher Hinsicht im Schatten des orthodoxen Predigers Johann Melchior Goeze (1717-1786)[7] stand, der in Hamburg wahre Hetztiraden gegen Goethe in Gang setzte, auf die der Greifswalder Rezensent auch umgehend zu antworten gewillt war: »Da wird man nun wieder heftig schreien: Göthe lehre die Töchter, ihren Eltern zu entlaufen um sich liederlichen Burschen in die Arme zu werfen«. Das sei im Sinne des Rezensenten »freilich unbillig«, schade sei es dennoch, »daß Hr. G. immer jezt nichts als so wilde Ausschweifungen aufs Theater bring[e], da doch auch die sanfte, die wiederkehrende Tugend unter seinen Händen einen Glanz bekommen würde«. Ebenso wird bedauert, dass Goethes »Genie zu unaufhaltsam daherbraust, zu geschwinde aufbraust, und daß weder Stella noch Claudine seiner würklichen poetischen Grösse so recht würdig zu seyn scheinen«.[8]

II.

Die Gelehrtenrepublik des 18. Jahrhunderts ist ohne die gelehrten Journale und Zeitschriften undenkbar. In Ankündigungen, Anzeigen und Rezensionen vermittelten Literaturjournale und Periodika einen Überblick über Neuerscheinungen und übernahmen zunehmend die Rolle eines ›Gatekeepers‹ angesichts einer rasant wachsenden Buchproduktion. Ergänzend zur Tagespresse (wie die *Staats- und gelehrte Zeitung des Hamburgischen unpartheyischen Correspondenten* oder die *Kayserlich privilegirte Hamburgische Neue Zeitung*) gab es im norddeutschen Raum neben dem *Wandsbecker Bothen*, der von 1771 bis 1775 von Matthias Claudius im Alleingang herausgegeben wurde und deutlich dessen Handschrift trägt, vier Zeitschriften, in denen man die Schauspiele Goethes und anderer Stürmer und Dränger angezeigt fand: die Greifswalder *Neuesten Critischen Nachrichten*, aus denen gerade eben zitiert wurde, die *Hamburgischen Adreß-Comtoir-Nachrichten*, den Altonaer *Reichs-Postreuter* und den ebenfalls in Altona verlegten *Neuen Ge-*

5 Ebd., S. 272.

6 Vgl. Wilhelm Herbst: *Matthias Claudius der Wandsbecker Bote. Ein deutsches Stillleben.* Gotha [4]1878; in der neueren Forschung Wolfgang Bunzel: *Poetik und Publikation. Goethes Veröffentlichungen in Musenalmanachen und literarischen Taschenbüchern.* Köln, Wien 1997, S. 31 f.

7 Vgl. *Freywillige Beiträge in den Hamburgischen Nachrichten aus dem Reiche der Gelehrsamkeit*, Hamburg, 4.4. u. 7.4.1775. Vgl. *Schiller und Goethe im Urtheile ihrer Zeitgenossen* (Anm. 1), S. 94-104.

8 *Neueste Critische Nachrichten*, 2. Bd., 34. Stück, 24.8.1776, S. 272.

lehrten Mercurius.[9] Letzterer wurde vorwiegend in Hamburg, Altona, Schleswig-Holstein und Kopenhagen gelesen, war aber auch weit darüber hinaus verbreitet.[10] Hervorgegangen ist der *Altonaische Gelehrte Mercurius*, dessen erster Band 1763 von Gottfried Profe herausgegeben wurde, aus den *Altonaischen gelehrten Anzeigen.* 1770 übernahm Carl Christoph Plüer die Redaktion, die nach seinem Tod am 21. April 1772 jedoch erneut vakant wurde. Mit dem Jahrgang 1773 gelangte die Herausgabe in die Hände des Arztes und Schriftstellers Johann Christoph Unzer (1747-1809), der knapp zwei Jahre zuvor nach Altona gekommen war, um bei seinem Onkel, dem seinerzeit berühmten Arzt Johann August Unzer (1727-1799), eine praktische Ausbildung zu erhalten, und der die wöchentlich erscheinende Zeitschrift unter dem Titel *Neuer gelehrter Mercurius* bis einschließlich 1779 fortsetzte,[11] bevor die Redaktion im folgenden Jahr von Gottlob Christoph Nichelmann (1750-1808) übernommen wurde.[12] 1787 wechselte mit Johann Friedrich Schütze (1758-1810) dann nochmals der Herausgeber.

Abgesehen von Rezensionen neu erschienener ›gelehrter‹ Schriften aus allen möglichen Fächern wurden zu Beginn eines jeden Heftes auch Auszüge aus literarischen bzw. wissenschaftlichen Werken sowie »Anmerkungen und Nachrichten« aus der Gelehrtenrepublik ins Programm der Zeitschrift aufgenommen. Die redaktionelle Handschrift Unzers, der die Zeitschrift fast im Alleingang redigierte, ist unverkennbar: Er versorgte die Leser mit Informationen über die provokante, anonym publizierte Schrift seines Bruders Ludwig August Unzer *Ueber den Werth einiger deutschen Dichter*,[13] streute eigene Dichtungen ein, ohne sich als Autor zu nennen,[14] vermehrte die Beiträge aus dem naturwissenschaftlichen und medizinischen Bereich sowie die Textauszüge aus ganz verschiedenen Publikationen.

Die Greifswalder *Neuesten Critischen Nachrichten* wiederum traten 1775 die Nachfolge der *Neuen Critischen Nachrichten* (10 Bde., 1765-1774) an, die anfangs von Johann Karl Dähnert (1719-1785) geleitet wurden und ihrerseits aus den *Urtheilen über Gelehrte Sachen* (1763-1764) hervorgegangen waren. Herausgeber der *Neuesten Critischen Nachrichten* war Johann Georg Peter Möller (1729-1807), schwedischer Kammerrat und Professor der Geschichte zu Greifswald, der bereits

9 Im Kontext des *Götz* und der *Werther*-Debatte wäre als fünfte die *Staats- und Gelehrte Zeitung des Hamburgischen unpartheyischen Correspondenten* zu nennen, in deren Ausgaben vom 24. Januar und 11. März 1775 unter anderem Friedrich Nicolais *Freuden des jungen Werthers* besprochen wurde.

10 Vgl. Horst Joachim Frank: *Literatur in Schleswig-Holstein.* 3 Bde. Neumünster 1995-2004; hier Bd. 2: *18. Jahrhundert.* Neumünster 1998, S. 496.

11 Vgl. *Gothaische gelehrte Zeitungen*, 102. Stück, 22.12.1781, S. 847, wo Johann Christoph Unzer als Redakteur genannt wird.

12 Vgl. *Das gelehrte Teutschland, oder Lexikon der jetzt lebenden teutschen Schriftsteller.* Hrsg. von Johann Georg Meusel. Bd. 5. Lemgo [5]1797, S. 415.

13 Vgl. *Neuer gelehrter Mercurius auf das Jahr 1773*, 1. Bd., 3. Stück, 21. Januar 1773, S. 23 und 11. Stück, 18.3.1773, S. 86 (siehe auch 16. Stück, S. 127, 17. Stück, S. 136, 24. Stück, S. 189 f. und 28. Stück, S. 222 f. zu Ludwig August Unzers anonym erschienenen Dichtungen).

14 Vgl. *Neuer gelehrter Mercurius auf das Jahr 1773*, 1. Bd., 7. Stück, S. 49 f., 25. Stück, S. 200; 36. Stück, S. 281 f. Unzers Autorschaft lässt sich anhand seiner *Hinterlassenen Schriften* (2 Bde., Altona 1811) nachweisen.

1769 die *Neuen Critischen Nachrichten* von Dähnert übernommen hatte. Zu den Mitarbeitern zählten – soweit bekannt – der Theologe Dietrich Hermann Biederstedt, der Pädagoge und Pastor Johann Christian Friedrich Dietz, der Philologe Friedrich Ekkart, der unter anderem eine dänische Sprachlehre herausgab, ferner der Jurist Emanuel Friedrich Hagemeister, der Pastor und Direktor des Bützower Pädagogiums Valentin Christoph Möller, der aus Königsberg stammende evangelische Theologe und Generalsuperintendent für Vorpommern Gottlieb Schlegel, der katholische Theologe und Ökonomieprofessor Johann Georg Stumpf, der Pädagoge und Mercier-Übersetzer Bernhard Georg Walch, schließlich der schwedisch-deutsche Theologe Jakob Wallenius, der Rechtsgelehrte David Wilhelm Warnekros sowie der Mediziner und Botaniker Christian Ehrenfried Weigel.[15] Wer genau für die Rezensionen auf dem Gebiet der Schönen Wissenschaften, insbesondere die der Werke Goethes, verantwortlich zeichnet, konnte allerdings nicht mit Sicherheit bestimmt werden. Möller selbst kommt dafür nicht in Frage, da er – der Tradition seiner Vorgänger folgend – seine Beiträge stets mit seinem Namenskürzel M. unterzeichnete.[16]

Während der *Neue gelehrte Mercurius* über Altona mit Dänemark verbunden war, können die Greifswalder *Neuesten Critischen Nachrichten* als deutschsprachiger Vermittler zum Königreich Schweden angesehen werden, was besonders am Wirken Dähnerts deutlich wird, der unter anderem die *Geschichte des Reiches Schweden* des Historikers Olaf Dalin übersetzte und ein *Schwedisch-Deutsches Wörterbuch* herausgab. Über die *Neuen* und *Neuesten Critischen Nachrichten* gelangten auf diesem Weg auch Informationen über deutsche Gelehrte nach Schweden, z.B. bei Todesfällen, Beförderungen und Auszeichnungen. Zudem wurden die Leser über Publikationsprojekte, Übersetzungsarbeiten und Pränumerationsanzeigen unterrichtet.

Zur zweibändigen Goethe-Ausgabe des Berliner Verlegers Himburg heißt es in den *Neuesten Critischen Nachrichten*: »Die Stücke, worin sich dieses Genie auszeichnet, und die hier nun wieder zusammen gedruckt sind, sind alle bekannt, sind durch Lob und Tadel gegangen, und bleiben bei allem Tadel, allen Fehlern, aller Unregelmäßigkeit immer Werke eines Meisters, immer Originale, aber nicht nachzuahmen«.[17] *Die Leiden des jungen Werthers* werden euphorisch als ein Roman gelobt, »voll Kenntniß der menschlichen Seele, voll Empfindung, Ausdruck und poetischer Kunst«, doch wird einschränkend im nächsten Satz hinzugefügt, dass »zu starker Zauber für die bald zu stolze, bald zu leicht schmelzende Brust des warmen Jünglings« nachteilig sein würde. Während Götz als Kraftmensch und das Stück wegen der mutigen Überschreitung »alle[r] Regeln der theatralischen Kunst« gefeiert wird, sind über das Trauerspiel *Clavigo* und das Singspiel *Erwin und Elmire* kritische Töne zu vernehmen, da sie die Leser nicht genügend zu interes-

15 Vgl. Heinrich Wolfgang Behrisch: *Allgemeines Autor- und Litteraturlexikon in alphabetischer und chron[olog]ischer Ordnung bis 1778*. 3 Bde., Hannover 1778.

16 Vgl. dazu die Anmerkung zu den *Neuen Critischen Nachrichten* in Thomas Habel: *Gelehrte Journale und Zeitungen der Aufklärung. Zur Entstehung, Entwicklung und Erschließung deutschsprachiger Rezensionszeitschriften des 18. Jahrhunderts*. Bremen 2007, S. 409.

17 *Neueste Critische Nachrichten*, 2. Bd., 5. Stück, 3.2.1776, S. 38.

sieren vermögen: das erste wegen des übertriebenen Ausdrucks und das zweite aufgrund des simplen Stoffs und der monotonen Dialoge. Gelobt werden am Ende der Rezension jedoch die sechs Kupfer von Daniel Chodowiecki, die »fürtreflich [...] die rührendsten Situationen«[18] schildern.

Bezeichnend für die Besprechungen in den *Neuesten Critischen Nachrichten* ist ihr überwiegend resümierender Charakter, der ihre Bedeutung – vergleicht man sie beispielsweise mit denen der *Allgemeinen deutschen Bibliothek* oder der Lemgoer *Auserlesenen Bibliothek der neuesten deutschen Litteratur* – erheblich herabsetzt.[19] Dem Rezensenten ging es offenbar nicht so sehr darum, Neuerscheinungen freimütig zu beurteilen und dabei den eigenen Standpunkt zu begründen, sondern bereits gefällte Urteile entweder zu bestätigen oder zu widerlegen.

III.

Weit ausführlicher und eindringlicher als die *Neuesten Critischen Nachrichten* hat sich der *Neue gelehrte Mercurius* während Johann Christoph Unzers Redaktionstätigkeit mit den Texten Goethes und denen anderer Stürmer und Dränger beschäftigt. Bereits am 19. August 1773 wurde im 33. Stück des *Mercurius* eine Besprechung des *Götz von Berlichingen mit der eisernen Hand* abgedruckt – nach der Rezension im *Wandsbecker Bothen*, die am 3. Juli 1773 erschienen war, und der in der *Staats- und Gelehrten Zeitung des Hamburgischen unpartheyischen Correspondenten* vom 21. Juli 1773 eine der frühesten Rezensionen dieses Stückes überhaupt.[20] »Einheit der Zeit, des Orts, der Handlung, alle Regeln des Drama sind hier bey Seite gesezt worden«, heißt es dort, und »wenn ein Verfasser so viel aufopfert, so ist der Leser berechtigt, nichts Geringes zur Entschädigung zu gewarten. Wir zweifeln, ob sich alle Leser dieses Stücks entschädigt halten werden: uns hat es gar sehr vergnügt, ob wir gleich nicht glauben, daß es einen grossen Einfluss auf den Geschmack der deutschen Schauspiele haben könne und dürfe, und daher auch nicht nach mehr solchen Ph[ä]nomenen begierig seyn wollen«.[21] Dieses Urteil sollte der *Neue gelehrte Mercurius* allerdings bald revidieren, und in der Folge wurden dort so gut wie alle wichtigen Theaterstücke des Sturm und Drang besprochen – nicht nur jene Stücke von Furore machenden Autoren wie Goethe und Lenz, sondern auch die von Friedrich Maximilian Klinger, Heinrich Leopold Wagner und Ludwig Philipp Hahn.

Die Rezensionen sind im Einzelnen keineswegs unkritisch, doch sparen sie andererseits nicht mit Lob, wenn es darum geht, die ästhetischen Besonderheiten oder die Kraft der Sprache positiv herauszustellen. So schreibt der Rezensent – hinter

18 Ebd., S. 39.

19 Vgl. dazu auch *Neueste Critische Nachrichten*, 5. Bd., 27. Stück, 3.7.1779, S. 212-214. Vgl. *Schiller und Goethe im Urtheile ihrer Zeitgenossen* (Anm. 1), S. 388-390.

20 Julius W. Braun erwähnt sie zwar in seinem Kompendium *Schiller und Goethe im Urtheile ihrer Zeitgenossen* (Anm. 1), S. 4 f., doch die Angabe, der Herausgeber sei Johann Friedrich Schütze (1758-1810), ist falsch, denn dieser studierte 1780-1783 noch in Kiel und Leipzig Jura und übernahm erst im Jahr 1787 die Redaktion.

21 *Neuer gelehrter Mercurius auf das Jahr 1773*, 1. Bd., 33. Stück, 19.8.1773, S. 261 f.

dem wir Unzer vermuten dürfen[22] – voller Enthusiasmus über das Schauspiel *Stella*: »Welche Scenen! welche Ausdrücke der feinsten Beobachtungen! [...] Die Liebe der Stella ist die junge, einzige, lechzende Leidenschaft eines weiten und fein gewebten Herzens, und einer grossen, anschauenden Seele. [...] Der Dialog ist so, wie er immer ist, wann das Herz der Zunge vorausfliegt«.[23] Die Zustimmung zum Drama des Sturm und Drang war aber von Beginn an ambivalent. Zwar äußert sich Unzer über den *Götz* zunächst beifällig: »Die Geschichte ist aus den Zeiten des Faustrechts genommen und die Ausführung enthält für die Moral viel Wichtiges. Die Charactere sind scharf gezeichnet, aber doch immer mehr gegen unsre Zeiten abstechend, als untereinander selbst«.[24] Das Stück habe jedoch den wesentlichen Nachteil, dass es nicht eher aufgeführt werden könne, als »bis wir ein Parterr, gleich dem englischen, haben, das eigensinnig genug ist, etwas ansehn zu wollen, das es kaum halb versteht, und auch im Grunde kaum halb schön findet«.[25]

Seine Ansicht über die Unspielbarkeit des Stücks sollte Unzer, der sich persönlich für das Theater engagierte, bald ändern. In Hamburg stand er mit der Schauspielertruppe um Friedrich Ludwig Schröder in enger Verbindung, für die er eine Reihe von Theaterreden verfasste. Außerdem veröffentlichte er einige Bühnenstücke wie das seinerzeit viel Aufsehen erregende Trauerspiel *Diego und Leonore* (1775). 1778 heiratete er die Schauspielerin Cornelie Dorothea Elisabeth Ackermann, die in seinem Stück die Hauptrolle gespielt und maßgeblich zu dessen Erfolg beigetragen hatte. Für Lenzens *Hofmeister* nahm er selbst eine Bearbeitung vor und fügte dem Text zwei Liebesszenen hinzu.[26] Diese enge Verbindung mit dem Hamburger Theater und sein Engagement für die deutsche Bühne mögen erklären, warum sich im *Neuen gelehrten Mercurius* ab 1774 plötzlich die Anzeigen zeitgenössischer Schauspiele mehren und eine neue Qualität gewinnen. Nach Lenzens *Lustspielen nach dem Plautus fürs deutsche Theater*, die Unzer mit Blick auf die Manier des antiken Autors für »vollkommen getroffen« hält, wendet er sich Goethes *Clavigo* zu: »Herr *Göthe* hat sich hier den Zwang angethan, die bekanten belobten Einheiten ziemlichermassen zu beobachten«, beginnt der Rezensent, um das Schauspiel anschließend in wirkungsästhetischer Hinsicht zu beurteilen: »Aengstlichkeit haben wir in dem Stück weder im Ganzen der Handlung, noch bey Anlagen der ein-

22 Vgl. den Brief von Georg Christian Adler an Oluf Gerhard Tychsen vom 15. September1772, Universitätsbibliothek Rostock, Nachlass Oluf Gerhard Tychsen, Signatur: Mss. orient. 284 (1), Bl. 8-9; hier 8v. Dort wird Unzer als neuer Redakteur des *Mercurius* genannt und weiter heißt es: »Da er ein Medicus ist, was ists Wunder, daß er keine Theologische u. Philologische Bücher recensirt«.

23 *Neuer gelehrter Mercurius auf das Jahr 1776*, 4. Bd., 6. Stück, 8.2.1776, S. 46f.

24 *Neuer gelehrter Mercurius auf das Jahr 1773*, 1. Bd., 33. Stück, 19.8.1773, S. 261.

25 Ebd., S. 262.

26 Vgl. *Schröder und Gotter. Eine Episode aus der deutschen Theatergeschichte. Briefe Friedrich Ludwig Schröders an Friedrich Wilhelm Gotter. 1777 und 1778*. Hrsg. von Berthold Litzmann. Hamburg, Leipzig 1887, S. 104, wo es im Eintrag vom 5. Januar 1778 heißt: »Unzer hat hauptsächlich 2 neue Scenen zwischen Laufer und Gustchen zu machen, worauf alles ankömt«. Wenig später (ebd., S. 115, Anm. 9) wird hinzugefügt: »Einen weichen und schwärmerischen Auftritt der Liebe hatte Prof. Unzer hinzugefügt«.

zelnen Scenen angemerkt, aber doch gestehen wir gern, daß *Götz von Berlichingen* uns noch lieber ist, als *Clavigo*«, was Unzer mit der »gar zu grosse[n] Kargheit und Kürze« begründet, die es dem Publikum nicht erlaube, sich »hinlänglich mit den Personen« bekannt zu machen, und »daher das Interesse etwas schmälert«. Dennoch habe sich der Verfasser des *Götz* in diesem Stück keineswegs verleugnet: »Einige ganz neue Züge, die starke vollhaltige Sprache, die Vermeidung alles Ueberflüssigen in der Handlung und in der Rede, verschiedene nicht gemeine Bemerkungen des Ganges und der Aeusserungen der Leidenschaft, und andre Vorzüge haben diesem Stück die gerechte Zustimmung des Publici erworben«.[27]

Im Oktober 1774 bringt Unzer – dem Programm der Zeitschrift folgend – einen unkommentierten Auszug aus den *Leiden des jungen Werthers*[28] (noch vor den Besprechungen im *Wandsbecker Bothen*, in den *Gothaischen gelehrten Zeitungen* und den *Frankfurter gelehrten Anzeigen*, die am 22. und 29. Oktober bzw. am 1. November erscheinen) und eine kurze Rezension zum *Neueröffneten moralisch-politischen Puppenspiel*, in der er einräumt, dass diese Puppenspiele dem Dichter »wol nicht viel Mühe gemacht« hätten.[29] Doch wolle er das Verdienst einer Arbeit nicht nach dem Aufwand bemessen und er hält es immerhin für Wert, einige Passagen auszuziehen und abzudrucken. Etwas ausführlicher geht Unzer dann auf Christian Heinrich Schmids dramaturgische Abhandlung *Ueber Götz von Berlichingen* ein, die er insofern würdigt, als ihr Verfasser »dem Genie des Verfassers vom Götz aufmerksam nach[spürt], und zeigt, was Herr *Goethe* für eigenes Verdienst um dieses Schauspiel hat, indem er Götzens Lebensbeschreibung damit vergleicht«. Er empfiehlt die Schrift insbesondere jedem »schwachen Nachbeter der Meynungen seines Principals im Geschmack, auch dem, der zwar zu seinen Gefühlen ein deutsches Herz, aber eine von ausländischen Brühen verbrannte Zunge hat«, wie auch dem »kecken Tadler, der kein Bedenken trägt, dies oder jenes für unschicklich, unbedeutend, oder gar für noch was schlechters auszuschreyen, blos weil es über ihn ist«.[30]

Während der Jahrgang 1775 vor allem durch die Rezensionen verschiedener Werke Wagners, Klingers und Heinses bemerkenswert ist und im November von Goethe lediglich die Himburg'sche Ausgabe seiner *Schriften* in zwei Teilen angezeigt wird,[31] kommt der *Mercurius* im Februar 1776 dann erneut auf ihn zurück. Noch vor allen anderen Rezensionsorganen wie den *Gothaischen gelehrten Zeitungen* und der *Hamburgischen Neuen Zeitung* wird im *Neuen gelehrten Mercurius* zeitgleich mit dem Altonaer *Reichs-Postreuter* Goethes Schauspiel *Stella* besprochen:[32] »Ganz neu ist der Stof dieses Drama, und sonderbar die Entwickelung, die

27 *Neuer gelehrter Mercurius auf das Jahr* 1774, 2. Bd., 37. Stück, 15.9.1774, S. 291-293.

28 Ebd., 42. Stück, 20.10.1774, S. 329-331.

29 Ebd., 43. Stück, 27.10.1774, S. 342.

30 Ebd., 44. Stück, 3.11.1774, S. 347-349; hier S. 348.

31 Dabei wird u.a. auf die vorgenommenen Änderungen hingewiesen; vgl. *Neuer gelehrter Mercurius auf das Jahr* 1775, 3. Bd., 48. Stück, 30.11.1775, S. 378.

32 Diese Rezension ist von Julius W. Braun übersehen und folglich nicht in den Band *Schiller und Goethe im Urtheile ihrer Zeitgenossen* (Anm. 1) aufgenommen worden, ebenso wie die Sammelrezension zu *Stella* und *Claudine* aus den *Neuesten Critischen Nachrichten*, 2. Bd., 34. Stück, 24.8.1776, S. 271 f. (vgl. Anm. 4).

vielleicht nicht einem Leser und Zuschauer gefallen wird, ob sie gleich gut genug zubereitet ist, um ihr nur einigen Grad von dramatischer Wahrscheinlichkeit zu geben«.[33] Während der *Reichs-Postreuter* dieses »Schauspiel für Liebende« als ein verkapptes Plädoyer für »Vielweiberey« charakterisiert und für das »schwächste Product der Göthischen Muse« hält, »von denen, die bisher das Licht der Welt erblickt haben«,[34] schätzt der *Neue gelehrte Mercurius* den sprachlichen Ausdruck und die Darstellung »herrlich nuancirt[er]« Leidenschaft. Der Rezensent gesteht, dass es ihm, den Schluss abgerechnet, »eine der wollüstigsten Lecturen gewesen« sei.[35] Anerkennend bemerkt er: »Was uns, als Recensenten, am meisten gefreut hat, ist die Mannichfaltigkeit, die Herr *G.* noch in seine Arbeiten bringt, daß er sich noch nicht abschreibt, daß Cezilie und Stella wieder ganz anders gezeichnete Personen sind, als Werther und Maria«.[36]

Wesentlich zurückhaltender fällt dann aber sein Urteil über Goethes *Claudine von Villa Bella* aus. In der Ausgabe vom 1. August 1776 heißt es dazu:

> Wenn sein Name nicht auf dem Titel stünde, hätten wirs kaum geglaubt, und wenn man nicht aus unverkenntlichen Zeichen sähe, daß das Stück im Ernst geschrieben ist, so müßte man es für Satyre auf die Operetten halten. Wir wollen die Verse, die der Verfasser in Musik zu setzen einem Komponisten zugemuthet, nicht einzeln beurtheilen; nachlässigere und unbedeutendere sind vielleicht kaum in einer französischen komischen Oper den Lucien, Rosen &c. in den Mund gelegt worden, und es werden Sachen gesungen, die sich kaum gesprochen auf dem Theater ausstehen lassen [...]. Freylich kann Herr *Göthe* sich nicht ganz verläugnen; einzelne schöne Ausdrücke verhindern einen doch, daß man das Stück nicht wegwirft, ohne es ausgelesen zu haben, und auch der Vagabund Crugantino ist als Pendant zu Schakespears ausschweifenden Prinzen vortreflich geschildert.[37]

IV.

Was Unzers Rezensionen in besonderem Maße auszeichnet, ist die Abwesenheit moralischer Urteile. Im völligen Gegensatz zum orthodoxen Pastor Goeze, der in den *Leiden des jungen Werthers* genauso wie in der *Stella* einen Angriff auf die Sittlichkeit sah und sie deshalb heftig attackierte,[38] klammert der Freigeist und spätere Jakobiner Unzer alle moralischen Bedenken aus und konzentriert sich in seinen Betrachtungen stattdessen auf die Natürlichkeit der Sprache und die Beob-

33 *Neuer gelehrter Mercurius auf das Jahr 1776*, 4. Bd., 6. Stück, 8.2.1776, S. 46.

34 *Beytrag zum Reichs-Postreuter*, Altona, 8.2.1776. Vgl. *Schiller und Goethe im Urtheile ihrer Zeitgenossen* (Anm. 1), S. 228.

35 *Neuer gelehrter Mercurius auf das Jahr 1776*, 4. Bd., 6. Stück, 8.2.1776, S. 46.

36 Ebd., S. 47.

37 Ebd., 31. Stück, 1.8.1776, S. 238-240; hier S. 238.

38 Vgl. auch *Freywillige Beyträge zu den Hamburgischen Nachrichten aus dem Reiche der Gelehrsamkeit*, 23. Februar 1776, in: *Schiller und Goethe im Urtheile ihrer Zeitgenossen* (Anm. 1), S. 240-244.

achtung des menschlichen Charakters. In der Frage der moralischen Verderblichkeit von Literatur teilt er ganz offensichtlich die Ansicht seines ehemaligen Lehrers Jakob Mauvillon,[39] der sich in seiner Rezension des *Werthers* vehement gegen die Vorstellung gewehrt hatte, dass ein Buch ›gefährlich‹ sein könne, denn eine solche Sichtweise wäre »für den Fortgang der Wissenschaften höchst verderblich, gebiert die Büchercensuren, und erstikt dadurch [...] allen Untersuchungsgeist«.[40] Ein Dichter möge frei dichten, was er wolle, argumentiert Mauvillon, »und wenn er sich bemühte, alle Laster zu verherlichen, und noch so gerne allen Unterschied zwischen Tugend und Laster aufheben möchte«.[41] Ein aufgeklärtes Publikum sei sehr wohl imstande, selbst über Moral und Unmoral zu urteilen: Der »rechtschafne Man, der wahren Geschmak hat, [...] wird nicht nur das Stük als eine ihn beleidigende Scharteke, wenn er es aus Neugier gelesen hat, hinter das Bücherbret werfen, sondern den Verf. selbst von Grunde des Herzens verachten«.[42]

In der Beurteilung der Schauspiele folgt Unzer weitgehend der Lessing'schen Wirkungsästhetik: Er prüft die Kraft des sprachlichen Ausdrucks, fragt nach der naturgetreuen Darstellung der Charaktere und dem Vermögen, die Empfindungen und Leidenschaften des Lesers bzw. Zuschauers zu erregen. Das moraldidaktische Prinzip der Gerechtigkeit sieht er nicht länger als maßgeblich an und über das Ästhetische gestellt. »Grösse, Freyheit, Drängen, Fortarbeiten, Treiben, Durchdringen, Thätigkeit, Beharrlichkeit, Haltung, Beständigkeit« sind für ihn die »Triebfedern grosser Handlungen«,[43] die aber dramatischer Wahrscheinlichkeit und Ausarbeitung bedürfen, um auf der Bühne ihre Wirkung zu tun. Angesichts der die sprachlichen wie dramaturgischen Vorzüge der besprochenen Stücke anerkennenden Beurteilungen kann man abschließend festhalten, dass der *Neue gelehrte Mercurius* in den Jahren zwischen 1773 und 1776, also während der Herausgebertätigkeit Johann Christoph Unzers, eine derjenigen Zeitschriften war, die dem neuen Theater des Sturm und Drang durchaus aufgeschlossen begegneten. Dabei wurden unvoreingenommen und ohne Polemik die Regelverstöße kritisiert und mit professionellem Blick und Wissen auf die Theaterpraxis hin geprüft, gleichzeitig aber auch die damit verbundenen Brüche und Neuerungen als etwas Positives wahrgenommen und entsprechend gewürdigt. Unzer sollte den *Neuen gelehrten Mercurius* zwar noch bis 1779 weiterführen, doch finden sich in den Folgejahren, als allgemein das Interesse am Sturm und Drang abflaute, immer weniger Besprechungen

39 Jakob Mauvillon war Französischlehrer am Pädagogium in Ilfeld im Südharz, das Unzer bis August 1767 besuchte. Im Herbst 1771 wurde Mauvillon als Professor für Kriegsbaukunst ans Collegium Carolinum nach Kassel berufen. Als Rezensent war er für die *Auserlesene Bibliothek der neuesten deutschen Litteratur* tätig, vgl. dazu meinen Aufsatz *Rezensionen über Rezensionen. Die Besprechungen von Goethes Theaterstücken in der Lemgoer »Auserlesenen Bibliothek« und im »Magazin der deutschen Critik«* (GJb 2015, S. 141-150).

40 *Auserlesene Bibliothek der neuesten deutschen Litteratur*, 8. Bd. (1775), S. 503.

41 *Auserlesene Bibliothek der neuesten deutschen Litteratur*, 10. Bd. (1776), S. 573.

42 Ebd.

43 *Neuer gelehrter Mercurius auf das Jahr 1776*, 4. Bd., 30. Stück, 25.7.1776, S. 237 (Rez. von Klingers *Die neue Arria*).

zum deutschen Theater,[44] wobei er aber als Redakteur des *Mercurius* in seinen Beiträgen ein Plädoyer für die »Kraftsprache«,[45] den Freiheitsdrang und das Originalgenie des neuen deutschen Theaters nie beiseiteschob oder abschwächte.

44 Im Jahrgang 1777 werden immerhin noch Klingers *Simsone Grisaldo* und Lenzens »dramatische Phantasey« *Der Engländer* besprochen; vgl. *Neuer gelehrter Mercurius auf das Jahr 1777*, 5. Bd., 4. Stück, 23.1.1777, S. 30f.; 30. Stück, 24.7.1777, S. 236.
45 *Neuer gelehrter Mercurius auf das Jahr 1776*, 4. Bd., 30. Stück, 25.7.1776, S. 237.

Rüdiger Görner

Das Ich im Bild vom Anderen. Thomas Manns Goethe-Spiegelungen

Vorblick

Zur (bild-)künstlerischen Praxis gehört der Umgang mit Spiegeln. Diese Darstellung in Form eines spiegelerzeugten Bildes im Bild kann für eine solche Praxis allegorischen Wert beanspruchen:

Abb. 1
Wilhelm Bendz: Ein junger Künstler (Ditlev Blunck), eine Skizze in einem Spiegel betrachtend, 1826

Was ein Künstler im Spiegel prüfend sieht: *Sich* und sein Werk, in *dieser* Reihenfolge; er als kunstschaffendes Subjekt wirkt prominenter als sein Gegenstand, der marginalisiert erscheint, zudem noch in melancholisch-emblematische Totenkopf-Nähe gerückt. Im Prinzip ist diese prüfende Spiegelung ein unter Künstlern nicht unübliches Verfahren – geeignet, um festzustellen, ob die Gleichgewichtung der Bildmotive erreicht wurde. Hier jedoch bestätigt es die Dezentrierung des vom gespiegelten Künstler gemalten Objekts. Dieses perspektivenreiche Gemälde nun besteht in ikonologischer Hinsicht aus einer zentralen Darstellungsfolge: Auf der nach dem Schaffensakt leeren Staffelei hängt noch die verhältnismäßig große Vorlage-Skizze, die dem kleinen Porträtgemälde zugrunde liegt; der Spiegel verschafft der Szene eine zusätzliche Dimensionierung.

Wer hier im Mittelpunkt sein soll, darüber lässt diese Bildkomposition keinerlei Zweifel: der Künstler. Er spiegelt sich, um reflektiert – also mittelbar – sich dem Blick des Betrachters zu stellen. Es ist ein optisches Experiment oder Spiel, das jedoch für die Selbstprüfung des Geschaffenen ohne Notwendigkeit ist. Bei diesem Gemälde, das ikonographisch vorwegnimmt, wovon nachfolgend in literarisch-analogem Zusammenhang die Rede sein soll, handelt es sich um eine 1826 entstandene Arbeit des dänischen Künstlers Wilhelm Bendz mit dem Titel *Ein junger Künstler (Ditlev Blunck), eine Skizze in einem Spiegel betrachtend* (1826). Im kulturgeschichtlichen Kontext ließe es sich als Bildparodie auf die romantische Reflexionsobsession werten; als Sinnbild ästhetischer Selbstdeutung und -projektion weist es auf den modernen Künstler-Habitus voraus. Zu exemplifizieren ist dieses Phänomen nachfolgend am Beispiel des wiederholten, wenn nicht gar vielfachen Spiegelns Thomas Manns in Goethe.

I. Vor-Bildungen mit Goethe

Im Phänomen der »wiederholten Spiegelungen«, einem der Entoptik entlehnten Symbol, sah Goethe ein Prinzip veranschaulicht, das sich im Hinblick auf die persönliche Erinnerung ebenso anwenden ließ wie auf Erscheinungen »in der Geschichte der Künste und Wissenschaften« (MA 14, S. 568f.). Ihre Musen, Kalliope und Klio, visualisieren sich somit unter dem Matronat Mnemosynes im Farbenspiel aufeinander bezogener Spiegelungen. Neun Folgerungen zieht Goethe in seiner Schrift zu den »wiederholten Spiegelungen« analog zu den neun Musen aus diesem von ihm selbst ausführlich beschriebenen optischen Sachverhalt: In durchsichtigen Körpern werden durch Spiegelungen im Wechsel Farben sichtbar. Wie sonst nur im Bezug auf die ›Urpflanze‹ in der Morphologie sah Goethe in diesem Spiegelungsvorgang und seiner Illusionserzeugung ein Phänomen von universell-symbolischer Bedeutung. Zwei dieser Folgerungen haben für unser Thema, des sich primär in und an Goethe spiegelnden Thomas Mann, weitreichende Bedeutung:

> [...] Dieses Nachbild strahlt nach allen Seiten in die Welt aus, und ein schönes edles Gemüt mag an dieser Erscheinung, als wäre sie Wirklichkeit, sich entzücken und empfängt davon einen tiefen Eindruck.
> [...] Hieraus entfaltet sich ein Trieb, alles was von Vergangenheit noch herauszuzaubern wäre zu verwirklichen. (MA 14, S. 568)

Goethes Reflexion liegt eine autobiographische Erfahrung zugrunde, die ihm gewissermaßen zugetragen wurde, und zwar von August Ferdinand Naeke, Klassischer Philologe an der Universität Bonn, der im Herbst 1822 eine »Wallfahrt nach Sesenheim« im Elsass unternahm, auf den Spuren Goethes und Friederike Brions – und damit auch auf jenen des Jakob Michael Reinhold Lenz. Darüber hatte Naeke ein Memorial verfasst, das er Goethe sandte, worauf dieser Ende Januar 1823 mit besagten Reflexionen zu den »wiederholten Spiegelungen« reagierte. Karl August

Varnhagen von Ense, der emsigste biographische Publizist der späten Romantik und des Vormärz, sollte diesen Text Naekes dann 1840, zwei Jahre nach dessen Tod, als Zeugnis eines besonders gelungenen biographischen Fragments herausgeben.[1] Goethe erinnert durch diesen Text-Spiegel seine Sesenheimer Idylle neu, holt sie in seine Gegenwart zurück, reflektiert sie in seiner gleichfalls spiegelhaften Erinnerung und gewinnt ihr damit schillernde Färbungen ab, die das »Nachbild« dieser Zeit gleichsam kolorieren. Bezeichnend ist, dass er mit dem Ausdruck ›etwas aus der Vergangenheit herauszaubern‹ das Illusionäre oder doch nur bedingt Reale dieses spiegelnden Vorgangs betont, dabei aber auf dessen symbolischer Bedeutung für weitere, das eigene Erleben transzendierende Kontexte beharrt. Das wiederum gehört zu dem Sich-selbst-symbolisch-Werden, das Goethes Spätzeit prägen sollte.

So unterschiedlich die Voraussetzungen auch waren, Thomas Manns Bedürfnis nach Selbstspiegelung erwies sich in mancher Hinsicht als verwandt mit Goethes optisch-poetischem Verfahren wiederholten Spiegelns. Bei Thomas Mann zeigte sich bereits früh eine eigentümliche Aufstellung solcher Spiegel. Die in ihm überdeutlich angelegte narzisstische Prägung verlagerte er wiederholend auf andere literarische Größen, an denen er Maß nahm und in denen er Wahlverwandte zu erkennen glaubte oder sie zu solchen erklärte. Das hatte mit seinem Anspruch auf Deutungshoheit zu tun, was seine Sicht dieser Anderen anging und durch sie mittelbar über sich selbst. Thomas Mann erklärte sich sozusagen sein Selbst durch die Art, wie er mit diesen Wahlverwandten umging. Die Summe seiner essayistischen Porträts, so die These dieser Überlegungen, ergab einen erheblichen Teil seines Selbstbildes.

Hier liegt nun auch ein maßgeblicher Unterschied zu Goethes Verfahren. Große Porträtessays von Goethes Hand gibt es nicht – mit Ausnahme seiner Arbeit über Winckelmann. Sein Vermögen, literarisch zu porträtieren, verwandte er auf sich selbst; es kam *Dichtung und Wahrheit* zugute. Und so wie er mit *Dichtung und Wahrheit* im deutschsprachigen Umfeld *die* paradigmatische Autobiographie schlechthin vorgelegt hatte – analog zu *dem* Bildungsroman, nämlich *Wilhelm Meisters Lehr- und Wanderjahre* –, präsentierte Thomas Mann *die* großen Musterfälle porträthafter Essayistik.

Dieses Sich-im-Anderen-Sehen und Erkennen, diesen Vorgang einer mittelbaren Spiegelung, die gleichzeitig der Selbstprojektion diente, führte Thomas Mann konsistent in seinen variantenreichen Goethe-Porträts vor. Sie beginnen mit seinem Doppelporträt *Goethe und Tolstoi* (1921), konkretisieren sich in seiner Schrift *Zu Goethes »Wahlverwandtschaften«* (1925), demonstrieren Goethes weltliterarische Mission, die auch zu der seinen geworden war, und zwar in der »An die japanische Jugend« gerichteten »Goethe-Studie« (1932). Mann feierte ihn in politikästhetischer Absicht in den zwei großen Versuchen im Goethe-Gedenkjahr 1932 als »Repräsentanten des bürgerlichen Zeitalters« sowie seine »Laufbahn als Schriftsteller« (beide 1932), formulierte im amerikanischen Exil vorstudienhafte Gedanken zu

1 August Ferdinand Näke: *Wallfahrt nach Sesenheim*. Hrsg. von Karl August Varnhagen von Ense. Berlin 1840. Neuausgabe unter dem Titel *Wallfahrt nach Sessenheim. Die ersten Nachforschungen über das Liebesidyll von Goethe und Friederike*. Hrsg. u. eingeleitet von Klaus H. Fischer. Schutterwald, Baden 2008.

Goethes *Faust* (1939), die dann Eingang in seinen Roman *Doktor Faustus* fanden, und nahm 1941 zu Goethes *Werther* Stellung. Er wartete ein Jahr nach der Veröffentlichung von *Doktor Faustus* mit einer *Phantasie über Goethe* auf (1948) und bediente in einem neuerlichen Goethe-Jahr in Fortsetzung seiner Überlegungen zu Goethes Verhältnis zum bürgerlichen Zeitalter den Zeitgeist in seinem Vortrag *Goethe und die Demokratie* (1949). Hinzu kommen gewichtige Miszellen, ein Rückblick auf seine Goethereise von 1932, im selben Jahr in Paris vorgetragene Ausführungen *Gegensätze bei Goethe*, nebst der *Ansprache im Goethejahr 1949*. Und mitten aus diesem reflektierenden Porträtierungsbedürfnis ragt der Roman *Lotte in Weimar* (1939), das wohl raffinierteste Beispiel für Thomas Manns erzählerische Porträtierkunst. Dabei bleibt eine weitere bedeutende Goethe-Verwandlung unberücksichtigt: jene im *Tod in Venedig*, handelt es sich doch bei Gustav von Aschenbach um eine erzählerisch transmutierende Fusion des letztmalig liebenden Goethe mit Gustav Mahler und ihm, Thomas Mann, selbst.

Wie so oft bei Thomas Mann verraten die kleineren Texte wesentliche atmosphärische Details, so die insgesamt etwas betuliche, unverhüllt selbstzentrierte Rede vor den Münchener Rotariern, mit der er eine Bilanz seiner Auftritte im Goethe-Jahr 1932 zog. Sie ist nur wegen zweier Details erwähnenswert, die aber ins Gewicht fallen. Bevor er in Berlin vor der Preußischen Akademie der Künste am Pariser Platz seinen Vortrag *Goethe als Repräsentant des bürgerlichen Zeitalters* hält, wird er zu Filmaufnahmen gebeten. Er äußert sich darüber so: »Die Aufnahme war nicht sehr angenehm. Man wird da zwischen riesige Jupiter-Lampen eingekeilt, die ziemlich heizen. Doch soll die Aufnahme gut geworden sein. Ich habe sie im Phöbuspalast gesehen«. Und nun der entscheidende Satz zum Thema Selbstrepräsentation: »Es ist ein sonderbarer und unheimlicher Eindruck sich selbst objektiviert vor sich zu sehen. Dieses Gefühl restloser Verantwortlichkeit für eine im Objektiven vorhandene Erscheinung hat etwas Krankhaftes und etwas Quälendes. Ich möchte diesen Eindruck gar nicht sehr oft haben«.[2]

Sich selbst objektiviert vor sich sehen – das war ihm scheinbar nicht geheuer. Es ist die Festlegung durch das filmische Medium, das ihn irritiert, das festgestellte Bild, auch wenn es läuft, eben der nicht mehr korrigierbare Eindruck von sich selbst. Verantwortlich zu sein für die Art, wie man erscheint, sich buchstäblich ins Bild setzt, das habe etwas Peinigendes, so behauptet er zumindest in dieser Reminiszenz vor erlauchtem Münchener Publikum. Und noch ein weiteres, etwas ganz anders Geartetes kommt ihm auf dieser Goethereise Monate vor der Machtergreifung »sonderbar und unheimlich« vor, und zwar in Weimar:

> Ganz eigenartig berührte die Vermischung von Hitlerismus und Goethe. Weimar war ja eine Zentrale des Hitlertums. Überall konnte man das Bild von Hitler usw. in nationalsozialistischen Zeitungen ausgestellt sehen. Der Typus des jungen Menschen, der unbestimmt entschlossen durch die Stadt schritt und mit dem römischen Gruß begrüßte, beherrschte die Stadt. (XIII, 71)

2 Thomas Mann: *Gesammelte Werke in dreizehn Bänden*. Bd. 13: *Nachträge*. Frankfurt a.M. 1990, S. 70 (sofern nicht anders angegeben, werden alle nachfolgenden Thomas-Mann-Zitate nach dieser Ausgabe mit Band- und Seitenzahl nachgewiesen).

Verhexte und verteufelte sieben Jahre später wird Thomas Mann das bis dahin Hitler am schonungslosesten entlarvende Porträt schaffen – in Gestalt seines Essays *Bruder Hitler*[3] – und gleichzeitig letzte Hand an seinen Goethe-Roman *Lotte in Weimar* legen.

»Vielleicht liebe ich mein Leben nicht genug, um zum Autobiographen zu taugen«, resümierte Thomas Mann in seinem im Jahr 1950 an der Universität Chicago gehaltenen Vortrag *Meine Zeit*.[4] Dabei hielt er sich mit Stellungnahmen zur eigenen Person keineswegs zurück, ließ kaum eine Einladung verstreichen, sich an gerade in den zwanziger Jahren beliebten Zeitungsumfragen zu beteiligen und bei allen möglichen Gelegenheiten Auskunft über sich zu erteilen. Das Ergebnis füllt einen stattlichen Band mit Äußerungen unterschiedlichen Umfangs *Über mich selbst*.[5] Die Entsprechung dazu findet sich in Thomas Manns intensivem Interesse daran, sich photographisch ins Bild zu setzen oder setzen zu lassen, ein ganz wesentlicher, bislang weitgehend übersehener Teil seiner Selbstdarstellung.[6]

Dieses Selbst, das er im Tagebuch phasenweise bis zur Parodie des Allzu-Alltäglichen protokolliert, projiziert er schon früh mit erstaunlicher Selbstverständlichkeit ins Andere, womit der fiktive Andere gemeint ist: Wahlverwandte, die er erzählend ins künstlerische Leben ruft, oder Projektionen auf andere Autoren, die er als Wahlverwandte erkennt, ob in der Prosaskizze *Vision* (1893), der Erzählung *Der Bajazzo* (1897), ob in *Tonio Kröger* (1903) oder in der biographischen Schiller-Phantasie *Schwere Stunde* (1905). Das schon für den frühen Thomas Mann Selbstverständliche dieses produktiven Vorgangs setzte ein Selbst-Verstehen voraus oder zumindest ein Zu-ihm-Unterwegssein.

In einer Miszelle noch aus der Vor-*Buddenbrooks*-Zeit, *Kritik und Schaffen* (1896), knüpfte der junge Thomas Mann an die aus der Ästhetik der Frühromantik bekannte These an, dass Kritik ihrerseits künstlerisch zu sein habe; aber er führt diesen Gedanken noch weiter, indem er behauptet, »der moderne Begriff des Kritikers« falle mit dem des Schauspielers und des Interpreten zusammen. Kritiker gingen in der von ihnen erörterten Künstlerpersönlichkeit auf; sie verschwänden in ihr, lösten sich in ihr auf, würden dadurch »ein anderer« oder spielten diese Persönlichkeit (XIII, 521). Anverwandlung als Mittel des Verstehens, der Kritiker als »Verwandlungskünstler« – dies befähige ihn, »die Welt eine Zeitlang mit den Augen dieser Persönlichkeit« zu sehen, deren Werk er kritisiert, bis hin zu seiner Fähigkeit, die »Psychologie« des ›eigentlich‹ in Rede stehenden Künstlers zu liefern (ebd.).

Was Thomas Mann hier als Kritik am Kritiker und an dessen Verfahrensweise meint, wurde jedoch zunehmend auch Teil seiner eigenen Arbeitsweise, als Muster-

3 Vgl. dazu u.a. Rüdiger Görner: *Thomas Mann. Der Zauber des Letzten*. Düsseldorf, Zürich 2005; bes. das Kapitel: *Das Letzte? Satan als ›Bruder‹ – eine peinliche Verwandtschaft*, S. 77-90.

4 Thomas Mann: *Über mich selbst. Autobiographische Schriften*. Frankfurt a.M. 1994, S. 5.

5 Ebd.

6 Dazu jetzt Rüdiger Görner, Kaltërina Latifi: *Thomas Mann. Ein Schriftsteller setzt sich in Szene*. Darmstadt 2021.

fall vorgeführt in der Novelle *Schwere Stunde*, die einen Moment der Schaffenskrise im Leben Schillers beleuchtet – in einer Nacht des Jahres 1796 während der Arbeit am *Wallenstein* –, in Gestalt eines inneren Monologs, man könnte treffender sagen: einer erzählten Selbst- und Schaffensreflexion. Schon in dieser Novelle ist Goethe präsent, wenn auch nur im Hintergrund, namenlos wie der innere Er-Monologist. Für ihn ist Goethe »der andere, der dort, in Weimar, den er mit einer sehnsüchtigen Feindschaft liebte. Der war weise. Der wußte zu leben, zu schaffen; mißhandelte sich nicht; war voller Rücksicht gegen sich selbst« (VIII, 372). Thomas Mann wiederum, der kritische Künstler, projiziert sich in beide – in das durch ihn anwesende Er Schillers und in den seinem Kunstwillen gemäß abwesenden Goethe, ein erzählerisches Verfahren, das er in großem Stil in *Lotte in Weimar* entfalten wird.

Diese Selbstprojektion ins Andere oder ins unvermutete Gegenüber hatte bei Thomas Mann mitten im ersten Weltkrieg eine besonders überraschende Dimension angenommen, als er nämlich im Herbst 1916 in der Berliner Sezession aus seinem Fragment *Bekenntnisse des Hochstaplers Felix Krull* las. Die dann unter dem Titel *Entwicklungsroman* in der *Vossischen Zeitung* am 4. November 1916 veröffentlichte Einführung zu dieser Lesung hätte den Zensor auf den Plan rufen können. Bedenkt man, dass dieser Text mitten in der Arbeit an den *Betrachtungen eines Unpolitischen* entstanden ist, dann erstaunt die Argumentation Thomas Manns umso mehr, denn sie trägt die Züge einer Selbstkritik – eben auch teilweise an dem, was er in den *Betrachtungen* zu entwickeln im Begriff war. Soweit bekannt, hat die Forschung bislang keine Beziehung hergestellt zwischen den *Bekenntnissen* und den *Betrachtungen*. Sie sollte es tun, denn der Zusammenhang zwischen der autobiographischen Fiktionalisierung eines Hochstaplers und den Reflexionen eines an der Heimatfront des Schreibtisches mit kulturkonservativen Überzeugungen pokernden Künstlers gewinnt vor dem Zeithorizont des Jahres 1916 und dem Auftritt des selbsterklärten Oberbürgers unter den Künstlern in der Avantgarde-Szene der Berliner Sezession einen eigentümlichen bis spannungsvollen Reiz. Die eherne Tradition des Bildungs- und Entwicklungsromans, die Thomas Mann zwar mit der deutschen Lesart des Humanitätsbegriffs identifiziert, lässt er in der »Autobiographie eines Schwindlers« aufgehen, wobei er die »tieferen Gründe dieser Konzeption« in den politischen Zuständen eben auch im Deutschland des Jahres 1916 sucht und unzweideutig hinzufügt: »Die Zeit ist es, die uns so denken lehrt« (XI, 701). Und noch deutlicher: »Was Wunder nun, wenn [...] die ursprünglich nationale Form der deutschen Prosa-Epopöe, der individualistische deutsche Bildungsroman, der Zersetzung anheimfiele?«, und zwar durch das, was er »Intellektualisierung« (XI, 702) nennt, die er als ›westlich-zivilisatorisch‹ in den *Betrachtungen eines Unpolitischen* geißelt, in der bekennenden, also geständigen Autobiographie seines Hochstaplers und Hoteldiebs jedoch selbst vorführt. Damit gesteht er, »*alle* Kunst [...] im Parodischen« wurzeln und sie wieder ins Parodistische wachsen zu sehen (XI, 703).

Auch wenn *Felix Krull* kein Goethe-Roman ist, an die Konzeption von *Dichtung und Wahrheit* knüpft er unmittelbar an, indem er ein (selbst-)betrügerisches Leben als gedichtete Wahrheit über die Zwangsläufigkeit des Parodistischen als einer zivilisatorischen Kulturform darstellt. Dass dieser Stoff in seiner überdeutlich narzisstischen Prägung Thomas Manns Schaffen geradezu überwölben konnte,[7] und zwar von 1905 bis 1953, zeugt von seiner charakteristischen Bedeutung für das Selbstverständnis dieses Autors.

II. Ein-Bilden in Goethe

Jener zuvor zitierte Satz, mit dem Thomas Mann seine Reminiszenzen *Meine Zeit* 1950 eingeleitet hatte: »Vielleicht liebe ich mein Leben nicht genug, um zum Autobiographen zu taugen«, fand seine Vorprägung im Essay *Goethe und Tolstoi* von 1921: »Liebe zu sich selbst [...] ist auch der Anfang aller Autobiographie« und der Anfang eines »romanhaften Lebens« (IX, 69). Seine versuchte Objektivierung vollzieht sich dann im Vortrag *Goethe als Repräsentant des bürgerlichen Zeitalters*: »Ich kann von Goethe nicht anders sprechen als mit Liebe, das heißt: aus einer Intimität, deren Anstößigkeit durch den lebendigsten Sinn fürs Inkommensurable gemildert wird« (IX, 297). Diese scheinbescheidene Relativierung einer geradezu intimen Identifikation mit Goethe begründet Thomas Mann zunächst mit herkunftsbedingter Wahlverwandtschaft. Sie sei ihm aufgegangen, so versichert er, als er »zum erstenmal durch Goethe's Elternhaus am Hirschgraben zu Frankfurt« (ebd.) gegangen sei. Was sich da an Einsicht in ihm gebildet habe, begründet, weshalb er sein Ich in jenem Goethes glaubte spiegeln, versenken oder aufgehen lassen zu können. Man versichere sich zunächst des Gesamtzusammenhangs dieses Bekenntnisses. Thomas Mann stilisiert den Besuch im Haus am Frankfurter Hirschgraben zu einem Urerlebnis, wobei er das Urhafte auch sogleich anspricht:

> Diese Treppen und Zimmer waren mir nach Stil, Stimmung, Atmosphäre urbekannt. Es war die ›Herkunft‹, wie sie im Buche, im Buch meines Lebens steht, und zugleich der Anfang des Ungeheueren. Ich war ›zu Hause‹ und dennoch ein scheuer und später Gast in der Ursprungssphäre des Genius. Heimat und Größe berührten sich. Das Patrizisch-Bürgerliche, museal geworden und Gegenstand leise auftretender Pietät, als Wiege des Heros; das Würdig-Wohlanständige [...] und ins Weltstrenge gewachsen: ich sah es an, ich atmete es ein, und der Widerstreit von Vertrautheit und Ehrfurcht in meiner Brust löste sich in das Gefühl, worin Demut und Selbstbejahung eines sind: in lächelnde Liebe. (ebd.)

Dieses Ich inhaliert geradezu die Atmosphäre an diesem Urort des »Patrizisch-Bürgerliche[n]«, also eines bildungsgehobenen Kulturbewusstseins, das ihn in Lübeck selbst geprägt hat. Selbstbescheidung und Selbstbejahung gingen dort ein spannungsvolles Wechselverhältnis ein, wodurch der nächste Schritt der Identifikation dieses Ichs mit Goethe vorbereitet ist:

> Nur aus der eignen Substanz und dem eignen Sein, aus einer gewissen familiären Erfahrung also, der kindlich-stolzen Verbundenheit des »Anch' io sono pittore«, weiß meinesgleichen von Goethe zu reden – und warum ein Wiedererkennen, ein Recht auf Zutraulichkeit verleugnen, das weit ins Überpersönliche, ins Nationale reicht! (IX, 297f.)

7 Dazu weiterhin grundlegend Hans Wysling: *Narzissmus und illusionäre Existenzform. Zu den Bekenntnissen des Hochstaplers Felix Krull*. Frankfurt a.M. ²1990.

Man ermesse die inhaltliche Spannweite dieses Satzes: Das Eigene reklamiert ein »Recht« auf Nähe zum Inkommensurablen namens Goethe, ja es kann gar nicht anders, als in dieser Nähe auch sich selbst zu finden. Und dann dieses »Anch' io sono pittore«, das Correggio zugeschriebene Wort beim Anblick von Raffaels *Ekstase der heiligen Cäcilie*,[8] diese etwas trotzige Behauptung einer eigenen Qualität beim Wahrnehmen des Sublimen, aber auch eine Entsprechung zu jenem zweideutigen *Et ego in arcadia* – dieses Auch-Ich präfiguriert einen Anspruch, der Hans Blumenberg zufolge als Form und damit »Präfigurat«[9] zur Selbstaufrichtung, ja zu einer Art Selbstvergleich führt. Hinzu kommt hier noch eine Selbstüberschreitung: das »Recht auf Zutraulichkeit«, also intimer geistiger *und* lebensweltlicher Nähe zu Goethe, wie sie Thomas Mann in seiner Rede vorzuführen gedenkt, sei von national-kultureller Bedeutung, eben weil diese Art des Zugangs bereits das Abstrahieren vom Eigenen (»ins Überpersönliche«) enthalte (IX, 298).

An Goethe demonstriert Thomas Mann den »humane[n] Zauber«, der dem »idealistischen Individualismus« als dem Kern des »deutschen Kulturbegriff[s]« eigne; beim Autor des *Wilhelm Meister* und der *Wahlverwandtschaften* bestehe er

> in einer eigentümlichen psychologischen Verbindung von autobiographischer Selbstausbildung und Selbsterfüllung mit dem *Erziehungs*gedanken [...], und zwar so, daß die Erziehungsidee Brücke und Übergang bildet aus der Welt des persönlich Innermenschlichen in die Welt des Sozialen. (ebd.)

Dies sei nun der »engste Gesichtswinkel«, so Thomas Mann, »unter dem man seine Gestalt visieren mag« (IX, 299). Der Weitwinkel des Blicks auf Goethe erfasse dann aber vor allem »mythusbildende Kräfte« (ebd.) an und in ihm, wie man überhaupt Thomas Manns anverwandelnde, selbstprojizierende Auseinandersetzung mit Goethe als Arbeit an (s)einem Mythos durchaus im Sinne Blumenbergs deuten kann, jedoch mit einer bezeichnenden Rückkopplung, die Blumenberg so nicht vorsieht oder reflektiert: Aus Thomas Manns Arbeit am Goethe-Mythus wurde die Arbeit an der Selbstmythisierung. Denn wenn er Goethe mit der Bemerkung zitiert, dass er nichts dazu sagen könne, wenn die einen ihn lobten, die anderen tadelten, weil das eben sein Ich sei, »worüber anderen das Urteil zusteht« (IX, 302), dann meint Thomas Mann als öffentlich exponierter Schriftsteller damit auch sich selbst.

Aus dem Wechselbezug zu Goethe ergab sich für Thomas Mann zugleich eine formästhetische Qualität. So widmet er eine längere Passage seiner Ausführungen zu Goethes bürgerlicher Repräsentanz dem, was Goethe selbst die bewundernswerte »Pädagogik meines Vaters« genannt hat (MA 16, S. 247). Bekanntlich finden sich bei Goethe ebenso wie bei Thomas Mann nur wenige fragmentarische Arbeiten; man geht nicht fehl, gerade darin einen entscheidenden Differenzpunkt zwischen Goethe und den frühen Romantikern zu identifizieren, so zahlreich auch sonst ihre zu oft ignorierten motivischen Überlagerungen sind. Thomas Mann nun verwendet auffallend viel Raum für die Begründung der Aversion Goethes gegen

8 Arthur C. Danto: *Encounters & reflections. Art in the Historical Present*. Berkeley 1997, S. 94.

9 Hans Blumenberg: *Präfiguration. Arbeit am politischen Mythos*. Hrsg. von Angus Nicholls u. Felix Heidenreich. Berlin 2014, S. 9.

das Fragmentarisch-Unfertige. Dabei bezieht er sich auf eine Stelle im 6. Buch des Zweiten Teils von *Dichtung und Wahrheit*. Darin erzählt Goethe von einem weiteren »Konflikt« zwischen Vater und Sohn, weil es Letzterem nahezu unmöglich gewesen sei, etwas Gesehenes als Ganzes wiederzugeben: »So war auch keine Zeichnung ganz ausgefüllt; und wie hätte ich denn ein Ganzes leisten sollen, das ich wohl mit Augen sah, aber nicht begriff, und wie ein Einzelnes, das ich zwar kannte, aber dem zu folgen ich weder Fertigkeit noch Geduld hatte« (ebd.). Hinzu kommt, dass Goethe sich erinnert, wie es ihm gleichfalls unmöglich gewesen sei, »bei meinen Zeichnungen ein gutes, weißes, völlig reines Papier zu gebrauchen; graue veraltete, ja schon von einer Seite beschriebene Blätter reizten mich am meisten, eben als wenn meine Unfähigkeit sich vor dem Prüfstein eines weißen Grundes gefürchtet hätte« (ebd.). Es verlangte ihn offenbar nach bereits benutztem Material als Arbeitsgrundlage, um daraus für seine eigene Zeichnung Nutzen zu ziehen. Die angedeutete ›Moral‹ lautet: Blätter sind immer schon irgendwie ›beschrieben‹, weisen Vorprägungen auf – eine aufschlussreiche Relativierung der Genie-Ästhetik, die von einem Schaffen ex nihilo ausgeht. Bemerkenswert hierbei ist die Reflexion der Materialität, eine übrigens auch Thomas Mann keineswegs fremde Eigenart, wenn man allein an seine zahllosen Tagebuch-Hinweise auf die Art des verwendeten Papiers denkt.

Was den jungen Goethe angeht, so kam nun die väterliche Pädagogik zum Tragen: Der Vater »fragte wohlwollend nach meinen Versuchen, und zog Linien um jede unvollkommene Skizze: er wollte mich dadurch zur Vollständigkeit und Ausführlichkeit nötigen; die unregelmäßigen Blätter schnitt er zurechte, und machte damit den Anfang zu einer Sammlung, in der er sich dereinst der Fortschritte seines Sohnes freuen wollte« (ebd.). Soweit die von Thomas Mann gemeinte Stelle in *Dichtung und Wahrheit*. Was macht er nun daraus in seinem Vortrag? Einen ausführlich begründeten, in seiner Argumentation geradezu an Max Weber erinnernden »produktionsethische[n] Befehl des Fertigmachens« (IX, 305). Im Zusammenhang liest sich das so:

> Die einmal begonnene gemeinsame Lektüre eines Buches mußte beendet werden, auch wenn sie sich als noch so langweilig erwies; und so bestand er in allen Stükken hartnäckig auf dem Beenden des einmal Begonnenen, selbst wenn nicht nur das Unbequeme, sondern auch Unnütze des Unternehmens sich klar herausstellte. Er duldete nicht, daß Wolfgang zeichnerische Versuche in skizzenhafter Unfertigkeit liegen ließ, er zog eigenhändig Rahmenlinien um das Angelegte, um dadurch den jungen Menschen zur Vollständigkeit und Ausführlichkeit zu nötigen. (IX, 305)

Danach fällt dann das Wort vom »produktionsethische[n] Befehl des Fertigmachens«, das dieses Extrapolieren aus Andeutungen Goethes gewissermaßen krönt. Gerade dieses »Fertigmachen«, Abschließen, Vollenden-Können wollte sich Thomas Mann zu eigen machen, was ihm ja selbst mit seinem *Felix Krull* gelang, dessen in sich geschlossener Erster Teil im Grunde keinen Zweiten Teil oder wenn, dann unzählige Fortsetzungen fordert.

In Goethes Sterbemonat, der sich 1932 zum hundertsten Mal jährte, wartete Thomas Mann, wie erwähnt, gleich mit zwei bedeutenden Texten auf. Waren seine

Ausführungen zu Goethes bürgerlicher Repräsentanz für die Berliner Akademie gedacht, trug er wenige Tage später, am 21. März, also einen Tag vor dem eigentlichen Todestag, in Weimar seine Überlegungen *Goethe's Laufbahn als Schriftsteller* vor – eine Laufbahn, in die er, Thomas Mann, selbst einschwenkte, weil er Verwandtes (frühen Ruhm und Anfeindungen, nebst der Goethe freilich erspart gebliebenen Bruderrivalität) erlebt hatte und eine Zielvorstellung, die, wenn es soweit war, er selbst zu erleben hoffte, festgehalten in der schlichtesten Feststellung des Textes und dessen kürzestem Satz: »Goethe starb schreibend« (IX, 333). Auch hier maßvolle Ausführlichkeit in der erzählenden Darstellung:

> Er lag auf dem Deckbett schließlich, und dort schrieb er weiter. Wie es schien, war es zu wiederholten Malen dasselbe, was der Sterbende unsichtbar aufzeichnete, man sah, daß er genaue Interpunktionszeichen setzte, und glaubte einen und den anderen Buchstaben zu erkennen. Dann fingen die Finger an, blau zu werden, sie kamen zum Stillstand, und als man ihm den Schirm von den Augen nahm, waren sie schon gebrochen. (ebd.)

Das genaue, auf die Schriftzeichen achtende Schreiben mit sichtbarer Hand, aber in unsichtbarer Schrift – dieses subtile Paradoxon führt Thomas Mann genau aus, gönnt sich kein Auslassungszeichen für den Augenblick des Goethe'schen Sich-Aushauchens. Auch dies ist eine Gemeinsamkeit: Goethe schätzte Auslassungszeichen nicht und Thomas Mann hatte nahezu alle Auslassungszeichen auf zwei Stücke seiner frühen Prosa konzentriert: *Vision* und *Der Tod*, wobei gerade die diaristisch gestaltete Prosa *Der Tod* (1897) bereits jenes, soll man sagen: kontrollierte Sterben thematisiert, das ihm dann auch selbst vergönnt sein wird. Überhaupt Goethes Schreibweise: Thomas Mann pries sie mit überdeutlichem Hinweis auf die eigene in seiner dritten Goethe-Studie des Jahres 1932, gedacht für junge japanische Leser:

> Zutreffend bis zur Erheiterung – das mag überhaupt die richtige Kennzeichnung von Goethe's Schreibweise und Stilkunst sein, der jede Verstiegenheit, jeder pathetische Überschwang fremd ist und die dennoch immer zum Äußersten geht, sich auf einer mittleren Linie mit diskreter Kühnheit, meisterlicher Gewagtheit und unfehlbarer künstlerischer Sicherheit dahinbewegt […], die klarste Mischung von Eros und Logos […]. (IX, 295)

Von »rhythmischem, […] vernünftigem Zauber« (ebd.) spricht Thomas Mann fernerhin und damit genau von dem, was ihm in seiner erzählerischen Stilistik, sprich: Sprachbehandlung wichtig war.

Kontrastieren wir diese Ausführungen nun mit seiner Ansprache im Goethejahr 1949, dann fällt eines auf: Sie kann mit einem Plädoyer für Selbsterweiterung im Namen Goethes schließen, weil er über weite Strecken in dieser Rede ausschließlich über sich sprach, über seine Empfindungen als ein auf Zeit zurückkehrender Emigrant. Wieder ist es der eigene Sprachstil, der ihm einleitend ein Wort wert ist: »Gefaßtheit und Gesetztheit des Erzählers, ein episches Phlegma oder auch ein Sinn für Humor, der sich durch langen Aufenthalt in angelsächsischer Lebenssphäre eher noch verstärkt hat« (XI, 481 f.). Was Thomas Mann nun – im Juli und August 1949 in Frankfurt am Main und in Weimar – aus Goethe destilliert, genauer: für sich selbst ableitet und beansprucht, lässt sich in vier inhaltlich deutlich differenten Punkten fassen: 1) zum Repräsentanten des ganzen, also transzonalen Deutschlands zu werden, 2) den Willen zum Vollenden, 3) die Symbolleistung des Kunstschaffens und 4) die Ironie des Schauens erfassen.

Im Schauen sieht Thomas Mann das Äquivalent zur Dialektik in der Philosophie, worunter er den »geöffnete[n] Blick für die Widersprüche« versteht, »für das Böse im Guten, die Verderbnis der Idee durch ihre Verwirklichung, die fundamentale Tragik des Menschenlebens« (XI, 494). Wenn dieser Blick auf Spiegel fällt, dann ist damit auch die Lebensproblematik Thomas Manns gemeint, die mühsame Verschleierung seiner eigenen Nöte, das unbedingte Aufrecht-erhalten-Wollen der Fassade, was bekanntlich auch ein Thema für Goethe war. Wofür Thomas Mann freilich nicht zu haben war: für jene Art der schauspielerhaften Goethe-Mimikry, wie sie zum Beispiel Gerhart Hauptmann durch das Betonen seiner äußeren, Goethe ähnlichen Erscheinung betrieb.

III. Nach-Bildungen durch und aus Goethe

Mit den beiden Goethe-Reden des Jahres 1932 wie überhaupt mit allen essayistischen Texten zu Goethe hatte Thomas Mann das Prinzip der »wiederholten Spiegelungen« auf seine Art des Umgangs mit diesem Dichter übertragen. Indem Goethe und er selbst zum Gegenstand solcher Spiegelungen wurden, konnte er ihnen ein betont buntes, prosahaftes Farbenspiel abgewinnen. Gleiches gelang Thomas Mann nicht einmal in seiner lebenslangen Auseinandersetzung mit Richard Wagner oder mit anderen zeitweisen Identifikationsfiguren – von Platen bis zum »alten Fontane«, von Schiller bis Theodor Storm. Natürlich stellt sich bei einem so ausgeprägten multiplen Identifikationsbedürfnis auf Seiten Thomas Manns die Frage, ob solches Verhalten von einem hohen Selbstwertgefühl zeugt oder – im Gegenteil – von Unsicherheit und einem latenten Orientierungsverlangen, gar selbstvergewissernder Rollenspiele und der Genugtuung darüber, dass man sie ihm abnahm und ihn für glaubwürdig in diesen Rollen befand – Fragen, die hier nur anzudeuten sind.

In jedem Fall hat die Entscheidung für diesen oder jenen Anderen, ihn dann als identifikationsfähige Figuration des eigenen Selbst essayistisch zu entwerfen, etwas von einer geglückten oder verfehlten Partnerwahl. Von der Form her objektivierbar ist dieser Vorgang bei Thomas Mann neben den gestaltungsästhetischen Ableitungen vom Werk Richard Wagners (Vorliebe für das ›Leitmotiv‹ sowie die Bedeutung des Tetralogischen etwa in der Entsprechung der *Ring*-Tetralogie zur *Joseph*-Tetralogie) am ehesten in seinem Versuch *Michelangelos Sonette* (1950), die er als Sprachskulpturen begreift, in die des Künstlers erotisches Verlangen ebenso einging, wie ein solches von ihnen ausgeht. Die »Verliebtheit in das Bild« (IX, 785) sah Thomas Mann hier ebenso walten wie den »schroffen Abgrund [...] zwischen Aug' und Seele« gähnen (IX, 787). Und für sich selbst extrahierte Thomas Mann ein mehr oder minder verschwiegenes Leitmotiv für seine letzten Jahre: »Nel vostro fiato son le mie parole« – »In Eurem Atem bildet sich mein Wort« (IX, 793).

In essayistischer Hinsicht erweisen sich diese letzten Jahre als Versuche, bereits lang erprobte und neue Projektionsfiguren wieder oder erstmals aufzuspüren. Da kommt überraschend George Bernhard Shaw zu Ehren (1951), Gerhart Hauptmann verweist er posthum auf die Plätze (1952), der »alte Fontane« (1954) sieht sich noch einmal in seiner erzählerischen Kunstfertigkeit aufgerufen, ein Bekenntnis zum zumindest syntaktisch wahlverwandten Kleist als Erzähler (1954) – dem Dichter der *Penthesilea* dagegen entzog er seine Sympathie[10] –, Tschechow sieht sich in den Kanon der »*heilige[n]* russische[n] Literatur« (IX, 656) neben Tolstoi und Dostojewski gehoben, wobei der Thomas Mann am nächsten stehende Turgenjew (1954) wohl gerade deswegen übergangen wird, um dann zuletzt im Buchstärke erreichenden *Versuch über Schiller* (1955) *die* große Jugendliebe einzuholen. Anders gesagt: Noch in diesen Projektionen und Identifikationsfigurationen gelingt Thomas Mann ein geradezu klassisches Vollenden und Abrunden, das nur in einer Form aufbricht, jähe Abgründe erkennen lässt, eben jene Kluft zwischen »Aug' und Seele«, die nicht mehr nur gähnte, sondern klaffend schmerzte: im Tagebuch.

Was hierbei auch auffällt: Thomas Manns geradezu bemühte Romantikabstinenz – im Bereich seiner Selbstidentifikationen die evidenteste Art der vollzogenen Goethe-Nachfolge. Er führte diese Enthaltung romantischer Sentimentalität im Umgang mit dem Außergewöhnlichen auch in seinem Roman *Lotte in Weimar* vor, der neben anderem die romantische Salonkultur dekonstruiert, denn die Szenen des Romans verweigern sich der Darstellung von Geselligkeit. Eine Abfolge von Einzelbesuchen meldet sich bei der verwitweten Hofrätin Charlotte Kestner, Goethes großer Werther-Liebe aus seiner Wetzlarer Zeit, die sich in Weimar eingefunden hat, um Goethe noch einmal wiederzusehen. In Thomas Manns Prosaregie erfolgt der Auftritt der eigentlichen Hauptperson erst nach sechs langen Kapiteln[11] – an sich bereits die Parodie eines beliebten dramatischen Effekts, den Schiller im *Wallenstein* für die moderne Bühne erstmals wirkungsvoll umgesetzt hatte. Was diese Kapitel bieten, sind perspektivische Ansichten von Goethe, mehr oder weniger monologische Annäherungen eines Diskurses über ihn, eine Vielfalt seines Charakters behauptend, zugleich ein Hinweis darauf, dass auch ihr Autor, Thomas Mann, diese vielfältigen Sichtweisen auf seine eigene Person beanspruchte, wie nicht zuletzt die diversen Blickwinkel der Porträtaufnahmen belegen, die von ihm überliefert sind.[12]

Für unseren Themenbereich nun erweist sich die Episode im Zweiten Kapitel als besonders signifikant. Es handelt sich um den Auftritt der zeichnenden Reisenden, der Irin mit dem wenig irischen Namen Miss Rose Cuzzle, die eine Berühmtheit nach der anderen im Schnellverfahren zeichnet, von Skizzen bestimmter Geistesorte wie dem Geburtshaus Kants in Königsberg durchsetzt. Sie ist die Vorläuferin des Fotojournalisten oder genauer: des Paparazzo. Ihre Skizzenmappe ist ihr »Jagdbuch« (II, 400), Blatt um Blatt eine Trophäe. Das nächste der Opfer dieser bruchteilgebildeten Enthusiastin ist Charlotte Kestner, von der sie sich dann auch einen

10 Thomas Mann: *Tagebücher 1953-1955*. Hrsg. von Inge Jens. Frankfurt a.M. 1995, S. 296: »Den Tag nach der Penthesilea völlig entnervt von dem heillosen, mir nach seinem ganzen Vorwurf widerwärtigen Stück« (12.12.1954).

11 Vgl. hierzu bes. Hinrich Siefken: *Goethe ›spricht‹. Gedanken zum siebenten Kapitel des Romans »Lotte in Weimar«*. In: Eckhard Heftrich, Helmut Koopmann (Hrsg.): *Thomas Mann und seine Quellen*. Fs. für Hans Wysling. Frankfurt a.M. 1991, S. 224-248.

12 Dazu ausführlich Görner, Latifi (Anm. 6).

Zugang zu Goethe erhofft und über ihn zu Charlotte von Stein. Hierbei ergibt sich nun der exemplarische Fall des Sich-ein-Bild-vom-Anderen-Machens, dem ja der gesamte Roman gilt. Das Problem, was Identität bedeutet, verwirft Charlotte: »Ich habe durchaus keine Zeit für Identitäten« (II, 400), lässt sie das Hotelfaktotum Mager wissen, als dieser Charlotte Kestner – mitten in ihrem Skizziert-Werden – die Ankunft von Friedrich Wilhelm Riemer meldet, Goethes allwissendem Sekretär. Ohnedies befindet die Kestner, dass ihr Porträt sie allenfalls »annäherungsweise« getroffen habe. Riemer hat dafür sogleich das passende Zitat aus Goethes *Faust* parat, zwei Zeilen aus dem Intermezzo *Walpurgisnachttraum*, gesprochen vom »nordischen Künstler«: »Was ich ergreife, das ist heut / Fürwahr nur skizzenweise« (II, 406).[13]

Der Vielfalt der Perspektiven und Sichtweisen auf eine Persönlichkeit entspricht Riemers These, dass sich über das »zweideutige Wesen« des Menschen, also auch über Goethe, nur zweideutig reden lasse (II, 408). Ein vielgestaltiger Proteus sei er; in ihm werde die »Identität von All und Nichts« Ereignis, bestehend »aus der Sphäre der absoluten Kunst und der umfassenden Ironie« (II, 445). In einer Hinsicht aber hat Riemer Eindeutiges zu bieten: in der Beurteilung von Goethes Sprache, die im Wesentlichen mit der Auffassung Thomas Manns zu Goethes Sprachkunst übereinstimmt, wie wir sie aus den Goethe-Reden des Jahres 1932 bereits kennen. Thomas Mann projiziert damit auch sein Sprachideal auf Riemer und Goethe, genauer gesagt: die Art und Weise, in der er seine eigene Sprache sieht. Es sei eine Sprache »auf einer mittleren Linie, mit Gesetztheit, mit vollkommener Artigkeit, ihre Kühnheit ist discret, ihre Gewagtheit meisterlich, ihr poetischer Takt unfehlbar« (II, 437 f.). Gleiches gelte für Goethes Diktion:

> Es ist da alles in mittlerer Stimmlage und Stärke gesprochen, mäßig durchaus, durchaus prosaisch, aber das ist der wunderlich übermütigste Prosaism, welchen die Welt gesehen: neuschaffen Wort hat lächelnd verwunschenen Sinn, ins Heiter-Geisterhafte wallt es hinüber, goldig zugleich [...] – aufs angenehmste gebunden, moduliert aufs gefälligste, voll kindlich klugen Zaubers, trägt es sich vor in gesitteter Verwegenheit. (II, 438)

Aussagen zu Goethes Vortragsweise sind vergleichsweise selten, auch wenn sie die Phantasie zu beflügeln verstand.[14] Hört man freilich Aufnahmen von Thomas Manns Vortragsweise, dann finden sich in dieser fiktiven Charakterisierung der Stimme Goethes durch Riemer recht genaue Merkmale von Thomas Manns eigener Stimme. Dem entspricht dann auch, dass das Siebente Kapitel, das eigentliche Goethe-Kapitel im Roman *Lotte in Weimar*, kein bildliches oder pikturales Erzählporträt liefert,[15] sondern ein erzähltes Hörbild seines Sprechens. Wir hören lesend Abschnitte eines inneren Goethe-Monologs, der in sich ebenso perspektivenreich ist wie die Ansichten von Thomas Manns Selbst in jenem Goethes, ob in der Prosa

13 *Faust I* (MA 6.1, S. 662, V. 4275 f.).

14 Vgl. Salomo Friedländer (Mynona): *Goethe spricht in den Phonographen.* In: ders.: *Schwarz-Weiß-Rot. Grotesken von Mynona.* Leipzig 1916.

15 Dazu Annette Grötler: *Pikturales Erzählen. Thomas Mann und die bildende Kunst.* Heidelberg 2019.

ausgeführt oder nur wie in den Porträts der Miss Cuzzle skizzenhaft präsentiert. Man möchte daher in diesen Goethe-Monologen von einer Logographie sprechen, die uns seinen Charakter näherbringen soll.

Goethe monologisiert im Siebenten Kapitel in einem Zustand permanenter Selbstreflexion, die aber seinen Gast geradezu ausblendet, wobei er gleichzeitig betont, die »Lebenswiederholung« (II, 648) feiern zu können – als eine existenzielle Variante der »wiederholten Spiegelungen«. Doch Thomas Manns Goethe sieht (wie er selbst später am Beispiel seiner Arbeit am *Felix Krull*) werkbezogen, auch wenn jetzt seine Lotte von einst vor ihm sitzt: Den *West-östlichen Divan* und *Werther* sieht er nun als »Geschwister« im Geist der Werke, »dasselbe auf ungleichen Stufen, Steigerung«, eben durch das Schaffen »geläuterte Lebenswiederholung« (II, 648). Sein Goethe erkennt auch, dass die Besten immer im Exil gelebt haben (II, 665), gefolgt von der prekären Selbsterkenntnis: »Ich habe nie von einem Verbrechen gehört, das ich nicht hätte begehen können…« (II, 682). Thomas Mann hat das im unmittelbaren Umfeld jenes Essays geschrieben, in dem er sich fragte, ob es im künstlerisch-formrhetorischen Schaffen nicht hochnotpeinliche, ja fatale Ähnlichkeiten zu dem gebe, was Hitler der Welt vorführe. Doch Thomas Manns Goethe und überdeutlich der Urheber dieses Goethe-Bildes selbst lenkt dieses Problem des ›Verbrechens‹ um auf das Intim-Geistige. Es äußert sich dann in *dem* Schlüsselsatz in Selbsterkenntnisversuchen dieses fiktiven Goethe, den Thomas Mann im Exil 1938/39 in eine unabweisbare wahlverwandtschaftliche Wirklichkeit ruft: »Die Verführung durchs eigene Geschlecht möchte als Phänomen der Rache und höhnender Vergeltung anzusehen sein für selbstgeübte Verführung – des Narkissos Betörung ist sie ewig durch das Spiegelbild seiner selbst« (ebd.). Mit »Lust« und »Entsetzen« habe er, Thomas Manns Goethe, das bedacht, woraus ein »productive[s] Grauen« geworden sei; damit nahm Thomas Mann ein Empfinden vorweg, dass ihn zuletzt heimsuchen sollte, dieses Grauen vor allem, die, wie es im Tagebuch heißt, »Scham«, wenn sich ein Stoff nicht bilden will.[16] So hat denn die Narziss-Figur das letzte mythosbestimmte und zugleich eminent wirklichkeitsproblematische Bild-Wort in jenem Wechselspiel von Identifikation und Selbstdistanzierung, in lebenslangen Versuchen Thomas Manns über Goethe, Versuchungen im produktiven Sinne, Spiegelbilder des Eigenen im dann doch unerreichbar Anderen – wieder und wieder neu gefasst in den Wechselrahmen der Werke.

16 Mann (Anm. 10), S. 348 (15.6.1955); der Eintrag bezieht sich auf Thomas Manns letztes Vorhaben, ein Drama zum Thema »Luthers Hochzeit«.

Jochen Golz

Brecht und Goethe – eine Spurensuche

Es ist unstrittig, dass Goethe-Lektüre im lyrischen und dramatischen Werk Bertolt Brechts ihre Spuren hinterlassen hat. Will man diese Spuren jedoch genauer verfolgen, betritt man ein unsicheres Terrain. Zwar wird in den einschlägigen Arbeiten zum Thema »Brecht und die Tradition« auch auf Goethe Bezug genommen, sind Gedichte wie die *Liturgie vom Hauch* oder das *Studien*-Sonett *Über Goethes Gedicht »Der Gott und die Bajadere«* untersucht worden, doch gibt es auf dieser Karte noch genügend weiße Flecken. Zwar ist mittlerweile in der Forschung an die Stelle des Klischees vom Klassik-Zerstörer Brecht die Auffassung vom Poeta doctus getreten, doch weiß man immer noch zu wenig von dem Fundament, das Brechts literarischer Bildung zugrunde liegt. Was im elterlichen Bücherschrank zugänglich war, bleibt ebenso offen wie das Bildungsresultat von Brechts Besuchen in einer Augsburger Leihbücherei. Ebenso wenig lässt sich rekonstruieren, wie der gymnasiale Deutschunterricht abgelaufen ist, bei dem wohl solide Textkenntnisse vermittelt worden sind. Glaubwürdig überliefert ist, dass der Schüler Brecht sich nicht selten aufsässig und provokant verhalten hat. Dazu passt, dass er gemeinsam mit Freunden Lieder zur Laute sang,[1] darunter Goethes *Rattenfänger*, auch *Der Gott und die Bajadere* – Letzteres, so will es die Fama, 1919 in einem Augsburger Bordell.[2]

Einen gewissen Eindruck von Brechts Lektüre vermitteln seine Rezensionen für die Augsburger Zeitung *Der Volkswille*. Wenn er dort am 15. April 1920 eine Aufführung von Schillers *Don Carlos* bespricht (GBA 21, S. 59 f.), stellt er sofort einen aktuellen Bezug her zu Upton Sinclairs Roman *The Jungle*, in dem die unmenschlichen Arbeitsprozesse in den Schlachthöfen Chicagos angeklagt werden – was vorausdeutet auf die Verklammerung von Schiller und Sinclair in Brechts *Heiliger Johanna der Schlachthöfe*. Goethe-Bezüge gibt es bereits im Frühwerk Brechts. Ob sich sein 1918 entstandenes *Lied der müden Empörer* auf Goethes »Wer nie sein Brot mit Tränen aß« beziehen lässt, stehe dahin.[3] Genauer gekannt hat Brecht Goethes Gedichte und *Faust*. Diese Linien der Rezeption gilt es ebenso nachzuzeichnen,

1 Vgl. Brechts Brief an Caspar Neher vom 20. April 2018 in Bertolt Brecht: *Werke. Große kommentierte Berliner und Frankfurter Ausgabe.* Hrsg. von Werner Hecht, Jan Knopf, Werner Mittenzwei u. Klaus-Detlef Müller. Bd. 28: *Briefe I.* Berlin, Weimar, Frankfurt a. M. 1998, S. 49 f. (im laufenden Text als GBA mit Angabe von Band- und Seitenzahl zitiert). Eine Notiz über Goethe aus dem Frühjahr/Sommer 1920 (GBA 21, S. 69) lässt zumindest auf Interesse an Leben und Werk des Klassikers schließen.

2 Überliefert bei Werner Frisch, Kurt W. Obermeier: *Brecht in Augsburg. Erinnerungen, Dokumente, Fotos.* Berlin 1997, S. 193.

3 So Edmund Licher: *Zur Lyrik Brechts. Aspekte ihrer Dialektik und Kommunikativität.* Frankfurt a. M. 1984, S. 264. Ebenso Achim Aurnhammer: *Inszenierungen der Moderne im Traditionsbruch. Die lyrischen Anfänge von Benn und Brecht.* In: *Gottfried Benn – Bertolt Brecht. Das Janusgesicht der Moderne.* Hrsg. von Achim Aurnhammer, Werner Frick u. Günther Saße. Würzburg 2009, S. 49-70; hier S. 60.

wie die Grenzen markiert werden müssen. Ein Sonderkapitel stellt die von Brecht inaugurierte und konzeptionell mitverantwortete *Urfaust*-Inszenierung von 1952/53 dar; die Untersuchung ihrer Vorgeschichte, Realisierung und kulturpolitischen Resonanz ist in dem hier gesetzten Rahmen nicht zu leisten.[4]

Die Auseinandersetzung mit den Klassikern, insbesondere aber mit ihrem Missbrauch, bildet eine Konstante in Brechts Denken und Handeln; in jungen Jahren steht sie vor allem im Zeichen von rebellischem Protest und bewusster Provokation. In seinem Deutschunterricht wird mit Sicherheit jenes Gedicht behandelt worden sein, das landläufig als Goethes bekanntestes gilt;[5] es sind die am 6. September 1780 auf dem Gipfel des Kickelhahns bei Ilmenau entstandenen Verse »Über allen Gipfeln ist Ruh«. Goethes Gedicht nimmt seinen Anfang von einer Beschreibung abendlicher Ruhe, von der zunächst die Welt über den Gipfeln, sodann – herabsteigend – Baumwipfel, Vogelstimmen und schließlich das sich selbst ansprechende lyrische Ich erfüllt werden. Das Gedicht mündet in ein Bekenntnis zur Harmonie von Mensch und Natur, zu Ausgewogenheit von Subjektivem und Objektivem in einer Welt, die in ihrem Sosein akzeptiert wird.

Soviel Ruhe und Ausgewogenheit war für Brecht gewiss schwer zu ertragen. Die ästhetische Makellosigkeit von Goethes Versen kann ihm jedoch nicht verborgen geblieben sein; dass aber solche Makellosigkeit das Gedicht einerseits sehr populär gemacht, andererseits – in Brechts Augen – bei vielen eine Haltung des Einverstandenseins mit einer (defizitären) Realität bewirkt hatte, erregte seinen Widerspruch, forderte ein eingreifendes Handeln mit den Mitteln der Kunst heraus. Seine *Liturgie vom Hauch*, 1924 entstanden und 1927 in seiner *Hauspostille* veröffentlicht, montiert Verse des Klassikers in das eigene Gedicht, das 40 durchnummerierte Einzelverse und Versgruppen umfasst:

1
Einst kam ein altes Weib einher
2
Die hatte kein Brot zum Essen mehr
3
Das Brot, das fraß das Militär
4
Da fiel sie in die Goss, die war kalte
5
Da hatte sie keinen Hunger mehr.
6
Darauf schwiegen die Vöglein im Walde
Über allen Wipfeln ist Ruh
In allen Gipfeln spürest du
Kaum einen Hauch.

4 Siehe dazu Walter Hinck: *Produktive Aneignung des Erbes auf der Bühne. Bertolt Brechts Goethe-Rezeption (»Urfaust«-Inszenierung)*. In: GJb 1986, S. 117-137.

5 Zur Rezeption dieses Gedichts vgl. die kommentierte Dokumentation von Wulf Segebrecht: *Johann Wolfgang Goethes Gedicht »Über allen Gipfeln ist Ruh« und seine Folgen*. München 1978.

7
Da kam einmal ein Totenarzt einher
8
Der sagte: die Alte besteht auf ihrem Schein
9
Da grub man die hungrige Alte ein
10
So sagte das alte Weib nichts mehr
11
Nur der Arzt lachte noch über die Alte.
12
Auch die Vöglein schwiegen im Walde
Über allen Wipfeln ist Ruh
In allen Gipfeln spürest du
Kaum einen Hauch.
13
Da kam einmal ein einziger Mann einher
14
Der hatte für die Ordnung gar keinen Sinn
15
Der fand in der Sache einen Haken drin
16
Der war eine Art Freund für die Alte
17
Der sagte, ein Mensch müsse essen können, bitte sehr –
18
Darauf schwiegen die Vöglein im Walde
Über allen Wipfeln ist Ruh
In allen Gipfeln spürest du
Kaum einen Hauch
19
Da kam mit einemmal ein Kommissar einher
20
Der hatte einen Gummiknüppel dabei
21
Und zerklopfte dem Mann seinen Hinterkopf zu Brei
22
Und da sagte auch dieser Mann nichts mehr
23
Doch der Kommissar sagte, daß es schallte:
24
So! jetzt schweigen die Vögelein im Walde
Über allen Wipfeln ist Ruh
In allen Gipfeln spürest du
Kaum einen Hauch.

25
Da kamen einmal drei bärtige Männer einher
26
Die sagten, das sei nicht eines einzigen Mannes Sache allein.
27
Und sie sagten es so lang, bis es knallte
28
Aber dann krochen Maden durch ihr Fleisch in ihr Bein
29
Da sagten die bärtigen Männer nichts mehr
30
Darauf schwiegen die Vögelein im Walde
Über allen Wipfeln ist Ruh
In allen Gipfeln spürest du
Kaum einen Hauch.
31
Da kamen mit einemmal viele rote Männer einher
32
Die wollten einmal reden mit dem Militär
33
Doch das Militär redete mit dem Maschinengewehr
34
Und da sagten die roten Männer nichts mehr.
35
Doch sie hatten auf ihrer Stirn noch eine Falte
36
Darauf schwiegen die Vögelein im Walde
Über allen Wipfeln ist Ruh
In allen Gipfeln spürest du
Kaum einen Hauch.
37
Da kam einmal ein großer roter Bär einher
38
Der wußte nichts von den Bräuchen hier, denn der kam von überm Meer
39
Und der fraß die Vögelein im Walde
40
Da schwiegen die Vögelein nicht mehr
Über allen Wipfeln ist Unruh
In allen Gipfeln spürest du
Jetzt einen Hauch.
(GBA 11, S. 49-53)

Brecht hat das Gedicht unter die *Bittgänge* seiner *Hauspostille* eingereiht und ihm allein schon durch die Bezifferung liturgischen Charakter gegeben; ihrem historischen Ursprung nach waren Hauspostillen religiöse Erbauungsbücher. Eine Kontrafaktur religiösen Bittgangs ist entstanden. Sein Gedicht erzählt im Ton eines lakonischen Protokolls die Geschichte vom Hungertod einer alten Frau und davon, was ihr Tod auslöst: das hohnvolle Reagieren des Arztes, dann aber – im Gegenzug – das Auftreten eines einzelnen Mannes, der das Recht auf Essen, somit auf ein menschenwürdiges Leben einfordert, jedoch von einem »Kommissar« mit einem Gummiknüppel totgeschlagen wird. Dann treten drei Männer auf, die die Forderung wiederholen, aber vom Militär ›abgeknallt‹ werden. Schließlich wollen viele Männer mit dem Militär »reden«, doch das Militär »redete mit dem Maschinengewehr«; gleichwohl haben die hingemordeten Männer »auf ihrer Stirn noch eine Falte« (des Nachdenkens, des Erkennens?). In den Versgruppen 37-40 verschmelzen balladeske Handlung und Goethes Gedicht. Aus märchenhafter Ferne taucht »ein großer roter Bär« auf (in der zuvor zusammengestellten *Taschenpostille* war es »ein großer Lämmergeier«), der Goethes »Vögelein« auffrisst. Zu konstatieren ist eine Eskalation brutaler Gewalt, gegen die gleichsam wie ein Cantus firmus die Goethe-Versgruppen gesetzt werden; deren Platzierung geschieht – im Sinne einer radikal säkularisierten Liturgie – in einem strikten Rhythmus; sie werden jeweils in den Versgruppen 12, 18, 24, 30 und 36 wiederholt und nur in der ersten Zeile (nicht in jedem Fall) kontextabhängig leicht verändert. Goethes Versharmonie hat Brecht bewusst zerstört. Was bei Goethe im Naturganzen seinen sorgsam platzierten Ort erhält (Gipfel – Wipfel – Vögel in absteigender Linie), hat Brecht in der Reihenfolge verändert. Nicht mehr Naturwesen sind die »Vögelein im Walde« bei Brecht, sondern eher allegorische Repräsentanten einer schweigenden Menge, die das Unrecht, das sich vor ihren Augen ereignet, ohne Widerstand hinnimmt, eingeschüchtert durch die brutale Gewalt, deren Augenzeuge sie wird.

Eine Änderung der Situation wird erst am Ende des Gedichts kenntlich. Da tritt »ein großer roter Bär« auf, der nun aber nicht, wie man erwarten könnte, gegen das Militär vorgeht, sondern sich die »Vögelein« vornimmt; er frisst sie auf – eine skurrile, eher absurde Pointe. Es ist vermutet worden, dass Brecht hier auf die russische Oktoberrevolution angespielt habe. Des Bären Strafexpedition richtet sich allerdings nicht gegen die bürgerliche Staatsgewalt (wie es sich für einen richtigen Revolutionär gehört hätte), sondern gegen die willfährige Menge, die durch ihr Schweigen die (scheinbare) Ausweglosigkeit der Verhältnisse akzeptiert. Eine ›revolutionäre‹ Perspektive scheint erst in der abschließenden Versgruppe auf. Nicht alle »Vögelein« hat der Bär offenbar vertilgen können, so dass bei den Übrigbleibenden ein Bewusstseinswandel einsetzen kann. Sie schweigen nicht mehr, »Unruh« herrscht jetzt über allen Wipfeln, und ein Hauch wird in allen Gipfeln spürbar, ein Hauch von (revolutionärer?) Veränderung. An die Stelle des hingenommenen Status quo tritt dessen Negation.

Gleichwohl ist der Auffassung beizupflichten, dass das Gedicht eine Vielzahl von Deutungen zulasse.[6] Da uns genauere Kenntnisse von der Entstehung des Gedichts

6 Die früheste Analyse liegt vor in der Untersuchung von Klaus Schuhmann: *Der Lyriker Bertolt Brecht. 1913-1933*. Berlin 1964; hier S. 139-148. Schuhmann deutet die »Vögelein« als »Fürsprecher und Beschöniger dieser ungerechten Welt«, den Bären »offensichtlich als Vertreter einer gerechten sozialen Weltordnung« (S. 145). Auf der einen Seite führt Brechts Gedicht für ihn »zu einem vernichtenden Urteil über die literarische Tradition« (S. 147),

fehlen, muss offenbleiben, ob Brecht als Ausgangspunkt die eigene Erfahrung aktueller gesellschaftlicher Konflikte gewählt und Goethes Gedicht ›hinzuerfunden‹ hat oder ob er Goethes Gedicht anfänglich gesetzt und eine Handlung kontrafaktisch dazu in Beziehung gesetzt hat. Dichtungslogisch bleiben Widersprüche. Wenn Goethes lyrisches Ich »Kaum einen Hauch« spürt, meint dies eine Situation von Harmonie in der Natur; in Brechts Gedicht steht das Fehlen von »Hauch« zunächst für gesellschaftliche Teilnahmslosigkeit, am Ende dessen Existieren für ein Signal von Veränderung, das aber in keiner logischen Beziehung zum vorherigen Gedichtverlauf steht, in dem gesellschaftliche Vorgänge teils in großer Abstraktheit, teils in direkter Brutalität geschildert werden. Ähnlich verhält es sich mit den »Vög[e]lein«, die zunächst den allegorischen Status einer schweigenden Mehrheit haben, bevor sie am Ende – allerdings nicht komplett – der Strafexpedition des Bären zum Opfer fallen. Es hat den Anschein, als ob Brecht sich durch die Hereinnahme von Goethes Versen in poetische Schwierigkeiten manövriert hat, die er bei ruhigerer Überlegung hätte vermeiden können. Doch offenbar war es – in zorniger Opposition gegen Goethe – seine strikte Intention, Goethes Gedicht durch Adaption der Verse und Einfügen in einen neuen gesellschaftlichen Kontext seinen eigenen radikalen poetischen Zwecken dienstbar zu machen. Goethes Vorstellungen von Ruhe und Harmonie geraten in Brechts sozialkritischen Fokus, sie geraten in den Verdacht, Willfährigkeit und Untertanenmentalität zu befördern – zu Goethes wie zu Brechts Lebzeiten. Ruhe wird als Signum von Untätigkeit und Ergebenheit in das Schicksal verstanden. Ob Brecht damit einen literarhistorisch angemessenen Zugang zu Goethes Versen gefunden hat, ist gar nicht die Frage. Er hat – mit Brechts Teppichwebern von Kujan-Bulak gesprochen – sich genutzt, indem er Goethes Gedicht benutzt und von dessen Berühmtheit profitiert hat.

Brecht, so ist oft zu lesen, habe die klassische Dichtung in ihrem ›Materialwert‹ benutzt, ohne dass bislang eine überzeugende Definition dieses Begriffs vorliegt. Auf der einen Seite verbindet sich damit die Intention, klassische Texte von großer Bekanntheit, kanonische Texte gewissermaßen, in neue soziale Zusammenhänge zu stellen, aus ihrer Bekanntheit einen provozierenden Effekt zu gewinnen und den kanonisierten Text als Zeugnis falschen Bewusstseins zu entlarven; in Brechts

sei Goethe Brechts »Rivale« (S. 142), auf der anderen stehe nicht »Goethe […] am Pranger, sondern vor allem seine Epigonen und kläglichen Nachfahren der bürgerlichen Endzeit« (S. 145, wofür er allerdings den konkreten Beweis schuldig bleibt). Achim Aurnhammer zufolge (Anm. 3; hier S. 63) bediene sich Brecht häufig »der Montage, um die Tradition zu konterkarieren. Ein typisches Beispiel ist die *Liturgie vom Hauch*«. Diese These wird dann expliziert. Einen anderen Weg schlägt Dorothee Ostmeier ein (*Liturgie vom Hauch*; *Brecht-Handbuch*. Bd. 2: *Gedichte*. Stuttgart, Weimar 2001, S. 113-117), wie ihre Deutung des Schlusses (S. 116) zu erkennen gibt: »B. entwirft eine sarkastisch bittere Perspektive gegenüber der Revolution: die letzte Strophe privilegiert die Natur gegenüber den Menschen. Wenn vorher die Natur in die reaktionäre Politik eingespannt wurde, wird sie nun gegenüber einer solchen Raub-Politik, die auch als die ihre ausgewiesen wird, autonom. Da der Protest der Vögelein eine Alternative bzw. Antithese zur politischen Apathie konkretisiert, setzt das Gedicht den Protest als naturgesetzlich und die Kultur der politischen Apathie als widernatürlich«. Heranzuziehen ist auch die bislang umfassendste Untersuchung: Ulrich Kittstein: *Das lyrische Werk Bertolt Brechts*. Stuttgart, Weimar 2012.

Liturgie vom Hauch liegt dieser Fall vor. Zugleich aber lässt sich beobachten, dass Brecht sich bei aller Lust an der Provokation immer noch an eine bildungsbürgerliche Tradition, vermittelt durch Elternhaus, Schule und Theater, gebunden fühlt und dieser Tradition großen ästhetischen Eigenwert zubilligt. Dafür spricht nicht zuletzt sein außerordentliches Formbewusstsein als Lyriker wie als Dramatiker. Sein eigener Reichtum an lyrischen Formen sucht in der deutschen Dichtung des 20. Jahrhunderts ihresgleichen. Von Jugend an finden sich in seinem Werk Sonette, Terzinen, Oden in der Tradition Klopstocks und Hölderlins, Kirchenliedstrophen, psalmodierende Verse, Hexameter, Gedichte in freien Rhythmen, um nur einiges zu nennen; in puncto Bibelfestigkeit hätte er es mit Goethe aufnehmen können. Wie bei formbewussten Poeten stets anzutreffen, werden lyrischer Gegenstand und lyrische Form zusammen entwickelt; Brechts Aufsatz *Über reimlose Lyrik mit unregelmäßigen Rhythmen* (GBA 22.1, S. 357-364) gewährt dazu wertvolle Aufschlüsse. Man kann annehmen, dass dieser 1938 geschriebene Text das Ergebnis vieljähriger ästhetischer Reflexion darstellt. So liegt der Gedanke nahe, dass der junge Brecht die ästhetische Makellosigkeit von Goethes freien Versen durchaus zu schätzen wusste, dass ihn aber gerade diese Makellosigkeit zu Widerspruch reizte. Zugespitzt ließe sich sagen, dass hier – und später auch – der gebildete Künstler und der rebellische Ideologe Brecht miteinander in Konflikt gerieten.

Dass Goethe-Zitate Brecht schon in sehr jungen Jahren gereizt haben, sie in andere, provokante Zusammenhänge einzubauen, gehört zum Gestus eines Künstlertums, das in bewusst rüdem Ton gegen bürgerliche Wohlanständigkeit rebelliert, so in dem Bordell-Gedicht *Ratschläge einer älteren Fohse an eine jüngere*, dessen 12. Strophe (in der Fassung von 1927) lautet:

Der Herr weiß selber selten, was er will
Du mußt es wissen! Tritt er in die Kammer
Weißt du: ist er heut Amboß oder Hammer?
Werd *ich* gevögelt, hält Er heute still?
Die Menschen zu erkennen, ist die Kunst
Das muß so spielend gehn, wie einer brunzt.
(GBA 13, S. 388)

Mit diesen Versen beweist der junge Brecht genauere Kenntnis von Goethes zweitem *Kophtischen Lied* (mit den Zeilen »Du mußt steigen oder sinken, / Du mußt herrschen und gewinnen, / Oder dienen und verlieren, / Leiden oder triumphiren, / Amboß oder Hammer sein«; WA I, 1, S. 131), das damals kaum schon größere Popularität erlangt haben wird; ob es in Brechts Realgymnasium behandelt worden ist, lässt sich nicht nachprüfen, wenn ja, dann vermutlich im Sinne jener landläufigen Auslegung vom formenden Hammerschlag auf den (willfährigen) Amboss, mithin von Herrschaftsmoral, wie sie noch das Goethe-Bild in der frühen DDR dominiert hat. Brecht zitiert die Wendung »Amboß oder Hammer« im Sinne jener opportunistischen Weltmoral, wie sie in Goethes Rollengedicht tatsächlich zum Ausdruck gelangt – man hat nur die Alternative, entweder selbst zuzuschlagen oder geschlagen zu werden.

Eine besondere Affinität bindet schon den jungen Brecht an Goethes *Faust*. Nur ein flüchtiger Blick sei auf seine Dramen geworfen. Beim *Baal* stand nicht zuletzt auch Goethes *Urfaust* Pate, der Gang der Paare im *Ui* ist der Gartenszene in *Faust I* nachgebildet, das *Vorspiel in den höheren Regionen* in *Schweyk im zweiten Weltkrieg* hat sein Vorbild in Goethes *Prolog im Himmel*. Bedenkt man, dass das Lob natürlicher, kreatürlicher Sinnlichkeit lebenslang einen starken Impuls in Brechts Lyrik bildet, dann müssen ihn die beiden Schlusszeilen in *Faust II* in besonderer Weise affiziert haben. Zudem wird ein Phänomen wirksam, das für Brecht in besonderer Weise provozierend gewirkt haben muss – der Umstand nämlich, dass Goethe-Zitate den Status geflügelter Worte erlangt hatten, so auch die Zeilen vom ›ewig Weiblichen‹, die sich gewissermaßen im Kopf festhaken konnten. Gegen diese ›Übermacht‹ des Wortes rebelliert schon der achtzehnjährige Brecht in seinem Gedicht *Das Beschwerdelied*, wo das ewig Weibliche in einen aktuellen sozialen Zusammenhang gestellt und mit Elementen der moritatenhaften Schauerballade kombiniert wird:

Das ewig Weibliche
Ja manchen zieht's hinan:
An einem Galgen sehr solid!
Nur hängt kein Mann dann dran.
Sind zu kurz die Brücken
Was das Herz beschweren!
Ob viel oder wenig fehlt
Daß sie lang gnug wären!
(GBA 13, S. 92)

Wird hier ›das Weibliche‹ noch pauschal als sinnliche Versuchung, als Auslöser männlichen Abirrens verstanden, so in dem etwa sechs Jahre später entstandenen Gedicht *Die kleinen Verhaltungsmaßregeln mit dickem Ende* als sexuelle Stimulanz des Mannes:

Schaue sie dir ruhig an
Und verweile ruhig zwischen ihren Beinen
Und betrachte hierauf nachdenklich den deinen
Und du wirst sehen
Alles Weibliche zieht ihn hinan
Und wirst sagen: es ist unwürdig für unsereinen
Und gehen
Und sind's die Augen, geh zu Ruhnke!
(GBA 13, S. 267)

Könnte man diese Beispiele noch als schnoddrig provozierende Kontrafaktur geflügelter Worte ansehen, so gibt ein etwa 1918 geschriebenes Gedicht zu erkennen, dass Brecht Goethes *Faust* tatsächlich genauer gekannt hat. Thema ist der Widerspruch von bürgerlichem Moralkodex und natürlich-freier Sexualität:

Eine dünne, rote Binde
Um den Hals als wie ein Blut
Das verlockt ein Kind zur Sünde
Daß sie's schon im Hausgang tut.
(GBA 13, S. 129)

Die Assoziation zur *Walpurgisnacht* in *Faust I* liegt nahe, wenn Faust Gretchens Zauberbild erscheint und er Mephisto gegenüber kommentiert:

Wie sonderbar muß diesen schönen Hals
Ein einzig rothes Schnürchen schmücken,
Nicht breiter als ein Messerrücken!
(WA I, 14, S. 211)

Wie sehr die Auseinandersetzung mit Goethes *Faust* bereits den jungen Dramatiker Brecht geprägt hat, soll ein Blick auf den Schluss seines 1929 entstandenen Stücks *Die heilige Johanna der Schlachthöfe* verdeutlichen. Dass das Stück zahlreiche Bezüge auf die deutsche und internationale Dramatik in Gestalt von Zitatanleihen und deren Adaptionen aufweist, ist in der Forschung nachgewiesen worden; den größten Anteil daran hat Schillers »romantische Tragödie« *Die Jungfrau von Orleans*. Für unseren Zusammenhang sind die Goethe-Bezüge von Belang. Einen Fingerzeig hat Brecht selbst gegeben, als er sein Stück 1932 im 8. Heft seiner *Versuche* veröffentlichte und in der Vorbemerkung schrieb: »Der dreizehnte Versuch: ›Die heilige Johanna der Schlachthöfe‹, soll die heutige Entwicklungsstufe des faustischen Menschen zeigen« (GBA 3, S. 128). Damit aber hatte sich Brecht nicht auf Goethes Werk bezogen, sondern auf das Schlagwort von der ›faustischen‹ Existenz, wie es insbesondere durch Oswald Spenglers Werk *Der Untergang des Abendlandes* in der Weimarer Republik populär wurde. War in der Zeit des Wilhelminismus der ›faustische‹ Mensch zu einem Synonym für den tatkräftigen Helden nordisch-germanischer Prägung geworden, so definierte Spengler ihn als einen Charakter, der von Tiefsinn, Innigkeit und deutschem Gemüt erfüllt sei. In Mauler, dem Gegenspieler der Johanna in Brechts Stück, sind gewissermaßen beide ›faustische‹ Eigenschaften angelegt, nordisch-germanischer Geschäftssinn im Gewand des modernen Kapitalisten und deutsches Gemüt.

In der großen Schlussszene, *Tod und Kanonisierung der heiligen Johanna der Schlachthöfe* überschrieben – die im Ablauf bis ins Detail dem Finale von Schillers Tragödie verpflichtet ist –, verschafft sich dieser Widerspruch in der Konfrontation von Mauler und Johanna Geltung. Johanna sagt ihrem Mitleidsethos ab und bekennt sich zu revolutionärer Gewalt. Ihre letzte Aussage lautet: »Es hilft nur Gewalt, wo Gewalt herrscht, und / Es helfen nur Menschen, wo Menschen sind« (GBA 3, S. 224). Johanna spricht gewissermaßen im O-Ton Brechts, den dieser 1938 *»reimlose Lyrik mit unregelmäßigen Rhythmen«* genannt hat. Sowohl Mauler als auch die Chöre der Schwarzen Strohhüte sowie der Schlächter und Viehzüchter, allesamt Gegenspieler Johannas, reden in klassiknahen, teils gereimten, teils ungereimten Madrigalversen, die in ihrem Duktus an Verspartien aus Goethes *Faust* erinnern:

Die Schwarzen Strohhüte reden auf sie ein:

Ach, wie ist sie noch verwirrt
Die durch Nacht zum Licht gewandelt!
Menschlich nur hast du gehandelt!
Menschlich nur hast du geirrt!
(GBA 3, S. 221)

Die Schlächter und Viehzüchter artikulieren sich »sehr laut«, so dass Johanna »überschrieen« wird:

Unten ist der Untere wichtig
Oben ist der Richtige richtig.
Wehe dem, der je sie riefe
Die unentbehrlichen
Aber begehrlichen
Die nicht zu missenden
Aber es wissenden
Elemente der untersten Tiefe!
(GBA 3, S. 223)

Nicht nur der Gegensatz von Höhe und Tiefe erweist sich als *Faust*-Bezug. Mauler paradiert in einem (daktylischen) *Faust*-Ton, wie er bereits im Gesang der Engel am Anfang des ersten Teils zu vernehmen ist, und parodiert das Unendlichkeitsstreben von Goethes Titelhelden:

Ach, der Mensch in seinem Drange
Hält das Irdische nicht aus
Und in seinem stolzen Gange
Aus dem Alltäglichen
Ganz Unerträglichen
In das Unkenntliche
Hohe Unendliche
Stößt er übers Ziel hinaus.
(GBA 3, S. 221)

Am Ende des Stücks legen Mauler sowie die Schlächter und Viehzüchter ihre ›faustische‹ Doppelexistenz offen. Nicht nur auf Fausts Diktum, dass zwei Seelen in seiner Brust wohnen, sondern auch auf die Szene *Bergschluchten* in *Faust II* wird wörtlich Bezug genommen. Mauler bekennt:

Ach, das Reine
Ohne Fehle
Unverderbte, Hilfsbereite
Es erschüttert uns Gemeine!
Weckt in unsrer Brust die zweite
Bessere Seele!
(GBA 3, S. 226)

Ihm sekundieren danach die Schlächter und Viehzüchter, während Mauler schließlich noch einmal seinen Zwei-Seelen-Zustand expliziert:

Denn es zieht mich zu dem Großen
Selbst- und Nutz- und Vorteilslosen
Und es zieht mich zum Geschäft
Unbewußt!
(GBA 3, S. 227)

Den Schlusschor sprechen dann – außer Johanna – alle:

> Mensch, es wohnen dir zwei Seelen
> In der Brust!
> Such nicht eine auszuwählen
> Da du beide haben mußt.
> Bleibe stets mit dir im Streite!
> Bleib der Eine, stets Entzweite!
> Halte die hohe, halte die niedere
> Halte die rohe, halte die biedere
> Halte sie beide!
> (GBA 3, S. 227)

Im Stück behält die äußerlich triumphierende Gegenpartei zwar das letzte Wort, doch die eigentliche ›Botschaft‹ des Stücks liegt in Johannas letzten Worten. Indem die Gegenpartei zur Legitimierung ihrer eigenen Interessen die klassische Formsprache wählt, dient ihre Rede in Brechts Intention der Stabilisierung der kapitalistischen Ordnung, läuft der harmonisierende Duktus der Rede auf eine falsche Versöhnung, auf die Verschleierung gesellschaftlicher Widersprüche hinaus. Das Klassische wird von der herrschenden Ideologie als Rechtfertigung des Bestehenden in Dienst genommen. Was Brecht attackiert, ist nicht das Klassische selbst, sondern dessen bürgerlicher Missbrauch. Gleichwohl wagt Brecht ein Spiel mit hohem Einsatz, wenn er für das Profil seiner Negativ-Figuren klassische Verse verwendet. Einerseits verhilft der ›hohe‹ poetische Ton der Argumentation der Mauler-Fraktion zu großer Eindringlichkeit – was nicht zuletzt auch auf Brechts persönliche Wertschätzung klassischer Dichtung zurückzuführen ist –, andererseits ist die Gefahr nicht aus dem Weg zu räumen, dass der Zuschauer dieses Spiel missverstehen könne. Denn dieser soll ja zum Verfahren klassisch-harmonischer Versöhnung in Widerspruch gesetzt werden, soll den parodistischen Effekt erkennen und zur richtigen Erkenntnis, wie sie in Johannas letzten Worten beschlossen liegt, geleitet werden.

Brechts Vertreibung 1933 ins Exil – als »Vertriebenen« hat er sich in seinem Gedicht *Über die Bezeichnung Emigranten* (GBA 12, S. 81) selbst definiert – bedeutet nicht nur eine jähe Veränderung seiner sozialen Situation, sie stellt ihn auch vor neue Probleme und Aufgaben. Seine Einnahmen als Autor versiegen, sein materieller Besitz geht verloren; was er aber vor allem entbehren muss, ist die Möglichkeit, mit Schauspielern auf Bühnen zu arbeiten. Versuche, im Exil als Theater- oder Filmautor Fuß zu fassen, sind über das Projektstadium nicht hinausgelangt. Seinem ›eingreifenden‹ Denken und Handeln setzen die persönlichen Verhältnisse Grenzen. In seiner künstlerischen Tätigkeit nimmt die Arbeit an Gedichten zu, gewinnt die theoretische Reflexion ebenfalls an Bedeutung; beides lässt sich auch in kargen materiellen Verhältnissen bewerkstelligen. Was Brechts Arbeit einen zusätzlichen Impuls verleiht, ist das Bewusstsein, deutsche Kultur und deutsche Sprache, ja die Weltkultur überhaupt gegen den Missbrauch durch die deutschen Faschisten verteidigen zu müssen – dieses Bewusstsein teilt er mit nahezu allen Exilautoren, auch mit dem gehassten Thomas Mann. Dieses Bewusstsein verändert sein Verhältnis zu großen Autoren der Weltliteratur, nicht zuletzt auch zu Goethe. Zeugnis davon legen die gegen Ende der 1930er Jahre entstandenen sieben Sonette ab, die Brecht unter dem Titel *Studien* zusammenfasste; ihr theoretisches Pendant besitzen sie in den seit 1938 geführten *Journalen*.

Der Titel *Studien* ist im Sinne kritischer Erkundungen zu verstehen, die älteren Texten dramatischer und lyrischer Provenienz gelten. Das sechste Sonett ist überschrieben: *Über Goethes Gedicht »Der Gott und die Bajadere«*. Goethes Gedicht musste Brecht in besonderer Weise affizieren, denn ein Thema des Klassikers – die Feier natürlicher, kreatürlicher Sinnlichkeit – bildet ein zentrales Thema auch in Brechts Lyrik. In solchen Zusammenhängen notiert er am 8. März 1941 im *Journal*: »Auffällig, daß wir in Deutschland keinerlei Anzeichen einer verfeinerten Sinnlichkeit haben! [...] Nur Goethe und Mozart wären zu nennen« (GBA 26, S. 468). Bewundernd hält er Pfingsten 1949 in seinem *Journal* fest, dass die Szene in *Wilhelm Meisters Lehrjahren*, wo Wilhelm der Pantoffeln von Philine vor seinem (leeren?) Bett ansichtig wird, »das einzige Ruhelager der Sinnlichkeit der deutschen Literatur« bleibe, vor das sich die »Deutschlehrer [...] mit ihren langen Bärten« gestellt hätten (GBA 27, S. 303). Brechts Modernität gibt sich darin zu erkennen, dass Sexualität einerseits in seinen Gedichten immer ein Charakteristikum gelingenden Menschseins bleibt, andererseits in der bürgerlichen Gesellschaft als Ware angeboten und gekauft wird – käufliche ›Liebe‹ als Signum einer auf Käuflichkeit gegründeten bürgerlich-kapitalistischen Welt. Mit dieser sozialen Erfahrung liest Brecht Goethes Gedicht:

O bittrer Argwohn unsrer Mahadöhs
Die Huren möchten in den Freudenhäusern
Wenn sie die vorgeschriebne Wonne äußern
Nicht ehrlich sein. Das wäre aber bös.

Wie schön singt jener, der das alles weiß
Von jener einzigen, um die's ihm leid war
Die für ihn auch zu sterben noch bereit war
Um den von Anfang ausgemachten Preis.

Wie streng er prüfte, ob sie ihn auch liebte!
Ausdrücklich heißt's, er hab ihr Pein bereitet ...
Sechs waren schon geprüft, doch erst die siebte

Vergoß die Tränen, als sie ihn verlor!
Doch wie belohnte er sie auch: beneidet
Von allen hob er sie am Schluß zu sich empor!
(GBA 11, S. 272)

Es würde den Umfang sprengen, jetzt den Wortlaut von Goethes neunstrophiger Ballade aus dem Jahr 1797 anzuschließen. Nur so viel: Goethe, der Untertitel *Indische Legende* bezeugt es, greift einen Stoff auf, der ihm in einem Reisebericht von Pierre Sonnerat[7] zugänglich geworden war. Der Gott Mahadöh, »der Herr der

7 Pierre Sonnerat: *Reise nach Ostindien und China, auf Befehl des Königs unternommen vom Jahr 1774 bis 1781*. Zürich 1782.

Erde«, trifft, als Wanderer zum sechsten Mal zur Erde herabsteigend, auf eine Bajadere, deren sozialen Status zwischen Tempeltänzerin und Prostituierter Goethe in der Schwebe lässt. Sie gewährt dem »Schöne[n] Fremdling« Gastfreundschaft, lässt ihn wählen zwischen »Ruhe, Freuden oder Scherz«. Mahadöh, »der Kenner der Höhen und Tiefen«, wählt, um sie auf ihre Liebesfähigkeit zu prüfen, »Lust und Entsetzen und grimmige Pein«. Sie besteht die Prüfung, »sie fühlt der Liebe Qual«, »sie weint zum erstenmal«, »Sinkt zu seinen Füßen nieder, / Nicht um Wollust noch Gewinnst«. Jede Strophe endet mit daktylischen Langzeilen; am Ende der fünften Strophe lauten sie: »Und so zu des Lagers vergnüglicher Feier / Bereiten den dunklen behaglichen Schleier / Die nächtlichen Stunden das schöne Gespinnst«. Doch die eigentliche Prüfung der Bajadere steht noch aus. Denn am nächsten Morgen »Findet sie an ihrem Herzen / Todt den vielgeliebten Gast«. Ihrem Verlangen, als seine Gattin mit ihm zusammen nach indischem Brauch verbrannt zu werden, wird nicht stattgegeben. Der Chor der Priester ist »ohn' Erbarmen«, so dass sie selbst »mit ausgestreckten Armen / [...] in den heißen Tod« springt. Am Ende aber wird sie für ihre im eigenen Tod sich bewährende Liebe belohnt: Der Götterjüngling nimmt die Geliebte mit sich in himmlische Höhen. Am Schluss lautet Goethes Botschaft: »Es freut sich die Gottheit der reuigen Sünder; / Unsterbliche heben verlorene Kinder / Mit feurigen Armen zum Himmel empor« (WA I, 1, S. 227-230). Bibelstellen aus dem Lukas-Evangelium (7, 47 und 15, 7), auf die am Schluss kryptisch angespielt wird, markieren einen Horizont für die Interpretation von Goethes Gedicht. Es ist, diesen Horizont jedoch weit übergreifend, ein Plädoyer für die Schönheit und Natürlichkeit der Liebe, die in der körperlichen Vereinigung ihren Höhepunkt findet.

Für Brecht wird Goethes Gedicht Anlass zu einer sozialkritischen Interpretation des Textes.[8] Läse man Brechts Gedicht ohne Überschrift, würde der Bezug zu Goethes Ballade nicht sofort in die Augen springen. Einzig die Erwähnung der »Mahadöhs« lieferte ein Signalwort zur Identifizierung. In der Pluralisierung liegt bereits aggressiver Hohn. Brecht verlegt die Fabel in seine soziale Gegenwart (»unsrer Mahadöhs«). Göttlichkeit zeichnet seine »Mahadöhs« nicht aus. Sie geben sich als vermögende Freier zu erkennen, als Freier mit Anspruch: Für ihr gutes Geld erwarten sie äquivalente Wonnen und wären »bittre[n] Argwohn[s]« voll, wenn diese nicht »ehrlich« seien. Damit ist der Rahmen vorgegeben, in dem sich Brechts kritisches Sonett bewegt. Dabei macht es ihm nichts aus, um seiner Pointen willen von Goethes Wortlaut abzuweichen, ja Goethe selbst unter die »Mahadöhs« einzureihen. Weder ist bei Goethe von einem vorher ausgemachten Preis die Rede, noch prüft sein Mahadöh erst sechs andere »Huren«, bevor er sich für die siebte ent-

8 Produktiv beziehen kann ich mich vor allem auf zwei Untersuchungen: Helmut Brandt: *Sozialkritik und Umgang mit dem Erbe. Bert Brecht*. In: *Schriftsteller und literarisches Erbe. Zum Traditionsverhältnis sozialistischer Autoren*. Hrsg. von Hans Richter. Berlin, Weimar 1976, S. 211-283. Ulrich Kittstein: *Von der Liebe und vom Schreiben. Liebeslyrik bei Goethe und Brecht*. In: *Goethes Liebeslyrik. Semantiken der Leidenschaft um 1800*. Hrsg. von Carsten Rohde u. Thorsten Valk. Berlin, Boston 2013, S. 339-354. Mit Gewinn zu nutzen war auch Kittsteins umfassende Untersuchung (Anm. 6).

scheidet; das gehört für Brecht aber zum Habitus des Freiers. Was Brecht an Goethes Gedicht kritisiert, ist das Gebaren des Mannes, der über die Bajadere als Zahlender verfügt, ›Liebe‹ als Ware erwirbt und der Bajadere, so nimmt Brecht Goethes Text auf, »Pein« bereitet. Die Bajadere, so sieht es Brecht, ist ein käufliches Objekt, sie kann kein selbständig empfindendes und handelndes Subjekt sein; die Verhältnisse machen es ihr unmöglich, wahrhaft zu lieben; Goethe, so ließe sich aus alldem schließen, habe die zugrundeliegenden sozialen Abhängigkeitsverhältnisse, wenngleich in humaner Absicht, verschleiert. In seinem Stück *Der gute Mensch von Sezuan* hat Brecht diese Problematik weiterverhandelt: In einer von Widersprüchen zerklüfteten Welt handelt der Einzelne seinem jeweiligen sozialen Rollenverständnis und Rollenzwang entsprechend.

Zum Befund des Sozialkritikers Brecht gesellt sich aber die Wertschätzung des Künstlers Brecht für Goethes Kunstleistung: »Wie schön singt jener, der das alles weiß«. An der Schönheit des Gedichts möchte Brecht keine Abstriche machen. Es war wohl kein Zufall, dass Brecht allein dem Goethe-Sonett 1938 einen kommentierenden Text gewidmet hat:

> Das Sonett »Über Goethes Gedicht ›Der Gott und die Bajadere‹« mag als ein Beispiel gelten, wie die Dichter verschiedener Epochen einander beerben. Mit Zorn sieht der Dichter einer späteren Epoche den Käufer der Liebe als Gott hingestellt. Sein Wunsch, geliebt zu werden, scheint ihm verurteilungswert und zum Lachen. Aber dem guten Leser wird das frühere Gedicht durch das spätere nicht verleidet. Es ist nicht weniger kämpferisch. Es bezeichnet die freie Vereinigung von Liebenden als etwas Göttliches, d.h. Schönes und Natürliches und wendet sich gegen die formelle, von Standes- und Besitzinteressen bestimmte Vereinigung der Ehe. Es kämpft gegen das Vorurteil der Kasten. Daher ist es so lebendig und lieblich und kann mit Freude gelesen werden. Jedoch meldet das spätere Gedicht einen Einspruch an gegen das Opfer, das hier verlangt wird, bevor der Preis zuerteilt werden soll. So tobt die Schlacht hin und her.
> (GBA 22.1, S. 453)

Brecht beschreibt eine legitime ästhetische Praxis, Goethe zu beerben, sich zur klassischen Dichtung in ein ebenso kritisches wie produktives Verhältnis zu setzen. In seinen Anmerkungen zur Oper *Das Verhör des Lukullus* formuliert er: »Überhaupt wird ja der Kunstgenuß (und der Genuß, den die Kunst an Erkenntnissen und Impulsen verschafft) dadurch gesteigert, daß das Publikum selber zum geistigen Produzieren, Entdecken, Erfahren gebracht wird« (GBA 23, S. 135).

In den Jahren des Exils intensiviert sich Brechts Verhältnis zu den Klassikern, zudem verändern sich die inneren Proportionen dieses Verhältnisses. Die sozialkritische Funktionalisierung klassischer Dichtung für die eigenen poetischen Zwecke tritt zurück, hingegen gewinnt die Wertschätzung klassischer Formen und klassischer Gehalte an Bedeutung. Ein damit korrespondierendes Denken spiegelt sich vor allem in seinen *Journalen* wider, die Brecht zwischen 1938 und 1955 geführt hat. Am 10. September 1939 notiert er in Schweden über Goethes *Pandora*:

> Ich blättere in Goethes »Pandora« und bin wieder betroffen über die »Hirtengesänge«. Wie sich da das Verfeinerte mit dem Primitiven berührt!

Wer will ein Hirte sein
Lange Zeit er hat
Zähl er die Stern im Schein
Blas er auf dem Blatt.
Immer wieder taucht die Hand da in die Tiefe, etwas nach oben hebend, von dem einiges herabtropft, andres bleibt, völlig verfremdet in der neuen Gesellschaft. Die Glätte des Stroms zeigt seine Tiefe an.
(GBA 26, S. 343)

Was mag Brecht zur Lektüre von Goethes *Pandora* veranlasst haben? Zwei Aspekte ließen sich namhaft machen. *Faust* und *Pandora* sind Texte von größter metrischer Vielfalt. Ein exzellenter Vortragskünstler wie Karl Kraus hatte nicht zuletzt deshalb die *Pandora* in seinem Repertoire. Es ist nicht auszuschließen, dass Brecht einer solchen Lesung beigewohnt hat; beide standen zudem in einem persönlichen, von wechselseitiger Wertschätzung gekennzeichneten Verhältnis. In Goethes kunstvoll-lakonischen Versen bildet sich ein Formideal ab, das Brecht ebenfalls bis an sein Lebensende zu verwirklichen suchte; hier konnte er sich in seinen Intentionen bestätigt fühlen. Überdies wird Brecht beeindruckt haben – das wäre ein zweiter Aspekt –, dass Goethe den Hirten, Arbeitenden also, eine poetische Stimme gegeben hat. Denen, die in der Dichtung bislang nicht zu Wort gekommen sind, dieses Wort zu erteilen, zählt zu den Maximen von Brechts Poesie.

Auch im Exil hat sich Brecht, so im *Journal* dokumentiert, weiter mit Goethes *Faust* beschäftigt. Nicht ohne Vaterstolz notiert er am 22. September 1940: »Steff [sein Sohn Stephan; J. G.] hat, zwei Wochen auf der Schule in Helsingfors, den ›Faust‹ (beide Teile) durchgelesen und ist sehr befriedigt davon. Einige Verse kann er auswendig« (GBA 26, S. 428). So mögen Brecht, diese These sei gewagt, im *Faust* Verse begegnet sein, deren metrische Struktur bereits den Schluss der *Heiligen Johanna* mitgeprägt haben und deren suggestiver Wirkung sich Brecht auch später nicht entzogen hat. Gemeint ist der Chor der Engel in der Szene *Nacht* aus dem ersten Teil:

Christ ist erstanden,
Aus der Verwesung Schoos;
Reißet von Banden
Freudig euch los!
Thätig ihn preisenden,
Liebe beweisenden,
Brüderlich speisenden,
Predigend reisenden,
Wonne verheißenden
Euch ist der Meister nah,
Euch ist er da!
(WA I, 14, S. 43 f.)

Dreisilbige flektierte Präsenspartizipien (»preisenden«, »speisenden«, »reisenden«) im Metrum des Daktylus geben Goethes Versen einen fließenden, schwebenden Rhythmus. Brecht hat diesen Rhythmus offensichtlich im Kopf behalten und nach dem zweiten Weltkrieg z. B. in der für sein *Turandot*-Stück bestimmten *Tuihymne* in Dienst genommen:

Vorwärts, gedacht!
Wissen ist Macht.
Seid ihr sie Führenden
Alles Berührenden
Schürenden, Kürenden!
Seid ihr die Wacht!
(GBA 15, S. 272)

Auch hier wird, Goethes Chor der Engel vergleichbar, ein Lobgesang angestimmt, ein ironischer Lobgesang freilich auf die Tuis, in Brechts Diktion Männer des Geistes, die ihr Wissen gegen gute Bezahlung in den Dienst der Herrschenden stellen (Tui ist eine chinesisch anmutende Kontamination aus »Intellektueller«). Hatte in der Zeit des Exils Brechts Tui-Kritik insbesondere dem in den USA neugegründeten Institut für Sozialforschung gegolten, so hat die *Tuihymne* ironisch-doppeldeutigen Charakter. Entstanden ist sie im Sommer 1953, unmittelbar vor oder nach dem 17. Juni. Den Intellektuellen in seiner Umgebung wird ein Zerrspiegel vorgehalten: Werdet nicht so wie diese, lautet die Botschaft, werdet anders.

Es zeichnet Brechts Exildichtung aus, dass seine poetische Produktion häufig von theoretischer Reflexion (vor allem im *Journal*) begleitet wird. Metrischen Fragen hatte stets Brechts Aufmerksamkeit gegolten. Sehr früh hat er sich, durch den gymnasialen Lateinunterricht gut präpariert, den Originaltexten römischer Klassiker, insbesondere Horaz und Lukrez, zugewandt. Daraus speist sich sein Interesse am Hexameter und an Distichen, in der lateinischen wie in der deutschen Dichtung. Im finnischen Exil schreibt er Epigramme – nicht in Gestalt von Distichen, sondern als gereimte Vierzeiler nach dem Vorbild der *Anthologia Graeca*.[9] Gleichwohl liegt die Annahme nahe, dass er bei seinen theoretischen Exkursen zur Form des Epigramms das Distichon ins Kalkül gezogen hat. Darauf deutet zumindest eine Notiz im *Journal* vom 25. Juli 1940: »Wenn man bedenkt, wieviel die Weimarer von den Problemen der griechischen Epigrammatiker wußten und wieviel wir noch davon wissen, sieht man den furchtbaren Abstieg. Wir wissen kaum noch einiges über die Weimarer selbst« (GBA 26, S. 401). Brechts Formbewusstsein bezeugt auch eine am 22. August desselben Jahres im *Journal* festgehaltene Aufzeichnung: »Die Sprachwaschung, die ich mit den finnischen ›Epigrammen‹ vornehme, läßt mich natürlich an die Entwicklung der Lyrik denken. Welch ein Abstieg! Sofort nach *Goethe* zerfällt die schöne widersprüchliche Einheit, und *Heine* nimmt die völlig profane, *Hölderlin* die völlig pontifikale Linie. In der ersten Linie verlottert die Sprache in der Folge immer mehr, da die Natürlichkeit durch kleine Verstöße gegen die Form erreicht werden soll« (GBA 26, S. 416). Brechts Wertschätzung von Goethes *Römi-*

9 Zu Brechts Antike-Rezeption vgl. die vorzügliche Studie von Marion Lausberg: *Brechts Lyrik und die Antike*. In: *Brechts Lyrik – neue Deutungen*. Hrsg. von Helmut Koopmann. Würzburg 1999, S. 163-198.

schen Elegien hat Hanns Eisler gesprächsweise zu Protokoll gegeben.[10] Mit Skepsis hingegen hat Eisler Brechts 1945 begonnene Unternehmung begleitet, das *Kommunistische Manifest* in Hexameter umzudichten. Zwei Einwände hat er formuliert: zum einen die Frage, an wen sich eine solche Umdichtung richten solle – eine auch im Blick auf Brechts stets adressatenbezogene Texte sehr berechtigte Frage –, zum anderen den (von Lion Feuchtwanger geteilten) Vorbehalt, dass Brecht keine richtigen Hexameter schreiben könne. Das hat insofern einen heiteren Aspekt, als derselbe Vorbehalt auch schon von anderen Sachwaltern des ›richtigen‹ Hexameters – Johann Heinrich Voß und August Wilhelm Schlegel – Goethe gegenüber geäußert worden war. Wie immer Brechts über Jahre hin verfolgte Bemühungen um den deutschen Hexameter zu beurteilen sind, so sind sie aus doppeltem Grund bemerkenswert: Sie verdanken sich einem ausgeprägten Bewusstsein Brechts von der poetischen Leistungsfähigkeit des Hexameters in der Moderne, das sich in der Auseinandersetzung mit der lateinischen und deutschen Dichtungstradition herausgebildet hatte, und sind von der Intention geleitet, dass ein großer Gegenstand nur in einer ›würdigen‹ Form dargestellt werden könne.[11] Unter diesem Betracht ist es kein Zufall, dass Brecht 1948 im kriegszerstörten Berlin nicht nur eine Goethe-Ausgabe, sondern auch eine ihm typographisch ins Auge fallende frühe Einzelausgabe von *Herrmann und Dorothea* ausdrücklich unter seinen Buchkäufen erwähnt (GBA 27, S. 284, 291).

Im amerikanischen Exil wendet sich Brecht – überraschend genug – Goethes *West-östlichem Divan* zu. Nach einem geselligen Abend im Hause von Ludwig Hardt, einem exilierten »Rezitator alten Stils«, hält er am 17. Januar 1942 im *Journal* fest: »Ich propagiere Deklamation in offenem, unpfäffischem Ton, mit Vermeidung sonorer Kadenzen, Crescendis und Tremolos. Falle dabei über Goethes ›Mahomets Gesang‹ her, dessen Pantheismus, Spießertum und Programm-Musik (det Janze stellt 'n Strom dar, hastenichjemerktwa?) mich abstößt. Grabe dagegen im ›Divan‹ das arabische Blutrachegedicht aus, das mir sehr gefällt« (GBA 27, S. 49). Dass Brecht über Goethes Gedicht ›herfällt‹, ist wohl nicht zuletzt dem Abscheu des Wohlstand durchaus schätzenden, ihn aber gerade schmerzlich entbehrenden Außenseiters Brecht vor der wohltemperierten Atmosphäre im Hause Hardt und der damit korrespondierenden Rezitation des Gastgebers zuzuschreiben. Bemerkenswert hingegen ist sein Hinweis auf das »Blutrachegedicht«, denn es wird nicht wenigen Goethe-Lesern verborgen bleiben, steht es doch nicht in der

10 Hanns Eisler: *Gespräche mit Hans Bunge. Fragen Sie mehr über Brecht*. Übertragen und erläutert von Hans Bunge. Leipzig 1975, S. 43.

11 Vermutlich 1953 entsteht ein unter dem Titel *[Wo ich gelernt habe]* postum veröffentlichter Text, in dem Brecht anhand der Vergil- und Lukrez-Übersetzungen von Voß und Knebel konstatiert: »Der Hexameter ist ein Versmaß, das die deutsche Sprache zu den fruchtbarsten Anstrengungen zwingt. […] der große Kunstverstand der Alten entwickelt sich an großen Inhalten. – Die bürgerlichen Klassiker«, so heißt es weiter, »gewannen viel aus der Beschäftigung mit den Alten, […] auch ihr Wissen von den Gattungen der Dichtung. (Was ist die Form für diesen oder jenen poetischen Gedanken, Ballade, Epos, Lied usw.?) Dieses Wissen von den Gattungen ist heute so gut wie verfallen« (GBA 23, S. 270).

Gedichtsammlung selbst, sondern in den *Noten und Abhandlungen zu besserem Verständniß des West-östlichen Divans*. In einer instruktiven Abhandlung hat Norbert Mecklenburg nachweisen können, dass Zeilen aus Goethes Stabreim-Übersetzung leicht verändert in Brechts Bearbeitung der *Antigone* des Sophokles von 1947 eingewandert sind.[12] Als Brecht um 1940 unter dem Titel *Der Dunkle* (GBA 15, S. 26-29) ein finnisches Gedicht übersetzte, hat er selbst die Stabreimtechnik angewendet.

Aus meiner Sicht hat auch Brechts Lektüre des *Divan*-Gedichts *Liebliches* Spuren in seiner Lyrik hinterlassen. Goethes Gedicht ist am 25. Juli 1814 auf der Reise von Weimar nach Frankfurt in Erfurt entstanden:

Was doch Buntes dort verbindet
Mir den Himmel mit der Höhe?
Morgennebelung verblindet
Mir des Blickes scharfe Sehe.

Sind es Zelte des Vesires,
Die er lieben Frauen baute?
Sind es Teppiche des Festes,
Weil er sich der Liebsten traute?

Roth und weiß, gemischt, gesprenkelt
Wüßt' ich Schönres nicht zu schauen,
Doch wie, Hafis, kommt dein Schiras
Auf des Nordens trübe Gauen?

Ja es sind die bunten Mohne,
Die sich nachbarlich erstrecken,
Und, dem Kriegesgott zum Hohne,
Felder streifweis freundlich decken.

Möge stets so der Gescheute
Nutzend Blumenzierde pflegen,
Und ein Sonnenschein, wie heute,
Klären sie auf meinen Wegen!
(WA I, 6, S. 18)

Situativ ist Goethes Gedicht an eine frühe Sommermorgenstunde gebunden, in der Nebelschwaden dem lyrischen Ich aus seiner Kutschenperspektive den freien Ausblick (»des Blickes scharfe Sehe«) in die umgebenden Blumenfelder (noch) nicht möglich machen, jedoch orientalisierende Assoziationen freisetzen können, die ihr Bildreservoir aus den Gedichten des seit kurzem von Goethe verehrten spätmittelalterlichen persischen Dichters Hafis schöpfen. Die Anrufung von Schiras, der Geburtsstadt des Hafis, bildet die Brücke zur poetischen Gegenwart, denn Erfurt war (und ist) ein Zentrum der Blumenzucht und darin den berühmten Blumenkulturen

12 Norbert Mecklenburg: *Poesie der Gewalt und Gewalt der Poesie. Goethes Bearbeitung eines altarabischen Blutrache-Gedichts*. In: GJb 2004, S. 176-196.

von Schiras vergleichbar. Deren Pflege bildet das motivische Zentrum der beiden letzten Strophen. Sie geschieht »dem Kriegesgott zum Hohne«, erweist sich als kultivierende Friedenstat zu einem Zeitpunkt, da die von Europas Eroberer Napoleon ausgehende Kriegsgefahr noch nicht vollständig abgewendet ist. Die letzte Strophe formuliert eine als Wunsch verhüllte Lehre und nimmt so eine Tradition auf, wie sie der Aufklärungsfabel eigen war. Ein doppelter Nutzen gibt sich zu erkennen. Für den »Gescheute[n]« erweist es sich als Gebot der Vernunft, nutzend »Blumenzierde« zu pflegen; zugleich weiß sich dieser mit der Natur im Einklang, mit dem »Sonnenschein« (dem Leitsymbol der europäischen Aufklärung), dessen Licht Anschauung und Erkenntnis zur Klarheit führt. Geschrieben in vierhebigen trochäischen Versen, einem im *Divan* häufig genutzten Metrum, führt Goethes Gedicht von nebelverhangener Unsicherheit in sonnenerhellte, beruhigende Klarheit, feiert es in west-östlichen Bildern Frieden und Vernunft als zentrale Kategorien menschlicher Kultur.

Auf der Überfahrt von Wladiwostok nach San Pedro, zwischen dem 13. Juni und dem 26. Juli 1941, schreibt Brecht vierzeilige Strophen ebenfalls in vierhebigen trochäischen Versen, in denen er die eigene gefahrvolle Schiffspassage reflektiert:

Fürchtend, ach, für unser Leben
Fliehend die gehaßten Hasser
Haben wir uns nun begeben
Auf die vielgeschmähten Wasser.

Mögen nunmehr die Taifune
Seine Kreuzer uns vertreiben
Daß wir ferner als immune
Gifte ihm im Fleische bleiben.

Mögen uns vor seinen Spähern
Nur die bösen Nebel bergen
Daß sie, wenn sie sich uns nähern
Seine Gäste nicht bemerken.

Daß wir von Taifuns Gnaden
Unter dem Protektorate
Der verhaßten Nebelschwaden
Nahn dem gastlichen Gestade.
(GBA 15, S. 40)

Vierhebige Verse in Trochäen sind in Brechts Gedichten eher selten anzutreffen. Eine zunächst zufällig anmutende metrische Koinzidenz von Goethe und Brecht kann unsere Aufmerksamkeit schärfen; sie ist ein Indiz dafür, dass sich Brecht schon vor seinem Exil in den USA mit Goethes *Divan* beschäftigt hat. Ins Auge fallen auch motivische Verwandtschaften. In Goethes Gedicht ist der Nebel ein Naturphänomen, das im lyrischen Ich zunächst Unsicherheit, beinahe Orientierungslosigkeit auslöst; erst im lyrischen Verlauf gewinnt dieses Ich Sicherheit und Klarheit der Vernunft. Stärker ambivalent konnotiert ist der Nebel in Brechts Gedicht; er verhüllt für Freund und Feind die Sicht, hat die unmittelbare Bedrohung des fliehenden Ich zur Folge, dessen Leben auf dem Spiel steht. In dieser Perspektive erscheint der Nebel als ›böse‹ und ›verhasst‹. Zugleich aber hat der Nebel auch eine bergende, schützende Funktion, kann er die Überfahrt günstig gestalten, weil den feindlichen »Kreuzer[n]« die Sicht genommen wird; im Schutz des Nebels kann das Schiff »dem gastlichen Gestade« nahen. Eine ähnlich ambivalente Funktion üben die »Taifune« aus. In der Schlussstrophe (»Daß wir von Taifuns Gnaden [...] dem gastlichen Gestade«) wird dieser Widerspruch prägnant gefasst. Gemeinsam ist Goethes und Brechts Gedichten, dass sie anfangs Sorge und Irritation, am Ende eher Zuversicht signalisieren – bei Brecht noch von Furcht begleitet, bei Goethe in besonnte Klarheit und Heiterkeit mündend. Goethe-Nähe vermittelt aus meiner Sicht auch die doppelte Spitzenstellung von »Mögen«, für den form- und traditionsbewussten Brecht nichts Geringes. Damit korrespondiert auch eine virtuose Reimtechnik (z.B. »Taifune«/»immune«), die in der ersten Strophe von Goethes Gedicht wohl ein Vorbild hat (»verbindet«/»verblindet«, »Höhe«/»Sehe«).

Spuren von Brechts *Divan*-Lektüre finden sich auch in Gedichten der Nachkriegszeit und wiederum gibt sich Nähe in der Wahl des trochäischen Versmaßes zu erkennen. Im April 1950 schreibt Brecht als lyrische Einlage für die komische Oper *Persische Episoden* (auch: *Der Darmwäscher*) von Wagner-Régeny das *Lied des Darmwäschers*, einen travestierenden Hochgesang auf eine alles andere als appetitliche Tätigkeit, der mit einer Anspielung auf ein *Divan*-Gedicht Goethes anhebt; bei diesem ist zu lesen:

Volk und Knecht und Überwinder
Sie gestehn, zu jeder Zeit:
Höchstes Glück der Erdenkinder
Sei nur die Persönlichkeit
(WA I, 6, S. 162)

Brechts Gedicht nimmt unmittelbar Bezug auf Goethes (Suleika in den Mund gelegtes) Postulat eines »Höchste[n] Glück[s]«:

Höchstes Glück ist doch, zu spenden
Denen, die es schwerer haben
Und beschwingt, mit frohen Händen
Auszustreun die schönen Gaben.

Schöner ist doch keine Rose
Als das Antlitz des Beschenkten
Wenn gefüllet sich, o große
Freude, seine Hände senkten.

Nichts macht doch so gänzlich heiter
Als zu helfen allen, allen!
Geb ich, was ich hab, nicht weiter
Kann es mir doch nicht gefallen.
(GBA 15, S. 225)

Wenig interessiert hat Brecht offenbar Goethes fiktiver lyrischer Dialog zwischen Suleika und Hatem, in dessen Gang das eingangs postulierte Persönlichkeitsideal ironisch relativiert wird. Affiziert hat ihn wohl die Wendung vom ›höchsten Glück‹, liefert sie doch den Ausgangspunkt, um die Glücksvorstellung des Sprechers zu entlarven, die an Reichtum gekoppelt ist. Entsprungen ist dieser Reichtum aber einer allgemein verabscheuten schmutzigen Tätigkeit, die sich als Sinnbild kapitalistischer Bereicherung erweist. Dem schließt sich die hohnvolle Desavouierung bürgerlicher Wohltätigkeit an, der Brecht lebenslang mit Verachtung gegenübergetreten ist, weil sie in seinen Augen stets auf das Kaschieren sozialer Gegensätze hinausgelaufen ist. Noch einmal wird Goethe in Dienst genommen.

Mit einem Blick auf Brechts *Journal* sei die Betrachtung geschlossen, weil sich in den nach dem zweiten Weltkrieg festgehaltenen theoretischen Reflexionen so etwas wie ein Resümee zu erkennen gibt. Dass Brecht sein *Journal* gerade 1938 beginnt, hängt vermutlich mit der 1937 aufgeflammten Expressionismus-Debatte zusammen, die Georg Lukács im Moskauer Exil angestiftet hat. Zwar hat Brecht Lukács, dem personifizierten Anti-Tui, seinen Respekt nicht versagt, doch er polemisiert vehement gegen eine von diesem autoritär dekretierte Traditionslinie im Zeichen eines ästhetischen Dogmatismus und plädiert für *Weite und Vielfalt der realistischen Schreibweise* (GBA 22.1, S. 424-433). Insbesondere setzt er sich gegen den Dekadenz-Begriff von Lukács zur Wehr und zieht aus dessen Urteilen die Konsequenz, dass dann nicht nur er, Brecht, sondern auch Werke wie Goethes *Werther* und die *Wahlverwandtschaften* zur Dekadenz gezählt werden müssten (vgl. die entsprechende Notiz im *Journal* vom 24. Juli 1938; GBA 26, S. 312). Diese Debatte klingt ab, Brechts Interesse an Lukács aber bleibt. Zu Weihnachten 1947 beschäftigt er sich mit dessen Buch *Goethe und seine Zeit*, im selben Jahr in Bern erschienen, und liest Tage danach in den Briefen, die zwischen Schiller und Goethe gewechselt worden sind. Am 2. Januar 1948 notiert er: »Lese den *Briefwechsel zwischen Goethe und Schiller*. Was für eine ›hochgesinnte‹ Verschwörung gegen das Publikum; die Bourgeoisie bekommt seine Literatur aufgezwungen wie sein bürgerliches Gesetzbuch. Eine Koterie unter Koterien, und die Verschwörung ist öffentlich. Zugleich, welch ein Anpassungsversuch! Wie sich die beiden auch gesellschaftlich qualifizieren!« (GBA 27, S. 260). Wieder mischen sich Kritik und Hochschätzung: Kritik an einer in Brechts Augen aristokratisch intendierten ästhetischen Gesetzgebung durch die Klassiker, verstanden als Frontstellung gegen berechtigte Publikumsinteressen und als Legitimation der bürgerlichen Gesellschaft, Hochschätzung für das intellektuelle Niveau, auf dem sich die »Verschwörung [...] öffentlich« vollzieht.

Ein anderer Aspekt von Brechts Lukács-Lektüre öffnet den Blick in die persönliche Zukunft des Lesenden. Am 26. Dezember 1947 hält er fest:

> Lese *Lukács'* »Briefwechsel zwischen Schiller und Goethe«. Er analysiert, wie die deutschen Klassiker die Französische Revolution verarbeiten.
> Noch einmal keine eigene habend, werden nun wir die russische zu ›verarbeiten‹ haben, denke ich schaudernd. (GBA 27, S. 259)

Zwar hat Goethe in *Faust II* das »Schaudern« zu »der Menschheit beste[m] Theil« erklärt (WA I, 15.1, S. 72; V. 6272), bei Brecht aber hat »schaudernd« eine durchaus ambivalente Bedeutung. Bei aller prinzipiellen Überzeugung von der Notwendigkeit gesellschaftlicher Veränderungen im Zeichen einer ›Revolution‹ wird Brecht den Gedanken nicht los, dass eine solche Revolution nicht von innen heraus entstehen kann – weil die Deutschen ihre Nazivergangenheit nicht einfach hinter sich lassen werden –, sondern von der Besatzungsmacht erzwungen und befehligt werden wird. In seinem »Schaudern« gibt sich auch Einsicht in die »Mühen der Ebenen« (GBA 15, S. 205) zu erkennen, die einen gesellschaftlichen Idealzustand in weite Ferne rücken lassen. Große Skepsis und leise Hoffnung begleiten Brechts Weg in der DDR. In den Texten der Klassiker hätte er sie ebenso wahrnehmen können.

Paula Wojcik

Goethe in Polen. Zur Migration seiner Figuren ins östliche Nachbarland

Dass das Thema *Goethe in Polen* kaum unter Originalitätsverdacht steht, deutet der Titel eines bereits 1983 im Goethe-Jahrbuch erschienenen Beitrags *Noch ein Beitrag zum Thema »Goethe in Polen«*[1] an. Die Autorin, Olga Dobijanka-Witkaczowa, verortet sich in einer Reihe von deutschen und polnischen Wissenschaftlerinnen und Wissenschaftlern, die ihr Augenmerk seit dem Ende des 19. Jahrhunderts auf den kulturellen Transfer des deutschen Nationaldichters in das östliche Nachbarland gerichtet haben.[2] Das Fazit aller besagt ziemlich einhellig, dass Goethes Werke wahrlich keine Exportschlager waren, auch wenn sie einen Einfluss auf die polnische Literatur hatten. Denn es war ausgerechnet der als der ›erste Pole‹ titulierte und seinerseits in den Olymp der Nationaldichter aufgestiegene Adam Mickiewicz, der sich von Goethes Werken wie *Herrmann und Dorothea*, *Faust* oder *Werther* inspirieren ließ und mehr noch: Goethe gemeinsam mit Lord Byron zum Wegweiser der modernen Literatur überhaupt erklärte.[3] Obwohl dieses Individualinteresse nicht nur von Dichterkollegen, sondern auch von Wissenschaftlern geteilt wurde, kommt die Autorin des oben genannten Artikels zu der pessimistischen Einschätzung: »Bedeutet das aber, daß Goethe bei uns ein beliebter Autor ist? Kaum. Ist er wenigstens ein gut bekannter Autor? Ich zögere mit der Antwort«.[4] Seine Literatur, so die Autorin weiter, sei nie populär gewesen, sei aufgrund schlechter Übersetzungen der ohnehin kaum übersetzbaren Texte, des umfassenden Bildungshintergrunds, der zum Verständnis des Universalgenies Goethe notwendig sei, sowie der

1 Olga Dobijanka-Witkaczowa: *Noch ein Beitrag zum Thema »Goethe in Polen«*. In: GJb 1983, S. 65-70.

2 Ohne Anspruch auf Vollständigkeit seien genannt: Marian Gawalewicz: *Goethe w Polsce*. In: *Tygodnik Ilustrowany* 1 (1886), S. 374, 388, 404; Gustav Karpeles: *Goethe und Polen. Ein Beitrag zur Allgemeinen Literaturgeschichte*. Berlin 1890; Hugo Zathey: *Goethe i Polacy*. Kraków 1890 (in der Hauptsache eine umfassende Rezension zu Karpeles' Buch); Edmund Kołodziejczyk: *Goethe w Polsce. Rzecz literacko bibliograficzna*. Kraków 1913 (eine Bibliographie aller wissenschaftlichen Veröffentlichungen zu Goethe und einzelnen Werken sowie der Übersetzungen seiner Werke ins Polnische); Zofia Ciechanowska: *Mickiewicz a Goethe*. In: *Pamiętnik Literacki: czasopismo kwartalne poświęcone historii i krytyce* 21 (1924/25), S. 92-125; Spiridion Wukadinović: *Goethe und Polen. Aus Anlass der Goethe-Ausstellung in Danzig*. Hrsg. von Towarzystwo Przyjaciół Nauki i Sztuki w Gdańsku e.V. Kraków 1930; Julius v. Twardowski: *Goethe und Polen, Polen und Goethe*. In: GJb 1933, S. 142-166; Hermann Buddensieg: *Goethe und Polen*. In: *Mickiewicz-Blätter* 37 (1968), S. 1-30.

3 Vgl. Adam Mickiewicz: *Goethe i Bajron*. In: *Pisma prozą*. Hrsg. von Leon Płoszewski. Bd. 5.1. Warszawa 1955, S. 246-254.

4 Dobijanka-Witkaczowa (Anm. 1), S. 66.

spezifisch polnischen Erwartung an Literatur, patriotisch und rebellisch gesinnt zu sein, nie wirklich in der Bevölkerung angekommen.[5]

Abgesehen davon, dass diese Einschätzung ein Bild entwirft, dem zufolge die polnische im Unterschied zu anderen europäischen Sprachen nicht mit dem Deutschen der Goethezeit kompatibel, die polnische Bevölkerung im Vergleich mit anderen Nationen nicht nur ein wenig unterbelichtet, sondern ausschließlich aufrührerische Literatur zu konsumieren gewillt sei, bieten die Überlegungen wenig Substanz. Sie geben nahezu gänzlich die Meinung Edward Schnobrichs von 1895 wieder, dass Goethes Popularität in Polen nie an die von Schiller heranreichte.[6] Die Einschätzung verschiebt sich leicht, wenn es um die gegenseitige Wahrnehmung geht. Denn, wie Heinrich Olschowsky schreibt, während es »einen deutschen Gebildeten keineswegs in Selbstzweifel« stürze, »[a]uf die Frage, wer Mickiewicz sei, keine Antwort zu wissen«, disqualifiziere »[a]uf Goethe bezogen, [...] die gleiche Antwort in Polen jeden, der zur *inteligencja* sich rechnet«.[7]

Die Situation kann man also wie folgt zusammenfassen: Wirklich populär ist Goethe in Polen nicht, dennoch ungleich populärer als Mickiewicz in Deutschland, wobei es in Polen zum Selbstverständnis Gebildeter gehört, Goethe zumindest dem Namen nach zu kennen, wenngleich es um die tatsächliche Kenntnis seiner Werke angeblich schlechter bestellt ist:

> Das traurige Ergebnis dieser Sachlage ist, daß nicht wenige Polen von Faust nur wissen, daß er im I. Teil das arme Gretchen im Stich gelassen hat, im II. Teil wenigstens etwas für die Menschheit tut [...] und *auf freiem Grund mit freiem Volke* steht.[8]

Immerhin – lässt sich erwidern. Denn abgesehen davon, dass vermutlich auch viele Deutsche nicht mehr zum *Faust* zu sagen hätten, berührt die Feststellung die Frage, was in diesem Kontext unter Popularität zu verstehen ist. Die Verfasserinnen und Verfasser der *Goethe in Polen*-Beiträge gehen davon aus, dass Popularität sich ausschließlich in extensiver Werkkenntnis ausdrücke. Demnach wäre vielleicht Joanne K. Rowlings *Harry Potter* heute als populär zu bezeichnen, Goethe wohl eher nicht. Doch irgendwie muss der Befund zustande kommen, dass die Namen sowohl des Autors als auch seiner Figuren durchaus verbreitet sind, wenngleich die Kenntnis nicht unbedingt aus Werklektüre folgt.

Wenn ich nun die Migration von Goethes Figuren nach Polen betrachte, dann vor allem, weil darin eine bislang unterbeleuchtete Dimension seiner Popularität zu suchen ist. An exemplarischen Rezeptionsgeschichten von drei Werken unterschiedlicher Genres – *Reineke Fuchs*, *Faust* und *Wilhelm Meister* – werde ich zei-

5 Vgl. ebd., S. 68 f.

6 Vgl. Edward Schnobrich: *Schiller w Polsce*. In: *Athenaeum* 5 (1885), S. 439-478.

7 Heinrich Olschowsky: *Johann Wolfgang von Goethe und Adam Mickiewicz. Poetische Gesetzgeber des kulturellen Kanons*. In: *Deutsch-Polnische Erinnerungsorte*. Bd. 3: *Parallelen*. Hrsg. von Hans-Henning Hahn u. Robert Traba. Paderborn 2012, S. 217-244; hier S. 222.

8 Dobijanka-Witkaczowa (Anm. 1), S. 68.

gen, dass sie durchaus im Nachbarland angekommen sind, nur eben nicht unbedingt in der Praxis der Originallektüre.

Literatur wird im Prozess des interkulturellen Transfers vielfach ›sekundär‹ rezipiert, was wiederum den Blick auf die Varietät der Aneignungsformen lenkt. Deren Palette reicht von Übersetzungen und Adaptionen über Auskopplungen bis hin zu sich verselbständigenden Textfragmenten. Opernfassungen wie Gounods Version des *Faust I*, Vertonungen wie Schumanns *Kennst du das Land?* oder Schuberts *Erlkönig*, Zitate wie »auf freiem Grund«, Handlungssequenzen wie die Verführung Gretchens oder Werthers Selbstmord, Motive wie der Faustische Pakt oder einzelne Figuren erleben, häufig aus dem Gesamtzusammenhang gelöst, Gattungs- und mithin ganze Medienwechsel, die größere Verbreitung erlangen können als die Vorlage, der sie entnommen wurden. Sie werden verwandelt, umgedeutet und in neue Kontexte gebracht. Das ist das Prinzip der kulturellen Aneignung und das ist eine der Säulen, auf denen Popularität beruht, selbst wenn sie sich nur als diffuse Kenntnis manifestiert.

Unter den genannten Elementen, die sich vom Werk losgelöst auf Reisen begeben können, nehmen die Figuren einen besonderen Platz ein. Davon, dass die Figur »mit ihrer Kombination von Varianz und Kontinuität eine enorme Integrationskraft im Mediensystem entwickelt hat«,[9] zeugen nicht nur zahlreiche intertextuelle und intermediale Adaptionen, sondern auch Versuche, dem Kind einen Namen zu geben: Von »fluctuating individuals«,[10] »figures on loan«,[11] »trans-world individuals«,[12] »seriellen Figuren«[13] oder dem Phänomen der »Interfiguralität«[14] ist die Rede, wenn es zu beschreiben gilt, dass Figuren, sich aus ihren ursprünglichen Zusammenhängen lösend, weitgehend unkontrolliert Mediengrenzen überschreiten. Die Migration von Figuren ist indes nicht nur eine Sache der medialen, sondern auch der interkulturellen Grenzüberschreitung, wobei beide zusammenhängen können. In der Perspektive des Kulturtransfers gelangen andere Aspekte in den Vordergrund: Sind bei einem Medientransfer die ästhetischen und auch technischen Eigenschaften des Mediums von Bedeutung, so rückt der interkulturelle Aspekt die Einbettung in die spezifisch kulturell determinierte Umgebung (Sprache, literarische

9 Rainer Leschke: *Die Figur als mediale Form. Überlegungen zur Funktion der Figur in den Medien*. In: *Formen der Figur. Figurenkonzepte in Künsten und Medien*. Hrsg. von dems. u. Henriette Heidbrink. Konstanz 2010, S. 29-49; hier S. 29.

10 Umberto Eco: *Die praktische Anwendung der literarischen Person*. In: *Apokalyptiker und Integrierte. Zur kritischen Kritik der Massenkultur*. Hrsg. von Max Looser. Frankfurt a.M. 1994, S. 161; ders.: *On the Ontology of Fictional Characters: A semiotic Approach*. In: *Sign System Studies* 37 (2009) 1/2, S. 82-97; hier S. 86f.

11 Theodore Ziolkowski: *Figures on Loan: The Boundaries of Literature and Life*. In: ders.: *Varieties of literary thematics*. Princeton, N.J. 1983, S. 123-151.

12 Uri Margolin: *Individuals in Narrative Worlds: An Ontological Perspective*. In: *Poetics Today* 11 (1990) 4, S. 843-871; hier S. 864.

13 Vgl. u.a. Shane Denson, Ruth Mayer: *Bildstörung. Serielle Figuren und der Fernseher*. In: *Zs. für Medienwissenschaft* 7 (2012), S. 90-102; dies.: *Border Crossings: Serial Figures and the Evolution of Media*. In: *Necsus. European Journal of Media Studies* 2 (2018), S. 65-84.

14 Wolfgang G. Müller: *Interfigurality. A Study on the Interdependence of Literary Figures*. In: *Intertextuality*. Hrsg. von Heinrich F. Plett. Berlin 1991, S. 101-121.

Tradition, soziokultureller Kontext etc.) und die Koexistenz mit ihr in den Blick. Legt man soziologische Termini zugrunde, kann man also fragen, wie weit sich die migrierten Figuren in die Zielkultur integrieren bzw. mit ihr assimilieren. Um die Migration von Goethes Protagonisten nach Polen zu beschreiben, möchte ich zwei Formen der Interaktion vorstellen: die ›Folklorisierung‹ und die ›Universalisierung‹.

Folklorisierung: Reineke Fuchs und Faust

Goethes *Reineke Fuchs* wurde drei Mal ins Polnische übersetzt und zählt sicher nicht zu den Werken, die dort die größte wissenschaftliche Aufmerksamkeit auf sich gezogen haben.[15] 1860 geht die freie Nachdichtung *Lis Mykita* (*Der Fuchs Mykita*) von Marcin Smarzewski[16] dem 1877 um Vorlagentreue bemühten *Reineke-lis* von Ludwig Jenike[17] und der bis heute maßgeblichen Übersetzung von Leopold Staff *Lis przechera*[18] voran. Staff, ein in Lemberg geborener Dichter, Essayist und polyglotter Übersetzer, nahm sich neben Goethes Werken unter anderen auch der von Thomas Mann, Friedrich Nietzsche, Romain Rolland und Rabindranath Tagore an. Seine Übersetzung des *Reineke Fuchs* erschien 1935 in einem Schulbuchverlag, wurde 1951 im Staatlichen Verlagsinstitut (PIW) nachgedruckt und ab 1989 großformatig und mit den bekannten Illustrationen von Wilhelm Kaulbach versehen im Warschauer Kunst und Film-Verlag (Wydawnictwo Artystyczne i Filmowe) herausgegeben. Staff weicht schon mit der Titelwahl vom Original und von der Übersetzung von Jenike ab. Sein Protagonist erhält den Beinamen »przechera«, was ein im 16. Jahrhundert gebräuchlicher Ausdruck für eine Schelmenfigur war. Wie der deutsche Schelm oder der englische »trickster« besitzt »przechera« als Gegenentwurf des erhabenen Helden komische wie dämonische Züge, ist einfältig und gerissen zugleich.

Diesem Typus entspricht freilich auch Goethes Reineke, doch löst Leopold Staff die Figur aus dem bei Goethe noch erkennbaren Rezeptionskontext, um ihn in Einklang mit der polnischen Kultur zu bringen. Nicht nur Reinekes Umbenennung trägt dazu bei. Aus dessen Antagonisten, dem Wolf Isegrim, wird »Srogosz«, was sich vom Adjektiv ›streng‹ (srogi) ableitet. Im Grunde ist Staff hier konsequenter als Goethe: In den Namen der beiden Antagonisten im *Reineke Fuchs* spiegelt sich die Rezeptionsgeschichte vom lateinischen Tierepos *Ysengrimus* des Flamen Nivardus

15 Das ist bereits im 19. Jahrhundert der Fall: In der Bibliographie von Kołodziejczyk taucht bis 1913 keine einzige Abhandlung zu Reineke Fuchs auf.

16 Marcin Smarzewski: *Lis Mykita. Poemat naśladowany z wzoru niemieckiego*. Lwów 1860.

17 Johann Wolfgang Goethe: *Reineke-lis. Poemat satyryczny Göthe'go w dwunastu pieśniach z 20 drzeworytami podług Kaulbacha. Opracował sześciometrem (heksametrem) polskim Ludwig Jenike*. Auflagen: Warszawa 1877 und als kostenlose Beilage der *Gazeta Polska* 12 (1899). Vgl. Jacek Buras: *Bibliographie deutscher Literatur in polnischer Übersetzung. Vom 16. Jahrhundert bis 1994. Veröffentlichungen des Deutschen Polen-Instituts*. Wiesbaden 1996, S. 213.

18 Johann Wolfgang Goethe: *Lis przechera*. Übers. von Leopold Staff. Auflagen: Warszawa 1935, Warszawa 1951 (10.000 Stück), Warszawa 1986 (20.000 Stück), Warszawa 1990 (10.000 Stück). Vgl. Buras (ebd.).

(1150) bis Gottsched (1752) wider. Stehen beide Namen bei Goethe in einem leichten Kontrast zu den umgangssprachlichen wie »Meister Lampe« oder »Braun, der Bär«, so entsteht in der Übersetzung der Eindruck einer homogenen und autochthonen polnischsprachigen Volkserzählung.

Das bewirken nicht allein die Namen. Hinzu kommen als Indiz der Folklorisierung mundartliche Abbreviationen sowie insgesamt die Form. Goethes Hexameter, dem Jenike noch treu blieb, wird bei Staff zum fünfhebigen Jambus mit einer durchgehend weiblichen Kadenz und Paarreim, was so gar nicht mehr auf das Vorbild homerischer Gesänge verweist. Diese Form hat auch die erste polnische Nachdichtung von Marcin Smarzewski, der den Text 1860 mit regelmäßigem und einfachem Metrum und Reim formal der Idealvorstellung von Volkspoesie annäherte, die sich auch im Polen des 19. Jahrhunderts zum Maßstab für Dichtung etabliert hatte. Doch die Nachdichtung von Smarzewski verortet das Geschehen mit Ortsbezeichnungen klar in Polen, zitiert polnische historische Gestalten und lässt auch antideutsche Kommentare nicht missen, die auf die Situation der polnischen Teilung reagieren.[19] Staffs Version ist demgegenüber nahezu vollständig zeit- und ortsenthoben: Es finden sich lediglich zwei Ortshinweise auf die Jagiellonische Universität Krakau[20] und auf einen »Zaddik aus Sadogóra« (»cadyk z Sadogóry«[21]), einem Dorf im Nirgendwo zwischen Wrocław (Breslau) und Częstochowa (Tschenstochau). Auch zeitlich ist die Übersetzung von Staff einer historischen Realität enthoben. Während Smarzewski noch auf die die Geschichte Polens prägenden Adelsgeschlechter der Radziwiłłs und Rejtans verweist, gibt es bei Staff keine historischen Allusionen. Den Plot aus einem geografisch und historisch verortbaren Geschehen zu lösen, nähert Staffs Übersetzung der Grimm'schen Vorstellung vom Märchen an. Und tatsächlich greift er offenkundig auf das Märchengenre zurück: Die Verschmelzung des Fuchses mit dem anarchistischen Kulturhelden »przechera« lässt sich bereits in folklorisierten Bearbeitungen der Fabeln von Aesop und La Fontaine beobachten, die, da das Polnische nicht zwischen Märchen und Fabel unterscheidet und beide »bajka« nennt, als Märchen für Erwachsene und Kinder gleichermaßen publiziert werden. Bereits 1913, also 20 Jahre vor Staffs Übersetzung, verfasste der Warschauer Schriftsteller Artur Oppman ein Märchengedicht nach der Fabel *Der Rabe und der Fuchs* (*Kruk i lis*).[22] Die Geschichte vom schlauen Fuchs, der den Raben so lange umschmeichelt, bis dieser zu singen beginnt und das schmackhafte Stück Käse aus dem Schnabel fallen lässt, wurde bereits vom polnischen Romantiker Ignacy Krasiński in Reimen übertragen. Im Unterschied zu dessen Version ist die von Oppman insofern folklorisiert, als er den Stoff in Volksliedstrophen nachdichtet. Auch hat der Fuchs bei Krasiński keinen Beinamen, erst bei Oppman taucht »przechera« auf.

19 Vgl. Hubert Orłowski, Iwona Terej: *»Lis Mykita« Goethego-Smarzewskiego*. In: *Przegląd Humanistyczny* 11 (1983), S. 81-87.

20 Johann Wolfgang Goethe: *Lis Przechera. Z 36 ilustracjami Wilhelma Kaulbacha*. Übers. von Leopold Staff. Warszawa 1986, S. 133.

21 Ebd., S. 164.

22 Artur Oppman: *Kruk i lis*. In: *Antologia bajki polskiej*. Hrsg. von Julian Ejsmond. Warszawa et al. 1915, S. 170.

Obwohl Staff den Inhalt nicht essenziell verändert, die satirischen Spitzen durchaus weiterhin zu finden sind, vereinfacht er neben der Form auch die Sprache und die Rhetorik und passt Goethes *Reineke* nicht nur der polnischen Folklore, sondern auch dem Märchen an. Doch damit ist die Reise des Goethe'schen Picaro in Polen nicht zu Ende, denn im Jahr 1955 erscheint er erneut im Märchen, diesmal in einem des bekanntesten polnischen Kinderbuchautors: Jan Brzechwa.[23] In *Der Fuchs und die Schwalbe* (*Lis i jaskółka*) fällt die leichtgläubige Schwalbe gleich zwei Mal auf den Fuchs herein, der ihr eine Zusammenarbeit anbietet. Der Rechtsanwalt Brzechwa lässt die Tiere eine Gesellschaft gründen, deren Statuten der Schwalbe zum Nachteil gereichen. Spätestens mit diesem Gedicht, dessen einzelne Zeilen sprichwörtlich geworden sind, wird »Lis przechera« zum geflügelten Wort und mit der folkloristischen Märchentradition in Verbindung gebracht.

Diese Folklorisierung ist kein Einzelfall, wenngleich sie besonders eindeutig ist. Auch Goethes Faustfigur wird assimiliert, zumindest in einer Deutungstradition, in der sie mit der des Pan Twardowski gleichgesetzt wird. Auch wenn es von der Geschichte des polnischen Landadligen eine tragische Version gibt, die Tomasz Zan, ein Zeitgenosse von Adam Mickiewicz, in Anlehnung an Bürgers *Lenore* verfasste, ist die Figur selbst seit Adam Mickiewiczs bekannter Ballade *Pani Twardowska* humoristisch und folkloristisch gefärbt. Was vom Faustoff bleibt, ist der Pakt, den ›der polnische Faust‹, wie sein verbreiteter Beiname lautet, mit Witz zu seinen Gunsten zu deuten weiß. Diese Folklorisierung funktioniert nur über die Analogie, wie sie innerhalb und außerhalb des polnischen Sprachraums praktiziert wird. So erscheint beispielsweise 1861 im Wiener Verlag Kober & Markgraf das Volksbuch *Twardowski, der polnische Faust* des österreichischen Schriftstellers Johann Nepomuk Vogl und bis heute führen sowohl die polnische als auch die deutsche Wikipediaseite »der polnische Faust« als Beinamen Twardowskis an.[24] Die polnische Wikipedia gibt zudem Mickiewiczs *Pani Twardowska* als Rezeption des Fauststoffes an.[25] Diese Art der Gleichsetzung hat in Deutschland und Polen freilich unterschiedliche Auswirkungen: Während im deutschen Rezeptionskontext Twardowski dem von Goethe und dessen Rezeption geprägten tragischen Bild des modernen Individualisten angenähert wird, wird Faust in der polnischen Tradition der komischen Volkskultur nähergebracht.

Beide Tendenzen der Folklorisierung erhalten ihre Berechtigung dadurch, dass die Stoffe bekanntermaßen ein Vorleben in Volksbüchern hatten, bevor Goethe sie bearbeitete. Im deutschen Sprachraum ist ein Weg zurück zu den folkloristischen Ursprüngen kaum möglich. Die Figuren werden mit Goethes Autorschaft verbunden und jede neue Aneignung, jede intertextuelle oder intermediale Referenz weist auch auf diese hin. Theodore Ziolkowski hat auf den Unterschied zwischen den Figuren mit bekannter und jenen mit unbekannter Autorschaft verwiesen. Während

23 Jan Brzechwa: *Lis i jaskółka*. In: Bolesław Leśmian: *Wiersze wybrane*. Warszawa 1955, S. 372.

24 Vgl. https://pl.wikipedia.org/wiki/Pan_Twardowski_(posta%C4%87); https://de.wikipedia.org/wiki/Pan_Twardowski; 15.10.2020.

25 Vgl. https://pl.wikipedia.org/wiki/Faust_(motyw_w_sztuce); 15.10.2020.

die einen »Figuren auf Pump«[26] (englisch: »figures on loan«) genannt werden, weil sie doch offensichtlich einem Autor zugehörten, sollten die anderen ohne klare Autorschaft als »Mythen« (»mythic or mythologic figures«) bezeichnet werden.[27] Diese Unterscheidung erweist sich als problematisch, weil sie in diachroner Perspektive die unterschiedliche Prägung von Figuren vernachlässigt. Anders ausgedrückt: Es gibt auch in Ziolkowskis Sinne als ›Mythen‹ bezeichnete Figuren, die so von einer Bearbeitung oder einem Autor geprägt wurden, dass sie fortan mit ihm assoziiert werden. Dass Ziolkowski beispielsweise die Faustfigur zu den Mythen rechnet, ist im deutschsprachigen Kontext, in dem die Figur im breiten kollektiven Bewusstsein assoziativ fest mit dem Goethedrama verbunden bleibt, nicht nachvollziehbar. Goethe hat der Faustfigur einen so dicken Stempel aufgedrückt, dass jede Aneignung, jede Erwähnung nach Goethe unweigerlich zunächst an ihn und nicht etwa an das Volksbuch *Historia von D. Johann Fausten, dem weitbeschreyten Zauberer und Schwarzkünstler* oder Christopher Marlowes *The Tragical History of Doctor Faustus* denken lässt (was im englischsprachigen Kontext freilich anders sein kann). Ziolkowskis Bild der Leihgabe aufgreifend: Vor Goethe haben sich schon andere die Faustfigur entliehen, doch hat er die stärksten Gebrauchsspuren und Kratzer hinterlassen. Die Metapher weiterspinnend, könnte man sagen, dass sich hier das Phänomen der ›Sharing Economy‹ beobachten lässt, deren gleichzeitiger Charme und Nachteil ja auch ist, dass die Güter – von vielen benutzt – drastische Gebrauchsspuren aufweisen können. Diese Gebrauchsspuren verwischt die polnische Folklorisierung. Die Figur wird in eine literarische Tradition eingepasst, in die Goethe mit seinem Werk gerade nicht hineingehört: in die polnische Volksdichtung. Aus den Figuren auf Pump sind Volksmythen geworden.

Universalisierung: Faust und Wilhelm Meister

Die Assimilation mit der Volkskultur ist ein Ergebnis der Migration von Goethes Figuren. Daneben ist zu beobachten, dass sich in ihnen metonymisch universelle Sachverhalte verdichten und sie so ihr diagnostisches und gesellschaftskritisches Potenzial entfalten.

Mag Faust mit Twardowski ein folklorisiertes Alter Ego bekommen haben, so ist er auch zum Instrument der gesellschaftlichen Selbstbeschau geworden. Im Grunde lässt sich deshalb von zwei Faustfiguren in Polen sprechen. In der zweiten Deutungslinie wird seine kulturelle Fremdheit nicht verschleiert, er wirkt als Figur auf Pump. Um ihn als solche in die polnische Geisteskultur zu integrieren, reflektiert man auf das zugrundeliegende Universelle. Für die Faustfigur bietet es sich an, sie zu diesem Zweck hinsichtlich des Teufelspaktes zu perspektivieren. Dieser Fokus ist im deutschsprachigen Kontext ebenfalls zu beobachten; dort dominiert jedoch der Zusammenhang mit dem Nationalsozialismus die Rede vom Faustischen Pakt im Kontext der politischen Diagnostik. Er verbildlicht die unheilige Allianz mit der

26 Theodore Ziolkowski: *Figuren auf Pump. Zur Fiktionalität des sprachlichen Kunstwerks.* In: *Akten des VI. Internationalen Germanisten-Kongresses. Teil 1.* Hrsg. von Heinz Rupp u. Hans-Gert Roloff. Basel 1981, S. 166-176.

27 Ziolkowski (Anm. 11), S. 130.

völkischen Ideologie bzw. konkreter: mit dem Regime des Dritten Reichs, wovon nicht zuletzt der Titel von W. Daniel Wilsons Geschichte der Goethe-Gesellschaft im Dritten Reich zeugt.[28] Während der Faustische Pakt bei ihm wie bei Thomas und auch Klaus Mann ein universelles Sinnbild ist, um die ideologische wie institutionelle Verführungskraft des Nationalsozialismus greif- und verstehbar zu machen, gibt es in Polen eine gesellschaftskritische Deutungstradition, die Faust und seinen Pakt mit dem Teufel aus dem Kontext des Nationalsozialismus herauslöst. Ein Beispiel dafür liefert Wisława Szymborskas Gedicht *Prospekt*, das 1972 in dem Band *Alle Fälle* (*Wszelki Wypadek*) erschien.[29]

Jestem pastylką na uspokojenie. Działam w mieszkaniu, skutkuję w urzędzie, siadam do egzaminów, staję na rozprawie, starannie sklejam rozbite garnuszki – tylko mnie zażyj, rozpuść pod językiem, tylko mnie połknij, tylko popij wodą.	Ich bin eine Beruhigungstablette, ich wirke zu Hause, funktioniere im Amt, trete Examen an, stelle mich der Verhandlung, sorgfältig klebe ich zerbrochene Krüglein zusammen – komm, nimm mich ein, lass mich unter der Zunge zergehen, komm, schluck mich, komm, spül mich mit Wasser hinunter.
Wiem, co robić z nieszczęściem, jak znieść złą nowinę, zmniejszyć niesprawiedliwość, rozjaśnić brak Boga, dobrać do twarzy kapelusz żałobny. Na co czekasz – zaufaj chemicznej litości.	Ich weiß, wie man mit Unglück umgeht, wie man eine schlechte Nachricht erträgt, Ungerechtigkeit schmälert, das Fehlen Gottes erhellt, den passenden Hut für die Trauer findet. Worauf wartest du – vertraue dem chemischen Erbarmen.
Jesteś jeszcze młody (młoda), powinieneś (powinnaś) urządzić się jakoś. Kto powiedział, że życie ma być odważnie przeżyte?	Noch bist du jung, du solltest dich irgendwie einrichten. Wer sagt, dass das Leben mutig gelebt werden muss?
Oddaj mi swoją przepaść – wymoszczę ją snem, będziesz mi wdzięczny (wdzięczna) za cztery łapy spadania.	Gib mir deine Abgründe – ich lege sie mit Träumen aus, du wirst mir dankbar sein, für die vier Pfoten beim Fall.
Sprzedaj mi swoją duszę. Inny się kupiec nie trafi.	Verkaufe mir deine Seele. Ein anderer Käufer findet sich nicht.
Innego diabła już nie ma.	Einen anderen Teufel gibt es nicht mehr.

28 W. Daniel Wilson: *Der Faustische Pakt. Goethe und die Goethe-Gesellschaft im Dritten Reich*. München 2018.

29 Wisława Szymborska: *Prospekt*. In: dies.: *Wszelki Wypadek*. Kraków 2020, S. 19-21; übers. von Paula Wojcik.

Es sticht das Fehlen der Faustfigur ins Auge. Während ihre Abwesenheit gar nicht thematisiert wird, wird die ihres Antagonisten explizit erwähnt. In einer Zeit, in der die mythischen Schreckgespenster verblasst und die alten Teufel verschwunden sind, ist es der Alltag, der seine Verführungskraft durch Betäubung entfaltet. Das Gedicht deutet den Pakt universell, macht aber auch ein Angebot, ihn konkret politisch zu verstehen. In der universellen Lesart ist es die aus gesellschaftlichen Normen hervorgehende Routine, die – im Imperativ ›du solltest dich irgendwie einrichten‹ verdichtet – die individuelle Selbstverwirklichung dämpft, indem sie Schutz vor Enttäuschungen verspricht. In der konkret politischen Lesart lässt sich, nicht zuletzt durch Anspielungen auf systemtragende Institutionen wie Schule, Amt und Gericht, dann doch das historische Polen an der Schwelle der 1960er und 1970er Jahre erkennen, in dem die revolutionäre Kraft der Unruhen von 1968 zurückgeht, der Furor der Jungen (»Noch bist du jung«), der sich gegen die Staatsmacht entlud, begrenzt wird (»Gib mir deine Abgründe – / ich lege sie mit Träumen aus«). Der Faustische Pakt verspricht, das Leben angesichts von individueller und kollektiver Verlusterfahrung, von Ungerechtigkeit und transzendentaler Obdachlosigkeit erträglich zu machen – nicht indem er Abhilfe schafft, sondern indem er die Emotionen dämpft. Fausts egoistische Lebensgier wird geradezu ins Gegenteil verkehrt, denn die Diagnose lautet, dass es die Angst, je nach Lesart vor dem Leben oder der Staatsmacht, ist, die eine verführerische Macht entfaltet. Metonymisch verdichtet sich in der Faustfigur die menschliche Gemeinschaft, die zeitgenössische polnische genauso wie die nachkommende weltweit. Der abwesende Faust sind wir.

In dieser doppelten Möglichkeitsperspektive, individuelle menschliche Verfasstheit oder systemische gesellschaftliche Mängel zu kritisieren, wirkt auch die Faustfigur in Stanisław Lems *Herr F.* (*Pan F.*).[30] Die kurze Erzählung des als Science-Fiction-Autor zu Weltruhm gelangten Schriftstellers bewegt sich an der Schwelle zwischen poetologischem Essay und Fiktion. Essayistisch beginnt der Text mit dem Satz »Es ist schwer, über ein Buch zu sprechen, das man nicht geschrieben hat« (S. 89). Ihm folgen Überlegungen zum entstehenden Werk, die Teile der geplanten Handlung preisgeben. In deren Zentrum, hier wird Lems Provenienz deutlich, steht eine Firma, die dem Titelhelden anbietet, Testperson für ein neues Geschäftsmodell zu sein. Die Dienstleistung besteht im Erfüllen von Wünschen, die jedoch nicht als Wunder in der Art einer Verjüngung zu verstehen sind, wie Mephisto sie für Faust zu vollbringen vermag (S. 90). Es geht eher um Anschubleistungen, in der Art, »wen er gern kennenlernen und von wem er sich trennen möchte, wer ihm den Weg zur Karriere verbaut, an wessen Wohlwollen ihm gelegen ist, in welchen gesellschaftlichen Kreisen er gern sein möchte« (S. 91). Der per Zufall ausgewählte Herr F. tut sich zunächst schwer, einen angemessenen Wunsch zu formulieren, erprobt die Macht der Firma, die sich, wenngleich nie eindeutig, zu bestätigen scheint. Wie im *Faust I* betrifft der entscheidende Wunsch die Liebe. Doch im Unterschied zum Vorgänger, der sinnliche Erfüllung mit dem jungen Gretchen sucht, will F. eine alte Liebe endlich sein Eigen nennen. Die Krux ist, dass die junge Schönheit nicht mehr

30 Stanisław Lem: *Herr F.* Übers. von Jens Reuter. In: ders.: *Die Maske, Herr F. Zwei Erzählungen*. Frankfurt a. M. 1977, S. 87-112; Zitate werden nachfolgend im Text mit den Seitenzahlen nachgewiesen.

existiert; sie ist gealtert und verlebt. So bekommt Herr F. ein »in die Jahre gekommenes, unglückliches, rauschgiftsüchtiges Weib, das sich an ihn klammert, da es keinen anderen Ausweg hat« (S. 97). Von hier an weiß der Erzähler nicht weiter, denn der Einfall bot zwar »die *verlockende* Chance eines modernisierten Faust [...], [lief] aber auf einen eher trivialen Roman über die maliziöse Erfüllung der Wünsche hinaus« (S. 98). An dieser Stelle gleitet das, was als Reflexion des Schriftstellers auf sein Schreiben begann, in die Frage nach den prinzipiellen Bedingungen eines modernen Faust ab: »Wo soll man den heutigen Faust suchen?«. Um die Frage zu beantworten, setzt sich Lem mit dem die Faustadaptionen überschattenden *Doktor Faustus*-Roman von Thomas Mann auseinander, dem er den Fehler vorwirft, die massenpsychologische Dimension des Faschismus fälschlich auf eine individuelle Ebene übertragen zu haben. Sein Schluss: Mann verdunkle »durch seine erhabene Symbolik ein Problem, das *weder ausschließlich ein Problem des Faschismus* noch ein *Problem Deutschlands allein* ist« (S. 105). Von hier aus geht er den Weg über Karl Poppers 1945 erschienenes Werk *Die Offene Gesellschaft und ihre Feinde*, attestiert jeder liberalen Gesellschaftsform die Gefahr, in eine geschlossene abzudriften, und kommt an einem Punkt an, an dem Szymborska vier Jahre zuvor angelangt war: »Diese Gesellschaft kennt sich selbst nicht, denn ihr eigener Zustand ist von ihr durch eine apodiktische und nicht zu korrigierende Auslegung verhüllt, die im übrigen die schönsten humanistischen Werte zu Bestandteilen haben kann« (S. 106). Beide sehen eine Gefahr, wenn selbst ungefährlich daherkommende Ideologien und Dogmen abstrakte Ängste schüren, oppositionelle Kraft und Eigenverantwortung dämpfen. Wie die Nobelpreisträgerin meidet auch Lem explizite Bezüge zur politischen Realität; Fausts Tragödie ist die einer Epoche, die der Zivilisation schlechthin:

> Unsere Zeit ist eine Zeit der Übertragung individueller Schicksale an Institutionen. [...] In diesem Sinne ist die Zivilisation eine *Einrichtung mit dem Zweck, die Zufälligkeit aus dem menschlichen Leben zu verbannen*; die Grenze dieses Trends ist dort erreicht, wo bereits *niemandem mehr irgend etwas Zufälliges passieren kann*. Dort, wo es weder Elend noch Familientragödien gibt, weder Kriege noch Naturkatastrophen, weder Zweifel am Sinn der Existenz noch den Verlust des Glaubens. Eine vollkommene Ordnung, nicht wahr? (S. 108)

In der Universalisierung der Diagnose zeigen sich Lem und Szymborska solidarisch. Die auch in Polen bis in die 70er Jahre beliebte existenzialistische Philosophie wird dabei mit Orwells dystopischem *1984*-Szenario verknüpft, wenn Lem abschließend schreibt: »Die Menschen können diese Hölle nicht verlassen, denn sie wissen überhaupt nicht, daß sie in die Hölle geraten sind. / Das ist der weitere Verlauf des Faust, den ich nicht geschrieben habe« (S. 111). Sisyphos, Albert Camus' paradigmatische Figur der Conditio humana, wüsste in dieser Version seiner Geschichte nicht, dass er bis in die Ewigkeit zu seiner Tätigkeit verdammt ist, ebenso wenig wie Sartres Protagonisten erkannt hätten, dass sie sich in einer Hölle befinden. Ohne dieses Bewusstsein funktioniert der Existenzialismus nicht als Humanismus, doch genau das wird durch zu Ideologien gewachsene Dogmen – und die Institutionen, die sie stärken – verschleiert. Auch das funktioniert universell: Dem Nationalsozialismus kann man dann ebenso gut den Sozialismus oder den Kapitalismus an die

Seite stellen, in dem sich das Individuum einzurichten weiß. Zugleich kann das Universelle auf das individuell Partikulare weisen – die je eigene geografisch-historische Verortung – und so integriert werden.

Als ein weiteres und aktuelleres Beispiel der Universalisierung kann eine Analyse der »Goetheschen Vision des Menschen« gelten, die die Literaturwissenschaftlerinnen Maria Janion und Maria Żmigrodzka 1998 vorlegten.[31] Unter dem Titel *Odyssee der Bildung* versammeln sie auf über 400 Seiten Aufsätze, die polnischen Leserinnen und Lesern die *Wilhelm Meister*-Romane nahebringen. Darauf, dass es sich nicht um ein rein akademisches Projekt handelt, weisen zwei Aspekte hin. Dies ist zum einen die Rolle, die insbesondere eine der Herausgeberinnen, Maria Janion, in der polnischen Gesellschaft innehat. Sie ist eine führende Intellektuelle, deren Arbeiten zur polnischen Romantik und der kultur- und gesellschaftsprägenden Rolle der Literatur dieser Epoche eine breite öffentliche Resonanz erfahren haben. Es ist zu erwarten, dass das Projekt, einen – wie die Herausgeberinnen selbst schreiben – in Polen weitestgehend unbekannten Roman zu erschließen, nicht dem philologischen Interesse allein geschuldet ist. Darauf deutet auch, zum anderen, das Vorwort hin. In ihm wird Goethe in der Deutungstradition der Nachkriegszeit als Universalhumanist porträtiert: Sein gesamtes Werk sei vom Interesse am Menschsein, an der Menschheit und dem menschlichen Zusammenhalt durchdrungen. Schon diese Besinnung auf das Universelle ›hinter‹ dem Werk Goethes wird verstanden als Antwort auf und gegen die durch die politischen Umbrüche der Wendezeit, die in Polen als Transformation bezeichnet wird, ausgelösten Verunsicherungen. Diese Funktion wird durch zwei individuelle Leseerlebnisse bekräftigt. Janion und Żmigrodzka führen Elias Canetti an, der in und mit der Goethelektüre auch in den dunklen Kriegsjahren Hoffnung schöpfte, und stellen diesem Erleben eine ergreifende Geschichte der jüdisch-polnischen Autorin Joanna Olczak-Ronikier an die Seite. Sie berichtet von ihrer jüdischen Großmutter, einer »Meisterin der Deklamation«, die den »vor Angst, Schmerz, Ratlosigkeit, Verzweiflung« (S. 13) rasenden Sterbenden im Zweiten Weltkrieg zum Trost Gedichte aufsagte. Unter allen europäischen Dichtern habe sich Goethe als besonders »nützlich« erwiesen, dessen *Suleika*-Zeilen »Alles könne man verlieren, / Wenn man bliebe, was man ist« aus dem *West-östlichen Divan* ein Architekturstudent mit der Großmutter im Todeskampf wiederholte (S. 14).

Dass diese Erzählung einen moralisierenden und pathetischen Ton hat, leugnet schon die Autorin der Erinnerungen nicht, was Janion und Żmigrodzka betonen. Warum aber führen sie sie so ausführlich an? Warum heben sie im Rahmen eines wissenschaftlichen Sammelbandes so deutlich hervor, dass Canetti als Nachkomme »sephardischer Juden« wie die jüdische Großmutter im Zweiten Weltkrieg auf Goethe zurückgriff, um sich oder anderen Trost zu spenden? Die Argumentation vom universell humanistischen Hintergrund von Goethes Schaffen hin zu dessen individueller Wirkung in Zeiten des besonders für Juden spürbaren Zivilisationszerfalls der Jahre 1933 bis 1945 soll die Goethelektüre als Antidotum gegen die

31 Maria Janion, Maria Żmigrodzka: *Odyseja wychowania. Goetheańska wizja człowieka w »Latach nauki i latach wędrówki Wilhelma Meistra«*. Kraków 1998; Zitate, übersetzt von Paula Wojcik, werden nachfolgend im Text mit den Seitenzahlen nachgewiesen.

Verunsicherungen der eigenen Lebenswelt ausweisen. Knapp zehn Jahre nach der *Solidarność*-Euphorie kommen die Probleme einer jungen Gesellschaft zu Tage, die sich zwischen dem Verlust konsensueller Ziele (Freiheit) und letzter metaphysischer Gewissheiten (Religion), die mit neuen materiellen Werten (Turbokapitalismus) konkurrieren, zurechtzufinden versucht. Janion und Żmigrodzka machen mit den *Wilhelm Meister*-Lektüren ein Angebot, das in der Besinnung auf das universell Verbindende ein Mittel gegen die Krise sucht. Man könnte einwenden, dass es sich hier nicht mehr um die Migration einer Figur, sondern eines Ideenuniversums handelt, doch muss man entgegnen, dass sich dieses Universum in einer Figur materialisiert. Wilhelm Meisters Bildungsweg soll auch Polen den Weg weisen: mit einem emphatischen Bildungsbegriff zurück zu einem vergangenen Gesellschaftsmodell des 19. Jahrhunderts, in dem »universell verstandene literarische Bildung«[32] dem Vernehmen nach Antworten auf die großen Fragen und Krisen bereithielt.

Assimilation und Integration

Den drei hier vorgestellten Migrationsgeschichten wären weitere wie die des Erlkönigs hinzuzufügen, die die Reiserouten von Goethes Figuren nach Polen nachzeichnen. Die ausgewählten Charaktere aus so unterschiedlichen Gattungen wie Drama, Versepos und Roman zeigen einige Rezeptionsfacetten. Ob dies schon »echte wahre Popularität« begründet, die Gottfried August Bürger für eine Literatur eingefordert hat, »die mit dem Vorstellungs- und Empfindungsvermögen des Volkes im ganzen am meisten harmoniert«,[33] lässt sich an dieser Stelle nicht entscheiden. Doch zeigen die polnischen Rezeptionsbeispiele des beliebtesten Kinderdichters, der (nicht mehr einzigen) Nobelpreisträgerin, des weltweit bekannten Autors und von zwei Intellektuellen, dass Goethes Figuren sich in Polen gut integriert haben, allerdings auf zwei unterschiedliche Weisen. Im Vorgang der Folklorisierung werden sie mit der kulturellen Tradition assimiliert. Das gilt für Reineke Fuchs und für eine Variante des polnischen Faust. Daneben gibt es auch den unassimilierten Faust, dessen kulturelle Herkunft nicht unkenntlich gemacht wird. Seine und Wilhelm Meisters Fremdheit müssen durch Universalisierung aufgehoben werden, damit beide als Repräsentanten des Menschseins in die Zielkultur integrierbar werden. Dann aber liefern sie den Mehrwert, durch die Begegnung mit dem Fremden, das eigene Selbst besser zu verstehen.

32 W. W. Witkowski: *Deutsche Literatur in Polen – Polnische Literatur in Deutschland*. In: *Zs. für Slawistik* 1 (1975) 19, S. 15-29; hier S. 18.

33 Gottfried August Bürger: *Von der Popularität der Poesie*. In: ders.: *Sämtliche Werke*. Hrsg. von Günter u. Hiltrud Häntzschel. München 1987, S. 725-730; hier S. 730.

Jürgen Trabant

Wilhelm von Humboldts »Anleitung zu Entwerfung einer allgemeinen Sprach Karte« von 1812

Die Publikation eines Textes Wilhelm von Humboldts aus dem Jahr 1812 in französischer Übersetzung[1] macht die deutsche Humboldt-Philologie auf eine Lücke aufmerksam, die, wie sich durch das in diesem Goethe-Jahrbuch besprochene bemerkenswerte Büchlein zeigt, doch einigermaßen erklärungsbedürftig ist. Die von den französischen Kollegen 2020 herausgegebene und mit interessantester Gelehrsamkeit umgebene *Anleitung zu Entwerfung einer allgemeinen Sprach Karte* ist bisher in keiner Edition Humboldt'scher Werke gedruckt worden. Die Anfang des 20. Jahrhunderts *Gesammelten Schriften*[2] hatten zwar vieles aus den Handschriften Humboldts zum ersten Mal publiziert, aber gerade die linguistischen Arbeiten Humboldts haben sie zu einem großen Teil nicht berücksichtigt, etwa seine *Mexicanische Grammatik*, das *Wörterbuch der mexicanischen Sprache*, die Beschreibungsskizzen amerikanischer Sprachen, Aufzeichnungen zu den Hieroglyphen, zu asiatischen und europäischen Sprachen und vieles mehr wie eben die *Anleitung* für eine europäische Sprachkarte. Die von Kurt Mueller-Vollmer initiierten *Schriften zur Sprachwissenschaft*[3] haben sich daher gerade die Publikation bisher unveröffentlichter linguistischer Arbeiten vorgenommen, um die enge Verbindung von konkreter Sprachbeschreibung und philosophischer Reflexion in Humboldts Sprachdenken zu dokumentieren. Aber auch in den bisher erschienenen *Schriften zur Sprachwissenschaft*, immerhin zehn Bänden, ist die *Anleitung* nicht zu finden.

Haben die Herausgeber den Text übersehen? Die Existenz der *Anleitung zu Entwerfung einer allgemeinen Sprach Karte* war den Herausgebern der *Schriften* durchaus bekannt. Kurt Mueller-Vollmer weist 1993 in seiner monumentalen Dokumentation des sprachwissenschaftlichen Nachlasses Humboldts, der Grundlage für diese Edition, auf den Text hin.[4] Im Konvolut Coll. ling. fol. 104 der Berliner Staatsbibliothek befand sich als Nr. 6 das Dokument »Europäische Sprachkarte«. Das Konvolut ist verschollen. Mueller-Vollmer merkt aber in einer langen Fußnote an, dass sich im Goethe- und Schiller-Archiv Weimar, im Nachlass Riemer (Nr. 300), die *Anleitung zu Entwerfung einer allgemeinen Sprach Karte* befindet. Dieses Ma-

1 David Blankenstein, Julien Cavero, Mandana Covindassamy, Sandrine Maufroy (Hrsg.): *Wilhelm von Humboldt, d'après une idée de Johann Wolfgang von Goethe: Instructions pour la réalisation d'une carte générale des langues*. Paris 2020.

2 Wilhelm von Humboldt: *Gesammelte Schriften*. 17 Bde. Hrsg. von Albert Leitzmann u.a. Berlin 1903-1936.

3 Wilhelm von Humboldt: *Schriften zur Sprachwissenschaft*. Hrsg. von Tilman Borsche, Bernhard Hurch, Kurt Mueller-Vollmer, Jürgen Trabant u. Gordon Whittaker. Paderborn 1994-2017.

4 Kurt Mueller-Vollmer: *Wilhelm von Humboldts Sprachwissenschaft. Ein kommentiertes Verzeichnis des sprachwissenschaftlichen Nachlasses*. Paderborn 1993, S. 304f.

nuskript von Schreiberhand mit den eigenhändigen Korrekturen Humboldts haben die Editoren der *Schriften zur Sprachwissenschaft* dann auch vor vielen Jahren transkribieren lassen. Der Druck ist für den ersten Band der *Schriften* vorgesehen, den die Herausgeber, Tilman Borsche und Jürgen Trabant, bisher noch nicht besorgen konnten.

Nun machen die französischen Kollegen mit ihrem spannenden Bändchen, in dem die *Anleitung* in französischer Übersetzung zusammen mit dem Faksimile der Weimarer Handschrift erscheint, deutlich, dass es sich bei der *Anleitung* um einen Text handelt, der durch die Verbindung mit Goethe hoch bedeutsam ist. Bei einem Besuch in Karlsbad am 15. Juni 1812 hatte Humboldt Goethe dargestellt, »wie die Sprachen über die Welt verbreitet wären«, so dass dieser am 31. August 1812 um eine Übersicht bat, nach der er sich eine Sprachkarte anfertigen wolle, die ihm »in gar vielen Fällen zu Auffrischung des Gedächtnisses und zum Leitfaden bei mancher Lektüre dienen« soll.[5] Humboldt verspricht am 7. September 1812 eine solche »Tabelle« für die Sprachen Europas. Die *Anleitung*, die Humboldt dann am 15. November schickt, verdankt sich also Goethes Faszination für das, was Humboldt ihm über seine Arbeit berichtet hatte, und Goethes Wunsch, diese Information seiner »kompendiarische[n] und tabellarische[n] Reisebibliotek« hinzuzufügen.[6] Goethe dankt herzlich am 8. Februar 1813 und nimmt sich vor, eine Europa-Karte nach Humboldts Anleitung zu ›besprachen‹.[7] Goethes Begeisterung und seine kartographischen Absichten dürften ein hinreichender Grund sein, nun nach der französischen Übersetzung auch den deutschen Original-Text der *Anleitung* schnellstens zu veröffentlichen.

Damit wird auch eine gewisse Verlegenheit gegenüber diesem Text korrigiert, die sich in seiner Lokalisation in der Edition der *Schriften zur Sprachwissenschaft* zeigt. Die Humboldt-Philologie hat die *Anleitung* als eine für Humboldt nicht wirklich zentrale Nebenarbeit, sozusagen einen durch Goethe angeregten Ausflug ins Positivistische betrachtet. Sie ist ja auch ›nur‹ eine »tabellarische« (Goethes Wort) Auflistung der Sprachen Europas nach ihren geographischen Orten. Sie handelt weder von der linguistischen Struktur der Sprachen, noch enthält sie eine philosophische Reflexion über Sprache, den beiden zentralen Anliegen des Humboldt'schen Sprachdenkens. Sie ist, wie Goethe es wünschte, konsequent »kompendiarisch«. Der Text sollte daher in der ersten Abteilung der *Schriften* erscheinen, die der »Formierung der Humboldt'schen Sprachwissenschaft« gewidmet ist.

Nach der französischen Publikation muss diese Einschätzung nun aber unbedingt revidiert werden. Die *Anleitung* erweist sich als eine für Humboldts Sprachforschung hoch bedeutsame Arbeit. Zwar ist »geographische Linguistik«,[8] wie Humboldt in seinem Brief an Goethe vom 7. September 1812 schreibt, tatsächlich nicht gerade sein Spezialgebiet, und er muss sich die Daten aus dem *Mithrida-*

5 *Goethes Briefwechsel mit Wilhelm und Alexander v. Humboldt*. Hrsg. von Ludwig Geiger. Berlin 1909, S. 221.

6 Ebd.

7 Ebd., S. 230.

8 Ebd., S. 225.

tes[9] und aus Schlözers *Nordischer Geschichte*[10] besorgen. Aber: »[...] die ganze Arbeit, die ich längst einmal selbst durchmachen wollte, wird mich sehr selbst interessieren und belehren«.[11] Humboldt geht also auf Goethes Ansinnen einer tabellarischen und kompendiarischen Übersicht ein, weil er sich diese schon einmal längst verschaffen wollte. Das ist sicher nicht nur aus Höflichkeit gegenüber Goethe gesagt, sondern weil die große Übersicht über die geographischen Orte der Sprachen präzise in sein eigenes Projekt passt. Das Kompendiarische verweist auf die zentrale Intention des Humboldt'schen »gesamten Sprachstudiums«: auf das Enzyklopädische.

Seit er die Sprache ins Zentrum seiner wissenschaftlichen Arbeit gerückt hat, also seit 1801, ist nämlich der »Plan zu einer systematischen Encyclopaedie aller Sprachen« (VII, S. 598)[12] gefasst. An Schiller schreibt er am 18. Mai 1802: »[...] mein Plan geht auf eine allgemeine Enzyklopädie des gesamten Sprachstudiums und mithin aller Sprachen«.[13] Den *Mithridates*, das von Adelung begonnene und von Vater fortgeführte enzyklopädische Werk über die Sprachen der Welt, dessen zweiter Band über die Sprachen Europas 1809 erschienen war und auf den er sich für die geographische Information bezieht, hat Humboldt zwar stets geschätzt, aber er entsprach doch nicht der Humboldt'schen Vorstellung einer »systematischen Encyclopaedie«. Das »Systematische« zeigt seine strukturelle Skizze des Baskischen, die er unter dem Titel *Berichtigungen und Zusätze zum ersten Abschnitte des zweyten Bandes des Mithridates über die Cantabrische oder Baskische Sprache* 1811 schreibt (und die erst 1817 im *Mithridates* gedruckt wird). Humboldt strebt gewissermaßen einen alternativen *Mithridates* an: »das gesammte Sprachstudium« (VII, S. 619), das er auch in den Arbeiten der Jahre 1811/12 noch mehrfach eine »Enzyklopädie« nennt. Im ersten sprachwissenschaftlichen Aufsatz, den Humboldt je drucken lässt, in der *Ankündigung einer Schrift über die Vaskische Sprache und Nation* von 1812, sieht er in seinen strukturellen Analysen vieler Sprachen einen Versuch, »wie man nach und nach ähnliche Zergliederungen aller Sprachen zu allgemeiner Vergleichung anfertigen, und in einer grossen allgemeinen Sprachencyclopädie zusammenfassen könnte« (III, S. 295). Und im *Essai sur les langues du Nouveau Continent* aus demselben Jahr schreibt er, dass sein Projekt auf »une encyclopédie complette et universelle des langues connues« hinauslaufe (III, S. 327).

9 Johann Christoph Adelung / Johann Severin Vater: *Mithridates oder allgemeine Sprachkunde.* 4 Teile. Berlin 1806-1817.

10 August Ludwig Schlözer (Hrsg.): *Allgemeine Nordische Geschichte.* Halle 1771. Schlözer, der einer von Humboldts Lehrern in Göttingen war, gibt in diesem Werk verlässliche Informationen über die Sprachen des europäischen Nordens, vor allem in Kap. II: *Von den Stamm-Völkern des Europäischen Nordens*, S. 263-344.

11 *Briefwechsel* (Anm. 5), S. 225.

12 Bandangaben und Seitenzahlen bei Humboldt-Zitaten beziehen sich auf Wilhelm von Humboldt: *Gesammelte Schriften.* 17 Bde. Hrsg. von Albert Leitzmann u.a. Berlin 1903-1936.

13 *Der Briefwechsel zwischen Friedrich Schiller und Wilhelm von Humboldt.* Hrsg. von Siegfried Seidel. Berlin 1962, Bd. 2, S. 221.

Die *Anleitung* zu dem von Goethe angeregten Kartenprojekt ist nun nichts Vorbereitendes, sondern gehört in die Reihe der Werke aus den Wiener Jahren 1811/12, in denen Humboldts Sprachwissenschaft voll ›formiert‹ ist und er zum ersten Mal ›richtige‹ Linguistik betreibt. Die wichtigen Arbeiten dieser Jahre sind schon in den *Schriften zur Sprachwissenschaft* ediert, nämlich in der baskischen Abteilung (*Ankündigung* und *Berichtigungen*),[14] in der amerikanischen Abteilung[15] und in einem Band zur Allgemeinen Sprachkunde, in dem der *Essai sur les langues du Nouveau Continent* und zwei andere mit diesem verbundene Fragmente enthalten sind.[16] Die *Anleitung* aus dem Herbst 1812 gehört nicht nur zeitlich in diesen Zusammenhang, sie passt auch inhaltlich in den Rahmen seiner voll formierten Sprachwissenschaft, sofern sie – deutlicher sogar als die anderen Arbeiten – deren enzyklopädisches Ziel (alle Sprachen) vor Augen führt.

Was beschäftigt Humboldt 1812, wenn er Goethe in Karlsbad besucht? In seinem Antwortschreiben auf Goethes Bitte um eine Übersicht über die Sprachen vom 7. September schreibt er, scheinbar um Nachsicht bittend: »Ich habe mich bis jetzt mehr mit dem Allgemeinen des Sprachstudiums und einzelnen Sprachen beschäftigt, aber sehr wenig mit geographischer Linguistik«.[17] Das heißt, er arbeitet an den zwei Polen seines Projekts: Einerseits versucht er, in die Strukturen »einzelner Sprachen« einzudringen. Die erwähnten Arbeiten zum Baskischen und zu den amerikanischen Sprachen in diesen Jahren 1811/12 sind konkrete linguistisch-strukturelle Deskriptionen. Sein Bruder Alexander hatte ihm im Herbst 1811 zwölf in Amerika gesammelte Grammatiken und Wörterbücher nach Wien mitgebracht. Wilhelm sollte für Alexanders Reisewerk das Kapitel über die amerikanischen Sprachen schreiben. Er macht sich sofort an die Arbeit. Das »Allgemeine des Sprachstudiums« andererseits bezieht sich auf seine gleichzeitigen Bemühungen um eine philosophische Begründung der Linguistik. Nachdem er Goethes Zumutung der Erarbeitung einer kompendiarischen Übersicht freundlich angenommen und diese seinen eigenen Absichten integriert hat (»die ich längst einmal selbst durchmachen wollte«), weist Humboldt auf diese theoretischen Überlegungen hin: »Ich beschäftige mich aber auch jetzt, meine allgemeinen Ideen aufzuzeichnen«. Es geht dabei um nichts weniger als die systematische Neubestimmung der Stellung des Sprachstudiums (Humboldt vermeidet den Ausdruck ›Sprachwissenschaft‹): »Ich bin fest überzeugt, daß dies ganze Studium erst auf seine rechte Stelle gerückt werden muß«. Und er deutet an, wo er diese rechte Stelle sieht: »Man muß eben schlechterdings die Sprachen als einen Teil der Geschichte des Menschengeschlechts und als das wichtigste Mittel in der Oekonomie der intellektuellen Natur ansehen, um dasselbe [das Studium] seiner Bestimmung zuzuführen«.[18] Modern formuliert heißt

14 Vgl. Wilhelm von Humboldt: *Schriften zur Sprachwissenschaft*. Bde. II, 1 u. II, 2. Hrsg. von Bernhard Hurch. Paderborn 2010 u. 2012.

15 Vor allem in Bd. III, 4: Wilhelm von Humboldt: *Mittelamerikanische Grammatiken*. Hrsg. von Manfred Ringmacher u. Ute Tintemann. Paderborn 2009.

16 Bd. IV, 1: Wilhelm von Humboldt: *Von den Sprachen Amerikas zum allgemeinen Typus der Sprache*. Hrsg. von Bettina Lindorfer u. Jürgen Trabant. Paderborn 2017.

17 *Briefwechsel* (Anm. 5), S. 225.

18 Ebd.

das, dass Sprachen als kognitive Mittel, als Produktionen des Denkens, zu betrachten sind. Weil sie das geistige Wesen der Menschheit enthalten, sind die Sprachen, so fährt Humboldt fort, mit höchster Genauigkeit zu analysieren und zu vergleichen. Man muss sozusagen in die konkrete Linguistik einsteigen, um jenes »wichtigste Mittel in der Oekonomie der intellektuellen Natur« zu erfassen: »Hier besonders ist es, wo die Raisonnements a priori wenig oder nichts bewirken; denn durch die Vergleichung vieler Sprachen und ihrer Wirkungen miteinander ist darin doch noch mehr auszurichten«.[19] Humboldt'sches Sprachdenken ist eben nicht ›reine‹ Philosophie der Sprache, Raisonnement a priori, sondern wesentlich »Vergleichung vieler Sprachen und ihrer Wirkungen«, die erst zur Erkenntnis der »Oekonomie der intellektuellen Natur« des Menschen führt. Im *Essai sur les langues du Nouveau Continent*, an dem Humboldt 1812 arbeitet, formuliert Humboldt diese beiden philosophischen Motive auf Französisch: Man vertieft sich in die Sprachen, nicht weil diese Zeichen oder Kommunikationsmittel sind, sondern menschliches Denken: »le but du langage est de penser et de raisonner« (III, S. 330). Und sie sind dieses Denken des Menschen in seiner Verschiedenheit, sie zeigen die Welt in verschiedenen Farben: »sous une couleur différemment nuancée« (III, S. 321). Um die ganze Vielfalt des menschlichen Sprachdenkens zu erfassen, muss man möglichst alle Sprachen der Menschheit beschreiben, in einer »encyclopédie complette et universelle des langues connues« (III, S. 327). Dieses Wort von der ›encyclopédie complète‹ scheint mir das zentrale Wort in Humboldts Spracharbeit der Jahre 1811/12 zu sein.

Wir kennen keine Details der Unterhaltung zwischen Goethe und Humboldt am 15. Juni 1812. Wir wissen aber aus Goethes Tagebuch, dass »über sein [Humboldts] Sprachstudium in Beziehung auf mehrere Nationen« gesprochen wurde (GT IV,1, S. 360), und aus Goethes Brief vom August, dass Humboldt die Verbreitung der Sprachen über die Welt dargestellt hat. Ganz offensichtlich hat Humboldt nicht so sehr Details der Grammatik des Baskischen oder amerikanischer Sprachen mit Goethe besprochen, sondern sein großes Projekt der »encyclopédie complette et universelle des langues connues«, also von allen Sprachen in der weiten Welt. Deswegen spricht Goethe auch in seinen beiden Briefen von einer Hemisphären-Karte, einer Welt-Karte, in die er die Sprachen eintragen will.[20]

Es ist das Enzyklopädische des Humboldt'schen Sprachprojekts, das Goethe fasziniert, das Weltweite, das seine kartographische Imagination in Gang setzt, und das Umfassende, das seinen kompendiarischen Appetit anregt. Das Kompendiarische und Exhaustive der Tabelle der Sprachen Europas, die Humboldt erstellt, ist ein Spiegel des Enzyklopädischen und als solches ein integrales Element der voll formierten Humboldt'schen Sprachwissenschaft, kein positivistisches Nebenprodukt. Und das von Goethe in das Projekt eingebrachte Kartographische, das unsere französischen Kollegen so subtil untersucht haben, verdeutlicht – mehr vielleicht als das Humboldt selbst bewusst ist – die räumliche Dimension seiner Enzyklopädie und damit die Neuheit des Humboldt'schen vergleichenden Sprachstudiums.

19 Ebd., S. 226.
20 Ebd., S. 221, 230.

Gegenüber der gleichzeitig entstehenden *historisch*-vergleichenden Linguistik (Grimm, Bopp) inauguriert Humboldt eine *synchronisch*-deskriptive Linguistik mit globaler Perspektive, deren Dimension nicht die Zeit ist, sondern der Raum. Goethe bestärkt Humboldt darin, »den Raum der Sprachen zu schaffen«, »Créer l'espace des langues«.[21]

Was die Tabelle selbst angeht, so bedürfte sie nun eines gründlichen sprachhistorischen Kommentars. Die *Anleitung* folgt im ersten Teil, der Liste der Sprachen, tatsächlich – auch in der Reihenfolge der Sprachen – weitgehend dem *Mithridates*. Humboldt ist aber besonders stolz auf den Abschnitt über die slawischen Sprachen: »Der Artikel über die slawischen Sprachen namentlich ist gewiß vollständiger und richtiger, als dieser Gegenstand in irgendeinem andern Buche abgehandelt ist«.[22] Dies hat damit zu tun, dass er, außer dass er in der Wiener Zeit »eifrig böhmisch« lernt, »an der Vergleichung der Grammatik aller slavischen Sprachen, erst untereinander und dann mit der Lettischen, die ich in Königsberg schon getrieben habe«,[23] arbeitet, wozu er einen »sehr braven Gehülfen« gefunden habe. Er meint Bartholomäus Kopitar, den damaligen Wiener Bibliothekar und großen slowenischen Slawisten.[24] Die zweite Liste zählt die Sprachen nach den Ländern auf beziehungsweise wie Humboldt in einer eigenhändigen Fußnote hinzufügt: »Die einzelnen Länder Europens sind hier ihrer ehemaligen politischen Eintheilung nach genommen«.[25] Er weist damit auf die radikalen politischen Veränderungen durch die napoleonischen Kriege hin, die 1812 noch nicht abgeschlossen sind. Die *Anleitung* bietet also Anlass zu einer europäischen Sprachengeschichte der vergangenen zweihundert Jahre, die Konstanz und Veränderungen der Sprachräume und Sprachnamen, neue Einsichten über Sprachverwandtschaften, Verschwinden, Veränderungen und Neuentstehen von »Ländern« abhandeln müsste. Das ginge aber über diese einführenden Bemerkungen zum Druck der *Anleitung* weit hinaus, welche jedoch schon als »Tabelle« anregende »kompendiarische« Belehrung gewährt.

21 So überschreiben Blankenstein u.a. (Anm. 1) den ersten Teil ihres Buches.
22 *Briefwechsel* (Anm. 5), S. 228.
23 Ebd., S. 229.
24 Vgl. Philip Mattson: *Wilhelm von Humboldt und die Anfänge der Slavistik*. In: *Zeitschrift für slavische Philologie* 38 (1975), S. 303-323.
25 Vgl. Edition, S. 163.

Wilhelm von Humboldt

Anleitung
zu Entwerfung einer allgemeinen Sprach Karte[1]

Eine Sprach Karte muss bloss Gebirge, Hauptflüsse, Provinzen und Länder- keine Städte- und Ortnamen, und als Nebenabtheilungen die gewöhnlichen politischen enthalten. Allein die Hauptabtheilungen müssen die Sprachgebiete seyn.

Die zur Erläuterung der Karte dienende Tabelle muss gedoppelt abgefasst sein, einmal so, dass sie, der Ordnung der Sprachen folgend, angiebt, in welchen Ländern jede gesprochen wird, das zweitemal so, dass sie, der Ordnung der Länder folgend, angiebt, welche Sprachen man in jedem redet.

In jedem Sprachgebiet können die Dialecte durch Nuancen der Farben, oder, da es an einer hinlänglichen Anzahl mangeln könnte, durch Zeichen angedeutet werden.

Verwandten Sprachen giebt man billig ähnliche Farben.

Wo Sprachen in einem Lande dergestalt gesprochen werden dass man ihre Gränzen, ohne in das kleinlichste Détail einzugehen nicht angeben kann, kann man das Land gestreift mit den verschiedenen Farben der darinn vorkommenden Sprachen illuminiren.

Wo Sprachen gewissermassen Mischsprachen sind, kann man ihre Gebiete auf ähnliche Weise punktirt illuminiren.

Wo man über eine Sprache oder Mundart ungewiss ist, kan man ihren Ort unilluminirt lassen. Die Kriwinen, Sotaken u.a. können in Europa solche weissbleibende Flecke abgeben.

I.
Europa.
1.,
Sprachgebiethe.

I., Lateinische Töchtersprachen.

1., Portugiesische — in ganz Portugall. Dialect von Beira.
Es wäre gut zu bezeichnen, dass die Portugiesische die reinste Lateinische Tochtersprache ist. — Mischung mit dem Arabischen, geringer, als bei der Spanischen. — Ob auch mit dem Vaskischen?

2. Spanische.
Gemischt mit Arabischem und Vaskischem.
In ganz Spanien ausser:
dem grössten Theil von Biscaya;
Navarra;
Catalonien;
Valencia;
Mallorca.

3., Süd-Französische. Langue d'Oc. Gränze im Ganzen: die Loire.
A., Provenzalische. Auch in Nizza, doch mit Ital. gemischt.
B., Languedocsche, in verschiedenen Abstufungen der Weichheit und Härte, um Nismes, Narbonne, Montpellier, Toulouse, in Auvergne u. s. f.
C., Catalonische in Catalonien, Mallorca, Alguer in Sardinien.
D. Valencianische in Valencia. // Andre Mundarten im südlichen Frankreich im Poitou u. s. f.

4., Nord-Französische Sprache. Langue d'oui.
Im ganzen alten Frankreich, nordwärts von der Langue d'Oc, ausser Nieder Bretagne, dem Elsass, und Belgien, in Savoyen, und in der Französischen Schweitz.
Mundarten in Anjou, Maine, der Normandie, Picardie, Lothringen (Messin, Vogien, Lorrain), im Ban de la Roche in Elsass, Franche Comté, Bourgogne, Paìs de Vaud ect.
Das Nord-Französische kann als stark gemischt mit dem Deutschen bezeichnet werden.

5., Italienische Sprache.
Auch, doch weniger als die Französische, mit Deutschem gemischt.
a., In ganz Italien, ausser:
Savoyen;
um Nizza;
den Sette u. tredeci communi; Ortschaften in Neapel und Sicilien; Malta.
b., in der Ital. Schweitz.
Dialecte: in Piemont, Waldensisch; Genua; Mailand; Bergamo; Venedig; Padua; Friaul (mehr Romanisch, auch mit Slavischem gemischt) Bologna; der südlichen Lombardie; Toscana (Florenz, Siena, Pistoja, Pisa, Lucca, Arezzo) Rom (Montigiani, Popolanti, Trasteverini) Neapel; Calabrien; Sicilien; Sardinien (Campidanische Mundart, die del Capo di sopra, di Logodoro) Corsika (die eigentliche Mundart sehr unbekannt.)

6., Romanische Sprache.
Der ursprünglichen Ausartung des Lateinischen am nächsten geblieben.
In einem Theil Graubündtens. Mithrid. II. 599.[2]
ob auch in Gardena?
Dialecte: Rumonsche (Mundart der Ebenen und der Oberwäldner) Ladinische (Ober und unter-Engadinische)

7. Walachische Sprache.
In der Moldau, Wallachei, Siebenbürgen, der Bukowina, dem Bannat, und Ungarn. — Dies ist der Ungarisch Wallachische Dialect.
Ferner in Thracien, Macedonien und Thessalien. — Der Thracisch- od. Kutzo-Wallachische Dialect, mit Griechischem und Albanischem gemischt.
Die ganze Sprache hat einen starken Slavischen Beisatz.

II., Vaskische Sprache. Gewiss Mutter Sprache.

In dem Señorio de Vizcaya,
Guipuzcoa
Alava, wo auch in vielen Gegenden bloss Spanisch geredet wird.
Navarra,
dem Païs de Labourd,
der Basse Navarre,
Soule.

Dialecte:
Labortanischer — im Franz. Basquenland.
Guipuzcoanischer — im Span. ausser Vizcaya.
Vizcainischer — in Vizcaya.

III. Kymrische Sprache.

Nach Adelung nur zusammengesetzt aus Nieder Deutschem und Gaelischem. Aber das ist wohl noch sehr Zweifelhaft.

1., In Wales u. Cornwales — Walisische Sprache.
2., In Nieder Bretagne — Bas Breton.
Vier Dialecte von diesem: Breton — Bretonnant. od. Treconnienne im Bisthum Trequier. Leonarde im Bisthum St Paul de Leon. Cornouaillère im Bisthum Quimper — Corentin. Vanneteuse im Bisthum Vannes.

IV. Gaelische (Keltische) Sprache.

Zwey Dialecte:
1., der Irische, die Ersische Spr. in Irrland.
2., der eig. Gaelische im N. Westen von Schottland.

V. Germanische Sprachen.

1., Deutsche Sprache.
a., In Deutschland ausser
Böhmen } zum Theil;
Mähren }
einem Theil von Schlesien;
den Wendischen Districten im Oesterreichischen;
den Lausitzen;
dem Lüneburgischen;
Pommern.
b., in der Deutschen Schweitz;
c., den von Deutschland abgerissenen Theilen Frankreichs;
d., den tredeci und Sette communi im Veronesischen und Vicentinischen;
e, in Preussen;
f. zum Theil in Cur- u. Liefland.

Dialecte

A., der Ober deutsche (Gothische) jetzt im Süden Deutschlands, auch bei den Deutschen in Böhmen, Ungarn, und Siebenbürgen (dort vier Dialecte: der Herrmannstädtische, Kronstädtische, oder Burzelländische, Bistrizische, nur halb Deutsch, Baeuerische)

a Suevisch-Alemannische im Westen; in der Schweitz; Elsass; Schwaben; dem Ober und Mittelrhein; und in Mähren, ostwärts von Brünn gegen Guntram.

b, Longobardische in Osten — in Baiern, Oesterreich u. s. f. Gottschewarer (verderbtes Deutsch sprechend) in Krain. (Wiener) Annalen der Lit. und Kunst. Jahrg. 1811. B. 3. S. 209.[3]

B. der Niederdeutsche (muss ähnlich mit dem Norwegischen und Schwedischen bezeichnet werden.)

Drei Dialecte:

a., die Friesische Spr.

α. Batavisch Friesisch — untergegangen, ausser um Molkweren, Hindelopen und Bolswest im Batavischen Friesland.

β. Kauchisch Friesisch — untergegangen, ausser auf den Ostfriesischen Inseln Baltrum, Langeroog, Norderney, Schickeroog und Wangeroog und in dem Holstein Oldenburgischen Saterlande.

γ. Nord Friesisch — untergegangen, ausser in einigen Schleswigschen Oertern (Husum, Tondern, Bredstädt, Böcking, Widinghorde, zum Theil in Karrharde) und einigen Inseln (Helgoland, Föhr, Sylt und Amröm.)

b., die Holländische Spr.

In den vereinigten Niederlanden, und dem grössten Theil der sogenannten Katholischen; in den letztern auch Vlämisch und Brabantisch genannt.

Tochter der Friesischen Spr. mit Nieder Sächsischem und Französischem gemischt.

c., die Nieder Sächsische, oder Platt-Deutsche Mundart. In ganz Nord Deutschland, Ost- und West Preussen in vielen abweichenden Mundarten.

C. der Mitteldeutsche.

Besonders in Ost-Franken und Süd-Thuringen.

Aus diesem entstand vorzüglich das Hochdeutsche.

2. Scandinavischer Sprachstamm.

A. Dänische Sprache.

B. Norwegische Sprache.

In Norwegen,

auf den Orcadischen und Faröer Inseln.

C. Islaendische Sprache — der Norwegischen nahe verwandt.

D. Schwedische Sprache — bestehend aus Schwedischem (Nieder) und Gothischem (Ober-Deutschem); einiger, doch sehr geringer, Finnischer Zusatz.

Mehrere Dialecte.

In Schweden, ausser Finnland; auf der Insel Runoe im Rigaischen Meerbusen.

3. Englische Sprache — Mischung von Angel-Sächsischem, Dänischem und Französischem.

VI. Slavische Sprachen.

Die Slavischen Sprachen und Nationen theilen sich in zwei Classen, die man geographisch schon an gewissen Ortnamen unterscheiden kann, die beiden eigenthümlich sind. Nur in den Laendern der ersten Classe kommen nemlich Orte in R<u>a</u>z-, nur in denen der zweiten in R<u>o</u>z- vor.

(Rasdesto, in Krain, Rozniow in Böhmen)

1. Classe (bey Adelung, im Mithridates, der Antische Stamm genannt) Der dem Griechischen Glauben zugethane Theil dieser Classe bedient sich des Cyrillischen, hernach, veraendert, Russischen Alphabets.

A. Russische Sprache — sie theilte sich früh in die Gross-Russische (des Novogorodischen) und in die Klein Russische (des Kiewschen Reichs) Aus der ersteren ist die heutige Russische Umgangs und Bücher Sprache geworden, die letztere ist der Servischen und Alt Slavonischen Kirchensprache näher geblieben.

In Russland;

in Gallizien (Russniaken) auf dem Lande bis Jaroslaw; in der Bukowina; und den Gebürgen der Ungarischen Gespannschaften Beregh, Scharosch, Ugdscha, Ungwar, und Zemplin.

Mundarten:

die Susdalische, Unterart des Gross Russischen in der Provinz Susdal.

die Malo- (von dem Russischen <u>Malü</u>, klein) Klein-Russische, oder Ukrainische.

Zu dieser müssen wohl gehören die Russniaken, Mazuraken und Goralen in Gallizien.

Die Mundart der Kriwitzen um Polock, Smolensk und Minsk, die mit Polnischem vermischt sein soll, ist noch wenig bekannt.

B. Die Illyrischen Mundarten, nemlich:

a. die Servische. Dieser gehört die Slawenische Kirchensprache an, die jezt von keinem Slawischen Stamm mehr gesprochen, aber von allen nicht unirten Slavischen Griechen gebraucht wird. Ob sie Alt-Servisch oder Alt-Windisch sey? ist jedoch noch zweifelhaft. (S. [Wiener] Annalen der Literatur und Kunst Jahrg. 1810. B. 2. S. 251.)[4]

In Servien;

Bosnien (in diesen beiden Laendern am reinsten; die heutigen Servier suchen sich in Büchern den Russen zu nähern) Bulgarien (die unreinste und gröbste Slavische Mundart) Slavonien (wo die Mundart mit der Croatischen zusammenfliesst) dem östlichen Dalmatien; und der Republik Ragusa.

Zu dieser Mundart gehören die Uskoken, Morlachen, und Heiduken.

Ratzen oder Raizen sind eigentlich die südlichen Servier; in Ungarn bedient man sich indess dieses Ausdruks auch für alle Servier überhaupt.

b., Die Croatische.
In Croatien. Diese Mundart ist im Grunde dieselbe mit der Servischen. Denn das ursprüngliche Kroatische hat im Süden des Kulp-Flusses seinen Sitz, und ist daher vom Servischen nicht unterschieden. Die Provincial Croaten sind keine ursprünglichen Kroaten, sondern sind nur geographisch seit Ferdinand I. dazu gemacht. Um Triest und Fiume redet man Istrianisch d.i. Servisch. (S. die oben angeführten Annalen. Jahrg. 1811. B. 2. S. 63.[5])

zum Theil um Triest und Fiume; in Krain am Kulpfluss; in einigen Comitaten Ungarns. (Wasser Croaten, auch Dalmatier genannt)

c. Die Windische in Süd-Deutschland (nur in Kärnthen und Steyermark nennt man die Slaven, im Gegensatz der Deutschen: Winden. In Krain nicht)
In Krain;
in Kärnthen und Unter-Steiermark, überall untermischt; im Provincial-Kroatien; in einem kleinen Theil von Ungarn, um Oedenburg und Eisenburg; im Thal Resia im Venetianischen. Dobrowsky Slavin. p. 120.[6]

Nach Kopitars (Vaterländische Blätter. Jahrg. 2. B. 1. p. 412.[7]) wahrscheinlich sehr richtiger Bemerkung kann man die Slavischen Mundarten im Süden der Donau (die hier die Illyrischen heissen) besser in zwei Varietaeten abtheilen; in

1., die Slovenische, oder Windische im Norden der Save und der Kulp, und
2., die Slovenisch (Windisch) Servische oder Slovenisch Croatische im Süden dieser beiden Flüsse.

Die erste Varietaet findet sich also in Inner Oesterreich, Provincial Croatien, u. in einem Theil von West Ungarn; die zweite im Süden der Donau, Save, und Kulp bis an den Hämus, samt ihren Colonien in Süd-Ungarn und Slavonien.

Diese Kopitarsche Eintheilung in zwei Glieder würde ich auf der Karte annehmen; die andre in drei (Servisch, Kroatisch, und Windisch) habe ich nur zur Erläuterung, als die gewöhnliche, hingesetzt.

Ein Mittelglied zwischen beiden Classen Slavischer Völker, machen, obgleich mehr zur zweiten gehörend, die Ungrischen Slowaken. Noch genauer bestimmt stossen beide Klassen geographisch und linguistisch in den Slowaken, und Slovenen (Winden) an der Donau zwischen Presburg und Komorn zusammen.

2. Classe (bei Adelung, im Mithridates: Slavischer Stamm.)

A., Böhmische Sprache. (Die Böhmen nennen sich selbst: Tschechowé. Sing. Tschech wörtlich ubersetzt: der Vordere; im Gegensatz der Schlesischen, hinteren, Slaven. — Sie war nach der Servischen zuerst Schriftsprache.

In Böhmen (⅔. der Einwohner, die übrigen Deutsche; meist untermischt; im Ellenbogner Kreis bloss Deutsche)

Ein Böhmischer Dialect ist die Mährische Sprache, mit den Unter-Mundarten Hannaken, Wallachen, Kopanitscharen u. s. f.

Die Slowakische Sprache, die Adelung auch nur so ansieht, steht in andrem Verhältniss zu ihr. Denn sie ist eigentlich die Alt-Böhmische, wie die Slawenische Kirchensprache die Alt Servische, oder Alt Windische. Sie wird in Ober Ungarn gesprochen.

Ob die Sotaken zu dieser Mundart gehören, ist ungewiss. Sie wohnen zwischen Kassoma u. Unghwar.

B. Polnische Spr. (Lechischer Stamm). Durch das ganze ehemalige Polen, die Theile ausgenommen, wo man Litthauisch, und (wie in einem Theile Galliziens) Russisch spricht; in Ober Schlesien (aber sehr unrein u. mit Mährischem untermischt) u. in Nieder Schlesien in einigen Dörfern um Breslau.

Mundarten: die Masurische in Masovien und Podlachien;
die der Wasserpolacken in Schlesien.

C. Wendische in N. Deutschland.
Nur noch Kassuben in Pommern; ihr Dialect eine Abartung der Polnischen Sprache.

In Meklenburg und dem übrigen N. Deutschland keine Ueberreste mehr.

Nach Schlötzer (Nord. Gesch. p. 237.[8]) doch noch ein kleiner Stamm in Lüchow im Lüneburgischen.

D. Serben in beiden Lausitzen und im Cottbusischen, untermischt mit Deutschen.

Ihre Sprache soll ein Gemisch aus Böhmischem und Pohlnischem sein, was jedoch noch zweifelhaft ist.

VII. Lettische Spr. Den Slavischen sehr nahe verwandt; die Wörter zu ⅔. Slavisch.

1. Litthauische Spr.
In Pr. Litthauen u. in Schamaiten, in jeder dieser Provinzen ein eigner Dialect. Der Alt Preussische ist ausgestorben.

2. Lettische Spr. Dieselbe mit der Litthauischen, allein doch (auch durch Finnischen Zusatz) verschiedener von ihr, als die Dialecte jener unter einander.

Im eigentlichen Lettlande (Theile von Liefland) Kurland; Semgallen; im ehemaligen Polnischen, jetzt Russischen Lieflande (Dünaische Provinz) und den Gemeinen Birsen u. Schaymen im dermaligen Polnischen Litthauen.

Mehrere Mundarten.

VIII. Tschudische Sprachen. (Im engern Verstande, nach Adelung, mit Absonderung der Ungrischen, und einiger Asiatischen, die Schlözer dazurechnet.)

1., Finnische Spr.
In Finnland, dem Wiborgschen Gouvernement (Carelien) und einem kleinen Theil von Ingermannland.
Mehrere Mundarten, vorzüglich die Carelische und Olonetzkische.

2. Lappländische Spr.
Mit Schwedischem und Norwegischem, einige Mundarten auch mit Finnischen Wörtern vermischt.
Sehr viele Mundarten.
Im Norwegischen, Schwedischen und Russischen Lapplande.

3. Esthnische Spr.
Im Revalschen Gouvernement von Liefland.
Revalsche, Dorpatsche und Pernauische Mundart.

4. Livische Spr.
Nur noch in einem sehr kleinen Strich von Liefland; vornemlich um Salis.
Die Mundart der Krewinen, oder Kriwinen am Memelstrom in Curland noch sehr unbekannt. Ungewiss ob sie Esthnisch oder Livisch ist?

IX. Ungrische (Magyarische) Spr.

Durch ganz Ungarn und Siebenbürgen. 3,300,000. Einwohner, also weit über ⅓. der ganzen Bevölkerung.
Unter den Mundarten die der Szekler sehr abweichend.

X. Albanische Spr.

In Albanien; überall wo Albanier wohnen, durch die Nebenländer Ungerns, und die Europäische Türkei, (als Clementiner in Syrmien) um Celso und Reggio in Calabrien; und in und um Messina in Sicilien.
Verschiedene Mundarten.

XI. Neu Griechische Spr.

In Griechenland; Klein Asien; dem Archipel; und durch die ganze Europäische Türkey, wo sich Griechen in grösserer Anzahl niedergelassen haben. Colonie in Corsica.
(Die Türkische, Neu-Arabische Sprache, und einige im Russischen Reich bleiben dem Stück über die Asiatischen Sprachen vorbehalten.)

2.

Länder+)

I., Portugall

Portugiesische Spr.

II. Spanien

1., Allgem: Spanische Spr.
Dialect: Gallicischer. Nähert sich dem Portugiesischen.
2., Biscaya und Navarra. Vaskische Spr. In Alava viele Orte Spanisch
3. Valencia. Valencianische Mundart
4. Catalonien } Catalonische Mundart
Mallorca }

III. Frankreich

1., Allgem: Französische Spr.
Im Norden. Langue d'Oui.
" Süden " " d'oc
2. Provence: Provenzalische Spr.
3. Langue d'oc: Langued'ocsche.
4. Nieder Bretagne: Kymrische Spr. Bas-Breton.
5. Pais de Labourd, Basse Navarre, Soule: Vaskische Spr.
6. Elsass u. die von Deutschland abgerissene Stücke: Deutsche Spr.
7. Belgien: Wallonische Mundart.
8. In den Dörfern der Provence: Biot Estragnolle u. Mons: Genuesische Mundart.

IV. Italien

1. Allgem: Italienisch.
Um Nizza. mit Provenzalischem gemischt.
2.3. Savoyen: Französisch u. Romanisch
4. Deutsch: Sette u. tredeci communi.
5. Neu Arabisch: Malta.
6. Alguer in Sardinien: Catalonisch.
7. Albanisch — in Calabrien um Celso u. Reggio, u. in Sicilien in und um Messina.
Griechen sind in Corsica, wo Mainoten 1676. sich in der Landschaft Paomia in der Prov. Vico festsetzten, aber im vorigen Saec. nach Ajaccio gedrängt wurden. Ob sie noch Griechisch reden?
8. Slavisch und zwar Windisch im Thal Resia im Venetianischen bei Udine.

+) Die einzelnen Länder Europens sind hier ihrer ehemaligen politischen Eintheilung nach genommen.

V. Schweitz

1., Deutsch: — Allgem.
2. Französisch. — Paìs de Vaud, Neufchâtel u. s. f.
3. Italienisch — in den 7. Italienischen Landvogteyen.
4. Romanisch. — Graubündten.

VI. Grossbrittanien

1. Englisch: — England, ausser Wales und einem Theil von Cornwales.
2. Gaelisch: — im N. W. v. Schottland
   (als Ersisch) in Irrland
3. Kymrisch. — in Wales und Cornwales.
   Insel Man — eigner Dialect, gemengt aus Gaelischem, Kymrischem, Norwegischem u. Englischem.
4. Norwegisch. — Orkadische Inseln

VII. Deutschland

1. Allgem: Deutsch
2. Polnisch: — in einem Theil Ober- und einem kleinen Nieder-Schlesiens.
3. Böhmisch: — in Böhmen und Mähren, vermischt mit Deutschen Gegenden.
4. Illyrisch (Slavisch der 2. Classe) in einem Theil Unter-Steyermarks, Kärnthens und Krains.
5. Serbisch (Slavisch der 1. Classe, Mischung aus Polnischem und Böhmischem) in beiden Lausitzen und im Cottbusischen; ferner im Lüneburgischen.
6. Kassubisch (Abart des Polnischen) in Hinterpommern.
7. Croatisch (Slavisch der 1. Cl.) in Krain, im Süden des Kulpflusses.
8. Servisch um Triest
9. Slowakisch — (Slavisch der 2. Classe) auf der Gränze von Mähren und Ungarn.

VIII. Die ehemaligen vereinigten Niederlande

1., Die Holländische Spr.
2. Ueberreste des Friesischen in dem Batavischen Friesland.

IX. Die ehemaligen katholischen Niederlande, oder Belgien.

1. Die Vlämische Sprache eine Mundart der Holländischen.
2. In dem alten Französischen Belgien das Wallonische, Gemisch von Deutschem, Französischem und Holländischem.

X. Dännemark

1. Dänisch;
2. Deutsch;
3. Friesisch in einigen Theilen Schleswigs.
4. Isländisch in Island.

XI. Norwegen

1., Norwegische Spr.
2. Lappländische in Lappland.

XII., Schweden

1. Schwedisch allgem.
2. Finnisch in Finnland
3. Lapplaendisch in Lappland

XIII. Preussen (das eig. Königreich)

1., Allgem. Deutsch.
2. Litthauisch — in der Prov. Litthauen
3. Lettisch — auf der Curischen Nährung.
4. Polnisch in Westpreussen, und einigen an Polen gränzenden Gegenden.

XIV. Polen (in seiner ehemaligen Bedeutung, jedoch ohne Curland)

1. Allgem. Polnisch.
2. Litthauisch: — im Grossherz. Litthauen.
3. Lettisch: — im Polnischen Lieflande.
4. Russisch: — in Gallizien auf dem Lande bis Jaroslaw.

XV. Das Europäische Russland. (Die Abtheilung nach Gatterer[9] angenommen.)

1. Allgem: Russisch.
2. Deutsch — vielfältig in Cur- und Liefland
3. Litthauisch — im Russischen Litthauen.
4. Lettisch — in Lettland, Curland Semgallen, einigen andern Orten Lieflands, und Litthauen.
5. Finnisch — im Wiborgschen Gouvernement, und einem Theil von Ingermannland.
6. Schwedisch — auf der Insel Runoe im Rigaischen Meerbusen.
7. Lappländisch — im Russischen Lappland.
8. Esthnisch — in Esthland.
9. Livisch — in Liefland um Salis.
10. Polnisch — jetzt in den von Polen erworbenen Ländern.

11. Samojedisch — im Archangelschen Gouv.
12. Morduinisch — im Wolodimerschen und Nischney-Nowogorodischen Gouv.
13. Tscheremissisch } im Nischney Novogorodischen Gouv.
14. Tschuwassisch }
15. Tatarisch — im Nogai, und Bessarabien.
16. Wallachisch — in Bessarabien.

XVI. Ungarn mit den Nebenländern.

Eine genaue Tabelle der Volksmischungen in allen Comitaten steht in Schlötzers Nord. Geschichte p. 248. §. 24.[10]

1. Ungrisch } untermischt durch ganz Ungarn und Siebenbürgen.
2. Deutsch }
3. Russisch in den Gebirgen einiger Gespannschaften.
4. Slowakisch fast auch durch ganz Ungarn, doch am meisten in den Kreisen über der Donau, und diesseits der Theis; am wenigsten in dem Kreiss jenseits der Theis.
5. Croatisch — in einigen Comitaten der beiden Donau Kreise.
6. Wallachisch — in einigen Comitaten des Kreises jenseits der Theis, nach Siebenbürgen.
7. Windisch — um Oedenburg und Eisenburg.
8. Servisch in mehreren Orten aller Kreise.

Nebenländer.

1. Bukowina: Russisch u. Wallachisch.
2. Oesterreichisches Dalmatien. Theils Servisch, theils Croatisch
3. Croatien — Croatisch
4. Slavonien — Servisch
5. Syrmien — Albanisch bei den Clementinern; sonst Servisch

XVII. Europäische Türkei

1. Türkisch.
2. Servisch — in Dalmatien, Ragusa, Bosnien, Servien, Bulgarien.
3. Wallachisch — in der Moldau und Wallachei, auch (und zwar der Kutzo-Wallachische Dialect) in Macedonien, Thracien und Thessalien.
   Neu Griechisch — im alten Griechenland und dessen Inseln.
   Albanisch — in der Provinz Albanien, und sporadisch bis Constantinopel.

Anmerkungen

1 Überlieferung: H: Klassik Stiftung Weimar, Goethe- und Schiller-Archiv, Nachlass Friedrich Wilhelm Riemer (GSA 78/300; Bl. 1-10; 19 beschriebene Seiten), Manuskript von Schreiberhand mit vereinzelten Korrekturen von Humboldt. – Die Transkription des Textes aus dem Jahr 2006 stammt von Inken Tegtmeyer (damals wiss. Mitarbeiterin am Editionsprojekt *Wilhelm von Humboldt: Schriften zur Sprachwissenschaft*). Für den Druck wurde der Text von Frank Zimmer (BBAW, Berlin) nochmals gegengelesen und mit einigen Anmerkungen versehen.

2 Johann Christoph Adelung / Johann Severin Vater: *Mithridates oder allgemeine Sprachenkunde mit dem Vater Unser als Sprachprobe in beynahe fünfhundert Sprachen und Mundarten.* 4 Bde. Berlin 1806-1817.

3 *Annalen der Literatur und Kunst in dem Oesterreichischen Kaiserthume* 3 (1811), S. 209.

4 *Annalen der Literatur und Kunst des In- und Auslandes* 2 (1810), S. 251.

5 *Annalen der Literatur und Kunst in dem Oesterreichischen Kaiserthume* 2 (1811), S. 63.

6 Joseph Dobrowsky: *Slavin. Beiträge zur Kenntniß der Slawischen Literatur, Sprachkunde und Alterthümer, nach allen Mundarten.* Prag 1808, S. 120.

7 Bartholomäus Kopitar: *Addresse der künftigen slavischen Akademie, an den Verfasser des Aufsatzes: »Das vormahlige und das künftige Illyrien«, im Decemberhefte der v. Archenholzischen Minerva 1809.* In: *Vaterländische Blätter für den österreichischen Kaiserstaat*, Nr. LXXVII-LXXXIV, 10.4.1810, S. 412.

8 August Ludwig Schlözer (Hrsg.): *Allgemeine Nordische Geschichte. Aus den neuesten und besten Nordischen Schriftstellern und nach eigenen Untersuchungen beschrieben, und als eine Geographische und Historische Einleitung zur richtigern Kenntniß aller Skandinavischen, Finnischen, Slavischen, Lettischen, und Sibirischen Völker, besonders in alten und mittleren Zeiten.* Halle 1771, S. 231

9 Gemeint ist Johann Christoph Gatterer: *Abriß der Geographie.* Göttingen 1775.

10 Siehe Anm. 8.

Goethe philologisch. Neue (und ältere) Projekte

Héctor Canal, Jutta Eckle

»Johann Wolfgang von Goethe. Briefwechsel mit Friedrich Wilhelm Riemer«. Kommentierte historisch-kritische Ausgabe in digitaler Form

Die digitale Ausgabe *Johann Wolfgang von Goethe. Briefwechsel mit Friedrich Wilhelm Riemer* ist seit September 2020 auf der Webseite der Klassik Stiftung Weimar als Online-Ressource des Goethe- und Schiller-Archivs unter einer permanenten URL frei zugänglich (Abb. 1).[1] Die erste wissenschaftliche Gesamtausgabe der Korrespondenz Goethes mit dem Philologen Friedrich Wilhelm Riemer (1774-1845), der von September 1803 bis zu Goethes Tod im März 1832 einer seiner wichtigsten Mitarbeiter war, umfasst 430 Briefe. Sie werden in der digitalen Edition nach historisch-kritischen Editionsprinzipien dargeboten und ausführlich erläutert.

I. Inhalt der digitalen Edition

Die Ausgabe enthält alle 430 Briefe der zwischen September 1803 und März 1832 geführten Korrespondenz. Berücksichtigt werden sämtliche überlieferten Textzeugen der Briefe (Ausfertigungen, Konzepte, Abschriften und Drucke), sofern sie textkritisch relevant sind, ebenfalls alle Briefbeilagen. Erschlossen werden sieben Briefe, die in die chronologische Präsentation integriert dargeboten werden. Die Edition basiert somit auf 525 Handschriften, die in der Regel vollständig, buchstaben- und zeichengetreu aufgenommen wurden. Darüber hinaus finden jene vier Briefe Berücksichtigung, die von der zwischen 1887 und 1912 erschienenen vierten

1 *Johann Wolfgang von Goethe. Briefwechsel mit Friedrich Wilhelm Riemer*. Im Auftrag der Klassik Stiftung Weimar, Goethe- und Schiller-Archiv, hrsg. von Héctor Canal u. Jutta Eckle, unter Mitarbeit von Uta Grießbach, Annette Mönnich u. Florian Schnee (https://ores.klassik-stiftung.de/ords/f?p=408); künftig zitiert als GR, [Brief-Nummer]. Das Projekt wurde von 2013 bis 2018 von der Deutschen Forschungsgemeinschaft finanziell gefördert. Zur Vorgeschichte, den Inhalten und den technischen Grundlagen der Edition Jutta Eckle, Nadezhda Petrova: *»Wenigstens erlauben Ew Excellenz daß ich bey zu hoffender baldiger Zurückkunft auf dieses Thema das Gespräch lenken darf.« Zur Konzeption der neuen Edition »Johann Wolfgang von Goethe. Briefwechsel mit Friedrich Wilhelm Riemer« (Hybridausgabe)*. In: *editio* 27 (2013), S. 112-123.

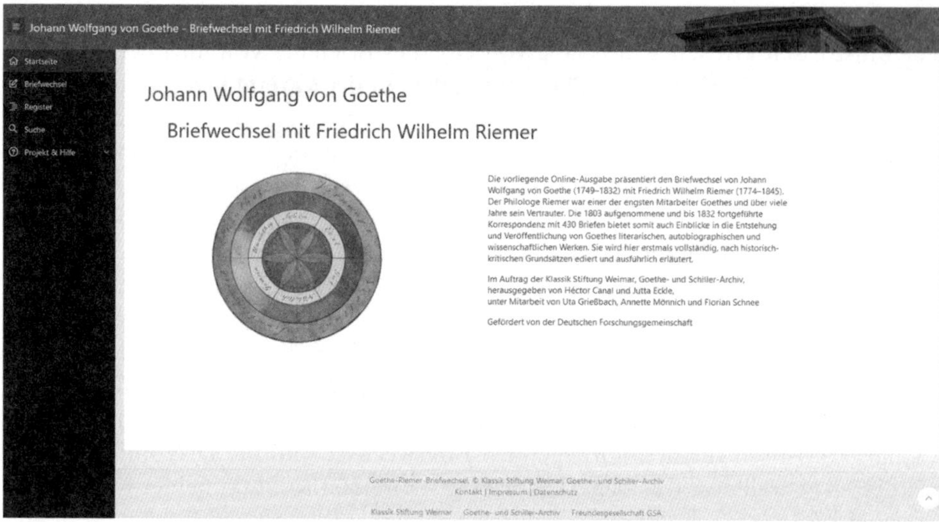

Abb. 1
Johann Wolfgang Goethe. Briefwechsel mit Friedrich Wilhelm Riemer (Startseite)

Abteilung der Weimarer Ausgabe (WA) und ihren 1990 vorgelegten Ergänzungsbänden noch als Briefe Goethes an Riemer angesehen wurden, für die im Laufe der Arbeit an der Kommentierung der digitalen Edition allerdings andere Adressaten ermittelt werden konnten. Dies sind Goethes Briefe an Friedrich Frommann (GR, Nr. U 1), Johann Heinrich Meyer (GR, Nr. U 2), Christian August Vulpius (GR, Nr. U 3) und Friedrich Hildebrand von Einsiedel (GR, Nr. U 4). Durch die Einbeziehung von Dokumenten aus den handschriftlichen Nachlässen Goethes und Riemers sowie des persönlichen Umfelds können viele Briefe erstmals datiert oder bisherige Datierungen revidiert werden. Lediglich 25 Briefe lassen sich keinem Datum oder enger begrenzten Zeitraum zuordnen. In die digitale Edition nicht aufgenommen werden die Gelegenheits- und Geburtstagsgedichte Riemers[2] sowie amtliche Schreiben beider Korrespondenten; das sind alle schriftlichen Mitteilungen, die zwischen Goethe als dem Leiter der *Oberaufsicht über die unmittelbaren Anstalten für Wissenschaft und Kunst in Weimar und Jena* und Riemer als Bibliothekar gewechselt wurden. Dienstliche Schriftstücke allerdings, in denen einer der beiden Briefpartner in Teilen private Angelegenheiten mitteilt, werden berücksichtigt.[3]

2 Es handelt sich nicht um Briefgedichte. Die Geburtstagsgedichte wie z. B. das vom 28. August 1830 (GSA 30/146, Bl. 455) wurden persönlich überreicht. In der Regestausgabe werden sie wegen der Aufbewahrung dieser Gedichthandschriften mit den Briefen im Bestand GSA 28 aufgenommen (vgl. z. B. RA 9, Nr. 1461).

3 Dies ist etwa der Fall, als der Leiter der Oberaufsicht am 10. November 1824 Riemer als seinem persönlichen Lektor einen Teil des Konzepts vom »Bericht der Oberaufsicht an Großherzog Carl August und Herzog Friedrich IV. von Sachsen-Gotha und Altenburg« schickt (GR, Nr. 246) oder als Goethe als Privatperson den Bibliothekar Riemer am 13. November 1828 um Auskünfte bittet (GR, Nr. 322).

In ihren Editionsgrundsätzen folgt die digitale Ausgabe der Korrespondenz der neuen historisch-kritischen Ausgabe von Goethes Briefen.[4] Von ihr übernimmt sie die Form der Text- und Apparatdarbietung, die Art der Variantenverzeichnung und die Prinzipien der Kommentierung.[5] Die Briefe werden dort als persönliche Dokumente angesehen, die ihren Adressaten in einer bestimmten äußeren und in einer besonderen sprachlichen Gestalt erreichten. Somit verbieten sich jegliche Eingriffe des Editors in den Text, in Lautstand, Orthografie oder Interpunktion, ebenso Normierungen, Glättungen und Emendationen. Wiedergegeben wird auch der Wechsel von deutscher und lateinischer Schrift, jeweils durch differierende Schriftfonts, von Schreibmaterialien oder des Schriftträgers; Letztere werden im philologischen Kommentar dokumentiert. Erfolgt die Antwort auf demselben Blatt wie der Bezugsbrief, werden die älteren oder nicht zugehörigen Textteile ausgegraut dargestellt. Bei echten Schreibversehen erfolgt eine Berichtigung der Stelle im Kommentar.

Charakteristisch für den vorliegenden Briefwechsel sind die Diskontinuität des epistolaren Schreibens, was dem regelmäßigen direkten Kontakt beider Korrespondenten in Weimar geschuldet ist, wodurch sich der Austausch von Briefen erübrigte, und die ausgeprägte Pragmatik der Kommunikation, die sich aus der Arbeitsbeziehung ergab, die beide Männer vorrangig verband. In der Korrespondenz, die sich aus der gemeinsamen Arbeit entwickelte, werden Sprache und Form von Goethes Werken thematisiert sowie stilistische und metrische Fragen problematisiert und entschieden. 1803 war Riemer zunächst Lehrer von Goethes Sohn August – eine Tätigkeit, der er bis 1808 nachging. Bis 1812 wirkte er als Goethes Sekretär, war Hausgenosse der Familie am Weimarer Frauenplan. Selbst als Professor am Weimarer Gymnasium (1812-1821) und als Bibliothekar (ab 1814) blieb er einer von Goethes engsten Mitarbeitern, war Lektor seiner Manuskripte und später Verwalter seines Nachlasses. Riemer brachte nicht nur umfassende altphilologische Kenntnisse mit in Goethes Schreibstube, sondern auch Freude am naturwissenschaftlichen Experimentieren, die sich während der gemeinsamen Zeit sogar noch steigerte. Davon legt unter vielem anderen Riemers Brief vom 26. bis 27. August 1828 mit zwei umfangreicheren Beilagen Zeugnis ab, in dem er dem in Dornburg weilenden Goethe bekennt, dass er dessen Aufsatz *Der Verfasser teilt die Geschichte seiner botanischen Studien mit* »mit der höchsten Theilnahme, ja ich könnte Rührung sagen« gelesen habe (GR, Nr. 317). Riemer entwarf auch eine eigene Variante von Goethes symbolischem Frankfurter Farbenkreis (abgebildet auf der Startseite).[6] Goethe war nicht allein für die fachkundigen Auskünfte und Zuarbeiten zu altertumswissenschaftlichen Fragen, sondern auch für Riemers »Asterisken und Obelisken«[7]

4 Johann Wolfgang Goethe: *Briefe. Historisch-kritische Ausgabe*. Berlin 2008 ff. [GB]. Zu dieser Ausgabe Elke Richter: *Goethes Briefe neu ediert. Zur historisch-kritischen Gesamtausgabe*. In: GJb 2017, S. 221-236.

5 Die Editionsrichtlinien sind jeweils auf den ersten Seiten der Kommentarbände ausführlich dargelegt.

6 Vgl. Jutta Eckle: *»Dieses halb philosophische halb empirische Grillenspiel« – Zur Entstehung und Bedeutung von Goethes Frankfurter Farbenkreis*. In: *Jb. des Freien Deutschen Hochstifts* 2007, S. 149-169.

7 So Goethes Ausdruck in den Briefen an Riemer vom 10. November 1812 (GR, Nr. 33) und vom 28. März 1816 (GR, Nr. 91).

dankbar, für die akribische Lektüre und für die daraus resultierenden Verbesserungsvorschläge. Er freute sich über dessen anregende Denkanstöße.[8] Häufig wechselten Arbeitsunterlagen im Vorfeld von Besprechungen in Goethes Wohnhaus am Frauenplan hin und her, Manuskripte und Druckfahnen, die den Briefen beilagen. Diese Beilagen stehen oft im Zusammenhang mit der Entstehung und Veröffentlichung von Werken Goethes, was sie zu wichtigen Türöffnern zur Werkstatt macht. Sie haben sich in der Regel in den umfangreichen handschriftlichen Nachlässen Goethes und Riemers erhalten, die sich im Goethe- und Schiller-Archiv befinden. In der digitalen Ausgabe werden die Beilagen verzeichnet und nach Möglichkeit in Form von Digitalisaten dargeboten, angebunden an den Briefdatensatz. Ausführliche Konzepte, druckfertige Manuskripte, Aushänge- oder Korrekturbogen – zum Teil mit handschriftlichen Korrekturen – werden nachgewiesen und beschrieben. Dadurch wird das Archiv des Dichters in einem Umfang sichtbar, wie es in der räumlichen Beschränktheit einer gedruckten Ausgabe nicht möglich wäre. Die mitgeschickten Werke der bildenden Kunst werden mit den Inventarnummern, die Bücher mit genauen bibliografischen Angaben zum jeweiligen Exemplar verzeichnet. Handelt es sich dabei um Exemplare aus Goethes Privatbibliothek, führt ein Link zum Digitalisat in den Sammlungen der Herzogin Anna Amalia Bibliothek, so bei Goethes Brief vom 7. Oktober 1826 (GR, Nr. 291), wo der Zugriff auf Carl Friedrich Zelters Geschenk *Das Goethe-Fest in Berlin. Gefeiert von der Mittwochs-Gesellschaft am 28. August 1826* (Berlin 1826) direkt möglich ist.

II. Vorarbeiten und Ziele

Bei 331 Briefen Goethes konnte die Ausgabe auf Nachweise zur Überlieferung zurückgreifen, die bereits vom elektronischen *Repertorium sämtlicher Goethe-Briefe* gesammelt worden sind.[9] Bei 99 Briefen Riemers waren die neun veröffentlichten Bände der Regestausgabe der Briefe an Goethe (RA) sowie interne Vorarbeiten des Projekts zu den ausstehenden Bänden von großem Wert.[10] Die digitale Ausgabe des Briefwechsels von Goethe mit Riemer wiederum wurde bald zu einem Pilotprojekt

8 Zu Riemers eigenständigen Leistungen vgl. Ida Hakemeyer: *Riemers Bearbeitung des Ur-Elpenor*. Phil. Diss. Göttingen 1944; Renate Fischer-Lamberg: *Aus dem Riemernachlaß*. In: GJb 1954, S. 345 f.; Franz Schmidt: *Neue Aussprüche Goethes und sein Tischgespräch »Über den Wert des Aperçus«*. In: GJb 1967, S. 260-266; Horst Franke, Volker Wahl: *Zur Entstehung des Mineralnamens »Göthit«*. In: GJb 1978, S. 241-247; Gunhild Pörksen, Uwe Pörksen: *Friedrich Wilhelm Riemer als Autor aphoristischer Notizen zur Sprache und als linguistischer Gesprächspartner Goethes. Mitteilungen aus seinem Nachlaß*. In: GJb 1985, S. 34-67.

9 Vgl. *Johann Wolfgang Goethe: Repertorium sämtlicher Briefe. 1764-1832*. Hrsg. von der Klassik Stiftung Weimar / Goethe- und Schiller-Archiv. Bearbeitet von Elke Richter unter Mitarbeit von Andrea Ehlert, Susanne Fenske, Eike Küstner, Katharina Mittendorf, Bettina Zschiedrich u. Anja Stehfest. Begründet von Paul Raabe an der Herzog August Bibliothek Wolfenbüttel (https://ores.klassik-stiftung.de/ords/f?p=402).

10 *Briefe an Goethe. Gesamtausgabe in Regestform*. Weimar 1980 ff. (digitale Ausgabe: https://ores.klassik-stiftung.de/ords/f?p=403). Zu dieser Ausgabe vgl. Christian Hain: *Briefe an Goethe und ihre Erschließung. Eine Gesamtausgabe in Regestform*. In: GJb 2019, S. 215-236.

für das Akademien-Vorhaben *PROPYLÄEN. Forschungsplattform zu Goethes Biographica.*[11] Im überschaubaren Maßstab ließen sich darin, obgleich früher als das Akademien-Vorhaben geplant, gleichwohl Möglichkeiten der Umwandlung der historisch-kritischen Gesamtausgabe von Goethes Briefen in eine digitale Edition erproben, sowohl produktions- als auch präsentationsseitig.

III. Aufbau der digitalen Edition und der Webpräsentation

Für die Ausgabe werden sämtliche Daten (Brieftexte mit Varianten und Erläuterungen) in XML nach den Richtlinien der Text Encoding Initiative (TEI) aufgenommen: Alle Textzeugen zu einem Brief und dessen Beilage sind im Projekt unter einer Identnummer verzeichnet. Für jeden einzelnen Textzeugen wird eine eigene XML-Datei mit Erweiterung dieser Identnummer generiert, welche die Zugehörigkeit zu einem spezifischen Entstehungskontext anzeigt. Ein spezifisches Markup erschließt die einschlägigen, die Textsorte Brief konstituierenden Merkmale. Die Korrespondenz liegt somit erstmals in Form maschinell les- und auswertbarer Form vor. Die differenziert semantisierten Forschungsdaten nach den TEI Guidelines P5 können für weiterführende wissenschaftliche Fragestellungen nachgenutzt werden.[12] Auf diesen Daten basiert die Webpräsentation. Für die Veröffentlichung werden sie in eine Oracle-Datenbank importiert. Die Internetapplikation wurde mit Oracle APEX und Oracle PL/SQL entwickelt. Die Aufbereitung der XML-Daten für die Anzeige erfolgt dynamisch beim Aufruf der jeweiligen Ansicht über die in der Datenbank hinterlegten XSL-Transformationen. Ursprünglich als Hybridausgabe konzipiert, wird die Ausgabe zunächst nur als digitale Edition realisiert, weil die Langzeitverfügbarkeit – der größte Nachteil des Digitalen gegenüber dem Printmedium – institutionell auf dem Server der Klassik Stiftung Weimar gewährleistet ist. Die Erstellung einer Druckdatei für eine klassische Printedition ist allerdings auf der Grundlage der XML-Dateien jederzeit möglich (Single-Source-Prinzip).

Die Webpräsentation bietet über das Hauptnavigationsmenü unterschiedliche Zugänge zu den einzelnen Stücken der Korrespondenz, unter »Projekt & Hilfe« weiterhin zu den Begleittexten der Edition mit den Menüunterpunkten »Projektbeschreibung«, »Hilfe zur Benutzung« sowie »Siglen und Abkürzungen«. Der Zugang zu den einzelnen Briefen erfolgt über »Briefwechsel« (1), »Register« (2) und »Suche« (3).

Ad 1 (»Briefwechsel«): Die chronologische Präsentation des Briefwechsels erfolgt in fünf Zeitperioden mit datierten und datierbaren Briefen sowie in einer weiteren Abteilung mit 25 Briefen, die sich zeitlich nicht verorten lassen. Alternativ

11 Das Kooperationsvorhaben der Klassik Stiftung Weimar, Goethe- und Schiller-Archiv, der Sächsischen Akademie der Wissenschaften zu Leipzig und der Akademie der Wissenschaften und der Literatur in Mainz läuft seit 2015. Sämtliche Biographica Goethes samt Erschließungsmitteln (Verzeichnisse und Register) sollen auf einer Plattform virtuell zusammengeführt und präsentiert werden: Goethes Tagebücher, die Briefe von ihm und an ihn sowie Dokumente zu seinen Begegnungen und Gesprächen.

12 Die XML/TEI-Kodierung folgt den Guidelines P5 der TEI: https://tei-c.org/guidelines/p5/. Alle Abweichungen sind dokumentiert. Die Dokumentation zur Datenkodierung kann unter der Projektadresse angefordert werden.

lässt sich die Korrespondenz auch grafisch anzeigen: In einer Zeitleiste werden zudem für beide Korrespondenten wichtige biografische Stationen genannt.

Ad 2 (»Register«): Angeboten werden Register zu Personen und ihren Werken, weiterhin Register zu Goethes Werken und zu Riemers Werken sowie zu Anonyma und Periodika. In allen vier Registern erscheint eine Liste der Einträge und Angaben zur Anzahl der Treffer in den Briefen. Durch Anklicken der Trefferzahl öffnet sich eine tabellarische Übersicht mit den Nachweisen der zugehörigen Briefe. Über das Ikon gelangt man zur Vollanzeige des Briefdatensatzes.

Ad 3 (»Suche«): Die Suche ermöglicht die feldbezogene Recherche unter mehreren, einzeln und in Kombination anwendbaren Facetten: KorrespondenzNr. oder BriefIdentNr., Absender, Empfänger, Absendeort, Absendedatum, Wochentag der Absendung, Normdatum, Empfangsort. Eine Volltextsuche nach Wörtern oder Phrasen im Brieftext und/oder in den Erläuterungen ist ebenfalls möglich; sie kann sogar auf bestimmte Textzeugen (Ausfertigung, Konzept, Abschrift) beschränkt werden. Die Suchergebnisse sind sortierbar. Über obengenanntes Ikon gelangt man zum einzelnen Briefdatensatz.

Für jeden Brief sind in der Regel drei Ansichten verfügbar: »Edierter Text/Kommentar« (1), »Transkription/Manuskript« (2) und »Faksimiles« (3). Die Ansicht »Textzeugen-Vergleich« (4) ist nur für diejenigen Briefe vorhanden, die in mehreren Fassungen (in der Regel Ausfertigung und Konzept) vorliegen.

Die Kopfzeile zu einem Brief, die die KorrespondenzNr., die BriefIdentNr. (ID), die Angaben zum Empfänger, Absendeort und -datum sowie dem Empfangsort enthält, ist allen Ansichten gemeinsam. Ebenfalls in allen Ansichten vorhanden ist der verbindliche Zitierhinweis in der Fußzeile. Durch die stabilen URLs ist die eindeutige Adressierung eines jeden Textzeugen und von jeder Ansicht innerhalb der digitalen Edition möglich – eine unabdingbare Voraussetzung, um eindeutig auf einzelne Stellen verweisen, sie sicher zitieren zu können.

In den ersten beiden Ansichten werden auf der rechten Seite die bekannten Korrespondenzbezüge angegeben. Darunter werden die Registereinträge (Personen und Werke) zum jeweiligen Brief verzeichnet. Im Personenregister öffnet sich durch Anklicken des Ikons die Kurzbiografie der namentlich benannten Person. Die Register werden mittels der Personennormdatenbank (SNDB) der Klassik Stiftung Weimar erstellt, die Einträge mit den dort vorgehaltenen IDNummern verlinkt, mit dem Ergebnis, dass jede erwähnte Person eindeutig identifiziert ist und als identisch mit der in einem anderen Editionsprojekt erwähnten Person dieses Namens mit gleicher IDNummer gelten kann.[13] Diese Datenbank arbeitet ihre Normdaten in die Gemeinsame Normdatei (GND) der Deutschen Nationalbibliothek ein.

Ad 1 (»Edierter Text/Kommentar«): Der konstituierte Text wird in der linken Spalte als Fließtext präsentiert, und zwar gesondert für jeden textkritisch relevanten Textzeugen (Ausfertigung, Konzept, Abschrift, Druck). Korrekturen, Streichungen und Ergänzungen werden als Bestandteile des an den Adressaten gelangten Textes betrachtet und daher als Autorvarianten in einem negativen Einzelstellenapparat visualisiert. Auf einen integrierten Apparat wird verzichtet, um einen leicht zitierbaren Text darbieten zu können. Durch Anklicken der entsprechenden Check-

13 Vgl. https://ores.klassik-stiftung.de/ords/f?p=403:600.

box werden die varianten Stellen an ihrem Ende mit roten Asterisken markiert; diese innertextuellen Varianten lassen sich durch Anklicken eines Asterisken in einer Box anzeigen. Eine Gesamtansicht aller Varianten ist in der XML-Datei möglich, wo sich der Apparat – ebenso wie der Kommentar – im Back der Datei befindet:

```
<div type="apparat"><listApp>
<app xml:id="GR55006-seite2-les1"><rdg><add rend="ergaenzung" place=
"ueber_Zeile">bey</add> alle<add rend="ergaenzung" place="ueber_Zeile"
>n</add></rdg></app>
<app xml:id="GR55006-seite2-les2"><rdg>wi<subst><del rend=
"ueberschriebenes">rd</del><add rend="ueberschreibung">r</add>
</subst></rdg></app>
<app xml:id="GR55006-seite2-les3"><rdg>ih<subst><del rend=
"ueberschriebenes">r</del><add rend="ueberschreibung">n</add>
</subst></rdg></app>
</listApp></div>[14]
```

In der rechten Spalte wird der Kommentar angeboten. Die Erläuterungen bestehen aus einem philologischen und einem sachlichen Kommentar. In der Dokumentation der Überlieferung sind alle textkritisch relevanten Handschriften bzw. Drucke verzeichnet und beschrieben. Zudem wird der Ort des Erstdrucks genannt, bei Briefen Goethes der Druckort in der Weimarer Ausgabe. Vom Editor vorgenommene Datierungen werden in einem eigenen Abschnitt begründet. Auf das Verzeichnis der Beilagen folgen zumeist die Einzelstellenerläuterungen, denen in einigen Fällen noch eine einleitende Erläuterung mit einem Überblickskommentar vorangestellt ist. Die Einzelstellenerläuterungen bieten die zum Verständnis der Korrespondenz notwendigen sprachlichen, sachlichen, historischen, literarischen und biografischen Aufschlüsse. Zur Kommentierung der Briefe wurden häufig ungedruckte Archivalien herangezogen, die hier ebenfalls erstmals veröffentlicht werden. Die meisten entstammen dem handschriftlichen Nachlass Riemers.[15] Sie werden im »Verzeichnis von Briefen und Dokumenten im Kommentar« (unter »Siglen und Abkürzungen«) nachgewiesen. Größere Zusammenhänge werden unter Zuhilfenahme eines stringenten Verweissystems beleuchtet: Innerhalb eines Briefes wird auf eine andere Einzelstellenerläuterung verwiesen; Verweise auf andere Briefe, einleitende Erläuterungen oder Einzelstellenerläuterungen erfolgen in Form von Links. Werden diese Verlinkungen angeklickt, öffnet sich im Browser ein neuer Reiter mit dem Zielobjekt. Durch Wechseln des Fensters gelangt man zurück zum Ausgangsobjekt.

Ad 2 (»Transkription/Manuskript«): Die parallele Darstellung der zeilengetreuen Transkription in der linken und des auf das Textfeld reduzierten Digitalisats in der rechten Spalte ermöglicht eine intensive Lektüre der einzelnen Zeilen des Brief-

14 Apparat in der XML-Datei zu Riemers Brief vom 8. Dezember 1815 (GR, Nr. 81 [ID: 55006]).

15 Ein besonderer Fund bei der Sichtung von Materialien für den Kommentar war eine Zeichnung Riemers, die Goethes Profil zeigt. Vgl. Héctor Canal, Christian Hecht: *Ein unbekanntes Goethe-Porträt von der Hand Friedrich Wilhelm Riemers.* In: GJb 2014, S. 166-176.

textes. Die Variantendarstellung erfolgt auch hier in der Art und Weise, wie sie in der Ansicht »Edierter Text/Kommentar« bereits beschrieben wurde.

Ad 3 (»Faksimiles«): Dargeboten werden hier sämtliche Digitalisate einer Handschrift und dies von allen Textzeugen zu einem Brief, womit die archivalische Überlieferung jedes Stückes vollständig abgebildet ist. Gleiches gilt für die Beilagen, sofern sie sich in den Beständen des Goethe- und Schiller-Archivs ermitteln ließen und mit einem vertretbaren zeitlichen und finanziellen Aufwand digitalisiert werden konnten.[16] In der Deep-Zoom-Ansicht lassen sich die Digitalisate stufenlos vergrößern bzw. verkleinern. Die verbale Handschriftenbeschreibung ergänzend, führen sie die spezifische Materialität einer Handschrift besonders detailreich vor Augen.[17] In der Ansicht »Faksimiles« werden auch die leeren Seiten und gegebenenfalls der zu einem Brief gehörende Umschlag mit Adressierung, Verschlussmaterialien (Siegel, Oblaten) und Postvermerken gezeigt.

Ad 4 (»Textzeugen-Vergleich«): In dieser Ansicht sind Vergleiche von verschiedenen Textzeugen zu einem Brief (Ausfertigungen und Konzepte) möglich. Intertextuelle Varianten werden wie innertextuelle Varianten durch Anklicken der entsprechenden Checkbox angezeigt. Im Unterschied zu diesen werden alle voneinander abweichenden Stellen dann farbig hinterlegt (in Blau), sodass sich die Häufigkeit und Verteilung der varianten Passagen auf einen Blick erfassen lässt. Sobald eine intertextuelle Variante in einem der beiden Textzeugen angeklickt wird, verändern die zugehörigen Stellen ihre Farbe (in Grau). Das erlaubt einen detaillierteren Vergleich und dabei eine qualitative Bewertung der auftretenden Differenzen.

IV. Fazit

Der Briefwechsel Goethes mit Riemer öffnet die Türen zur Werkstatt des Dichters und Naturforschers. Durch die Bereitstellung der Arbeitsmaterialien in der digitalen Edition wird die Grundlage für das Studium textgenetischer, entstehungs- und publikationsgeschichtlicher Vorgänge geschaffen. Die kritische Edition der Korrespondenz gewährt erstmals einen umfassenden Blick auf die Schreibpulte der Briefschreiber Goethe und Riemer.[18] Dies gelingt insbesondere durch die Wiedergabe von mehrschichtig bearbeiteten Briefkonzepten, die insbesondere im digitalen Me-

16 Nicht digitalisiert wurde unter anderem das Manuskript des vierten Teils von *Dichtung und Wahrheit* mit einem Umfang von 216 Blatt (H: GSA 25/W 2355), das Goethe Riemer am 30. November 1830 sandte (GR, Nr. 378).

17 Zur Bedeutung der Digitalisate als Ergänzung der Handschriftenbeschreibungen in Brief-Editionen, indem sie Informationen zu Papier, Format, Faltung, Schreibmaterial oder Schreibduktus anschaulich vermitteln, vgl. Elke Richter: *Goethes Briefhandschriften digital – Chancen und Probleme elektronischer Faksimilierung*. In: *Brief-Edition im digitalen Zeitalter*. Hrsg. von Anne Bohnenkamp u. Elke Richter. Berlin, Boston 2013, S. 53-74.

18 Die Konzeptions- und Schreibprozesse von Briefen sind für die literaturwissenschaftliche Forschung von besonderem Interesse. Auch wenn eine genauere quantitative und qualitative Auswertung des Materials erst mit dem Abschluss der historisch-kritischen Goethe-Briefausgabe möglich sein wird, sind Albrecht Schönes Studien dazu wegweisend; vgl. Albrecht Schöne: *Der Briefschreiber Goethe*. München 2015.

dium vollständig, in sinnlich eingängiger Weise dargeboten werden können.[19] Das halbbrüchig beschriebene Konzept zu einem Brief Riemers an Goethe vom 7. November 1813 (GR, Nr. 53) mag dies zum Abschluss exemplarisch vor Augen führen (Abb. 2 u. 3). Die Handschrift wurde mit schwarzer und roter Tinte sowie mit Bleistift geschrieben und in mehreren Arbeitsschritten durchgesehen und korrigiert. Riemer äußert sich darin zu dem ihm im Vorfeld durch Christiane von Goethe mündlich übermittelten Angebot, wieder in das Wohnhaus am Frauenplan zu ziehen. Im Mansardengeschoss hatte Riemer bereits von September 1803 bis März 1812 gewohnt, die Zimmer aber geräumt, als er zum Professor am Weimarer Gymnasium berufen worden war. Sein Nachfolger im Amt von Goethes Sekretär, Carl John, war im Sommer 1813 erkrankt und bald darauf entlassen worden. Goethe vermisste Riemers Expertise an Ort und Stelle und wollte seinen engen Mitarbeiter wieder stärker in die täglichen Arbeitsprozesse einbinden. Das Manuskript zeigt Riemers Ringen um die angemessene Antwort in plastischer Weise.

19 Vgl. Héctor Canal: *Briefkonzepte im digitalen Medium. Zur Darstellung komplexer Überlieferung in der Edition »Johann Wolfgang von Goethe. Briefwechsel mit Friedrich Wilhelm Riemer«*. In: *Textgenese in der digitalen Edition*. Hrsg. von Anke Bosse u. Walter Fanta. Berlin, Boston 2019, S. 153-170.

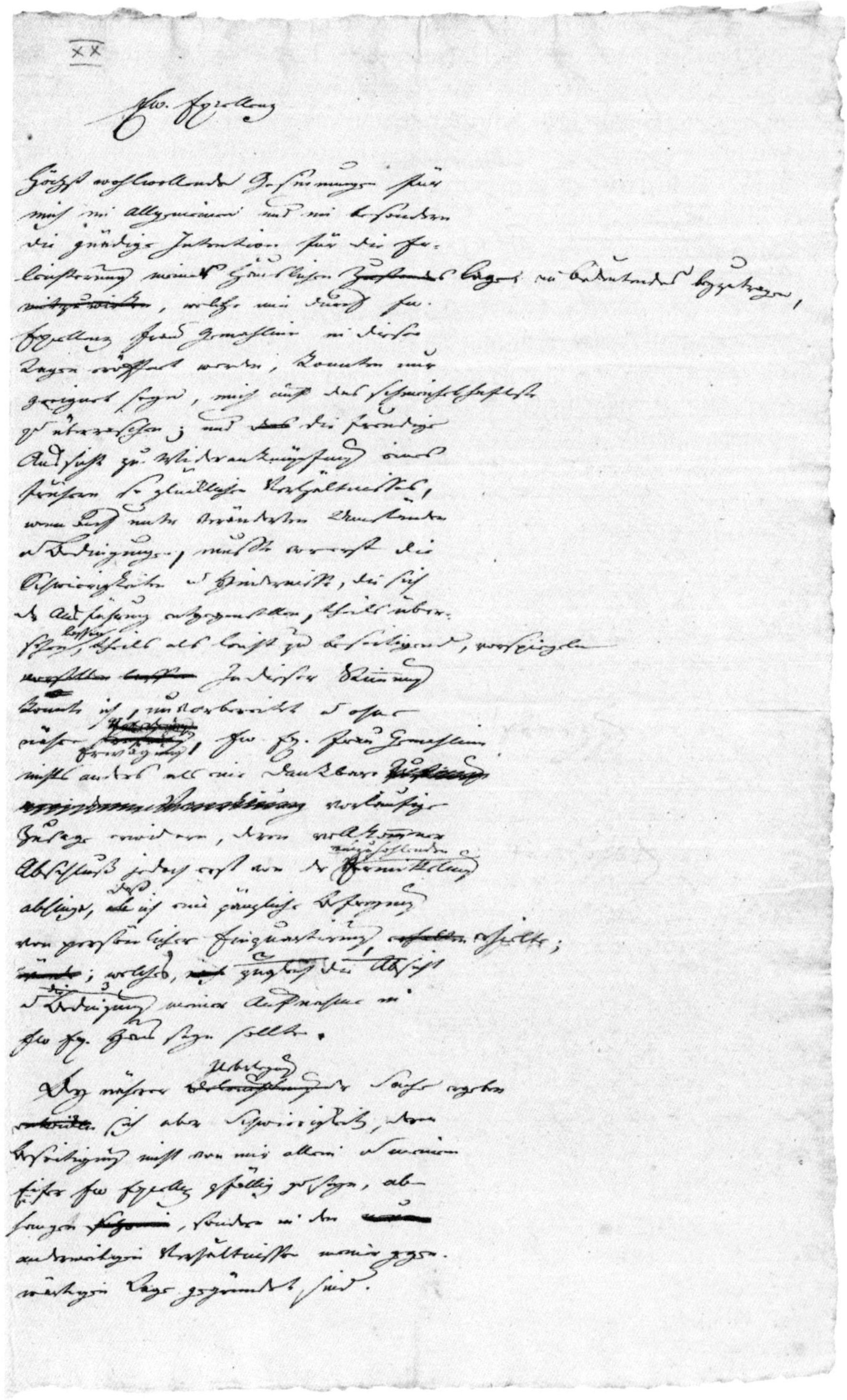

Abb. 2
Riemer an Goethe (Konzept), 7. November 1813 (GR, Nr. 53), S. 1

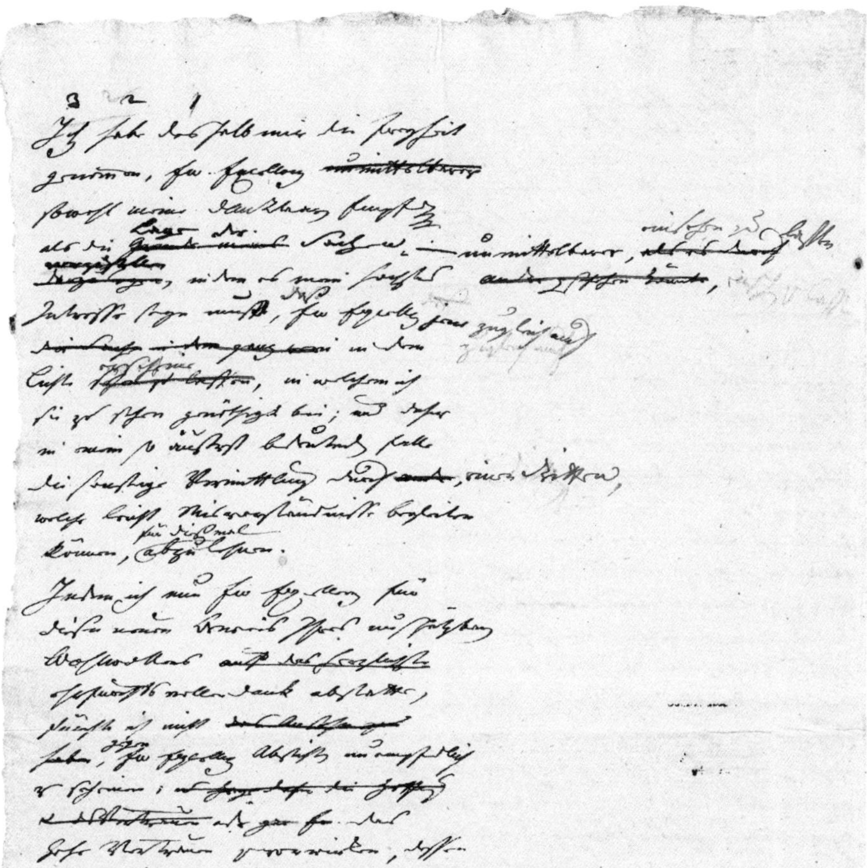

Abb. 3
Riemer an Goethe (Konzept), 7. November 1813 (GR, Nr. 53), S. 4

Goethe-Bücher der Vergangenheit, neu gelesen

Frieder von Ammon

George Henry Lewes' »The Life and Works of Goethe«

Unter den nicht allzu zahlreichen deutschen Schriftstellern, die für würdig genug befunden wurden, zur feierlichen Einweihung des neu erbauten Goethe- und Schiller-Archivs am 28. Juni 1896 nach Weimar eingeladen zu werden, war auch Theodor Fontane. Der jedoch sagte ab, mit der Begründung, dass er sich dann zur Kur in Karlsbad aufhalten würde. Wie er in seinem Brief vom 25. Mai 1896 an den Germanisten und ersten Archivdirektor Erich Schmidt einräumte, gab es aber noch einen zweiten, vielleicht sogar wichtigeren Grund: »Denn trotzdem ich meinen Lewes und sogar meinen Herman Grimm gelesen habe, habe ich doch von Goethewissenschaftlichkeit keinen Schimmer und würde jeden Augenblick die Angst haben: ›Jetzt geht es los‹«.[1] Wer Herman Grimm war und auf welches seiner Bücher Fontane hier anspielt, ist kein Geheimnis: Insbesondere die Leserinnen und Leser dieser Rubrik wissen, dass Fontane die Vorlesungen meinte, die Grimm an der Berliner Universität gehalten hatte und deren Druckfassung eines der Erfolgsbücher des deutschen Goethe-Schrifttums am Ende des 19. Jahrhunderts war.[2] Wer aber verbirgt sich hinter dem anderen von Fontane genannten Namen – wer ist jener »Lewes«?

Heute kennen ihn hierzulande nur noch Spezialisten. Fontanes Zeitgenossen aber hätte diese Frage verwundert, denn George Henry Lewes (1817-1878) war damals kaum weniger eine Autorität in Sachen Goethe als Herman Grimm, und er war dies aus einem einzigen, schlagenden Grund: Von ihm stammt die erste vollständige, vollgültige Goethe-Biographie. Zuerst 1855 in englischer Sprache erschienen, wurde *The Life and Works of Goethe* zu einem außerordentlichen Erfolg, der den von Grimms *Goethe* sogar noch übertraf, weil er sich nicht auf den deutschsprachigen Raum beschränkte. Allein in den ersten drei Monaten nach Erscheinen wurden nicht weniger als 3000 Exemplare dieses Buches verkauft. Eine erste (von Lewes autorisierte) deutsche Übersetzung folgte schon 1857, weitere Übersetzungen, unter anderem ins Französische, Italienische, Polnische und Russische, schlos-

1 Theodor Fontane: *Werke, Schriften und Briefe*. Abteilung I-IV. Hrsg. von Walter Keitel u. Helmuth Nürnberger. München 1969-1997, Bd. IV/4, S. 559.

2 Vgl. dazu den Beitrag von Gustav Seibt in GJb 2017, S. 253-262.

sen sich an. Und es folgte Auflage um Auflage: Im Jahr 1900 lag bereits die 18. Auflage der englischen Ausgabe vor (und die achte der zweiten deutschen Übersetzung). 1906 – mehr als 20 Jahre nach Lewes' Tod – erschien das Buch dann als ›Everyman Reprint‹ und auch diese Ausgabe wurde mehrfach neu aufgelegt.

Es ist somit keine Übertreibung zu sagen, dass Lewes' Biographie für das Goethe-Bild bis ins frühe 20. Jahrhundert hinein eine zentrale Rolle gespielt hat und dies eben international. Umso interessanter ist es, sich diese erste vollständige Goethe-Biographie aus dem Abstand von inzwischen fast 200 Jahren wieder vorzunehmen. Und um dies gleich vorwegzunehmen: Man bereut es nicht. Es lohnt sich, dieses Buch zu lesen, und dies nicht nur deshalb, weil es am Anfang der großen, bis in die Gegenwart reichenden Tradition der Goethe-Biographik steht.

I.

Bei einer Annäherung an *The Life and Works of Goethe* empfiehlt es sich, mit der Konstellation zu beginnen, in der dieses Buch entstanden bzw. beendet worden ist, denn es ist eine besondere, literaturgeschichtlich außergewöhnlich reizvolle Konstellation, die zweifellos das Prädikat ›buchenswert‹ verdient hätte – um einen Roman zu zitieren, der, obwohl fast ein Jahrhundert später entstanden, Lewes' Biographie indirekt wichtige Anregungen verdankt.[3]

Nachdem er sich mit wenig Erfolg als Dramatiker, Romancier und Schauspieler versucht hatte, gelang es Lewes Mitte der 1840er Jahre, sich als einer der einflussreichsten Kritiker der viktorianischen Literatur zu etablieren:[4] Er gab die Wochenzeitung *Leader* heraus, war unter anderem mit Charlotte Brontë, Thomas Carlyle, Charles Dickens und William Makepeace Thackeray bekannt oder befreundet; in jedem Fall schrieb er über sie alle, wobei er oft ein sicheres Urteil bewies. Dem Vorbild Carlyles folgend – ihm wird er die Goethe-Biographie widmen[5] –, beschäftigte Lewes sich ausführlich auch mit deutscher Literatur und Philosophie und versuchte, sie in Großbritannien bekannter zu machen – mit Erfolg. Ein Stein des Anstoßes war für die Zeitgenossen jedoch sein Privatleben: Obwohl verheiratet, führte er eine wilde Ehe mit Mary Ann Evans, einer Journalistin und Übersetzerin

3 Der narrative Kern von *Lotte in Weimar* geht über zwei Zwischenstufen (Felix Aaron Theilhaber und Ludwig Häberlin) auf Lewes' Biographie zurück. Vgl. dazu Thomas Mann: *Lotte in Weimar. Roman.* Kommentar von Werner Frizen. Frankfurt a.M. 2003, S. 213.

4 Zum Folgenden vgl. Rosemary Ashton: *G.H. Lewes. An Unconventional Victorian.* London 2000; bes. Teil 1 u. 2.

5 Es lohnt sich, den Wortlaut dieser Widmung zu zitieren, denn sie macht die überragende Bedeutung Carlyles für die englische Goethe-Rezeption deutlich: »To Thomas Carlyle, who first taught England to appreciate Goethe, this work is inscribed, As a Memorial of Gratitude for intellectual guidance, and of esteem for rare and noble qualities«. George Henry Lewes: *The Life and Works of Goethe: With Sketches of His Age and Contemporaries, From Published and Unpublished Sources.* Second edition, revised by the author. Two volumes. Leipzig 1858 (im Folgenden unter der Sigle L mit Angabe von Band- und Seitenzahl in den Text integriert).

aus dem Deutschen (unter den von ihr übersetzten Büchern waren Feuerbachs *Das Wesen des Christentums* und Strauß' *Das Leben Jesu*), die damals noch kaum bekannt war. Doch das sollte sich ändern: Spätestens mit ihrem Meisterwerk, dem 1871 erschienenen Roman *Middlemarch*, wurde sie unter dem Pseudonym George Eliot weltberühmt.

Lewes hatte schon in den 1840er Jahren an seiner Goethe-Biographie zu arbeiten begonnen, doch ihm war klar, dass er sie nur ›vor Ort‹ würde beenden können. Aus diesem Grund reiste er – ausgestattet mit einem Empfehlungsschreiben Carlyles und in Begleitung Evans' – im August 1854 nach Weimar, um dort drei Monate lang in Ruhe zu arbeiten und sein Buch abzuschließen. Die beiden wohnten in der Schlossgasse, wo heute eine Plakette an sie erinnert. Evans hat später einen Bericht über den Aufenthalt geschrieben (*Three Months in Weimar*), der 1855 in *Frazers Magazine* erschien und seit kurzem auch in deutscher Übersetzung vorliegt.[6] Er ist durchaus lesenswert, auch wenn man die Spitzzüngigkeit, mit der *Middlemarch* erzählt wird, hier vergebens sucht. In jedem Fall geht aus dem Bericht hervor, dass das Paar in Weimar freundlich aufgenommen wurde, unter anderem von Franz Liszt (der selbst eine unkonventionelle Beziehung führte), aber auch von Großherzog Carl Alexander. Offenbar war man in Weimar toleranter als in London. Doch das war nicht der einzige Kontrast zwischen diesen beiden Städten, wie aus einem Brief hervorgeht, den Lewes aus Weimar an seine Söhne in London richtete:

> Fancy a little quiet town without cabs, omnibuses, very few carts and scarcely a carriage – with no gas lights for the streets, which are lighted (in winter only) by oil lamps, slung across the streets on a cord. These, which are rare, give so little light that when ladies go to the theatre they take a servant with them to carry a lantern.[7]

II.

Lewes recherchierte gründlich in Weimar, indem er die Schauplätze von Goethes Leben aufsuchte (er wurde sogar in Goethes Arbeits- und Schlafzimmer vorgelassen) und mit Menschen sprach, die ihn noch persönlich gekannt hatten, darunter Ottilie von Goethe, Johann Peter Eckermann und Theodor Kräuter (Goethes Sekretär). Und – nicht zuletzt – ließ er sich Quellen vorlegen, die damals teilweise noch unveröffentlicht waren, allen voran Briefe. Leider gibt Lewes meist nicht genau an, wer sie ihm unter welchen Umständen zugänglich gemacht hatte; es ist aber anzunehmen, dass Ottilie von Goethe, die ihn auch in ihren Salon einlud, und Gustav Adolf Schöll, der Direktor der Kunstanstalten zu Weimar und ein früher Goethe-Forscher, in dieser Hinsicht seine wichtigsten Gewährsleute waren. In jedem Fall ist die Entdeckerfreude, die ihm der Umgang mit den unveröffentlichten Quellen bereitet haben muss, auf fast jeder Seite seines Buches spürbar.

6 George Eliot: *Zu Gast in Weimar*. Deutsche Übersetzung Nadine Erler. Weimar 2019.
7 Zit. nach Ashton (Anm. 4), S. 150.

Mit dieser Quellennähe hängt auch zusammen, was man als eines der vorrangigen Ziele dieser Biographie beschreiben kann: Lewes wollte Leben und Werk Goethes anders erzählen, als dieser selbst es getan hatte, denn er hatte erkannt, dass *Dichtung und Wahrheit* für den Goethe-Biographen nicht nur ein Sprungbrett (»stepping stone«), sondern vor allem auch ein Stolperstein (»stumbling block«) ist. Aus dieser Einsicht ergab sich für ihn seine Methode:

> Thus the Autobiography came to be treated only as one of the various sources from which the story was to be constructed. The main reason of this was the abiding inaccuracy of *tone*, which, far more misleading than the many inaccuracies of *fact*, gives to the whole youthful period, as narrated by him, an aspect so directly contrary to what is given by contemporary evidence, especially his own letters, that an attempt to reconcile the contradiction is futile. (L 1, IX)

Lewes ging es also darum, Leben und Werk zumal des jungen Goethe aus der Selbstdarstellung des alten Goethe gewissermaßen zu befreien, und das war zweifellos ein Verdienst, denn man muss bedenken, dass Goethes Tod damals erst gut 20 Jahre zurücklag und viele seine Autobiographie noch als sakrosankte Quelle behandelten.

Nicht so Lewes, der sein Ziel einer historisch adäquateren Darstellung mit Verve, Empathie, Fantasie und Urteilsvermögen verfolgte – und in einem so eloquenten wie versatilen Stil, der die Lektüre des Buches oft zu einem großen Vergnügen macht und sich in seiner urbanen Leichtigkeit auf das Vorteilhafteste unterscheidet von dem zum Pathos neigenden Stil Carlyles. Auch als Erzähler ist Lewes sehr gewandt: Viele Tonlagen stehen ihm zur Verfügung und nach Bedarf kann er sie auch miteinander kombinieren. Um ein Beispiel für den packenden, geradezu süffigen Ton zu geben, der zumal die Kapitel über den jungen Goethe auszeichnet, sei hier der Beginn des Straßburg-Kapitels zitiert: »He reached Strasburg on the 2nd April, 1770. He was now turned twenty, and a more magnificent youth never perhaps entered the Strasburg gates« (L 1, 82). Lewes beherrscht aber auch den – an Thackeray geschulten – ironischen Ton, den er zum Beispiel anschlägt, wenn das Erzählte (in diesem Fall das Verkehren des Leipziger Studenten Goethe in weniger gehobenen Kreisen) die Gefühle allzu zartfühlender Leser zu verletzen droht:

> Be comforted, O reader! The poet will receive no injury from these sources; he is gaining experience, and experience even of the worst sides of human nature will be sublimated into noble uses, as carrion by the wise farmer is turned into excellent manure. In this great Drama of Life every Theatre has its Green-room; and unless the poet knows how it is »behind the scenes,« he will never understand how actors speak and move. (L 1, 60 f.)

Wieder eine andere Tonlage ist die des vielsprachigen Gelehrten, der lateinische und sogar griechische Zitate oft ohne Übersetzung anführt. Sie ist etwa in einer – zu »unvernünftigen Dimensionen« angeschwollenen – Fußnote des *Werther*-Kapitels zu hören (L 1, 196 f.).

Natürlich war Lewes sich auch bewusst, als Engländer über Goethe zu schreiben – und damit die ersten deutschen Goethe-Biographen zu provozieren, die schon unruhig wurden, als sie nur hörten, dass ein Engländer plane, eine Goethe-Biographie zu schreiben.[8] Doch man kann es nicht anders sagen: Der – um den Untertitel der bisher einzigen Biographie über ihn zu zitieren – »unkonventionelle Viktorianer« Lewes war den biederen deutschen Goethe-Biographen der Zeit um mindestens einen Schritt voraus und er hatte deutlich mehr Esprit als sie. Man muss es als ein Glück für die Goethe-Biographik betrachten, dass sie so früh von einem Mann wie Lewes geprägt wurde und nicht von seinen deutschen Konkurrenten Viehoff oder Johann Wilhelm Schaefer (die er jedoch mit Respekt behandelt).

Lewes jedenfalls war gefeit davor, Goethe aus einer allzu deutschen Perspektive zu betrachten. Dies wird – im Zusammenhang mit der Begeisterung des jungen Goethe für das Straßburger Münster – einmal auch explizit ausgesprochen: »German his spirit was not, but we shall see him, under the shadow of this tower, for a moment inspired with true German enthusiasm« (L 1, 83). »Deutsch war sein Geist nicht«[9] – man kann sich denken, wie dieser Satz auf manche deutschen Leser zumal in der Gründerzeit gewirkt hat. Leider konnte Lewes die ›Germanisierung‹ Goethes in jenen Jahren nicht verhindern.

Als Engländer äußert er sich natürlich auch über den deutschen Humor, den er weniger herablassend behandelt als manch anderer,[10] und auch über das, was er »die Subtilitäten der deutschen Ästhetik« nennt:

> [...] it may amuse the reader to have a specimen of that ingenious criticism which delights in interpreting the most obvious facts into profound meanings. Hegel, in his *Aesthetic*, and after him Rosenkranz, in his excellent book *Goethe und seine Werke*, call attention to the fact that Goethe is far truer in his *German* colouring than Voss, whose *Luise* gave the impulse to this poem [*Herrmann und Dorothea*; von Ammon]. Not having read the *Luise* I am unable to judge of this superiority; but the example cited by these critics is assuredly amusing. Voss, they tell us, makes his people drink copiously of coffee; but, however wide-spread the custom of coffee-drinking, we must remember that coffee, and the sugar which sweetens

8 Exemplarisch sei hier das Vorwort zum ersten Teil von Heinrich Viehoffs *Goethe's Leben* zitiert, den Viehoff verfrüht veröffentlichte, nachdem er von Lewes' Vorhaben gehört hatte: »Das Säcularfest von Goethe's Geburtstage rückte heran, und noch verlautete von keinem der Schriftsteller unseres Vaterlandes, daß er sich anschicke, den Tag, der hoffentlich als ein Nationalfest begangen wird, mit einer Biographie des Gefeierten zu begrüßen. Da kam über den Canal her die Kunde, ein Engländer rüste sich, uns den Ruhm des Erstlingsversuches zu entreißen. Der Unmuth über diese Nachricht besiegte mein Zagen und Zaudern. Was Begabtere zu thun versäumten, das beschloß ich zu wagen; von deutschem Fleiße, deutscher Sorgfalt und Gewissenhaftigkeit hoffte ich wenigstens ein achtbares Pfund in die Wagschale legen zu können gegen jenes den Britten und Franzosen nachgerühmte Talent, mit leichter Hand ein ansprechendes Lebensbild zu entwerfen« (Heinrich Viehoff: *Goethe's Leben*. Erster Theil. Stuttgart 1847, S. IV).

9 *Goethe's Leben und Schriften. Von G. H. Lewes*. Uebersetzt von Dr. Julius Frese. 2 Bde. Berlin 1857, Bd. 1, S. 82.

10 »But when German critics are in ecstacies with its [*Der Triumph der Empfindsamkeit*; von Ammon] wit and irony, I confess myself at a loss to conceive clearly what they mean. National wit, however, is perhaps scarcely amenable to criticism. What the German thinks exquisitely ludicrous, is to a Frenchman, or an Englishman, generally of a quite mediocre mirthfulness« (L 1, 346).

> it, are not *German*, they come from Arabia and the West Indies; the very cups in which the coffee is drunk are of Chinese origin, not German. We are miles away from Germany. How different in Goethe: His host of the Golden Lion refreshes guests with a glass of wine; and what wine? Rhine wine; the German wine, *par excellence*; the whine growing on the hill behind his own house! And this Rhine wine, is it not drunk out of green glasses, the genuine German glasses? And upon what do these glasses stand? Upon a tin tray: that is also genuine German!

Und nun der Kommentar des englischen Ästheten:

> It would be the merest British prosaism to suggest that in Voss the pastor drinks coffee, because coffee is habitually drunk in the parsonage; while in Goethe, the characters drink wine, because they are in the *Golden Lion*, and Rhine wine, because they are in the Rhine country; yet to such prosaism is the British critic reduced in answering the subtleties of German æsthetics. (L 2, 207 f.)

Wie man sieht, konnte Lewes nicht nur glänzend schreiben, er war auch ein Mann von Welt.

III.

The Life and Works of Goethe: With Sketches of His Age and Contemporaries, From Published and Unpublished Sources – so lautet der vollständige Titel dieser Biographie und die darin enthaltene dreifache Ausrichtung auf Leben, Werk und Epoche wird auch weitgehend eingelöst. Heute scheint ein solcher Anspruch für die Biographie eines Schriftstellers selbstverständlich, doch das war nicht immer so, zumal hierzulande, wie ein Blick auf die erwähnten deutschen Konkurrenzbiographien beweist: *Goethe's Leben* von Viehoff etwa besteht im Wesentlichen aus einer chronologischen Auflistung biographischer Daten und Fakten – in vier Bänden –, und Schaefers gleichnamige Biographie in zwei Bänden verzichtet ebenfalls auf eine Beschäftigung mit Werk und Epoche. Wenn man den internationalen, mehr als ein halbes Jahrhundert anhaltenden Erfolg von Lewes' Biographie bedenkt, scheint es nicht übertrieben zu sagen, dass er die Gattung der Schriftsteller-Biographie, wie man sie heute kennt, mit seinem Buch wesentlich geprägt hat.

Die Qualitäten des Biographen Lewes zeigen sich exemplarisch in den Kapiteln über Goethes Studienjahre in Leipzig, von denen dieser in *Dichtung und Wahrheit* zwar selbst erzählt, aber eben aus großer historischer Distanz, wobei er keinen Hehl daraus machte, dass ihm die Eskapaden seiner Jugend inzwischen fremd geworden waren. Insofern bieten diese Kapitel eine Gelegenheit für Lewes, seine Methode, »›to read between the lines‹ of the Autobiography« anzuwenden. Und er tut das mit programmatischem Nachdruck: »the calm narrative of his Excellency J. W. von Goethe very inaccurately represents the actual condition of the raw, wild student, just escaped from the paternal roof, with money which seems unlimited in his purse, with the world before him as an oyster which his genius is to open« (L 1, 47). Den »rohen, wilden Studenten« erweckt Lewes auf den folgenden Seiten dann mit Hilfe der ihm vorliegenden Dokumente, allen voran Briefe, so fröhlich-erfrischend zum Leben, dass man wünschte, dabei gewesen zu sein.

Doch nicht nur der Leipziger Student, der junge Goethe insgesamt kommt in *The Life and Works of Goethe* zu seinem Recht, und das ist ein weiteres Verdienst dieser Biographie, denn 1855 war Goethe zumindest den älteren Lesern durchaus noch in Erinnerung, aber naturgemäß war es der alte Goethe, an den man sich erinnerte. Der junge Goethe hingegen war damals bereits in weite historische Ferne gerückt, was auch damit zusammenhing, dass viele Quellen noch nicht bekannt waren. Umso mehr kann man die Begeisterung verstehen, in die Lewes zum Beispiel eine Abschrift von Goethes Rede *Zum Schäkespears Tag* versetzte, die ihm der Philologe Otto Jahn zugänglich gemacht hatte und die er unter dem Titel *Oration on Shakspeare* jetzt in seiner eigenen (Erst-)Übersetzung den englischen Lesern vorstellen konnte: »and among the new materials this Biography contains, perhaps nothing will be so welcome in England. [...] To hear the youth of one-and-twenty thus eloquent on his great teacher, lets us intimately into the secret of his mental condition« (L 1, 114).

Es soll jedoch nicht verschwiegen werden, dass die Befreiung des jungen aus der Selbstdarstellung des alten Goethe auf Kosten des Letzteren geht: Er lag Lewes offensichtlich weit weniger; in seine Lebenswelten konnte er sich nicht so gut hineinversetzen, sodass die entsprechenden Kapitel aus heutiger Sicht weniger überzeugend sind. Im Zusammenhang mit Lewes' Darstellung des Werks wird darauf zurückzukommen sein.

Überrascht ist man bei der Lektüre des Kapitels über Christiane Vulpius, denn Lewes – auch wenn er dabei stellenweise etwas über das Ziel hinausschießt – beurteilt sie viel gerechter, als man das aus dem deutschen Goethe-Schrifttum gewohnt ist. Bekanntlich dauerte es hierzulande lange, bis die Vorurteile gegenüber Goethes Ehefrau überwunden waren; noch Sigrid Damm schrieb in ihrem Buch von 1998 dagegen an. Lewes hingegen – den seine eigenen Erfahrungen auf diesem Gebiet sensibilisiert haben mochten – hat bereits 150 Jahre früher das Nötige zu diesem Thema gesagt: »It is usually said that Christiane was utterly uneducated, and the epigrammatic pen glibly records that ›Goethe married his servant‹. She never was his servant. Nor was she uneducated« (L 2, 75). Im Folgenden zitiert Lewes aus damals unveröffentlichten Briefen Goethes an Christiane, womit er versucht, sie vor den Anfeindungen der Zeitgenossen und auch der deutschen Goethe-Biographen in Schutz zu nehmen und ihn als einen zärtlich liebenden Ehemann darzustellen. Die ihm ebenfalls vorliegenden Briefe Charlotte von Steins, in denen Christiane voller Abscheu behandelt wird, lassen selbst ihn fassungslos zurück: »Who could believe« – fragt er angesichts eines Briefes, in dem sie es selbst zu einem Zeitpunkt, als Goethe lebensgefährlich erkrankt war, nicht lassen konnte, sich abfällig über seine Frau zu äußern – »that this was written by one passionately loved for ten years [...]? Even here her hatred to Christiane cannot restrain itself« (L 2, 86).

Auch Goethe selbst wird von Lewes immer wieder in Schutz genommen, vor allem vor den Angriffen des Literaturkritikers Wolfgang Menzel, der bei Erscheinen der Biographie noch lebte. Menzel hatte Goethe unter anderem Kälte und Herzlosigkeit vorgeworfen und diesen Vorwurf wies Lewes nun in einem umfangreichen Kapitel vehement zurück. Wiederum griff er dabei auf Briefe zurück, diesmal auf diejenigen, die Goethes großen, auch finanziellen Einsatz für einen ihm bis dahin unbekannten Mann dokumentieren, der in Not geraten war und sich brieflich an ihn gewendet hatte (eine Episode, die bis heute Rätsel aufgibt[11]). Doch Lewes gibt sich keinen Illusionen hin:

> But so it is in life: a rumour, originating perhaps in thoughtless ignorance, circulated by relentless malice, gains credence in the face of evidence, which no amount of evidence suffices to dissipate. There is an atmosphere round certain names, a halo of glory or a halo of infamy, and men perceive this halo without seeking to ascertain its origin. Every public man is in some respects mythical; and the fables are believed in spite of all the contradictions of evidence. (L 1, 362 f.)

IV.

Bisher war ausschließlich vom Leben Goethes die Rede – doch gehört es gerade zu den Stärken von Lewes' Biographie, dass in ihr zu einem etwa gleich großen Anteil auch die Werke Goethes behandelt werden. Begründet wird dies mit Hilfe einer Analogie, die ihre Wirkung auf das englische Publikum nicht verfehlen konnte: »In the life of a great Captain, much space is necessarily occupied by his campaigns« (L 1, XI). Dabei wird auf Abwechslung Wert gelegt: Meist folgt auf ein Kapitel zum Leben eines zum Werk und auf dieses dann wiederum eines zum Leben und so weiter. Den Werk-Kapiteln kommt zugute, dass Lewes ein erfahrener, auch in Fragen der Ästhetik bewanderter Literaturkritiker war. Oft können Biographen auf diesem Gebiet keine Kompetenz beanspruchen und schreiben folglich aus der Forschungsliteratur ab – meist allerdings nicht aus der aktuellen.

Anders Lewes: Ihm bereitet es sichtlich Freude, sein literaturkritisches Instrumentarium auf die Werke Goethes anzuwenden und dabei sein ganzes Können (und seine Kenntnis der Diskussionen in Deutschland) unter Beweis zu stellen. Die Urteile, zu denen er gelangt, sind dabei keineswegs immer positiv – doch das wäre auch unter der Würde eines Kritikers wie Lewes, für den der Verzicht auf Kritik mangelnder Wertschätzung gleichkäme. *Egmont* zum Beispiel hält er entgegen der damaligen Communis Opinio für alles andere als ein Meisterwerk und *Torquato Tasso* sogar für das schwächste von Goethes Dramen (»a series of faultless lines, but no drama«; L 2, 87). Restlos begeistert ist er aber etwa von den *Römischen Elegien*, die er – und wer wollte ihm da widersprechen – als »perhaps the most perfect poems of the kind in all literature« bezeichnet (L 2, 78).

Das zentrale Kapitel über die Werke Goethes ist, wie zu erwarten, das umfangreiche Kapitel über *Faust I*, in dem Lewes auch seine Ars critica formuliert. Konstitutiv für diese ist die Abkehr von einer Kunstphilosophie deutscher Prägung, die Lewes als »metaphysical criticism« bezeichnet und der er sein eigenes, textnäheres Programm entgegensetzt. Wie die Metaphorik verrät, liegt ihm die – auch von Goethe vertretene – Vorstellung vom Werk als einer organischen Ganzheit zugrunde, der der Kritiker als eine Art literarischer Anatom mit dem Skalpell zu Leibe rückt: »A poem is before me, and I dissect it, take up one piece of the organism after the

11 Vgl. dazu u.a. GB 3,IIB, S. 786-793, sowie Albrecht Schöne: *Der Briefschreiber Goethe*. München 2015, S. 123-153.

other, show its position, and try to indicate its function« (L 2, 247). Nach diesem Grundsatz nimmt Lewes sich daraufhin *Faust I* tatsächlich Szene für Szene vor, wobei er aufgrund seines ausgeprägten Kunstverstands immer wieder gute Beobachtungen macht (manchmal aber auch seine Ratlosigkeit offen eingesteht). Freilich werden gerade in diesem Kapitel die Grenzen seiner Kritik unübersehbar: Der Durchgang durch *Faust I* ist zwar glänzend geschrieben, erschöpft sich aber über weite Strecken in einer (wenngleich meist treffenden) Paraphrase der Handlung, auf die sich Lewes' bewusster Verzicht, nach einer dem Drama zugrunde liegenden Idee zu suchen, negativ auswirkt. Für Lewes erklärt sich das Formproblem dieses Dramas schlicht dadurch, dass die uneinheitliche Folge der Szenen das Leben repräsentiere. Doch damit ist es nicht getan. Als wenig ergiebig erweist sich auch der ausführliche, aber letztlich nicht weiterführende Vergleich von *Faust I* mit drei anderen kanonischen Dramen: Shakespeares *Hamlet*, Marlowes *Doctor Faustus* und Calderóns *El Mágico Prodigioso*. So erfreulich eine solche europäische Ausweitung des Blicks gerade angesichts der damaligen deutschen Diskussionen grundsätzlich ist – Lewes vermag hier keine Funken daraus zu schlagen. Andererseits kann kein Zweifel daran bestehen, dass es ihm in diesem Kapitel gelungen ist, insbesondere dem englischen Publikum eine lebendige Vorstellung von Goethes Hauptwerk zu vermitteln, das er im Hinblick auf seinen literarischen Rang gleichberechtigt neben *Hamlet* und weit über die Dramen Marlowes und Calderóns stellt.

Wie sein Leben kommen auch die Werke des alten Goethe in Lewes' Biographie zu kurz. Obwohl er sie vor dem (auch in England erhobenen) Vorwurf der Morallosigkeit in Schutz nimmt, kann Lewes etwa mit den *Wahlverwandtschaften* nicht viel anfangen; zwar gesteht er zu, dass es in diesem Roman Seiten gebe, die sich wie Gedichte läsen, doch meint er in der zunehmend abstrakten Diktion Zeichen von Altersschwäche zu entdecken. Noch weniger Zugang findet Lewes zum *West-östlichen Divan*, den er auf nur wenigen Seiten abhandelt. Immerhin gelingt ihm in diesem Zusammenhang ein hübsches Bonmot: »The man who can read Goethe's works and not perceive in them a spirit deeply religious, must limit the word religion to the designation of his own doctrines; and the man who, reading them, discovers that Goethe was not orthodox, is discovering the sun at mid-day« (L 2, 339). Am schlechtesten weg kommt aber *Faust II*, den Lewes – wiewohl nicht ohne Skrupel – für einen »elaborate mistake« sowohl in der Konzeption als auch in der Ausführung hält, der dem ersten Teil der Tragödie weit unterlegen sei und kaum Interesse zu erregen vermöge (L 2, 368). Hier lag Lewes falsch, kein Zweifel. Wenn man aber bedenkt, wie lange allein die Forschung gebraucht hat, um diesem inkommensurablen Text gerecht zu werden – falls es ihr überhaupt gelungen ist –, wenn man außerdem bedenkt, wie schwer sich das allgemeine Publikum noch heute tut mit ihm, dann wird man dem viktorianischen Kritiker sein fehlendes Verständnis vielleicht nicht allzu stark anlasten.

Wo er aber eine – für seine Zeit nicht selbstverständliche – Urteilssicherheit an den Tag legt, ist auf dem Gebiet, das er mit der Kapitelüberschrift *Goethe as a Man of Science* selbst am schönsten umschreibt: Hier kann man Lewes, der selbst naturwissenschaftlich interessiert war, rückblickend nicht vorwerfen, dass ihm Entscheidendes entgangen sei. Das Kapitel, das er diesem Thema widmet und das im Vergleich zu den anderen, die schlank und elegant gehalten sind, fast aus den Fugen gerät (was auch damit zusammenhängt, dass es bereits vorher als selbstständige Studie publiziert wurde), ist einer der Höhepunkte des ganzen Buchs. Vor dem Hintergrund der zeitgenössischen europäischen Debatten, die Lewes bestens überblickt, behandelt er Goethe darin als einen »*thinker in science*« (L 2, 129) und er kommt zu folgender Schlussfolgerung: »What Buffon says of Pliny may truly be said of Goethe, that he had *cette facilité de penser en grand qui multiplie la science*; and it is only as a thinker in these great departments that I claim a high place form him« (L 2, 139).

V.

In aller Deutlichkeit sei hier noch darauf hingewiesen, dass Lewes ein ausgezeichneter Goethe-Übersetzer war (an einer Stelle legt er auch die Prämissen seiner Übersetzungspoetik dar; L 2, 275-279). Um seinem Publikum, das des Deutschen meist nicht mächtig war, eine Vorstellung von Goethes Werk zu vermitteln, blieb ihm aber auch gar nichts anderes übrig, denn damals war noch längst nicht alles von Goethe ins Englische übersetzt worden. Während er vor der Übersetzung »epistolarer Höflichkeitsformeln« im Deutschen eingestandenermaßen kapitulierte (L 1, 189, Anm.), schreckten ihn Goethes Gedichte nicht. Und tatsächlich kann man wohl sagen, er sei wenigstens manchen von ihnen gewachsen gewesen. Zwei unterschiedliche Beispiele sollen dies belegen. Zunächst die Ballade *Der Fischer*, die laut Lewes »fast jeder« zu übersetzen versuche:

> THE FISHERMAN
>
> The water rushed, the water swelled:
> A fisherman sat by,
> And gazing upon his dancing float
> With tranquil-dreaming eye.
> And as he sits, and as he looks,
> The gurgling waves arise:
> A maid, all bright with water-drops,
> Stands straight before his eyes.

So weit die erste Strophe. Zitiert sei noch der Schluss:

> [...]
> She spake to him, she sang to him:
> Resistless was her strain;
> Half drew him in, half lured him in;
> He ne'er was seen again.
> (L 1, 325)

Der liedhafte Balladenton im Ganzen ist hier genauso gut getroffen wie die meisten Besonderheiten des Gedichts im Einzelnen, mit Ausnahme der Verse »Kühl bis ans Herz hinan« (dessen unnachahmliche Prägnanz in der Übersetzung verwässert wurde) und »Halb zog sie ihn, halb sank er hin« (hier ist der Anteil des Fischers mit ihm untergegangen). Es dürfte Lewes in diesem Fall entgegengekommen sein, dass die Strophenform, die Goethe verwendete – eine doppelte Chevy-Chase-Strophe –, aus der englischen Lyrik stammte und im Zuge der Begeisterung deutscher Lyriker für Thomas Percys *Reliques of Ancient English Poetry* ins Deutsche übernommen worden war. Insofern könnte man auf formaler Ebene hier fast von einer Rückübersetzung ins Englische sprechen.

Dies ist nicht der Fall bei Lewes' Übersetzungen von Goethes Gedichten in elegischen Distichen (wie hier der dritten der *Römischen Elegien*) – einer antiken Strophenform, die in der englischen Lyrik kaum vorkommt:

Let not my Loved One repent that she so quickly surrendered!
Trust me, I think thee not *bold*, – think naught unworthy of thee.
Amor has manifold shafts with manifold workings some scratch us,
And with insidious steel poison the bosom for years.
Others are mightily wing'd, and, keen in new-polished sharpness,
Pierce to the innermost depths, kindling the blood into flame.
[…]
(L 2, 79)

Wie es ihm hier gelingt, die Form trotz ihrer Fremdheit und ohne größere semantische Verluste nachzubilden, ist bewundernswert – fast fühlt man sich an die ein Jahrhundert später entstandenen Übersetzungen Michael Hamburgers erinnert.

VI.

Was ist geblieben von *The Life and Works of Goethe*? Natürlich hat auch dieses Goethe-Buch der Vergangenheit seine Rolle gespielt und ist in mancher Hinsicht heute überholt. Seine Wirkung ist aber nicht zu unterschätzen: zum einen, wie erwähnt, im Hinblick auf die Gattung der Schriftsteller-Biographie im Allgemeinen, zum anderen im Hinblick auf die Goethe-Biographie im Besonderen. Es ist deshalb keine Übertreibung zu sagen: Der Riese, auf dessen Schultern die späteren Goethe-Biographen (und eben nicht nur diese) stehen, heißt George Henry Lewes. Dass sich die Goethe-Biographen der Gegenwart nur noch vereinzelt auf ihn beziehen und ihn meist nicht einmal mehr in ihre Bibliographien aufnehmen, ist deshalb nicht angemessen. Eine rühmliche Ausnahme ist hier Jeremy Adler, der sich in seiner kürzlich erschienenen Kurzmonographie sogar ausdrücklich auf Lewes beruft.[12]

Zum Schluss soll an dieser Stelle eine weitere, eher untergründige Wirkung des Buches zumindest noch angedeutet werden: die Wirkung auf *Middlemarch*, also den Roman, der von nicht wenigen für den bedeutendsten Roman der englischen Literaturgeschichte gehalten wird. Die Verfasserin dieses Romans war ja dabei, als Lewes in Weimar recherchierte, und dass die beiden damals ausgiebig über Goethe diskutiert haben müssen, geht schon aus der Tatsache hervor, dass Evans einen Essay *The Morality of Wilhelm Meister* geschrieben hat, der sogar noch vor dem Buch ihres Partners erschienen ist.

Vor diesem Hintergrund scheint es nicht abwegig, auch die Goethe-Spuren in *Middlemarch* noch in einem Zusammenhang mit *The Life and Works of Goethe*

12 Jeremy Adler: *Johann Wolfgang von Goethe*. London 2020, S. 9.

sehen zu wollen. Welche Spuren sind das? Vor allem das aus *Faust II* stammende deutsche Motto des 81. Kapitels[13] und das ursprünglich für das 4. Kapitel vorgesehene, dann aber gestrichene ebenfalls deutsche Motto aus dem ersten Teil der Tragödie.[14] Aber man stößt auch im Text auf ein ins Englische übersetztes Zitat aus dem *Divan*[15] sowie – überraschenderweise – auf eine Anspielung auf die Kabiren, also jene mysteriösen Gottheiten der Antike, die Goethe in der *Klassischen Walpurgisnacht* als stumme Rollen auftreten lässt, um sich auf diese Weise über eine Schrift Schellings lustig zu machen. In *Middlemarch* ist es der unsympathische Gelehrte Casaubon, der sich im Zuge seiner Arbeit an einem großen mythologischen Kompendium mit ihnen beschäftigt, das freilich nie fertig wird.[16] Wie es scheint, hat sich Evans zu diesem Detail durch ihre Goethe-Lektüre oder aber ihre Diskussionen mit Lewes anregen lassen.

Middlemarch wird in Deutschland gerade wiederentdeckt, wozu zwei neue Übersetzungen[17] und eine große Rezension Gustav Seibts beigetragen haben.[18] Vielleicht wäre der Zeitpunkt also günstig, der deutschen Leserschaft auch *The Life and Works of Goethe* wieder zugänglich zu machen – wünschenswert wäre es. Dann könnte man auch den folgenden Witz, den Lewes zu Beginn des *Wilhelm Meister*-Kapitels erzählt, in einem heutigen Deutsch lesen, das – im besten Fall – der geistreich funkelnden Prosa Lewes' entspräche:

> A Frenchman, an Englishman, and a German, were commissioned, it is said, to give the world the benefit of their views on that interesting animal the Camel. Away goes the Frenchman to the *Jardin des Plantes*, spends an hour there in rapid investigation, returns, and writes a *feuilleton*, in which there is no phrase the Academy can blame, but also no phrase which adds to the general knowledge. He is perfectly satisfied, however, and says, *Le voilà, le chameau!* The Englishman packs up his tea-caddy and a magazine of comforts; pitches his tent

13 »›Du Erde warst auch diese Nacht beständig, / Und athmest neu erquickt zu meinen Füssen, / Beginnest schon mit Lust mich zu umgeben, / Du regst und rührst ein kräftiges Beschliessen / *Zum höchsten Dasein immerfort zu streben.*‹ – *Faust*: 2r Theil« (George Eliot: *Middlemarch. An Authoritative Text. Backgrounds. Criticism*. Second Edition. Ed. by Bert G. Hornback. New York, London 2000, S. 487). Zitiert werden hier – mit minimalen Abweichungen in der Schreibung – die Verse 4681-4685 des zweiten Teils (1. Akt, *Anmutige Gegend*); die Hervorhebung stammt von der Autorin.

14 »Ach! unsre Taten selbst, so gut als unsre Leiden, / Sie hemmen unsres Lebens Gang« (George Eliot: *Middlemarch. Eine Studie über das Leben in der Provinz. Roman*. Hrsg. u. aus dem Englischen übersetzt von Melanie Walz. Hamburg ^{3}2020, S. 1228). Hier werden die Verse 632 f. des ersten Teils zitiert (*Nacht*).

15 »The poet must know how to hate, says Goethe« (Eliot [Anm. 13], S. 143). Angespielt wird hier auf die fünfte Strophe des Gedichts *Elemente*.

16 »Poor Mr Casaubon himself was lost among small closets and winding stairs, and in an agitated dimness about the Cabeiri, or in an exposure of other mythologists' ill-considered parallels, easily lost sight of any purpose which had prompted him to these labours« (ebd., S. 126).

17 Eliot (Anm. 14). George Eliot: *Middlemarch. Eine Studie aus dem Leben in der Provinz. Roman*. Aus dem Englischen von Rainer Zerbst. München 2019.

18 Gustav Seibt: *Ehen der Provinz*. In: *Süddeutsche Zeitung* Nr. 289 vom 14./15.12.2019, S. 19.

> in the East; remains there two years studying the Camel in its habits; and returns with a thick volume of facts, arranged without order, expounded without philosophy, but serving as valuable materials for all who come after him. The German, despising the frivolity of the Frenchman, and the unphilosophic matter-of-factness of the Englishman, retires to his study, there *to construct the Idea of a Camel from out of the depths of his Moral Consciousness.* And he is still at it. (L 2, 175)

Unter der Hand und mit einem Augenzwinkern hat Lewes damit auch sich selbst und seine Goethe-Biographie charakterisiert, auch wenn er nicht zwei Jahre auf Studienreise war, sondern nur drei Monate – und wenn das Kamel in diesem Fall Goethe hieß.

Miszellen

Frieder von Ammon

»aus der Tasche des Weltlaufes«. Unvorgreifliche Gedanken anlässlich der jüngsten Lieferungen des Goethe-Wörterbuchs

Unter all den Instrumenten der Goethe-Forschung könnte das vor 75 Jahren begründete, inzwischen weit fortgeschrittene Goethe-Wörterbuch als das sperrigste, sprödeste erscheinen. Tatsächlich aber führt keines so nahe an Goethe heran wie dieses: indem es seinen gewaltigen, einzigartigen Wortschatz erschließt – Buchstabe für Buchstabe, Wort für Wort, Beleg für Beleg – und dabei Einblicke in die verschiedenartigsten Zusammenhänge gewährt, Einblicke, die auf keinem anderen Weg zu gewinnen wären. Man meint, die einzelnen Steine eines unabsehbaren Mosaiks vor sich zu haben, und jeder dieser Steine ist es wert, genau betrachtet zu werden.

Die jüngsten drei Lieferungen des siebten Bandes umfassen die Lemmata ›Promenadentag – radikal‹, ›Radikalismus – reden‹ und ›Redensart – Reisenachricht‹, und schon in diesen Stichwortfolgen scheinen Geschichten enthalten zu sein. Sofort liest man sich fest und macht beglückende Funde: das hinreißend anschauliche Wort ›purzlich‹ etwa oder das stimmungsvolle ›regnig‹ (als Variante von ›regnich‹ bzw. ›regnerisch‹). Aber man stößt auch auf komplexe Grundbegriffe wie ›Raum‹, ›Recht‹ und ›Rede‹ (denen jeweils umfangreiche Artikel gewidmet sind) sowie auf davon abgeleitete, spezifischere Komposita wie ›Redeknoten‹ (womit ein kunstvoll-rhetorischer Sprach- bzw. – mit Goethes Wort – ›Redegebrauch‹ gemeint ist) oder auf zur eigenen Verwendung einladende Neologismen wie das herrlich bösartige ›Quälodram‹ (für ein langweiliges Melodram). Als ›quellenhaft‹ hat Goethe einmal Texte von sich bezeichnet, von denen er annahm, dass sein Freund, der Komponist Carl Friedrich Zelter, sie vertonen könnte; entsprechend forderte er ihn in Fortführung dieser Metaphorik auf, sie auf seine »Mühle« zu »leiten«. Faszinierend ist auch der poetologische Begriff ›Reinpoetikum‹ – offenbar eine Ad-hoc-Prägung Goethes für einen vollständig fiktionalen literarischen Text. Nicht minder faszinierend ist die ›Halbpoesie‹, als die Goethe in demselben Kontext *Dichtung und Wahrheit* bezeichnet hat. Man könnte daran eine ganze Abhandlung über Goethes Fiktionalitätsverständnis knüpfen.

Überhaupt die Fülle der Komposita mit dem Bestandteil ›rein‹: ›rein-lebendig‹, ›reinmelodisch‹, ›rein ruhig‹, ›rein-treu‹ und ›rein-trüb‹, nicht zu vergessen die Farbwörter ›reinblau‹, ›reinbraun‹, ›reinrot‹ und ›reinweiß‹, außerdem ›Rauschgelb‹ und ›Rauschrot‹ (letzteres Wort hat Goethe als Terminus für den mineralogischen Diskurs vorgeschlagen, doch könnte es leicht auch darüber hinaus Verwendung finden).

Sensibilisiert durch die gegenwärtigen Debatten studiert man den Artikel zum Lemma ›Rasse‹ – und nimmt erleichtert zur Kenntnis, dass Goethe zwar, wie die meisten seiner Zeitgenossen, davon ausging, dass es Menschenrassen gibt, dass er daraus aber keine diskriminierenden Klassifizierungen ableitete. Im Artikel wird eine mündliche Äußerung von ihm zitiert, aus der hervorgeht, dass er der Prägung des Menschen durch seine ›Rasse‹ bzw. – in Goethes aus dem Französischen übernommener Schreibweise – ›race‹ oder ›raçe‹ insgesamt keine übermäßige Bedeutung beimaß; hinzu kamen für ihn, gleichberechtigt, »Boden und Klima«, »Nahrung« und »Beschäftigung«. Außerdem ist eine weitere Äußerung von ihm überliefert, wonach der Mensch »immer einer von derselben Gattung«, »die Tierwelt« aber »in unendlich viele spezifisch voneinander verschiedene Gattungen und Arten getrennt« sei. Als einen Rassisten wird man Goethe nach diesem lexikalischen Befund also nicht einstufen dürfen, wie es Kant und anderen geschehen ist.

Zwischendurch begegnen einem immer wieder einzelne Preziosen wie das ›Rauschschläfchen‹ (ein Wort des jungen Goethe) und idiosynkratische Wortprägungen aus *Faust II*: so etwa die ›Rabentraulichkeit‹ (mit diesem originellen Wort beschreibt der Kaiser im vierten Akt Mephistos vertrautes Verhältnis zu Raben) oder die ›Reihenwanderer (des Meeres)‹ (eine zoologisch nicht ganz treffend erscheinende, aber gerade deshalb interessante Bezeichnung für die Kraniche des Ibykus in der *Klassischen Walpurgisnacht*).

Stunden um Stunden kann man derart freudig stöbernd mit der Lektüre der neuen Lieferungen verbringen. Langweilen wird sich dabei nur jemand, der sich nicht für die deutsche Sprache interessiert und nicht bereit ist, sich durch Goethes unvergleichlich kreativen und mannigfaltigen Sprachgebrauch überraschen, inspirieren und gelegentlich auch irritieren zu lassen.

Als Literaturwissenschaftler kommt man nicht umhin, sich besonders für solche Lemmata zu interessieren, bei denen es um Dichtung geht; zwei Beispiele dafür wurden bereits gegeben. Besonders ergiebig ist in dieser Hinsicht der Wortkomplex ›Reim‹ – denn er ist außergewöhnlich umfangreich, selbst für Goethes Verhältnisse. Nicht weniger als 35 Einträge umfasst er: von ›Reimanklang‹ bis ›Reimzeile‹. Wahrscheinlich könnte man Goethes ganze ›Reimkunst‹ (im Sinn von Reimpoetik) daraus extrahieren, in jedem Fall aber finden sich hier die lexikalischen Grundlagen für ein solches Vorhaben.

Ein paar Kostproben sollen dies belegen: Während Goethes ›Reimlust‹ so groß war, dass ihm stets daran gelegen war, sein ›Reimregister‹ zu vermehren, auch durch außereuropäische ›Reimarten‹ (wie etwa die persische), nahm er bei Schauspielern zu seinem Verdruss eine ›Reimscheue‹ wahr, und wenn sie nicht – wie Johann Peter Hebel (der dafür von ihm getadelt wurde) – ›reimfreie‹ Gedichte schrieben, produzierten Goethes ›Reimkollegen‹ oder einfach: die ›Reimer‹ in ihrer ›Reimwut‹ aus seiner Sicht allzu oft bloßes ›Reimgeklingel‹, das keinesfalls mit dem ›Reimdunst‹ zu verwechseln ist, den hervorzubringen er mitunter selbst im Sinn hatte. Kein Zweifel also: Goethe liebte das ›Reimwesen‹ bzw. die ›Reimbildung‹ über alles und schrieb daher mit großer Freude ›Reimverse‹ und mehr noch: ›reimliche‹ oder ›reimhafte‹ Gedichte, die man mit ihm weiter in ›Reimgedichte‹, ›Reimgrüße‹, ›Reimlein‹, ›Reimspäße‹, ›Reimstrophen‹ oder ›Reimstücke‹ differenzieren könnte. Eine Besonderheit ist das ›Reimschreiben‹: die Zusammenstellung mehrerer Gedichte von fünf verschiedenen Autoren, die Goethe einmal nach Ilmenau schickte.

Zuletzt der ›Reimspruch‹: ein – nach der treffenden Definition im entsprechenden Artikel – »sentenzhaftes kürzeres Gedicht mit Reimen am Versende«, wie es sich in Goethes Alterslyrik und zumal in den *Zahmen Xenien* häufig findet. Als er Zelter einmal einige solche schickte, merkte Goethe dazu an: »hier ein paar Reimsprüche aus der Tasche des Weltlaufes«. Man muss sich das bildlich vorstellen: Der Weltlauf wird imaginiert als ein Wesen, das menschenähnlich genug ist, um über eine Tasche zu verfügen, in die Goethe hineingreifen und Reimsprüche herausziehen konnte – eine so abstrakte wie anschauliche, so erhabene wie komische Vorstellung. Man wünscht sich, selbst Zugriff auf diese Tasche zu haben, auch wenn man dabei wohl nur ›Reimereien‹ zustande brächte.

Zum Schluss sei noch auf ein besonderes Einzelwort hingewiesen, vermutlich eine Neuprägung Goethes, denn weder der ›Grimm‹ noch der ›Adelung‹ kennen es: ›quintessenziieren‹ im Sinne von »das Wesentliche von etwas herausarbeiten«. Ein wunderbares Wort, das zumindest der Verfasser dieses Beitrags in seinen aktiven Wortschatz übernommen haben wird, wenn er jetzt folgendermaßen endet: Wollte man Goethes Werk ›quintessenziieren‹, könnte es keinen besseren Ausgangspunkt dafür geben als das Goethe-Wörterbuch.

Werner Kohlert

Ein Weimarer Parnass. Zur Deutung eines Bildes

Im Dresdner Kunsthandel fand sich ein merkwürdiges Bild. Auf den ersten Blick ist da nur eine Gesellschaft in freier Natur zu sehen. Die Gesichter der Personen sind schwarz, erscheinen im Profil und erinnern an Silhouetten. Ihre Körper aber und die sie umgebende Natur, die Bäume und ein angedeutetes Haus sind ausgeführt auf Goldgrund, ähnlich dem Erscheinungsbild einer Radierung. Der Künstler fügte seiner Arbeit aufklärend am Fuße des Bildes eine Legende hinzu: »Schiller Goethe Wieland Herder und Falk in Weimar«.

Das lässt aufhorchen, das Interesse ist geweckt. Der Ort, an dem sich diese illustre Gesellschaft – vierzehn Personen – befindet, ist also eindeutig ein Schauplatz in Weimar. Die Personen zu identifizieren ist nicht ganz leicht. Who's who?

Geht man von der im Zentrum des Bildes befindlichen Figur aus, kann der Platz des Geschehens genauer bestimmt werden. Den Mittelpunkt bildet zweifelsfrei Goethe als Schlüsselfigur der Komposition. Er sitzt auf der Gartenbank hinter seinem Haus, genauer: vor dem Treppenaufgang, hier freilich idealisiert dargestellt, mit dem kleinen Vordach, der in das hintere Gartenzimmer seines Wohnhauses führt.

1821 gab Carl August Schwerdgeburth sechs *Radirte Blätter nach Handzeichnungen von Goethe* heraus; das zweite Blatt, *Hausgarten* betitelt, hatte Carl Lieber gestochen. Goethe begleitete die Blätter mit Versen; zum *Hausgarten* war zu lesen: »Hier sind wir denn vorerst ganz still zu Haus, / Von Thür zu Thüre sieht es lieblich aus; / Der Künstler froh die stillen Blicke hegt, / Wo Leben sich zum Leben freundlich regt« (WA I, 3, S. 132). Erläuternd fügte Goethe den Abbildungen hinzu: »damit der innere Sinn erregt und der Beschauer löblich getäuscht werde« (WA I, 49.1, S. 333). Der Künstler unseres Bildes ist also so frei und verlegt das Treffen der Weimarer Honoratioren in diesen Garten – ob aus der Phantasie oder nach Schilderungen von Augenzeugen, die diese Situation kannten, das bleibt dahingestellt.

Der Hausherr hat Gäste geladen, um vielleicht etwas vorzutragen, und alle sind gekommen. Seiner Bedeutung gemäß sitzt Goethe dem Herzogspaar Carl August und Louise gegenüber. Der Herzogin zur linken Seite hat die Herzoginmutter Anna Amalia Platz genommen, gehüllt in eine wärmende Decke, zur rechten des Herzogs sitzt Luise von Göchhausen. Hinter Carl August steht Christoph Martin Wieland, mit Käppchen, im Gespräch mit Johann Gottfried Herder (oder Johannes Daniel Falk?). Den Personenkreis überblickend, an die Brüstung vom Vorbau des Hauses gelehnt, steht Schiller. Neben ihm, am linken Bildrand, sehen wir zwei Dienstmädchen mit Häubchen und Tablett.

Nun haben wir versucht, einige Personen namentlich zu bestimmen – bei zehn, meinen wir, ist es gelungen. Die fehlenden vier Personen zu benennen würde jedoch an Schattenbeschwörung grenzen.

Abb. 1
Unbekannt: »Schiller Goethe Wieland Herder und Falk in Weimar«, o. J.

Wo liegt die Schwierigkeit? Sie hängt mit der ungewöhnlichen Technik dieses Bildes zusammen. Wir haben es hier mit einer Sonderform der Hinterglasmalerei zu tun, der sogenannten Hinterglasradierung, auch unter dem französischen Begriff ›Églomisé‹ bekannt. Auf die Rückseite der Glasscheibe des Bildes wurde Blattgold aufgebracht. In dieses wird nun mit einer Radiernadel schraffierend-zeichnerisch das Motiv – die Szene – eingekratzt, großflächig hingegen werden die Köpfe der Personen ausgeschabt. Diese Arbeit muss spiegelverkehrt ausgeführt werden. Danach wird das Blattgold rückseitig mit einer schwarzen Farbe bestrichen, so dass nun das gewünschte Bild – vorderseitig – in den freigelegten Linien und Flächen schwarz und seitenrichtig so durchschimmert, wie wir es nun sehen. Sosehr sich der Künstler auch um die Ähnlichkeit des Porträts mit dem realen Objekt bemüht und diese erreicht haben mag, er konnte sie in den kleinen Köpfen und durch das spröde, hauchdünne Blattgold nur in einem diesen Umständen geschuldeten Maße umsetzen. Unser Original hat ohne Rahmen das Format von nur 29,1 cm × 14,5 cm.

Nach der Bildbetrachtung und dem Blick in die Technik der Hinterglasradierung bleibt die Frage: Wer ist der Künstler? Am linken unteren Rand des Bildes, gerade noch zu entziffern, finden wir »Hiemer fecit« – »Hiemer hat's gemacht«. Leider bleibt die Angabe ohne Vornamen. Ist es vielleicht Franz Carl Hiemer, geboren am 9. August 1768 in Rottenacker, gestorben am 15. November 1822 in Stuttgart? Ist es der Maler des Jugendbildnisses, der Pastellzeichnung von Friedrich Hölderlin aus dem Jahr 1792? Ohne hier detailliert auf das Leben dieses Malers einzugehen, sei angemerkt, dass er 1778 Eleve in der Hohen Karlsschule wurde, just in dem Jahr, als Schiller sie verließ. Er blieb bis 1789 Kunstzögling an dieser berühmt-berüchtigten Einrichtung, verkehrte im Kreise von Hölderlin, Hegel und dem württembergischen Porträtisten Johann Baptist Seele, schrieb das Libretto zu Carl Maria von Webers *Abu Hassan* und wurde in Stuttgart Hofschauspieler. Offizier und Beamter war er zeitweise ebenfalls. Biographen schildern ihn als einen Menschen, der ein wechselvolles, unruhiges Leben geführt habe. – Und fügen hinzu: Von seinen malerischen Werken können nur wenige als gesichert angesehen werden. Immerhin sind das Fingerzeige für ein Interesse des Künstlers an diesem Thema. In Weimar war Franz Carl Hiemer wohl nicht. Hat er das Bild aus Verehrung für den Weimarer Musenhof erfunden? Oder ist dieser »Hiemer« ein anderer Künstler, also gar nicht der, den wir vermuteten?

Auch die Entstehungszeit des Bildes bleibt unbestimmt. Würden alle in diesem Beitrag genannten Personen sich noch unter den Lebenden befunden haben, als die Arbeit ausgeführt wurde, müsste es vor Schillers Tod 1805 entstanden sein. Ist es aber als symbolisch-bildliche Darstellung des Mythos von Weimar, als das ›deutsche Athen‹ gedacht, dann wäre eine Datierung ohnehin unmöglich. Doch eine solche Heroisierung dürfte wohl zu freisinnig interpretiert sein.

In Mode kamen die silhouettierten Porträtdarstellungen auf Goldgrund Ende des 18., Anfang des 19. Jahrhunderts. Die Kenntnis dieser künstlerischen Methode trägt leider ebenso wenig zu einer exakten Datierung bei, grenzt aber den Entstehungszeitraum ein und deutet darauf hin: vermutlich um 1800.

Beim genauen Betrachten des Bildes, am besten mit einer Lupe, hat sich am rechten Rand, im oberen Drittel, eine zart schraffierte 15. Figur hineingeschmuggelt –

vielleicht ein Wanderer oder womöglich der Künstler selbst, der sich voller Schalk in einer Art Selbstporträt der Runde hinzugesellt?

Weder die Datierung des Bildes noch die gesicherte Zuschreibung an einen Künstler, geschweige denn eine klare Benennung aller Personen ist möglich – und dennoch ist das Bild auch ohne dieses Wissen beeindruckend. Es ist eben der Weimarer Parnass, der hier so dargestellt wird, wie er in unserer Vorstellung gewesen sein könnte. Der Goldgrund rückt die Darstellung ins symbolhaft Zeitlose. Überzeugend wird das Ideal in ein stimmiges Bild übertragen. Gewiss ein Gleichnis aus heutiger Sicht: »Il ne reste que l'ombre« – »Nichts bleibt als ein Schatten« soll geschrieben stehen unter einer Silhouette.

Rezensionen

Johann Wolfgang Goethe: *Briefe. Historisch-kritische Ausgabe.* Im Auftrag der Klassik Stiftung Weimar, Goethe- und Schiller-Archiv, hrsg. von Georg Kurscheidt, Norbert Oellers u. Elke Richter. – Bd. 8,I: *20. Juni 1788 – Ende 1790. Text.* Hrsg. von Volker Giel u. Norbert Oellers unter Mitarbeit von Yvonne Pietsch. XXIX, 366 S.; Bd. 8,II: *20. Juni 1788 – Ende 1790. Kommentar.* Hrsg. von Volker Giel u. Norbert Oellers unter Mitarbeit von Gerhard Müller u. Yvonne Pietsch. LXI, 740 S. Berlin, Boston: De Gruyter 2017, 219,00 € – Bd. 9,I: *1791-1793. Text.* Hrsg. von Volker Giel u. Norbert Oellers unter Mitarbeit von Yvonne Pietsch. XXIV, 318 S.; Bd. 9,II: *1791-1793. Kommentar.* Hrsg. von Volker Giel u. Norbert Oellers unter Mitarbeit von Gerhard Müller u. Yvonne Pietsch. LXII, 730 S. Berlin, Boston: De Gruyter 2020, 219,00 € – Bd. 10,I: *1794-1795. Text.* Hrsg. von Jutta Eckle u. Georg Kurscheidt. XX, 326 S.; Bd. 10,II: *1794-1795. Kommentar.* Hrsg. von Jutta Eckle u. Georg Kurscheidt. LXIV, 676 S. Berlin, Boston: De Gruyter 2019, 229,00 €

Dass es im Leben ›spannende‹ und weniger ereignisreiche Phasen gibt, ist eine Erfahrung, die wohl jeder von uns schon gemacht hat. Diffiziler ist diese Fragestellung in biographischen Annäherungen an Künstlerinnen und Künstler, in denen gerade auch ›langweiligere‹ oder unproduktive Zeitspannen als Latenzphasen von einer (versteckten) Bedeutung sein können, die die jeweilige Studie dann mehr oder minder plausibel zu Tage zu fördern sucht. Gänzlich unangebracht scheint diese Überlegung freilich im Falle Goethes, bei dem bekanntlich jeder Lebensabschnitt von ›monumentalem‹ Gewicht ist – und geradezu obsolet im Falle der hier zu besprechenden Bände. Diese Briefe der Jahre 1788-1794 umfassen einen Zeitraum, in dem sich Persönliches mit Epochalem, individuelle Neuorientierung mit weltgeschichtlichen Umbrüchen auf eine Weise verschränkt, die weit über Goethes Vita und den deutschen Sprachraum hinaus das intellektuelle Leben Europas nachhaltig erschütterte. Auf welche Weise das Konvolut der versammelten Briefe dieser Erwartung entspricht und sie zugleich auf bezeichnende Weise unterläuft, macht deren Lektüre zu einem Abenteuer sui generis.

»Es wäre zu wünschen, dass die Edition in der hier vorgelegten hohen Qualität weiter zügig voranschreitet – zum Nutzen und zur Freude ihrer Leser«. Dieser Wunsch, mit dem Jochen Golz seine Rezension der Bände 3,I und 3,II im Goethe-Jahrbuch 2015 beschloss,[1] erfüllte sich, das sei summarisch gleich einleitend ›verraten‹, auch mit den zwischen 2017 und 2020 erschienenen Doppelbänden 8-10 der historisch-kritischen Briefausgabe auf eben diesem vorzüglichen Niveau. – Was dem Rezensenten die Arbeit ebenso erleichtert wie erschwert. Eine gute Grundlage sind die ebenso kenntnisreichen wie abgewogenen Urteile zu bereits erschienenen Bänden – Klaus-Detlef Müller (GJb 2009), Ulrike Leuschner (GJb 2010), Rüdiger Nutt-Kofoth (GJb 2012) und Jochen Golz (GJb 2015) –, was von der Notwendig-

1 GJb 2015, S. 202-206; hier S. 206.

keit dispensiert, Aufbau und Struktur der Text- wie Kommentarbände nochmals eigens en détail vorstellen zu müssen.

Während der Textband zunächst das Corpus der überlieferten Briefe bietet, sodann die erschlossenen Briefe auflistet, Briefkonzepte, »Unechtes« sowie »Amtliches« in einer eigenen Rubrik präsentiert (dazu in Bd. 8,I drei Nachträge), informieren die beiden Herausgeberteams – Volker Giel und Norbert Oellers unter Mitarbeit von Yvonne Pietsch (und Gerhard Müller im Kommentar) für die Bände 8 und 9, Jutta Eckle und Georg Kurscheidt für Band 10 – in einer knapp und übersichtlich gehaltenen Einleitung über die Anzahl der Briefe, den Adressatenkreis, die Standorte der Handschriften und Besonderheiten der Überlieferungslage. Abschließend werden stichwortartig – also komprimiert, doch in panoramatischer Vollständigkeit (eine Briefausgabe kann und soll keine Biographie ersetzen) – in Daten zu Werk und Lebensführung die Schwerpunkte des jeweiligen Lebensabschnitts aufgelistet. Das Gewicht liegt somit auf den ›Einzelstellen‹ in doppeltem Sinne: zunächst auf dem jeweiligen Brief als eigenständigem Dokument (wo im Kommentar auch dessen Adressat bei erstmaliger Nennung eigens vorgestellt wird), sodann auf dem Einzelstellenkommentar, der in seiner Fülle, Detailkenntnis und – wo geboten – Ausführlichkeit keine Wünsche offenlässt. Ein Register ermöglicht rasche Orientierung; den editionsphilologisch Interessierten informiert ein Apparat am Seitenende über Eingriffe korrigierender wie revidierender Art, die sich insgesamt in engen Grenzen halten, weshalb die mitgeteilten Faksimiles auch weniger zu prüfendem Nachvollzug einladen sollen, sondern eher der Illustration eines ›Schriftbilds‹ dienen. Den drei Bänden sind insgesamt 76 Abbildungen beigegeben, die über die Korrespondenz hinausgreifen und etwa auch Handschriftliches aus den *Römischen Elegien* und den *Venezianischen Epigrammen* (Bd. 8) oder dem Kriegstagebuch Johann Conrad Wagners (Bd. 9) vor Augen führen.

Schwer wird die Aufgabe des Rezensenten bei dem Versuch, die Fülle des präsentierten Textcorpus von rund 700 Briefen wie die mehr als 2100 Seiten umfassende wissenschaftliche Kommentierung auf gedrängtem Raum angemessen zu würdigen. In Band 8 – die Korrespondenz umfasst 228 überlieferte, 398 erschlossene Briefe, dazu 3 Konzepte und 7 amtliche Schriften – dokumentieren die Briefe vor allem Goethes Versuche, aus dem »Formreichen« des Südens ins »gestaltlose Deutschland zurückgewiesen« (wie es 1817 heißen wird), sich wieder im Weimarer Alltag einzurichten, was schwer genug fiel. Der Nachhall des Italienerlebnisses bleibt dabei unüberhörbar und wird als schmerzlicher Verlust empfunden. »Ich kann und darf nicht sagen wieviel ich bei meiner Abreise von Rom gelitten habe, wie schmerzlich es mir war das schöne Land zu verlaßen« (S. 32), heißt es am 19. September 1788 an den in Neapel tätigen Johann Heinrich Meyer, während Herder gegenüber Ende Dezember 1788 auch das Pensum nunmehr zu leistender Aufgaben in den Blick rückt: »Ich fühle nur zu sehr was ich verloren habe, seit ich mich aus jenem Elemente wieder hierher versetzt sehe, ich suche es mir nicht zu verbergen, aber mich soviel als möglich auch hier wieder einzurichten« (S. 74). Zu den Projekten dieser ›Wiedereingliederung‹ zählt vor allem der Abschluss von Band 8 seiner »Schriften«, weshalb der Briefwechsel mit seinem Verleger Göschen (24) und Herder (28), dessen Rat und Urteil bei der Fertigstellung des *Tasso* wiederholt gesucht wird, gewichtigen Raum einnimmt.

Parallel dazu kommt Goethe im August 1788 in einem Brief an Christoph Martin Wieland auf dessen Wunsch zurück, »von meinen Reise Bemerckungen manchmal etwas für den Merkur geben« (S. 20) zu wollen, wo dann in dessen *Teutschem Merkur* zwischen Oktober 1788 und März 1789 vier nochmals untergliederte Reiseberichte erscheinen, die der Kommentar detailliert auflistet. Dass es bei der Sichtung und Redaktion der Materialien auch galt, aus Goethes Sicht allzu Persönliches, Unbotmäßiges und damit das Weimarer Umfeld absehbar Verstörendes zu tilgen, wird wiederum Herder gegenüber (der 1789 ebenfalls nach Italien aufbrechen wird) Anfang August 1788 freimütig eingestanden, wenn etwa die Aufzeichnungen des Reisetagebuchs mit dem Verdikt der »Pudenda« belegt werden: »Denn es ist im Grunde sehr dummes Zeug, das mich jetzt anstinckt« (S. 16). Ungleich dringlicher betreffen solche Vorbehalte die Korrespondenz mit Charlotte von Stein, die Ende des Monats gebeten wird: »Sey doch so gut mir die Briefe die ich auf der Reise an dich geschrieben habe zu schicken wenn du sie mit hast« (S. 21).

Wenig überraschend spiegelt das schmale Corpus der nur neun in diesem Band an sie gerichteten Briefe eine nicht mehr überbrückbare Entfremdung, deren konkrete Anlässe sich, wie der Kommentar oft vermerken muss, meist nicht ermitteln lassen. Zu Goethes Vorschlag vom 8. Juni 1789, einen befriedigenden Modus vivendi zu finden – »Hilf mir selbst, daß das Verhältniß das dir zuwider ist, nicht ausarte, sondern stehen bleibe wie es steht« (S. 124) –, wird ebenso kurz wie treffend angemerkt: »Die Korrespondenz brach für die nächsten fünf Jahre ab«. Was hier zweifellos nicht unausgesprochen, aber doch ungeschrieben blieb, gilt mutatis mutandis auch für eine mögliche Korrespondenz mit Christiane Vulpius – eine Leerstelle, die in Band 8,II gleich einleitend in angemessener, weil auf alle Spekulation verzichtender Kürze kommentiert wird: »Der Dichter hat es so gewollt«. Der biographische Abriss zu ihrer Person erscheint dann konsequenterweise auch erst in Band 9,II (S. 312 ff.), was freilich, wie bereits kritisch angemerkt,[2] die potenzielle Verfügbarkeit der bisher erschienenen Bände voraussetzt.

Das Ungeschriebene, dazu das oft zwischen den Zeilen Versteckte: Völlig zu Recht haben schon die erwähnten Rezensenten in diesem Jahrbuch deshalb nachdrücklich dafür plädiert, das Studium der Briefe durch eine flankierende Lektüre der Gespräche und Tagebücher wie auch der Regestausgabe der Briefe an Goethe ergänzend zu vertiefen. Dies gilt in besonderem Maße für das die Alte wie die Neue Welt der folgenden Jahrzehnte prägende Kardinalereignis der Französischen Revolution. Wer sich in Goethes Briefen des zweiten Halbjahrs 1789 jedoch auf Spurensuche nach Reaktionen auf diese welthistorische Zäsur begibt, wird möglicherweise einigermaßen irritiert zur Kenntnis nehmen, dass sich die »erste überlieferte Äußerung Goethes« (so der Kommentar) erst am 3. März 1790 im Brief an Jacobi findet: »Daß die Französische Revolution auch für mich eine Revolution war kannst du dencken« (S. 178). – Ein ebenso lakonisches wie lapidares Fazit, das mehr andeutet, wenn nicht gar verhüllt, als offenlegt. Nun ist Goethes Haltung zur Revolution ein weites Feld mit breiten Spielräumen der Auslegung, was etwa seine intensive Hinwendung zu systematisch betriebener Naturwissenschaft – Flucht oder aber Suche nach dem ›Dritten‹ jenseits der Antagonismen von Revolution und Restauration – betrifft. Es ist dem Kommentar zugute zu halten, dass er die Erläuterungen zur »sehr unpoetischen Lage« (S. 227) Goethes (so im Brief an Reichardt vom 25. Oktober 1790) mit den notwendigen Realien zu Goethes optischen wie botanischen und morphologischen Studien jener Monate unterfüttert und sich hier wie im Kommentar zum Brief an Knebel vom 9. Juli 1790 (naheliegender) Interpretationen oder Forschungsberichte enthält. Von gebotener und dabei erhellender Präzision in diesem Zusammenhang ist auch die Kommentierung der Passage im kurz zuvor verfassten Brief an den Herzog Carl August vom 28. Februar 1790 – »Jetzt wird das Eisen geschmiedet und wenn es keinen Krieg giebt, so wird eine neue Gestalt von Europa in kurzer Zeit auf eine Weise sich consolidiren« (S. 171) –, die sich eben nicht auf den Umsturz im Westen, sondern auf die Reichenbacher Verhandlungen zwischen Preußen und Österreich über einen kontinentalen Interessenausgleich bezog.

Diese Abwesenheit ausführlicher(er) Urteile zum revolutionären Geschehen jenseits des Rheins aus der Feder Goethes lässt natürlich an Alexander Kluges Bonmot – »Bei der Schlacht von Jena und Auerstedt, 1806, konnte einer in drei Kilometer Entfernung vom Schlachtfeld in Frieden Mittag essen« (so 1980 im Film *Der Kandidat*) – denken. Naheliegender wie plausibler scheint jedoch, dass Goethe aus politischer Vor- wie Rücksichtnahme Dezidierteres dem mündlichen Umgang anvertraute, wofür exemplarisch die einleitenden Bemerkungen im Brief an Knebel vom April 1796 – es geht in der erwähnten Rede um die

2 Ebd., S. 205.

Rechtfertigung des Terreur – stehen können: »Hier die Rede Robespierres zurück. Davon mündlich wenn du morgen Mittag mit mir essen willst, wo ich Herders erwarte« (S. 38). Ein weiteres Argument für die begleitende Lektüre der *Gespräche* …

Politisch motivierte Diplomatie versus unverstellte Offenheit im vertraulichen Umgang – dieser Zwiespalt bestimmt insbesondere auch die beiden wichtigen ›Reisen‹, die Goethe in Begleitung des Herzogs unternehmen musste und die im Zentrum von Band 9 stehen, in dem sich 232 überlieferte und 243 erschlossene Privatbriefe die Waage halten. Goethes Abwesenheit von Weimar – zunächst der Feldzug gegen das revolutionäre Frankreich (August bis Oktober 1792), an den sich nach »ausgestandener Noth eines unglücklichen Feldzugs«, wie es am 14. November 1792 an Körner heißt, der Aufenthalt in Düsseldorf, Pempelfort und Münster anschloss, im folgenden Jahr dann die Belagerung von Mainz (Mai bis Juli 1793) – erklärt hier die geringe Anzahl von nur vier amtlichen Schreiben. Die Drastik unverblümter Urteile im geschützten Raum des freundschaftlichen Privatissimums lässt sich im Übrigen zuvor auch schon in der (schmalen) Korrespondenz von Goethes zweitem italienischen Aufenthalt nachverfolgen, der ihn zwischen März und Juni 1790 nach Venedig führte, um dort die Herzoginmutter Anna Amalia zu erwarten. Teilt er am 3. April dem Herzog mit, »daß meiner Liebe für Italien durch die Reise ein tödlicher Stos versetzt« (S. 190) werde, erklärt er sich Herder gegenüber unter demselben Datum als »Ein wenig intoleranter gegen das Sau Leben dieser Nation als das vorigemal« (ebd.).

Seine »neue Laufbahn« hatte Goethe bereits im vielzitierten Brief an Knebel vom 9. Juli 1790 angekündigt: »Mein Gemüth treibt mich mehr als jemals zur Naturwissenschaft und mich wundert nur daß in dem prosaischen Deutschland noch ein Wölckchen Poesie über meinem Scheitel schweben bleibt« (S. 210). Gerade hier – im Neben- und Ineinander von naturwissenschaftlichen Studien und blutigen kriegerischen Auseinandersetzungen auf französischem Boden – hat sich ein Kommentar zu bewähren, dessen das Textcorpus um ein Dreifaches übersteigender Umfang nur diejenigen amüsieren, irritieren oder befremden kann, die mit der Textgattung der Briefliteratur wenig vertraut sind. Bedeutung und Gewicht einer minuziösen Lemmatisierung der Korrespondenz rücken dabei umso mehr in den Fokus, als sich die Anzahl der bislang ungedruckten Briefe in den drei Bänden (insgesam 5) in engen Grenzen hält, weshalb auf editorischem Gebiet das mikrophilologische Hauptgewicht hier vielmehr auf der Um- und Neudatierung zahlreicher Dokumente liegt. Was Brief für Brief an Recherche, Dechiffrierungsarbeit und nicht zuletzt souveräner Sichtung der einschlägigen Literatur zu leisten war, muss jedem mit der Goethephilologie Vertrauten größten Respekt abnötigen, galt es doch, die oft verstreuten Forschungsergebnisse eines ganzen Jahrhunderts in den großen Linien der Rezeptionsstränge wie all den Verästelungen ihrer Spezialliteratur einzuarbeiten, weshalb die Siglenverzeichnisse den ebenso stolzen wie angemessenen Umfang von nahezu 30 Seiten umfassen.

Die in der Konzeption begründete Redundanz mancher Erläuterungen ist in den erwähnten Rezensionen bereits thematisiert worden. Die Entscheidung, die Mehrfachkommentierung einem unvermeidlichen Verweisstellendschungel vorzuziehen, scheint jedoch mit dem Argument der Benutzungspraxis solcher Editionen nachvollziehbar und plausibel, in der das Hauptgewicht wohl weniger auf sukzessiver Lektüre als vielmehr dem gezielten Zugriff auf Adressaten oder historischen Ereignissen, Werksegmenten oder Lebensphasen liegt. Was der Kommentar hier an Ort und Stelle leistet, lässt sich exemplarisch an den beiden Briefen an Georg Forster vom 12. Oktober 1791 und Ende Juni/Anfang Juli 1792 studieren, wo die rhetorische Dezenz – »Die Geschichte der brabantischen Unruhen scheint mir fürtrefflich geschrieben und für einen Mann von entschiedener Denkungsart noch immer unpartheiisch genug« (S. 81) – gleichwohl unüberhörbar signalisiert, in unterschiedlichen Lagern zu stehen. Auf welchem Terrain Verständigung (noch) möglich ist und gesucht wird, führt dann der Einzelstellenkommentar – 3 Seiten Brieftext stehen 16 Seiten Erläuterungen gegenüber – mustergültig vor, der Goethes optische Studien zu Beginn der 1790er Jahre auf eine Weise zusammenfasst, die buchstäblich keine Fragen offenlässt.

Dass die gelegentlich monierte Grenze zu ›subjektiven Urteilen‹[3] gelegentlich überschritten wird, ist möglicherweise unvermeidlich. »Gegen mein mütterlich Hauß, Bette, Küche und Keller wird Zelt und Marquetenterey übel abstechen, besonders da mir weder am Todte der Aristocratischen noch democratischen Sünder im mindesten etwas gelegen ist« (S. 96), heißt es an Jacobi am 18. August 1792 unmittelbar vor Beginn der *Campagne*. Ob sich daraus aber tatsächlich der »Eindruck« ableiten lässt, »als seien ihm die kriegerischen Auseinandersetzungen [...] ziemlich gleichgültig« (S. 320), lässt sich zumindest bezweifeln und diese Passage vielleicht auch als tastender Versuch lesen, einen eigenen Standpunkt jenseits dieser Antagonismen zu suchen – nicht zuletzt die poetischen Versuche der frühen 1790er Jahre, am explizitesten sicherlich die *Unterhaltungen deutscher Ausgewanderten*, werden davon Zeugnis ablegen, die *Campagne in Frankeich* wird eine solche Haltung später ausdrücklich rechtfertigen. »Wir werden also auch mit der Heerde in's Verderben rennen«, heißt es wenig später am 15. Oktober in einer Nachschrift an Voigt – und vielleicht wäre jene Passage aus dem Brief an Jacobi besser ebenso unkommentiert geblieben wie diese düstere Prophezeiung, die unmissverständlich für sich selber spricht wie auch zahlreiche Schilderungen der widrigen Umstände des Feldzugs in den Schreiben an Christiane Vulpius.

Befand sich Goethe 1792/93 nicht nur geographisch am Puls historischer Umbrüche, legt die Korrespondenz der Jahre 1794/95 demgegenüber Zeugnis einer (nicht unwillkommenen) Konsolidierung ab und belegt so das für die Zeitspanne der Jahre 1788 bis 1795 charakteristische Nebeneinander von Weltgeschichte und unspektakulärem Alltag. Umfangreiche dienstliche Aufgaben, dazu »verschiedene wissenschaftliche und literarische Interessen« (wozu natürlich insbesondere die Arbeit an den acht Büchern der *Lehrjahre* zählen) nennt die Einleitung summarisch als Schwerpunkte jener beiden Jahre, aus denen 201 persönliche Briefe überliefert sind und 148 sich erschließen lassen.

Es mag bezeichnend für die apostrophierte Konsolidierung sein, dass das umfangreichste Schreiben des Bandes, die Abschrift eines Briefes vom 19. März 1794 an Carl Theodor von Dalberg, sein Volumen zwei wissenschaftlichen Beilagen zur Optik verdankt, während das Gros der hier versammelten Korrespondenz eher knapp und schmal gehalten ist, was die Anforderungen an die Kommentierung gerade des Täglich-Alltäglichen allerdings keineswegs senkt – im Gegenteil! Noch bevor sich der Briefwechsel in den folgenden Jahren erneut intensivieren wird, steht jedoch schon die beginnende Arbeitsgemeinschaft mit Schiller in 76 mitgeteilten Briefen nicht nur quantitativ im Mittelpunkt, recht eigentlich beginnend mit der am 24. Juni 1794 übermittelten Bereitschaft Goethes, am Projekt der *Horen* mitzuarbeiten. »Die Überlieferungslage dieser Briefe wie auch ihre Editionsgeschichte bedürfen übergreifender Erläuterungen, die über die sonst üblichen Angaben vor dem jeweils ersten Brief an einen Adressaten hinausgehen«, heißt es programmatisch am Ende der Bandeinleitung. Man darf, da es sich bei diesem Terrain ja um eine Terra cognita handelt, gespannt sein, ob die Herausgeber der folgenden Bände das hierzu bereits erarbeitete reiche Material, wozu ja nicht zuletzt auch die Kommentare der in Frage stehenden 20 Briefbände der Nationalausgabe Schillers zählen, eher als Erleichterung oder als Bürde empfinden und auf welche Weise mögliche Differenzen und Neuakzentuierungen im Kommentar sichtbar gemacht werden. Im vorliegenden Band jedenfalls nehmen die diesbezüglichen Erläuterungen hinsichtlich Intensität und Kommentardichte (noch) keine Sonderstellung ein, was zum einen unter Berücksichtigung der Latenzphase dieser Zusammenarbeit wie dem Blick auf andere Korrespondenzpartner jenes Zeitraums – etwa Soemmerring, Lichtenberg oder Voigt – höchst angemessen scheint. Die an diesen Vergleichen Interessierten, mit historisch-kritischen Verzeichnungen aber eher weniger Vertrauten wird es im Übrigen freuen, dass etwa die erhaltenen Briefkonzepte (darunter drei an Schiller gerichtete) nicht in einem Apparat mitgeteilt,

3 Ebd.

sondern als zusätzliche Serviceleistung nochmals eigens abgedruckt werden und so die passagenweise intensive Arbeit am Text leicht nachvollziehbar machen.

In der ersten Rezension dieses editorischen Großunternehmens attestierte Klaus-Detlef Müller 2009 der historisch-kritischen Briefausgabe »eine Haltbarkeit von mehr als hundert Jahren«. Nur zu gern würde man sich dieser Prognose, die unserem Fach wie dem Lesen überhaupt eine denkbar optimistische Prognose ausstellt, anschließen, zumal auch die hier vorgestellten Bände 8-10 dieses Vertrauen voll und ganz bestätigen. Aus Temperamentsgründen wie der Erfahrung langjähriger universitärer Lehrtätigkeit möchte es der Rezensent bei der Formel »mit Vergnügen und Gewinn« belassen, was absichtslose Lektüre wie wissenschaftliche Konsultation einschließt. Was Goethes Briefe, soweit überliefert, betrifft, ist die Arbeit jedenfalls nicht nur fürs Erste getan – und dies auf bewundernswerte Weise!

Johannes John

Johann Heinrich Merck. Gesammelte Schriften. Frankfurter gelehrte Anzeigen vom Jahr 1772. Hrsg. von Ulrike Leuschner in Zusammenarbeit mit Eckhard Faul u. Amélie Krebs. Bd. 2.1: *Text.* Bd. 2.2: *Kommentar.* Göttingen: Wallstein 2020, 588 S., 1073 S., 69,00 €

Der Darmstädter Kriegsrat Johann Heinrich Merck hat sich vor allem als kritisch-ironischer Wegbegleiter des jungen Goethe, als dessen ›Mephisto‹ dem Gedächtnis der Nachwelt eingeprägt. Dass er weit mehr war als das – ein Autor, der im Kontext von Aufklärung und Sturm und Drang mit poetischen Texten, Essays und Rezensionen von eigenem Profil hervorgetreten ist und zudem ein wichtiger Korrespondenzpartner war –, wird mit dem Voranschreiten der seit 2012 erscheinenden Ausgabe von Mercks *Gesammelten Schriften* mehr und mehr sichtbar. Gefördert durch die Merck'sche Gesellschaft für Kunst und Wissenschaft, wissenschaftlich verantwortet von der Darmstädter Germanistin Ulrike Leuschner, liegen mittlerweile Mercks Schriften vollständig vor. Erinnert sei daran, dass ein Wegbereiter dieser Ausgabe auch Fritz Ebner, ehemals Archivar der Firma Merck und langjähriger Vorsitzender der Goethe-Gesellschaft Darmstadt, war.

Neben seiner Tätigkeit in der Verwaltung des Herzogtums Hessen-Darmstadt war Merck im literarischen Leben der Nachbarstädte Frankfurt und Darmstadt vielfältig engagiert. Seit 1736 waren in Frankfurt die *Franckfurtischen gelehrten Zeitungen* erschienen, die Ende 1771 von dem dort ansässigen Verleger Johann Konrad Deinet erworben wurden und ab 1772 unter dem Titel *Frankfurter gelehrte Anzeigen* herauskamen. Als Direktor des Unternehmens firmierte Merck. Seine Aufgabe sah er vor allem darin, ein neues Konzept zu entwickeln, selbst mit Besprechungen hervorzutreten, nach geeigneten Rezensenten Ausschau zu halten und deren Beiträge zu koordinieren. »An der Redaktion der Texte war Merck nicht beteiligt« (Bd. 2.2, S. 32). Die Zusammenarbeit mit dem Verleger Deinet war von Spannungen begleitet, so dass von Juli 1772 an Goethes späterer Schwager Johann Georg Schlosser die Leitung der Zeitschrift übernahm. Merck war es gelungen, namhafte Fachgelehrte als Rezensenten zu gewinnen und darüber hinaus auch Goethe und Herder auf seine Seite zu ziehen. Ende 1772 löste sich die Autorengemeinschaft auf; zwar erschienen die *Anzeigen* noch bis 1790, konnten aber nicht wieder an das Profil des Jahrgangs 1772 anknüpfen.

Es ist eine kluge Entscheidung gewesen, eine vollständige kommentierte Edition des Jahrgangs 1772 erst zu einem Zeitpunkt zu veröffentlichen, als die Hauptarbeit an der Merck-Ausgabe getan war; beziffert als Bd. 2.1 (*Text*) und Bd. 2.2 (*Kommentar*) komplettieren sie die Folge der *Gesammelten Schriften*, die in den Bänden 1 und 3-7 vordem erschienen waren. Resultate vieljähriger Forschung konnten der Ausgabe zugutekommen, die zugleich den

Status eines Drittmittelprojekts der Technischen Universität Darmstadt (unter der Leitung von Ulrich Joost) besaß. Von vornherein waren Merck und seine Mitautoren bestrebt, das gesamte Spektrum des aktuellen geistigen Lebens widerzuspiegeln, wie es in Buch- und Zeitschriftenveröffentlichungen zutage trat. Dabei mussten sich die Anzeigen auf einem Markt behaupten, auf dem sich längst etliche Rezensionsorgane regionalen Zuschnitts etabliert hatten. Was man diesen voraushaben wollte, war die Breite der Thematik, waren »Wahrheit und Unpartheylichkeit« (Bd. 2.1, S. 140) – Leitworte der Aufklärung –, war ein aggressiver Witz, der triviale Autoren und orthodoxe protestantische Theologen, aber auch Verfechter judenfeindlicher Positionen nicht verschonte und mehr als einmal die Geistlichkeit von Frankfurt auf den Plan rief. »Unsere Spektakels mit den Pfaffen werden täglich grösser«, schrieb Goethe am 6. Oktober 1772 an Johann Georg Kestner (WA IV, 2, S. 29). Solche Scharmützel trugen auch zum Ende der Autorengemeinschaft bei.

Erstaunlich ist das thematische Spektrum der *Anzeigen*. Dass neben der aktuellen Belletristik häufig Bücher aus den Bereichen Altertumskunde, Theologie, Rechts- und Staatslehre, ökonomische Theorie und Praxis (vor allem der Physiokratie) kompetent besprochen wurden, bezeugt deren gesellschaftliche Relevanz und ihren Rang im öffentlichen Diskurs. Ebenso wurden medizinische Abhandlungen, Texte zu den exakten Naturwissenschaften und zur Modedisziplin Physiognomie geeigneten Fachgelehrten anvertraut. Wahrzunehmen ist eine perspektivische Offenheit weit über die Landesgrenzen hinaus, wie sie die europäische Aufklärung generell auszeichnet. Die Leser der *Anzeigen* werden nicht nur über politische Ereignisse in Frankreich, England, Westindien oder Nordamerika unterrichtet, ihnen werden auch Besprechungen von Reiseberichten zugänglich gemacht, die z. B. aktuelle Nachrichten über China enthalten, oder es wird – hier pars pro toto genannt – Auskunft gegeben über Tendenzen der russischen Literatur und die Situation der orthodoxen Kirche Russlands. Nicht selten werden Besprechungen aus englischen oder französischen Periodika in gekürzten Übersetzungen übernommen. Das alles legt Zeugnis ab von einer regen Publikationstätigkeit in Deutschland, von der wir noch viel zu wenig wissen und deren farbige Vielfalt erst beim Lesen der hier versammelten Rezensionen sichtbar wird.

Es bedarf keiner besonderen Begründung, dass eine kommentierte Edition der *Frankfurter gelehrten Anzeigen* von 1772, wie sie nun in zwei umfangreichen Bänden vorliegt, zu den legitimen Aufgaben der Merck-Philologie gehört. Merck war Spiritus Rector des Unternehmens, und er gehörte auch zu den wichtigen Beiträgern. Das Interesse der Forschung richtete sich in der Vergangenheit aber nicht vorrangig auf seine Rezensionen, sondern vor allem auf die von Herder und Goethe. Als Goethe ein Archiv seiner selbst zur Vorbereitung einer Ausgabe letzter Hand einzurichten begann, gab er 1823 Eckermann den Auftrag, die *Frankfurter gelehrten Anzeigen* nach seinen Beiträgen durchzusehen. In einem Entwurf zur Ausgabe letzter Hand hielt er fest, dass er seine Rezensionen »lieber Ergiessungen meines jugendlichen Gemüths […] als eigentliche Recensionen« nennen möchte (zit. nach Bd. 2.2, S. 68). Er irrte sich aber insofern, als er auch von Eckermann ausgewählte Texte aus dem Jahrgang 1773 sanktionierte. Erst die Weimarer Ausgabe konnte hier eine gewisse Ordnung schaffen. Da die Beiträge zu den *Anzeigen* der Praxis der Zeit entsprechend anonym erschienen, gehörte die Suche nach den Autoren und ihren Anteilen am Gesamttext zu den Aufgaben der Forschung, für deren Lösung in jüngerer Zeit auch die maschinelle Textanalyse herangezogen worden ist. Letztlich aber, so die Kommentatoren, bleiben »individuelle Stilmerkmale […] uneindeutig. […] Die größte Sicherheit in der Zuschreibung gewähren briefliche Zeugnisse« (Bd. 2.2, S. 71). Eine Sonderrolle kommt dem Genre der witzigen und pointierten Kurzrezension zu, bei der Goethe dominierte.

Hermann Bräuning-Oktavio, ein hochgelehrter Außenseiter der germanistischen Zunft, hat sich sein Leben lang um Zuschreibungen der Einzeltexte bemüht – seine erste Publikation zu diesem Komplex datiert von 1909 – und mit seinem 1966 erschienenen Buch *Herausgeber und Mitarbeiter der Frankfurter Gelehrten Anzeigen 1772* sein Opus magnum vorgelegt, das er vier Jahre später im Begleittext zu seiner Faksimile-Edition der *Anzeigen* noch ergänzen konnte. Seine Ermittlungen bilden die Grundlage für die Zuschreibungen sowohl in der vorliegenden Edition als auch in den neueren Studienausgaben der Werke Goethes – der Berliner Ausgabe, der Münchner und der Frankfurter Ausgabe. Nur in wenigen Fällen liegen von Bräuning-Oktavio abweichende Zuschreibungen vor; so hat z. B. die neue Edition Friedrich Wilhelm Gotter als Autor von Besprechungen ermitteln können. Bräuning-Oktavio unterscheidet aufgrund brieflicher Quellen oder – wie im Fall der Kurzrezensionen – Goethe'scher Originaldiktion prinzipiell zwischen vollständigen Beiträgen Goethes, Teilverfasserschaften und sogenannten Protokoll-Rezensionen, wo ein Protokollant die Ergebnisse einer Redaktionskonferenz, an der auch Goethe teilnahm, zusammengefasst hat. Während bei der ersten Kategorie relativ große Übereinstimmung herrscht, erlauben die beiden anderen partiell unterschiedliche Zuweisungen. Das spiegelt sich in den Goethe-Editionen wider. Die Berliner Ausgabe enthält in den Bänden 17 und 19 insgesamt 78 Texte, die ganz oder teilweise von Goethe stammen sollen. Ähnlich liegen die Verhältnisse bei der Münchner und der Frankfurter Ausgabe, wo im Einzelfall geringe Differenzen wahrzunehmen sind; so hat z. B. die Münchner Ausgabe Goethe einige Rezensionen zu juristischen Themen über den etablierten Kanon hinaus zugeschrieben.

Druckvorlage für den Textband ist die Faksimileausgabe, die Bräuning-Oktavio 1970 veranstaltet hat. Emendationen im prinzipiell diplomatisch edierten Text werden am Fuß der Seite nachgewiesen; sie beruhen teils auf den in den *Anzeigen* selbst veröffentlichten Druckfehlerverzeichnissen, teils auf der Berichtigung zahlreicher ins Auge springender Satzfehler oder von offensichtlichen Irrtümern, wie sie zuweilen erst aus dem Vergleich mit dem besprochenen Werk erkennbar werden.

Im Kommentarband werden eingangs auf mehr als hundert Seiten die Editionsprinzipien vorgestellt. »Die Auswahl der rezensierten Werke« zeige »ein weitausgespanntes Spektrum, das sich für das Stichjahr 1772 zu einem repräsentativen Bild des literarischen und intellektuellen Zustandes der Spätaufklärung fügt« (Bd. 2.2, S. 82). Der umfangreichen Einleitung schließt sich der Einzelkommentar zu den Rezensionen an. Er setzt sich zusammen aus der exakten Bibliographie des besprochenen Werks, der Angabe des Verfassers und einer chronologischen Bibliographie der jeweiligen Druckorte in den relevanten Autor-Editionen. Zu bedauern ist, dass die entsprechenden Goethe-Texte zwar in der Münchner und der Frankfurter Ausgabe nachgewiesen werden, nicht aber in der Berliner Ausgabe, die in Band 17 und außerdem in Band 19 (dort zur bildenden Kunst) Rezensionen Goethes enthält. Diskutiert werden im Folgenden Zuschreibungsfragen, sofern autographe Quellen genauere Aussagen möglich machen; in diesem Abschnitt soll »eine möglichst repräsentative Auswahl des fluktuierenden Forschungsstandes« (Bd. 2.2, S. 12) abgebildet werden. Die sich anschließenden Einzelerläuterungen zeugen von größter wissenschaftlicher Sorgfalt. Selten nur hat sich der Vermerk »nicht ermittelt« als notwendig erwiesen.

Zwei Forschungsleistungen sind besonders herauszuheben, auf die die Bearbeiter mit gutem Grund aufmerksam machen. »Fast alle rezensierten Werke«, so schreiben sie, »konnten den Rezensionen gegenübergestellt, die aus englischen Journalen stammenden, meist gekürzt übersetzten Vorlagen restlos nachgewiesen werden« (Bd. 2.2, S. 12 f.). Welch immense Ermittlungstätigkeit damit verbunden war, gibt sich auch in dem gelegentlichen Hinweis zu erkennen, dass das gesuchte Werk im europäischen Bibliotheksverbund nicht ermittelt werden konnte. Die zweite große Leistung bei der Kommentierung besteht in der Bewahrung des »historische[n] Wissensstand[s]« (Bd. 2.2, S. 13). Dem Beispiel neuerer historisch-kritischer Ausgaben folgend, sind zur Erläuterung historischer Wissensbestände zeitgenössische Enzyklopädien und Wörterbücher herangezogen worden. Beides gibt den Erläuterungen ihre bemerkenswerte Qualität – der Nachteil, dass zuweilen insbesondere fachwissenschaftliche Informationen ›modern‹ ergänzt werden könnten, erscheint demgegenüber gering. Wie Stichproben ergaben, liegt darin auch ein wesentlicher qualitativer Fortschritt gegenüber den Kommentaren der Goethe-Ausgaben. Während die vorliegende Edition Anspielungen im Rezensionstext durch die Wiedergabe der entsprechenden Stellen im rezensierten Werk belegen kann, geschieht das in den Goethe-Editionen nur im Ausnahmefall. Ein vergleichbarer Niveauunterschied existiert auch im Hinblick auf die Wiedergabe des historischen Wissensstandes. Dass in der vorliegenden Ausgabe der *Anzeigen* gelegentlich etwas waghalsige Interpretationen des historischen Textes anzutreffen sind – wahrnehmbar vor allem bei Beiträgen Goethes –, sei nur am Rande notiert. Dass für die Kommentierung von Texten aus allen Reichen der Wissenschaft Fachkenntnisse von Spezialisten herangezogen werden mussten, soll nicht vergessen werden; entsprechend lang ist die Liste der zu Bedankenden.

Den Kommentarband beschließen mehrere Verzeichnisse sowie ein Personen- und Werkregister. Textedition und Kommentar fügen sich zu einer imponierenden Gesamtleistung, die auf lange Zeit Bestand haben wird. Wer sich künftig als Editor oder als Interpret mit dem jungen Goethe auseinandersetzt, wer sich überhaupt als Forscher der Publikationstätigkeit im Zeichen von Aufklärung und Sturm und Drang zuwendet, wird an dieser Edition nicht vorbeigehen können.

Jochen Golz

Johann Wolfgang von Goethe: *Dalla mia vita. Poesia e verità*, traduzione, note al testo e apparati di Laura Balbiani, prefazione di Marino Freschi. Milano: Bompiani 2020, 1955 S., 60,00 €

Das italienischsprachige Lesepublikum konnte sich im Herbst 2020 der Neuübersetzung eines fundamentalen Werks von Johann Wolfgang Goethe erfreuen, *Dichtung und Wahrheit*, das unter dem Titel *Dalla mia vita. Poesia e verità* beim Mailänder Verlag Bompiani veröffentlicht wurde. Dabei handelt es sich um die bislang umfangreichste und ausführlichste italienische Ausgabe dieses Werks, die Laura Balbiani, Germanistin an der Università della Valle d'Aosta, im Zuge eines gewaltigen Kraftakts zustande gebracht hat. Balbiani hat nämlich nicht nur den Text neu übersetzt, sondern auch den gesamten kritischen Apparat verfasst, der von äußerst gründlicher und genauer Arbeit zeugt. Die Vollständigkeit dieses massiven Bandes lässt sich schon an der äußeren Ausstattung erahnen: Ganze 1955 Seiten sind in einen dunkelgrünen festen Einband gebunden, an dessen Kopf zwei grüne Lesebändchen befestigt sind. Das Buch rundet der glänzend weiße Umschlag ab, auf dem Goethes Porträt von Johann Joseph Schmeller abgebildet ist, dessen grüne Wände im Hintergrund sich in der Farbe des Bandes widerspiegeln.

Das Buch gehört zur namhaften Bompiani-Reihe *Il pensiero occidentale*, für die Balbiani bereits andere gewichtige Werke gekonnt übersetzt hat – Friedrich Hölderlin (*Der Tod des Empedokles*, *Hyperion*) und Johann Joachim Spalding (*Die Bestimmung des Menschen*). Diese Reihe, die den Werken großer abendländischer Denker gewidmet ist – von der vorsokratischen Philosophie bis hin zur modernen Epoche –, wurde in den siebziger Jahren gegründet. Dank ihrer mittlerweile mehr als 300 Titel und des rigoros zweisprachigen Formats (der Übersetzung steht immer der Originaltext gegenüber) gehört sie zum Besten des italienischen wissenschaftlichen Verlagsangebots. In ihr erschienen bereits viele Werke deutschsprachiger Autoren, meist Philosophen wie Hegel, Fichte, Schelling, Kant, Jaspers, aber auch Werke von Hölderlin, Wackenroder und Rilke. Dass nun auch Goethe in dieser beachtenswerten Reihe endlich einen Platz findet, ist wärmstens zu begrüßen. Freilich könnte man sich fragen, was den Verlag dazu bewogen hat, nicht mit einem rein literarischen (wie z.B. *Wilhelm Meisters Lehrjahre* oder *Faust*), sondern mit einem autobiographischen Werk zu beginnen, doch geht *Dichtung und Wahrheit* bei Weitem über die bloße Selbstdarstellung hinaus und ist ein so zentraler Text in Goethes Schaffen, dass an dieser Wahl tatsächlich nichts auszusetzen ist.

Auf die Bedeutung dieses Werks für die Leserschaft und für Goethe selbst geht Marino Freschi, emeritierter Germanist an der Università di Roma III, in seinem Vorwort umfassend ein. *Dichtung und Wahrheit* geht aus einem epochalen Umbruch hervor: Mit der Auflösung des Heiligen Römischen Reichs war Goethes Welt untergegangen; eine wichtige, gar die wichtigste Phase seines Lebens war somit zu Ende und gerade diese Phase – die eigenen Lehrjahre, die persönliche Krise und die Flucht von Frankfurt nach Weimar – sollte in die Form eines autobiographischen Romans münden. Die Darstellung seiner persönlichen Krise diente Goethe zur Überwindung der Krise seiner Epoche: Das Schreiben und das Erzählen, so Freschi, sollten dem Dichter dabei helfen, eine innere Ordnung zu schaffen und diese mit der neuen Weltordnung zu versöhnen. Auch darin spiegelt sich die Größe dieses Werks wider, im Spannungsfeld zwischen dem erlebenden Ich und dem erzählenden Ich, zwischen dem jungen Stürmer und dem Dichter der Klassik, dem Verfasser selbst, der aber gerade beim Schreiben der Autobiographie seine hart erkämpfte Klassizität gefährdet sieht.

Dieses Spannungsfeld, welches das ganze Werk prägt, gewinnt nun eine erneute Kraft dank der schönen italienischen Neuübersetzung von Laura Balbiani. Mit einer sehr klaren, wohlüberlegten und vor allem zeitgemäßen Sprache begleitet die Übersetzerin den Leser zu den wichtigsten Etappen von Goethes Leben. Parallel zum Verfließen der Jahre erweitert sich die Topographie des Erzählten und so führt uns das Buch von Frankfurt nach Leipzig, wo Goethe sehr eifrig am Universitätsleben teilnimmt, nach Straßburg, dann wieder nach Frankfurt und in die Schweiz, bis er sich schließlich anschickt, zum Weimarer Hof zu fahren. Sehr wirkungsvoll gibt Balbiani die Begegnungen und Gespräche zwischen Goethe und den literarischen Kapazitäten seiner Zeit wieder und so liefert ihre Übersetzung sehr lebendige Bilder z.B. von Gottsched und Lavater. Aber das Buch ist viel mehr als ein autobiographischer Bildungsroman: Es ist eine große Familiengeschichte, die Goethes Vorfahren in einem fast hagiographischen Ton porträtiert, eine (mehrfache) Liebesgeschichte, eine sehr reiche Geschichte der europäischen Malerei – man denke an die Gemäldesammlung im Frankfurter väterlichen Haus – und nicht zuletzt eine aufschlussreiche Darstellung von Goethes frühen naturwissenschaftlichen Erfahrungen und Interessen an der Welt der Alchimie, die sein vielfaches Schaffen so stark beeinflussen sollten.

Die Arbeit Balbianis stützt sich auf die 40-bändige Goethe-Edition des Deutschen Klassiker Verlags (FA). Die Übersetzung zeugt von großer Genauigkeit und basiert auf sehr durchdachten, gewissenhaften methodischen Überlegungen, wie der editorischen Notiz entnommen werden kann. In ihr zeigt Balbiani exemplarisch, wie sie Übersetzungsprobleme gelöst hat, bestimmte Wortspiele auf Deutsch angemessen ins Italienische übertragen konnte, manchmal sprachbedingt auf semantische Schattierungen verzichten musste und wie sie auch mit Fehlern Goethes je nach Kontext umgegangen ist. Die Übersetzung eines dermaßen komplexen und facettenreichen Werks wie Goethes Autobiographie bedarf allerdings solider Kenntnisse nicht nur sprachlicher, sondern auch historischer, literatur- und kunsthistorischer Natur. Diesen Voraussetzungen werden die vielen, dichten Fußnoten absolut gerecht, die samt der Lebens- und Werkchronologie und der Entstehungs- und Veröffentlichungsgeschichte von *Dichtung und Wahrheit* zur Orientierung im Goethe-Kosmos bestens dienen. Den Prunkband beschließt ein dreifaches Register, in dem die in der Autobiographie erwähnten Namen von Personen und ihren Werken, die Titel von Goethes Werken und alle Toponyme gesammelt sind – Letzteres ist in der Frankfurter Ausgabe nicht enthalten und stellt somit ein kleines Novum dar. Das Resultat dieser Kärrnerarbeit, die dem jungen Mailänder Germanisten Stefano Apostolo zu verdanken ist, ermöglicht dem Leser und dem Forscher, eine bessere Übersicht zu haben und sich innerhalb dieses gewaltigen Werks zu orientieren.

Mit dieser monumentalen Neuübersetzung wurde der Weg bereitet für eine noch intensivere Auseinandersetzung mit Goethe in Italien. Dass jetzt auch weitere seiner Werke in der Reihe *Il pensiero occidentale* folgen, ist mit großem Nachdruck zu wünschen.

Alessandro Costazza

David Blankenstein, Julien Cavero, Mandana Covindassamy, Sandrine Maufroy (Hrsg.): *Wilhelm von Humboldt, d'après une idée de Johann Wolfgang von Goethe. Instructions pour la réalisation d'une carte générale des langues*. Paris: Éditions Rue d'Ulm 2020, 150 S., 21,00 €

Einer der Kuratoren der Pariser Humboldt-Ausstellung 2014, der Kunsthistoriker David Blankenstein, hatte die großartige Idee, die Karte der Sprachen Europas nach einer Anleitung Wilhelm von Humboldts aus dem Jahr 1812 für den Katalog der Ausstellung ausführen zu lassen. Bis zu diesem Zeitpunkt war weder Humboldts *Anleitung zu Entwerfung einer allgemeinen Sprach Karte* jemals gedruckt noch gar eine entsprechende Karte nach ihr realisiert worden. Dass Humboldts *Anleitung* im Weimarer Goethe- und Schiller-Archiv (Nachlass Riemer) lag, war zwar bekannt,[1] aber sie war noch in keiner der zahlreichen Editionen Humboldt'scher Schriften publiziert worden, auch nicht in den *Schriften zur Sprachwissenschaft*.[2] Es war daher durchaus eine Überraschung, der *Carte des langues de l'Europe d'après les instructions de Wilhelm von Humboldt* zu begegnen, die der Geograph Julien Cavero unter wissenschaftlicher Begleitung (»accompagnement scientifique«) der Germanistin und Humboldt-Forscherin Sandrine Maufroy für den prachtvollen Ausstellungskatalog *Les frères Humboldt, l'Europe de l'Esprit* geschaffen hatte.[3] Nun hat diese kartographische Kreation gleichsam ein Eigenleben entfaltet und ist zu einem veritablen Buch ausgewachsen. Zum Pariser Trio von 2014 – Blankenstein, Cavero, Maufroy – hat sich noch die Goethe-Forscherin Mandana Covindassamy gesellt, um uns die Sprachkarte in dem hier angezeigten Band auf subtile und unterhaltsame Weise zu präsentieren.

Es handelt sich bei der Sprachkarte in der Tat um eine Idee Goethes. Humboldt und Goethe hatten sich im Juni 1812 in Karlsbad getroffen und über die Sprachstudien gesprochen, die Humboldt gerade in seinen beiden ersten Wiener Jahren 1811/12 sehr aktiv betrieb. Goethe ist ganz offensichtlich elektrisiert von dem Gespräch mit Humboldt, in dem dieser ihm eine »schöne Darstellung, wie die Sprachen über die Welt verbreitet wären«, gegeben hat. Da er aber nicht gleich aufgezeichnet hat, was Humboldt über die geographische Verteilung der Sprachen sagte, bittet Goethe Humboldt im Brief vom 31. August 1812: »Wollten Sie mir etwas recht Freundliches erzeigen, so schrieben Sie mir eine solche Uebersicht gefällig auf und ich würde mir eine Hemisphärenkarte darnach illuminiren und sie zu dem Atlas des Lesage hinzufügen«.[4] Ganz offensichtlich ist es Goethe, der eine Sprachkarte imaginiert, und zwar eine Welt-Karte der Sprachen. Am 7. September kündigt Humboldt an, dass er eine »Tabelle« entwerfen und sie »Weltteil nach Weltteil schicken« werde, beginnend mit Europa.[5] Am 15. November schickt er dann den »Aufsatz« in einer Abschrift an Goethe, der am 8. Februar 1813 für den »schönen Entwurf« dankt und sich vornimmt, die Sprachen in eine »bräunliche« Europakarte einzutragen, die Friedrich Justin Bertuch ihm geliefert hat, der seinerseits »nicht übel Lust [hätte], alsdann eine solche Karte stechen zu lassen«. Der begeisterte Goethe behält dabei aber das ursprüngliche Projekt im Auge – die Karte der Sprachen der Welt – und bittet Humboldt um die versprochene Fortsetzung »Weltteil nach Weltteil«,

1 Nämlich seit 1993, vgl. Kurt Mueller-Vollmer: *Wilhelm von Humboldts Sprachwissenschaft. Ein kommentiertes Verzeichnis des sprachwissenschaftlichen Nachlasses*. Paderborn 1993, S. 304f. Daher ist sie auch nicht von Blankenstein »entdeckt« worden, wie man im Vorwort (S. 9) liest.

2 Wilhelm von Humboldt: *Schriften zur Sprachwissenschaft*. Hrsg. von Tilman Borsche, Bernhard Hurch, Kurt Mueller-Vollmer, Jürgen Trabant u. Gordon Whittaker. Paderborn 1994-2017.

3 Hrsg. von Bénédicte Savoy u. David Blankenstein. Paris 2014, S. 126f.

4 *Goethes Briefwechsel mit Wilhelm und Alexander v. Humboldt*. Hrsg. von Ludwig Geiger. Berlin 1909, S. 221.

5 Ebd., S. 225.

denn: »Eine Karte der beiden Hemisphären liegt auch schon da und erwartet auf gleiche Weise bespracht zu werden«.[6]

Wir haben nur schwache Hinweise auf Goethes tatsächliche »Besprachung« der Bertuch'schen Karten[7] und keine Spur einer illuminierten Sprachkarte, die Bertuch gestochen hätte. Die Humboldt-Goethe-Bertuch-Karte ist daher erst 2014, zweihundert Jahre nach Goethes Brief, von Julien Cavero realisiert worden. Bis 2020 hat die Humboldt-Philologie gezögert, den Humboldt'schen Text zu publizieren. Das geschieht nun zum ersten Mal in dem hier angezeigten Buch: auf Französisch (in der Übersetzung von Sandrine Maufroy)! Die französische Version der *Anleitung* ist begleitet von dem Faksimile der schönen Abschrift, die Humboldt an Goethe geschickt hatte. Im Zentrum des Buches (S. 76f.) steht die *Carte générale des langues d'Europe*, die Julien Cavero nun gegenüber 2014 noch erheblich verbessert und korrigiert hat.[8] Zur Karte führen drei einführende Essays der Herausgeber unter dem gemeinsamen Titel *Créer l'espace des langues* (*Den Raum der Sprachen schaffen*). Sandrine Maufroy situiert den sprachgeographischen Ausflug Humboldts in seiner Wiener Zeit und weist insbesondere auf den starken Bezug der *Anleitung* auf den *Mithridates* hin, die damals noch nicht abgeschlossene Sprachenzyklopädie Adelungs und Vaters.[9] David Blankenstein zeigt, wie der – im Gegensatz zu seinem Bruder – visuell völlig unbegabte Wilhelm durch seine Reisen die Sprachen doch auch als geographische Realitäten wahrnimmt. In Paris besucht er im Juli 1799 Barbié du Bocage, einen der wichtigsten Kartographen jener Zeit. Der kartographisch hochmotivierte Augenmensch Goethe trifft 1812 auf den Sprachmenschen Humboldt, der sich bisher, wie er schreibt, »sehr wenig mit geographischer Linguistik« beschäftigt hat.[10] Julien Cavero skizziert die Entwicklung der thematischen Kartographie, die sich vor allem in der Mineralogie entfaltet und die auf diesem Gebiet zum ersten Mal Farben zur Differenzierung einsetzt. Sprachkarten gibt es nur ansatzweise, so dass das Humboldt-Goethe'sche Kartenprojekt »das erste hätte sein können, das zu einer Darstellung der europäischen Sprachgebiete geführt hätte«[11] – wenn es denn realisiert worden wäre.

Julien Cavero kommentiert im Anschluss an die *Anleitung* und die von ihm geschaffene Karte die Anweisungen für die graphische Gestaltung dieser Karte, die zeigen, dass Humboldt durchaus diesbezügliche Kenntnisse hatte: Nur Flüsse, Berge, Länder und Provinzen sollen auf dem Kartengrund angegeben sein; verschiedene Farben und Schattierungen sollen die Sprachgebiete abbilden; wo Farben nicht eindeutig sein können, sollen die Gebiete gestreift, gepunktet oder weiß ausgezeichnet werden.

Der dritte Teil des Buches *Goethe, écrivain cartographe* bindet die Humboldt'sche *Anleitung* eng an das Denken Goethes. Mandana Covindassamy und Julien Cavero rekonstruieren im Kapitel *Les cartes et les langues* die Verbindung von Karten und Sprachen bei Goethe. Nach der Darstellung von Goethes mehrsprachiger Erziehung und seiner graphischen Bildung als Schönschreiber und Zeichner verfolgen die Autoren Goethes kartographische Praxis: Als Verantwortlicher für den Bergbau ist er mit geologischen Karten vertraut; er zeichnet eine mineralogische Karte der Umgebung von Karlsbad, vor allem aber entwirft er eine Darstellung der »Höhen der alten und neuen Welt« nach Alexander von Humboldts *Geographie der Pflanzen*. Dieses hübsche Bild sei damals berühmter gewesen als das heute

6 Ebd., S. 230.

7 Vgl. Katharina Mommsen (Hrsg.): *Die Entstehung von Goethes Werken in Dokumenten*. Bd. 6. Berlin, New York 2010, S. 297-302.

8 Allerdings weist auch die neue Fassung der Karte – vor allem in der Legende – noch etliche Ungereimtheiten auf.

9 Der Band über die europäischen Sprachen war 1809 erschienen: Johann Christoph Adelung/Johann Severin Vater: *Mithridates oder allgemeine Sprachkunde*. 2. Theil. Berlin 1809.

10 *Briefwechsel* (Anm. 4), S. 225.

11 »Un projet qui [...] aurait pu être le premier à aboutir à une représentation des aires linguistiques européennes« (Julien Cavero, S. 32).

allgemein bekannte *Naturgemälde der Anden*, das Humboldt selbst zeichnen lässt. Goethe skizziert eine Karte zu den *Nibelungen*, und schließlich entwirft er sogar eine Farbskala zur Kolorierung der ersten deutschen geologischen Karte des Geologen Keferstein.

Das Kapitel *Ecrire sous le signe des cartes* (*Schreiben unter dem Zeichen der Karten*) geht über die Geographie hinaus in eine Kartographie von Goethes Dichtung. Covindassamy zeichnet die Räume (und impliziten Karten) in drei großen Goethe-Werken nach: im *Märchen*, in den *Wahlverwandtschaften* und im *West-östlichen Divan*. Im *Divan* ist ja der Raum schon in den Titel eingeschrieben. Wie die orientalen und okzidentalen Schriften und Texträume mit den Sprachen spielen, verweist abschließend noch einmal auf die von Goethe gestiftete Verbindung von Karte und Sprach-Gebiet bei seinem Freund Humboldt.

Das kleine Bändchen basiert auf einer wirklich glänzenden Idee seiner Autoren, die uns nicht nur eine bisher unbekannte Seite des Humboldt'schen Sprachstudiums eröffnen, sondern gleichzeitig der inspirierenden Wechselwirkung zwischen Goethe und Humboldt nachgehen, die an einem Karlsbader Frühlingsmorgen zwei Sphären kreativ miteinander verknüpfen: Aus der Verbindung von Wort und Zeichnung, von Sprache und Raum, von Linguistik und Geographie – aus der »Besprachung« der Karte – entsteht ein neues Geschöpf: die Sprachkarte Europas. Allerdings hat das aus dieser Vermählung hervorgegangene Kind erst zweihundert Jahre nach seiner ›Erzeugung‹, ein zentrales Humboldt'sches Wort, das Licht der Welt erblickt.

Die französische Publikation der *Anleitung* hat den Druck des deutschen Originaltextes sowie meine Überlegungen zur Bedeutung dieser Schrift für Humboldts Projekt des vergleichenden Sprachstudiums, seiner systematischen Enzyklopädie aller Sprachen, in diesem Goethe-Jahrbuch (S. 149-167) angeregt.

Jürgen Trabant

Gonthier-Louis Fink: *Goethe-Studien / Études sur Goethe (1971-2017)*. Zusammengestellt u. hrsg. von / Études réunies et éditées par Anne Feler, Raymond Heitz, Roland Krebs, Christine Maillard. Würzburg: Königshausen & Neumann 2020, 652 S., 68,00 €

Der 1928 geborene Gonthier-Louis Fink ist einer der bedeutendsten Vertreter der französischen Germanistik. Die Ehrendoktorwürden, die ihm 1993 von der Universität Freiburg, 2005 von der Universität Jena und 2010 von der Universität Saarbrücken verliehen wurden, bezeugen, dass seine Forschungsarbeiten und seine Bemühungen um einen deutsch-französischen Wissenschaftsaustausch auch in der deutschen Universitätslandschaft auf Resonanz stießen. Nun veröffentlicht die Société Goethe de France, deren Mitbegründer Fink 1996 war, eine Auswahl aus seinem umfangreichen wissenschaftlichen Werk. Es handelt sich, wie der Titel des ebenfalls umfangreichen Bandes besagt, um Goethe-Studien, die zwischen 1971 und 2017 in deutschen und französischen Zeitschriften und Sammelbänden erschienen sind. Dieser Fokus auf Goethe mag verwundern, denn die (nicht nur germanistische) Literaturwissenschaft verdankt Fink wichtige Impulse, die weit über den Bereich der Goetheforschung hinausgehen. In zahlreichen Arbeiten hat er die Fruchtbarkeit einer kultur- und sozialhistorisch informierten Untersuchung literarischer Phänomene, vorzugsweise aus der Zeit zwischen 1650 und 1830, demonstriert. In literarhistorischen wie in theoretischen Studien hat er Perspektiven und Probleme der Imagologie, der Narratologie oder der interkulturellen Germanistik erörtert, die zu intensiven, teilweise kritischen Diskussionen angeregt haben. Nicht zuletzt hat er durch seine Arbeiten wenig bekannte Korpora erschlossen – erinnert sei hier lediglich an seine immer noch grundlegende Habilitationsschrift zum vorromantischen

Märchen[1] sowie an die zahlreichen Aufsätze, in denen er sich mit der Zeitschriften-Publizistik des 18. und frühen 19. Jahrhunderts auseinandergesetzt hat. Fink hat durch sein wissenschaftliches Werk mit Sicherheit dazu beigetragen, den Horizont der französischen, aber auch der deutschen Literaturwissenschaft zu erweitern.

Wie erklärt sich also die Beschränkung auf den doch recht konventionellen Gegenstand ›Goethe‹ für die 2020 erschienene »Hommage an den bedeutenden Wissenschaftler« (S. 7)? Tatsächlich hat sich Fink im Laufe seiner Karriere immer wieder mit Leben, Werk und Resonanz des Dichters befasst – die sechzehn Aufsätze des Bandes sind lediglich eine Auswahl aus über 50 Publikationen zu Goethe. Wie schon Gerhard Sauder in seiner Lobrede anlässlich der Verleihung der Ehrendoktorwürde in Saarbrücken bemerkte,[2] kann man diese Arbeiten als Prisma nutzen, durch das sich Entwicklungen in Finks methodischen, theoretischen sowie inhaltlichen Interessen nachvollziehen lassen. In den Studien aus den frühen 1970er Jahren dominiert ein analytisches Vorgehen: Die Interpretationen von Goethes Erzählwerken – *Wilhelm Meisters Lehr- und Wanderjahre*, *Die Wahlverwandtschaften* sowie die drei Märchen – stützen sich auf eine geradezu akribische Erläuterung von Symbol-, Motiv- und Erzählstrukturen. Diese textnahe Betrachtung wird später ergänzt durch eine kontextualisierende, kulturhistorisch informierte Herangehensweise. So deutet Fink die *Wanderjahre* 1975 (*Die Auseinandersetzung mit der Tradition*) und 1987 (*Le thème de la propriété*) produktiv vor dem Hintergrund der zeitgenössischen philosophischen, ökonomischen und sozialpolitischen Debatten der Zeit.

Obwohl die französische Perspektive bereits in diesen Werkanalysen zu vernehmen ist – insbesondere in den Einordnungen von Goethes Märchenproduktion (*Das Märchen. Goethes Auseinandersetzung mit seiner Zeit*, 1971; *La Nouvelle Mélusine. Goethe à la recherche d'un nouveau langage ésotérique*, 1980) –, kommt sie erst in den Aufsätzen der 1980er Jahre wirklich zur Geltung. Die Beiträge zu *Goethe et Napoléon* (1983), *Goethe und Voltaire* (1984) und später *Goethes Dialog mit Frankreich* (2000) greifen Themen auf, die bis dahin sowohl in der deutschen als auch in der französischen Wissenschaft und Publizistik in der Regel als Politika behandelt wurden. Finks akribische Rekonstruktion ist frei von jedweden nationalistischen oder marxistischen Affekten. Vielmehr erhellt er bekannte Episoden und vormals oft instrumentalisierte Sätze – z. B. Napoleons »Voilà un homme!« (S. 369) –, indem er sie in den biographischen und zeithistorischen Kontext einordnet. Zugleich prägt nicht zuletzt der französische Blick die Aufsätze, die – einer allgemeinen Tendenz der Goetheforschung seit den 1990er Jahren folgend – Goethes (Lebens-)Werk im internationalen Zusammenhang betrachten. Finks Erörterungen zum Ideenkomplex Kosmopolitismus/Weltbürgertum/Weltliteratur (*Weltbürgertum und Weltliteratur*, 2003) sowie zu Europa (*Goethes interkultureller Blick auf Europa*, 2012) stützen sich auf genaue Darstellungen der Einflüsse Thomas Carlyles, Germaine de Staëls oder der *Globe*-Lektüren auf den späten Goethe.

Viele von Finks Interpretationen, insbesondere zu den *Meister*-Romanen, zum *Märchen* oder zu Goethes Verhältnis zur Revolution, gelten heute als Konsens. Obwohl sie mancherorts weitergeführt, teilweise auch kritisiert wurden, wird man sie wegen der detailgenauen Betrachtung der Texte mit großem Gewinn (wieder-)entdecken. Einige der Studien haben aus heutiger Perspektive dagegen einen eher wissenschaftshistorischen Wert. Die reduktive, weil normative Auffassung von Popularität etwa, die der Autor 1970 in einem Aufsatz zu Goethes Verhältnis zur ›populären Überlieferung‹ (*Le jeune Goethe et la tradition populaire*) vertritt, scheint aktuell kaum mehr anschlussfähig. Befremdlich mutet auch die Fokussierung auf die politisch-moralischen Einstellungen des Schriftstellers an, die den Fluchtpunkt fast aller Werkanalysen bilden. Fink deutet Goethes Texte – dazu gehören die Romane, die Mär-

1 Gonthier-Louis Fink: *Naissance et apogée du conte merveilleux en Allemagne, 1740-1800*. Paris 1966.

2 Verleihung der Ehrendoktorwürde der Philosophischen Fakultät II, Sprach-, Literatur- und Kulturwissenschaften, an Prof. Dr. Dr. h. c. mult. Gonthier-Louis Fink, 9.2.2010, Saarbrücken 2011, http://universaar.uni-saarland.de/monographien/volltexte/2012/76/ (5.9.2020).

chen, die Gespräche, aber z.B. auch seine Voltaire-Übersetzungen – hauptsächlich als Medien einer »politischen Esoterik« (S. 400). Folgerichtig gilt es, die darin enthaltenen »Warnungen« (S. 184), »Lektionen« (S. 427) oder »politischen Glaubensbekenntnisse« (S. 523) zu entschlüsseln. Dies geht mit einer affirmativen Haltung gegenüber dem Klassiker einher, die im Widerspruch zu dem Bewusstsein für die literarische und ideengeschichtliche Pluralität der Epoche steht, die Finks anderweitigen Arbeiten zugrunde liegt.

Weil Fink in seinen Aufsätzen sowohl auf die deutsch- als auch auf die französischsprachige Forschungsliteratur reagierte und weil seine Arbeiten beispielgebend für viele (nicht nur französische) Germanisten waren, gewährt der hier besprochene Band einen lehrreichen Einblick in ein halbes Jahrhundert deutsch-französische Goetheforschung. Er belegt damit eindrucksvoll, wie fruchtbar der Austausch zwischen den zwei Wissenschaftskulturen sein kann.

Sophie Picard

Martina Wagner-Egelhaaf: *Sich entscheiden. Momente der Autobiographie bei Goethe*. Göttingen: Wallstein 2020, 240 S., 29,90 €

Martina Wagner-Egelhaaf zählt zu den profiliertesten Vertretern der jüngeren literaturwissenschaftlichen Autobiographie-Forschung. Davon zeugt der handlich-souveräne Einführungsband *Autobiographie* in der Sammlung Metzler aus dem Jahr 2000 (2., aktualisierte und erweiterte Auflage 2005) ebenso wie das dreibändige, über zweitausend Seiten umfassende *Handbook of Autobiography/Autofiction* von 2019, das Wagner-Egelhaaf als Herausgeberin verantwortete und das auf absehbare Zeit ein internationales Standardwerk der Forschung bleiben dürfte. Hinzu kommen zahlreiche weitere Publikationen, die zeigen, dass Wagner-Egelhaaf der deutschsprachigen Autobiographie-Forschung insbesondere in theoretischer Hinsicht neue Impulse verliehen hat, indem sie Anregungen des Poststrukturalismus aufgriff und damit zu einer produktiven Revision des bis Ende des 20. Jahrhunderts noch dominierenden hermeneutischen Autobiographie-Paradigmas beitrug. Dem klassischen Gattungsmuster *Dichtung und Wahrheit* von Goethe hatte sich die Autorin bereits in ihrem Überblick von 2000 gewidmet; Goethes autobiographische Schriften und seine theoretischen Reflexionen zur Autobiographie fanden zudem Eingang in eine Vielzahl weiterer Veröffentlichungen. In der vorliegenden Monographie befasst sich Wagner-Egelhaaf jedoch erstmals umfassend und systematisch mit dem autobiographischen Werk des ›Übervaters‹ der modernen deutschsprachigen Autobiographie. Man durfte also gespannt sein auf das Ergebnis.

Der Titel ihrer Monographie deutet an, aus welcher Perspektive Wagner-Egelhaaf einen Blick auf das autobiographische Œuvre Goethes wirft. Im Mittelpunkt der Untersuchung stehen Entscheidungssituationen und Entscheidenskonstellationen des Autobiographischen bei Goethe. Damit sind zum einen Lebensentscheidungen gemeint, von denen in der Autobiographie berichtet wird und die zum Teil dramatisch ausgeschmückt werden – wie etwa am Ende von *Dichtung und Wahrheit*, wo der autobiographische Erzähler die autobiographische Figur durch einen Parcours von krisenhaften Entscheidungsmomenten führt, bis hin zum dramatisch inszenierten Schlussbild, in dem das Ich als Wagenlenker figuriert, der heroisch den Schicksalsgewalten trotzt. Gefragt wird somit danach, »welche Rolle in dieser Selbstdarstellung Entscheidungen spielen, wie sie dargestellt werden und vor allem, wie das *Entscheiden* erfolgt« (S. 49). Zum anderen geht es Wagner-Egelhaaf über motivisch-thematische Aspekte hinaus um ästhetische Strukturen des Entscheidens in der autobiographischen Schrift wie im Prozess der literarästhetischen Semiose überhaupt. Beide Erkenntnisperspektiven stehen auch in Zusammenhang mit dem Sonderforschungsbereich *Kulturen des Entscheidens* an der Universität Münster, an dem Wagner-Egelhaaf beteiligt war und der Begriff und Konzept des Entscheidens als grundlegende kulturelle Matrix untersucht hat. Wenngleich solche Forschungsprojekte nicht selten dazu tendieren, Einzelaspekte überzubetonen und zu universalisieren (was sich unter anderem in Komposita wie ›Entscheidungsgesellschaft‹, ›Entscheidensforschung‹ widerspiegelt), erweist sich diese Kategorie in der Anwendung auf Goethes Autobiographie dennoch als produktiv. Wagner-Egelhaaf fokussiert mit dem (Sich-)Entscheiden ein Moment der Verdichtung, das in ästhetischer wie in biographischer Hinsicht die Fragilität von Schrift und Existenz erkennbar werden lässt und damit die Kontingenzbewältigungsstrategien, die der Autobiograph unternimmt bzw. inszeniert. Entscheidungen weisen stets eine zeitliche Dimension (»der zeitliche Moment«) und eine gewissermaßen energetische Dimension auf, indem sie Entschlusskraft fordern (»ein Kraftmoment«, S. 32). Entscheidenssituationen sind daher häufig biographische Wendepunkte, an denen sich ein Leben auf ebenso dramatische wie prekäre Weise zuspitzt. In ihnen tritt die zukunftsoffene, widersprüchliche Dynamik von entscheidenden Lebensstationen in konzentrierter Form in Erscheinung. Dies gilt analog ebenfalls für die Schrift, die ihrerseits die »Frage des künstlerischen Entscheidens« aufwirft und prekäre »Zeitverhältnisse« zu organisieren hat (S. 29).

Wagner-Egelhaaf untersucht diese motivisch-thematischen wie allgemein ästhetischen Aspekte des (Sich-)Entscheidens überwiegend am autobiographischen Hauptwerk *Dichtung und Wahrheit*; am Rande finden die *Italienische Reise* und die *Campagne in Frankreich* Berücksichtigung. Zur Sprache kommen Narrative des Entscheidens, wie z.B. Herkules am Scheideweg und das Urteil des Paris, die von Goethe adaptiert werden. Gegenstand sind auch einschlägige Bild- und Motivfelder, wie z. B. die Wäge- und Gleichgewichtsmetaphorik und die vormodernen Entscheidenspraktiken des Loses und des Orakels. Entscheider (Großvater Textor, Graf Thoranc, der Vater, die Mutter und andere) und Entscheidensszenen und -prozesse werden beobachtet bzw. die diesbezüglichen Beobachtungen des Autobiographen in zweiter Ordnung beobachtet und analysiert (S. 72-91). Goethes Bekenntnis zu einem symbolisch-säkularen und dezidiert nicht-christlichen Dasein handelt das Buch im Sinne einer Entscheidungsfrage ab: »Gott und/oder die Welt« (S. 92-103). Autobiographische Entscheidensmomente und -situationen werden so von verschiedenen Seiten aus und mit wechselndem Fokus beleuchtet. In einem Kapitel geht es um die »Autobiographie-Entscheidung« (S. 50-61), also um Goethes Entschluss, überhaupt eine Autobiographie zu verfassen. In anderen Kapiteln stehen bestimmte Sach- und Daseinsbereiche sowie Werkaspekte im Zentrum: »Lieben und (Ent-)Scheiden« (S. 103-142), »Beruf oder Berufung« (S. 142-178), »Werk-Entscheidungen« (S. 178-187) und »Scheidewege« (S. 187-219). Mit den Scheidewegen greift Wagner-Egelhaaf am Ende noch einmal die biographische Zentralmetapher des Lebenswegs auf. Goethes Schwanken zwischen Frankfurt und Italien, Frankfurt und Weimar, später zwischen Weimar und Italien unterstreicht die existenzielle Bedeutung des Entscheidensmotivs für die Autobiographie und lässt zugleich noch einmal die prekären Kontingenzen dieser Existenz hervortreten, die mit der autobiographischen Spiegelung unauflösbar zusammenhängen, da erst in ihr die Aufhebung der Krisen und Kontingenzen in einen Individualmythos vollzogen wird.

Insgesamt bietet die Monographie eine originelle und gewinnbringende Neulektüre von Texten, die allgemein als hinreichend erforscht und interpretiert gelten. Der bereits angedeutete Eindruck einer gelegentlichen Überdehnung der Entscheidensthematik und -semantik mag auch damit zusammenhängen, dass die Argumentation streckenweise etwas einseitig einem textnahen, kommentierend-interpretierenden Durchgang durch *Dichtung und Wahrheit* unter besonderer Berücksichtigung der darin dargestellten und inszenierten Entscheidenssituationen ähnelt. Monothematische Lektüren von Texten laufen zwangsläufig Gefahr, auf Widerstand bei den Lesern zu stoßen, da diese in der Regel einen breiteren Verständnishorizont und ein allgemeineres Erkenntnisinteresse mitbringen. Überdies stellt sich als Problem heraus, dass sich das »hinter dem autobiographischen Text liegende Entscheiden« (S. 225) dem verstehenden Zugriff letztlich entzieht und so zum Gegenstand psychologisierender Spekulation wird.

Davon abgesehen liegt der Gewinn dieser Monographie aber vor allem im Entwurf eines Goethe-Bildes, das die krisenhaften und problematischen Züge betont. Es wendet sich damit auch gegen die Tendenz zu Klassizität und Harmonisierung, die die Rezeption, nicht zuletzt durch die biographische und autobiographische Inszenierung Goethes, lange Zeit bestimmt hat. Indem Wagner-Egelhaaf die prekäre und kontingente Momenthaftigkeit sowohl der Schrift als auch der Existenz hervorkehrt, zeigt sie, dass Goethes Entscheidungen, die Entschiedenheit und Eindeutigkeit suggerieren, tatsächlich komplexe Zonen der Unsicherheit und Instabilität mit sich führen. Alles hätte auch ganz anders sein können, alles ganz anders kommen können – ein Satz, der mit Blick auf Goethes Leben, Werk und Autobiographie gedankliche Folgen zeitigt, die unabsehbar zu nennen noch untertrieben wäre.

Carsten Rohde

Christian Hecht: *Goethes Haus am Weimarer Frauenplan. Fassade und Bildprogramme.* München: Hirmer 2020, 220 S., 120 Abb., 30,00 €

Häuser, in denen berühmte Künstler, Dichter, Komponisten, Politiker und Wissenschaftler gelebt und ihr Tagewerk verrichtet haben, sind als Gedenkstätten oder Wohnmuseen nicht nur ein wichtiger Teil unseres Kulturbetriebs, sondern sie sind seit mehreren Jahren auch ein Thema im kulturwissenschaftlichen Diskurs. Das ist insofern erstaunlich, als diese Häuser mehrheitlich ihre Bewahrung der heute kritisch gesehenen Erinnerungskultur des 19. Jahrhunderts verdanken. Nicht selten wurden sie mit dem Etikett ›Biografismus‹ versehen und im Fall von Dichterhäusern wurde in den Literaturwissenschaften sogar ihre Funktion als historische Quelle und damit der »Erkenntniswert textferner Lebenszeugnisse« überhaupt angezweifelt.[1] Der Erinnerungsdiskurs der letzten Jahrzehnte, die kulturhistorische Sichtung der reichhaltigen Topographie von Dichter-, Künstler- oder Komponistenhäusern und schließlich ein fokussierter Blick auf die materiale Komponente von literarischem Schreiben mit der Suche nach medialen Strategien, wie solche Phänomene in den Häusern selbst oder in Ausstellungen vermittelt werden können, verhalf diesen Häusern sowohl hierzulande als auch europaweit zu einem beachtlichen kulturellen und wissenschaftlichen Comeback. Obwohl wir in diesen Häusern die museale Rekonstruktion eines ursprünglichen Zustands zu sehen bekommen, hat Aleida Assmann sie zu Recht als beachtenswert bezeichnet, weil sie »eine Klammer um Leben und Werk« bilden.[2] Gerade diese Verklammerung prädestiniert Dichterhäuser, eine Beziehung zu unserer Kultur- und »Identitätsgeschichte«[3] aufrechtzuerhalten, indem »von der Person und ihrem Leben ausgehend, das Mikro-Universum ihres Werkes in seiner räumlichen Verankerung und dinglichen Verkörperung erschlossen und zugänglich gemacht« wird.[4] Ungeachtet dessen müssen wir uns die Frage stellen, welchen Inszenierungen der einstigen Bewohner wir folgen, wenn wir heutzutage ein Dichter-, Künstler- oder Komponistenhaus besichtigen. Eine Beantwortung solcher Fragen steht vielfach aus und Studien wie die zu besprechende von Christian Hecht sind rar.

1 Christiane Holm: *Dichterhäuser. Überlegungen zu Bedingungen und Möglichkeiten eines unterschätzten Formats.* In: *Jb. der Deutschen Schillergesellschaft* 64 (2020), S. 349-372; hier S. 349.

2 Aleida Assmann: *Wofür brauchen wir kulturelle Gedächtnisorte?* In: *Leuchtfeuer. 20 kulturelle Gedächtnisorte. Brandenburg, Mecklenburg-Vorpommern, Sachsen, Sachsen-Anhalt, Thüringen.* Hrsg. von Hanna Delf von Wolzogen, Volker Probst u. Gabriele Rommel. 2., verb. Aufl. Wiederstedt 2010, S. 9-11; hier S. 9.

3 Paul Kahl: *Die Erfindung des Dichterhauses. Das Goethe-Nationalmuseum in Weimar. Eine Kulturgeschichte.* Göttingen 2015, S. 13.

4 Assmann (Anm. 2), S. 9.

Goethes Haus am Weimarer Frauenplan ragt seit seiner Öffnung als nationales Museum unter den Dichterhäusern hervor und gilt außerdem als Solitär, weil man hier den Lebens- und Arbeitsort eines Dichters in vermeintlich großer Authentizität besichtigen konnte. Die folgenreichen Eingriffe von Nachkommen und Kuratoren, Substanzverluste durch unsachgemäße Restaurierungen oder Beschädigungen während des Zweiten Weltkriegs wurden lange ausgeblendet – die Aura des Genius Loci überstrahlte alles. Schon zeitgenössische Besucher waren von Goethes Domizil und seinem Interieur überwältigt. Entsprechend schwer fiel es ihnen, das Haus als ästhetisches Manifest zu ›lesen‹, wie es Goethes Absicht war. Einzelne Kunstwerke blieben in Erinnerung, »verschwammen [...] zu einem inhaltlich undifferenzierten Ganzen«, so dass die Bildthemen und »ikonographische[n] Zusammenhänge« überhaupt nicht oder nur »unvollständig« wahrgenommen wurden (S. 48 f.). Einen ähnlichen Befund beobachtet Christian Hecht auch bei Publikationen, die sich mit der Baugeschichte des Hauses und dem ästhetischen Programm beschäftigen, das der Hausherr in den Repräsentationsräumen umsetzte. Diesem Mangel will Hechts Studie abhelfen, die nichts weniger als eine »Kunstgeschichte des Goetheschen Hauses« (S. 11) verspricht. Sie basiert auf einer gründlichen Recherche mit einer Überfülle an detailliertesten Informationen, greift ausgiebig auf Weimarer Sammlungen zurück und bewertet viele Quellen neu. Hecht richtet seinen deutenden Blick vor allem auf vier thematische Komplexe: die architekturgeschichtliche Relevanz von Baukörper und Fassade, das von Goethe entworfene und mit Kunstwerken ausgestattete Treppenhaus und die allegorische Verankerung in Mythologie, Kunst- und Zeitgeschichte, die von Johann Heinrich Meyer geschaffenen Bildwerke als Teil eines expliziten Bildprogramms in den Empfangsräumen und Goethes nicht realisierte Pläne für eine klassizistische Überarbeitung der Hausfassade.

Als Goethe in das 1709 von dem Unternehmer Georg Kaspar Helmershausen erbaute Haus zunächst als Mieter, nach der Rückkehr aus Italien als Eigentümer kam, fand er ein stattliches Haus vor, dessen Architektur damaliger sozialer Konvention für ein Bürgerhaus entsprach, darüber hinaus aber eigene Akzente setzte, indem sein Architekt sich beim stilistischen Formenrepertoire der italienischen Renaissance kreativ bediente. Das Haus fiel nicht nur aufgrund seiner Lage und der Form seines Baukörpers aus dem Rahmen, die antikisierende Gestaltung des Portals und die feierliche Hausinschrift betonen selbstbewusst den Anspruch seines bürgerlichen Erbauers, das Gebäude zur Ehre Gottes und »der Stadt zur Zierde« errichtet zu haben; einen größeren Anspruch konnte ein Privathaus damals in Weimar kaum formulieren und die Fassade wurde dementsprechend zu einem markanten Element in der »Bildgeschichte« der Stadt (S. 189).

Goethes durchgreifende Neugestaltung der Innenräume eiferte diesem ambitionierten Anspruch nach. Mit Hilfe seines Malerfreundes Meyer, der während des Umbaus in der Mansarde wohnte, wurde ein komplexes und keineswegs intuitiv erfassbares Programm entwickelt, das nicht nur der Antike und Italien, sondern auch dem Herzog Carl August huldigte, dessen Großzügigkeit Goethe das Haus verdankte. Das in klassizistischer Manier streng symmetrisch gestaltete Treppenhaus stimmte die Besucher darauf ein, dass sie ein Haus betraten, in dem Friede und Eintracht einer neuen, die Künste feiernden Antike herrschten. Im Sinne des Mottos »arte et Marte« fungieren die in die Nischen der Westwand eingelassenen Gipsabgüsse antiker Apoll- und Achillbüsten, die die Welt der schönen Künste und die der Kriegskunst verkörpern, als komplementäre Pendants und meinen im Analogieschluss Goethe und Carl August. Hält man sich vor Augen, dass der Herzog Goethe das Haus deshalb übereignete, weil er mit ihm gemeinsam die »fatiguen und Gefahren« in den Revolutionskriegen geteilt hat (vgl. S. 40), dann wird verständlich, dass die Supraporte zu Ehren Jupiters über dem Wohnungseingang, der in die Türschwelle eingelassene Salve-Gruß und das Deckengemälde der Friedensbotin Iris eine Einladung aussprechen, eine befriedete Welt der Kunst zu betreten, die selbstbewusst über die »zerstörerischen Bestrebungen« (S. 77) der Zeit triumphiert, aber auch das herzogliche Regiment als Friedenswerk feiert.

Die Supraporten, Friese und Dekorationen im Juno-, Urbino- und Büstenzimmer greifen die allegorischen Impulse des Treppenhauses auf und verdichten sie zu einem Programm, durch das sich das Haus als ein ästhetisches Idealreich vorstellt, in dem etwa die Naturgewalten mit Hilfe von Kunst und Kultur gebändigt werden, »ein gestaltetes Leben« wird »dem Gestaltlosen« entgegengesetzt (WA II, 12, S. 102). Christian Hecht entschlüsselt diesen bedeutungsreichen, höchst diffizilen und zuweilen auch eklektisch anmutenden Bilderkosmos mit Sach- und Detailkenntnis, wobei vor allem die Verweise auf Bild- bzw. Architekturvorlagen aufschlussreich sind, die Goethe bei der Konzeption seines Dekorationsprogramms konsultierte oder benutzte. Hecht entwirft das Bild eines wahrhaft ›Römischen Hauses‹, in dem die Aktualisierung des antiken Erbes kein Selbstzweck ist, sondern vielmehr der Kunst einen choreographierten Auftritt mit deutlichen Repliken auf die revolutionären Umwälzungen ermöglicht.

Christian Hecht hat in Text und Bild eine informationsgesättigte Interpretation vorgelegt, die den Leser enorm fordert und den Kunsthistoriker vielleicht sogar herausfordert; so fragte sich der Rezensent hin und wieder, ob er eine kunsthistorische Studie las oder ein attraktiv bebildertes Coffee-Table-Buch (mit Fotografien eines namentlich leider nicht genannten Fotografen) betrachtete.

Ein »vergleichbares ›Dichterhaus‹«, meint Hecht resümierend, »findet sich nirgends« (S. 12). Das Goethehaus als ein Haus der Kunst erscheint ihm konkurrenzlos. Aber es ist nicht allein das ästhetische Programm, das den kulturhistorischen Wert des Hauses am Frauenplan ausmacht, es ist die von Goethe subtil inszenierte Einheit aus Gebäude, Interieur, Sammlungen, Bibliothek, Arbeitsplatz und Nachlass, die zu Buche schlägt. Doch damit steht das Goethehaus nicht allein und es empfiehlt sich durchaus ein (interdisziplinärer) Blick auf die »architektonischen Selbstporträts«[5] vergleichbar Kreativer, etwa auf die Häuser von Giorgio Vasari, Federico Zuccari, Rubens, Franz von Stuck oder Giorgio de Chirico, auf Haus Wahnfried in Bayreuth, die Lehar-Villa in Bad Ischl, Victor Hugos Exil Hauteville House auf der Insel Guernsey, das bombastische Vittoriale von Gabriele D'Annunzio am Gardasee, aber auch Karl Mays bizarres Wild-West-Domizil in Radebeul. Sie sind alle und jedes für sich sorgsam gestaltete ›Gesamtkunstwerke‹, stehen in einer langen Tradition von Autorschaftsinszenierungen und sind doch auch individuelle Zeugnisse für das Geständnis, das Victor Hugo dem Architekten Eugène Viollet-le-Duc machte: »C'est dommage que je sois poète. Quel architecte j'aurais fait«.[6]

Bodo Plachta

Karin Schutjer: *Goethe und das Judentum. Das schwierige Erbe der modernen Literatur.* Göttingen: Wallstein 2020, 288 S., 39,90 €

Es ist eher unter die Ausnahmen zu rechnen, dass ein in den USA entstandenes und dort veröffentlichtes Goethe-Buch den Weg auf den deutschen Buchmarkt findet. Das ist insofern beklagenswert, als bereits Goethes Begriff von Weltliteratur ein kommunikativer war, auf den weltweiten intellektuellen Austausch zwischen Autoren zielte, mochten sie mit künstlerischen oder wissenschaftlichen Themen befasst sein, und darum an Aktualität nicht verloren hat. Goethes Maxime folgend, lassen es sich die Herausgeber des Goethe-Jahrbuchs angelegen sein, die weltweit existierende Goethe-Forschung im Rezensionsteil des Periodikums widerzuspiegeln. 2015 hat die an der University of Oklahoma lehrende Germanistin Karin Schutjer ihre Studie in den USA veröffentlicht. Im Goethe-Jahrbuch 2016 hat Liliane

5 *Künstlerhäuser. Eine Architekturgeschichte des Privaten.* Hrsg. von Hans-Peter Schwarz in Zusammenarbeit mit Heike Lauer u. Jörg Stabenow. Braunschweig 1989, S. 10.

6 Zit. nach Jules Claretie: *Victor Hugo – Souvernirs Intimes.* Paris 1902, S. 19.

Weissberg (Philadelphia) Schutjers Buch besprochen.[1] In der Folgezeit hat die Autorin dafür gesorgt, dass nordamerikanische Förderinstitutionen die Übersetzung ins Deutsche finanzierten und damit einer deutschen Ausgabe den Weg bereiteten.

Warum nun eine neuerliche Besprechung? Zwar hat sich Goethe für eine übernationale intellektuelle Kommunikation ausgesprochen, doch de facto lässt sich diese auch heute nicht in der wünschenswerten Intensität beobachten. Nicht zuletzt die internationale Goethe-Forschung liefert dafür Belege. Blickt man auf das Literaturverzeichnis in Schutjers Buch, so ist angesichts der dort umfassend repräsentierten nordamerikanischen Forschungsbeiträge einzugestehen, dass diese in deutschen Studien zu vergleichbaren Themen in jüngerer Zeit stärker hätten reflektiert werden können. Umgekehrt aber ist festzuhalten, dass ein Buch wie das vorliegende, das sich brisanten Gegenständen wie z.B. der *Faust*-Forschung zuwendet, zahlreiche aktuelle deutsche Veröffentlichungen in den Diskurs hätte einbeziehen sollen. War der Blick von Weissberg auf Schutjers Buch ein Blick aus nordamerikanischer Forschungsperspektive – wofür gute Gründe sprechen –, so kann dessen Übersetzung ins Deutsche als Beitrag zur Goethe-Forschung speziell in einem deutschen Wissenschaftskontext wahrgenommen werden.

Der Gang von Schutjers Darlegungen sei knapp resümiert. Im Mittelpunkt ihres Interesses steht Goethes Beschäftigung mit der ›hebräischen Bibel‹, wie sie konsequent das Alte Testament benennt – und sich damit von einer christlichen Theologie absetzt, die das Alte Testament als Voraussetzung und Ankündigung des Neuen Testaments versteht, in dem sich erst die christliche Botschaft manifestiere. Das erste Kapitel widmet Schutjer »Goethes Begegnungen mit dem Judentum in *Dichtung und Wahrheit*« (S. 5). Es rekapituliert sowohl die Erlebnisse des Kindes im Frankfurter Getto als auch die Hinwendung des Heranwachsenden zu hebräischer Sprache und Kultur. Am Ende des Kapitels werden das Ahasver-Thema bei Goethe und seine Auseinandersetzung mit Spinoza in aller Kürze behandelt. Dass wesentliche Impulse für Goethes Auseinandersetzung mit dem Alten Testament von Herder ausgegangen sind, wird schlüssig herausgearbeitet. Prinzipiell verdienstvoll ist auch die Darstellung der im 18. Jahrhundert einsetzenden historischen Bibelkritik, die insbesondere am Beispiel der Veröffentlichungen Johann Gottfried Eichhorns erläutert wird. Freilich entgeht die Autorin nicht der Versuchung – hier und an vielen anderen Stellen –, mögliche Lektüren Goethes und daraus erwachsende Einflüsse nur aus dem Umstand herzuleiten, dass sich das entsprechende Buch in der Bibliothek seines Vaters oder an anderen, Goethe zugänglichen Orten befunden hat. Mehr als einmal wird die »Annahme« postuliert, »dass er [Goethe] einiges darüber gewusst haben dürfte« (S. 73). Offen muss bleiben, ob die lurianische Kabbala, wie Schutjer suggeriert, tatsächlich großen Einfluss auf Goethe ausgeübt hat.

Aus ihrer Rekonstruktion von Goethes Beschäftigung mit dem Alten Testament gewinnt Schutjer zwei ästhetisch-wissenschaftliche Grundmodelle, die im gesamten Werk zu beobachten seien: Das eine seien Genesis und Exodus als Modelle für Figurenzeichnung und Konfliktgestaltung – geradezu ›Subtexte‹ für Goethes Dichtung –, das andere das Erkenntnisprinzip von Kontraktion und Expansion, wirksam in Goethes Kunst und Wissenschaft. Goethes Auffassung von Moses skizzierend, wendet sich Schutjer im zweiten Kapitel der Spiegelung dieses alttestamentlichen Heros in *Herrmann und Dorothea* und in dem 1797 entworfenen Aufsatz *Israel in der Wüste* zu, dessen ausgearbeitete Fassung wir aber nur aus dem 1819 erstmals veröffentlichten *Divan*-Kommentar *Besserem Verständniß* kennen. Schutjers Hypothese, *Herrmann und Dorothea* sei als ›Nationalepos‹ konzipiert, und Moses erscheine darin, dem Alten Testament folgend, als Führergestalt, ist auf den ersten Blick bestechend, muss sich aber kritischen Fragen aussetzen. Unklar bleibt, was Schutjer unter ›Nationalepos‹ versteht. Es ist kein Zufall, dass der fünfte Gesang von Goethes Epos, in dem die Gestalt des Moses heraufgerufen wird, *Der Weltbürger* untertitelt ist. Schon hier entwirft

1 GJb 2016, S. 225-227.

Goethe seinen Text als Manifestation weltbürgerlicher Humanität, in der alles Nationale in den Hintergrund tritt. Ebenso stark verschafft sich dieser Aspekt in seinem nur als Fragment überlieferten Projekt eines deutschen Volksbuchs aus dem Jahr 1808 Geltung, dem sich die Autorin im dritten Kapitel zuwendet. »*Das Rechte das tüchtige aller Zeiten und Völker*« (MA 9, S. 607) wollte Goethe hier dokumentiert wissen. Bibelfest, wie Goethe war, hat er das Alte Testament als poetisches Fundament der Weltkultur und dessen Transformation in andere kulturelle Kontexte nie in Zweifel gezogen und ihm darum in seinen Überlegungen zum Volksbuch Raum gegeben. Verdienstvoll ist es, den Blick auf dieses wichtige Projekt zu lenken, in dem Goethe sein knapp 20 Jahre später genauer entwickeltes Konzept von Weltliteratur in Kernpunkten bereits vorwegnimmt. Das Thema individueller, jüdisch konnotierter Wanderung – zunächst an Goethes fragmentarischem Jugendepos *Der Ewige Jude* expliziert – wird ebenfalls am Volksbuchprojekt festgemacht; seine unmittelbare Fortsetzung erfahre es, so Schutjer, im Roman *Wilhelm Meisters Wanderjahre*, mit dessen Darstellung das dritte Kapitel schließt.

Die Kapitel 4 und 5 sind dem ersten und zweiten Teil des *Faust* vorbehalten. Die in der *Faust*-Forschung oft schon behandelte Hiob-Problematik wird bei der Behandlung der Faust-Figur aufgenommen und neu akzentuiert. Ein anderes Rollenvorbild ist der alttestamentliche Salomon, ein »Naturphilosoph, Götzendiener, Liebender« (S. 6); Schutjer lässt Faust als neuen Salomon auftreten. Ähnlich dezidiert ist ihre Darstellung des zweiten Teils unter der Überschrift *Faust und das Gelobte Land*, Moses als Modell für die Faust-Figur begreifend. Das Unterkapitel zum vierten Akt erhält die Überschrift *Die Post-Exodus-Geschichte*, das zum fünften ist *Die Verlockung des Paradieses* überschrieben (ebd.). Summarisch heißt es: »Nach meiner Lesart verkörpert also der erste Teil des *Faust* mit seinem von Hiob und Salomon dominierten Subtext diesen patriarchalischen Geist, während der zweite Teil die narrative Aufmachung des Exodus annimmt« (S. 215).

Meine knappen Bemerkungen mögen andeuten, worauf Schutjers Intention zielt. Die von der Forschung bereits oft signalisierten Bezüge zum Alten Testament im *Faust* werden Gegenstand einer intensiven Rekonstruktion und im Einzelfall auch durch neue Detailbeobachtungen bereichert. Das aber geschieht in einer ebenso intensiven Ausblendung all dessen, was die deutsche *Faust*-Forschung in jüngerer Zeit an substanziellen Ergebnissen vorgelegt hat; dass Schutjer partiell die Kommentare von Albrecht Schöne und Ulrich Gaier heranzieht, ändert an diesem Befund nichts. Um das an einem Beispiel zu demonstrieren: Wenn Schutjer mit den Metaphern von gelobtem Land und Paradies arbeitet, so akzentuiert sie, ohne das deutlich zu sagen, eine ›positive‹ Lesart des *Faust*-Schlusses, der aber entschieden widersprochen worden ist. Um die eigene These abzusichern, bedarf es nicht nur der Befolgung eines einmal eingeschlagenen Weges, sondern auch der kritischen Reflexion divergierender Positionen, wie sie Heinz Schlaffer, Jochen Schmidt, Hans-Jürgen Schings, Michael Jaeger, Karl Pestalozzi und andere vertreten. Nicht nur deshalb muss man Schutjers Aussage, dass Genesis und Exodus dominierende Subtexte der *Faust*-Dichtung darstellen, mit einem Fragezeichen versehen. Sie lässt außer Acht, dass biblische Motive und Figuren im poetischen Kontext einen ästhetischen Eigenwert erhalten und sich nicht auf direkte Übernahmen reduzieren lassen.

Ein weiteres Grundproblem des Buches sei zur Diskussion gestellt. In Schutjers Darstellung ist der Zwiespalt zu beobachten, einerseits Goethes Interesse für jüdische Kultur aus den Quellen sachlich und mit Nutzen für die Forschung zu rekonstruieren, andererseits dieses Interesse mit Stellungnahmen Goethes zum modernen Judentum zu verquicken. Goethes »tiefe Bewunderung für die hebräische Bibel« sei »ein zweischneidiges Schwert« (S. 263). Seine »Aneignung des Textmaterials« enthalte »eine Enteignung jenes Volkes, das er für dessen unwürdigen Erben hält« (ebd.); Spuren einer antijüdischen Haltung sollen selbst in *Herrmann und Dorothea*, in *Wilhelm Meisters Wanderjahren* und auch im *Faust* zu finden sein, ohne dass die konkrete Beweisführung überzeugen würde. Beim kritischen Reflektieren eines solchen Herangehens gerät man unversehens in den heutigen Meinungsstrom, der oft in der eiligen Etikettierung von Philo- und Antisemitismus dahintreibt. Aus meiner Sicht ist Günter Hartung beizupflichten, der im einschlägigen Artikel des *Goethe-Handbuchs* feststellt, dass dieses »Schema« im Hinblick auf Goethe »so haltlos wie irreführend«[2] sei. Dass Goethe jüdischen Mitbürgern vorurteilslos begegnet ist, kann als erwiesen gelten. Dass er als Geschäftsmann mit Verlegern, Handels- und Bankherren verkehrte, ihnen persönlich aber nicht immer Sympathie entgegenbrachte, trifft für christliche wie für jüdische Geschäftsleute zu. Wenn Schutjer aber – das Beispiel möge für andere stehen – in der Zeile »Die Wucherklauen sind beschwichtigt« (V. 6042) aus *Faust II* »eindeutig antisemitische Stereotype« (S. 231) erkennt, urteilt sie voreingenommen, stellt nicht in Rechnung, dass der Geldhandel, der den Juden historisch aufgezwungen worden war, nun einmal auf dem Geschäft mit Zinsen beruht, dem christliche wie jüdische ›Wucherer‹ nachgingen. Historische Realität auch im Detail sine ira et studio darzustellen, muss keine Abwertung handelnder Personen nach sich ziehen.

Mit Blick auf die *Wanderjahre* ist noch ein anderer Aspekt in Rechnung zu stellen. Goethe nimmt das kulturelle Erbe, wie es in den Texten und Institutionen der monotheistischen Religionen überliefert ist, unter einem doppelten Aspekt wahr: einerseits als zu bewahrende Tradition weltbürgerlicher Humanität, andererseits in seiner Funktion in modernen politischen Ordnungen. Für ihn ist das Christentum in *seiner* Lebenswelt bei aller Kritik, die er an ihm übt, eine allseits zu respektierende Ordnungsmacht. Vor diesem Hintergrund sollte man die Aussage (wohlgemerkt die einer Romanfigur, nicht die des Autors) in den *Wanderjahren* bewerten, in der Auswanderergemeinschaft würden keine Juden geduldet. Vom Aspekt (jüdischer) weltbürgerlicher Humanität legt der Bildersaal in der Pädagogischen Provinz der *Wanderjahre* eindrucksvoll Zeugnis ab.

Nach wie vor umstritten ist Goethes politische Bewertung der beginnenden Emanzipation jüdischer Bürger in Deutschland. Prinzipiell zielte sein politisches Konzept auf sorgfältig zu erwägende Reformen des Bestehenden. Seine Äußerungen zur Situation der Juden in Deutschland sind die eines skeptischen Zeitbürgers, der überdies der Furcht anheimfiel, es werde bei der auf der Tagesordnung stehenden Emanzipation der zweite Schritt vor dem ersten getan – eine Furcht, die zusätzlich dadurch genährt wurde, dass den Juden bürgerliche Rechte zuerst im Gefolge der Französischen Revolution gewährt worden waren, deren Übergreifen auf Deutschland Goethe als politisch sinn- und zwecklos ablehnte. Seine Haltung kann billigerweise kritisch reflektiert werden, doch sollte man dabei stets den historischen Kontext im Blick haben.

Irritierend hat auf mich der Untertitel von Schutjers Buch gewirkt: *Das schwierige Erbe der modernen Literatur*. Irritierend vor allem ist ihr Begriff von Moderne, denn sie unterscheidet »eine gute Moderne, die individuell, erforschend, frei von dogmatischer Metaphysik ist, und eine destruktive Moderne, die kollektivistisch, nicht fest verankert und anfällig für gefährlichen Absolutismus ist« (S. 264). Das steht, vorsichtig formuliert, in Widerspruch zu all dem, was die Forschung für Goethes Moderneverständnis erarbeitet hat. Letztlich tritt auch in einer solchen Definition der Widerspruch des Buches zutage, sich auf der einen Seite der historischen Rekonstruktion von Goethes Rezeption jüdischer Kultur widmen zu wollen – und diesen Anspruch in vielen Punkten einzulösen –, auf der anderen Seite aber Goethe antijüdische Positionen nachweisen zu wollen und dabei nach ideologisch prädisponierten Maßgaben zu urteilen. Misst man diesem Widerspruch eine produktive, künftige Diskussionen belebende Funktion bei, so kann das Buch Gegenstand ebenso lohnender wie dezidiert kritischer Lektüre sein.

Jochen Golz

2 *Goethe-Handbuch*, Bd. 4/1, S. 581.

Thomas Franz: *Goethe militaris. Studien zum Militärischen in Goethes Werken.* Hannover: Wehrhahn 2020, 454 S., 34,00 €

Der vorliegende Band enthält die Druckfassung einer im Herbst 2019 an der Fernuniversität Hagen verteidigten Dissertation. Der Verfasser unternimmt den ambitionierten Versuch, die Stellung des Militärischen und des Krieges in Goethes literarischen Werken aufzuzeigen. Dabei differenziert er »zwischen einem metaphorischen, einem allegorischen, einem symbolischen und einem eher phraseologischen Rekurs auf Militärisches, der Thematisierung von Militär, der Thematisierung von Krieg, der Thematisierung antiker kriegerischer Auseinandersetzungen, von Kriegsspiel [...] und dem Auftauchen von Militärpersonen in einem nichtmilitärischen Kontext« (S. 20). Angesichts der Vielschichtigkeit der militärischen Bezüge in Goethes Werk und der enormen Dynamik, die nicht nur das militärisch-kriegerische Geschehen der Jahrzehnte um 1800, sondern auch dessen gesellschaftliche Reflexion in der Umbruchszeit zum modernen Nationalstaat bestimmte, ist es verständlich, dass der Autor es vermeidet, eine »generalisierende Zusammenfassung« oder »Gesamtinterpretation« zu geben (S. 416), die Goethes Haltung zum Militärischen beschreiben könnte. Ihm geht es vielmehr um die »Kontextualisierung der unauffälligen und untergründigen Präsenz des Militärischen in einer Vielzahl der bekanntesten Werke Goethes« (ebd.). Hierzu betrachtet er in vier Kapiteln Goethes Frühwerk (*Götz von Berlichingen*, *Fastnachtsspiel vom Pater Brey* und *Stella*), die Werke der frühen Weimarer Jahre, als Goethe in amtlicher Stellung als Kriegskommissar fungierte, bis zum Ende der Italienreise (*Iphigenie auf Tauris*, *Egmont*), Goethes literarische Reflexion der Revolutionskriege (*Der Groß-Kophta*, *Die Aufgeregten*, *Der Bürgergeneral*, *Campagne in Frankreich* und *Belagerung von Mainz*), in einem weiteren Kapitel die *Wilhelm Meister*-Romane und *Die Wahlverwandtschaften* sowie schließlich *Faust II*. Der Autor entrollt in seinen Studien ein außerordentlich breites und vielgestaltiges Bild von militärischen Bezügen und Reflexionen über militärisch-kriegerische Fragen. Wie so oft in Goethes Werken und Briefen sind deren zeithistorische oder biographische Hintergründe meist nur subtil angedeutet und waren nur dem kundigen Leser verständlich. Für denjenigen, der nicht mit diesen Hintergründen vertraut ist, erschließen sie sich in der Regel erst durch eine historische Kontextualisierung, wie sie der Autor vornimmt. So stellen sich die Militärbezüge in Goethes Werk vor der französischen Revolution als Teil des gesellschaftlichen Diskurses über die militärische Aufklärung dar. Exemplarisch wird dies anhand des *Iphigenie*-Dramas gezeigt. Dieses konzipiere, so der Verfasser, eine Option, wo »die Entscheidungsträger in Staat und Militär durch das Gedankengut einer humanen Aufklärung veredelt werden« (S. 150) und auf diese Weise die »Eskalationsspirale militärischer Gewaltausübung unterbrechen« (S. 149). Den zeithistorischen Kontext dieses Konzepts sieht der Autor unter anderem im Verlauf des Bayerischen Erbfolgekriegs zwischen Preußen und Österreich 1778, in dem die Kombattanten sich darauf verständigten, eine blutige Schlacht zu vermeiden und den Konflikt durch diplomatische Verhandlungen beizulegen. Das Drama *Egmont* hingegen konstruiert – vor dem Hintergrund der ebenfalls unblutig verlaufenen preußischen Intervention in den Niederlanden von 1787, an der auch Weimars Herzog Carl August als preußischer General teilnahm, sowie des nordamerikanischen Unabhängigkeitskrieges – das Ideal einer Bürgermiliz »als moralische Anstalt, die dem stehenden Heer Albas als Hort der Despotie und Tyrannei entgegengestellt wird« (S. 158) und als Instrument aggressiver Machtpolitik nach außen unbrauchbar ist. Die Revolutionskriege der 1790er Jahre und die Kriege der napoleonischen Ära verliehen dem Diskurs der Zeitgenossen Goethes über Krieg und Militär einen völlig neuen Charakter. Durch die Teilnahme am preußischen Frankreichfeldzug von 1792 und an der Belagerung von Mainz 1793 persönlich mit dem Kriegsgeschehen konfrontiert, war Goethe jahrzehntelang damit beschäftigt, das Phänomen des modernen Krieges intellektuell zu bewältigen. Die autobiographischen Texte *Campagne in Frankreich* und *Belagerung von Mainz* erschienen erst lange nach den Ereignissen, die sie schildern. Der Autor zeigt unter anderem, wie Goethe dem »Problem der Beschreibung der modernen Kriegserfahrung« nahezukommen versucht, indem er deren Rätselhaftigkeit durch die »parallele Verwendung der beiden Metaphernkomplexe Militär/Schauspiel und Militär/Naturphänomene« in »einer narrativen Bewältigungsstrategie für das Grauen des modernen Krieges« auflöst und »der begrifflichen Reflexion zugänglich« macht (S. 247). Militärisches und Krieg besitzen eine Eigendynamik, die sich nicht mehr im Sinne der militärischen Aufklärung durch vernünftiges Handeln kanalisieren lässt, sondern einer Naturkatastrophe gleicht, die zunächst nur wie ein Schauspiel betrachtet und dabei sogar partiell als ästhetisches Erlebnis empfunden werden kann. Erst über einen längeren Zeitraum und mit historischem Abstand lassen sich diese Phänomene analysieren und rational erfassen. Den grundlegenden Wandel der militärischen Organisation und Taktik in den Feldzügen Napoleons und den damit einhergehenden Prestigegewinn des Militärs in der gesellschaftlichen Wertehierarchie reflektiert Goethe in seinem Roman *Die Wahlverwandtschaften*. Die Romangestalten des adligen Rittergutsbesitzers Eduard und des Hauptmanns/Majors verkörpern, wie der Verfasser zeigt, zwei unterschiedliche Offizierstypen. Während Eduard dem Typus des adlig-ritterlichen Kriegshelden entspricht, für den Entschlusskraft, Mut und Tapferkeit die entscheidenden Tugenden sind, stellt der Hauptmann/Major den Typus des modernen Offiziers dar, der die traditionellen militärischen Tugenden zwar ebenfalls besitzt, darüber hinaus aber über wissenschaftliche Bildung verfügt, sein Handeln planmäßig organisiert und in allen Details rational abwägt. So vermag er, anders als der ausschließlich emotionsgesteuerte und schließlich untergehende Eduard, alle Herausforderungen erfolgreich zu bestehen. Der moderne Offizierstyp war in den ersten Jahrzehnten des 19. Jahrhunderts ein wesentlicher Promotor von Reformen, die weit über den militärischen Bereich hinausgingen. Goethe selbst konnte Persönlichkeiten dieser Art gleichsam bei der Arbeit beobachten, denn er war mit einigen von ihnen persönlich bekannt, wie z. B. mit dem preußischen Generalstäbler Karl Ferdinand Freiherr von Müffling, den Herzog Carl August nach dem Zusammenbruch Preußens von 1806 in seine Dienste nahm und zum Präsidenten des Landschaftskollegiums, der zentralen Landesfinanzbehörde des Herzogtums, machte, oder mit dem preußischen Militärschriftsteller und nachmaligen Generalstabschef August Rühle von Lilienstern, den der Herzog als Erzieher seines Sohnes Bernhard engagierte. In *Faust II* gelangt Goethe schließlich zu einer grundsätzlichen, geschichtsphilosophisch angelegten und militärtheoretisch fundierten Betrachtung der Phänomene von Militär und Krieg. Der Verfasser exemplifiziert dies vor allem an der Kaiserschlacht-Szene, in der er »eine Art Satire« sieht, die sich »über die zeitgenössischen militärischen Praktiken inkompetenter Generäle lustig macht«. Hinter dem kaiserlichen Sieg über einen »genialen« Gegenkaiser verberge sich eine Ridikülisierung der Restaurationsmächte der »heiligen Allianz« (S. 380). Eine Entscheidungsschlacht, man denkt dabei unwillkürlich an die großen Schlachten bei Leipzig 1813 oder Waterloo 1815, werde karikiert (S. 392). Wie Goethe sich mit dem militärtheoretischen Denken seiner Zeit auseinandersetzt, analysiert der Verfasser anhand des Rekurses auf die militärtheoretischen Schriften von Clausewitz und Rühle (S. 392-412). Es wird zunächst verdeutlicht, wie der Clausewitz'sche Typus vom ›Idealkrieg‹ in *Faust II* thematisiert wird (Szenen *Pharsalische Felder* und *Peneios* in der *Klassischen Walpurgisnacht*). Goethes kritische Auseinandersetzung mit den zeitgenössischen Militärtheoretikern werde darin sichtbar, »dass der Krieg in Form einer Vernichtungsstrategie in einer Entscheidungsschlacht tendenziell negativ im *Faust II* bewertet« werde, was sich auch »anhand der durchgängigen Dämonisierung des Krieges im Text plausibilisieren« lasse (S. 411); dies sei »die apokalyptische Gefahr, die in der Satire der Kaiserschlacht ihre Fratze zeigt und im Vernichtungskrieg der Pygmäen traurige Realität in der fiktiven Welt wird« (S. 412). Der Verfasser leistet mit seiner detaillierten, tiefgründigen und durch plausible historische Kontextualisierungen untersetzten Analyse der militärischen Bezüge in Goethes Werk einen wichtigen Beitrag zu dessen Verständnis. Den Band schließt lediglich ein Literaturverzeichnis ab; ein gerade im Hinblick auf die enorme Vielfalt der untersuchten militärischen Bezüge sehr wünschenswertes Personen- und Ortsregister fehlt leider.

Gerhard Müller

Wolfgang Hottner: *Kristallisationen. Ästhetik und Poetik des Anorganischen im späten 18. Jahrhundert.* Göttingen: Wallstein 2020, 278 S., 29,90 €

Wenn von Goethes wissenschaftlichem Verhältnis zur Natur die Rede ist, steht üblicherweise sein Denken über das Organische im Zentrum. Wolfgang Hottner setzt in seiner klar gegliederten Studie einen anderen Fokus: Er verfolgt das Denken über das Anorganische, das im 18. Jahrhundert noch einen breiten Raum einnahm und bei Goethe in die Epoche vor der Entwicklung seiner Morphologie fällt. Vor dem Gang durch die Wissenschaftsgeschichte jedoch unternimmt es der Autor, das dualistische Denkmodell mit seinem Primat des Organischen bewusst zu machen, das mit der Naturphilosophie um 1800 diskursbestimmend geworden ist und auch heute noch die früheren Ansätze verdeckt (S. 16).

Im ersten Hauptkapitel *Anorganisches Denken* (S. 21-48) blendet Hottner in die Epoche vor dem Siegeszug der Lebenswissenschaften zurück, als die beiden Sphären unter dem Einfluss des Stufenleitermodells der Natur noch als ein Kontinuum verstanden wurden. Um die Trennung zu vollziehen, musste sich erst die Begrifflichkeit des Anorganischen ausbilden. So entstanden das »Aorgische« Hölderlins (S. 25) und das »Anorgische« Schellings (S. 29); Goethe hingegen plädierte 1805 für den Begriff »Anorganisches«, der sich als Negation des Organischen schließlich durchgesetzt hat (S. 9 f.). Aus der akzentuierten Opposition organisch/anorganisch speist sich die Faszination der Romantiker für das Reich der Kristalle – Hottner verweist insbesondere auf Tiecks Erzählung *Der Runenberg* (S. 38-40). Dem Anorganischen wird um 1800 »Zwecklosigkeit, Geschlechtslosigkeit, Stummheit« zugeschrieben (S. 37). Damit steht es auch in einer Verbindung mit dem Technischen, also mit den von Menschen geschaffenen Dingen (S. 46).

Wichtige Eckpunkte der Wissenschaftsgeschichte kristalliner Formen zwischen 1611 und 1800 behandelt das zweite Hauptkapitel, und zwar anhand der drei spezifischen Kristallisationen Schnee, Kalkspat und Granit (S. 49-97). Mit Keplers Traktat *Vom sechseckigen Schnee* von 1611 wurde, so Hottner, die Aufmerksamkeit der Wissenschaftler auf diese geometrisch-regelmäßigen und doch nie identischen Formen gerichtet. Für Kepler sind sie Ausdruck der kosmischen Harmonie, während Descartes rund dreißig Jahre später eine mechanistische Erklärung versucht (S. 60 f.) und die Physikotheologen des frühen 18. Jahrhunderts gerade in der Kleinheit der Schneekristalle das göttliche Wirken bewundern (S. 64). Die von René-Just Haüy 1784 begründete Kristallographie dagegen wurde am Beispiel des Kalkspats oder Feldspats entwickelt und ordnete die Kristallformen nach ihren mathematisch-geometrischen Merkmalen (S. 71). Haüys Übersetzer Christian Samuel Weiss leistete eine Dynamisierung der Kristalllehre, die auch Novalis beeinflusst hat (S. 75). Am Granit schließlich hat sich die Hypothesenbildung der frühen Geologie abgearbeitet. Hottner verweist hier auf die Thesen von Buffon und James Hutton, die in ihren Werken einen »prähumanen Zeithorizont« eröffneten (S. 83), der sich nur durch retrospektive Erzählungen vermitteln lasse.

Das dritte Hauptkapitel ist »Kants Kristallen« gewidmet (S. 99-169), denn das Paradigma des Denkens über das Anorganische ist bei Kant der Kristall, wie anhand seiner Schriften aus unterschiedlichen Epochen nachgezeichnet wird. Hottner kann zu dieser Thematik auf eine zahlreich vorhandene Sekundärliteratur Bezug nehmen. Das Kristalline wird für Kant poetologisches und ästhetisches Vorbild, was sich auch in der Sprache seiner kritischen Schriften niederschlägt (S. 123). Dabei charakterisiert er den Vorgang der Kristallisation durch den sprunghaften Umschlag vom Formlos-Flüssigen zum Geformten (S. 138). Schließlich sind Kristallisationen für Kant auch »überaus schöne« Figuren, wie er in der *Kritik der Urteilskraft* gleich zweimal festhält (S. 136). Hier setzt auch der philosophische und ästhetische Umbruch an, den Hottner bei Schiller und Hegel festmacht: Hegel unternimmt eine Abwertung des Anorganischen zugunsten des Lebendigen und der ihm allein möglichen Freiheit (S. 156). Schiller rekurriert in der Auseinandersetzung mit Kants Schriften auf eine »Metaphorik schmelzender Auflösung« (S. 160). Die Schlangenlinie – und nicht etwa eckige Kristallflächen – erklärt er im *Kallias*-Brief an Christian Gottfried Körner vom 23. Februar 1793 zum Paradigma des Schönen (S. 157).

Im vierten Hauptkapitel (S. 171-239) verfolgt der Autor Goethes Versuche, die unbelebte Natur zu verstehen und zu beschreiben. Er behält dabei stets die Frage im Blick, wie die notwendigerweise auf Hypothesen angewiesene Darstellung der Erdgeschichte bei Goethe sprachlich vermittelt wird. So führt Hottner durchaus überzeugend an, dass der von Goethe in den frühen 1780er Jahren geplante Roman über das Weltall nicht zur Ausführung gelangte, weil er kein taugliches poetologisches Vorbild dafür fand, weil insbesondere auch eine »organische Geschichtskonzeption« im Sinne von Herders *Ideen* hier nicht anwendbar war (S. 191). In den fragmentarisch gebliebenen Aufzeichnungen zum Granit aus den Jahren 1784/85 habe Goethe – abweichend von Buffons Abkühlungshypothese der Erde, die überaus lange Zeiträume voraussetzte – eine »plötzliche Kristallisation« dieses Urgesteins angenommen (S. 185). *Granit II*, der bekannteste Text aus dieser Periode, in älteren Goethe-Ausgaben noch *Über den Granit* betitelt, enthält den Versuch des Ich-Erzählers, sich der »großen leise sprechenden Natur« (FA I, 25, S. 314) anzunähern und imaginierend in die Urzeit zurückzuschauen. Hottner wagt hierbei eine wohl allzu kühne Lektüre dieses Textes, wenn er annimmt, dass das in *Granit II* metaphorisch »ältester Sohn der Natur« genannte Gestein gleichsam personifiziert selbst zum Beobachter der anorganischen Formwerdungsprozesse werde (S. 198-201).

Nach diesem ersten Versuch Goethes, Form dynamisch zu denken, zeichnet Hottner die weitere Entwicklung seines Denkens über die Natur kurz nach: von Goethes Hinwendung zum Organischen in Italien bis zur Wissenschaft der Morphologie, die zunächst auch das Reich der Gesteine umfassen sollte (S. 210). Doch dann trennt Goethe die Sphären der Naturreiche (S. 207-210) und schließlich wendet er sich mehr und mehr von der Geologie ab. Hottner verweist dazu auf Aussagen des alten Goethe, wonach sich mit der Vernunft im Reich der Gesteine nicht operieren lasse (S. 213 f.). Wenn 1824 in den Heften *Zur Naturwissenschaft überhaupt* von einer »Urdurchgitterung« anorganischer Massen die Rede ist, wolle Goethe diese nur noch als »ideel« [sic] verstanden wissen (S. 215). Gegen die von Hottner betonte Tendenz zum symbolischen Verständnis anorganischer Prozesse beim späten Goethe ließe sich allerdings dessen Interesse an den Erratischen Blöcken anführen, wo er in seinen letzten Lebensjahren durchaus noch zu einer ›realistischen‹ Hypothese gelangte, indem er eine »Epoche großer Kälte« und den Transport der Findlinge durch Gletscher annahm (vgl. FA I, 25, S. 644); zur Sprache kommt diese Hypothese auch im Bergfest in *Wilhelm Meisters Wanderjahren*.

In Goethes letztem Roman verfolgt Hottner die erneute Beschäftigung mit der Problematik des Anorganischen in der Figur des Jarno oder Montan. Er sei als »Katalysator« eingesetzt (S. 225), da er Wilhelms frühe Erinnerung an die Szene mit dem ertrunkenen Fischerknaben weckt und ihn damit zu seiner eigentlichen Bestimmung als Wundarzt hinführt. Als »anorganische Existenz« (S. 237) werde Montan zum retardierenden Element und damit notwendigen Widerpart zu dem, was im Roman »Leben« heißt (S. 239).

Im abschließenden fünften Kapitel (S. 241-246) folgt ein kurzer Ausblick auf »Das Kristalline und die Technik« und auf die erneute Konjunktur der Kristalle am Beginn der ästhetischen Moderne um 1900 (S. 243). Die Nähe von Anorganischem und Technischem konstatiert Hottner aber bereits bei der Erschaffung des Homunculus in *Faust II* (S. 244-246), wo Goethe das »Kristallisieren« (V. 6860) der Sphäre Wagners und Mephistos zuweist. Als hybride ›Lebens‹-Form werde Homunculus zum »Schreckgespenst« (S. 245), das in die Zukunft vorausweise.

Trotz gewisser Tendenzen zur Überinterpretation ist Wolfgang Hottners detailreiche Studie eine lohnende und anregende Lektüre zum Verständnis eines in Wissenschaft und Ästhetik über Jahrhunderte wirksamen Paradigmas, das bisher in der Beschäftigung mit Goethes naturwissenschaftlichen Schriften eher marginal behandelt wurde.

Margrit Wyder

Heinrich Detering: *Menschen im Weltgarten. Die Entdeckung der Ökologie in der Literatur von Haller bis Humboldt.* Göttingen: Wallstein 2020, 464 S., 48 Abb., 36,90 €

Der Göttinger Neugermanist Heinrich Detering greift mit seinem umfangreichen Buch, dessen Entstehung weit zurückreicht,[1] Tendenzen des ›Nature Writing‹ und einer umweltorientierten Literaturkritik (›Ecocriticism‹) auf. Der in sieben locker verbundenen Kapiteln erzählten »Entdeckung der Ökologie« ist eine Einleitung vorgeschaltet, die das Erkenntnisinteresse offenlegt, das der Textauswahl zugrunde lag. In Rücksicht auf die Begriffsgeschichte – erst Ernst Haeckel sollte 1866 den Neologismus ›Oecologie‹ prägen – werden die behandelten Werke von Albrecht von Haller bis Alexander von Humboldt »behelfsweise« als ›frühökologisch‹ bezeichnet (S. 24). Das Buch richtet sich an einen Leserkreis, der über den engen Zirkel der Fachgelehrten hinausgeht, so dass forschungsgeschichtliche Fragen in einen separaten Fachaufsatz ausgelagert wurden.[2] Auch Theoriepositionen des Ecocriticism, an die Detering anknüpft (Bruno Latour, Donna Haraway und Ursula Heise), werden zwar eingangs genannt, im weiteren Verlauf jedoch zugunsten sorgfältiger Interpretationsarbeit an den Werken selbst angenehm ›flachgehalten‹. Im Zentrum steht weniger eine politische, sondern eine eigenständige *poetische* Ökologie. Es geht um das Herauspräparieren einer spezifischen Schreibweise, in der Humboldts frühökologisches ›Zauberwort‹ (Novalis) »Alles ist Wechselwirkung« – eine 1803 geprägte Formel, auf die der Autor stets zurückkommt – nicht nur auf wechselseitige Organismus/Umwelt-Relationen, sondern vielmehr auch auf die Durchdringung von wissenschaftlichen und literarischen Stil-, Diskurs- und Gattungsformen und ihren jeweiligen Traditionsbezügen bezogen wird. Der Herausarbeitung der formsemantischen Eigentümlichkeit solcher frühökologischen ›Literarizität‹ gilt stets die genaueste interpretative Aufmerksamkeit des Autors.

Im Kapitel I steht Albrecht von Hallers Gedicht *Die Alpen* im Vordergrund, das erstmals 1732 im *Versuch Schweizerischer Gedichte* publiziert wurde und bis 1777 elf Auflagen erlebte. Das Gedicht ist Ergebnis einer 1728 gemachten Bergtour, so dass im literarischen Text die Realität einer frugalen bäuerlichen Subsistenzwirtschaft in der Topik damaliger Landschaftsdichtung zur Darstellung kommt. Die alpine Arbeitswelt erscheine als ein Paradies, wenn auch nicht als ein Garten Eden. Kontur gewinnt eine solche »politische Ökologie« (S. 67) durch ihre Abgrenzung von der Menschen und Ressourcen ausbeutenden Sklavenarbeit in den Gold- und Silberminen Perus, der Luftverschmutzung in großen bürgerlichen Städten und der luxuriösen bzw. kriegerischen Pracht- bzw. Machtentfaltung absolutistischer Fürsten. Die sorgfältigen formsemantischen Analysen rehabilitieren nicht nur mit Hilfe der ›Enumeratio methodica‹ aus Hallers botanischem Hauptwerk von 1742 die Beschreibungsliteratur gegenüber dem Verdikt in Lessings *Laokoon*. Sie lösen auch eine Aporie, die Detering darin zu erblicken glaubt, dass das in den *Alpen* beschworene Paradies der Älpler ins metrische Zwangskorsett des absolutistischen Alexandriners gezwängt worden sei. Demgegenüber böten die ersten 70 Verse des 1734 in den *Versuch Schweizerischer Gedichte*

1 Heinrich Detering: *Die ökologische Nemesis. Zu Carl von Linnés »Iter dalekarlicum«*. In: *Deutsche Vierteljahrsschrift für Literaturwissenschaft und Geistesgeschichte* 65 (1991) 4, S. 593-608; vgl. Kap. II des vorliegenden Buchs.

2 Heinrich Detering: *Was heißt Ecocriticism? Theoretische Fragen und deutsche Debatten*. In: *Gegenwartsliteratur. Ein Germanistisches Jahrbuch / A German Studies Yearbook* 19 (2020) (Themenschwerpunkt: *Ecocriticism / Environmental Humanities*. Hrsg. von Paul Michael Lützeler u. Thomas W. Kniesche), S. 23-45. Der in der Einleitung angekündigte Band zu Annette von Droste-Hülshoff, der die Fragen des vorliegenden Buchs weiterführen wird, ist zwischenzeitlich unter dem Titel *Holzfrevel und Heilsverlust. Die ökologische Dichtung der Annette von Droste-Hülshoff* (Göttingen 2020) erschienen.

eingerückten Gedichts *Ueber den Ursprung des Übels* eine gründliche Revision, insofern in den unregelmäßigen Zeilenlängen der nun gewählten jambischen Madrigal-Verse mit ihrem »ungeregelten Wechselspiel« des Reims Inhalt und Form der Naturschilderung in Balance gebracht seien, bevor ab Vers 71 ein »metrischer Sündenfall«, nämlich der Rückfall in den »barocken Alexandriner« (S. 80), aus dem Paradies vertreibe, alles Gleichgewicht beende und sich die Theodizee-Frage stelle. Das »Vorbild« (S. 384, Anm. 95) solcher Madrigal-Verse, die sich metrisch »ganz ihrem Gegenstand anschmiegen« (S. 76), vermutet Detering in der Naturdichtung von Barthold H(e)inrich Brockes. Hätte Haller sie dann aber nicht auch früher wählen können? Denn Brockes' *Irdisches Vergnügen in Gott*, dem das Kapitel III gilt, erschien ja schon seit 1721. – Ich komme auf das Haller-Kapitel abschließend kritisch zurück, erfülle jedoch zuvor meine Berichtspflicht.

Zwischen Haller und Brockes eingefügt, stellt das Kapitel II ein Reisetagebuch vor, in dem Carl von Linné 1733/34 die Umweltzerstörung, die das Kupferbergwerk im mittelschwedischen Falun anrichtet, beschreibt. Der Text ist ein Beispiel für frühes Katastrophenbewusstsein. Boten Hallers *Alpen* einen Blick ins Paradies, so bietet Linnés *Iter Dalekarlicum* (postum 1889) die Ansicht einer vom Vitriolrauch zerfressenen Höllenlandschaft. Erneut versteht es der Autor in genauer Textinterpretation die Realität des Bergwerks und der in ihm schuftenden Bergleute sowie die von Homer, Dante und Milton entliehene Topik der Darstellung herauszuarbeiten und zu einem »mythologische[n] Narrativ« (S. 108) einer naturzerstörenden Höllenfahrt zu verdichten. Der Schluss dieses Kapitels bietet eine Typologie unterschiedlicher Ordnungsmodelle von Mensch und Natur, insofern Haller für ein synergetisches Verhältnis zur Natur, Linné für ein »*Mitsein* in ihr« und Buffon, der knapp in den Blick gerät (und später im Zusammenhang mit Fausts Ende nochmals mit seinen »absolutistischen Unterwerfungsphantasien« aufgerufen wird, S. 247), für »*Gegnerschaft* zur Natur« und Naturunterwerfung stehe (S. 122 f.). Dieser Rhythmus von ökologischer Utopie und Katastrophenbewusstsein prägt die weiteren Ausführungen dieses Versuchs einer frühökologischen Literaturgeschichte.

Dementsprechend stellt das Kapitel III die Dichtung von Brockes in die Spannung von physikotheologischem »Schöpferlob« und sich verselbständigenden »Katastrophenträume[n]« (S. 125). Auch im Kapitel IV, das Lichtenberg gilt, steht ein Katastrophenszenarium im Fokus. In der parabelhaften Erzählung *Ein Traum* (1794), die der Gattungstradition gelehrter Traumsatiren folgt, muss eine auf Miniaturformat verkleinerte Erde erst kaputtexperimentiert werden, bevor ein überirdisches Wesen dem Experimentator zur Einsicht verhilft, dass es keine zweite geben wird und man daher der Schöpfung mit Respekt begegnen sollte.

Am umfangreichsten ist das Goethe gewidmete Kapitel V, das die Wandlungen seiner literarisch gestalteten Naturauffassung in drei Unterkapiteln verfolgt. Auch hier liegt der Akzent auf der Spannung zwischen der Gestaltung eines den Menschen einschließenden Naturzusammenhangs, der in Goethes 1787 im *Orto Botanico* von Palermo geprägten Metapher vom »Weltgarten« (S. 195 f.) umschrieben wird, und der Darstellung seiner anthropogenen Zerstörung. In den unterschiedlichen, zwischen 1790 und 1817 publizierten Fassungen der Pflanzen-*Metamorphosen*, denen Kap. V.1 gilt, wird das »Sexualitätsparadigma« (S. 206) in – wie es mit Goethe heißt – »Wissenschaft und Poesie« vereinbarender Textur als Triebkraft vitaler, aber letztlich kreisförmiger, keine neuen Arten generierenden Metamorphosen gestaltet. Diese »Aporie des Metamorphosen-Modells« (S. 215), das im Bannkreis der Präformation verharre, werde erst in den 1830 beendeten Szenen der *Klassischen Walpurgisnacht* überwunden, in denen die Emergenz einer aus dem Meer entsprungenen, epigenetisch wuchernden Artenvielfalt in der Formensprache grotesker Leiblichkeit Gestaltung findet. »Näher sind Goethe und Charles Darwin«, heißt es zu Beginn des *Faust II* aufgreifenden Kapitels V.2, »einander nie gekommen« (S. 221). Hätte die erst in diesem Zusammenhang (S. 231 f.) thematisierte Ovid-Vorgabe mit ihren Mischwesen aber nicht schon früher ganz andere Optionen eröffnet? Wird das Meer hier als erotisch konnotierter Ort fortgesetzter Urzeugung interpretiert, muss folgerichtig das im 5. Akt gestaltete »Meerverdrängungsprojekt« (S. 234) als Allegorie einer die Lebensgrundlagen zerstörenden Allmachtsphantasie erscheinen. Entgegen verheißungsvolleren Interpretationen der Faust'schen Landgewinnung entdeckt Detering hierin »eine genuin *ökologische* Katastrophe« (S. 252). »Leonardos Tagebuch« aus den *Wanderjahren* setzt in Kap. V.3 den Schlusspunkt der Goethe-Auseinandersetzung. Raffiniert wird herausgearbeitet, wie in der Textur der beiden Abschnitte Heinrich Meyers Abhandlung *Baumwollen Manufaktur* (1810) so umgearbeitet wird, dass deren realistische Schilderung der schweizerischen Textilheimarbeitsindustrie von Goethe durch ein – auch die Gliederung des vorliegenden Buchs bestimmendes – »mythisch-sakrales Urmuster« (S. 268) der biblischen Sieben-Tage-Schöpfung (1. Mose 1.2) überschrieben wird. Nochmals wird dadurch das alpine Ideal der von Haller gepriesenen Subsistenzwirtschaft inszeniert, aber zugleich dessen Untergang durch das »›überhand nehmende Maschinenwesen‹« (zit. S. 268) prophezeit.

Die Dialektik von Naturverherrlichung und -zerstörung organisiert auch das Kapitel VI, in dem Novalis' *Bergmannslied* aus *Heinrich von Ofterdingen* und Achim von Arnims Gedicht *Des ersten Bergmanns ewige Jugend* aus dem *Gräfin Dolores*-Roman gegenübergestellt sind: dort eine forcierte romantische Verklärung heiligmäßigen Lebens unter Tage, hier »romantische Selbstkritik« (S. 287), die an der Stoffvorgabe des 1677 verunglückten, 1719 mumifiziert wieder aufgefundenen Bergmanns von Falun, Mats Israelsson, eine utopische Mensch-Natur-Einheit zugunsten der Einsicht in die zerstörerischen Folgen protoindustriellen Bergbaus aufbricht.

Das abschließende Kapitel VII gilt Alexander von Humboldts »*ökologische*[r] *Poetik*« (S. 310 u. pass.). Gemeint ist damit eine Schreibweise, die »die Beziehungen zwischen Wissenschaft und Dichtung einschließt« (S. 309) und damit gewissermaßen das poetologische Analogon zur ›politischen Ökologie‹ bildet, in der ›Natur‹ als ein holistischer Zusammenhang verstanden wird, der alles Lebendige mitsamt Menschen umgreift. Eine solche Verschmelzung empiriegesättigter wissenschaftlicher Prosa und mythologischer Rede mit ihrer Balance zwischen nüchterner Sachprosa und poetisch-mythologischer Überhöhung sei Humboldt in den drei, jeweils unterschiedlich komponierten Fassungen seiner *Ansichten der Natur* (1807, ²1826, ³1849) gelungen, namentlich in der erst 1849 hinzugefügten »Stereophonie« (S. 369) *Das nächtliche Thierleben im Urwalde*, die in ausführlichster Weise zu evozieren versucht wird. Ein Vergleich mit anderen naturkundlichen Schreibweisen der damaligen Zeit hätte wohl die Eigenart Humboldt'scher Engführung wissenschaftlicher und dichterischer Sprache noch stärker zu plausibilisieren vermocht.

Das sorgfältig hergestellte und mit vielen Abbildungen illustrierte Buch schließt Heinrich Detering nicht mit einem eigenen, sondern mit einem fremden, Humboldt gehörigen Wort, auf das der Leser »[h]inhören« (S. 370) soll – als wolle der Autor Humboldts ökologische Poetik durch eine mimetische Beobachtungssprache, die sich ganz ihrem Gegenstand anschmiegt, ergänzen.

Die frühökologische Perspektive ermöglicht zwar, eine Schneise in die Literaturgeschichte der ›Sattelzeit‹ 1750/1850 zu schlagen und die behandelten Werke an die aktuelle Klimaschutzdebatte anzuschließen, aber die Aussicht auf historische Kontexte droht dadurch aus den Augen zu geraten. Mit der Opposition von ›tätigem Leben‹ und ›trägem Müßiggang‹ sowie der Anrufung von ›Arbeit‹, ›Gemüt‹, ›Luft‹ und ›Gesundheit‹ wird gleich eingangs der *Alpen* die ganze Palette der frühaufklärerischen Diätetik mit ihren ›sex res non naturales‹ aufgerufen,[3] so dass ich mich frage, ob nicht sie – d. h. diese Topik einer umfassenden Lebensordnung – das geheime Gravitationszentrum des von Detering als frühökologisch bezeichneten Gedichts bildet. Nachdenklich gemacht hat mich aber vor allem die Interpretation der

3 Aer (Licht und Luft), Cibus et potus (Essen und Trinken), Motus et quies (Bewegung und Ruhe), Somnus et vigilia (Schlafen und Wachen), Excreta et secreta (Ausscheidungen und Absonderungen) und Affectus animi (Gemütsbewegungen) – die ›sex res non naturales‹ bilden ein neutrales Übergangsfeld zwischen dem Gesunden und Kranken.

genealogisch-biographischen Strophe, mit der Hallers 1736 entstandenes, jedoch erst 1743 (in der dritten Auflage des *Versuchs Schweizerischer Gedichte*) publiziertes *Unvollkommenes Gedicht über die Ewigkeit* abbricht. Die Kraut-Tier-Mensch-Stelle,[4] wie ich sie der Kürze halber nennen möchte, zählt Detering zum »Verblüffendsten, was Haller geschrieben hat« (S. 86). Die Stelle, die für ihn »an Voraussetzungen der Evolutionstheorie für einen wundersamen Augenblick nahe vorüberstreift« (S. 87), dient gleichsam als eine Art Leitmotiv, das gleich eingangs (S. 9) und dann immer wieder im Buch prominent, gerade im zentralen Goethe- und im abschließenden Humboldt-Kapitel (S. 232, 341) anzitiert wird. Hallers Verse erhalten dadurch für die ganze Darstellung ein besonderes Gewicht. Das erklärt auch den Schwung für den recht ökopathetisch klingenden Schlusspunkt des Haller-Kapitels, der zugleich die Aussicht auf die anschließenden Ausführungen eröffnet: »Wer einmal begriffen hat, dass er selbst in wachsenden Ringen Kraut und Tier und Mensch geworden ist, der oder die begreift fortan auch sich selbst im Zusammenhang eines Ökosystems und ein Ökosystem als Teil eines sehr weitläufig gewordenen Seins« (S. 87). Ist die Stelle für die Frühaufklärung tatsächlich so verblüffend? Ich hatte sie angesichts der »unübersichtlichen Gemengelage«[5] unterschiedlichster Erzeugungskonzepte im 18. Jahrhundert und Hallers eigenem Schwanken zwischen Epigenese und Präformation bisher stets auf das »Stufenmodell von anima vegetativa [›Kraut‹], anima sensitiva [›Tier‹] und anima rationalis [›Mensch‹] der aristotelisch-scholastischen Tradition«[6] bezogen, das in damaligen, anticartesianisch ausgerichteten Debatten etwa zur Pflanzen- oder Tierseele (mitsamt den anhängenden Fragen frutarischer Ernährungsweise oder danach, ob Tierexperimente legitim sind) virulent war. Und hat die Einsicht in ein solches Stufenmodell den Haller der Irritabilitätslehre davon abgehalten, in überaus innovativen, von Detering in der Einleitung zwar erwähnten, im Haller-Kapitel selbst aber nicht weiter thematisierten Versuchsreihen Göttingen gewissermaßen zur tierfreien Zone zu experimentieren?

Carsten Zelle

Die Rede vom Klassischen. Transformationen und Kontinuitäten im 20. Jahrhundert. Hrsg. von Thorsten Valk. Göttingen: Wallstein 2020, 375 S., 55 Abb., 68,00 €

Man könnte versucht sein, der Schriftenreihe des Zentrums für Klassikforschung selbst das Attribut des Klassischen zuzuschreiben – so gediegen und gewichtig ist das Erscheinungsbild dieser Bände aus dem Wallstein Verlag (von denen mit dem hier anzuzeigenden bereits der fünfte vorliegt). Doch im Verlauf der Lektüre nimmt man schnell wieder Abstand von dieser Idee, denn schon bald und dann immer wieder aufs Neue wird einem die Problematik dieses Begriffs und seiner Geschichte insbesondere im 20. Jahrhundert, dem – mit Eric Hobsbawm

4 »Zuerst war ich ein Kraut, / […] / Und lange war ich noch ein Thier, / Da ich ein Mensch schon heißen sollte. […] / Ich irrte, fehlte, schlief und ward ein Mann!« (V. 96, 98 f., 117).

5 Stefan Borchers: *Die Erzeugung des ›ganzen Menschen‹. Zur Entstehung von Anthropologie und Ästhetik an der Universität Halle im 18. Jahrhundert.* Berlin, New York 2011, S. 11. Vgl. auch Günter Mühlpfordt: *Die organischen Naturwissenschaften in Wolffs empiriorationalistischer Enzyklopädistik.* In: *Il cannocchiale. Rivista di studi filosofici* 2-3 (1989), S. 77-106; hier S. 90, wo Christian Wolffs Naturphilosophie, in der Pflanzen, Tiere und Menschen ebenfalls in phylogenetischer Folge behandelt werden, als eine »biologische Pansophie« bezeichnet wird, die von »Einheit und Wechselseitigkeit aller ›lebenden Kreaturen‹« und von einer starken Berücksichtigung der Ökologie bestimmt gewesen sei.

6 Borchers (Anm. 5), S. 49.

gesprochen – ›Zeitalter der Extreme‹, eindringlich vor Augen geführt. Wenn man etwa liest, wie kein Geringerer als Wolfgang Schadewaldt 1930 bei einer einschlägigen Tagung in Naumburg mit dem Begriff umgegangen ist – laut Ernst A. Schmidt lässt sich seine mit »hochtrabenden Leerformeln« (S. 313) operierende Argumentation stellenweise »kaum wiedergeben« (S. 310) –, fühlt man sich gewiss nicht ermutigt, selbst auf diesen Begriff zurückzugreifen. Eine ganz ähnliche Wirkung hat der ideologiekritische Furor, mit dem um 1970 versucht wurde, die Rede vom Klassischen als bürgerliche ›Klassik-Legende‹ zu entlarven. Spätestens aber wenn man erfährt, dass sich die exakten Wissenschaften von den Geisteswissenschaften im Hinblick auf die »weltanschaulich-politischen Vereinnahmungen« der Rede vom Klassischen im 20. Jahrhundert kaum unterschieden haben und diese entsprechend instrumentalisiert wurde, etwa im Rahmen einer antisemitisch motivierten Attacke auf Emmy Noether (S. 275), spätestens dann wird man jeden Rekurs auf das Klassische lieber vermeiden wollen. Entsprechende Warnungen wurden im Übrigen bereits im 18. Jahrhundert ausgesprochen, wie eine prägnante, aber dennoch selten zitierte Passage aus dem Jahr 1768 belegt (als von einer ›Weimarer Klassik‹ also noch keine Rede sein konnte), die Carsten Dutt bei Herder gefunden hat:

> Ueberall höre ich classisch nennen: was ist denn classisch? Classisch für wen? Classisch in welcher Materie? Himmel! kann man denn alle diese Fragen übergehen? Und übergeht man sie nicht, wo wird man mit den meisten canonisirten Schriftstellern bleiben? (zit. nach S. 339)

Eine Erinnerung an solche Fragen ist nicht der einzige Gewinn, den man aus der Beschäftigung mit dem vorliegenden Band zieht. Wie angedeutet, bereitet er durchaus auch ästhetisches Vergnügen. Neben der Hochwertigkeit des Papiers und des Satzes sowie den zahlreichen erstklassigen Abbildungen liegt das an der Komposition des Bandes, die man nicht anders als wohlproportioniert nennen kann: An die fünf Beiträge des ersten Kapitels (*Literaturgeschichte*) schließen sich vier im zweiten an (*Kunst- und Architekturgeschichte*), gefolgt von wiederum fünf Beiträgen im dritten und letzten Kapitel (*Ideen- und Diskursgeschichte*) – als hätte man den Grundriss eines klassizistischen Tempels vor sich. Auch die Auswahl der Beiträger ist – abgesehen vom Verhältnis der Geschlechter, bei dem die Männer deutlich in der Überzahl sind – ausgewogen: Zu Wort kommen einige ausgewiesene Wissenschaftlerinnen und Wissenschaftler vor allem der mittleren Generation, aber auch ältere wie etwa Wilhelm Vosskamp, der selbst bereits als ein ›Klassiker‹ seines Faches und nicht zuletzt der Klassikforschung gelten kann.

Die ganze Fülle der Erkenntnisse, zu denen die 14 im Band enthaltenen Beiträge gelangen, die durchweg von hoher Qualität und gut lektoriert sind, sich begrüßenswerterweise nicht auf den deutschsprachigen Raum konzentrieren und zum Teil auch seltener behandelten Gegenständen wie etwa den Klassikdiskursen in Altphilologie und Mathematik zuwenden – was leider fehlt, ist die Musikwissenschaft –, kann an dieser Stelle nicht gewürdigt werden. Hervorgehoben seien im Folgenden lediglich einige wenige Beiträge, die aus der Sicht des Rezensenten besonders interessant sind, ohne dass damit etwas Negatives über die anderen gesagt sein soll.

Anregend ist zum Beispiel die Eröffnung des Bandes durch Peter Sprengel und damit durch einen Autor, der in jüngerer Zeit wiederholt mit aufsehenerregenden Funden an die Öffentlichkeit getreten ist. Dass es das Potenzial hätte, Aufsehen zu erregen, wird man von dem hier (editorisch mustergültig) präsentierten Fundstück – einem bisher unpublizierten Fragment aus einer von Gerhart Hauptmann im Jahr 1909 entworfenen *Circe*-Tragödie – wohl nicht sagen können, doch im Zusammenhang des Bandes ist es sehr aufschlussreich. Zwar handelt es sich dabei zweifellos um einen schwachen Text (Hauptmanns Blankverse erinnern in ihrer Sprödigkeit etwa nur noch entfernt an die musikalische Eleganz der Blankverse in Goethes *Nausikaa*-Fragment, das Hauptmann als Vorbild gedient haben könnte), doch Sprengel kann zeigen, dass Hauptmann darin trotz eines zum Teil in der Öffentlichkeit ausgetragenen Dissenses den ästhetischen Idealen der sogenannten Neuklassik nahesteht, die sich damals in Weimar formiert hatte und deren wichtigste Protagonisten Paul Ernst, Samuel Lublinski und Wilhelm von Scholz hießen. Texte wie Ernsts Tragödie *Brunhild* vor Augen (die Sprengel zum Vergleich heranzieht), weint man der Neuklassik, dieser verhinderten Epoche, die vorüber war, noch bevor sie richtig begonnen hatte, jedoch keine Träne nach.

Einer, der die Aporien der neuklassischen Ästhetik frühzeitig erkannt hatte, war Hauptmanns Konkurrent – auch im Hinblick auf die Nachfolge Goethes im 20. Jahrhundert – Thomas Mann, der diese Richtung nach anfänglichem Sympathisieren (»eine neue Klassizität, dünkt mich, muß kommen«, heißt es 1911 in *Auseinandersetzung mit Wagner* [zit. nach S. 10]) in Gestalt des neuklassischen Idealen nacheifernden Schriftstellers Gustav von Aschenbach noch in demselben Jahr programmatisch zu Tode gebracht hat. Für Manns weiteren Umgang mit dem Begriff des Klassischen entscheidend ist, so Dieter Borchmeyer, die Bestimmung des Klassischen als das »Mythisch-Prototypische«: »[...] dergestalt kann er auch den von der humanistischen Poetik abgewerteten Roman zu klassischem Rang erheben, ihn durch die Rückkehr zum Mythos in eine moderne Epopöe verwandeln« (S. 65).

Mit Peter Hacks hat sich Nikolaus Immer eine schillernde Figur vorgenommen, die für den Klassikdiskurs in der DDR zentral war, ohne dass Hacks sich der offiziellen Linie aber in jeder Hinsicht untergeordnet hätte. Wie Immer zeigt, ist sein Begriff des Klassischen komplex und teilweise widersprüchlich, außerdem starken Wandlungen unterworfen. Bezeichnend ist, dass Hacks frühzeitig Thomas Mann im Blick hatte, den er in der Rolle des Goethe-Nachfolgers offenbar beerben wollte. In jedem Fall schrieb er schon als Student eine Seminararbeit über *Lotte in Weimar*, die er Thomas Mann schickte (und später in *Sinn und Form* veröffentlichte). Hacks' lebenslange Auseinandersetzung mit dem Klassischen hatte freilich auch ihre wenig überzeugenden Seiten: Wie er etwa die unselige Opposition zwischen dem Klassischen und dem Romantischen noch im Jahr 2000 fortschrieb und Goethe dabei zu seinem Vorläufer stilisierte, wirkt, bei aller literaturgeschichtlichen Kenntnis, wie aus der Zeit gefallen. Zum Bonmot taugt Hacks' Formulierung, die »künstlerische Höhe eines Schriftstellers ist gleich der Stapelhöhe der über ihn vorhandenen Sekundärliteratur« (zit. nach S. 137). Die über Hacks vorhandene Sekundärliteratur ist mit dem Beitrag Immers jetzt jedenfalls weiter angewachsen.

Gregor Streim analysiert die gerade in der Germanistik immer häufiger geführte Rede von der ›Klassischen Moderne‹, wobei er alle »Tücken« herausarbeitet, die die Verwendung dieser Epochenbezeichnung birgt (S. 333). Das Hauptproblem scheint hier darin zu bestehen, dass mit dem Begriff der Moderne ein zweiter notorisch problematischer Begriff ins Spiel kommt, sodass sich die Begriffsprobleme wechselseitig potenzieren. Nach Streims luzider Analyse wird man gute Argumente benötigen, wenn man weiterhin von der Klassischen Moderne sprechen will.

Den Sprung in die Gegenwart unternimmt am Ende des Bandes Carsten Dutt, der nach einem Rückblick auf die einschlägigen Diskurse des 20. Jahrhunderts zu charakterisieren versucht, wodurch sich die Rede vom Klassischen im 21. Jahrhundert auszeichnet. So überraschender- wie erfreulicherweise fällt das Fazit, das er in seinem letzten Satz zieht – einer einzigen, überlangen Periode, derer sich auch Gustav von Aschenbach nicht zu schämen hätte –, durchaus positiv aus:

> Referenziell beispiellos diversifiziert, historistisch aufgeklärt und aufgeschlossen, von kunstreligiösen, nationalideologischen, geschichtsmetaphysischen, gar theologischen Überspannungen, wie sie für die Begriffsgeschichte des Klassischen in wechselnden Anteilsverhältnissen und Intensitätsgraden vom 18. bis ins 20. Jahrhundert hinein charakteristisch waren, frei, dabei jedoch keineswegs als eine unverbindlich laudatorische Façon de parler beliebig disponibel, in thematisch und sozioepistemisch ausdifferenzierten Kanonisierungssystemen vielmehr auf spezifische Weise wissensgestützt, evaluativ gehaltvoll und ipso facto selektiv – dies sind die hervorstechenden Merkmale der Rede vom Klassischen heute. (S. 360)

Wenn dieser Befund richtig ist – und dass er es ist, dafür spricht auch das fast gleichzeitige Erscheinen eines anderen einschlägigen Sammelbands zum Thema, der von ähnlichen Prämissen ausgeht[1] –, wenn dieser Befund also zutrifft, dann kann man vielleicht doch seinem ersten Impuls folgen und die Schriftenreihe des Zentrums für Klassikforschung als klassisch in diesem Sinn bezeichnen.

Frieder von Ammon

Kai Sina: *Kollektivpoetik. Zu einer Literatur der offenen Gesellschaft in der Moderne.* Berlin, Boston: De Gruyter 2019, VIII, 290 S., 89,95 €

Der Göttinger Germanist Kai Sina bezeichnet Ralph Waldo Emersons einflussreichen Essay *Goethe, or, the Writer* als »ein[en] Aufruf an die Schriftsteller der Vereinigten Staaten zur literarischen Goethe-Nachfolge« (S. 8). So gestand der amerikanische Transzendentalist in seinem Essay *Quotation and Originality*: »My work is an aggregation of beings taken from the whole of Nature; it bears the name of Goethe« (S. 7). Trotz einer zunehmend kritischen Distanz meinte sein jüngerer Zeitgenosse Walt Whitman, dass Goethe »the most profound reviewer of Life known« sei (S. 151). Thomas Mann, der sich in den 1920er Jahren Walt Whitman immer wieder zuwandte, zog in seiner Rede *Von deutscher Republik* den amerikanischen Dichter »als Repräsentanten einer ›schwärmerischen Demokratie‹« heran (S. 195).

Goethe, Emerson, Whitman, Mann: Was ist der gemeinsame Nenner, der diese vier Namen zusammenbringt? In seiner ausführlich dokumentierten und theoretisch begründeten Studie schlägt der Verfasser ›Kollektivpoetik‹ vor: die literaturwissenschaftliche Anwendung des philosophischen Begriffs ›Mereologie‹, also die Analyse der Relation des Teils zum Ganzen bzw. der Teile untereinander innerhalb des Ganzen. Er geht von einem Dialog über *Goethe and the Unity of Mankind Today* (1949) aus, wo der Theologe Reinhold Niebuhr behauptete, dass Goethe »the sense of the wholeness of the individual and the wholeness of a universal culture« besaß (S. 3). Die Teilnehmer am Gespräch beriefen sich auf die amerikanische Goethe-Rezeption, die bis zu Emerson zurückreicht, der »das Heterogene, Kompilatorische und dabei notwendig Zitathafte zum Programm erhebt« und dabei »die Goethe'sche Idee des Kollektiven zum amerikanischen Kulturprinzip schlechthin« transformiert habe (S. 6). Später habe sich bei Thomas Mann sowie auch bei von Whitman begeisterten Expressionisten wie Johannes Schlaf und Arno Holz »der transatlantische Rücktransfer der Kollektividee aus der Neuen in die Alte Welt« nachvollzogen (S. 12).

Unter poetischer »Kollektivität« versteht Sina »ein *formales Prinzip*, das sich in einem literarischen Text realisiert, und zwar im Verhältnis von Vielheit (der literarischen Berücksichtigung einer Überfülle partikularer Einzelheiten) und Einheit (der literarischen Formgebung dieser partikularen Überfülle)« (S. 16). »Indem der kollektive Text die moderne Komplexität in poetische Formen von intermediärem Charakter überführt, plädiert er für eine nüchtern-bejahende Grundhaltung gegenüber der modernen Wirklichkeit« (S. 18). Dabei bemerkt der Verfasser, dass »die *Polyphonie* zu den Grundbedingungen gerade des modernen Daseins und Schreibens gehört« (S. 21).

Nach diesen theoretischen *Vorbemerkungen* widmet der Verfasser jedem der vier Dichter ein eigenes Kapitel. Ausgehend von einem Zitat des alten Goethe –»mein Lebenswerk ist das eines Kollektivwesens, und dies Werk trägt den Namen Goethe« (S. 39) – zeigt Sina, wie Goethe die Idee des Kollektiven benutzte, um »die Heterogenität und Fragmentiertheit sei-

1 Paula Wojcik, Stefan Matuschek, Sophie Picard, Monika Wolting (Hrsg.): *Klassik als kulturelle Praxis. Funktional, intermedial, transkulturell.* Berlin, Boston 2019. Vgl. dazu die Rezension Carsten Rohdes in GJb 2019, S. 355-357.

nes Lebenswerks« zu erklären (S. 42). So lässt sich seine Gedichtsammlung von 1815 als »Produkt eines modernen Subjekts« erkennen, indem er »die Totalität als Illusion« verabschiedet (S. 60). In einer Äußerung zu *Wilhelm Meisters Wanderjahren* erklärte Goethe, dass sein Werk »disparateste Elemente« zu einem Ganzen verbindet (S. 64). Ebenfalls erweist sich *Faust* als »ein riesenhaftes Konglomerat von Versatzstücken unterschiedlichster Provenienz« (S. 67). So wird das widersprüchliche Spannungsverhältnis von Einheit und Vielheit – »die Goethe'sche Idee des Kollektiven« (S. 6) – problematisiert (in der Herausgabe seiner Werkausgaben), literarisch reflektiert (in den Kommentaren zu den *Wanderjahren*) und literarisch produktiv gestaltet (in *Faust*). Um seine Goethe-Analyse abzurunden, zeigt Sina, wie sich im ersten Heft des sechsten Bandes der Zeitschrift *Ueber Kunst und Alterthum* die »heterogene Vielheit der Beiträge« mikrostrukturell durch die Paarungen und makrostrukturell durch die Rahmung zu einer Einheit fügt (S. 85).

Emerson versuchte, »Goethes Idee des Kollektiven mit dem amerikanischen Bestreben nach gesellschaftlicher Einheit unter Wahrung der kulturellen Vielheit« zusammenzulesen (S. 105). Indem Sina Emersons Auseinandersetzung mit Goethe »im Spannungsfeld seiner Reflexionen über Individualität und Kollektivität« betrachtet (S. 113), analysiert er zunächst den Essay *Goethe, or, the Writer*, wo Emerson mehrere Werke Goethes behandelt, um festzustellen, dass trotz ihrer Heterogenität eine Synthese gelingt. »Gerade in seiner offensichtlichen Disparität trägt Goethes Werk der modernen Welt, mit ihrer wachsenden Überfülle an Ideen und Dingen, literarisch Rechnung« (S. 123). In dem späteren Essay *Quotation and Originality* bezieht Emerson Goethes Verfahren auf sein eigenes Werk bzw. auf seine Praxis der extensiven Zitation: »[I]n a large sense, one would say, there is no pure originality. All minds quote« (S. 129) – eine Praxis, die durch seine eigenen *Journals* exemplifiziert wird. So ergibt sich bei Emerson eine Neubewertung des Begriffs ›Zitat‹, der früher einen eher negativen Sinn hatte: Jetzt wird er zum Mittel, die Kollektivität der modernen Gesellschaft bzw. des amerikanischen Genies zu verkörpern: »Our country, customs, laws, our ambitions, and our notions of fit and fair, – all these we never made, we found them ready-made; we but quote them« (S. 143).

Obwohl Whitman sich allmählich von Goethe distanzierte, zeigt Sinas Analyse seines dichterischen Werks (vor allem *Song of Myself*), wie eng er sich an »der von Goethe kommenden und von Emerson aufgegriffenen Kollektivpoetik« orientiert (S. 166): »Through me many long dumb voices […] voices veiled, and I remove the veil, / Voices indecent by me clarified and transfigured« (S. 168 f.). So erweise sich in der berühmten Formel »I am large … I contain multitudes« eine Verkörperung des Kollektivwesens Goethes und Emersons (S. 172). Die ausführliche Analyse des Gedichts schließt mit der Feststellung des Verfassers: »Die produktiven Einflussbeziehungen zwischen Goethe, Emerson und Whitman ergeben zweifellos eines der wichtigsten Kapitel in der transatlantischen Literaturgeschichte des 19. Jahrhunderts – mit weitreichenden literarischen Konsequenzen ins 20. Jahrhundert hinein« (S. 188).

Diese Konsequenzen zeigen sich dann bei Thomas Mann, dem Whitmans Werke gut bekannt waren. »Die von Goethe in Bezug auf seine späte Poetik und die Kontur seines Gesamtwerks entwickelte, durch Emerson auf die Gesellschaft und Literatur des jungen Amerika bezogene und durch Whitman in avancierteste literarische Formen überführte Idee des Kollektiven findet über Thomas Mann den Weg zurück in die Alte Welt« (S. 198). Das ist eine Behauptung, die durch eine ausführliche Analyse der Erzählstruktur und Stimmenvielfalt von Thomas Manns *Zauberberg* illustriert und dann mit dessen Rede *Von deutscher Republik* theoretisch unterstützt wird.

Sina versteht seine Arbeit als Beitrag zur Bewegung, die Udo Schöning (*Die Internationalität nationaler Literaturen*, Göttingen 2000) als eine »von nationaler Mythisierung befreite, international perspektivierte oder die internationale Perspektive zumindest angemessen berücksichtigende Literaturgeschichtsschreibung« bezeichnet hat (S. 27). Allerdings wäre sein hochintelligentes Werk, das an sich eine Kollektiv*kritik* exemplifiziert, einem viel größeren

Leserkreis von Nicht-Spezialisten zugänglich, wenn es um etwa ein Viertel kürzer wäre. Zu viele halbseitige Fußnoten, nebensächliche Einfügungen (z. B. Robert Venturis Theorie der Architektur) sowie Wiederholungen lenken von der strengen Linie des dichten und theoriebeladenen Textes, der unsere volle Aufmerksamkeit verlangt, ab. Dennoch hat Sina unser kritisches Arsenal mit einem bedeutenden neuen Werkzeug bereichert.

Schließlich ließe sich die gegenwärtig auffällige Neigung für das, was man als die ›Geometrisierung‹ der Literaturgeschichte bezeichnen könnte – vgl. Ernst A. Schmidts *Kreis und Gerade. Moderne Konstruktionen der griechischen Antike als Gegenbildentwürfe* (Heidelberg 2019) –, als Versuch verstehen, die Fragmentierung der modernen Wirklichkeit ohne Hilfe der zunehmenden Digitalisierung der Geisteswissenschaften zu veranschaulichen.

Theodore Ziolkowski

Vergleichende Weltliteraturen / Comparative World Literatures. DFG-Symposion 2018. Hrsg. von Dieter Lamping u. Galin Tihanov. Berlin: Metzler 2020, 522 S., 89,90 €

Unsere Vorstellungen der ›Welt‹ materialisieren sich als Weltkarte oder als Globus und beiden ist gemeinsam, dass sie uns nie das große Ganze zeigen, immer Teile an die Ränder oder auf die nicht sichtbare Seite geraten. Wir können den Mittelpunkt der Karte verschieben und den Globus drehen und so bis dahin Unbemerktes ins Zentrum und ans Licht holen. Dies haben 29 Wissenschaftlerinnen und Wissenschaftler vor allem aus Deutschland, darüber hinaus der Schweiz, Österreich, Griechenland, Großbritannien, Russland, Brasilien und den USA unternommen, als sie im Jahr 2018 im Rahmen eines DFG-Symposions zum Thema *Vergleichende Weltliteraturen* zusammentrafen, dessen Erträge nun im gleichnamigen Sammelband erschienen sind. Dabei wurden Kulturräume thematisiert, die selbst in der sich als transnational verstehenden Universitätsdisziplin der Komparatistik selten beleuchtet werden wie Polen, Tschechien, Ostafrika, China und (die deutlich bekannteren) Russland und Brasilien. Vor allem sind gute Bekannte des westeuropäischen und nordamerikanischen Kanons anzutreffen und dazu immer wieder und natürlich Goethe – als Urheber des bis heute erfolgreichen Begriffs.

Was Goethe noch als »internationale Zusammenarbeit von Schriftstellern« (S. 14) verstanden hat, so führt einer der Herausgeber ein, steht heute für eine über die nationale Nabelschau hinausgehende Literaturwissenschaft. »Weltliteratur« begreift Literatur im Plural als »Literaturen der Welt« (S. 7) und lenkt den Blick auf Übersetzungs-, Verbreitungs- und Zirkulationsprozesse, ohne als Konzept feste Grenzen zu haben, wie der Band im Ergebnis zeigt:

> Im Laufe der Vorträge und Diskussionen sei kein Ansatz identifiziert worden, der etwa versucht hätte, die programmatische Mehrdeutigkeit von Weltliteratur zu reduzieren oder Eindeutigkeiten und Normierungen zu reklamieren. (S. 511)

Dass ein Nicht-Ergebnis zufriedenstellend sein kann, trägt der Erkenntnis Rechnung, dass ›Weltliteratur‹ wie ›Welt‹ nun einmal pluralistisch sind. Davon zeugt auch die Vielfalt der Vorträge, die vier Abteilungen zugeordnet sind.

Bereits der erste Sektionstitel *Pluralität der Weltliteratur* statuiert die konzeptionelle Vielfalt. Die dort versammelten theoretischen Auseinandersetzungen mit bestehenden Modellen (Frank Zipfel) und alternativen Ansätzen (Sebastian Donat »Interferenz«, Elisabeth Herrmann »Welt-Verschränkung«, Ottmar Ette »Literaturen der Welt«) nehmen auch eine Standortreflexion vor: Insbesondere Zipfels Beitrag macht deutlich, dass es der Weltliteraturdebatte an dieser mangelt, wo mit großer Geste Theorien von globaler Reichweite entworfen werden, die von standortbedingten Vorannahmen bestimmt sind. Dass ›Weltliteratur‹ auch ganz entzaubert pragmatisch verstanden werden kann, zeigen zwei Beiträge, die sich Strategien widmen, mit denen auf einen weltliterarischen Status oder Markt hingearbeitet werden kann (Svetlana Efimova, Monika Schmitz-Emans). Weltliteratur ist heute auch eine Marke, die von Autorinnen und Autoren sowie Verlagen gezielt bedient wird.

In Sektion 2 wird unter dem Titel *Paradigmen der Weltliteratur* die kulturelle Vielfalt eröffnet. Die Beiträge, die vom Leseverhalten junger Chinesen während der Kulturrevolution (Lena Henningsen) über den brasilianischen Roman (Marcus Vinicius Mazzari) und den Swahili-Sprachraum (Clarissa Vierke) bis hin zu Walt Whitmans Lyrikband *Leaves of Grass* (Walter Grünzweig), Thomas Manns *Joseph und seine Brüder* (Irmela von der Lühe) und der *Odyssee* (Walter Erhardt) reichen, eröffnen in ihrer Heterogenität das Kaleidoskop dessen, wie Weltliteratur gedacht werden kann: als Dialog mit einem transkulturellen Grundlagentext wie der Bibel oder der *Odyssee*, als Hunger nach und Lust an internationaler Literatur, als Dissemination und Zirkulation, die keineswegs auf die westlichen Global-Player-Nationen beschränkt sind. Das zeigen insbesondere zwei Beiträge. Vierke verschiebt die eurozentrierte Landkarte und rückt die »islamische Welt« (S. 220) in den Mittelpunkt, indem sie die Verbreitung der ursprünglich arabischen Propheten-Erzählung (*mi^crāj*) im Swahili sprechenden Ostafrika thematisiert. Der Beitrag von Henningsen ist dazu geeignet, die eigene Vorstellungswelt auf Vorurteile zu überprüfen, wenn er über die kosmopolitische intellektuelle Ausrichtung ausgerechnet von landverschickten Jugendlichen im China der Kulturrevolution berichtet.

Die dritte Sektion verknüpft Weltliteratur mit disziplinären und außerdisziplinären Diskursen wie Internationalität (Larissa Polubojarinova), weltliterarische Netze (Matthias Freise), Folklore (Annette Werberger), Postkolonialismus und Wissenskonfigurationen (Elke Sturm-Trigonakis) und einem Anti-Weltliteraturdiskurs (Thomas O. Beebee). Hier kommt auch die osteuropäische Literatur verstärkt zum Zug: Während Polubojarinova über Maxim Gorkis Projekt einer »internationalen Literatur« als Pendant der »Kommunistischen Internationale« berichtet (ebd.), problematisiert Freise hellsichtig die Übersetzbarkeit von Klassikern der tschechischen und polnischen Literatur. Dabei seien nicht nur die sprachliche Hürde, die Emily Apter in ihrem Projekt der nicht übersetzbaren Begriffe mit dem Manifest *Against World Literature* verknüpft, sondern auch der gesamte kulturhistorische und formale Rahmen zu beachten.

In der vierten Sektion werden der Weltliteratur ›verwandte Ideen‹ diskutiert, die Völkerrecht (Jeremy Adler), Weltanschauungen (Stefan Matuschek), Geschichte (Stefan Neuhaus) und Religion (Martina Wagner-Egelhaaf, Markus Winkler) umfassen. Adler zeigt, wie die Idee der Weltliteratur in Korrespondenz zur Entwicklung des Völkerrechts entstand. Matuschek macht an einer Parallellektüre von unter anderem J.D. Salingers Kultroman *Catcher in the Rye/Der Fänger im Roggen* und dem in den USA sehr, hierzulande kaum bekannten *Atlas Shrugged* von Ayn Rand deutlich, wie ein weltanschauliches Framing in Romanen offene oder geschlossene Weltbilder entwirft. Dass der Kunstcharakter von Literatur in außerliterarischen – in dem Fall religiös-rechtlichen – Diskursen mithin ausgeblendet wird, zeigt Wagner-Egelhaaf an der über Salman Rushdie verhängten Fatwa.

Alle Sektionen werden ausführlich eingeführt, was die Kohärenz des Bandes stärkt. Die abschließenden Diskussionsberichte geben einen Eindruck davon wieder, wie lebhaft um das allgemeine Verständnis und einzelne Aspekte gerungen wurde. Die Herausgeber bringen mit selten anzutreffender kultureller Reichweite neue und alte Konzepte der Weltliteratur auf eine Weise in den Dialog, die die Lektüre lohnenswert macht und ganz im Sinne von Goethes Idee der Zusammenarbeit das Potenzial einer transnationalen Literaturwissenschaft verdeutlicht.

Ein Band, selbst über 500 Seiten zählend, kann nie alle Aspekte eines so großen und ausdifferenzierten Feldes abdecken. Dennoch wäre es wünschenswert, einige weitere Ansätze zu berücksichtigen, die der medialen Uniformität, der Fokussierung auf Kanonisches sowie dem nahezu gänzlichen Fehlen neuerer Forschungsmethoden entgegenwirkten.

Natürlich weist der Begriff Weltliteratur zunächst auf ein Medium hin: das Buch. Doch in die Welt gelangt sie in vielerlei Gestalt: Die Medien arbeiten am Weltstatus jener Literatur mit, von der hier die Rede ist. Goethe dachte 1827 Weltliteratur auch von den ihr zugrundeliegenden Praktiken her: Die Deutschen spielten eine »ehrenvolle« Rolle in der Weltliteratur, denn andere Nationen »loben, […] tadeln, nehmen auf und verwerfen, ahmen nach und entstellen, verstehen oder mißverstehen« (zit. nach S. 50). Heute wird in der gesamten Medienbreite vom Comic bis zum Computerspiel, vom Hörfunk bis zum Internet ›aufgenommen‹, ›nachgeahmt‹ und ›entstellt‹. Das reflektiert der Band kaum.

Auffällig ist auch das Fehlen ganzer Genres wie Kinder- und Jugendliteratur, Fantasy- oder auch Kriminalroman. In der Abschlussdiskussion wird darauf hingewiesen, dass die heutige Debatte auf dem Stand sei, auch »Werke der Trivialliteratur« (S. 510) als Weltliteratur zu behandeln, doch bleibt die an sich bekannte Einsicht ein Nachtrag, dessen Konsequenzen auszuloten der Band die Chance gehabt hätte. Wenn man die Breite, die die Welt der Literatur zu bieten hat, in der Dichotomie von eben jener Trivialliteratur, »die […] kaum ästhetischen Wert hat«, einerseits und »herausragende[n] Meisterwerke[n]« (ebd.) andererseits begreift, dann ist es folgerichtig, Thomas Manns *Joseph und seine Brüder* als Paradigma der Weltliteratur zu sehen, auch wenn die Verbreitung der Tetralogie in der Welt sich auf eine sehr bildungsaffine Schicht begrenzen dürfte. Setzt man statt der normativen die historische Brille auf, dann zeigt sich, dass die Autoren (hier tatsächlich bis auf Goethes Zeitgenossin Madame de Staël männlich), die heute als Schöpfer der ›herausragenden‹ Meisterwerke gelten, häufig Leser von Literatur waren, die nicht dem heutigen ›Meisterwerk‹-Kriterium entspricht (vgl. den Beitrag von Neuhaus zur Rezeption von Abenteuerromanen).

Schade ist, dass die Herausgeber scheuten, neuere Methoden zu inkludieren, die einen frischeren Blick auf das Phänomen Weltliteratur erlauben.[1] Die in den letzten Jahren florierende Disziplin der Digital Humanities macht Angebote, wie sich Weltliteratur von der Rezipientenseite her denken ließe. Die Ergebnisse mit unseren professionellen Gewohnheiten und – leider häufig auch – Vorurteilen abzugleichen, erweitert den disziplinären Horizont.

Paula Wojcik

Uwe Pörksen: *Zur Geschichte deutscher Wissenschaftssprachen. Aufsätze, Essays, Vorträge und die Abhandlung »Erkenntnis und Sprache in Goethes Naturwissenschaft«*. Hrsg. von Jürgen Schiewe. Berlin, Boston: De Gruyter 2020, vii, 633 S., 129,95 €, Online-Zugang: https://doi.org/10.1515/9783110692716-001

Es gehört zu den Merkwürdigkeiten der deutschen Universitäten, dass zwar für Dissertationen die Pflicht zur Veröffentlichung besteht, nicht jedoch für Habilitationsschriften. So wurde es möglich, dass Uwe Pörksens 1974 entstandene Freiburger Habilitationsschrift *Erkenntnis und Sprache in Goethes Naturwissenschaft* bisher nur als ein der Kritik und der Forschung nicht zugängliches maschinenschriftliches Manuskript vorlag und erst jetzt, mit

1 Konkret sei etwa auf die Studie *World Literature According to Wikipedia: Introduction to a DBpedia-Based Framework* verwiesen (arXiv e-Print archive 2017: https://arxiv.org/pdf/1701.00991.pdf). Die Autoren Christoph Hube, Frank Fischer, Robert Jäschke, Gerhard Lauer und Mads Rosendahl Thomsen haben anhand der Online-Enzyklopädie Wikipedia untersucht, wie das Rezeptions- und Produktionsverhalten von Nutzern eine Weltliteratur »bottom-up« entstehen lasse: https://data.weltliteratur.net/ranking.html.

einer neuen Einleitung versehen, im Druck erscheint. Sie umfasst ein knappes Drittel des vorliegenden Bandes. Dazu kommen 20 früher erschienene Aufsätze aus den Jahren 1973 bis 2016, von denen acht den beiden Sammelbänden *Deutsche Naturwissenschaftssprachen. Historische und kritische Studien* (1986) und *Wissenschaftssprache und Sprachkritik. Untersuchungen zu Geschichte und Gegenwart* (1994) entnommen wurden. Es handelt sich bei dieser Auswahl um die nach Ansicht des Herausgebers »wichtigsten Arbeiten Uwe Pörksens zur Geschichte deutscher Wissenschaftssprachen« (S. 2).

In seiner Habilitationsschrift untersucht Pörksen die Formen der sprachlichen Darstellung wissenschaftlicher Erkenntnisse in Goethes Schriften zur Naturwissenschaft, wobei neben den umfangreichen Werken wie der *Metamorphose der Pflanzen* und der *Farbenlehre* auch zahlreiche kleinere Texte und Briefe herangezogen werden. Ausführlich behandelt Pörksen das »durch eine tiefreichende Verwandtschaft und Gegnerschaft, durch Parallelität und Antithetik der Bestrebungen« (S. 27) bestimmte Verhältnis Goethes zu Carl von Linné.

Der Herausgeber hofft, dass diese über 40 Jahre alte Arbeit »heute immer noch« die Goethe-Forschung bereichern kann (S. 3). Zum Teil hat sie das aber bereits getan, denn Teile von dem, was hier über Goethe und Linné steht, hat Pörksen kurz nach seiner Habilitation in dem Aufsatz *Zur Wissenschaftssprache und Sprachauffassung bei Linné und Goethe* in den *Freiburger Universitätsblättern* von 1975 publiziert. Weder diese Arbeit noch *Goethes Kritik naturwissenschaftlicher Metaphorik und der Roman »Die Wahlverwandtschaften«* (in: *Jb. der Deutschen Schillergesellschaft*, 1981) wurden in den Band aufgenommen; im Literaturverzeichnis werden sie nicht erwähnt. Nur aus einer Anmerkung erfahren wir, dass vieles aus diesen beiden Aufsätzen in den hier wiedergegebenen Beitrag *»Alles ist Blatt«. Über Reichweite und Grenzen der naturwissenschaftlichen Sprache und Darstellungsmodelle Goethes* (1988) eingeflossen ist. Es geht darin um Goethes Einsicht in die Kluft zwischen Sprache und Gegenstandswelt und seine sprachlichen Darstellungsmodelle, die Pörksen als »Instrumente der anschauenden Erkenntnis« bezeichnet (S. 344).

Der einzige weitere in dem Band enthaltene Text, in dem es auch um Goethe geht, ist Pörksens Freiburger Antrittsvorlesung *Zur Metaphorik der naturwissenschaftlichen Sprache. Dargestellt am Beispiel Goethes, Darwins und Freuds*, die 1978 in der *Neuen Rundschau* erschienen ist. Hier werden am Beispiel der *Wahlverwandtschaften* die Schwierigkeiten und Widersprüche aufgezeigt, die eine Folge des Übergangs der Wissenschaftssprache vom Latein zur Gemeinsprache waren. Die Verwendung metaphorischer Termini, die in einzelnen Naturwissenschaften genau definiert waren, führte außerhalb dieses Kontextes zu einer »öffentlichkeitswirksamen Ungenauigkeit«, die es ermöglichte, »Begriffsprägungen und Denkmodelle über die Grenzen des in ihr abgedeckten Fachgebiets hinaus in andere Gebiete zu übertragen« (S. 356), was eine fatale Folge haben kann: »Man versteht sie halbwegs und wird sehr leicht zu der vorschnellen Meinung verführt, sie ganz zu verstehen« (S. 366). Bei Goethe gilt das für den aus der Chemie stammenden Ausdruck *Wahlverwandtschaft*: Er ist streng genommen ein Paradox, denn der erste Teil (›Wahl‹) bezeichnet eine freie Handlung, der zweite (›Verwandtschaft‹) dagegen einen vorgegebenen Zustand. So wie Goethe einen Begriff aus der Chemie in den Bereich menschlicher Beziehungen überträgt, ist bei Darwin der Terminus ›natürliche Zuchtwahl‹ (als Übersetzung von ›natural selection‹) »wie das Wort *Wahlverwandtschaften* eine Verbindung semantisch unverträglicher Bestandteile« (S. 365). Auch bei Freud findet man Analogien, die aus den Naturwissenschaften stammen. Das der Chemie entlehnte Wort ›Psychoanalyse‹ »verbindet, wie die Ausdrücke *Wahlverwandtschaften* und *Natürliche Zuchtwahl*, Bestandteile, die, buchstäblich genommen, semantisch unverträglichen kategorialen Bereichen angehören« (S. 368).

Die übrigen Aufsätze sind eine Auswahl von Pörksens Beiträgen zur Erforschung der Fach- und Wissenschaftssprachen, wobei der Schwerpunkt auf der Entstehung und Entwicklung der deutschen Wissenschaftssprachen liegt. Dass es nicht eine, sondern mehrere zum Teil gleichzeitig existierende deutsche Wissenschaftssprachen gab und gibt, ist eines seiner Forschungsergebnisse. Das Spektrum der Untersuchungen reicht von den Anfängen einer deutschen Wissenschaftssprache in den Übersetzungen von Notker (um 1000) bis zur Blütezeit von Deutsch als Wissenschaftssprache im frühen 20. Jahrhundert.

Erst in der frühen Neuzeit wurde Latein als Wissenschaftssprache von den verschiedenen Nationalsprachen abgelöst. Auf Italien folgte Frankreich, erst im 18. Jahrhundert auch England und Deutschland. In Deutschland waren es vor allem Paracelsus, Leibniz, Thomasius und Christian Wolff, die diese Entwicklung vorangebracht haben, wobei Leibniz zwar in zwei erst nach seinem Tod erschienenen Schriften seine *Gedancken, betreffend die Ausübung und Verbesserung der Teutschen Sprache* (so der Titel der zweiten, 1697 entstandenen Schrift) formulierte, für seine eigenen Arbeiten aber Französisch oder Latein bevorzugte.

In *Der Übergang vom Gelehrtenlatein zur deutschen Wissenschaftssprache* (1983) und *Aspekte einer Geschichte der deutschen Naturwissenschaftssprache* (1984) beschreibt Pörksen, wie auf die erste, dem Latein nachempfundene deutsche Wissenschaftssprache im späten 18. Jahrhundert ein »zweiter bewusster Übersetzungsvorgang« folgte, und zwar in Form einer »Übertragung des Wissenswerten aus den deutschen, sich von der Gemeinsprache entfernenden Fachsprachen in eine auf ein allgemeines Lesepublikum berechnete populäre Prosa« (S. 198). Diese Einwirkung der Fachsprachen auf die Umgangssprache hatte zwei Konsequenzen: Einerseits erweiterten »die den Wissenschaften entlehnten neuen Vokabeln und Begriffe [...] den Ausdruckshorizont der Umgangssprache« (S. 231); andererseits wird die Umgangssprache »durch ein nur halb verstandenes wissenschaftliches Vokabular belastet« (S. 232). Wie aktuell diese Feststellung immer noch ist, zeigt ein Wort oder besser: Unwort, das Pörksen 1983 in der heute gebräuchlichen Bedeutung nicht kennen konnte: ›Quantensprung‹, womit in der modernen Alltagssprache das genaue Gegenteil von dem gemeint ist, was das Wort ursprünglich in der Physik bedeutete.

Das Demokratisierungsparadoxon (1984) ist eine brillant formulierte Kritik des pseudowissenschaftlichen Jargons, den Pörksen schon 1974 mit Spott überzogen hat (*Vom pseudowissenschaftlichen Jargon*, in: *Neue Rundschau* 85 (1974), S. 214-222). Als »Verwissenschaftlichung der Humanwissenschaften« bezeichnet er »die Kunst, mit Hilfe prestigebesetzter Ausdrucksweisen sprachliche Attrappen aufzubauen«. Eine solche »Explosion von Wissenschaftsersatz, dessen Krücke der Fachjargon ist« (S. 543), findet Pörksen vor allem in den Erziehungswissenschaften. Wenigstens eines der Beispiele, die er anführt, sei hier wiedergegeben: »Es besteht eine signifikante positive Korrelation zwischen dem effektiven Lernzuwachs (LZ) und der Bearbeitungszeit (t). – (Mit anderen Worten: wer länger lernt, lernt mehr)« (S. 542).

Das Spektrum der Beiträge umfasst Textsorten, für die unterschiedliche Normen gelten: wissenschaftliche Aufsätze und einen Handbuchartikel, aber auch Essays und im Druck erschienene Vorträge. Die Überarbeitung durch den Herausgeber beschränkt sich auf die Korrektur offensichtlicher Druckfehler und die Anpassung an die heute gültige Rechtschreibung. Das führt gelegentlich zu Wiederholungen und der Herausgeber weist darauf hin, dass manche Aussagen und Positionen möglicherweise inzwischen veraltet oder auch widerlegt worden sind. Zwei Beispiele mögen zeigen, dass dieser Vorbehalt berechtigt ist: Galileis *Discorsi* (1638) erschienen nicht »wenig später« als der *Sidereus nuncius* (1610) und sie enthalten nicht »die gleichen Inhalte in der Landessprache« (S. 158). Auch gibt es in den Werken von Johannes Kepler keinen Beleg dafür, dass er Galilei bei dessen Übergang vom Lateinischen ins Italienische ein ›crimen laesae humanitatis‹ vorgeworfen hat (S. 220, 334).

Der Band ist eine anregende und teilweise vergnügliche Lektüre für jeden, der sich für Sprachkritik und für die heutigen und früheren Formen der sprachlichen Wiedergabe naturwissenschaftlicher Sachverhalte interessiert. Obwohl die Anschaffung der recht teuren gedruckten Ausgabe vermutlich nur für größere wissenschaftliche Bibliotheken in Frage kommt, wird das vom Herausgeber angestrebte Ziel, Pörksens wichtigste Arbeiten leicht zugänglich zu machen, dadurch erreicht, dass der Verlag den Band auch als Online-Version zum gebührenfreien Download zur Verfügung stellt.

Andreas Kleinert

Anna Christina Schütz: *Charakterbilder und Projektionsfiguren. Chodowieckis Kupfer, Goethes »Werther« und die Darstellungstheorie in der Aufklärung.* Göttingen: Wallstein 2019, 358 S., 39,90 €

Bei dieser Studie handelt es sich um die Veröffentlichung der 2017 von Anna Christina Schütz eingereichten und vom Verband Deutscher Kunsthistoriker preisgekrönten Dissertation *Das Scheitern des Charakters am Selbstbewusstsein des Bildes. Chodowiecki zeichnet Goethes Werther*. Ausgehend von einer detaillierten Untersuchung der Kupferstiche Daniel Nicolaus Chodowieckis, die verschiedenen Nachdrucken von Goethes *Werther* beigegeben wurden, zeichnet Schütz ein Panorama kunsttheoretischer Diskurse im letzten Drittel des 18. Jahrhunderts. Als »bildwissenschaftliche Untersuchung der Eigenlogik von Buchgraphik« (Umschlag) richtet sich die Arbeit grundsätzlich gegen die überholte Vorstellung, Chodowieckis Kupfer seien als Illustrationen dem Primat des Textes untergeordnet. Schütz' Kernthemen sind die Differenz von Wort und Bild und die dadurch entstehenden Sinnverschiebungen sowie die Eigentätigkeit von Bildern, die sie unter anderem als »medienspezifischen Eigensinn« (S. 214) beschreibt.

Zusammen mit der Einleitung bildet das erste Kapitel *Darstellungsfragen* einen gelungenen Auftakt für die formale Analyse von Chodowieckis Kupfern, anhand derer es Schütz gelingt, das Verhältnis von Dargestelltem und Darstellungsmittel auszuloten. Theoretisch stützt sie sich hierbei auf Louis Marin, an dessen semiotischen Ansatz sie anknüpft und so die bewusste Reflexion und bildliche Offenlegung von medialen Eigenheiten der Druckgraphik durch Chodowiecki nachweist. Dieser Befund ist bemerkenswert, da die zeitgenössische Kunsttheorie dieser sichtbaren Präsentation der Darstellungsmittel eher entgegenstand und forderte, dass sie zugunsten einer überzeugenden Materialsimulation nahezu unsichtbar werden sollten.

Die Abweichungen zwischen kunsttheoretischem Anspruch und künstlerischer Praxis verhandelt Schütz, indem sie sorgfältige Bildanalysen mit den von Johann Georg Sulzer in seiner *Allgemeinen Theorie der schönen Künste* formulierten Anforderungen an bildliche Darstellungen in einen Dialog bringt. Dabei geht sie vor allem auf den Transfer des Charakterbegriffs von der Kritik an poetischen Texten hin zu den bildenden Künsten ein und zitiert zeitgenössische Besprechungen, die Chodowiecki die Fähigkeit zuschreiben, sowohl die individuelle Persönlichkeit als auch allgemein menschliche Merkmale einzufangen.

Leider wird erst am Ende der Studie kurz thematisiert, dass der *Werther* aus einer Zeit stammt, in der Goethe Sulzers breit rezipierte Schriften einer teilweise geradezu polemischen Kritik unterzog. Dem Spannungsverhältnis von Kunstpraxis und Kunsttheorie hätte eine weitere Ebene hinzugefügt und die überwiegend kunst- und bildwissenschaftliche Methodik durch eine stärker literaturwissenschaftliche Perspektive ergänzt werden können.

Als eine mögliche Deutung der im ersten Kapitel ermittelten darstellerischen Besonderheiten der Kupfer schlägt Schütz vor, die szenisch angelegten Darstellungen als Visualisierung einer imaginierten Aufführung des Textes zu verstehen. Diesen Interpretationsansatz begründet sie im zweiten Kapitel *Ausdruckstheorien* mit dem Bildaufbau und der gestischen und mimischen Inszenierung der dargestellten Personen, die sie mit den zeitgenössischen Sehgewohnheiten, wie dem Guckkasten und der Kastenbühne, verbindet. Ihre treffenden Ausführungen zur Darstellungs- und Ausdruckstheorie der Aufklärung oder zum Begriff des Charakters in Kunst und Dichtung im letzten Drittel des 18. Jahrhunderts sind eine wichtige Grundlage für zukünftige Arbeiten in diesem Kontext.

Schütz nimmt in der Analyse eine Trennung von szenischen Darstellungen und Porträts vor, um die unterschiedlichen darstellerischen Anforderungen differenziert zu betrachten. Gerade vor dem Hintergrund des *Werther* kommt den beigegebenen Porträts eine schwierige und geradezu paradoxe Stellung zu, denn aus Werthers Sicht ist Lotte bekanntermaßen gerade nicht durch ein Porträt darstellbar. Schütz beschreibt, dass Werther sich dadurch einer

Distanzierung zum erlebten und gefühlten Natureindruck verweigert, die seiner Ansicht nach notwendig wäre, um Lottes Antlitz in eine Zeichnung zu bannen (S. 230-245). Dieses Ergebnis wird jedoch nicht an das nun doch bildgewordene Lotteporträt Chodowieckis zurückgebunden, das dem Text direkt zur Seite gestellt wurde. Könnte diese bildliche Konkretisierung zu eben jener befürchteten Distanzierung beim Leser führen? Im abschließenden Resümee geht Schütz nochmals auf die kunsttheoretische Kritik der Zeit ein, welche die Darstellungsmöglichkeiten der Bildkünste gerade im Verhältnis zum Text diskutierte. Sie führt aus, dass für Goethe »vorrangig von Interesse [war], den Text vor der Wirkung des Bildes zu schützen« (S. 318), dass die Beigabe von Kupfern sogar die Einbildungskraft des Lesers einschränken könne. Daraus ergeben sich weiterführende Fragestellungen nach der Legitimation der Beigabe von Porträts literarischer Figuren überhaupt. Dem Fazit von Schütz, dass »auch, wenn die Buchkupfer den literarischen Text begleiten, sie [...] sich diesem nicht dienend unter[ordnen], sondern [...] aufgrund der genuin bildlichen Mittel als eigenständige Kunstwerke [wirken], die sich neben dem Text behaupten und auf ihre Art die Einbildungskraft der Betrachtenden aktivieren« (S. 327), kann aus heutiger bildwissenschaftlicher Sicht durchaus zugestimmt werden. Es hätte jedoch weiter hinterfragt werden können, ob diese Lesart auch aus der historischen Rezeption heraus begründbar ist oder ob sie möglicherweise sogar im Widerspruch zur Textaussage steht.

Der von Werther als alternative Bildnisform gewählte indexikalische Schattenriss sowie die physiognomische Linientheorie, die auch der Silhouette zugrunde liegt, werden im dritten Kapitel *Reflexionsfiguren* untersucht. Vor der Erfindung der Fotografie waren Schattenbilder die einzige Möglichkeit, einen zweidimensionalen authentischen Abdruck eines Gesichts anzufertigen, natürlich nur im Umriss bei vollkommener Abwesenheit von Plastizität verwirklicht. Schütz widmet sich ausgehend von William Hogarths *Analysis of Beauty* von 1753 ausführlich der Frage nach der Ausdruckskraft der Konturlinie und der Vorstellung, dass die Schlangenlinie ein ideales Schönheitsprinzip verkörpere. In Chodowieckis Darstellungen wird mehrfach an diese theoretischen Überlegungen angeknüpft, wenn beispielsweise im Bild abwesende Personen durch aufgehängte Silhouetten präsent sind oder Figuren scharf konturierte Schatten werfen. Schattenrisse übernahmen Erinnerungsfunktionen und wurden zu physiognomischen Vergleichsstudien herangezogen. Wie schon im zweiten Kapitel analysiert Schütz auch an dieser Stelle Johann Caspar Lavaters *Physiognomische Fragmente*, um die zeitgenössische Bildpraxis mit dem *Werther* und Chodowieckis Kupfern in Beziehung zu setzen.

Zwar ist das von Schütz ausgewertete Text- und Bildmaterial größtenteils bekannt, doch ist es der frische und impulsgebende Blick auf die Kunstdiskurse der Aufklärung, durch den innerhalb der Studie neue Erkenntnisse generiert werden. Die Autorin referiert die einschlägigen Forschungspositionen, diskutiert diese anhand präziser Beobachtungen und bettet die Ergebnisse in eine hervorragend komponierte Argumentation ein.

Christina Clausen

Franziska Walther: *Werther reloaded*. Mannheim: Kunstanstifter 2016, 224 S., 24,50 €

Wer das Feuilleton aufmerksam liest, kann schon länger feststellen, dass Comics in den letzten Jahren eine enorme kulturelle Aufwertung erfahren haben. Dazu beigetragen hat wesentlich die Etablierung der Graphic Novel als künstlerisch anspruchsvolle und über den Buchhandel vertriebene Variante der Text-Bild-Erzählung. In diesem Kontext werden immer häufiger auch literarische Klassiker (mehr oder weniger) kunstvoll im Medium Comic bearbeitet – je bekannter und erfolgreicher die Vorlage, desto sicherer scheint dabei der Erfolg der Comic-Version. Die Wahl von Goethes *Werther* als Vorlage für einen Comic war vor diesem Hintergrund naheliegend, denn mit seinem Briefroman gelang Goethe 1774 der größte Bucherfolg seiner Zeit. Etwas überraschend ist es daher, dass der *Werther* erst 2016 und damit vergleichsweise spät im Rahmen eines Comics künstlerisch verarbeitet wurde.

Das Genre des Literaturcomics gibt es ungeachtet seiner jüngsten Erfolge nicht erst seit wenigen Jahren, und auch Goethes Werk ist schon früh in der Geschichte des Comics im Medium der Text-Bild-Erzählung verarbeitet worden. So hat Monika Schmitz-Emans in ihrer grundlegenden Studie über Literaturcomics am Beispiel verschiedener Comic-Versionen von Goethes *Faust* seit den 1950er Jahren drei Grundanlagen des Literaturcomics unterschieden, die sie (1) Vermittlung, (2) Verwandlung und (3) Vergleich nennt.[1] Im ersten Fall, der Adaption, wollten Comics über Inhalt, Wirkung etc. der literarischen Vorlage informieren, indem sie die Handlung im Medium des Comics nacherzählten und über Paratexte zusätzliche Auskünfte integrierten. Im zweiten Fall nutzten die Comic-Autoren die literarische Vorlage, um eigene Inhalte zu vermitteln oder Themen der Vorlage pointierter herauszuarbeiten. Sie nutzen also die Vorlage, um sie in etwas Eigenes zu verwandeln. Vertreter der dritten Gruppe bewegen sich auf den Pfaden literarischer Gattungsmuster und Schreibweisen und fordern zum Vergleich bestimmter Struktur- oder Funktionsmuster auf. Die Beziehung zwischen Hypo- und Hypertext wird von Typ 1 bis Typ 3 immer abstrakter, die Bezüge erscheinen immer grundsätzlicher.

Nach dieser Typologie gehört Franziska Walthers *Werther reloaded* zur zweiten Gruppe, denn sie nutzt die Vorlage, um etwas Eigenes daraus zu machen, entsprechend ihrem Motto: »Der Reiz liegt im Dialog beider vorliegender Werke« (S. 115). Um diesen Dialog anzuregen, wird die Comic-Erzählung durch einen Anhang ergänzt, der unter anderem *Die Leiden des jungen Werther* im Originaltext wiedergibt. Dieser Anhang enthält dann auch ein Nachwort, in dem Walther die Entstehungsumstände ihrer *Werther*-Bearbeitung erläutert: Fünfzehn Jahre nach dem Abitur sei ihr die alte Ausgabe in die Hände gefallen und sie habe auf einmal neue Facetten entdeckt, die den Text viel spannender erscheinen ließen als zu Schulzeiten. So habe sie Goethes Text »erweitert, dekonstruiert und transformiert« (ebd.).

Werther ist in Walthers Version ein achtundzwanzigjähriger Art Director aus Frankfurt, der seit drei Jahren in New York City lebt und dessen Geschichte in zwei Teilen erzählt wird. Der erste Teil der Graphic Novel zeigt Werther als Getriebenen, der mit Zwangsstörungen kämpft und auch jenseits des Atlantiks der Helikopter-Mutter nicht entkommt. Moderne Kommunikationsmittel prägen seinen Alltag und seinen zwischenmenschlichen Kontakten fehlt jede Tiefe. So sehnt sich Werther nach der großen Liebe, die er in die von ihm angebetete Werbefigur einer Dating-Plattform projiziert. Doch jener Einsamkeit, die sein vermeintlich buntes Leben überschattet, kann er auch mithilfe von Drogen und flüchtigen sexuellen Erlebnissen nicht entkommen. Bemerkenswert ist, dass der erste Teil der Graphic Novel ganz ohne gesprochene oder gedachte Worte auskommt und die Einblicke in Werthers Leben und Empfinden allein visuell vermittelt. Der Seitenaufbau variiert dabei das Tempo der Erzählung: Werthers hektischer Alltag wird auf Doppelseiten mit vielen kleinen, den Eindruck von Rastlosigkeit evozierenden Panels eingefangen, auf die dann ganz- oder doppelseitige Bilder folgen, die Werthers innere Leere und Verzweiflung zum Ausdruck bringen.

Der zweite Teil beginnt mit Werthers Ausbruch aus dem Alltag. Er fliegt in den Urlaub und fortan werden die Bilder von Zitaten aus Goethes Original flankiert: »Wie froh bin ich, daß ich weg bin!« (S. 39). Die ganzheitliche Naturerfahrung, die Werther im Rahmen dieser Reise macht (Caspar-David-Friedrich-Verweis inklusive), scheint ihn zu beruhigen, und dass er einen wohldosierten Kontakt in seinen zurückgelassenen Alltag hält, veranschaulichen Fotos, die mit Likes und Hashtags darauf verweisen, dass dieser Werther ganz selbstverständlich über soziale Medien kommuniziert. Auf einer Party trifft er nun Lotte, die der Werbefigur aus der Dating-Plattform wie aus dem Gesicht geschnitten scheint, doch zu

1 Monika Schmitz-Emans: *Literaturcomics. Adaptionen und Transformationen der Weltliteratur*. Berlin, Boston 2012, S. 299.

Abb. 1
Franziska Walther: *Werther reloaded*, S. 44 f.

Werthers Unglück auch in dieser Version schon ihren Albert hat. Das Schicksal nimmt seinen Lauf: Werther flüchtet nach New York zurück, wo er sich nicht mehr zurechtfindet, und besucht Lotte auf deren Bitten ein letztes Mal in W. Wie ferngesteuert macht er sich auf den Weg zu Lotte, bedrängt sie übergriffig, läuft schließlich davon und streift die Hülle des erfolgreichen Hipsters endgültig ab, aus der ein abgemagerter und von Selbstverletzungen gezeichneter Körper entsteigt. Den Selbstmordversuch überlebend, wird Werther in eine Klinik eingeliefert, wo er einen Therapievertrag unterzeichnet.

Walther entwirft einen von den Anforderungen der Gegenwartsgesellschaft überforderten, im Leben verlorenen Protagonisten, dessen sich zuspitzende emotionale Abhängigkeit im wahrsten Sinne des Wortes für alle Beteiligten zur Gefahr wird. Am Ende verlässt er aber den Pfad der destruktiven Selbstverletzung und beschreitet neue Wege: Er erkennt als Voraussetzung für sein Lebensglück, dass er erst einmal sich selbst zu lieben und selbstbestimmt zu leben lernen muss. Die letzten Worte der Graphic Novel – »Das ist nicht das Ende!« (S. 113) – deuten in dieser Version einen hoffnungsvollen Fortgang der Geschichte an. So ist Franziska Walther eine optimistisch gewendete zeitgemäße Umsetzung des Werther-Stoffs gelungen, die in ihren mit Buntstift und Kreide gezeichneten Bildern künstlerische Akzente setzt, indem sie – vor allem für die emotionalen Zustände Werthers – eine originelle Bildsprache findet. Ihr Ansatz, »den literarischen Text wiederzuentdecken, mich dabei allerdings auch von diesem zu emanzipieren« (S. 115), überzeugt – ihr *Werther* ist keine Nacherzählung, sondern ein eigenständiges Kunstwerk. Mit *Werther reloaded* liegt somit eine selbstständige Aktualisierung vor, die den Werther-Stoff nicht nur ins Medium der Text-Bild-Erzählung, sondern auch in die Gegenwart des frühen 21. Jahrhunderts mit all ihren Herausforderungen übersetzt.

Christian Klein

Johann Wolfgang Goethe / Friedrich Schiller / Ludwig van Beethoven / Friedrich Mosengeil / Franz Grillparzer: *Egmont*. Hrsg. von Bodo Plachta. Stuttgart: Anton Hiersemann 2019, 287 S., 69,00 €

Gleichsam im Windschatten der großen digitalen und analogen bzw. beides miteinander verbindenden Editionsprojekte der Gegenwart bewegt sich die im Anton Hiersemann Verlag erscheinende Buchreihe der *Stuttgarter Studienausgaben*, und sie bewegt sich schnell und wendig: Nachdem sie vor vier Jahren mit einer von dem Germanisten und Editionsphilologen Bodo Plachta herausgegebenen Ausgabe des ›*Götz*-Komplexes‹ vielversprechend eröffnet worden war,[1] liegt mittlerweile der dritte Band vor: Wieder verantwortet ihn Plachta, und wieder ist er nicht einem einzigen Text gewidmet, sondern einer signifikanten Text-Konstellation, die in dieser Form bisher nicht gedruckt vorlag. Diesmal geht es um das »*Egmont*-Ensemble« (S. 207), zu dem neben dem Text des Erstdrucks von 1788 der Text von Schillers Bühnenbearbeitung aus dem Jahr 1796 gehört, außerdem die Klavierauszüge von Beethovens Schauspielmusik von 1811 und 1812 (die vollständige Partitur erschien erst 1831) sowie die Deklamationstexte, die bei konzertanten Aufführungen von Beethovens Komposition im 19. Jahrhundert genutzt wurden. Der erste dieser Texte, der seine Uraufführung 1821 im Leipziger Gewandhaus erlebte und bis 1848 vielfach und an allen wichtigen deutschsprachigen Theatern aufgeführt wurde, stammt von dem Poeta minor (und Erfinder der Stenographie) Friedrich Mosengeil; für spätere Aufführungen in Wien und anderswo wurde er dann von keinem Geringeren als Franz Grillparzer überarbeitet. Man hat es hier also mit einem zentralen Kapitel deutscher Literatur-, Theater- und Musikgeschichte zu tun, in dem Weimarer und Wiener Klassik auf eine einzigartige Weise zusammengewirkt haben. Das wurde auch von den Zeitgenossen so gesehen, wie man etwa E. T. A. Hoffmanns Rezension von Beethovens Schauspielmusik entnehmen kann, in der es heißt: »Es ist wol eine erfreuliche Erscheinung, zwey grosse Meister in einem herrlichen Werke verbunden, und so jede Forderung des sinnigen Kenners auf das Schönste erfüllt zu sehen« (zit. nach S. 203 f.). In Plachtas Edition kommen zu Goethe und Beethoven mit Schiller und Grillparzer zwei weitere große und mit Mosengeil immerhin noch ein kleiner Meister (allerdings auf dem Gebiet der Stenographie) hinzu. Diese Konstellation der Forschung und einer interessierten Leserschaft zugänglich gemacht zu haben, ist das Verdienst Plachtas. Man hofft, dass er noch viele solche Editionsprojekte verwirklichen wird.

Mit Ausnahme der Klavierauszüge, die sinnvollerweise im Faksimile dargeboten werden, hat Plachta alle Texte neu ediert; über seine Entscheidungen und Eingriffe legt er im Anhang minuziös Rechenschaft ab. Auch bietet der Anhang bei jedem Text Angaben zu Entstehung, Überlieferung sowie Aufführung und Wirkung, zudem Abbildungen von Theaterzetteln. Man hat somit eine mustergültige Studienausgabe vor sich, die zweifellos dazu geeignet ist, die Forschung anzuregen.

An dieser Stelle sei nur darauf hingewiesen, wie aufschlussreich es ist, sich anhand der heute weitgehend unbekannten Deklamationstexte vor Augen zu führen, wie die konzertanten Aufführungen der Beethoven'schen Schauspielmusik im 19. Jahrhundert ausgesehen haben – und welche Ambitionen damit verbunden waren. Vordergründig ging es dabei darum, Goethes Drama auf der einen und Beethovens Musik auf der anderen Seite bessere Rezeptionsbedingungen zu verschaffen, denn man hatte erkannt, dass – wie Goethe mit unvergleichlicher Nüchternheit an Knebel schrieb – Letztere »bey allem ihrem großen Werth doch nur ein sehr langes Stück noch mehr verlängert« (zit. nach S. 256). Aus diesem Grund versuchte Mosengeil nun, gewissermaßen ein Surrogat für Goethes Drama zu finden, um Beethovens Musik auf diese Weise zur Geltung zu bringen, ohne dass sie mit all ihrem Gewicht und all

1 Vgl. dazu die Rezension des Vf. im GJb 2018, S. 254-256.

ihrer Wucht der Wirkung von Goethes Drama abträglich wäre. Zugleich stellte Mosengeil in der Einleitung zum Erstdruck seiner, wie er es nannte, »Declamations-Stücke« aber nichts Geringeres in Aussicht als »einen neuen Vereinigungspunkt verschwisterter Künste«:

> der Dichtkunst – durch welche die Sprache zur Musik, – und der Tonkunst, – durch welche die Musik zur Sprache wird; – und es dürften hier die sich so rühmlich auszeichnenden Componisten unseres Vaterlandes noch gar manchen begeisternden Stoff zu bearbeiten finden. (zit. nach S. 174 f.)

Und weiter: »Die Einförmigkeit, die in der Anordnung unserer, sich ins Unendliche mehrenden Sinfonieen allmählig auffallen muss, könnte vielleicht auf diesem Wege durch angenehmen Wechsel vermieden und einer der edelsten Künste immer mehr Ohren und Herzen gewonnen werden« (ebd.). Schauspielmusik »mit declamatorischer Begleitung« als Remedium gegen die (angebliche) Einförmigkeit der zeitgenössischen Sinfonik – wie man sieht, war Mosengeils Ehrgeiz beträchtlich.

In der Tat hat man hier eine ganz eigene Mischgattung vor sich: Als Überleitung zwischen den einzelnen Abschnitten der *Egmont*-Musik vergegenwärtigt ein Deklamator in (teilweise gereimten) jambischen Fünfhebern die Handlung des Dramas, wobei er verschiedene Kunstgriffe nutzt, so etwa die Apostrophe der Figuren, die Wiedergabe von Dialogen in direkter Rede und auch den Einsatz von Wortkulisse; leider konnte Mosengeil auch nicht immer der Versuchung widerstehen, den Deklamator die Ereignisse in der Art eines Chors sentenziös kommentieren zu lassen. In gewisser Hinsicht ähnelt *Egmont* in dieser Form also einem Oratorium, nur dass darin kein geistlicher Stoff behandelt wird, sondern ein weltlicher, und dass (mit Ausnahme der beiden Clärchen-Lieder) darin nicht gesungen wird.

Ein Problem von Mosengeils Text ist die Tatsache, dass er weniger im Stil Goethes als in dem Schillers gehalten ist: Der Prolog zum Beispiel, der Beethovens Ouvertüre vorausgeht, folgt offensichtlich (und bis in einzelne Formulierungen) dem Muster des *Wallenstein*-Prologs, ohne dessen Qualität freilich auch nur im Entferntesten zu erreichen. Auch später ist der Text durchgängig in einem epigonal anmutenden Schiller-Ton gehalten. Vor allem an den Stellen, an denen Passagen aus Goethes Drama zitiert werden, ergibt sich somit eine nicht unerhebliche stilistische Inkongruenz. Indessen scheint sich Goethe, dem Mosengeil seinen Text zugeschickt hatte, daran nicht gestört zu haben. Er gab den ambitionierten Plänen des Verfassers vielmehr weiter Nahrung: »Diese Art zu epitomisiren könnte uns zu einem Analogon der ältesten griechischen Tragödie zurückführen, wo der erzählende Chor die Hauptsache war, die Sprechenden und Handelnden aber fast nur zufällig eintraten« (zit. nach S. 260).

Dennoch muss man froh sein, dass sich Grillparzer ein gutes Jahrzehnt später dazu bereit erklärt hat, den Text Mosengeils zu bearbeiten, was damals allerdings weniger aus stilistischen als aus politischen Gründen für notwendig gehalten wurde (Mosengeils Text hatte aufgrund seiner liberalen Tendenz die Aufmerksamkeit der Zensoren auf sich gezogen).

Ein Unterschied der beiden Fassungen sei hier genannt: In der Grillparzers gibt es keinen Prolog mehr; den Anfang macht also Beethovens Ouvertüre, was sicherlich programmatisch zu verstehen ist. Dem Komponisten wird so gleichsam das erste Wort überlassen, zugleich wird der überehrgeizige Vorgänger auf diese Weise in seine Schranken verwiesen. In dem auf die Ouvertüre folgenden, gewissermaßen nachgeholten Prolog werden Goethe und Beethoven dann als eine Art Brüderpaar imaginiert, sodass man meint, Grillparzer habe hier eine Alternative zu Rietschels Weimarer Goethe-Schiller-Denkmal entwerfen wollen (das damals freilich noch gar nicht existierte):

> Vernommen habt ihr die gewalt'gen Töne,
> Die einem größern Geiste beygesellt,
> Ein großer Geist vor euer Ohr gezaubert:
> Beethoven, Göthe, wandelnd Hand in Hand,
> Ein Paar, wie ihr vereint wohl nie mehr schaut,

Und einen Helden gehen sie zu feiern,
Die Aehnlichen, den sie sich schufen gleich:
Egmont [...].
(S. 189)

Wahrscheinlich hat Grillparzer diese Beschwörung eines zweiten, poetisch-musikalischen Dioskurenpaares mit Blick auf die Uraufführung seiner Fassung eingefügt, die am 8. Dezember 1834 im Saal der *Gesellschaft der Musikfreunde* in den Tuchlauben stattfand und ausdrücklich »dem Andenken Göthe's und Beethoven's geweiht« war. Auch diese Aufführung war ein großer Erfolg und wurde noch oft wiederholt. Ein Rezensent schrieb: »Ein und derselbe Funke leuchtet aus den zweierlei Schöpfungen hervor; classisch die Dichtung, classisch die Musik« (zit. nach S. 280).

Wer Lust bekommen hat, Beethovens Komposition mit »declamatorischer Begleitung« zu hören, hat seit kurzem die Möglichkeit dazu: In der CD-Reihe *Resound Beethoven*, die das großangelegte Projekt dokumentiert, Beethovens Musik nicht nur auf Originalinstrumenten, sondern auch an den Originalorten aufzuführen, ist eine entsprechende Aufnahme der *Egmont*-Musik (durch das *Orchester Wiener Akademie* unter der Leitung von Martin Haselböck) erschienen, für die die Texte Mosengeils und Grillparzers miteinander kombiniert und bearbeitet wurden.[2] Eindringlicher als die von Herbert Föttinger (dem Direktor des Theaters in der Josefstadt) gesprochene deutsche Fassung ist freilich die (von dem Dramatiker und Drehbuchautor Christopher Hampton übersetzte) englische: Gesprochen wird sie von dem Schauspieler John Malkovich, in dessen Interpretation der Text nicht, wie in der Föttingers, nach der Wiener Theatertradition klingt, sondern nach Shakespeare. Damit wird die singuläre Konstellation der »grosse[n] Meister«, aus der das ›*Egmont*-Ensemble‹ hervorgegangen ist, um einen fünften großen Namen erweitert.

Frieder von Ammon

Gretchen – Mörderin, Verführte, Unschuldige? Goethes Margarete in interdisziplinärer Perspektive. Hrsg. von Denise Roth u. Jost Eickmeyer. Heidelberg: Winter 2017, 255 S., 21 Abb., 35,00 €

Über die Gretchentragödie in Goethes *Faust* heißt es bei Peter Hacks, dem Großmeister der literarischen – und avant la lettre: politischen – Unkorrektheit: »Die Gretchenepisode [...] ist doch im Rahmen des Gesamtstücks ein Tumor: ein Organ, das sich weigert, ein Teil zu sein, und sich zur Hauptsache hinaufwuchert. [...] Faust überschläfts, und es wird weitergehn«.[1] Den von Denise Roth und Jost Eickmeyer herausgegebenen Band, der die Vorträge einer Tagung im Knittlinger Faust-Museum zu Goethes Margarete versammelt, wird man als historisch und philologisch argumentierenden, perspektivenreichen Widerspruch gegen Hacks' Urteil verstehen können. Schon der einleitende Essay von Manfred Osten legt dem zukunftszugewandten »Weitergehen« des großen Dramas – ohne Margarete – nach Fausts Schlaf in »anmutiger Gegend« einen schweren Brocken in den Weg: Margaretes Wiederkehr im *Bergschluchten*-Finale des zweiten Tragödienteils, in dem die mitnichten episodenhafte Figur Faust zum Aufstieg zur »Erlösung« geleitet, womöglich allerdings in einem höchst ironischen Horizont, unter dem sich Fausts »Erdetage« (V. 11583)[2] als ein Drama der versäumten Gelegenheiten und der »Blindheit gegenüber dem Glück« ausnehmen (S. 11).

2 *Resound Beethoven*. Vol. 3: *Egmont*. 2 CDs. Alpha 472.

1 Peter Hacks: *Faust-Notizen*. In: ders.: *Essays*. Leipzig 1983, S. 396.
2 Zitate aus *Faust* nach FA I, 7.1.

Nach diesem Ausblick auf die eminente Bedeutung Margaretes im Gesamttext fassen die beiden folgenden Beiträge den konkreten sozial-, mentalitäts- und rechtsgeschichtlichen Hintergrund der Gretchen-Thematik ins Auge, jenes authentische Drama der ›Kindermörderinnen‹ des 18. und 19. Jahrhunderts also, das von den Autoren des Sturm und Drang auf die literarische Agenda gesetzt worden war.

Zunächst rekonstruiert Marita Metz-Becker in Rücksicht auf die im Staatsarchiv Marburg aufbewahrten »Kindsmordakten des 19. Jahrhunderts« die Lebenstragödien der »wahren Gretchen« (S. 35), die allerdings aufgrund ihres kriminalgeschichtlich belegten ausweglosen Elends, so die vermeintliche Pointe, mit der Figur Goethes nicht »das Geringste gemein gehabt hätten« (S. 38). Kaum aufrechterhalten lässt sich jedoch dieser apodiktische Befund, wenn auch die *Frühe Fassung* des goetheschen Textes berücksichtigt wird, in der die versöhnliche »Stimme von oben« – »Ist gerettet!« (V. 4611) – nicht erklingt und in der nun gerade aus dem Munde Margaretes eine realistische Schreckensprosa zu vernehmen ist, die in der deutschen Literatur dieser Epoche ihresgleichen sucht.[3]

Auf dem Wege der Sozialgeschichte und inspiriert durch Pierre Bourdieus Begriff der »Kapitalstruktur« (S. 42 f.), nähern sich im folgenden Aufsatz Heike Knortz und Beate Laudenberg der Figur Margaretes in ihrem »sozioökonomischen Kontext« (S. 41). Vor dem Hintergrund des für die »Kindsmord«-Dramen typischen Milieus der ledigen und mittellosen Dienstmägde analysieren sie die Geld- und Goldsymbolik in Goethes Text und die darauf aufbauende Verführungsstrategie Fausts und Mephistos. Die beiden Autorinnen betrachten auch, notgedrungen kursorisch, die Verwandlungen Margaretes und ihres »symbolischen Goldes« resp. des Goldsymbols in *Faust II*, verlassen dabei allerdings den konkreten historischen »Kontext« des Dramas und geraten, zumal angeleitet von Wilhelm Emrich, auf das interessante, indessen sehr weite Feld der Faustspekulation (S. 62).

Im Zentrum des Sammelbandes steht der gewichtige Beitrag des Theologen Wolfgang Achtner über »Fausts neues Religionsverständnis« (S. 67). Das Religionsgespräch in Margaretes Drama und das daraus hervorgehende berühmte »Credo« Fausts – »Gefühl ist alles; / Name ist Schall und Rauch« (V. 3456 f.) – dienen dem Autor als Ausgangspunkt für eine Darstellung des religions- und ideengeschichtlichen Rahmens der Gesamttragödie, darüber hinaus gar auf Goethes Gesamtwerk ausgreifend. Innerhalb der »großen Konfession« stehen sich in Achtners Perspektive Goethes »christliche Prägung« – als deren Quellgründe Pelagianismus, Pietismus und Luthertum genannt werden (S. 71-73) – und ein von Faust repräsentierter »neue[r] Typus von Religion« gegenüber, dessen Charakteristika »Lebenssteigerung«, »Selbststeigerung« und »Selbstentgrenzung« seien (S. 73). Auf eine Erörterung des seinen Überlegungen zugrundeliegenden Religionsbegriffs verzichtet Achtner. Im Falle Fausts ließe sich wohl allenfalls von einer säkularen Religion der Moderne sprechen, der Achtner als polemische Gegenposition zur augustinischen Theologie, ihrer Willenskritik und Gnadenlehre vor allem, religionsgeschichtliche Konturen verleiht. In Achtners Augen nämlich agiert Faust als »Anti-Augustinus« (S. 87), dessen »Religion der Tat« hervorgehe »aus der von Augustin als Quelle allen Unheils diagnostizierten Cupiditas, der unersättlichen Lebensgier« (S. 89). Im Rückblick auf die lutherisch und mithin augustinisch inspirierte Faustüberlieferung wird man Achtners gelehrten Argumenten sicherlich zustimmen. Indessen liegt zwischen der alten *Historia* Fausts und der Faustkonjunktur des Sturm und Drang die kopernikanische Wende der Aufklärung, die aus der verteufelten Lebens- und Wissbegierde Fausts eine moderne Tugend gemacht hat. Und Goethe war ein Kind der Aufklärung, somit ein Kritiker der (orthodoxen) Theologie. Sein tatendurstiger Faust gerät womöglich weniger mit der augustinischen Lehre, dafür umso mehr mit der Philosophie der Klassik in Konflikt. Achtners beeindruckende Argumentation legt es freilich nahe, die theologische und philosophische Kritik von Fausts ›Religion der Tat‹ ins Verhältnis zu setzen.

3 Ebd., S. 535-539.

An die in Goethes Faustdrama gegenwärtigen Emanzipationspotenziale der europäischen Ideengeschichte möchte man auch nach der Lektüre des Beitrags von Denise Roth erinnern, in dem sie in einer genauen Textanalyse den von Faust-Mephisto ausgeführten »Angriff auf das Rückgrat« Margaretes in allen Einzelheiten zur Anschauung bringt und zeigt, wie die Gold-, Geld- und Aufstiegsverlockung die Welt der »prä-faustisch gesehen[en]« Margarete zerstört (S. 107). Denn eine heile Welt Margaretes – im Sinne der intakten ›Gemeinschaft‹, um mit Ferdinand Tönnies zu sprechen – ist in der Perspektive Goethes sicherlich nicht zu sehen; vielmehr kommen darin auch die Widersprüche einer bigotten, anachronistischen, lebenswidrigen Überlieferung zum Vorschein, mit der Margarete, keineswegs nur verführt, sehr bewusst bricht. In der Gesellschaft Faust-Mephistos kann daraus naturgemäß keine Befreiung, sondern nur eine Tragödie werden. Dass Goethes dramatische Kunst gerade darin besteht, die tragischen Katastrophen hinter die Bühne zu verlegen – das führt Denise Roth höchst aufschlussreich in ihrer Deutung des »narrativen Untergrund[s]« und der sprechenden »Leerstellen« der Gretchentragödie aus (S. 128).

Schließlich widmet sich Jost Eickmeyer dem Spiegelmotiv in *Faust I*, das erstmals in der *Hexenküche* auftaucht und im »kleinen reinlichen Zimmer«, in dem sich Margarete vor dem Spiegel schmückt, seine Fortsetzung findet. Vor allem den »Zerrspiegelungen« im Drama gilt Eickmeyers Interesse (S. 153), dem Spiegel also als Instrument Mephistos, weiterhin den »metaphorisch[en]« Spiegelungen der Handlung im Bewusstsein und in der Sprache der Bühnenfiguren (S. 154) sowie den tragischen Deformationen solcher Spiegelbilder (S. 158-160). Das Spiegelmotiv erlaubt Eickmeyer zuletzt einen Vergleich zwischen Goethes Drama und Thomas Braschs Dramolett *Lovely Rita*. Sprache und Projektionen machen dessen Protagonistin in Eickmeyers Deutung gleichsam zu einem »Nachkriegsgretchen« (S. 167).

Von hier aus öffnet sich im Schlussteil des materialreichen Bandes der Blick auf Margaretes Drama im Theater der Gegenwart. Susanne Hocke und Jürgen Larys berichten fesselnd von ihrer Bühnencollage, die sie zusammengestellt haben aus den Akten der Prozesse gegen die ›Kindermörderinnen‹ und Goethes Text. Auf phänomenale Weise bringt die geistvolle Collage den Realismus der Gretchentragödie in den Blick. Thomas Dietrich schildert abschließend am Beispiel einer Inszenierung von Charles Gounods Oper *Marguerite* das Fortleben Margaretes im Festspielbetrieb unserer Tage. Solchermaßen veranschaulicht die aktuelle Theaterpraxis die ungebrochene Irritationskraft der Gretchentragödie, die womöglich Goethes *Faust* erst zu einem die Zeiten überdauernden Klassiker gemacht hat.

Michael Jaeger

Elisabeth Weiss, Oliver Jahraus, Hanni Geiger (Hrsg.): *Faust und die Wissenschaften. Aktuelle Zugänge und Perspektiven in wissenschaftlicher Vielfalt*. Würzburg: Königshausen & Neumann 2019, 259 S., 24,80 €

Die interdisziplinäre Forschung befindet sich in einer paradoxen Situation. Einerseits wird sie von der politischen und akademischen Öffentlichkeit als Ausweg aus dem Elfenbeinturm des Spezialismus zelebriert, andererseits haftet ihr immer ein wenig das Verdikt eines leichtfertigen Universalismus an, bei dem die gutgemeinte Grenzüberschreitung zulasten wissenschaftlicher Expertise geht.

Vielleicht gerade im Bewusstsein dieses Widerspruchs hat die Universität München im Sommersemester 2018 eine interdisziplinäre Vorlesungsreihe zum Thema *Faust und die Wissenschaften* organisiert, deren Ergebnisse 2019 in einem von Elisabeth Weiss, Oliver Jahraus und Hanni Geiger herausgegebenen Sammelband erschienen sind. Teilgenommen haben Wissenschaftlerinnen und Wissenschaftler aus der Germanistik, der Theologie, Philosophie, Pädagogik und Wissenschaftsgeschichte. Da die Vorlesungsreihe vom Zentrum für Seniorenstudium unterstützt wurde und somit auch für diesen Kreis geöffnet war, mussten die Beitragenden einen doppelten Spagat hinlegen: zwischen den Fachdisziplinen und zwischen akademischem und außerakademischem Publikum.

Der Band solle, wie Oliver Jahraus in der Einführung betont, anhand der »Figur des Faust« den »allumfassenden Bildungsanspruch der Universität vorführen« (S. 12). Die mythisch-literarische Faustfigur könne »Interdisziplinarität regelrecht verkörpern« (ebd.), weil sie insbesondere dort, »wo sie erstmals in der Literatur auftritt, für einen großen kulturgeschichtlichen, erkenntnistheoretischen, ja kosmologischen Umbruch« (S. 11) stehe. Die Einführung des Bandes kann die Eignung der Faustfigur für einen interdisziplinären Zugang plausibel machen. Allerdings wird nicht ganz deutlich, was der primäre Gegenstand des Bandes ist: der empirische, der mythische oder der literarische Faust? Und wenn der literarische Faust gemeint ist, welche Literarisierung steht dann im Vordergrund, die Marlowes, Goethes oder Thomas Manns? Die sehr knapp geratene Einführung von Oliver Jahraus schafft hier keine Klarheit. Eine Systematisierung des Gegenstands und eine diesbezügliche Einordnung der einzelnen Beiträge wäre hilfreich gewesen. Auch von welcher fachlichen Position aus die einzelnen Aufsätze den Komplex ›Faust‹ behandeln, hätte zumindest kurz erläutert werden können. So muss der Leser diese wichtige Information aus der angehängten Vita der Beitragenden selbst extrahieren.

In einem ersten Beitrag wendet sich Oliver Jahraus Goethes *Faust* unter dem Leitkonzept des ›Wissenwollens‹ zu. Das Wissenwollen konzipiert er in Anschluss an Nietzsche und Foucault als »Vorstoß ins Gefährliche« (S. 19), als Eindringen in jene Bereiche, die durch soziale Prozesse »mit Müh und Not externalisiert« (S. 20) worden sind. Qua seines Vorstoßcharakters wird das Wissenwollen zu einer anthropologischen Universalgeste; es beschränkt sich nicht mehr nur auf die Rationalität, sondern auch auf sinnliche »Erlebnisqualitäten« (S. 27), auf »Sexualität« (S. 29) und sogar auf »Zauberei« (S. 20). Diese Entgrenzung des Wissensbegriffs ist etwas eigenwillig, wird immerhin aber durch sehr informative Ausführungen zum 17. und 18. Jahrhundert und zur Wissenschaftsauffassung Goethes historisch rückgebunden und erklärt. Indes hätte man sich fragen können, ob in Goethes *Faust* Wissensansprüche und sinnliche Bedürfnisse nicht gerade in ihrer Unvereinbarkeit vorgeführt werden. Skeptisch hätte man etwa zur Disposition stellen können, ob es bei Fausts Affäre mit Gretchen überhaupt noch um Erkenntnis geht oder nicht vielmehr um ›niederes Triebleben‹, dem Faust – unbestätigt durch das Textganze – den Anschein hehrer Erkenntnislust gibt.

Der Beitrag der Theologin und Religionspädagogin Elisabeth Zwick zum Bildungsgedanken bei Faust führt sehr luzide in historische Bildungsdiskurse ein. Zwick rekonstruiert die seit dem Spätmittelalter auseinanderdriftenden Semantiken von »Vernunft und Verstand« (S. 43) und die im 18. Jahrhundert aufkommenden Versuche, dieses Auseinanderdriften durch ganzheitliche Bildungsauffassungen zu kompensieren. Es wird die Frage aufgeworfen, ob »Faust« insbesondere bei Goethe »ein Exponent des Bildungsgedankens« sei – eine Frage, die mit Verweis auf das »Fehlen der ethischen Komponente« wie auch das »Fehlen der Handlungskomponente« eher negativ beantwortet wird (S. 51). Zwicks Diagnose ist sicher zutreffend, doch hätte die komplizierte Gleichzeitigkeit von Bildungsanspruch und Bildungsskepsis in Goethes *Faust* noch genauer diskutiert werden können.

Der Chemiehistoriker Claus Priesner wagt immerhin einen tieferen Blick in Goethes Dramentext und kann anhand einiger Stellen darlegen, dass dieser den im 18. Jahrhundert florierenden alchemistischen Diskurs in mehrfacher Hinsicht aufgreift. Ob die »innere Tiefe der Dinge« (S. 79) bloß durch die Figurenrede postuliert oder auch dramatisch vorgeführt wird, bleibt dabei zwar offen, immerhin unterscheidet Priesner aber zwischen historischer Faustgestalt und deren Literarisierung bei Goethe.

Anregend lesen sich die Ausführungen des Religionswissenschaftlers Hans Maier zum Verhältnis von Schuld und Rettung in Goethes *Faust*. Mit Rückgriff auf den Text selbst, insbesondere den *Prolog im Himmel*, konstatiert Maier, dass Mephisto weniger der »Gegenspieler Gottes« ist als vielmehr dessen »unfreiwilliger Sekundant« (S. 99). Das Böse wird in Goethes Drama als immanenter, ja vielleicht sogar notwendiger Bestandteil der Schöpfung vorgeführt. Diese These hätte man gut noch an die Theodizee-Debatte im 18. Jahrhundert anknüpfen können, sie wird aber unter Verweis auf zentrale Textstellen für Goethes Werk plausibilisiert.

Auch der Beitrag des Theologen Bertram Stubenrauch verfolgt die These, dass »Mephistopheles als Träger des Dämonischen« in Goethes *Faust* Teil »der von Gott verbürgten Weltordnung« ist (S. 109). Mit Mephisto werde »die ganze Raffinesse [...] des Bösen« anschaulich gemacht, als Verführung exponiert, der der Mensch permanent ausgesetzt ist. Trotz aller Verführungskraft taugt aber, so Stubenrauch, das »Dämonische [...] nicht als Ausrede für den Menschen«: »Niemand kann sich hinter dem Teufel verstecken« (S. 112). Dieser Einschub ist gerade mit Blick auf Goethes *Faust* relevant, denn er wirft die Frage nach der Verantwortung der vom Teufel herausgeforderten Hauptfigur auf. Allerdings hätten die zahlreichen Versuche, die Faust unternimmt, dieser Verantwortung zu entkommen und das moralisch Fragwürdige seines Handelns Mephisto in die Schuhe zu schieben, am Stück selbst veranschaulicht werden können. Fausts Delegieren von Verantwortung wird durch das Drama ja kunstvoll und witzig inszeniert.

Der Religionswissenschaftler Michael von Brück diskutiert in seinem Beitrag unterschiedliche Religionsmodelle, die in Thomas Manns *Doktor Faustus* verhandelt werden. Brück kann nachweisen, dass der Roman unter anderem ritualistische, mystisch-ästhetische und humanistische Ausprägungen von Religiosität aufgreift, dabei aber keine dieser Ausprägungen als vollständig gelingende und umsetzbare Glaubensformen exponiert. Ansatzweise geht Brück dabei auch auf die unzuverlässige Erzählweise des Romans ein. Wenngleich er keine Sekundärliteratur zitiert, schließt Brück mit seinen narrationsbezogenen Ausführungen hellsichtig und gewissermaßen instinktiv an einen aktuellen Topos der Forschung zu diesem Roman an.

Die Literatur- und Kulturwissenschaftlerin Annette Keck widmet sich in ihrem Beitrag der Figur Margaretes, die sie als tragischen ›Fall‹ konzipiert und als Modell für das weibliche ›Bild‹ der Unschuld im 18. und frühen 19. Jahrhundert. Den ›Fall-Topos‹ konzipiert Keck gemäß der jüngeren Diskussion zur Fallgeschichte als Gleichzeitigkeit von Exempel und Niedergangsgeschehen. Gretchen erscheint als typische Figur eines nacharistokratischen bürgerlichen Dramas, indem ihr, obwohl sie keine Adlige ist, dennoch eine »Fallhöhe« (S. 188) zugestanden wird, eine soziale wie moralische Würde und Abstiegsgefährdung. Mit der Abstiegs- kommt Gretchen auch eine Schuldfähigkeit zu, und Keck kann im Rahmen einer differenzierten Textanalyse zeigen, dass Margarete durch die Bereitschaft, sich von Faust verführen zu lassen, an tragischen Vorfällen wie dem »Tod der Mutter (mit)schuldig wird« (S. 195). Die Schuldfähigkeit der weiblichen Figur korrespondiert mit ihren sinnlichen Bedürfnissen und Ansprüchen. Goethe inszeniert mit Gretchen eine Figur, die nicht mehr allein vom »›Genius der Schamhaftigkeit‹« (ebd.) bestimmt ist und so den auf die Weiblichkeit projizierten Unschuldsphantasien der Zeit widerspricht. Kecks Beitrag kann wohl zu den gelungensten des Bandes gezählt werden. Nicht nur überzeugt Keck in ihrer Figurenanalyse, sondern auch in ihrer Diagnose, dass Margarete eine Fortsetzung von Lessings Emilia Galotti ist, die bei aller Tugendhaftigkeit bereits ein sinnliches Begehren des nicht eben tugendhaften Prinzen eingesteht und damit ihre Schuldfähigkeit offen markiert (vgl. S. 193-195).

Beschlossen wird der Band durch einen Beitrag der Theaterwissenschaftlerin Katharina Keim zur Bühnengeschichte von Goethes *Faust*. Wie Keim im Rahmen einer materialreichen Darstellung demonstriert, lassen sich insbesondere an der Inszenierung der Mephisto-Figur die Wandlungen in der Theatergeschichte ablesen. Während Mephisto um 1800 zunächst als »Kavalier und edle[r] Junker« (S. 246) gespielt wurde, nahm er in den Inszenierungen des späteren 19. Jahrhunderts einen zunehmend diabolischen Charakter an. Gustaf Gründgens betonte in seiner Hamburger Inszenierung von 1957 »erstmals die Seelenverwandtschaft von

Faust und Mephisto« (S. 249), während Mephisto in neueren Inszenierungen als androgyne Mischung von Mann und Frau erscheint und so die »latenten[n] homoerotische[n] Neigungen« Fausts »offenbar« (S. 250) werden lässt. Goethes Stück erweist sich, so Keims Schlussthese, als Anstoß für umfangreiche »Bühnenreformen« und für eine »Revision theatraler und gesellschaftlicher Rollenbilder« (ebd.).

Insgesamt wirft der Band viele erhellende Schlaglichter auf den Faustmythos und seine Literarisierung bei Goethe und Thomas Mann. Ganz so überschwänglich wie die Einführung, die den Band als Assortiment »herausragende[r] Beiträge« (S. 11) ankündigt, muss man vielleicht nicht gleich sein, denn die lobenswerte Interdisziplinarität gerinnt hier und da zu einem unverbindlichen Potpourri an geistigen Erkundungen, bei denen der eigentliche Gegenstand nur noch vage aus der Ferne sichtbar ist. Dennoch freut man sich vereinzelt über Einsichten, die dem vielbesprochenen Topos und Themenkomplex Faust noch etwas Neues und Unerwartetes abgewinnen.

Jens Ole Schneider

Carsten Rohde: *Faust-Ikonologie. Stoff und Figur in der Bildkultur des 19. Jahrhunderts.* Berlin: Metzler 2020, 129 S., 44,99 €

Zu der schier unerschöpflichen Fülle der Faust-Literatur gesellt sich mit Carsten Rohdes *Faust-Ikonologie* ein schmales broschiertes Bändchen, das die bisher wenig beachtete Frage nach dem intermedialen Transfer von Bildern zum Faust-Stoff im zunehmend visuell geprägten 19. Jahrhundert aufgreift. In elf Kapiteln leistet die Untersuchung einen Beitrag zur Ergänzung und Vertiefung des in seiner Komplexität bestechenden *Faust-Handbuchs*, zu dessen Herausgebern der Autor zählt.[1] Rohde versteht »Ikonologie« nicht im Sinn von Ernst Panofsky als Verfahren zur Entschlüsselung der symbolischen Form eines Kunstwerks, sondern als Methode, die »Bild(er)geschichte Fausts aus phänomenologisch-rezeptionshistorischer Perspektive« (S. 2) zu rekonstruieren und ihre mediale Ausdifferenzierung zu verfolgen. Anhand der Wanderung und Verwandlung der Bilder zeigt er auf anschauliche Weise, wie der Mythos Faust zu einem wirkmächtigen Phänomen der Massenkultur werden konnte. Als Arbeitsgrundlage dient Rohde die reichhaltige Weimarer Faust-Sammlung, in der nahezu alle Sparten der visuellen Darstellung mit exemplarischen Beispielen vertreten sind. Legt der Leser Wert auf eine gute Abbildungsqualität, ist das E-Book (34,99 €) der Printausgabe vorzuziehen.

Seit den Anfängen im Volksbuch entwickelt der Mythos Faust eine Strahlkraft, die schon früh nach bildlicher Repräsentation verlangt – zunächst in einfachen volkstümlichen Darstellungen, sieht man von der seit dem 18. Jahrhundert *Dr. Faust* genannten Radierung Rembrandts einmal ab. Nach der Veröffentlichung von Goethes *Faust. Eine Tragödie* (1808) setzt eine wahre Flut von Illustrationen unterschiedlichster künstlerischer Qualität ein, aus der die Zyklen von Moritz Retzsch, Peter Cornelius und Eugène Delacroix herausragen, da sie mit ihrer speziellen Ikonographie die Folgezeit nachhaltig beeinflussen. In einem kurzen Abriss setzt Rohde das alles zu Recht als bekannt voraus, um dann bei den Darstellungsmustern und Medien einzuhaken, die im 19. Jahrhundert, »dem Beginn des Zeitalters der Ikonizität« (S. 11), in schneller Abfolge entstehen, eine große Breitenwirkung entfalten und dadurch ihrerseits die Rezeption des Stoffs beeinflussen. Seine Analyse fällt zuweilen etwas schlagwortartig aus, wenn er z. B. Faust »zum wichtigsten nationalkulturellen Identifikationsnarrativ« jener Zeit erklärt und feststellt: »Zugleich greifen die neuen Prinzipien eines

1 Carsten Rohde, Thorsten Valk, Mathias Mayer (Hrsg.): *Faust-Handbuch. Konstellationen – Diskurse – Medien*, Stuttgart 2018; Rezension von Frieder von Ammon im GJb 2018, S. 240-245.

marktförmigen, kulturindustriellen Kunstsystems – Kommerzialität, Serialität, Akzeleration – und verändern das Gesamtgefüge des Stoffes grundlegend« (S. 1).

Der Autor belegt diese Thesen präzise anhand detaillierter Einzelstudien und zeigt auf, wie der Faust-Stoff in der Bildkultur des 19. Jahrhunderts durch neue Darstellungsformen, Vertriebswege und Verwertungsketten ein Massenpublikum erreicht. Der Mythos Faust übersteht diese Nivellierung; einschlägige Motive – Faust im Studierzimmer, Mephisto als diabolischer Komödiant, das Liebespaar Faust und Gretchen, die Gretchen-Tragödie – werden zum Allgemeingut mit hohem Wiedererkennungswert. Wer weder das Volksbuch noch Goethes *Faust* oder andere literarische Behandlungen des Stoffs kennt, vermag doch die signifikanten Motive im weitesten Sinn einzuordnen.

Die mediale Ausdifferenzierung der Faust-Bilder, die im Verlauf des 19. Jahrhunderts in verschiedenen Stufen erfolgt, beginnt bei den graphischen Mappenwerken und Almanach- bzw. Taschenbuchillustrationen. Sie finden ihr Publikum im gebildeten Bürgertum, das auch als Abnehmer von Gemälden und kunstgewerblichen Gegenständen mit Faust-Motiven in Frage kommt. Das begüterte Bildungsbürgertum ist die Zielgruppe für aufwändige Prachtausgaben von Goethes *Faust* mit Illustrationen von Engelbert Seibertz, August von Kreling, Alexander Liezen Mayer oder Wilhelm von Kaulbach. Die teuer produzierten Luxusgüter ziehen eine Mehrfachverwertung in Form von einfachen Volksausgaben nach sich; für die Reproduktion der Illustrationen bietet sich neben der Druckgraphik bald das neue Medium der Fotografie an. Diese Verwertungsketten macht sich z. B. der Münchner Kunstverlag Franz Hanfstaengl zu Nutze. Den illustrierten Buchausgaben folgen meist als Holzstich reproduzierte Faust-Bilder in Zeitschriften, die zu einem wichtigen Leitmedium des 19. Jahrhunderts aufsteigen. Einschlägige Motive finden ihren Eingang in die aufkommenden Witz- und Satireblätter wie den *Kladderadatsch*; in den Karikaturen schlägt das literarische Pathos in Komik oder Polemik um.

Auf der Bühne begeistern spektakuläre Aufführungen von Goethes *Faust* das Publikum; zum Theater gesellt sich nun auch die Oper mit den Vertonungen von Hector Berlioz, Charles Gounod oder Arrigo Boïto. Fausts Bühnen-Metamorphose zum opulenten Gesamtkunstwerk ist primär mit dem Namen des Theaterintendanten und Regisseurs Franz Dingelstedt verbunden, der seine Inszenierungen an die zeitgenössische Historienmalerei anlehnt und beim Bühnenbild auf die Mitarbeit von ausgewiesenen Künstlern wie Kaulbach setzt. Der Erfolg solcher Darbietungen wirkt auf die ikonische Darstellungspraxis zurück, die theatralische Effekte einbezieht. Großer Beliebtheit erfreuen sich die Rollenporträts von Schauspielern in *Faust*-Inszenierungen, für die sich das neue Medium der Fotografie anbietet; solche Fotos werden auch als Autogrammkarten verwendet.

Nach der Reichsgründung von 1871 erhält die Produktion von Faust-Bildern einen neuen Schub. Faust wird für die Schaffung eines deutschen Nationalmythos vereinnahmt und avanciert zur ideologisch aufgeladenen Identifikationsfigur. Doch neben dieser chauvinistischen Interpretation behauptet er sich in der allgemeinen Darstellungspraxis weiterhin als die populäre Figur, die seit dem Volksbuch zentrale Affekte der Massenunterhaltung bedient. Am Anfang des Jahrhunderts gibt es noch die volkstümlichen Bilderbogen, die von Kleinunternehmen gefertigt werden, dann führt der industrielle Fortschritt zu einer seriellen Massenproduktion. Das Genre der Sammelbildchen entsteht, die mit Faust-Motiven etwa für *Liebig's Fleisch-Extract* werben. In trivialisierter Form wird Faust zu einer kommerziellen Marke, die als zugkräftige Reklame eingesetzt werden kann. Beschränkt sich diese Funktion zunächst auf den deutschen Markt, so greift sie etwa im Rahmen der großen Weltausstellungen um 1900 auf globale Felder aus.

Als Fazit wird evident, in welch weitem Spektrum die Faust-Ikonologie sich im Verlauf des 19. Jahrhunderts von der Hochkultur über den Unterhaltungssektor bis zum Warencharakter ausdifferenziert hat. Das zeigt aber auch in aller Deutlichkeit, wie fest Faust als Essenz der literarischen und ikonischen Tradition im Bildgedächtnis jener Zeit verankert ist.

Petra Maisak

Dominik von Roth: *Mignon und Margarete in Malerei und Musik. Ästhetische Goethe-Rezeption und Fragmentierung nach 1800*. Hildesheim, Stuttgart, Zürich: Georg Olms 2018, 438 S., mit zahlreichen Abb. und Notenbeispielen, 69,00 €

Zu den im kulturellen Bewusstsein der Nachwelt vitalsten Gestalten Goethes gehören auch zwei Figuren, deren Relevanz im Werk selbst kaum zentral zu nennen ist: Gretchen und Mignon. Gretchen in *Faust I* ist eine ergreifende Gestalt, agiert aber eher als Opfer denn als dramatische Antagonistin. Ihr Charakter rührt zu Tränen, aber eben diese affektive Intensität beeinträchtigt eine ästhetische Aufmerksamkeit, die einer Figur mit größerer ›agency‹ gegolten hätte. Auch Mignon regt unser Bedauern an und darf doch in *Wilhelm Meisters Lehrjahren* nur auf wenigen Seiten auftreten. Zwar beeindruckt ihre Erscheinung mit ästhetischer Evidenz, gewichtig sind ihre kargen Äußerungen, aber trotz des poetischen Zaubers ihrer Lieder erlebt sie nicht das Ende des Romans. Die Zukunft gehört den Aufklärern der Gesellschaft vom Turm, nicht Mignon, einem Geheimnis aus Ferne und Vergangenheit. Wohl mit Blick auf die Extravaganz und den Anachronismus dieser Gestalt hatte Mme de Staël von einer ›épisode charmante‹ gesprochen, was Goethe gegenüber Kanzler von Müller zu der Behauptung nötigte, nur dieses Charakters wegen habe er den Roman geschrieben. Mignon hatte in der Literaturgeschichte, zumal bei der Generation der Romantiker, große Resonanz gefunden und erlebte auch in der Goethephilologie immer wieder Konjunkturen; man denke an die Untersuchungen von Max Kommerell, Karl Schlechta, von Hannelore und Heinz Schlaffer und zuletzt von Michael Wetzel. Die neuere *Wilhelm Meister*-Forschung der letzten Jahrzehnte sieht von den turbulenten Aspekten der Handlung und dem Interesse des Romans an den Außenseiter- und Bohèmegestalten eher ab, und zwar zugunsten der Konzentration auf die affirmative und integrative Leistung des Romans im Sinne seiner spinozistischen Zustimmung zur Welt.[1]

Aber gerade Mignon und Margarete haben, trotz ihres prekären und peripheren Status, in der ästhetischen Rezeption sehr viel markantere Spuren hinterlassen als Natalie oder Iphigenie, als Adelheid oder Charlotte. Das gilt für die zahlreichen Illustrationen der beiden Werke, aber auch für selbständige Gemälde, für eine Flut von Bildpostkarten bis hin zu einer kaum noch überschaubaren Zahl von Vertonungen – sowohl der integralen Werke wie der von beiden Gestalten gesungenen Lieder. An dieser Beobachtung setzt die anspruchsvolle Monographie von Dominik von Roth an, die weit über eine Inventarisierung der vielfältigen Rezeptionszeugnisse hinausgeht. Nicht nur der illustrative Charakter von Bildern und Musik, nicht nur deren jeweilige Präferenzen oder Akzentuierungen werden beschrieben und analysiert. Sehr viel grundsätzlicher geht es um eine rezeptionsästhetische und medienkomparatistische Fragestellung: Welche Veränderungen und neue Perspektiven erfährt ein Werk durch den Transfer in ein anderes Medium? Den Verfasser interessiert also weniger die illustrative Angemessenheit einer Abbildung oder einer Vertonung im Vergleich zur literarischen Vorlage, sondern die Anerkennung des ästhetischen Eigenwerts bildkünstlerischer und musikalischer Zeugnisse, der möglicherweise unseren Eindruck des literarischen Referenzwerks auf die Probe oder sogar in Frage stellt. Die wechselseitige mediale Intensivierung des ästhetischen Eindrucks hat nicht zuletzt in der ästhetisch vielseitig interessierten ›Kunstperiode‹ und in der synästhetischen Kompetenz Goethes, der wie kein anderer die kulturelle Produktion seines Zeitalters beobachtete und reflektierte, eine zusätzliche Begründung.

Da es zu dieser Fragestellung bislang kaum interdisziplinäre Forschung gibt, muss von Roth bei den Grundlagen ansetzen. Die Entstehung als Qualifikationsschrift ist dem Band noch deutlich anzumerken: am gelegentlichen terminologischen Eifer (»Semiotizitätsgrad«, S. 392) und an der schematischen Abfolge der Kapitel, die Pflicht und Kür erkennen lässt.

1 Vgl. Hans-Jürgen Schings: *Zustimmung zur Welt. Goethe-Studien*. Würzburg 2011.

Auf *Danksagung* und *Vorwort* folgt im ersten Kapitel ein umfassender Theorieteil, in dem der Leser mit den zentralen rezeptionsästhetischen Voraussetzungen und deren Terminologie vertraut gemacht wird. Darauf breitet von Roth im zweiten Kapitel, dem Herzstück der Arbeit, in zwei Durchgängen, einem zu *Wilhelm Meister*, einem zu *Faust*, das literarhistorische, bildkünstlerische und musikwissenschaftliche Material in einer überwältigenden Fülle von Dokumenten aus. Ein drittes Kapitel liefert abschließend eine perspektivierende Synthese, bevor Schlussbetrachtung und Verzeichnisse der musikalischen, bildkünstlerischen und bibliographischen Quellen den Band nach allen Regeln der Kunst beschließen.

Im mittleren zweiteiligen analytischen Kapitel werden zunächst *Wilhelm Meisters Lehrjahre* und *Faust I* unter besonderer Berücksichtigung der Figuren Mignon und Margarete sowie die markantesten Rezeptionszeugnisse vorgestellt, wobei sie – ein weiterer Beleg für die Gründlichkeit der Studie – sich nicht auf Zeugnisse der deutschen Kultur beschränkt. Dieser immensen Arbeit entledigt sich der Verfasser mit großer Sorgfalt und disziplinärer Souveränität. Es ist beeindruckend zu lesen, wie er die Bilder, die Illustrationen, die Bildpostkarten von Franz Ludwig Catel, Ary Scheffer, Johann Heinrich Ramberg, Ferdinand August Fellner, Eugène Delacroix und Wilhelm von Schadow in kunstgeschichtlichem Horizont kontextualisiert, wie ihre ikonographischen Traditionen bereitgestellt, wie sie im Hinblick auf Farbe und Linienführung präzise analysiert werden; womöglich noch bestechender ist die musikalische und musikhistorische Kompetenz des Autors bei der Deutung von Oper, Sonate und Kunstlied, von Carl Friedrich Zelter, Robert Schumann und Franz Schubert, die bis in die Feinheiten von Tonart- und Taktwechsel Aufschlussreiches über die musikalische Anverwandlung von Goethes Liedern mitteilt.

Gewiss wird man nicht im Detail jedes Urteil teilen: Dass Ambroise Thomas' Oper *Mignon* (1866) auf der französischen Bühne mit über 1000 Aufführungen bis 1894 ungemein erfolgreich war, adelt sie keineswegs zu einem bedeutenden Dokument der Rezeption – eher liegt hier der Versuch vor, die tragischen Elemente des Romans dem unbekümmerten Esprit der französischen lyrischen Oper zu opfern. Das freilich gelang Thomas so erfolgreich, dass man bei seiner *Mignon* von einer unfreiwilligen Travestie sprechen möchte. Auch von Roths Hochschätzung für Schadows *Mignon* wird man nur zögernd folgen können. Zwar war Carl Dahlhaus' Abwertung dieses Bildes, das er in *Klassische und romantische Musikästhetik* (1989) in der Nähe des Kitsches sehen wollte, etwas summarisch, doch lässt die forcierte Ausstattung von Schadows *Mignon* mit den Pathosformeln und der Ikonographie von Marienbildern eine ästhetische Präferenz erkennen, die anderen Eigenschaften der Figur eher widerstrebt und sich in einigen Details auch tatsächlich weit von der literarischen Vorlage entfernt.

Es kann nicht bestritten werden, dass es eine geschickte konzeptionelle Entscheidung war, aus der Fülle bildkünstlerischer und musikalischer Rezeptionszeugnisse jeweils eine prägnante Situation und eine charakteristische Textpassage auszuwählen, die eine eingehendere, paradigmatische Analyse erlauben und verdienen. Es sind dies Mignons Lied »So laßt mich scheinen bis ich werde«, das sie im Schülerkreis von Natalies Sonntagsschule singt, und Gretchens zwar nicht von den Regieanweisungen ausdrücklich als Lied annonciertes, aber wohl doch so zu verstehender Text, den sie am Spinnrad vorträgt: »Meine Ruh' ist hin, / Mein Herz ist schwer«. Die bildkünstlerischen Äquivalente sind Schadows *Mignon*, die musikalischen sind Zelters und Schumanns Vertonungen, im Falle von Gretchen dienen vor allem Ary Scheffers Gemälde *Marguerite au rouet* (1831) sowie Schuberts Vertonung als Grundlage der Analyse. Die Triftigkeit dieser Auswahl lässt sich nicht nur mit dem ästhetischen Rang der jeweiligen Dokumente begründen, sondern auch mit ihrer Fundierung im gemeinsamen historischen Kontext der vorrevolutionären und restaurativen Ära um die Mitte des 19. Jahrhunderts.

Was freilich konzeptionell glücklich genannt werden muss, charakterisiert andererseits auch ein Defizit der Studie: Die Konzentration auf ein Motiv bedeutet auch die Ausblendung oder Vernachlässigung vieler anderer. Mignon ist eben nicht nur die anämische, schon vom nahenden Tod verklärte Engelgestalt, sondern auch das Artistenkind, das zwischen Eiern tanzt, das seiner geschlechtlichen Identität unsichere, zwitterhafte Geschöpf, das mänadenhaft tanzende und rasende Kind; und Gretchen ist nicht nur das erbarmungswürdige, vom Übermaß der erwachenden Liebe überforderte Geschöpf, sondern auch eine schlagfertige junge Frau, eine liebevolle Schwester und eine durch Verzweiflung in den Wahnsinn getriebene Kindsmörderin. Freilich hat von Roth die Wirkungsgeschichte auf seiner Seite, die eben die von ihm gewählten Bilder und Melodien favorisiert – aber auch die Willkür des Überlieferungsgeschehens oder die ›Verstehenswut‹ der Philologie, die eine sakralisierende Deutung Goethes förderten, hätten einen Kommentar verdient.

Das dritte, *Synthese* überschriebene Kapitel des Bandes leistet weitaus mehr, als nur die Vielfalt der Befunde zu synthetisieren. Unter Rückgriff auf einleitend namhaft gemachte, erkenntnisleitende Perspektiven und Begriffe wird der in den zahlreichen Analysen ermittelte rezeptionsästhetische Befund im Hinblick auf drei Aspekte, die mit dem liminalen Status Mignons und Margaretes zu tun haben, profiliert. Der erste dieser Aspekte ist mit *Schuld und Unschuld* überschrieben: Beide Figuren stehen an der Schwelle von Kindheit und Weiblichkeit, sind eher Mädchen als Frau, Mignon bleibt bis zuletzt sogar unentschlossen zwischen männlichem und weiblichem Geschlecht. Beide Figuren beziehen damit auch Stellung zu den in Aufklärung und romantischem Zeitalter intensiv diskutierten Konzepten von Kindlichkeit, Androgynie und Weiblichkeit. Der zweite Aspekt, *Mode, Macht und Mädchen*, erinnert an die von der romantischen Generation gepflegte Kritik an der Ökonomisierung der Ästhetik, die nicht davor zurückschreckte, aus Goethes innigsten Figuren mit merkantilem Interesse profitable Markennamen abzuleiten. Der dritte Aspekt schließlich, den ich für den innovativsten und wichtigsten halte, *Bild und Bildung*, plädiert für die ästhetische Eigenständigkeit der analysierten Zeugnisse. In dieses Urteil gehen Einsichten der sozialhistorischen und psychogenetischen Kulturgeschichtsschreibung ein, wie sie Norbert Elias im Hinblick auf die Ausdifferenzierung und Priorisierung der Sinne in der ästhetischen Erfahrung formuliert hat. Indem Bildende Kunst und Musik den von der Literatur eher distanziert vermittelten Aspekt der Emotion ostentativ in Geltung setzen, indem das Pathos der Gebärden in den Bildern und die Innigkeit und das Rührende in der Musik eine – von der Literatur und ihrer besonnenen Reflektiertheit zurückgedämmte – Bereitschaft aktivieren, uns ergreifen zu lassen, ermöglicht erst die plurimediale Vielfalt eine vollständige ästhetische Erfahrung.

Dass der Band großzügig mit qualitativ hochwertigen Bildern, mit Partituren und graphischen Materialien ausgestattet ist, erlaubt es, die Ausführungen des Verfassers am Material zu überprüfen. Die transdisziplinäre und medienkomparatistische Rezeptionsgeschichte Goethes ist um einen wichtigen Beitrag bereichert worden.

Hans Richard Brittnacher

Rüdiger Scholz: *Goethe und die Hinrichtung von Johanna Höhn. Kindesmorde und Kindesmörderinnen im Weimar Carl Augusts und Goethes. Die Akten zu den Fällen Johanna Catharina Höhn, Maria Sophia Rost und Margarethe Dorothea Altwein*. 2., erweiterte Auflage. Würzburg: Königshausen & Neumann 2020, 482 S., 29,80 €

Den Lesern des Goethe-Jahrbuchs dürfte die Kontroverse, die über viele Jahre hinweg um die Frage von Goethes Schuld am Tod der am 28. November 1783 in Weimar hingerichteten Kindsmörderin Johanna Catharina Höhn geführt wurde, noch in nachdrücklicher Erinnerung sein. 2004 hatte der Freiburger Literaturwissenschaftler Rüdiger Scholz die Akten zu diesem Fall in der unter dem Titel *Das kurze Leben der Johanna Catharina Höhn. Kindsmorde und Kindsmörderinnen im Weimar Carl Augusts und Goethes* erschienenen, 180 Seiten umfassenden ersten Auflage des vorliegenden Bandes dokumentiert. Im selben Jahr war auch die mehr als 500 Seiten umfassende Quellenedition des Weimarer Archivars Volker Wahl *»Das Kind in meinem Leib«. Sittlichkeitsdelikte und Kindsmord in Sachsen-Weimar-Eisenach unter Carl August* (vgl. zu beiden Titeln GJb 2004, S. 253-260) veröffentlicht worden. Die Diskussion über diese Editionen sowie spätere Dokumentenfunde hielten die Kontroverse weiter in Gang. Die nun vorliegende zweite Auflage der Dokumentation von Scholz ist auf 482 Seiten angewachsen und präsentiert neben neuen historischen Dokumenten auch die Stellungnahmen, die der Diskurs von 2004 bis 2012 hervorgebracht hat. Dem Herausgeber geht es mit seinem Band nicht allein um die seiner Meinung nach überfällige »Revision des Charakterbildes Goethes«, sondern auch um nichts weniger als die Neubewertung der »historischen Rolle der Humanität der Literatur der deutschen Klassik« (S. 7). Die »nationale Größe Goethes« als Identifikationsfigur des deutschen Bürgertums verhindere bis heute eine »realistische Sicht dieses Schriftstellers«, mit negativen Folgen für die deutsche Gesellschaftsgeschichte (ebd.). Die von Scholz bei Goethe diagnostizierte »Gespaltenheit der Persönlichkeit in den human denkenden und den inhuman handelnden Teil, wobei der erstere den letzteren psychisch entlastet«, sei ein »sehr wichtiger Ansatz zur Erklärung des von der deutschen Klassik geprägten deutschen Bürgertums im Faschismus« (ebd.).

Der Band gliedert sich in einen Einleitungs- und einen Dokumententeil. Die Einleitung referiert zunächst den Fall Höhn: die Tat, die Tatumstände und die Lebenssituation der Delinquentin, das Untersuchungsverfahren, die gerichtlichen Urteile, die nach dem damals geltenden Recht korrekt gewesen seien. Dann bespricht der Autor den »brisantesten Teil des gesamten Vorgangs« (S. 31), die Voten der Mitglieder des Geheimen Consiliums (S. 31-37). Nach wie vor ist die Quellenlage hierzu dürftig. Außer der Erklärung vom 4. November 1783, mit der sich Goethe den von Herzog Carl August angeforderten Stellungnahmen der Geheimen Räte Jacob Friedrich Freiherr von Fritsch und Christian Friedrich Schnauß, die sich für die Beibehaltung der Todesstrafe für Kindsmord ausgesprochen hatten, anschloss (vgl. Faksimile am Schluss des Bandes), ist keine Äußerung Goethes zum Fall Höhn überliefert, und der dort erwähnte Aufsatz, in dem Goethe seine Sicht des Problems darstellen wollte, ist nicht auf uns gekommen. Scholz substituiert die Quellenlücke daher mit einer Gedichtinterpretation. Goethes Gedicht *Das Göttliche*, entstanden im Herbst 1783, habe, so Scholz, vermutlich die Argumentation des nicht überlieferten Aufsatzes entfaltet (S. 34). Für Scholz spielt es wie schon in der ersten Auflage seines Bandes keine Rolle, dass Herzog Carl August von den Mitgliedern seines Geheimen Consiliums gar kein Votum zu dem in Rede stehenden Kriminalfall, sondern eine Meinungsäußerung dazu erbeten hatte, ob die im geltenden Recht des Alten Reiches vorgeschriebene Todesstrafe für Kindsmord überhaupt beibehalten werden solle, Goethe also mit der Entscheidung über die Hinrichtung der Johanna Catharina Höhn gar nicht amtlich befasst war. Alles, was Goethe in der fraglichen Zeit getan, gesagt, geschrieben oder gedichtet hat, wird herangezogen, um eine Bewertung seines Verhaltens in Bezug auf diesen Fall zu konstruieren. Wie zu erwarten, läuft diese wieder darauf hinaus, Goethe die Hauptverantwortung für die Hinrichtung der Johanna Catharina Höhn zuzuschieben. Es sei, so unterstellt Scholz, aussichtsreich gewesen, mit einem Votum für die generelle Abschaffung der Todesstrafe für Kindsmord auch eine Milderung des Urteils im konkreten Fall durchzusetzen (S. 39). Indem Goethe jedoch stattdessen der gegenteiligen Meinung seiner Kollegen beigetreten sei, habe er den entscheidenden Ausschlag gegeben, der den Herzog veranlasst habe, das gerichtliche Todesurteil im Fall Höhn zu bestätigen. Ohne den Rückhalt seiner Räte im Geheimen Consilium, so Scholz, habe der Herzog »nicht regieren« können, und die »Solidarität« Goethes, seines Freundes, sei »die offenbar wichtigste Basis seiner Macht in der Regierung« gewesen (ebd.). Mit dieser Einschätzung setzt sich Scholz über den gesamten Forschungsstand hinweg, den die Geschichtswissenschaft zur Persönlichkeit Carl Augusts und über die Geschichte seiner mehr als fünfzigjährigen Regierungszeit hervorgebracht hat. Den überwiegenden Teil der Einleitung füllen indes die Stellungnahmen zu den Kritikern der Erstauflage seines Bandes von 2004.

Der Dokumententeil nimmt den größten Raum des Bandes ein. Zunächst werden die Dokumente zum Fall Höhn ausgebreitet, darunter zehn Dokumente, die nach Erscheinen der Erstauflage des Bandes aufgefunden worden sind. Danach folgen nach einigen Dokumenten zu den analogen Fällen Rost und Altwein die Texte zur historischen Rezeption des Gegenstands bis zum Erscheinen von W. Daniel Wilsons Veröffentlichungen zu Goethes amtlicher Tätigkeit 1994. Danach wird die Kontroverse zu W. Daniel Wilson und zu den bis 2004 erschienenen Aufsätzen von Scholz über Goethe und den Fall Höhn dokumentiert. Es folgen die Texte zu den beiden Dokumentationen des Falls Höhn von 2004, zur Wiederaufnahme der Kontroverse durch W. Daniel Wilson 2007 (*Goethe, His Duke, and Infanticide. New Documents on an Controversial Execution*. In: *German Life and Letters* LXI [2007], S. 7-32, in einer Übersetzung von Scholz), die dazu erschienenen Stellungnahmen von Alexander Košenina, Volker Wahl und Jens Fietje Dwars: *Viktor Glass' Roman »Goethes Hinrichtung«* aus dem Jahr 2009, zwei weitere Aufsätze von Scholz aus den Jahren 2010 und 2011 sowie abschließend die Einleitung zu Volker Wahls Aufsatz *»Du hast gethan, was Urtheil und Recht mit sich gebracht«. Das »Hochnotpeinliche Halsgericht« über die Kindsmörderin Johanna Catharina Höhn* in: *Weimar-Jena. Die große Stadt* 5 (2012) 3, S. 200-207.

Wer die literaturgeschichtlich hochinteressante Kontroverse um Goethes Haltung zur Kindsmordproblematik und seine Rolle in dem Geschehen um den Fall der Johanna Catharina Höhn im Detail nachvollziehen möchte, ist mit dem vorliegenden Band zweifellos überreich bedient. Um jedoch die wissenschaftlich gesicherten Fakten sauber von Konjekturen und subjektiven Werturteilen trennen zu können, muss auch weiterhin auf Volker Wahls Quellenedition von 2004, ergänzt durch den erwähnten Aufsatz von 2012, der die danach noch aufgefundenen Dokumente behandelt, als eine den Gegenstand erschöpfende Grundlage zurückgegriffen werden.

Gerhard Müller

Friedrich Harrer: *Reineke Fuchs. Karriere eines Weltkindes. Eine juristische Neudeutung*. München: C.H. Beck 2020, Wien: Manz'sche Verlags- und Universitätsbuchhandlung 2020, 139 S., 19,00 €

Von Goethes Versepos *Reineke Fuchs* sind vor allem die Eingangsverse in Erinnerung geblieben, die gern zu Pfingsten zitiert werden. In der aktuellen Goetheforschung zählt es eher zu den weniger behandelten Werken. Nun unternimmt der Salzburger Rechtshistoriker Friedrich Harrer eine »juristische Neudeutung« des Epos. »Ein Text des 18. Jahrhunderts«, so S. 19 formuliert, »wird mit dem Blick auf das 12. Jahrhundert gelesen«.

Den einschlägigen Kommentaren folgend, skizziert Harrer die Entstehungsgeschichte des Textes und widmet der Quellenlage besondere Aufmerksamkeit. Um 1200 bereits ist mit dem *Roman de Renart* eine erste Textfassung des Stoffes entstanden, aus dem sich dann eine mittelniederdeutsche Variante, die Erzählung von *Reynke de Vos*, entwickelt hat. Diese wiederum diente Johann Christoph Gottsched als Vorlage für seine hochdeutsche Prosafassung, aus der Goethe, Gottscheds Text im Kern bewahrend, 1793 den Hexametertext geformt hat.

Das alles wird knapp referiert. Neu ist Harrers Ansatz insofern, als er die These vertritt, dass bereits im *Roman de Renart* zeitgenössisches historisches Geschehen parodistisch gespiegelt werde, diese Tendenz sich auch in den späteren Fassungen des Stoffes zu erkennen gebe, Goethe sie ebenfalls übernommen habe und, um dies deutlicher zu markieren, auch an einigen Stellen bewusst von Gottsched abgewichen sei. Das historische Geschehen im Mittelalter sei, so argumentiert der Rechtshistoriker, in doppelter Hinsicht von einer Friedensbewegung getragen gewesen: Während die weltlichen Herrscher daran interessiert waren, im Streit mit den untergebenen, jedoch politisch ebenfalls einflussreichen und zudem widerspenstigen Fürsten auf einen allgemeinen Landfrieden zu dringen, habe die Kirche als weltlich-religiöse Institution von eigenem Machtbereich Frieden als einen göttlich beglaubigten Status, als Gottesfrieden verkündet und sei dem weltlichen Herrscher prinzipiell zur Seite getreten. Dieser Konflikt zwischen Zentralgewalt und Vasallen habe hin und her gewogt, sei aber niemals zugunsten einer Seite entschieden worden und habe auch mit dem unter Kaiser Maximilian I. 1495 geschlossenen Allgemeinen Landfrieden kein Ende gefunden. Sieht man auf die Entstehungszeit von Goethes *Reineke Fuchs*, so war damals erst recht in Europa kein allgemeiner Frieden wahrzunehmen. Bei allen Unterschieden zur mittelalterlichen Geschichte hatte sich zu Goethes Lebzeiten die politische Grundkonstellation nur unwesentlich verschoben, konnte das historisch-politische Geschehen wie fünfhundert Jahre zuvor satirisch-parodistisch gespiegelt werden.

Diesen Ansatz verfolgt Harrer ebenso konsequent wie einleuchtend. Ob die mittelalterliche Friedensbewegung tatsächlich die politische Geschichte Europas so grundlegend konstituiert hat, wie Harrer postuliert, kann dem Diskurs der Historiker überlassen werden. Dass aber Goethe die in den Quellen zutage tretende politische Problematik in das Zentrum seines Epos gerückt habe, kann Harrer plausibel nachweisen. Goethes oft zitiertes Urteil, er habe seine Arbeit »dieser unheiligen Weltbibel« (WA I, 35, S. 22) gewidmet, wird dafür ebenfalls als Beleg herangezogen.

Indem Harrer seinen Ansatz durch eine Analyse einzelner Stellen verifiziert, kann er landläufige Urteile widerlegen. Das eine, oft wiederholt und noch im Kommentar der Münchner Ausgabe anzutreffen, geht dahin, dass Goethe sich in seinem Epos mit der Französischen Revolution auseinandergesetzt und in der Gestalt des Löwen eine direkte Kritik an Ludwig XVI. formuliert habe. Als Gegenbeweis zieht Harrer Goethes Brief an Friedrich Heinrich Jacobi vom 2. Mai 1793 heran, in dem es heißt: »Ich unternahm die Arbeit um mich das vergangne Vierteljahr von der Betrachtung der Welthändel abzuziehen und es ist mir gelungen« (WA IV, 10, S. 57). Goethe habe, so argumentiert Harrer, politisches Handeln allgemein im Spiegel der Satire eingefangen. Ein anderes Urteil, in der Forschung tradiert, läuft darauf hinaus, den Konflikt zwischen dem Löwenkönig und dem listigen, grausamen und heuchlerischen Fuchs – in stärkerem Bezug auf die Tradition der antiken und mittelalterlichen Tierfabel – allgemein als Widerstreit zwischen einem Mächtigen und einem Unterlegenen, als eine Art Widerspiel zweier moralisch fragwürdiger Charaktere auszulegen, wobei die Sympathien des Lesers teils beim Löwen, teils beim Fuchs liegen können.

Derlei Urteilen entzieht Harrer durch eine konsequente Historisierung, die immer wieder die bereits im Mittelalter anzutreffende politische Konstellation in Erinnerung ruft, den Boden. In seiner Lesart handelt es sich in Goethes Tierepos um einen Rechtskonflikt zwischen einem um die Festigung seiner Macht bemühten Herrscher – und Macht heißt hier auch, über Krieg und Frieden entscheiden zu können – und einem »widerspenstigen, abtrünnigen Vasallen« (S. 72 f.), auf dessen politische Unterstützung, nicht zuletzt auf dessen listig-klugen Rat der Herrscher gleichwohl angewiesen ist. Reineke, der Vasall, weiß seinen politischen Spielraum auszunutzen; er fehlt einfach, wenn der König seine Berater an den Hof ruft – an diesem Punkt ist Goethe z. B. von Gottscheds Vorlage abgewichen, bei dem Reineke ausdrücklich zu Hof geladen wird. Reineke wird als ambivalenter Charakter entworfen, bei dem das Schalk- und Schelmenhafte durchaus anziehend hervortritt und seinem Verhalten, das in Notzucht und Mord mündet, einen Anschein von Berechtigung gibt. Das Schicksal von Reinekes Widersachern Bär und Wolf spielt letztlich eine untergeordnete Rolle; heute würde man von einem Kollateralschaden im politischen Getriebe sprechen. Am Ende macht der König, dessen »Gier« und »intellektuelle Beschränktheit« (S. 85) in der Handlung deutlich zutage treten, seinen Frieden mit dem Rebellen, weil ihm keine andere Wahl bleibt und eine höfische Kamarilla mit der Äffin an der Spitze ihn entsprechend beeinflusst; nur so können Macht und Einigkeit des Hofes gesichert werden. Dieser Frieden ist teuer erkauft und beruht auf einem Kompromiss, der beiden Seiten auch künftig ein machtbewusstes, keineswegs altruistisches Handeln, möglicherweise in zivilisierterer Form, freistellt.

Harrers Resümee, es handle sich bei Goethes Epos um »eine Parodie auf König, Politik und Justiz« (S. 104), ist unbedingt beizupflichten. Seiner Darstellung schließt er ein kleines, mit Illustrationen versehenes Kapitel an, *Die Tierwelt als Forum für Literatur* betitelt, und formuliert am Schluss den an die Forschung gerichteten Wunsch, die Figur des Richters im fünften Gesang von *Herrmann und Dorothea* sowie rechtshistorische Probleme in der *Achilleis* stärker in den Blick zu nehmen. Was er selbst zu *Herrmann und Dorothea* ansatzweise vorträgt – in dezidiertem Widerspruch auch zu absurden Behauptungen im Kommentar der Frankfurter Ausgabe –, sollte weiter ausgebaut werden, zumal in der jüngeren und jüngsten Forschung nicht zuletzt mit Blick auf die Migrationsthematik Rang und Bedeutung von Goethes Epos deutlicher wahrgenommen werden. Vielleicht kommt Harrer zu dem Entschluss, sich dieser Aufgabe selbst anzunehmen. Mit seiner Studie über *Reineke Fuchs* hat er dafür ein tragfähiges Fundament gelegt.

Jochen Golz

Hanna Dingeldein, Anna-Katharina Gisbertz, Sebastian Zilles, Justus Fetscher (Hrsg.): *Schwellenprosa. (Re-)Lektüren zu Goethes »Wahlverwandtschaften«*. Paderborn: Wilhelm Fink 2018, 132 S., 49,90 €

Die ›Schwelle‹ wird in Goethes *Wahlverwandtschaften* kaum beim Wort genannt; gleichwohl, so die leitende Annahme des Bandes, bestimmen Schwellenphänomene und -situationen den Roman von Grund auf. Das Anliegen des insgesamt sehr instruktiven Bandes besteht dabei weniger darin, dieser Annahme, die weitgehend unstrittig sein dürfte, die ihr gebührende Geltung zu verschaffen. Eher geht es darum, sie vom Standpunkt der Gegenwart aus erneut zu konkretisieren – »anhand eines breiten Theorierepertoires« (S. 13), wie es in der Einleitung der Herausgeber heißt, und mithin gegen jede Vereindeutigung. Die disziplinär und methodisch unterschiedlichen Beiträge kommen dem entgegen. Die Autoren sind Weggefährten und Kollegen von Jochen Hörisch, dem der vorliegende Band gewidmet ist; voraus ging ein Kolloquium an der Universität Mannheim, mit dem Hörisch anlässlich seines 65. Geburtstags geehrt wurde. Vor diesem Hintergrund erhalten Thema und Ausrichtung des Bandes eine zusätzliche Pointierung. Denn nicht nur hat Hörisch über mittlerweile mehr als 35 Jahre hinweg umfangreich zur Goethezeit und namentlich zu den *Wahlverwandtschaften* publiziert; er zählt auch zu den Protagonisten einer theoretisch bzw. poststrukturalistisch geschulten Literaturwissenschaft, die seit einigen Jahren vielerorts – oftmals leider allzu pauschal – grundlegend in der Kritik steht.

Deutlich herausgearbeitet werden diese Zusammenhänge im Beitrag von Vivian Liska, die dabei ebenso schwungvoll wie angriffslustig zu Werke geht.[1] Ihren primären Bezugspunkt bildet Walter Benjamins Essay über die *Wahlverwandtschaften* von 1924/25, der hier als »Prüfstein« (S. 105) herangezogen wird, um nach dem Status quo der geisteswissenschaftlichen Methoden- und Theoriediskussion zu fragen. Zweierlei ›Schwellen‹ werden dabei ins Auge gefasst: Zum einen geht es um die »Zeit der großen Theorie-Debatten« (S. 108) im

1 Der vorliegende Aufsatz Liskas bildet eine Art Collage, bei der Überlegungen aus einer früheren, sehr lesenswerten Studie der Autorin erneut aufgegriffen und nun, zwei Jahrzehnte später, auf ihre Gültigkeit bzw. Aktualität überprüft werden. Vgl. Vivian Liska: *Die Mortifikation der Kritik. Zum Nachleben von Walter Benjamins »Wahlverwandtschaften«-Essay*. In: *Spuren, Signaturen, Spiegelungen. Zur Goethe-Rezeption in Europa*. Hrsg. von Bernhard Beutler u. Anke Bosse. Köln, Weimar 2000, S. 581-599.

späten 20. Jahrhundert, das heißt die Blütezeit von im weiten Sinn poststrukturalistischen Strömungen – an ihnen beanstandet Liska die Tendenz zur theoretischen »Vereinnahmung« (S. 106), die die »kritische Gewalt« (S. 111), die Benjamins Essay originär auszeichne, langsam aber sicher verabschiedet habe. Zum anderen geht es um Relektüren des Essays aus den letzten rund zehn Jahren, die Liska der jüngst florierenden »Posttheorie« (S. 118) zuordnet. Die Kritik an dieser Richtung fällt noch grundsätzlicher aus: Hier greife eine Tendenz zur Liquidierung von theoretischer Reflexion überhaupt um sich und mit ihr die »Gefahr eines je aufs neue zu bestimmenden Konformismus« (ebd.), vor der Benjamin nachdrücklich gewarnt habe.

Die Schwellenthematik in den *Wahlverwandtschaften* steht im Zentrum der weiteren Beiträge des Bandes. Mehrfach wird dabei das Konzept des Zeitromans herangezogen, das aber, je nach Fragestellung, ganz verschiedene Akzentuierungen erfährt. Angesichts der komplexen Zeitverhältnisse, die in den *Wahlverwandtschaften* vorliegen, erscheint diese »Vermannigfaltigung« der Betrachtungsweisen, um einen Begriff aus der Goethe'schen Morphologie zu entlehnen, als ein aussichtsreiches Verfahren. Aleida Assmann und Raimar Zons nehmen die gewandelten »Zeitregime« der Moderne zum Ausgangspunkt ihrer jeweiligen Überlegungen; interessanterweise wird dabei in einem Fall die »exemplarische« Qualität von Goethes Roman betont (Assmann, S. 42) und im anderen sein »inkommensurabler« Charakter (Zons, S. 51). Assmann konzentriert sich auf Bruch, Beschleunigung und die »Dauerforderung nach Innovation« (S. 44) als den Kennmarken der modernen Zeitauffassung. Im Zuge dessen gerate die Zeitform der Gegenwart, wie die Autorin ausführt, immer stärker in den Sog des erst noch Kommenden, Erhofften oder Geplanten, und dieser Befund gibt der Leitfrage des Beitrags – »wann hört etwas auf und wann beginnt etwas Neues?« (S. 42, 46) – ihr besonderes Gewicht. Sie berührt überdies einen neuralgischen Punkt des Romangeschehens, sind doch die Protagonisten, einschließlich der sonst so besonnenen Charlotte, allenthalben darauf bedacht, sich der Vergangenheit zu entledigen und Raum für Neues zu schaffen. Wenig Beachtung indes findet hier der Umstand, dass all diese Bemühungen des Romanpersonals letztlich eklatant scheitern. Zwar werden »permanent Anfänge [ge]sucht«, wie Joseph Vogl in der abschließenden Diskussion des Bandes anmerkt, die jedoch ein ums andere Mal misslingen, und »auf der anderen Seite kennt *Die Wahlverwandtschaften* Abschlüsse nur in ironischer Hinsicht« (S. 124).

Einen Eindruck davon, mit welchen Abgründigkeiten diese Ironie einhergeht, vermittelt der Beitrag von Zons. Auch Zons geht zunächst auf die Herausbildung moderner Zeitkonzepte seit dem 18. Jahrhundert ein, wobei er drei Entwicklungslinien unterscheidet: die idealistische Geschichtsphilosophie, die mit der Vorstellung eines übergreifenden Telos operiert; die naturwissenschaftlichen Diskurse bis hin zu Darwin, in denen der Zufall sein Recht behauptet, und schließlich jene ästhetischen Eigenzeiten,[2] die in der Literatur ersonnen werden. Zons spricht von einem »poetischen Contre-Discours« (S. 55), der an den dominanten Zeitvorstellungen zwar partizipiert, sie zugleich aber gezielt unterläuft und konterkariert. Goethes Roman nun treibe dies bis an den Punkt, an dem die Konturen von Handlung und Ereignishaftigkeit überhaupt unscharf werden. In erster Linie seien es Wiederholungen, »Spiegelungen und Faltungen« (S. 65), die das Geschehen bestimmen, während die Akteure, so Zons, »von Kapitel zu Kapitel mehr einfrieren« (S. 60). Absehbar wird damit ein Typus von (Nicht-)Ereignis, der, sofern er fortwährend auf der Schwelle verharrt, das Statt-Finden in einem ganz buchstäblichen Sinn zur Disposition stellt.

Zwei Beiträge befassen sich mit der Thematik von Affekt, Begehren und den sich wandelnden »Formen der Beständigkeit« (S. 30) im Rahmen von Ehe und Familie. Christina von Braun unternimmt dies aus einer wissens- und diskursgeschichtlichen Perspektive: Sie untersucht die Umbrüche, die die Codierungen von Familien- und Verwandtschaftsverhältnissen

2 Ich entlehne die Formulierung dem gleichnamigen DFG-Schwerpunktprogramm *Ästhetische Eigenzeiten. Zeit und Darstellung in der polychronen Moderne* (https://www.aesthetische-eigenzeiten.de).

zu Beginn des 19. Jahrhunderts durchlaufen, und gibt Einblick in das Geflecht der – wissenschaftlichen und juridischen, sozialpolitischen und ökonomischen – Voraussetzungen, die an diesem Prozess beteiligt sind.[3] Pointiert führt von Braun vor Augen, dass, wann immer von der Neuordnung verwandtschaftlicher Beziehungen die Rede ist, notwendig auch diejenige der Geschlechterverhältnisse und der sie betreffenden Rollenmuster zur Diskussion steht. Im Einzelnen erscheinen nicht alle Argumente des Beitrags gleichermaßen überzeugend, gerade auch in Hinsicht auf die Rolle der Literatur. Die zentrale These etwa, dass in den *Wahlverwandtschaften* eine Antizipation bzw. »Vorankündigung« moderner Verwandtschaftsformen und ihrer vervielfältigten »Definitionen von Vaterschaft und Mutterschaft« (S. 35) zu erkennen sei, greift möglicherweise etwas zu kurz. Zweifellos wird aber mit der Frage der Familienkonstellationen ein Gesichtspunkt eröffnet, der einer ganzen Reihe von signifikanten und zudem sehr aktuellen Phänomenen Kontur verleiht – insbesondere solchen, die an der notorisch ungesicherten Schwelle zwischen natürlicher und künstlicher Sphäre angesiedelt sind.

Reiner Wild nähert sich der Frage von affektiven Bindungen und Verbindlichkeiten aus einem anderen Blickwinkel. Er betrachtet Goethes Roman im Licht einer »Poetik des bedingten Subjekts« (S. 76), die er als gattungsübergreifende Signatur des Goethe'schen Werks nach 1800 ausmacht. Zum literarischen Sujet werde hier die allenfalls prekäre Balance subjektiven Daseins, verbunden mit der ihrerseits fraglich werdenden Beständigkeit von Liebe und Ehe. Konkretisiert werden diese Überlegungen in einer vergleichenden Gegenüberstellung zweier nächtlicher Liebesszenen: dem Beinahe-Ehebruch eines reisenden Kaufmanns, den Goethe in *Das Tagebuch. 1810*, einem Gedicht in der Tradition der Novelle galanti, verhandelt, und der kuriosen Liebesnacht des Ehepaars Eduard und Charlotte in den *Wahlverwandtschaften*. Auf den ersten Blick könnten diese Szenen kaum stärker kontrastieren, doch lenkt Wild die Aufmerksamkeit auf ihre unterschwelligen, wenn man so will: gegenbildlichen Korrespondenzen. Der Reiz dieses Vorgehens liegt darin, dass es einem wohlvertrauten Topos der *Wahlverwandtschaften*-Forschung, der Struktur der Gegenbildlichkeit, neue und erhellende Aspekte abgewinnt. Diese werden flankiert von gattungstheoretischen und anthropologischen Reflexionen, die zu weiterer Vertiefung einladen.

Eine gattungsübergreifende Perspektive nimmt auch der Beitrag von Uwe C. Steiner ein, der den eher hintergründigen Bezügen zwischen den *Wahlverwandtschaften* und Lessings Trauerspiel *Emilia Galotti* von 1772 nachgeht. Das Interesse gilt den strukturellen Affinitäten, die sich zwischen Goethes Ottilie und Lessings Emilia erkennen lassen, und zwar in Hinsicht auf die »geschlechtssemantische[n] Hypercodierungen« (S. 101), die hier jeweils am Werk seien: Beide Frauenfiguren treten Steiner zufolge als eigentümlich inszenierte, nämlich sakral überhöhte Opfer ihrer jeweiligen Verhältnisse in Erscheinung – was ihnen freilich gerade heutzutage, wie der Autor außerdem meint, zu besonderer Popularität und Strahlkraft verhelfe. Wie dem auch sei. Anregend jedenfalls ist der Gedanke, die Darstellung Ottilies auf ihre impliziten Bezüge zur Figur Emilia hin zu lesen. Es zeige sich, dass Ottilie gewisse prägende Züge der Victima Emilia nicht nur »wiederholt und forciert«, sondern regelrecht »karikiert« (S. 88), so dass die »literarische Opferpolitik« (S. 102) à la Lessing hier subtil, aber konsequent ausgehöhlt werde. Gestützt wird diese Annahme durch Analysen zu den mehrfachen Umbesetzungen und Verschiebungen, die »Wort und Sache des Opfers« (S. 92) im Roman durchlaufen.

Erfrischende Uneinigkeit herrscht bei der den Band beschließenden Gesprächsrunde, an der Manfred Osten, Hans-Georg Pott, Martin Seel und Joseph Vogl teilgenommen haben. Zur Diskussion stehen Fragen der Kontingenz, der Leidenschaften und des sozialen Zusammenhalts (S. 123 f., 127 f.) sowie der (Un-)Verfügbarkeit von Freiheit und individuellem Willen (S. 125) – Fragen, die in der einschlägigen Forschung seit langem etabliert sind.

3 Vgl. dazu auch die umfassende Studie von Christina von Braun: *Blutsbande. Verwandtschaft als Kulturgeschichte.* Berlin 2018.

Dass sich über sie heute wieder produktiv streiten lässt, zeigt an, dass die Potenziale des Romans wie auch der Fragen, die man an ihn richtet, sich in jeder Gegenwart gleichsam neu kristallisieren.

Alexandra Heimes

Edvin Cami: *Begegnungen mit dem Orient im literarischen Schaffen Goethes. Alterität[s]- und Identitätsfragen im Umgang des deutschen Dichters mit dem Morgenland*. Berlin: Metzler 2019, 328 S., 44,99 €

Edvin Camis 2019 an der Ludwig-Maximilians-Universität München eingereichte und verteidigte Dissertation, noch im selben Jahr im Metzler-Verlag veröffentlicht, zeigt einmal mehr das Potenzial und die gerade auch aktuelle Anschlussfähigkeit von Goethes Beschäftigung mit Literatur, Geschichte und Kultur des Nahen Ostens. Dies ist umso bemerkenswerter, als die literarischen Erträge dieses jahrzehntelangen Interesses – und hierbei insbesondere der *West-östliche Divan* – alles andere als leicht zugänglich sind. Ganz offensichtlich geht von diesem Werk, das auch in Camis Dissertation im Zentrum steht, eine besondere Faszination aus, wobei die spezielle Mischung aus Anziehungskraft und etymologisch mitschwingender Irritation (lat. fascinare – behexen) eine wichtige Rolle spielen dürfte.

Edvin Cami macht gleich zu Beginn deutlich, unter welcher Perspektive er »Goethes Verhältnis zum Orient- und Islam-Bild und sein besonderes Interesse an der muslimischen Religion« (S. 9) untersuchen will: Es geht ihm vor allem um die »Analyse des ›goetheschen‹ in Referenz zum ›europäischen‹ Rahmen des Orient- und Islam-Bildes« (S. 11). Letzteres charakterisiert er als deformiert, da es im Kern auf »der Beurteilung des Islam als falschen Glauben, Mohammeds als falschen Propheten und des Koran als falscher Offenbarung« (S. 5) beruhe. In seiner Studie liefert Cami dazu in einem historischen Schnelldurchgang exemplarische Belege, die vom Spätmittelalter bis zu Hegel reichen und Ausmaß wie Auswüchse der (streckenweise bis heute fortbestehenden) islamfeindlichen Vorurteile im Westen vor Augen führen (Kap. 6.6-6.8). – Das »Phänomen der ästhetischen Konstruktion eines märchenhaften Orients« (S. 8) in den verschiedenen Phasen westlicher Orientalismus-Moden stellt dazu kein wirkliches Gegengewicht dar, sondern vielmehr wird damit zumeist an der okzidentalen Standortgebundenheit festgehalten, auch wenn insbesondere die künstlerischen Imaginationen des ›Ostens‹ nicht selten positiv besetzt sind (und eskapistische Funktion besitzen).

Goethes spezifischem Zugang zur Literatur, Geschichte und Religion misst Cami demgegenüber eine andere Qualität bei, und zwar sowohl im zeitgenössischen Kontext als auch mit Blick auf gegenwärtige Diskussionen. Der Schwerpunkt seiner Beschäftigung mit den im Untertitel aufgerufenen »Alterität[s]- und Identitätsfragen des deutschen Dichters mit dem Morgenland« liegt für ihn dabei zunächst einmal auf der Seite der Übereinstimmungen.

Wichtige Teile seiner Argumentation sind dem Versuch gewidmet, Goethes Schreiben und Handeln (insbesondere im Kontext der Entstehung des *West-östlichen Divans*) aus den politischen und privaten Lebensumständen und seiner teils bewussten, teils ›intuitiven‹ Orientierung am Islam und der persischen Literatur zu erklären (unter dem Vorzeichen der islamisch-mystischen Tradition des Sufismus). Dies betrifft zum einen Goethes Flucht bzw. »Hegire« aus dem Wunsch nach »Wiedergewinnung verlorener Lebenskraft in einer anderen Welt« (S. 18), die laut Cami ihre »Vollendung durch die Besonderheit der orientalischen und islamisch-mystischen Dimension« (S. 19) erreicht. Zum anderen betrifft dies seine Wahl des Namens »Hatem« (hier sieht Cami den »Versuch des Dichters […], die eigene Dichtung zu vervollkommnen und ›besiegeln‹ und sich selbst in der Rolle eines ›*ḫatem aš-šuarā*‹, ›Siegel der Dichter‹ zu sehen«; S. 50), aber auch das ganz konkrete Verhältnis zwischen Goethe und

Marianne von Willemer. Dabei verlagert Edvin Cami die Untersuchungsperspektive mit nicht unerheblichem argumentatorischem Aufwand weitestgehend aus der emotional-sinnlichen in eine mystisch-ästhetische Sphäre: Cami zufolge »sehnte sich [Goethe; S. D.] nach der heiligen ›Ursprungs-Tiefe‹ und *deswegen* strebte er nach Entsagung als einen literarisch-künstlerisch geprägten persönlichen Gipfel von *zuhd* [Entsagung; S. D.]; strebte gegen sein eigenes Ich, um sich in der Geliebten zu entwerden, strebte nach ›Stirb und werde!‹« (S. 88). Eine ähnliche Strategie lässt sich auch in Kapitel 5 erkennen, in dem Cami – wie in der gesamten Untersuchung stets auf der Grundlage und unter expliziter Einbeziehung umfangreicher, teils auch weit zurückreichender Forschungsliteratur – eine kurze Bestandsaufnahme wichtiger weltanschaulicher Orientierungspunkte Goethes vornimmt und zu folgendem Fazit gelangt: »[…] die verschiedenen philosophischen Strömungen und Ansichten […] gestalteten eine Art universalistische und perennialistische Philosophie, die sein Verinnerlichen des Islam und der islamisch-orientalischen Mystik in der Divan-Epoche erleichtern konnte« (S. 124). – Es ließen sich noch weitere Beispiele für diesen spezifischen Blickwinkel Camis anführen, im Sinne einer grundsätzlichen Affinität Goethes sowie seiner konkreten Hinwendung zum ›Orient‹ (und hierbei insbesondere zum Islam) unter dem Vorzeichen des Sufismus zu argumentieren – etwa in der recht gewagten Interpretation des Nachlassgedichts »Süßes Kind, die Perlenreihen«, in dem Cami eine »implizite Hierarchisierung« wahrnimmt, die »in aufsteigenden Rängen von Abraham über Jesus mit Mohammed abgeschlossen und vervollkommnet« (S. 194 f.) wird.

In diesen stark auf Identifikation Goethes mit dem ›Morgenland‹ abzielenden Passagen zeigt sich vielleicht besonders deutlich, was in Camis Untersuchung kaum thematisiert und streckenweise komplett ausgeblendet wird: der literarische Aussagemodus (Stichwort: uneigentliches Sprechen) und die ästhetischen Qualitäten des *West-östlichen Divans* sowie der weiteren einbezogenen Werke Goethes. Zu nennen wären hier insbesondere die Ironie, die Sinnlichkeit und Emotionalität, aber auch die Kunstfertigkeit sowie der spielerische Charakter zahlreicher Texte.

Eine Stärke der Untersuchung liegt sicher darin, dass die im Untertitel angekündigte Doppelperspektive von Cami trotz der skizzierten Fokussierung auf Goethes Orientierung am ›Morgenland‹ durchaus ernstgenommen wird. Anders gesagt: Er setzt sich auch intensiv mit dem Aspekt der Alterität und deren komplexem Wechselverhältnis zur Identität auseinander. Dies zeigt sich vor allem im letzten Drittel der Untersuchung, in dem der Verarbeitung ganz unterschiedlicher Einflüsse durch Goethe nachgegangen wird, z. B. im Hinblick auf weltanschauliche Denkfiguren wie die des ›Stirb und werde‹: »Diese […] Ansichten, deren Motive der Dichter sowohl in der Philosophie der Antike und Rationalität der Aufklärung, als auch in den Paradoxa der hermetischen und mystischen Strömungen des Christentums und des Islams fand, stellen bei Goethe eine interreligiöse und interkonfessionelle Wahrheit dar, die Teil des ›Kollektivwesens‹ seines persönlichen Werkes und seiner personalisierten Religion ist« (S. 228). Hierher gehört auch das gleichermaßen informative wie differenzierte Kapitel 7 *Volk, Nation und Sprache*, in dem Cami Goethes z. T. sehr unterschiedliches Verhältnis zu verschiedenen ›orientalischen‹ Völkern und Kulturen im *West-östlichen Divan* und anderswo kenntnisreich dokumentiert. Er hält das ausgeprägte Interesse, ja sogar teilweise die Manie Goethes für orientalische Kultur und Sprachen im Sinne »bereitwilliger Akzeptanz des Fremden« fest, konstatiert jedoch zugleich, dass dies nicht zu einer »Identifizierung mit der Fremdkultur« (S. 250) führt. – Im Schlusskapitel rückt Cami die ›Begegnungen mit dem Orient‹ in den Kontext von Goethes Idee einer Weltliteratur. Dabei werden wesentliche Momente dieses bis heute hochattraktiven Konzepts referiert (u. a. das interessante Spannungsverhältnis zum Musterhaften, die Möglichkeiten und Gefahren der internationalen literarischen Kommunikation, die Dialektik von Nationalem und Transnationalem sowie ganz konkret die Rolle der Übersetzungen). Besonders intensiv beschäftigt sich Cami mit der Verbindung zwischen Weltliteratur und Ökonomie und plädiert mit Goethe für eine »Ethik des Handels«, die eine »Bereicherung durch gegenseitigen Gewinn« ermöglichen würde (S. 297). In seinem persönlichen Ausblick öffnet er dieses Prinzip mit Bezug auf den aktuellen Gegensatz »zwischen dem die westlichen Gesellschaften prägenden säkularen Denken und dem hauptsächlich östlichen Diskurs politischer Theologie« (S. 306) im Sinne eines ›vernünftigen Pluralismus‹ (vgl. S. 312) und eines ›dauerhaft konstruktiven Miteinanders‹ (vgl. S. 313). Abschließend verleiht Cami der Hoffnung Ausdruck, »dass das gesellschaftliche, politische und wirtschaftliche Handeln sowie das wechselseitige kulturelle Bestreben im ›weltliterarischen‹ Verkehren bzw. dem Austausch von Dichtern, Schriftstellern und gebildeten Menschen ›aller Nationen‹ aufgrund der goetheschen Vorstellungen zu einem ziemlich realistischen Überbrücken der zwei getrennten Ufer zwischen verschiedenen kulturellen Realitäten und besonders zwischen dem Westen und der islamischen Welt beitragen könnte« (S. 315 f.).

Edvin Cami hat mit seiner Dissertation *Begegnungen mit dem Orient im literarischen Schaffen Goethes* eine gründlich recherchierte, kenntnisreiche und gleichermaßen von Engagement wie Ethos getragene Untersuchung vorgelegt, die dem deutschsprachigen Zielpublikum die Möglichkeit eines im obigen Sinne faszinierenden, das heißt sowohl attraktiven als auch irritierenden Perspektivenwechsels eröffnet. Der erfreuliche Umstand, dass das Buch sehr rasch erschienen ist, wird allerdings – und dies ist ganz gewiss nicht dem Autor anzulasten – überschattet durch ein ausgesprochen liebloses Layout mit leseunfreundlichem Satzspiegel, kursiv und im Axialsatz formatierten Gedichten sowie aufgrund niedriger Auflösung mehr oder weniger verschenkten Abbildungen.

Sebastian Donat

Johann Wolfgang von Goethe: *Divã ocidento-oriental.* Tradução, notas e posfácio: Daniel Martineschen. São Paulo: Estação Liberdade 2020, 447 S., 72,00 R$

Einen ersten Höhepunkt in der brasilianischen Rezeption von Goethes Werk, die mit französischen Übersetzungen in der Romantik begann, bilden die späten Romane von Machado de Assis (1839-1908). Im 20. Jahrhundert bleibt Goethe ein wichtiger Bezugspunkt für brasilianische Dichter. Ein eindrucksvolles Beispiel dafür ist Guimarães Rosas um einen Teufelspakt kreisender Roman *Grande Sertão. Veredas* (1956).[1] Darüber hinaus kann man mit Blick auf die letzten zwei Jahrzehnte die erfreuliche Beobachtung machen, dass diese Rezeption noch eine Steigerung erfuhr. Sie lässt sich mit dem Bild veranschaulichen, das die entscheidende Wende in Wilhelm Meisters Laufbahn (am Anfang des 7. Buchs) einleitet: ein herrlicher Regenbogen auf grauem Grund.

Trotz der wirtschaftlichen und politischen Krise, in der sich Brasilien seit einigen Jahren befindet (und die mit der Bolsonaro-Regierung auf die Spitze getrieben wurde), ist Goethes Werk nie so intensiv wie in diesen schwierigen Zeiten rezipiert worden. Zahlreiche neue Studien erscheinen, Veranstaltungen werden durchgeführt und auch die Übersetzungen vermehren sich. Allein der Verlag UNESP hat jüngst zu diesem Boom mit drei gewichtigen Titeln beigetragen: *Aus meinem Leben*, *Italienische Reise* und Eckermanns *Gespräche mit Goethe*. Ihnen sollen weitere Bände mit den Schriften zur Kunst und den naturwissenschaftlichen Texten folgen. Zudem kündigt der Verlag 34 unter den demnächst zu erwartenden Übersetzungen *Wilhelm Meisters Wanderjahre* an.

Neben *Götz von Berlichingen*, einem neuen *Werther* (die 12. auf dem Buchmarkt befindliche Übersetzung) und der Abhandlung *Die Metamorphose der Pflanzen* ist im Jahr 2020

1 Zu Rosas vielfältigen Beziehungen zu Goethes Werk siehe Marcus Vinicius Mazzari: *Weltliteratur im brasilianischen Hinterland (»Sertão«)*. In: *Vergleichende Weltliteraturen/Comparative World Literatures*. Hrsg. von Dieter Lamping u. Galin Tihanov. Stuttgart 2019, S. 183-202.

die erste portugiesischsprachige Übersetzung des *West-östlichen Divan* erschienen, welche von Daniel Martineschen stammt und im Rahmen einer Doktorarbeit entstand. Der Titel lautet *Divã ocidento-oriental* und mutet etwas befremdlich an, denn das wohl aus phonetischen Gründen verwendete Adjektiv ›ocidento‹ (statt ›ocidental‹) stellt einen Neologismus dar, bei dem sich die Leser sofort fragen werden: Hat man es hier mit einer experimentellen, avantgardistischen Übersetzung zu tun, ähnlich etwa den Transkreationen des in Brasilien berühmten Haroldo de Campos (1929-2003)? Er hat nämlich unter anderem die letzten zwei Szenen des *Faust II* aufgrund einer »allgemeinen und radikalen paronomastischen Operation« übersetzt oder eher »mephistofaustisch transluziferiert«, wie es in seinem Buch *Gott und der Teufel in Goethes »Faust«* heißt.[2] Diesen Eindruck lösen aber schon die ersten Gedichte aus dem *Buch des Sängers* auf und im Nachwort zum *Divã*, dem die Ausgabe von Hendrik Birus für den Deutschen Klassiker Verlag (2010) zugrunde liegt, erfährt der Leser, dass für Martineschen die *Faust*-Übertragung von Jenny Klabin Segall (1902-1967) wichtiger als die Übersetzungspraxis von Campos gewesen ist.[3]

In seinem Bemühen, die formalen Strukturen des Originals möglichst getreu wiederzugeben, hat sich Martineschen traditioneller Versformen iberischer Literaturen bedient, so dass im Allgemeinen Goethes vierhebige Verse durch die siebensilbige Redondilla mayor übertragen wurden, während die dreihebigen sich in fünfsilbige Redondillas menores verwandelten. Auffällig in der Übersetzung ist auch die häufige Verwendung von Silbenverschmelzungen, wodurch Martineschen einen breiteren Raum für das Erfassen des ›Gehalts‹ der Goethe'schen Gedichte gewinnt.

Beeindruckende Ergebnisse solcher Verfahren sind z. B. die drei Vierzeiler in Redondilla menor von *Phänomen* oder das so nüchtern wie bewundernswert übertragene *Lesebuch*. Ferner wäre hier das Gedicht *Gingo biloba* zu nennen, von dem der Portugiese João Barrento 2019 (im Goethe-Dossier der Zeitschrift *Estudos Avançados*) eine ebenfalls meisterhafte Übertragung veröffentlichte. Zu den gelungensten Leistungen von Martineschen gehört die der sufistischen Mystik nachempfundene Übersetzung von *Selige Sehnsucht*, auch wenn seine Übersetzung *Anelo Abençoado* sich nicht mit der (wohl unübertrefflichen) des Lyrikers Manuel Bandeira (1886-1968) vergleichen lässt, dem Verfasser einiger der wohlklingendsten Verse in portugiesischer Sprache, wie z. B. des Ghasels zu Ehren von Hafis (*Gazal em louvor de Hafiz*). Um einen Eindruck von Martineschens Übersetzung von *Selige Sehnsucht* zu geben, sei diese hier wiedergegeben:

Anelo Abençoado

Conta só a quem é sábio,
pois a plebe zomba logo:
louvarei o vivo, lábil,
que deseja o fim no fogo.

Na fresca noite de amor,
que te gerou e onde geraste,

2 Sein »Post Scriptum: Transluciferação mefistofáustica« schließt Campos mit den Worten: »Entbrannt von den sprühenden Spuren ihres anstachelnden Engels und vom Dämonischen besessen, kennt die kreative Übersetzung weder Erbarmen noch Erinnerung; sie versucht, das Unkenntlich-Machen des Ursprungs, das Verwischen des Originals auf die Spitze zu treiben. Diese vatermörderische Verwischung (oder Ent-Erinnerung) möchte ich ›Transluziferierung‹ nennen« (ders.: *Deus e o diabo no* Fausto *de Goethe*. São Paulo 1981, S. 209).

3 Segall veröffentlichte ihre Übersetzung des *Faust I* zuerst 1943. *Faust II* ist 1970 posthum erschienen. Gründlich revidiert und mit Kommentaren, Vor- und Nachworten sowie übersetzten Paralipomena von Marcus Vinicius Mazzari versehen, erschienen diese Übersetzungen beim Verlag 34 in zweisprachigen und illustrierten Ausgaben 2004 (*Faust I*) und 2007 (*Faust II*). 2020 erreichten diese Bände jeweils die 7. bzw. die 6. Auflage (abgesehen von mehreren Taschenbuchausgaben).

cai-te estranho dissabor
quando, calma, a vela gaste.

Nunca mais quedas envolto
pela sombra desta treva;
há um anseio em ti, revolto,
por um coito que se enleva.

Não te impedem as distâncias,
vens voando e encantada;
pela luz tens muitas ânsias.
Mariposa: és chamuscada.

Se isto não te habita,
isto: morre e te transforma!
Não passas de visita
Na terra sem forma.

Es soll aber nicht verschwiegen werden, dass sich auch einige kleine Fehler in den brasilianischen *Divã* eingeschlichen haben. Ein Beispiel ist *Gute Nacht*, das letzte Gedicht des Zyklus: Mitten im Paradies fleht der Dichter den Erzengel Gabriel an, er möge »die Glieder des Ermüdeten« hüten, d.h. die des Dichters, der einen langen, ermüdenden Weg hinter sich hat. In der Übersetzung ist jedoch von Ermüdeten im Plural die Rede, was das Verständnis der darauffolgenden Verse erschwert. Beim Gedicht »In tausend Formen magst du dich verstecken« berücksichtigt Martineschen alle Details der Reimstruktur; der Leser bekommt jedoch den Eindruck, es sei die Frau, die sich an den Geliebten wendet, denn die im Original weiblichen Epitheta (»Allerliebste« und neun weitere) erscheinen irrtümlicherweise als männlich.

Nützlich für den brasilianischen Leser wären auch kurze sachliche Erläuterungen zu manchen Versen des *Divã* gewesen, nicht nur in Bezug auf islamische Begriffe, sondern mitunter auch hinsichtlich der westlichen Tradition, wenn etwa in »Übermacht, ihr könnt es spüren« von Ulrich von Hutten die Rede ist, der wie Hafis als Opfer von »braun[en] und blauen Kutten« dargestellt wird.

Solche Fehler oder Unzulänglichkeiten (die sich in der nächsten Ausgabe leicht beheben lassen) schmälern jedoch keineswegs die außerordentlichen Verdienste dieser ersten vollständigen Übersetzung des *Divan* ins Portugiesische.

Damit hat Martineschen eine außerordentliche Leistung »in the realms of gold« (wie es in Keats' Gedicht *On first looking into Chapman's Homer* heißt) vollbracht. Sie ist bewundernswert wegen des strikten Anspruchs, mit der größtmöglichen Treue den formellen und inhaltlichen Details des Originals gerecht zu werden. Das unterscheidet seinen *Divã* von dem spanischen *Divan de Occidente y Oriente* des äußerst produktiven und polyglotten Übersetzers Rafael Cansinos Assens (1882-1964), der weitgehend auf Metrik, Reim und also auch Rhythmus verzichtet hat.[4]

Wenn Goethes westöstliche Gedichte ihre Entstehung einem »zur größten Breite« erweiterten Sinn verdanken, wie Hegel in seiner *Ästhetik* anmerkt,[5] könnte man daran mit der Ergänzung anknüpfen, dass dieser geistigen Erweiterung in die »größte Breite« die Idee einer

4 Goethes *Gesammelte Werke* in der Übersetzung von Rafael Cansinos Assens liegen beim Verlag Aguilar in drei Bänden (rund 6000 Seiten) vor. *Diván de Occidente y Oriente* findet sich im ersten Band: *Obras completas*. Madrid 1974, S.1645-1866. Assens ist auch der von Jorge Luis Borges vielbewunderte Übersetzer von *Tausendundeine Nacht* und hat u.a. Schiller, Machiavelli und Turgenjew sowie die gesammelten Werke von Balzac und Dostojewski übersetzt.

5 Siehe den Abschnitt *Mohammedanische Poesie*. In: *Ästhetik*. Bd. 1. Hrsg. von Friedrich Bassenge. Berlin, Weimar 1976, S.361.

sich anbahnenden Weltliteratur entsprungen ist, in deren Kontext die Gedichte sich gegenseitig befruchten und erneuern sollen. Das hat der Dichter auch in Versen ausgedrückt, in denen eine brasilianische Korallennatter (in Form eines Gürtels als Liebesgeschenk eines Tupi-Wilden) neben Davids Harfe und Hafis' Bulbul vorkommt: »Von Pol zu Pol Gesänge sich erneun, / Ein Sphärentanz harmonisch im Getümmel; / Laßt alle Völker unter gleichem Himmel / Sich gleicher Gabe wohlgemuth erfreun« (WA I, 4, S. 133).

Dank der Übersetzung von Daniel Martineschen eröffnet sich den portugiesischsprachigen Lesern zum ersten Mal die Möglichkeit, sich an diesen vor 200 Jahren erschienenen Gedichten zu erfreuen, in denen Goethe die literarischen Traditionen des Orients und des Okzidents einen der schönsten und fruchtbarsten Dialoge der Weltliteratur aufnehmen ließ.

Marcus Vinicius Mazzari

Marcus Vinicius Mazzari, Maria Cecilia Marks (Hrsg.): *Romance de Formação. Caminhos e Descaminhos do Herói*. Cotia, São Paulo: Ateliê Editorial 2020, 574 S., 96,00 R$

Anzuzeigen ist hier ein umfangreicher Sammelband, der sowohl die deutschsprachige Tradition des Bildungsromans als auch dessen Erscheinungsformen im europäischen Literaturraum behandelt und doch weit über die europäischen Grenzen hinausgreift, indem er das Phänomen auch bezogen auf lateinamerikanische und afrikanische Literaturkulturen untersucht. *Romance de Formação. Caminhos e Descaminhos do Herói* (*Der Bildungsroman. Wege und Abwege des Helden*) präsentiert 26 in Brasilien erarbeitete Beiträge zum Thema, herausgegeben von den brasilianischen Hochschullehrern Marcus Mazzari und Maria Cecilia Marks, beide an der Universität in São Paulo tätig. Dem Band liegen Vorträge zugrunde, welche an dieser traditionsreichen brasilianischen Universität einige Jahre zuvor zum Thema gehalten und nun überarbeitet und um weitere Aufsätze erweitert wurden.

Die Vielfalt der Beiträge ist beeindruckend in einem Land, in dem sich eine quantitativ bedeutsame Lesekultur erst spät, nämlich in der 2. Hälfte des 20. Jahrhunderts herausgebildet hat und ein so zentrales Konzept wie Bildung kaum öffentlich diskutiert wird. Einen gemeinsamen methodischen Ansatz darf man bei der Lektüre nicht erwarten; geistes- und werkgeschichtliche, textimmanente, sozialhistorische, aber auch narratologisch interessierte und komparatistisch ausgerichtete Interpretationen wechseln sich ab. Fast alle Autoren gehen von merkmalsorientierten Definitionen des Terminus Bildungsroman aus, wobei diese meist so weit gefasst sind, dass sie eher auf den Oberbegriff Entwicklungsroman zutreffen. Das tut dem Unternehmen allerdings keinen Abbruch, ganz im Gegenteil: Die Stärke des Bandes liegt in seiner methodischen und thematischen Pluralität.

Ein knappes Drittel der Beiträge stellt dem brasilianischen Publikum die deutschsprachige Tradition vor, wobei ein weiter Bogen von *Wilhelm Meisters Lehrjahren* und Karl Philipp Moritz' *Anton Reiser* bis in die literarische Gegenwart geschlagen wird. Der Herausgeber Marcus Mazzari, ein ausgewiesener brasilianischer Goetheforscher, dessen Edition der beiden Teile von Goethes *Faust* in der portugiesischsprachigen Welt maßgebend ist, hat sich schon in früheren Publikationen mit der Begründung der Gattung auseinandergesetzt. Hier stellt er, immer in Auseinandersetzung mit den großen Namen der deutschsprachigen Literaturkritik des vergangenen Jahrhunderts wie Lukács, Benjamin und vor allem Auerbach, seine Lektüre zentraler Stellen der Goethe'schen *Lehrjahre* vor. Andere Aufsätze beziehen sich auf *Berlin Alexanderplatz* von Alfred Döblin, Robert Musils *Mann ohne Eigenschaften*, aber auch auf parodistische Aspekte in E. T. A. Hoffmanns *Kater Murr* und Thomas Manns *Felix Krull*. Valeria Sabrina Pereira und Helmut Galle diskutieren, wieviel Bildungsroman in

Judith Schalanskys *Der Hals der Giraffe* steckt – ein Prosatext, der die Gattungsbezeichnung schon im Untertitel führt. Die 2016 erschienene brasilianische Ausgabe lässt diesen Untertitel übrigens weg und verzichtet damit nach Auffassung der beiden Kritiker auf einen Anlass, der Leser zur Reflexion über die Angemessenheit der Bezeichnung bringen könnte.

Ein weiteres Drittel der Beiträge beschäftigt sich mit der europäischen Tradition, wobei nicht alle auf die Gattung Entwicklungsroman oder gar Bildungsroman bezogen sind. Das besondere Augenmerk von Alexandre Bebiano de Almeida gilt dem ästhetischen Imperativ einer Entromantisierung der Welt in Flauberts *L'éducation sentimentale*. Paulo Bezerra behandelt mit *Podostro* (*Der Jüngling*) das einzige Werk Dostojewskis, das direkt an die Tradition des Bildungsromans anknüpft. Weitere Texte beschäftigen sich mit Balzacs Roman *Memoires de Deux Jeunes Mariées*, mit der Entwicklung des Protagonisten Philip Pirrip im Klassiker *Great Expectations* von Charles Dickens und mit der Trilogie *Onde Está a Felicidade?* von Camilo Castelo Branco, Großmeister des portugiesischen Feuilletonromans im 19. Jahrhundert. Doch auch durch experimentelle und selbstreflexive Elemente gekennzeichnete kanonisierte Texte der literarischen Moderne wie *A Portrait of the Artist as a Young Man* von James Joyce und *La coscienza di Zeno* von Italo Svevo werden in Hinblick auf stofflich-inhaltliche Aspekte sowie auf ihre Erzählstruktur vorgestellt.

»Dinge giebts gar nicht, sondern nur Bildungen« heißt es in den *Philosophischen Lehrjahren* des jungen Friedrich Schlegel, der bekanntlich von Goethes *Wilhelm Meister* begeistert war und wie andere deutsche Frühromantiker fasziniert von der offenen Dynamik moderner Bildungsprozesse. Diese Problematik stellt sich aus Sicht der Peripherie, bezogen auf die postkolonialen Literaturen des globalen Südens, offensichtlich anders dar. Die Möglichkeit, langjährige Prozesse der Selbstreflexion und permanenten Selbsterprobung mit dem Ziel einer harmonischen Ausbildung der Persönlichkeit zu durchlaufen, muss in durch extreme soziale, kulturelle und ethnische Konflikte geprägten Gesellschaften völlig utopisch erscheinen. Es ist daher verständlich, dass die meisten in diesem Sammelband berücksichtigten außereuropäischen Autoren gesellschaftskritische Aspekte der Gattung zur Sprache bringen.

Paulina Chizianes *Balada de Amor ao Vento*, der erste von einer Schriftstellerin in Mosambik veröffentlichte Roman, wird unter dem Titel *Bildungsroman feminino* vorgestellt. Im Vergleich zu männlichen Bildungsgeschichten geht es um die Frage, wie das spezifisch Weibliche in diesem mosambikanischen Roman verstanden werden kann. Schon die *Einführung in den Bildungsroman* von Ortrud Gutjahr (2007) unterscheidet zwischen männlichen und weiblichen Varianten der Gattung und erwägt außerdem die Kategorie ›interkultureller Bildungsroman‹. Bezogen auf Lateinamerika impliziert ›interkulturell‹ jedoch nicht in erster Linie Migrationsliteratur (wie in Europa), sondern ein Erzählen von innergesellschaftlichen kulturellen Konflikten, welche die Identität eines Helden beeinflussen.

Im Aufsatzband verortet Marcos Natali den Roman *Los Rios Profundos* (*Die tiefen Flüsse*) von José María Arguedas in einem solchen postkolonialen Kontext. Dieser peruanische Bildungsroman handelt von einem adoleszenten Helden, der sich zwischen der dominanten, spanischsprachigen Kultur und der indigenen Quechua-Kultur des Landes bewegt – eine Dichotomie, die auch das Internat in den Anden bestimmt, welches der Protagonist besucht. Zu einer Versöhnung von Ich und Welt, wie sie sich am Ende des mosambikanischen Romans zumindest abzeichnet, kann es in dieser Konstellation verständlicherweise nicht kommen.

Brasilianische Autoren bemühen sich in unterschiedlichen Varianten des Entwicklungsromans immer wieder um das Problem innerkultureller Alterität, kennzeichnend für eine Gesellschaft, die als kulturell höchst differenziert verstanden werden muss. Dies gilt zum Beispiel für *Grande Sertão, Veredas* von Guimarães Rosa, im Band kontrastiv zu Goethes *Wilhelm Meister* vorgestellt. Es handelt sich um einen formal wie inhaltlich dezidiert hybriden Roman, einen modernen Klassiker der Weltliteratur, der das kulturell Andere der brasilianischen Gesellschaft zur Sprache bringt. Andere Beiträge befassen sich mit kanonisierten

Autoren wie Machado de Assis, Lima Barreto und Clarice Lispector – Letztere neben der schon erwähnten Paulina Chiziane und Judith Schalansky leider die einzige Schriftstellerin, die in diesem Band behandelt wird. Weibliche Bildungsgeschichten bleiben auch von der brasilianischen Literaturwissenschaft noch zu entdecken.

Im Mittelpunkt des proletarischen Bildungsromans *Jubiabá* (1935) von Jorge Amado steht der junge Antônio Balduíno, der sich in einem Prozess der Sozialisierung und Reifung vom rebellischen Unterschichtskind aus der Favela zum Vorkämpfer für die sozialen Rechte der großen Masse an Ausgebeuteten und zu einem Anführer der Arbeiterklasse in Salvador da Bahia entwickelt. Amado, ein berühmter Autor Bahias, verbindet hier die realistische soziale Anklage mit einer idealistischen Überhöhung seines afrobrasilianischen Helden. Aber auch weitgehend unbekannte Autoren werden berücksichtigt, so der Afrobrasilianer Dalcídio Jurandir, der bis zu seinem Tod 1979 neun Romane veröffentlicht hat, in deren Mittelpunkt die Entwicklung des jugendlichen Protagonisten Alfredo in der Region des östlichen Amazonas steht. Antonio Callados *Quarup* (1967) macht dagegen einen jungen Priester zum Protagonisten, dessen Entwicklung innerhalb eines Jahrzehnts eng mit der Geschichte Brasiliens vom Selbstmord des Präsidenten Getúlio Vargas bis zum Militärputsch von 1964 verbunden ist. Auch an diesem Roman ließe sich innerkulturelle Alterität als literarisches Thema exemplarisch untersuchen. Brasilien wird in den sechziger Jahren nicht mehr von Europa aus kulturell kolonisiert; wenn politisch engagierte Autoren wie Amado und Callado den Bildungsroman als Genre aufgreifen, dann entwickeln sie dabei eigene Zugänge.

Diese Feststellung gilt im Übrigen gleichermaßen für die anderen hier benannten nichteuropäischen Schriftsteller. Was um 1800 im deutschen Sprachraum als eine Art Basiserzählung der Sozialisation eines Bürgersohns mit allen ihren Höhen und Tiefen begann und lange als literarischer Inbegriff abendländischer Humanität galt, zeigt sich als höchst vielstimmiges Genre, das Autoren in anderen Teilen der Welt ausgehend von ihrer eigenen kulturellen Positionierung weiterentwickeln. Der Bildungsroman ist längst zu einem globalen Phänomen geworden, was auf Eigenschaften der Gattung verweist, die territoriale und kulturelle Grenzen überschreiten und intersubjektives wie interkulturelles Verstehen möglich machen. Der hier vorgestellte Band lässt sich somit als ein umfassendes komparatistisches Kompendium lesen, das die Internationalisierung der von Goethe begründeten Gattung und damit ihre fortdauernde Lebendigkeit widerspiegelt.

Klaus Eggensperger

Estudos Avançados 96. Hrsg. von Alfredo Bosi u. Dario Borelli. São Paulo: Instituto de Estudos Avançados da Universidade de São Paulo 2019, 476 S., 30,00 R$

Viele Werke Goethes liegen heute in Brasilien nicht als Übersetzungen vor, manche ältere Ausgaben sind längst vergriffen oder nicht mehr aktuell. Auf diesen Umstand weist Helmut Galle, einer der herausragenden Germanisten Brasiliens, in einer Fußnote seines Beitrags zu der hier vorgestellten Anthologie hin. Da der brasilianische Buchmarkt in der Regel keinen Zugang hat zu Übersetzungen, die in anderen portugiesischsprachigen Ländern, vor allem natürlich in Portugal, veröffentlicht wurden, ist Goethes Werk für das zeitgenössische brasilianische Publikum in weiten Teilen immer noch zu entdecken. Umso verdienstvoller ist es, dass die Zeitschrift *Estudos Avançados* der Universität von São Paulo dem Autor eine thematische Sektion widmet (zusammengestellt von Marcus Vinicius Mazzari), die vor allem einführenden Charakter hat. Die Zeitschrift *Estudos Avançados* ist kein germanistisches Fachorgan im eigentlichen Sinn, sondern deckt ein weites Feld von Disziplinen ab: von den Geisteswissenschaften bis zu den Naturwissenschaften und der Technologie. In der vorliegenden Nummer sind andere Sektionen den Themen Gewalt sowie der Emanzipation afrikanischstämmiger Schriftsteller gewidmet. Alle Artikel der Zeitschrift sind auch online abrufbar (http://www.revistas.usp.br/eav/issue/view/11233).

Die Sammlung von Aufsätzen zu Goethe zeigt ein beeindruckendes Spektrum dessen, was als aktuelle Forschungsfragen jenseits des Atlantiks angesehen werden kann. Der bereits erwähnte verdienstvolle Komparatist und Literaturtheoretiker Marcus Vinicius Mazzari behandelt Goethes Korrespondenz als intellektuelle Biographie, wobei auch der Briefwechsel mit dem Botaniker und Brasilienreisenden Carl Friedrich Philipp von Martius berücksichtigt wird. Helmut Galle widmet sich den literarischen Aspekten von *Dichtung und Wahrheit*. Der Berliner Germanist Michael Jaeger steuert eine Reflexion zur Modernität des *Faust* bei unter dem (ins Portugiesische übersetzten) Titel *Eine Konfession in Bruchstücken: Goethe, Faust und der Wanderer*. Der überragende portugiesische Übersetzer João Barrento ist mit einem (zuvor in Portugal erschienenen) Beitrag zur Lyrik unter dem von dem englischen Übersetzer Christopher Middleton entliehenen Titel *Poesia. A glorificação do sensível* (*Poesie. Die Glorifizierung des Empfindsamen*) und einer Auswahl von Gedichten im Original und in Übersetzung vertreten. Magali Moura von der Universität in Rio de Janeiro widmet sich Goethes wissenschaftlichen Schriften und der Bedeutung, die diese für ein neues Naturverständnis haben.

Ein besonderes Interesse verdient auch der Beitrag von Sylk Schneider, der eine Verbindung zwischen Goethe und Brasilien herstellt. Sylk Schneider ist Autor des 2008 in Weimar erschienenen Buches *Goethes Reise nach Brasilien*. In dem vorliegenden Aufsatz werden die bemerkenswerten Kontakte behandelt, die Goethe mit brasilianischen Realien hatte, vor allem motiviert durch sein eigenes und das Interesse des Herzogs Carl August an Fragen der Botanik und der Mineralienkunde. Weimar – so zeigt der Artikel – ist eine der Stätten, an denen das wissenschaftliche Interesse an Südamerika besonders groß gewesen zu sein scheint, wovon eine beeindruckende Zahl von Spezialpublikationen dieser Zeit noch heute Zeugnis ablegt. Zwei Namen werden hier besonders hervorgehoben. Zum einen ist Wilhelm Ludwig von Eschwege hier zu nennen, der als Vater der brasilianischen Geologie gilt und der dem über Brasilien und Portugal herrschenden Haus Bragança diesseits und jenseits des Atlantiks vielfältige Dienste leistete. Insgesamt 15 Mal haben sich Goethe und Eschwege in Weimar getroffen, meist um über den Ankauf von Diamanten zu verhandeln. Auf der anderen Seite finden sich in Goethes Korrespondenz auch zahlreiche Hinweise auf Johann Emanuel Pohl, dessen botanische Schriften Goethe gelesen und den er ab 1822 mehrmals getroffen und immer wieder als den ›brasilianischen Reisenden‹ erwähnt hat. Auch wenn die einleitende Bemerkung des Verfassers zunächst überraschen mag, dass Goethe sich mit kaum einem anderen außereuropäischen Land so sehr auseinandergesetzt hat wie mit Brasilien, so belegen die genannten Beispiele doch eine Intensität des Interesses, das weniger dem Land und seinen Leuten als vielmehr den Ressourcen und Mirabilien galt, die es dort zu entdecken gab.

In einem ganz anderen Sinn bringt Daniel Martineschen Brasilien und Goethe zusammen, indem er Erfahrungen bei der Übersetzung des *West-östlichen Divans* thematisiert. Der Autor sieht diese Übersetzung als eine Reise an, deren Effekte als ein Perspektivenwechsel zu beschreiben sind. Damit entspricht das Vorhaben im Grunde auch dem übersetzten Text, der ja selbst eine Reise durch fremde Perspektiven darstellt. Dass hier das Thema der Übersetzung in besonderer Weise produktiv gemacht wird, ist offensichtlich. Und dass von hier aus einmal mehr auf die intime Verbindung zwischen Übersetzung und Weltliteratur hingewiesen wird, ist sehr verständlich. Wie aktuell solche Reflexionen gerade jetzt in Brasilien sind, macht der Schluss des Beitrags besonders deutlich, nicht nur in seinem Aufruf zur Toleranz, sondern in einer durch die Erfahrung der literarischen Reise motivierten Selbstbefragung, die dem Titel des Aufsatzes (*O Brasil no divã – Brasilien auf dem Divan*) entspricht: »Wann endlich begreifen wir, wer wir wirklich sind? Geboren aus einer Nation, in die famose Wiege der Diskriminierung und der Trennung gelegt, deren eigentliche Kraft aber die Einheit in der Vielfalt ist, die Anerkennung, dass das, was stark ist, vielfältig ist, divers und rein erst in der Mischung so vieler einzelner Kräfte« (S. 312; Übersetzung P. H.).

Dass Goethes Werk derart zeitgenössische Erfahrungen zu untermauern, zu spiegeln oder aufzuheben vermag, ist seinen Lesern in aller Welt durchaus vertraut. Dass dies auch weiterhin möglich ist, werden dankenswerterweise Übersetzer hier und dort zu garantieren wissen.

Peter Hanenberg

Ronny Teuscher: *»Eine unschuldige Liebhaberey«. Ausgrabungsfunde aus Goethes Besitz*. Bucha bei Jena: quartus 2019, 306 S., 54 Abb., 40 Tafeln, 24,90 €

Anzuzeigen ist die Dissertation von Ronny Teuscher, die von dem Kunsthistoriker Christian Hecht und der Prähistorikerin Doris Mischka an der Universität Erlangen-Nürnberg betreut worden ist.

Eine wichtige Grundlage für das sorgfältig gestaltete, gut lesbare, reich mit Abbildungen ausgestattete Buch bildet ein breites Studium der schriftlichen Quellen: die zahlreichen Briefe von Goethe und die an ihn gerichteten sowie die Tagebücher und die autobiographischen Schriften des Dichters. Hinzu kommt eine akribische Aufarbeitung des im Original erhaltenen ausgewählten Goethe'schen Sammlungsbestandes und dessen bildliche Dokumentation mittels neuer Fotografien und Zeichnungen gemäß der aktuellen fachlichen Standards. Die sehr gute Kenntnis der Fachliteraturen ermöglicht Teuscher eine abgesicherte Einordnung der Sammlungsobjekte.

Der Katalog von ca. 110 Objekten (S. 217-258), darunter vorgeschichtliche Funde aus Thüringen, griechische Keramik spätarchaischer bis hellenistischer Zeit sowie – dominierend – Kleinfunde aus den Nordwestprovinzen des Imperium Romanum, umfasst jedoch nicht den Gesamtbestand an Antiken Goethes und seiner Familie. Die antiken geschnittenen Steine, Kleinbronzen, römische Marmorskulpturen und die Abgüsse antiker Plastiken sind ausgeklammert. Behandelt wurden auch die Antiken, die nach Goethes Tod aus den Kollektionen seiner Schwiegertochter Ottilie, ihres Sohnes Wolfgang Maximilian sowie der Vulpius-Familie nach dem Tod Walther Wolfgang von Goethes und später in das 1885 gegründete Goethe-Nationalmuseum gelangt sind (S. 181-203).

Als Kriterium für seine Objektauswahl nennt Teuscher »Ausgrabungsfunde [...], die bei Ausgrabungen oder Lesefunden das Gros des Fundmaterials bilden« (S. 19). Er muss jedoch einräumen, dass auch Kleinbronzen, Skulpturen usw. letztlich ebenfalls aus Grabungen stammen. Als weiteres Moment spricht der Autor von »Gebrauchsobjekten« (ebd.) – als solche wird man jedoch z. B. die Wandmalereifragmente aus Pompeji nicht bezeichnen. Die Abgrenzung der für den Katalog ausgewählten Materialien ist also begrifflich problematisch. Pragmatisch kann aber darauf verwiesen werden, dass die geschnittenen Steine und die Kleinbronzen in Goethes Sammlung bekanntlich bereits wissenschaftlich aufgearbeitet, die im Haus am Frauenplan aufgestellten Abgüsse in Auswahl besprochen worden sind.

Anders als der Buchtitel vermuten lässt – der Titel zitiert aus einem Brief Goethes an Sulpiz Boisserée vom 12. Mai 1814 mit der Bitte um Erwerbung »kleine[r] römische[r] Alterthümer« (zit. S. 78) –, entwickelt Teuscher im weitaus umfänglichsten *Hauptteil A* seiner Dissertation auf überzeugende Weise *Beiträge zu einer archäologischen Biographie Goethes* (S. 25-151).

Eine erste Begegnung mit Überresten von römischer Architektur, Reliefs und Inschriften, die ihn den »Geist des Altertums« verspüren lassen (*Dichtung und Wahrheit*; MA 16, S. 456), schildert Goethe für seine Straßburger Studienzeit, als er 1771 einen Reitausflug ins Elsass unternimmt, Niederbronn und die nahegelegene Burgruine Wasenburg besichtigt (S. 27-30). Diese ersten Eindrücke wurden nach seinem Zeugnis durch wiederholte Besuche im Straßburger ›Museum‹ mit den dort gezeigten archäologischen Sammlungen des in der

Region führenden Altertumsforschers der Zeit Johann Daniel Schöpflin vertieft. Zu Recht sieht Teuscher die Hinwendung des jungen Goethe zu den regionalen Archaeologica im Zusammenhang mit dem Wirken dieses Straßburger Professors.

Eine weitere, lange nachwirkende Begegnung mit einem Monument der römischen Provinz ereignete sich im Jahr 1792, als Goethe im Gefolge von Herzog Carl August während des 1. Koalitionskriegs auf dem Vormarsch nach Frankreich und dem desaströsen Rückmarsch die sogenannte Igeler Säule unweit von Trier passierte (*Campagne in Frankreich*; MA 14, S. 340f., 434-439). Seine Schilderung des Pfeilergrabmals mit der überreichen Ausstattung an mythologischen und Alltagsdarstellungen ist zum Allgemeingut in der Rezeption dieses einzigen noch an Ort und Stelle aufragenden Grabmonuments in Deutschland geworden (S. 45 f.). Noch der greise Schriftsteller steuerte 1829 ein Vorwort zu einer Broschüre bei, die zum Vertrieb des von der bekannten Sayner Hütte produzierten kleinen bronzenen Modells der Igeler Säule als Souvenir herausgegeben wurde.

Überraschend wenige archäologische Objekte hat Goethe von seiner italienischen Reise mitgebracht. Hierzu gehören vier bescheidene Fragmente mittelitalischer spätarchaischer Terrakotta-Verkleidungsplatten, wahrscheinlich aus der Sammlung der Familie Borgia in Velletri stammend, die er 1787 aufgesucht hatte (S. 38-41). Zu ergänzen ist, dass Goethe in Rom etwa 50 geschnittene Steine erwerben konnte (1787/88).

Goethes Beziehungen zu rheinischen Sammlern, Gelehrten und Kunstfreunden seit den Anfängen des 19. Jahrhunderts verdanken sich vor allem Erwerbungen des mit Abstand größten Komplexes der von Teuscher bearbeiteten Antiken (mehr als 40). Ein erster Schritt war bereits 1805 getan, als der Dichter den ihm als erfolgreichen Teilnehmer der »Weimarer Preisaufgaben« bekannten Kölner Maler Joseph Hoffmann, der sich wie andere Künstler auch im Kunsthandel betätigte, beauftragte, aus der zur Auktion stehenden Sammlung des ehemaligen Bonner kurfürstlichen Beamten Damian Altstädten lokale Ausgrabungsfunde zu erwerben – ein von Teuscher ins Blickfeld gerückter Vorgang, der der rheinischen Archäologie bislang kaum bekannt war (S. 75).[1] Entscheidend wurden Goethes Rheinreisen von 1814 und 1815. Letztere führte ihn unter anderem nach Mainz, Köln, Bonn und in seine Heimatstadt Frankfurt. Unterstützt wurde Goethe zeitweise von Boisserée, der – wie der Autor herausstellt – für ihn auch bei den provinzialrömischen Studien und Erwerbungen von Bedeutung war. Gemeinsam besuchten sie die römischen Stätten und die »Antiquitätenhalle« von Mainz, geführt von Prof. Friedrich Lehne, dem Mainzer Bibliothekar und Archivar. Von diesem wurden Goethe einige Mainzer Grabungsfunde verehrt (S. 89-100).

Reicher vertreten sind, wie Teuscher aufzeigen kann, in Goethes Sammlungen Kölner Funde (S. 75-82). Boisserée hatte dem Dichter auf dessen ausdrücklichen Wunsch »kleine römische Alterthümer« beschafft, die von Ferdinand Franz Wallraf aus seinen Sammlungen hierfür zur Verfügung gestellt wurden. Im Sommer 1815 suchte Goethe nun den Kölner Professor und Kunstpatriarchen inmitten seiner Sammlungen auf. Er besichtigte aber auch die umfangreiche Kollektion römischer Ausgrabungsfunde des Generalmajors Johann Justus Georg Gustav von Rauch, die dieser als Inspekteur der preußischen Befestigungsarbeiten in Köln mit ihren gewaltigen Erdbewegungen zusammengetragen hatte. Einige seiner Tongefäße wurden Goethe zum Geschenk gemacht (S. 80-82). Im literarischen Niederschlag dieser Reise, der 1816 veröffentlichten Schrift *Über Kunst und Alterthum in den Rhein- und Maingegenden*, verfolgte Goethe, hierin von seinem zeitweiligen Reisegenossen, dem Freiherrn vom Stein, bestärkt, nicht zuletzt kulturpolitische Ziele. Die Sammlungen Boisserées, Wallrafs, von Rauchs sowie des ehemaligen Kölner Kanonikus Franz Pick, den er in seinem Bonner Domizil besuchte, sollen in ›patriotischem‹ Sinne zusammengehalten und in dem nun preußische Provinz gewordenen Rheinland angemessen aufgestellt sowie als Grundstock in zu gründende Museen eingebracht werden.

1 Hierzu ausführlich Ronny Teuscher: *Aus dem Jahr 1805 – Goethes Teilnahme an einer Kölner Kunstauktion. Die Versteigerung der Sammlung Damian Altstädten*. In: GJb 2019, S. 280-287.

In dieser Periode seines Lebens entwickelte Goethe Interesse an der Vorgeschichte, insbesondere Thüringens, an dort laufenden Ausgrabungen und neuen Funden (S. 47-74). Seit 1809 gelangte eine stattliche Zahl von Objekten in seine Sammlung (ca. 26 Stücke), die vom Neolithikum über die jüngere Eisenzeit bis ins Frühmittelalter reichen, zu deren Einordnung sich Teuscher zum Teil auf die Veröffentlichung Gotthard Neumanns von 1952 stützen konnte.[2] Goethes besonderes Interesse erregten die Ausgrabungen von vorgeschichtlichen Grabhügeln im Großherzogtum, die unter der Oberleitung seines Schwagers, des Weimarer Bibliothekars Christian August Vulpius, standen (1813-1821). Von den Funden wurden Goethe, der sich auch mit der Anatomie des Menschen befasste, unter anderem drei menschliche Schädelreste überwiesen. Dass Teuscher diese Aktivitäten von Vulpius und Goethe beleuchtet hat, ist umso verdienstvoller, als sie in einer 2018 erschienenen gewichtigen Wissenschaftsgeschichte zur ur- und frühgeschichtlichen Archäologie nicht behandelt wurden.[3]

Im knappen *Hauptteil B* mit dem Titel *Die Ausgrabungsfunde aus Goethes Besitz im Kontext von Goethes ›Sammeln‹ und Goethes Werk* fragt der Autor nach dem Selbstverständnis Goethes als Sammler von Altertümern und Publizist von Schriften zum Altertum (S. 153-175). Teuscher belegt, dass ein erheblicher Teil der Sammlungsobjekte als Geschenke oder Tauschobjekte in die Sammlung gelangte. Nur Weniges wurde angekauft und dies mit geringem finanziellen Aufwand (S. 155-157). Bezeichnend ist Goethes äußerst bescheidene Kollektion attischer Keramik, obwohl er spätestens seit seinem Aufenthalt in Neapel (1787) ein ›Fan‹ von schwarz- und rotfigurigen Vasen war. »Bei antiker Keramik genügten Goethe«, wie Teuscher resümierend feststellt, »offenbar exemplarische Anschauungsstücke« (S. 159). »Scherben und Ziegel aus der Römerzeit« waren für Goethe, so der Autor, »Zeugen einer reicheren Zeit mit ›ewig bleibenden Wert[en]‹« (S. 168). Im bereits zitierten Brief an Boisserée bezeichnet Goethe denn auch diesen Zweig seines Sammelns als »unschuldige Liebhabererey«.

Wie der Hallenser Prähistoriker Dieter Kaufmann und die Kulturhistorikerin Sylke Kaufmann in ihrer Studie von ^{4}2001 sowie ihnen folgend Teuscher herausgearbeitet haben, wahrte Goethe auch zur Vor- und Frühgeschichte – bei allem Interesse und Einsatz für ihre Belange – eine kritische Distanz. Die »Ur-Geschichte liegt zu sehr im Dunkel«, wie er im Gespräch mit Eckermann (16.2.1826; MA 19, S. 159) äußerte; sie ist zu sehr von den Spekulationen ihrer zeitgenössischen Vertreter geprägt.

Die Publikation von Ronny Teuscher erweitert äußerst verdienstvoll sowohl die Kenntnis von Goethes Sammlungen vornehmlich antiker Kleinfunde als auch seiner Einsichten zum ›nicht-klassischen‹ Altertum, wobei er die Studie von Sylke und Dieter Kaufmann im Sinne archäologischer Kontextualisierung weiterentwickelt. Die hier besprochene Dissertation ist zugleich ein sehr begrüßenswerter Beitrag zur Antike-Rezeption überhaupt – einem Forschungsgebiet, mit dem sich die Archäologien noch immer schwertun.

Peter Noelke

2 Gotthard Neumann: *Goethes Sammlung vor- und frühgeschichtlicher Altertümer*. In: *Jahresschrift für mitteldeutsche Vorgeschichte* 36 (1952), S. 184-242.

3 Barbara Sasse: *Der Weg zu einer archäologischen Wissenschaft*. Bd. 2: *Die ur- und frühgeschichtliche Archäologie 1630-1850*. Berlin, Boston 2018.

4 Sylke Kaufmann, Dieter Kaufmann: *Goethe, der Thüringisch-Sächsische Verein und die Entwicklung der Altertumskunde in den Jahrzehnten nach 1800*. Langenweißbach 2001.

Gerhard R. Kaiser: *Tiefurt. Literatur und Leben zu Beginn von Weimars großer Zeit.* Göttingen: Wallstein 2020 (SchrGG, Bd. 79), 304 S., mit Abb., 25,00 €

Parks sind besondere Orte. Man kann das mit Michel Foucault ›Heterotopien‹ nennen, muss es aber nicht. Jeder, der mit offenen Sinnen durch einen Park geht, weiß und erlebt das. »Komm in den totgesagten park und schau« – das George-Zitat scheint immer ein wenig über alten Parkanlagen zu schweben und man spürt: Er wurde zwar immer wieder totgesagt, der gute alte Park, aber totzukriegen ist er nicht. Warum das so ist – dazu kann man jetzt eine einfühlsame, im besten Sinn gelehrte und stilistisch souveräne Studie von Gerhard R. Kaiser lesen. Ausgehend von der Parkanlage Tiefurt bei Weimar, dem Witwensitz von Herzogin Anna Amalia und Zentrum vielfältiger dilettantischer wie professioneller Kunstausübung »zu Beginn von Weimars großer Zeit« (so der Untertitel), zeigt der Komparatist, wie man von der tiefsten Provinz ausgreifen kann auf die große Welt der Literatur, der Künste, der Philosophie. Sein Tiefurt-Buch ist eine Hymne auf die Weltliteratur und ein Lobgesang auf die welt-anschaulichen Potenzen der Sprache; es ist die Summe eines langen und produktiven Leser-Lebens und schließlich, warum auch nicht in einem Buch, das nicht nur die ›Literatur‹, sondern auch das ›Leben‹ im Titel trägt: ein Appell für einen schonenden Umgang mit der Natur, wie ihn europäische Denker und Dichter seit der Antike vor-gelebt und vor-geschrieben haben.

Kaisers Studie ist gegliedert in acht Kapitel, die exemplarisch jeweils von Tiefurt ausgehen und weite kontextuelle, historische und ideengeschichtliche Bezüge herstellen. Es lässt sich deshalb gewinnbringend nicht nur als kundige Darstellung des Weimarer Kulturkosmos der 80er Jahre des 18. Jahrhunderts lesen, sondern auch als eine kleine Einführung in zentrale Themen und Topoi der Weltliteratur insgesamt sowie dieses Jahrhunderts insbesondere. Nicht nur die üblichen Verdächtigen treten auf – die ›großen Vier‹ natürlich –, sondern auch Nebenfiguren: Karl Ludwig von Knebel, Erzieher, Übersetzer, Brief- und Gesprächspartner sowie Parkgestalter; ein Theaterakteur namens Mieding, dem Goethe im *Journal von Tiefurt* ein ebenso heiteres wie ernstgemeintes Denkmal gesetzt hat; Prinz August von Sachsen-Gotha-Altenburg, kongenialer Rousseau-Übersetzer und Franzosen-Versteher. Wir werden Zeugen einer nächtlichen Theateraufführung im Park, bei der eine junge Fischerin ein wenig aus der Rolle fällt und beredt ihre Ängste vor der bevorstehenden Eheschließung zum Ausdruck bringt; gleichzeitig lernen wir aber auch etwas über das Nachtstück als Kunststück und über das europäische Gartentheater. Wir amüsieren uns ein wenig über das pauschale Verdammungsurteil, das Friedrich II. über die deutsche Literatur fällt, und halten mit Tiefurt die Fahne der »Provinz als alternatives Kulturmodell« (S. 146) hoch – einer Provinz, die sich zudem im *Journal von Tiefurt* mit seiner Vielzahl von Übersetzungen gegenüber dem Pariser Vorbild als ›weltliterarischer‹ erwies. Der umstrittene Rousseau spaziert im Geiste durch Tiefurt und wirft in den sympathetischen Erstübersetzungen von Prinz August von Gotha seinen Schatten – ist der Einsame wirklich notwendig der Böse, wie es Rousseau von seinen Freunden vorgeworfen wurde, oder kann man in Tiefurt-Tempe nicht auch gesellig allein sein, ein Außenseiter wie Knebel und doch eine heimliche Zentralfigur? Der schon erwähnte, unzeitig verstorbene Handwerksmeister Mieding wird zum Anlass für einen längeren Ausflug in die antike Gelegenheitsdichtung ebenso wie in die zeitgenössische Theaterpraxis; und es gehört zu den nicht geringen Vorzügen der Darstellung, hier auch das umfangreiche Goethe-Gedicht abzudrucken und in einer einlässlichen Deutung seinen anspruchsvollen »Wechsel der Töne« (S. 209) zu würdigen. Schließlich spazieren wir zu den Inschriften im Tiefurter Park – ein eher spröder Gegenstand, dem Kaiser neue und durchaus unterhaltsame Aspekte abgewinnen kann.

Demgegenüber wären höchstens Petitessen zu bemäkeln. So bewegt sich die Darstellung sowohl thematisch als auch in einzelnen Formulierungen vielleicht ein wenig zu stark am Höhenkamm entlang (Knebel bleibt mehr der Goethe-Freund als ein eigenständiger Autor, die schreibenden Frauen im Tiefurter Kreis tauchen so gut wie nicht auf, Wieland tritt ein wenig zurück gegenüber der im Hintergrund alles überstrahlenden Figur Goethes). Auch im Blick auf das *Journal von Tiefurt* wäre zu erwägen, ob man es nicht einerseits zu ernst nimmt, wenn man ihm umfassende kulturpolitische Strategien unterstellt – Apologie der Provinz als Gegendiskurs –, und andererseits nicht ernst genug: nämlich als eine Art basiskultureller Selbstversuch in kreativem Eigenengagement und ästhetischer Erziehung in praxi jenseits einer dann auch bei Goethe nicht eindeutigen Verdammung des Dilettantismus. Schließlich bleibt durch die – von Kaiser zugegebene und auch nachvollziehbar begründete – Fixierung auf die Literatur als Leitkunst der intermediale Charakter des Tiefurter Experiments notwendig unterbelichtet: Erst im Zusammenspiel der Künste (auch der wenig beachteten Musik) entfaltet das Modell Tiefurt seinen vielfältigen Reiz.

Das letzte Kapitel schließlich unternimmt den Versuch, das in den Einzelkapiteln exemplarisch Dargestellte nicht nur zusammenzufassen, sondern es einer Aktualisierungsprobe zu unterziehen: Was können uns ein vergessener Park in einer Ilmkurve der tiefsten Provinz, die Marotte eines Kreises geselliger und gelangweilter Dilettanten oder eine handschriftlich verfasste und im exklusiven Kreis verbreitete Zeitschrift heute noch sagen – in einer Zeit, in der die bevorstehende Klimakatastrophe auch die so harmlos dahinplätschernde Ilm über die Ufer treten lässt, in der die Menschen statt in alte Landschaftsparks in monströse Vergnügungsparks strömen, in der nicht mehr literarische Texte sprachlich sorgfältig geformtes Wissen über fremde Welten und Menschen transportieren, sondern das Internet uns mit Informationen aus der ganzen Welt unterschiedslos überflutet? Kaisers wohltuend sachlich gehaltene Bewertung dieser Sachverhalte ist weder völlig kulturpessimistisch noch naiv kulturheroisch. Die Bedeutung der Literatur für die kulturelle Gemeinschaft, die soziale Gesellschaft, das eigene Selbstverständnis als Mensch gehe unbestreitbar, wahrscheinlich nicht umkehrbar zurück. Der Mensch als genuin sprachliches Wesen jedoch, so Kaiser, benötige gerade in schwierigen Zeiten die Reflexionsleistung der Literatur ebenso wie ihr Welt-Anschauungs-Potenzial, ihre kulturellen Integrationspotenziale ebenso wie ihr vorbildhaftes, nicht-instrumentelles Naturverhältnis. Vielleicht ist die (Hoch-)Literatur also bald ebenso totgesagt wie der Park. Doch bleibt zu hoffen, dass sich Leser auch in Zeiten zunehmender Düsternis lesend und erlebend dorthin verirren: »Und auch was übrig blieb von grünem leben / verwinde leicht im herbstlichen gesicht«.

Jutta Heinz

Sigrid Damm: *Goethe und Carl August. Wechselfälle einer Freundschaft.* Berlin: Insel 2020, 320 S., 24,00 €

Ihren zahlreichen Büchern über Goethe lässt Sigrid Damm ein weiteres folgen, das sie der ›Lebensfreundschaft‹ zwischen Goethe und dem Herzog/Großherzog Carl August von Sachsen-Weimar und Eisenach gewidmet hat. Beider Lebenswege sind bislang gesondert in Monographien behandelt worden; lediglich Friedrich Sengle hat 1993 unter dem Titel *Das Genie und sein Fürst* ein Buch vorgelegt, das seiner Anlage nach mit dem von Damm verglichen werden kann.

Die Intention, sich dem Thema in einer Doppelbiographie zu nähern, ist nicht ohne Reiz. Die Autorin geht nicht chronologisch vor, sondern entscheidet sich für eine Rahmenerzählung, indem sie mit Carl Augusts letzter Reise nach Berlin und dem auf dem Rückweg in der Nähe von Torgau eintretenden Tod des Fürsten beginnt und endet. In diese Darstellung eingeblendet werden Rückblicke auf wichtige Konstellationen im Leben Carl Augusts; vor unseren Augen entsteht das Bild eines auf allen Feldern der damaligen Politik agierenden Staatsmannes, dessen Handeln mit spürbarer Empathie dargestellt wird. Wir erleben Carl

August als vielseitig gebildet, an Naturwissenschaften besonders interessiert, nach den Maßgaben politischer Vernunft handelnd und zudem von geradliniger, zuweilen burschikoser Menschlichkeit. Das Charakterbild, das sie aus klug ausgewählten, schlüssig in den Erzählzusammenhang integrierten Zitaten zeichnet, ist in seinen Proportionen ausgewogen und adäquat.

Demgegenüber tritt Goethe, so mein Eindruck, ein wenig in den Hintergrund. Nicht selten erscheint Carl August als der Agierende, Goethe als der Reagierende. Während zu Carl August nur wenige monographische Darstellungen vorliegen, ist das literarische Feld, Goethes Leben und Werk betreffend, so reich bestellt, dass im Rahmen des hier gewählten Themas Vieles nur angedeutet werden kann. Marginal fallen die Bemerkungen zu Goethes künstlerischer Entwicklung aus. Phasen räumlicher und geistiger Entfernung zwischen Carl August und Goethe, zu denen überdies wenige autobiographische Dokumente vorliegen, können nur knapp behandelt werden. Gleichwohl treten Fixpunkte einer ideellen und persönlichen Koinzidenz angemessen ans Licht; genannt sei nur das Jubiläumsjahr 1825. Aufmerksamkeit schenkt Sigrid Damm jenen Texten, in denen sich das Verhältnis Goethes zu seinem Fürsten spiegelt: dem Epigramm »Klein ist unter den Fürsten Germaniens wahrlich der meine […]«, der *Campagne in Frankreich* und auch einem bekenntnishaften Text, der 1828 in Dornburg als »berührender Nekrolog auf Carl August« (S. 276) entstand und dem neuen Großherzog Carl Friedrich als Treuebekenntnis zugedacht war. Das Kapitel über Goethe in Dornburg, den Lebensalltag und seinen geistigen Gehalt vor Augen führend, zählt zu den gelungensten des Buches.

Wechselfälle einer Freundschaft ist das Buch untertitelt, von ›Lebensfreundschaft‹ ist des Öfteren die Rede. Worin gründet diese lebenslange Freundschaft, was macht ihre Substanz aus? An diesem Punkt lässt es die Autorin bei (nicht selten psychologisierenden) Andeutungen und Hinweisen bewenden, formuliert ihr Anliegen häufig in Fragen an die Leser. Diese Fragetechnik soll Verständnis, Offenheit und Problembewusstsein signalisieren, kann aber auch Irritationen auslösen. Es spricht für Sigrid Damm, dass sie nicht in den Spuren einer konventionellen, durch Anekdoten angereicherten Goethe-Biographik geht, die nach der ersten stürmischen Begegnung in Frankfurt Carl August und Goethe in Sturm-und-Drang-Manier auf Weimars Marktplatz mit Peitschen knallen lässt, dass sie auch nicht auf Goethes Brief an Klopstock Bezug nimmt, in dem jener die präzeptorale Mahnung zurückweist, einen moralischen Lebenswandel zu führen. Dass Goethe, um einmal dieses Thema zu berühren, Carl August in literarischen Erotica durchaus zu Diensten ist und der Großherzog seinerseits den Freund im Alter noch mit offenherzigen Bildgeschenken zu erfreuen gedenkt, bedeckt die Autorin mit dem Mantel der Dezenz.

Das Aussparen solcher letztlich belanglosen Details kann aber die Frage nicht aus der Welt schaffen, worin das Fundament dieser Freundschaft besteht. Für mich besteht es vor allem in einem gemeinsamen politischen Konzept. In dieser Hinsicht erstaunt es, dass dem ersten Weimarer Jahrzehnt, der Zeit von Goethes intensivster praktisch-politischer Tätigkeit und engster persönlicher Vertrautheit mit Carl August, keine zusammenhängende Darstellung gewidmet ist. Auch wenn Goethe seine ersten Gespräche mit Carl August viele Jahre später nur aus der Erinnerung rekonstruieren kann, so gibt er doch zu erkennen – und die moderne Historiographie ist ihm darin gefolgt –, dass Justus Mösers politisches Konzept, entwickelt in seinen *Patriotischen Phantasien*, einen wichtigen gemeinsamen Bezugs- und Verständigungspunkt gebildet hat. »Von der einen Seite«, so hat Goethe in *Dichtung und Wahrheit* mit Bezug auf die *Patriotischen Phantasien* festgehalten und damit sein eigenes Konzept formuliert, »hält man am Herkommen fest, von der andern kann man die Bewegung und Veränderung der Dinge nicht hindern« (WA I, 28, S. 238).

Es wäre Sigrid Damms Buch zugutegekommen, wenn sie Resultate aktueller historischer Forschung, wie sie an der Universität Jena im Ergebnis des Sonderforschungsbereichs *Ereignis Weimar-Jena. Kultur um 1800* in einer Reihe von Büchern dokumentiert worden sind, in ihre Darstellung einbezogen hätte; die Auswahlbibliographie am Schluss nennt keinen einzigen Titel, dafür aber Bücher von Hans Tümmler und Ekkehart Krippendorff, die im Licht heutiger Erkenntnis aus unterschiedlichen Gründen als veraltet angesehen werden müssen. Lebenslang hat Goethe seine politische Aufgabe als die eines Fürstendieners – im wohlverstandenen Sinn – unter den staatsrechtlichen Bedingungen des Alten Reichs verstanden, der sich dem Herzog durch einen Treueeid verpflichtet weiß und stets das Wohl des allgemeinen Besten im Auge hat. Darauf beruht die politische und menschliche Übereinstimmung zwischen Herzog und Dichter. Im ersten Weimarer Jahrzehnt glaubte Goethe Veränderungen zum allgemeinen Besten in der realen Politik erreichen zu können; nach seiner Rückkehr aus Italien wollte er dieses Ziel in der Kultur- und Wissenschaftspolitik anstreben. In dieser Hinsicht war Goethe Aufklärer par excellence, Gegner militärischer Gewalt und eines politischen Machiavellismus, seinem Fürsten, von dessen Entwicklungspotenzial er überzeugt war und das er klug zu lenken wusste, zur Loyalität verpflichtet. Das schloss Kritik an Carl Augusts Jagdleidenschaft und seinem unseligen Hang zum Militär nicht aus. Im Herzog besaß Goethe einen prinzipiell verständnisvollen Förderer, der nur dann in Zorn und Eifer geriet, wenn dieser sich seinen Wünschen und Forderungen beharrlich entzog; im Falle von Goethes Entlassung aus der Theaterintendanz musste sich der Großherzog den Absichten seiner intriganten Nebenfrau gefügig zeigen.

Derlei Zusammenhänge gelangen partiell bei Damm zur Darstellung, doch bleiben sie in meinen Augen bei ihr in der Sphäre des Menschlichen, beinahe Privaten, lassen die Grundierung in einem gemeinsamen politischen Konzept vermissen. Sonst hätte die Autorin im Hinblick auf die persönlichen Beziehungen zwischen Herzog und Dichter, wie sie sich in der Korrespondenz spiegeln, Goethe nicht mit Wendungen wie »mitunter fast penetrante Ehrerbietung« (S. 205) oder »Beharren auf der Etikette« (S. 243) charakterisiert und ihm Konservatismus angekreidet. Goethes politisches Denken und Handeln vollzog sich in Ordnungskategorien, für die die hierarchischen Strukturen des Alten Reichs den Bezugsrahmen bilden. Daraus resultiert auch der förmliche Duktus von Goethes Briefen an Carl August, in denen amtliche Probleme in einer tradierten Verwaltungssprache, persönliche Dinge in vertraulicherer Diktion behandelt werden; Carl August duzt Goethe in seinen Briefen, was Letzterem aus vielen Gründen niemals in den Sinn gekommen wäre.

Das beiderseitige Verständnis von politischer Loyalität bildet das Fundament ihrer lebenslangen freundschaftlichen Beziehung und dieses Verständnis war tragfähig genug, um beide auch in Konfliktsituationen immer wieder zu Kompromiss und gemeinsamem Handeln finden zu lassen. Solche Situationen macht Sigrid Damm – zuweilen dramatisch zuspitzend – durchaus zum Gegenstand ihrer Darstellung; einen Schwerpunkt bilden dabei die Ereignisse nach dem Wiener Kongress. Dass Carl August in der Perspektive der Autorin als mutiger, reformfreudiger Frühliberaler, Goethe hingegen als Konservativer erscheint, der gemeinsam mit Christian Gottlob Voigt »eine Art geheimer Opposition« (S. 312) gebildet habe, wäre zu relativieren. Als Carl August seinem kleinen Land eine Verfassung gab, Pressefreiheit gewährte und den Burschenschaften seine Sympathie nicht versagte, folgte er prinzipiell den Beschlüssen des Wiener Kongresses und bewegte sich in den Bahnen der Loyalität. Dass Goethe diese Entwicklung kritisch kommentierte – auch deshalb, weil ihm z. B. die nationalistischen Tendenzen der Burschenschafter nicht verborgen blieben –, ist nicht zuletzt seinem Ordnungsdenken zuzuschreiben; für ihn wurde hier der zweite Schritt vor dem ersten getan. Goethe, so die Autorin, habe Carl August nur menschlich verteidigt, »die Frage nach der Legitimität des Fürstentums *an sich*« (S. 220) aber ausgeklammert – für sie ein gewichtiger Kritikpunkt. Doch diese Kritik zielt ins Leere. Für Goethe, den politischen Realisten, konnten sich Veränderungen, an deren Notwendigkeit er nicht zweifelte, nur im Rahmen des Bestehenden und das hieß auch: unter der Herrschaft eines legitimen Fürsten vollziehen. Bei all seinen liberalen Intentionen maß auch Carl August eigenen dynastischen Prinzipien große Bedeutung bei, sonst hätte er nicht so enthusiastisch auf die Heirat seiner Enkeltöchter mit preußischen Prinzen reagiert. Im Übrigen hat er dankbar akzeptiert, dass seinem kleinen Herzogtum durch Goethes Wirken ein beträchtliches symbolisches Kapital zugewachsen war, das bei der von ihm eingefädelten Werbung um die Zarentochter Maria Pawlowna nicht ohne Wirkung blieb. Insofern ist es eher abwegig, wenn Sigrid Damm von Carl Augusts Neid auf Goethe spricht.

Am Ende ihres Buches zieht die Autorin ein Resümee, in dessen Mittelpunkt jene Aufzeichnungen stehen, die Alexander von Humboldt von seiner letzten Begegnung mit Carl August angefertigt hat und die in Goethes Hände gelangt waren; für sie besitzen sie »die Anmutung eines Vermächtnisses« (S. 251). Goethes Kommentar dazu ist in Eckermanns Gesprächsnotizen dokumentiert. Sparsam kommentiert Damm die Äußerungen des Dichters – ein bei ihr bewährtes Verfahren, das sich programmatischer Aussagen enthält und auf das Vermögen des Lesers vertraut, in ihrem Sinne – und im Sinne Goethes – zu ›supplieren‹. Diesem Verfahren verdanken sich zahlreiche gelungene Passagen des Buches, die, um aus Fontanes Brief an Hans Hertz vom 2. März 1895 zu zitieren, »mit einem Psychographen« geschrieben sind. Vieles darin ist gut beobachtet und zutreffend beurteilt. Wäre das politische Konzept beider Freunde klarer und angemessener dargestellt worden, hätte das Buch eine noch deutlichere Zustimmung des Rezensenten gefunden.

Jochen Golz

Johann Friedrich Reichardt (1752-1814). Musikpublizist und kritischer Korrespondent. Hrsg. von Gabriele Busch-Salmen u. Regine Zeller. Hannover: Wehrhahn 2020, 334 S., 29,50 €

Der Sammelband dokumentiert im Kern die Beiträge einer Tagung, die bereits im Jahr 2014 anlässlich des 200. Todestages von Johann Friedrich Reichardt im Goethe-Museum Düsseldorf stattgefunden hat. Er stellt sich damit in eine Reihe früherer Kongressberichte, Ausstellungskataloge und Publikationsprojekte, in denen Walter Salmen – der 2013 verstorbene Nestor der Reichardt-Forschung –, Gabriele Busch-Salmen und Regine Zeller das Andenken des umtriebigen Komponisten und Musikjournalisten wachgehalten und seine Leistungen in der von der Französischen Revolution geprägten Umbruchzeit gewürdigt haben. Im Zentrum des nun vorliegenden Bandes steht, wie der Untertitel annonciert, Reichardt als Musikpublizist und -kritiker, genauer sein 1782 und 1791 in lediglich zwei Bänden erschienenes *Musikalisches Kunstmagazin*, das sich knapp die Hälfte der insgesamt dreizehn Beiträgerinnen und Beiträger zum Gegenstand erkoren haben.

Nach einer orientierenden Einleitung der Herausgeberinnen widmet sich Hansjörg Ewert der anatomischen Metapher der ›Zergliederung‹, die Reichardt als Ideal einer Musikkritik proklamiere, die auf die »Begründung« ihres »ästhetischen Urteils« ziele; zugleich aber formuliere Reichardt die Paradoxie der analytisch erprobten Methode, weil sie »das Ganze« doch ausgerechnet »in der Sonderung der Teile zu fassen« suche (S. 29). Ausgehend von der Widmung des *Musikalischen Kunstmagazins* skizziert dann Volker Kalisch – vor dem Hintergrund der allerdings nur summarisch rekapitulierten zeitgenössischen Debatte – die Bedeutung, welche der Idee und Ideologie des ›Volksliedes‹ in Reichardts ›Mission‹ zugekommen sei. Die didaktisch-ästhetische Intention des Unternehmens, das Reichardt in offener Attributreihung als »bessere zweckmäßigere edlere Erziehung des Künstlers« bestimmte (S. 43 f.), erörtert Regine Zeller detaillierter. Sie zeichnet dazu Inhalt und Aufbau des Projekts nach, das als aufwändig hergestelltes, mit zahlreichen Notenbeispielen ausgestattetes Unternehmen eines Solisten insofern seine Ziele verfehlte, als sich die angestrebte Periodizität nicht realisieren ließ, dem aber gleichwohl einiger Einfluss auf die »Geschmacksbildung der Liebhaber« (S. 47) wie auf die der »denkenden und forschenden deutschen Tonkünstler« (S. 53) zugeschrieben werden könne. Wie prägend für Reichardts Suche nach »einer neuen Rede über Kunst« (S. 61) die produktive Auseinandersetzung mit Johann Gottfried Herder war, demonstriert Rainer Schmusch in einer differenzierten und methodisch reflektierten Analyse der Herder-Referenzen im *Musikalischen Kunstmagazin.* Diese erläutert zugleich, dass eine nähere Zusammenarbeit der beiden »eigenbrötlerisch[en]« Publizisten nicht zuletzt an Reichardts »persönlichem Ehrgeiz« (S. 84) scheiterte. Ähnlich intensiv und instruktiv kann Anne Holzmüller zeigen, wie die im späten 18. und frühen 19. Jahrhundert virulente Frage nach der ›wahren Kirchenmusik‹ »bei Reichardt der Ausdruck eines sakralästhetischen Gesamtkonzepts« geworden ist (S. 93), dessen Wirkung auf die »Kirchenmusikanschauung« eines E. T. A. Hoffmann man bislang unterschätzt habe (S. 113-117). Die Sequenz der dem *Kunstmagazin* gewidmeten Beiträge beschließt Hanna Zühlkes Studie zu Reichardts Klopstock-Rezeption. Zühlke kommt – vergleichend mit Glucks Oden-Kompositionen – zu dem Ergebnis, dass Reichardt an den polymetrischen und syntaktisch komplexen Dichtungen »die gesamte Bandbreite der kompositorischen Lösungen« erprobe, die seinerzeit zur Verfügung gestanden habe (S. 133).

Die zweite Hälfte des Sammelbands ist thematisch deutlich schwächer konturiert, aber zumindest in ihrem eröffnenden Beitrag nicht weniger gehaltvoll – im Gegenteil: Cornelis Witthoefft bietet eine fast monographische Darstellung von Reichardt als Musikrezensent in Friedrich Nicolais *Allgemeiner deutscher Bibliothek* (S. 147-233). Auf der Basis eines detailliert erschlossenen, dadurch weiteren Forschungen sehr förderlichen Verzeichnisses aller 151 Besprechungen, die Reichardt zwischen 1777 und 1795 für das wichtigste Rezensionsorgan der deutschen Aufklärung verfasst hat, kann dessen kritische Tätigkeit erstmals umfassend überblickt werden. Demgegenüber tragen die restlichen Aufsätze des Bandes kleinere, teils eher marginale Scherflein zum Gesamtbild bei. So bleiben die »Gedanken zum journalistischen Werk Reichardts« (S. 235), die sich Ingeborg von Lips macht, oberflächlich und anekdotisch. Mehr als einen »kleine[n] Baustein zu Reichardts Biographie« möchte Volkmar Braunbehrens nicht beisteuern, wenn er dessen Verhältnis zu Carl Friedrich Zelter mustert, en passant aber eine wertvolle Charakterstudie des »über ein begnadetes Selbstbewusstsein« verfügenden Reichardt liefert (S. 247). Die schütter bleibende »Spurensuche«, die Michael Stegemann zu Reichardt und Wolfgang Amadeus Mozart anstellt, gewinnt ein wenig an Substanz durch den knappen Vergleich der *Veilchen*-Lieder beider Komponisten. Stärker an das Rahmenthema angebunden ist demgegenüber Arnfried Edlers historisch-ästhetische Einordnung von Reichardts Denken über die Klaviermusik seiner Zeit, das wesentlich aus dessen »zukunftsweisenden Beiträgen zur Gattung des Charakterstückes« bestanden, wegen »seiner unsteten [...] Wesensart« aber kaum »nachhaltige Spuren in der Musikgeschichte [...] hinterlassen« habe (S. 296). Helmut Schanzes weiträumiger Versuch, Reichardts »Spätzeit« unter den Schlagworten »Lied – Politik – Romantik« zu charakterisieren (S. 301), verliert sich in vagen Floskeln wie »Das musikalische Wien steht für einen politischen Zustand« (S. 311). Klarer analysiert wiederum Bernd Kortländer die dynamisch veränderlichen Paris-Bilder, die Reichardts Schriften in der letzten Phase des Ancien Régime, während der Französischen Revolution und zu Beginn der Napoleonischen Zeit zeichnen.

Mit dem Sammelband liegt eine gediegene, gut ausgestattete Publikation vor, die im Ganzen ein klares, forscherliches, in substanziellen Beiträgen sehr gut entfaltetes Interesse an der Leistung des Musikjournalisten Johann Friedrich Reichardt dokumentiert. Angemerkt sei jedoch, dass es der Einheitlichkeit des Bandes zugutegekommen wäre, wenn sich die Herausgeberinnen entschlossen hätten, wenigstens diejenigen zentralen Quellen und Forschungen, die in den (in einem Falle [S. 275-277] in falscher Schriftgröße gesetzten) Literaturlisten der Einzelbeiträge wieder und wieder genannt sind, in einer abschließenden Bibliographie zusammenzustellen.

Dieter Martin

Johannes Rößler: *Die Kunst zu sehen. Johann Heinrich Meyer und die Bildpraktiken des Klassizismus*. Berlin, Boston: De Gruyter 2020, 494 S., zahlr. Abb., 59,95 €

Die Kunst zu sehen betitelt Johannes Rößler sinnreich sein Buch mit dem Untertitel *Johann Heinrich Meyer und die Bildpraktiken des Klassizismus*, und es geht um die gesehene Kunst und um das Sehen als eine Kunst, woraus geschriebenes Wort erwächst. Johann Heinrich Meyer wird aufgrund seiner radikal klassizistischen Positionen und seiner etwas papiernen Anmutung oft als Goethes Kunscht-Meyer belächelt; Rößler gibt seinem ausgesprochen gebildeten und keineswegs nur reproduktiven Denken eine Lebendigkeit und einen Gedankenreichtum, der Größe und Grenzen jenes Klassizisten würdigt. Nach Carl Justi (*Moderne Irrtümer*) zieht Rößler nun einen anderen Akteur der Kunstgeschichte wieder ans Licht und differenziert damit die Geschichte des Faches aus. Mitte des 19. Jahrhunderts waren die bis ins Brockhaus-Lexikon hineingetragene Narration vom Verlust der eigenen Zeichnungen, der Meyer 1806 getroffen habe, und sein freundschaftlicher Austausch mit Goethe noch konstituierend für seine Bewertung. Rößler zeichnet hingegen ein hochkomplexes Bild von Meyers Aktivitäten als Künstler, Zeichenlehrer, Berater, Autor, Archäologe – und von seinem Denkgebäude. Die erfreulich zahlreich beigegebenen Abbildungen zeigen ihn mit kritischbohrendem Blick, zeigen seine auf dem französischen Klassizismus beruhende Kunst, seine zeichnerische Aneignung antiker Skulpturen und etliche Objekte seiner Reflexion.

Meyer war Zeichenlehrer und also ein Pädagoge; er wollte ordnen, verstehen, vermitteln. Er eignete sich die Gegenstände zeichnend und schreibend an. Es ging ihm »um eine didaktische Instrumentalisierung ästhetischer Eigenqualitäten jener Gemälde, die eine kunstpolitische Dimension haben sollte« (S. 305), wie der Autor herausarbeitet. Meyer dachte groß und weit, wenngleich seine Sprache nicht über die Kraft jener Schillers oder Goethes verfügte.

Archäologisch-rhetorisch stellte Meyer sich in die Tradition von Winckelmann, wobei eine gewisse »Epigonalität« (S. 51) nicht ausbleiben konnte. Das schmälert Meyers Verdienst aber nicht (und mehrt jenes von Rößlers Analyse), denn Meyer ging durchaus über seinen Vorläufer hinaus. Seiner Methodik legte er »einen organisch-gleitenden Begriff von Werkganzheit im autonomieästhetischen Sinne« (S. 331) zugrunde – und demgemäß auch eine veränderte Form der schreibenden und zeichnenden Werkaneignung.

Meyer gilt meist primär als ambitionierter Kunstberater mit zuweilen anmaßendem Urteil. Dieser Eindruck ist aus seinen verfügbaren Schriften erwachsen. Rößlers Band erweitert die verfügbaren Quellen im Anhang. Dort liest man beispielsweise Meyers Urteil über Giuseppe Cesaris Fresken im Quirinalspalast, bei denen er in dem zu Lebzeiten ungedruckten tabellarischen Manuskript die »Anordnung« und also die Komposition jener Wandbilder charakterisiert und als »in einzelnen Theilen gut genug« (S. 380) bezeichnet. Die Härte des Urteils lautet mit heutigen Worten: partiell hinreichend; das grenzt an ein Verdikt.

Rößler reflektiert in dem überaus facettenreichen Buch, dass Meyer über Rolle und Wesen des Kunsturteils nachdachte, das er – gleich vielen Zeitgenossen – beherzt fällte und zu dem er einen im Anhang abgedruckten, offenkundig unabgeschlossen gebliebenen Text verfasste. Dort appelliert Meyer, urteilende Kunstbetrachter sollten »williger seyn überall das Gute und Verdienstliche aufzusuchen als Fehler zu entdecken« (S. 406). Meyers aufklärerischklassisch-klassizistischer Impetus wendet sich dem Ziel zu, dass nur mit der Kunstgeschichte vertraute Menschen urteilen und dass sie die positiven Leistungen auch an Werken würdigen, die nicht zu den Meisterwerken gehören. Jegliches Urteil(en) über Kunst aber versteht er primär als Bestandteil des zwischenmenschlichen Gesprächs, weshalb ihm der Begriff des »Publikums« (S. 407) als Adressat – und nicht als Absender – des Kunsturteils wichtig ist. Allein das zeigt, welche Gültigkeit diese Debatten bis heute haben (sollten), indem die Anmaßung eines laienhaften Kunsturteils das ganze 20. Jahrhundert mitsamt seinen Verurteilungen (der Begriff ›entartete Kunst‹ ist dabei ein extremes Beispiel) begleitete.

Meyers Sprache blieb dem »klassizistischen Vokabular verhaftet« (S. 332) und damit dem klassizistischen Denken, doch legte er aller Kunstbetrachtung den am Original sichtbaren Befund zugrunde und arbeitete dabei beispielsweise die Unterschiede zwischen antiken Originalpartien und in der Oberflächenbehandlung geringfügig abweichenden späteren Ergänzungen heraus (S. 52). Diese intensive Autopsie wurde seither zur Conditio sine qua non in Archäologie und Kunstgeschichte.

Ein großes Verdienst von Rößlers Buch ist die Auseinandersetzung mit der Wahrnehmung von Skulpturen, namentlich mit der Wirkung des Lichtes auf der und für die Skulptur. Der Verfasser verdeutlicht, dass Meyer die Fragen der Beleuchtung mit denen der Wahrnehmung, der »Aufmerksamkeitserzeugung und Blicklenkung« (S. 51 f.) verknüpfte. Meyer wie Rößler gehen dabei von der Wirkung aus, die mit der damals beliebten Benutzung von Fackelbeleuchtung bei Skulpturenbetrachtung verbunden war. Dieser Brauch ist bei Goethe und den Zeitgenossen vielfach überliefert. Von Meyer und Rößler unberücksichtigt blieb die Perfektionierung des Wechselspiels zwischen Skulptur, Lichtquelle und Betrachter, die dadurch erreicht wurde, dass Bildhauer wie Antonio Canova ihre Marmorstatuen auf Rundsockel stellten, deren Oberteil dank eines Kugellagers horizontal um 360° gedreht werden konnte, so dass man auch bei Tag das Spiel der Formen unter der Wirkung des Lichts studieren konnte. Wertvoll ist im Kontext der »idealen Beleuchtung der Plastik« (S. 280-291) allerdings die Abbildung und Erörterung eines druckgrafisch überlieferten Experiments, aus dem Meyers hohe Sensibilität für das Thema der Beleuchtung spricht: Er studierte die Figur der Polyhymnia mit zwei Streiflichtwirkungen (S. 283), einmal von rechts (also von der Rückenseite der Figur her), einmal von links (also ins Gesicht hinein beleuchtet).

Anregend arbeitet Rößler überdies heraus, dass Meyers Wahrnehmungen nicht allein theoretisch relevant, sondern praktisch nutzbar waren, als nach 1800 am Weimarer Stadtschloss gebaut und das Gentz'sche Treppenhaus skulptural ausgeschmückt wurde (S. 291-302). Aufschlussreich ist dabei die Vermutung, dass Meyers Überlegungen möglicherweise nicht nur auf Gestaltungsfragen, sondern vielleicht sogar auf ikonografische Entscheidungen eingewirkt haben könnten (S. 300).

Meyer wird als wichtiger Akteur im Zirkel der Gleichgesinnten sichtbar, der sich auch mit dem Denkmodell einer »frühen gesamteuropäischen Malerei« (S. 306) befasste: Hierin war er ein Moderner, der der stark an nationalen Schulen ausgerichteten Kunstgeschichtsschreibung des 19. Jahrhunderts ein kosmopolitisches Modell entgegenzusetzen hatte. Im Kontext mit der Sammlung Boisserée kann man sich in die Fragen der »Prävalenzthese« (S. 313), also dem Vorrang der italienischen oder der nordalpinen Kunst vertiefen, Meyers kluge Zweifel studieren (S. 318) und ihn als scharfsinnigen Akteur in einem höchst komplexen kunsthistorischen Prozess erleben, der die Kunst zu sehen beherrschte und in den Diskursen seiner Zeit produktiv verankert war.

Bernhard Maaz

Karl Gutzkow: *Ueber Göthe im Wendepunkte zweier Jahrhunderte. Mit weiteren Texten Gutzkows zur Goethe-Rezeption im 19. Jahrhundert* (*Gutzkows Werke und Briefe.* Abt. IV: *Schriften zur Literatur und zum Theater.* Bd. 3). Hrsg. von Madleen Podewski. Münster: Oktober Verlag 2019, 273 S., 32,90 €

Den Essay über Goethe hat Karl Gutzkow, woran er 40 Jahre später noch einmal erinnert, 1836 im »Gefängniß« geschrieben (S. 208). Die nach dem Bundestagsbeschluss vom 10. Dezember 1835 eingeleiteten Maßnahmen gegen jungdeutsche Autoren richteten sich gegen ihn wegen des Romans *Wally, die Zweiflerin*, vom 24-jährigen Autor in drei Wochen hingeworfen, von Wolfgang Menzel als »Schmutzroman« voller »Gotteslästerei« und »Immoralität«

perhorresziert[1] – eine willkommene Handreichung für die repressive Obrigkeit in der Metternich-Ära. Die erste Teilpublikation des Goethe-Essays erschien im Januar 1836 in der *Allgemeinen Zeitung* wegen der über ihn verhängten Zensur ohne den Namen des Verfassers. Dem Erstdruck folgte die im selben Jahr herausgekommene Buchfassung mit geringfügigen Änderungen, ergänzt durch ein Vorwort und die Fortführung ab Kapitel II und endlich mit der Namensnennung des Autors. Die neue Edition bietet den Goethe-Essay (S. 1-111) neben kleineren späteren Goethe-Artikeln Gutzkows, veröffentlicht in den Jahren 1838 bis 1876 (S. 113-209), so dass seine Rezeption des Klassikers mit Konstanten und Kehrtwendungen nun vollständig überblickt werden kann. Die editionsphilologische Leistung der Herausgeberin Madleen Podewski genügt allen kritischen Standards – das Aufspüren der teilweise verschollenen Journalbeiträge ausdrücklich eingeschlossen.

Der Abhandlung ist keine Spur vom Erleiden der Gutzkow aufgezwungenen Gefängnishaft, nicht einmal ein verschlüsseltes Aufbegehren gegen die politische Verfolgung zu entnehmen; allenfalls zeigt der summarische Umgang mit Goethes Werken, dass ihm keine genauere Textorientierung möglich war. Eine philologisch kontrollierte Abhandlung etwa im positivistischen Duktus des später von ihm noch wahrgenommenen Heinrich Düntzer (S. 208 f.) können wir von vornherein nicht erwarten. Vielmehr malt der Essay das Goethe-Bild »voll Bewunderung« aus, preist den Dichter – als den »Auserwählteste[n] der Sterblichen« (S. 33) – mit allen Registern der emphatischen Huldigung und schwelgt geradezu in seinen »Zauberschöpfungen« (S. 58), in den Manifestationen einer nie aussetzenden literarischen Produktivität. Die Auslassungen, die mitunter ins Geschwätzige gehen, sind als Rezeptionszeugnisse in der Konstellation der nachklassischen Epoche von einigem Belang.

Die jungdeutschen Autoren, aber auch noch die Vertreter des – »poetischen« oder »bürgerlichen« – Realismus arbeiten an dem Problem, wie die Literatur nach dem Weimarer Gipfel mit Goethe und Schiller fortgeschrieben werden kann.[2] Da gibt es die Fraktion der Opponenten und Traditionsbrecher, die einen radikalen Neubeginn propagieren und den Klassikern die Gefolgschaft aufkündigen, sie polemisch attackieren wie Wolfgang Menzel die literarische Majestät Goethes oder auch politische Kritik am ›Fürstendiener‹ üben wie Ludwig Börne. Dieser Linie steht Heinrich Heine nicht fern, wenn er das »Ende der Kunstperiode« proklamiert und den »Meisterwerken« Goethes eine statuenhafte Erstarrung zuerkennt, während Schillers zu Taten drängende Dichtungen ihre Lebendigkeit behalten.[3] Für Heine ergibt sich daraus bekanntlich das fortschrittliche Konzept einer nicht mehr selbstgenügsamen, sondern von Zwecken regulierten Ästhetik. Auf der anderen Seite bleibt seine Empfänglichkeit für den singulären Rang von Goethes Dichtertum, so dass er den Hasstiraden Menzels einen »Mangel an Pietät« vorhält.[4]

Gutzkows Plädoyer für Goethe ist in diesem Horizont zu sehen. Er weist Menzels Kritik entschieden zurück (S. 16, 27, 56) und verteidigt andererseits Heine, zu einer europäischen Berühmtheit aufgestiegen, gegen eine herabsetzende Kritik (S. 102). Im Diskurs über die Fortschreibung der Literatur und das Verhältnis zu den Klassikern tritt er für die Verpflichtung auf das Erbe Goethes ein. Goethe habe, so betont der Autor, mit der Jahrhundertwende nichts von seiner Bedeutung verloren, gehöre uneingeschränkt der modernen Zeit an (S. 100) und habe gegen nationale Beschränkungen mit dem Konzept der »Weltliteratur« den Königs-

1 Wolfgang Menzel: *Wally, die Zweiflerin. Roman von Karl Gutzkow*, Mannheim 1835; zit. nach der von Günter Heintz besorgten Studienausgabe des Romans mit Dokumenten zum zeitgenössischen Literaturstreit, Stuttgart 1979, S. 274-291; hier S. 282, 278, 276.

2 Vgl. zum Zusammenhang das instruktive *Nachwort* zu der hier vorgelegten Edition von Madleen Podewski (S. 213-240), ferner Martina Lauster: *Vom Körper der Kunst. Goethe und Schiller im Urteil Heines, Börnes, Wienbargs und Gutzkows* (1828-1840). In: GJb 2005, S. 187-201.

3 Heinrich Heine: *Die romantische Schule, erstes Buch*. In: ders.: *Sämtliche Schriften*. Hrsg. von Klaus Briegleb. Bd. 3. München 1971, S. 395.

4 Ebd., S. 397.

weg in die Zukunft gewiesen (S. 101 f.) – ein genauerer Blick auf das Alterswerk der *Wanderjahre* und *Faust II* unterbleibt jedoch: »Göthe [...] ist ein Name, auf den man zu allen Zeiten zurückkommen kann. Durch Nichts bestimmt, kann er jedes bestimmen. Seine Dichtungen sind ein kritisches Regulativ für jede zukünftige Schöpfung« (S. 110). Die Begeisterung für Goethe führt also zur Proklamation der normativen Gültigkeit seines Schaffens. Im späteren Rückblick kann Gutzkow gegen die verbreitete Meinung, die junge Literatur habe sich aus der Opposition gegen die Tradition formiert, immerhin eine ganze Schar weiterer Goethe-Bewunderer von Heinrich Laube über Theodor Mundt bis zu Gustav Kühne aufbieten (S. 208 f.).

Bei den kleineren Aufsätzen über Goethe handelt es sich um journalistische Arbeiten, meist aus aktuellem Anlass entstanden – von der früher befürchteten Bedrohung der »Literatur« durch den »Journalismus« (S. 62) ist nicht mehr die Rede. So schaltet sich Gutzkow in die Auseinandersetzungen um das Frankfurter Goethe-Denkmal ein und berichtet später über dessen feierliche Enthüllung am 22. Oktober 1844, an deren Vorbereitung er selbst mitgewirkt hat. Wenn er gegen »das Marmorfieber unserer Zeit« Front macht und dafür plädiert, die großen »Werke« in der Lektüre lebendig zu halten (S. 144), gibt er dem zitierten Argument Heines eine neue Wendung. Wie im großen Goethe-Essay wird die exemplarische Größe der Klassiker betont: Die Nachfolger sind »nichts« im Vergleich mit den Weimarern (S. 120), die »goldenen großen olympischen Stühle« stehen nach Schillers und Goethes Tod »leer« (S. 177). Bestehen bleibt die Distanz zu Menzel, nun als »Wolfgang II.« ironisiert. Im Gegensatz zu früheren Zuschreibungen wird nun einigermaßen überraschend eine neue Qualität entdeckt: »Göthe, der Volksentstandene« sei der »im Volksleben, auch trotz Fürstengunst, immer Heimischgebliebene« (S. 173). Mittlerweile klopft auch in Gutzkow »das deutsche Herz« (S. 172), so dass er Goethe schon 1849 zum Kronzeugen für die »Kraft des Vaterlandes« ausruft: »Wer aber erschließt uns da die Fülle des deutschen Wesens größer und mächtiger, als Göthe, der Deutscheste der deutschen Dichter!« (S. 172). Mit größerer Emphase hätte auch einige Jahre später ein Heinrich von Treitschke dazu nicht ins einschlägige Register gegriffen.

Dass Goethes Verhältnis zu Frauen, ein immergrünes Thema der Biographen, auch Gutzkows Aufmerksamkeit findet, zeigen noble Porträtierungen der einstigen Frankfurter Braut Lili Schönemann (S. 187-191) und der Briefpartnerin seiner jungen Jahre, Auguste Gräfin zu Stolberg (S. 137-139). Charlotte von Stein, Goethes wichtigste persönliche Bezugsfigur im ersten Weimarer Jahrzehnt, hat er noch nicht im Blick: Ihre Bedeutung spricht sich nach der 1848 von Adolf Schöll besorgten Edition der Briefe, die Goethe an sie gerichtet hat (darunter das Anamnesis-Gedicht), erst allmählich herum. Ansonsten mehren sich die kritischen oder einschränkenden Aussagen zu Goethe. Seine Reaktion auf die Französische Revolution, im großen Essay noch überspielt (S. 72, 87 f.), hatte Gutzkow schon 1835 kritisiert (S. 136). Die früher behauptete normative Gültigkeit Goethes und überhaupt der Weimarer Klassik widerruft er 1860 ausdrücklich: »Schiller und Goethe«, so heißt es nun, »drücken nicht das ganze Gebiet des dichterischen Schaffens aus, bezeichnen nicht die Bahnen, in denen allein die deutsche Literatur zu wandeln hat« (S. 200). Nun schwingt der Autor auch in die geläufig gewordene Abwertung des Goethe'schen Alterswerks ein, sieht in der *Achillëis*, in den *Wanderjahren* und im *Faust II [!?]* »keine besondere Pflege der Erzählungskunst« (S. 207). An Goethes Naturforschungen lässt er kein gutes Haar: Sie böten nichts anderes als »eine mit dem stärksten Dogmatismus ausgesprochene Beschreibung und Wiedererzählung aprioristischer Phantasieen« (S. 207). Damit allerdings, mit Verlaub, verkündet er blanken Unsinn, offenbar aus mangelnder Sachkenntnis.

Gutzkows früher geradezu schwärmerische Goethe-Bewunderung erhält also mit den Jahren einige Löcher. Zugleich schwächt er damit sein frühes Argument im Diskurs über die Neuformation der Literatur im 19. Jahrhundert, indem er Goethe als Vorbildfigur historisiert oder sogar dementiert. Vielleicht ist die Goethe-Rezeption des unermüdlichen Textproduzenten insgesamt nicht recht aufzuschlüsseln, wenn man nur auf die thematisch mit Goethe befassten Zeugnisse blickt, die der Band präsentiert. Eine neuere Studie zu Gutzkows

Skandalroman *Wally, die Zweiflerin*, in zeitlicher Nähe zum Goethe-Essay entstanden, hat bis in entlegene Details Anknüpfungen an Goethe, vor allem an den *Werther*, nachgewiesen und daraus Folgerungen gezogen auf ein unbewältigtes Epigonalitätsproblem.[5] Davon legt auch der große Goethe-Essay letztlich Zeugnis ab, wenn er das Loblied auf den Dichter »in magern Jahren« anstimmt (S. 81). Die Klage »Ueberall Produktionsohnmacht« (S. 101) lässt die eigenen Ambitionen nicht aus. Die späteren Retuschen und Ernüchterungen können an diesem Befund nur in einigen Details etwas korrigieren, doch das Stigma des Nachfolger-Schicksals ebenso wenig beseitigen wie die provozierende Zuspitzung, die er Goethe'schen Motiven im Roman gibt. Selbst für die Sigunen-Szene, die mit ihrer auf den lüsternen Betrachter spekulierenden Präsentation weiblicher Nacktheit besonders Skandal gemacht hat,[6] lässt sich eine Referenz bei Goethe auffinden, zwar nicht im *Werther* selbst, aber in der als psychologisches Vorspiel für den unglücklichen Enthusiasten gedachten späteren Wertheriade der *Briefe aus der Schweiz* (1796): Hier entkleidet sich ein weibliches Modell in Werthers Maleratelier – der Anblick stürzt den Helden in »eine wunderliche Empfindung« und hinterlässt »einen schauerlichen Eindruck« (MA 4.1, S. 643). Wallys Entblößung ist offenbar nach diesem Modell gestaltet. – Gutzkow also als Epigone der Klassiker: Für seine Freunde mag es ein Trost sein, dass ihr schreibfreudiger Autor damit nicht allein steht, sondern ein Jahrhundertproblem zu tragen hat.

Hartmut Reinhardt

Carl Bertuch (1777-1815). Verleger und Schriftsteller im klassischen Weimar. Hrsg. von Siegfried Seifert. Bucha bei Jena: quartus 2019, 151 S., 16,90 €. – Carl Bertuch: *Tagebuch vom Wiener Kongreß 1814 und 1815. Briefwechsel zwischen Friedrich Justin Bertuch und Carl Bertuch während des Wiener Kongresses*. Hrsg. von Rita Seifert u. Siegfried Seifert. Bd. 1: *Tagebuch vom Wiener Kongress 1814 und 1815*. Bucha bei Jena: quartus 2017, S. 1-199; Bd. 2: *Briefwechsel zwischen Friedrich Justin Bertuch und Carl Bertuch während des Wiener Kongresses*. Bucha bei Jena: quartus 2019, S. 200-624, 24,90 €

Walter Benjamins Titel *Was die Deutschen lasen, während ihre Klassiker schrieben* kommt einem in den Sinn, wenn man sich mit den hier anzuzeigenden Veröffentlichungen beschäftigt. In seinem mehrstimmigen Hörtext führte Benjamin den Nachweis, dass sich bereits um 1800 eine Kluft aufgetan hatte zwischen einem an wissenschaftlicher Information und mehr oder minder kultivierter Unterhaltung interessierten Lesepublikum und jenen an Zahl weit geringeren Freunden der Literatur, die bereit waren, den ästhetischen Ambitionen der maßstabsetzenden Autoren zu folgen. In einem Zwiespalt befanden sich die Verleger, die sich an den Bedürfnissen des Marktes orientieren mussten und allen Lesern zu Diensten sein wollten; nur wenige – wie etwa Göschen oder Cotta – hatten aber Instinkt und Geschick, allen auch wirklich gerecht zu werden.

An den Biographien von Friedrich Justin Bertuch (1747-1822) und seinem Sohn Carl (1777-1815) ist abzulesen, wie problematisch sich im Einzelnen literarische Produktion und Distribution gestalteten. Friedrich Justin Bertuch, zunächst Schatullverwalter von Herzog Carl August, gründete 1791 in Weimar das Landes-Industrie-Comptoir, zu dem auch ein

5 Vgl. Felix Woywode: *Epigonalität. Anspruch und Scheitern in Karl Gutzkow Roman »Wally, die Zweiflerin« (1835)*. In: *Jb. der Deutschen Schillergesellschaft* 63 (2019), S. 243-277, zur Konklusion S. 276.

6 Gutzkow: *Wally, die Zweiflerin* (Anm. 1), S. 52-57.

Buch- und Zeitschriftenverlag gehörte und das sich zu einem prosperierenden Unternehmen entwickelte. Sinnbild dieser Entwicklung war das prachtvolle klassizistische Stadtpalais, das sich Bertuch in unmittelbarer Nähe seiner Fabrikationsstätten errichten ließ und das manch einem als bürgerliches Pendant zum herzoglichen Schloss erschienen sein mag. Goethes Ehefrau Christiane war, bevor sie in das Leben des Dichters trat, in einer Manufaktur Bertuchs beschäftigt gewesen. Goethes Verhältnis zu Bertuch war ambivalent. Wenngleich er tüchtige Naturen seines Schlages durchaus schätzte – und Bertuch war auch ein begabter Schriftsteller und produktiver Übersetzer, dem wir eine frühe Verdeutschung des *Don Quichote* verdanken –, so bewahrte er doch Distanz gegenüber dem zuweilen opportunistischen Gebahren des strikt profitorientierten Geschäftsmannes. Zwar imponierte ihm dessen Erfolg, doch die Schattenseiten von Bertuchs frühkapitalistischer Geschäftsmoral blieben ihm nicht verborgen. Am deutlichsten wurden sie ihm wohl, als Bertuch den Verlag der *Allgemeinen Literaturzeitung* 1803 nach Halle verlegte und damit nicht zuletzt eine Krise der Universität Jena heraufbeschwor.

Im Zusammenhang mit dem Jubiläumsjahr 1997 rückte Bertuch stärker in den Fokus der Forschung. Das Goethe- und Schiller-Archiv veranstaltete eine Ausstellung und im Jahr 2000 erschien ein repräsentativer Sammelband, der eine Summe der Forschung zog.[1] Mitherausgeber dieser Veröffentlichung war der Weimarer Germanist Siegfried Seifert, der vorher schon wichtige Beiträge zur buchgeschichtlichen Forschung vorgelegt hatte. Als sich 1998 an der Universität Jena der Sonderforschungsbereich *Ereignis Weimar-Jena. Kultur um 1800* konstituierte, war Seifert als Teilprojektleiter und Mitarbeiter beteiligt. Ein Hauptziel des Sonderforschungsbereichs bestand darin, durch konkrete, archivbasierte Forschungen zur Gesellschafts-, Wirtschafts- und Kulturgeschichte von Sachsen-Weimar der ›Hochkultur‹ des klassischen Weimar eine solide realhistorische Basis zu schaffen. Auf die zahlreichen Untersuchungen, die in diesem Kontext entstanden sind, kann hier nur hingewiesen werden.

In gewisser Weise sind die vorliegenden Publikationen als Fortsetzung des Sonderforschungsbereichs anzusehen, der 2010 seine Tätigkeit einstellte. Gemeinsam mit seiner Tochter Rita Seifert hat Siegfried Seifert seine Ermittlungen fortgesetzt und präsentiert sie jetzt in einem Ensemble von Büchern, das einen deutlichen inneren Zusammenhang besitzt und von sorgfältiger wissenschaftsorganisatorischer Disposition Zeugnis ablegt. Der Blick richtet sich auf Carl Bertuch, der 1800 in das väterliche Unternehmen eintrat und an verantwortlicher Position – unter anderem als Redakteur des *Bilderbuchs für Kinder* sowie der Zeitschriften *London und Paris* und *Journal des Luxus und der Moden* – bis zu seinem frühen Tod 1815 tätig war. Seinem Wirken war eine Konferenz gewidmet, die 2016 am Goethe- und Schiller-Archiv stattfand und deren wissenschaftliches Ergebnis nun als Buch vorliegt. Zwei weitere Veröffentlichungen schlossen sich an: Rita und Siegfried Seifert haben Carl Bertuchs Tagebuch, entstanden während seiner Mission beim Wiener Kongress, sowie die parallel dazu geführte Korrespondenz zwischen Friedrich Justin und Carl Bertuch veröffentlicht.

Die im Konferenzband versammelten Referate bilden teils eine Ergänzung, teils eine notwendige Voraussetzung zum Verständnis der Quellenpublikationen. Gerhard Müller, ein profunder Kenner der Geschichte Sachsen-Weimars im 18. und frühen 19. Jahrhundert, skizziert eingangs unter dem Titel *Kultur als Politik und Politik als Kultur* die Entwicklung des Herzogtums im Sinne eines frühliberalen »politischen Experimentierfeld[s]« (S. 10) und kann einleuchtend zeigen, welches symbolische Kapital im Hinblick auf Kunst und Wissenschaft dem kleinen Staat zugewachsen ist; Weimar hatte sich den Ruf einer »deutsche[n] Kulturmetropole« (S. 25) erworben. Siegfried Seifert widmet sich vor dem Hintergrund eines sich seit 1800 entwickelnden modernen Buch- und Verlagswesens dem spannungsreichen Verhältnis zwischen Vater und Sohn Bertuch: auf der einen Seite ein Vater, der all sein Sinnen und Trachten auf das Gedeihen seines Unternehmens richtet und vom Sohn die gleiche Hal-

1 Vgl. GJb 2001, S. 399-402.

tung erwartet, auf der anderen Seite ein künstlerisch begabter und kulturell sehr interessierter, offenkundig schwankender Gesundheit unterworfener junger Mann, der nicht immer den Anforderungen des Vaters folgen kann und will. Rita Seifert, Archivarin am Universitätsarchiv Jena, widmet sich dem Verhältnis der Jenaer Kommilitonen Carl Bertuch und Ludwig Wieland, Sohn von Christoph Martin Wieland, und kann bei dieser Gelegenheit dank archivarischer Recherchen Genaueres zu Bertuchs Mitwirken in der Naturforschenden Gesellschaft und der Mineralogischen Sozietät in Jena beitragen; in einem zweiten Beitrag stellt sie den Bertuch-Bestand im Stadtarchiv Schweinfurt vor. Den wichtigsten Quellenfundus hält das Archiv der Familien Bertuch und Frommann im Goethe- und Schiller-Archiv bereit; was darin in Beziehung auf Carl Bertuch von Interesse ist, erläutert Anne Fuchs. Eine Korrespondenz zu den Quellenpublikationen stellt sich insbesondere im Beitrag von Sascha Winter her, denn dieser widmet sich Benvenuto Cellinis Saliera, jenem prunkvollen Salzfass, das Goethe in seiner Übersetzung von Cellinis Autobiographie ausführlich beschreibt, ohne das Objekt gesehen zu haben. Seit Jahrhunderten in der Sammlung von Schloss Ambras bei Innsbruck befindlich, wurde es seit Oktober 1814 im Unteren Belvedere in Wien öffentlich zur Schau gestellt. Carl Bertuch ließ Skizzen vom Salzfass anfertigen, die ihren Weg nach Weimar nahmen, und veröffentlichte mehrere Publikationen über diesen Fund; insgesamt steht seine Würdigung als kenntnisreicher, souverän urteilender Kunsthistoriker noch aus. Bei einer Neuausgabe seiner Übersetzung nahm Goethe im Anhang auf Bertuchs Ermittlungen dankbar Bezug; heute werden die Zeichnungen zusammen mit anderen Materialien in der Herzogin Anna Amalia Bibliothek aufbewahrt.

Dass wir von Carl Bertuchs Reise nach Wien ein Tagebuch besitzen, ist allein dem Umstand zu verdanken, dass Friedrich Justin Bertuch im Frühjahr 1814 erkrankte und seinen Vorsatz, auf dem Wiener Kongress für die Belange des deutschen Buchhandels einzutreten, aufgeben und diese Mission auf seinen Sohn übertragen musste. Das Weimarer Archiv bewahrt mehrere Reisetagebücher Carl Bertuchs auf; das aus Wien ist nunmehr gedruckt zugänglich. Wie die anderen auch besitzt es teils literarisch ambitionierten Charakter, teils in kaufmännischer Tradition den Charakter einer Buchführung mit sich selbst. Zwei Intentionen sind es, die Carl Bertuch im Auftrag des Vaters – gemeinsam mit Goethes Verleger Cotta – in Verhandlungen mit den politischen Instanzen möglichst weit voranbringen sollte: ein Verbot des Nachdrucks, wie er nicht nur in Österreich noch eifrig betrieben wurde, und in weiterem Sinne den Schutz des geistigen Eigentums überhaupt. Vater und Sohn war von vornherein bewusst, dass ein verbindliches Abkommen auf dem Kongress selbst nicht zu erreichen sein werde. Viel war schon gewonnen – so beider Resümee am Ende des Kongresses –, wenn das Anliegen der deutschen Buchhändler und Verleger in ein abschließendes Protokoll aufgenommen und danach vom Bundestag in Frankfurt weiter behandelt werden würde. Zahlreiche Gespräche und Audienzen hat Carl Bertuch in seinem Tagebuch festgehalten: So werden Carl August und seine Entourage aufgesucht, Wilhelm von Humboldt wird als preußischer Repräsentant in Anspruch genommen, den Höhepunkt stellen Audienzen bei Metternich dar. Carl Bertuch arbeitet sein Pflichtpensum ab; abends führt er Tagebuch, widmet sich seiner Korrespondenz und redaktionellen Geschäften.

Aufschlussreich für uns ist das kulturelle Panorama, das er in seinen Notizen von der Stadt Wien entwirft. Er ist ein unermüdlicher Theatergänger, gehört zum Publikum von Beethoven-Konzerten und einer *Fidelio*-Aufführung, besucht Museen und Ausstellungen, trifft sich mit Künstlern und Kunstliebhabern und unternimmt Ausflüge in Wiens Umgebung. Unter seinen Bekanntschaften ragen Prinz Albert von Sachsen-Teschen, der Gründer der Albertina, und der Hafis-Übersetzer Joseph von Hammer heraus, mit dem Bertuch »sehr vertraut« war (Bd. 2, S. 285). Sein Tagebuch enthält überdies zahlreiche, seinen Beobachtungen entsprungene Zeichnungen – schade, dass nicht wenigstens einige davon in die Edition aufgenommen werden konnten. Bertuchs Interessen sind weit gefächert. Antike Kunst und modernes Kunstgewerbe, Münzen und Medaillen, plastische Arbeiten und Bildnisse fesseln sein Interesse, aber auch Sammlungen aus allen Reichen der Natur und, nicht zu vergessen, reale Produktionsprozesse wie der Metallguss. Diese Interessen zeichnen ihn als Persönlichkeit aus, haben aber zugleich einen kommerziellen Hintergrund. Zu seinem anstrengenden Besichtigungs- und Audienzprogramm gesellt sich die redaktionelle Arbeit für die in Weimar erscheinenden Publikationen, insbesondere für das *Journal des Luxus und der Moden*; als häufiger Gast der in Wien so beliebten Bälle und Festivitäten hält er nach Mode-Themen Ausschau. Der Kleidung von Frauen wie Männern widmet er besondere Aufmerksamkeit. Wenn er eine Persönlichkeit wie den englischen Feldherrn Wellington charakterisiert, so widmet er sich – nicht nur in diesem Fall – der Physiognomie wie der Kleidung als Ausdruck von Persönlichkeit gleichermaßen. Bertuch ist ein lebhafter, talentierter Beobachter, dem auch theatralische ›Leckerbissen‹ wie eine *Werther*-Parodie auf dem Leopoldstädter Theater nicht entgehen. Seine Tagebuchnotiz von dieser Aufführung am 16. Februar 1815 sei hier pars pro toto mitgeteilt:

> Werthers Leiden, eine locale Posse. – Die n[ich]t viel bedeutet, so wie die Musik von Ignaz Schuster. Werther, ist ein Kupferschmied aus Krems, der mit der Lotte, einer Musik[erin] aus der Leopoldstadt, sich verschampert hatte. Sie aber sitzen ließ, und die an Albert, Lampenzünd[er] Aufseher anhieng, der 6 fl, 30 Xr. an sie wendete. Werther kömmt bey der Leopoldstadt auf einem Donauschiff mit Schneit, sucht Lotten auf, sieht daß sie den Albert liebt, nimmt mit einem Menuett abschied, stürzt sich in die Donau, ein Pudel rettet ihn, und alles endigt fröhlich an der Schlagbrücke. (Bd. 1, S. 138 f.)

Von solch vergnüglichen Dingen ist selten in der Korrespondenz die Rede, die Carl Bertuch parallel zu diesen Aufzeichnungen mit seinem Vater führt. Hier waltet der Geist der Geschäftigkeit, was sich schon darin zu erkennen gibt, dass beide ihre Briefe nummerieren, Lücken in der Korrespondenz sich darum leicht ermitteln lassen. Vermutlich wollte der Sohn beim Vater den Eindruck erzeugen, sich stets und ständig nur den geschäftlichen Anliegen zu widmen. Friedrich Justin Bertuch gibt sich in seinen Briefen an den Sohn, die sich wie eine Anleitung für Lobbyisten lesen, als kluger, politisch und geschäftlich weitsichtiger Kopf zu erkennen. Mehr als einmal weist er Carl auf gutes Einvernehmen mit seinem ›Freund‹ Cotta hin, mahnt unermüdlich, das Ziel nicht aus den Augen zu verlieren, »die Register auf Deiner GeschäftsOrgel [zu] ziehen« (Bd. 2, S. 231), Kontakte nach allen Seiten hin zu knüpfen, wichtige Persönlichkeiten mehrfach um Gespräche zu bitten; er geht so weit, Wilhelm von Humboldt Vollmachten übertragen zu wollen, wenn man bei ihm das eigene Anliegen in besseren Händen zu wissen glaubt. Ausführlicher als in seinem Tagebuch geht Carl Bertuch auf die großen politischen Fragen ein, für die der Kongress nach einer Lösung sucht, vor allem auf die künftige staatliche Konstitution von Polen und Sachsen, doch ebenso auf den Länderschacher hinter den Kulissen, an dem Preußen, aber auch die deutschen Klein- und Mittelstaaten beteiligt sind. Eine große Rolle spielt Napoleons Rückkehr von Elba auf den Kontinent im Frühjahr 1815, die das politische Wien in Aufruhr versetzt.

Ist Carl Bertuchs Tagebuch vor allem eine Darstellung von Wiens prächtiger kultureller Topographie – was durch die Beigabe eines alten Stadtplans unterstrichen wird –, so kommt der Korrespondenz nicht zuletzt Bedeutung zu durch ihren Gehalt an vertraulichen politischen Informationen, zu denen Carl Bertuch als Gesprächspartner hochrangiger Persönlichkeiten Zugang hatte. Diese gab er aber nur dann in Briefen an den Vater weiter, wenn sie von einem Reisenden mitgenommen werden konnten; Österreichs Zensoren waren allgegenwärtig. Harte Worte fallen über die nachdruckenden »Wiener Spitzbuben« (Bd. 2, S. 259); Friedrich Justin Bertuch sieht den »Kakodämon der Raubsucht und des Egoismus« heraufziehen (Bd. 2, S. 280). Hingegen mache Carl August, so Carl Bertuch, seinem »Ruhm als Fürst der Literatur […] Ehre« und werde »allgemein geschäzt« (Bd. 2, S. 313). Dem Gedanken der ›Preßfreiheit‹ stehen beide Briefschreiber nahe, ohne vom Kongress spürbare Fortschritte zu erwarten; »unsere rosenfarbenen Träume von Teutschlands neuer Glorie« (Bd. 2, S. 289), schreibt Friedrich Justin Bertuch, werden wir wohl aufgeben müssen. Beider Hoffnungen sind eher langfristiger Natur. Bemerkenswert ist, wie eigene kommerzielle Interessen mit dem Verlauf des Wiener Kongresses verbunden werden. Friedrich Justin Bertuch spielt mit dem Gedanken, seine florierende Kartenproduktion durch »InterimsCharten« (Bd. 2, S. 389) zu ergänzen, in die neue politische Grenzverläufe eingezeichnet werden sollten. Auch das von ihm herausgegebene europäische Staatshandbuch verlangte nach einer Aktualisierung, in die natürlich die staatliche Neuordnung Europas, wie sie in Wien beschlossen wurde, Eingang finden musste. Dass darüber hinaus zwischen Weimar und Wien ständig redaktionelle Probleme verhandelt wurden, versteht sich beinahe von selbst. Bemerkenswert ist der wirtschaftliche Weitblick Friedrich Justin Bertuchs, der einmal anmerkt, England habe die Teilung Sachsens auch deshalb befürwortet, »weil dadurch die Fabriken des Erzgebürges methodisch zu Grunde gerichtet werden« (Bd. 2, S. 388).

Tagebuch und Briefwechsel firmieren mit fortlaufender Seitenzahl als Band 1 und 2 und sind durch ein Register erschlossen, das leider nur Personen, nicht aber deren Werke erfasst. Der im Prinzip diplomatisch wiedergegebene Text – editorische Eingriffe werden nachgewiesen – beruht auf den Handschriften des Goethe- und Schiller-Archivs, wobei für das Tagebuch eine ältere Auswahledition von Hermann von Egloffstein herangezogen werden konnte. Die Wiedergabe einiger Faksimiles hätte den Respekt vor der Entzifferungsleistung noch vermehrt. Kommentiert worden ist nur das Tagebuch. Nützlich wäre es gewesen, diesem Zeilenkommentar einführende Bemerkungen zu dessen Charakter voranzustellen. Lesefreundlicher wäre die Lektüre ausgefallen, wenn man z. B. die Lemmata kursiviert und sie nicht in Anführungszeichen (die manchmal auch fehlen) gesetzt hätte. Sorgfältig werden Wien betreffende topographische, kunsthistorische und theatergeschichtliche Bezüge unter Heranziehung zeitgeschichtlicher Quellen erläutert. Auch sprachlichen Eigenheiten wird Aufmerksamkeit geschenkt, wobei nicht in jedem Fall ein zeitgenössisches Wörterbuch als Quelle herangezogen werden müsste; da wird des Guten zuweilen – etwas umständlich auch – zu viel getan. Gern hätte ich mehr von Carl Bertuchs Geschäften hinter den Kulissen erfahren, wenn er von Kunstwerken spricht, die zur Verhandlung oder zum Verkauf stehen; auch seine Tätigkeit für das Unternehmen des Vaters hätte konkreter dokumentiert werden können. Das aber sind Wünsche, die die Qualität des Vorliegenden nur minimal betreffen. Erweitert und bereichert wird unser Verständnis von den soziokulturellen Fundamenten, auf denen auch die Kultur des klassischen Weimar gründet. Zudem tritt Carl Bertuch in seinen Briefen wie im Tagebuch als Persönlichkeit von ausgeprägtem intellektuellen Profil hervor. Ob er in der Lage gewesen wäre, das Unternehmen des Vaters in dessen strikt auf Erfolgskurs orientierten Sinn fortzuführen, stehe dahin. Eine eigene monographische Darstellung verdiente er gleichwohl. Die vorliegenden Bände stellen dafür eine tragfähige Grundlage dar.

Jochen Golz

Frank D. Wagner: *Goethe und Hegel. Wesen der Dialektik – Grenze des Digitalen.* Würzburg: Königshausen & Neumann 2020, 432 S., 44,00 €

In seiner Monographie *Goethe und Hegel. Wesen der Dialektik – Grenze des Digitalen* legt der Oldenburger Literaturprofessor Frank D. Wagner bereits in der *Vorbemerkung* dar, welchen Schwierigkeiten sich die Aufspannung eines Gesprächsrahmens zwischen Goethe und Hegel ausgesetzt sieht. Prima facie scheinen sich Hegels und Goethes bevorzugte Erschließungsvarianten des Weltganzen in die Pole einer diametralen Opposition auszudifferenzieren: Auf der einen Seite steht der Panlogismus Hegels, der die ineinander übergehenden Strukturierungsstufen des Begriffs zu Bewegungsgesetzen des Wirklichen erhebt. Hegel spricht der Vernunft die systematisch fundierte Entdeckung der vermittelten Totalität zu. Auf der anderen Seite lässt sich das gegenständliche Denken Goethes verorten, der die Natur schon zu Beginn seines wissenschaftlichen Forschens »als etwas Übermächtiges, etwas Undurchdringliches, etwas Unendliches« (S. 203) würdigt. Das neuzeitliche Wissensideal einer vollständigen Mathematisierbarkeit der Natur konsequent in Frage stellend, nähert sich Goethe den durch Polarität und Steigerung bestimmten Metamorphosen des Lebendigen in einem möglichst herrschaftsfreien Verfahren an, das Schiller in einem Brief vom 19. Januar 1798 als »rationelle[n] Empirismus« (zit. nach S. 282) charakterisiert hat. Dieser äußert sich in der Denkfigur der Analogie, um mit Hilfe des Vermögens der Einbildungskraft bis zum ›reinen Phänomen‹ aufzusteigen. Goethe votiert für eine an Spinozas dritter Erkenntnisgattung geschulte, intuitive Anschauung als Quellgrund der sachhaltigen Naturerfahrung. In seiner *Farbenlehre* sucht er die sinnlich-sittliche Intensität der Empfindungen gegenüber der physikalischen Methodologie Newtons zu retten.

Angesichts dieser Diskrepanz des Erkenntnisansatzes mag es zunächst überraschen, dass die beiden Denker von ihren Zeitgenossen spätestens nach dem Tod Kants und Schillers als Dioskuren betrachtet wurden, gegen deren Allianz sowohl die theologischen Autoritäten als auch die Organe der staatlichen Macht agitierten (vgl. S. 273). In ebenso lehr- wie materialreichen Ausführungen wirbt Wagner stichhaltig für die These, dass die schematische Gegenüberstellung Hegels und Goethes nur einen Einzelaspekt innerhalb einer vielschichtigen Beziehung repräsentiert. Dabei bildet die berühmte Unterhaltung über das Wesen der Dialektik, die Goethe und Hegel am 18. Oktober 1827 in Weimar führten, den herausragenden Dreh- und Angelpunkt der inhaltlichen Architektonik. Dieses Gespräch wurde von Goethes Sekretär Eckermann einige Jahre später rekonstruiert (vgl. S. 130).

Das vorliegende Werk gliedert sich in sechs übergreifende Kapitel. Im ersten Kapitel, *Goethe. Newton. Dialektik*, zeigt der Autor auf, dass Goethe schon früh eine scharfe Trennlinie zwischen der esoterischen Unverständlichkeit der Phänomenologie des Geistes respektive der Wissenschaft der Logik und dem durchaus erwünschten, mündlichen Austausch mit Hegel zog. Dies drückt sich paradigmatisch in jenem philosophiekritischen Diktum aus, das Goethe im wegweisenden Jahr 1827 gegenüber Kanzler von Müller kundtat: »Ich mag nichts Näheres von der Hegelschen Philosophie wissen, wiewohl Hegel selbst mir ziemlich zusagt. So viel Philosophie, als ich bis zu meinem seligen Ende brauche, habe ich noch allenfalls in Vorrat, eigentlich brauchte ich gar keine« (zit. nach S. 36). Als gewichtige Hypothek einer konstruktiven Verständigung arbeitet Wagner in der Folge heraus, dass Goethe vor allem der Dialektik misstraute. Exemplarisch wird im Rekurs auf das *Hexen-Einmaleins* aus *Faust I* demonstriert, dass Goethe in der Dialektik die Gefahr spürte, ihr kundiger Anwender könnte »Eins in Drei« (S. 23) umwandeln. Dergestalt ließen sich in einem sophistischen Begriffsarrangement die für Goethes Naturauffassung konstitutiven Grenzen zwischen dem Wahren und dem Falschen destabilisieren. Es ist dieser prominente Vorbehalt Goethes, den der Autor im dritten Kapitel mit der im Schatten des Triumphs der Hegel'schen Philosophie anwachsenden, negativen Einschätzung der Dialektik parallelisiert. Jene Ablehnungshaltung spiegele sich unter anderem in Schopenhauers Katalog eristischer Kunstgriffe wider und manifestiere sich in Nietzsches Deutung des sokratischen Elenchos als Untergangszeichen der athenischen Hochkultur (vgl. S. 183).

Konträr dazu beurteilt Hegel die Dialektik im § 81 der *Enzyklopädie* als »bewegende Seele des wissenschaftlichen Fortgehens« (zit. nach S. 129). Diese substanziell-objektive Bedeutungsdimension mildert Hegel in der Weimarer Diskussion ab, indem er die Dialektik 1827 als reflektierte Ausübung eines inneren Unterscheidungssinns fasst:

> Sodann wendete sich das Gespräch auf das Wesen der *Dialektik*. – Es ist im Grunde nichts weiter, sagte Hegel, als der geregelte, methodisch ausgebildete Widerspruchsgeist, der jedem Menschen inwohnt, und welche Gabe sich groß erweiset in Unterscheidung des Wahren vom Falschen.[1]

1 Zu Eckermann, 18.10.1827; zit. nach S. 128.

Mit dieser bedachtsamen Definition konnte Hegel den Dissens in eine versöhnliche Stimmung umlenken. Im Gespräch mit Eckermann hatte Goethe am 11. April 1827 die erkenntnisfördernde Abfolge von Widerspruch, Zweifel und Prüfung seinerseits in einer Gewissheit münden lassen, die wie bei Hegel mit dem »Erreichen eines Positiv-Vernünftigen« (S. 145) konvergiere.

Insgesamt gelingt es Wagner überzeugend, die ideengeschichtliche Konstellation ›Goethe und der deutsche Idealismus‹ durch fruchtbringende Perspektiven anzureichern. Dabei greift der Autor in modernediagnostischer Absicht auf Goethes Dystopie der zu »Universalmonarchen« (S. 378) aufsteigenden Mathematiker zurück, die alles Seiende für nichtig erklärten, sofern es sich nicht der Logik des Kalküls beuge. Im Verbund mit Goethe hält Wagner das »heterogene Paar« (S. 330) von ›Idee‹ und ›Liebe‹ der normierenden »*Datenreligion*« (S. 350) digitaler Algorithmen entgegen, deren künstliche Intelligenz in Goethes Figur des Homunkulus ihren »fleischgewordene[n] Vorläufer« (S. 406) finde. Vor diesem Hintergrund entfaltet die Studie ein beeindruckendes Plädoyer für die verdrängten Potenziale einer Dialektik, die – wie der Autor mit Adorno anmerkt – als »Asyl allen Gedankens der Unterdrückten«[2] dienen könnte.

Jan Kerkmann

Thomas Mann: *Goethe*. Hrsg. von Yahya Elsaghe u. Hanspeter Affolter. Frankfurt a.M.: S. Fischer 2019, 539 S., 10,00 €

Unter dem minimalistischen Titel dieses Bandes haben die beiden Herausgeber Yahya Elsaghe und Hanspeter Affolter elf Goethe-Beiträge Thomas Manns zusammengestellt – vom mehrfach erweiterten Groß-Essay *Goethe und Tolstoi* (1922, 1925, 1932) bis zur *Ansprache im Goethejahr 1949*. Die Lesebücher der Reihe *Fischer Klassik*, in der die vorliegende Anthologie erschienen ist, dienen zumeist der popularisierenden Heranführung an klassische Œuvres. Forschung im engeren Sinne wird in dieser Reihe in der Regel nicht betrieben. Hier bildet der vorliegende Band eine erfrischende Ausnahme. Mit dem 50 Seiten starken Vorwort und einem detaillierten Stellenkommentar haben Elsaghe und Affolter einen gewichtigen Forschungsbeitrag eigenen Rechts zum Goethe-Bild Thomas Manns vorgelegt.

Die Idee, Manns Äußerungen über Goethe zusammenzutragen, ist einschlägig und darum keineswegs neu. Bereits vor zwanzig Jahren hatte Wolfgang Mertz eine thematisch ähnlich gelagerte Anthologie herausgebracht, unter dem etwas possierlichen Titel *Zutrauliche Teilhabe. Thomas Mann über Goethe* (1999). Während Mertz Schnipsel und Auszüge mit Goethe-Bezügen aus Manns Essays, aber auch aus Briefen, Tage- und Notizbüchern collagiert, verzichten Elsaghe und Affolter auf eine solche Stellensammlung, die den Nachlass mit einbezieht. Stattdessen werden im vorliegenden Band nur die zu Manns Lebzeiten publizierten und damit wirksamen Goethe-Essays in chronologischer Reihung gedruckt und umsichtig kommentiert. Das eigentliche Novum dieses Bandes bildet aber die werk- und kulturgeschichtliche Kontextualisierung, die Elsaghes umfängliches Vorwort leistet: Überzeugend wird hier dargestellt, dass und warum Manns Goethe-Bezugnahmen sich auf bestimmte Werkphasen beschränken. Auffällig ist vor allem, »wie spät« (S. 7) Manns Reflexionen über Goethe einsetzen, nämlich erst in der Weimarer Republik mit *Goethe und Tolstoi* – da ist Mann beinahe fünfzig Jahre alt. Noch um die Jahrhundertwende hielt er hingegen respektvollen »Sicherheitsabstand« (S. 13) zu dem Weimarer Klassiker. Elsaghe führt dies auf die abschreckende Unnahbarkeit kaiserzeitlicher Goethe-Bilder zurück. Manns Beziehung zu

2 Theodor W. Adorno: *Minima Moralia*, Nr. 152; zit. nach S. 262.

Goethe entspannt sich daher erst in den 1920er Jahren, und zwar – so eine der erhellenden Einsichten des Vorworts – parallel zu einem grundlegenden »Paradigmenwechsel« (S. 17) in der Goethe-Philologie der Zwischenkriegszeit. Der Nationalheilige aus Weimar wird nun säkularisiert, wird »auf menschliche Abmessungen redimensioniert« (S. 18), etwa in Emil Ludwigs Biographie *Goethe. Geschichte eines Menschen* (1920).

Manns Annäherung an Goethe vollzieht sich in den Bahnen der ›Aemulatio‹, als wetteifernde Nachahmung eines Vorbilds. Die »Selbstidentifikation« (S. 16) mit Goethe ist dabei vor allem auf dessen Biographie fixiert, wie Elsaghe an kuriosen Beispielen illustriert: Mann »pflegte dasselbe *Eau de Cologne* zu benutzen wie Goethe. Im selben Lebensjahr, in dem Goethe sein erstes Gespann gekauft hatte, erwarb Mann sein erstes Automobil« (S. 16f.). In solchen Rollenspielen entdeckt Elsaghe »ödipale Identifikationswünsche« (S. 19). Mann familiarisiere Goethe als »Vater-Imago« (S. 16), wie mit Harold Blooms Thesen über intellektuelle ›Einflussangst‹ dargelegt wird. Mitunter vermisst man dabei die kritische Distanz zum Psychologismus Blooms: Zwar fußen Manns Vexierspiele mit der Biographie Goethes selbst auf psychoanalytischen Überzeugungen, fraglich ist aber, ob man die historische Wissensformation der Psychoanalyse deshalb auch als heuristisches Instrument heranziehen muss, um Manns Verhältnis zu Goethe philologisch zu beschreiben.

Die eindrucksvolle interpretatorische Gesamtleistung des Vorworts können solche Nachfragen im Detail jedoch nicht schmälern. Ohnehin ist zu begrüßen, dass Elsaghe nicht bei bloßem, für Psychoanalytisches besonders anfälligem Biographismus stehen bleibt. Ein zentrales Interesse gilt vielmehr der Frage, wie Manns Auseinandersetzungen mit Goethe »ihren jeweiligen zeitgeschichtlichen Kontext« (S. 8) reflektieren. Fulminante Einsichten gelingen dabei zu Manns Goethe-Essays nach 1945. Elsaghe zeigt, dass Mann nach dem Zweiten Weltkrieg Goethe auffällig oft mit dem Begriff des ›Dämonischen‹ charakterisiert, um damit ein »Dilemma« (S. 39) zu lösen: Einerseits soll Goethe als paradigmatischer Exponent humanistischen Erbes salviert werden, doch ohne Zuhilfenahme der »Zwei-Deutschland-Theorie« (S. 40), der Unterscheidung zwischen einem guten und bösen Deutschland, die Mann ablehnte. Zugleich soll Goethe aber auch »als Nationalschriftsteller« für die Deutschen gerettet werden, weshalb sein Humanismus »nicht ganz und gar kompromisslos« gegen die NS-Vergangenheit in Stellung gebracht werden durfte (ebd.). Elsaghe deutet Manns unscharfen Begriff des ›Dämonischen‹ – vor allem im Essay *Goethe und die Demokratie* (1949) – daher als »Offerte« (S. 41) an die Deutschen. Mann versuche, »die im Namen des deutschen Volks verbrochenen Scheußlichkeiten [...] vage und von sehr, sehr fern« an etwas anzuschließen, das er auch »in Goethes Persönlichkeitsstruktur« ausmachte (ebd.): Manns Goethe vertritt einen Humanismus, der – mit Maßen – auch ›Dämonisches‹ einschließt, um als »Integrationsangebot« (S. 40) für die Deutschen dienen zu können. Mit dem unscharfen Begriff des ›Dämonischen‹ konnte Mann die NS-Vergangenheit ansprechen, »ohne sie ausdrücklich beim Namen zu nennen« (ebd.), aber – das ist die Kehrseite dieser ›Offerte‹ – er »verharmloste« (S. 41) sie damit auch. Es sind solche bestechend scharfsinnigen Analysen von Manns Goethe-Essayistik nach dem Zweiten Weltkrieg, die zu den Glanzpunkten des Bandes gehören.

Während das Vorwort weite Deutungsbögen spannt, konzentriert sich der angehängte Stellenkommentar auf Detailerklärungen: Lemmata mit übergreifenden Erläuterungen fehlen, der Kommentar liefert primär Wort- und Sacherklärungen. Diese sind aber für eine Lesebuch-Reihe wie *Fischer Klassik* äußerst informationsgesättigt. Mit dem kompletten Abdruck von Manns elf Goethe-Essays nehmen Elsaghe und Affolter zudem bewusst zahlreiche Wiederholungen in Kauf: Der Band dokumentiert auch »eine ungewöhnlich hohe Redundanz des jeweils über Goethe Gesagten« (S. 21). Gerade dies ermöglicht jedoch einen intimen Blick auf den Schreibtisch des Essayisten und Redners Thomas Mann, der vielfach ähnliche Textbausteine verwendet und diese immer wieder neu verfugt.

Insgesamt kann man den Band als freudige Überraschung bezeichnen, weil er zu einem Thema, das abgegrast scheint, schlagende neue Einsichten liefert. Im aktuellen *Thomas Mann-Handbuch* wird bemängelt, dass eine »eigene große Studie über die Beziehung Thomas Manns zur ›Weimarer Klassik‹«[3] noch immer ein Forschungsdesiderat sei. Zumindest für Goethe läge mit der hervorragend aufbereiteten Textsammlung von Elsaghe und Affolter dafür nun alles bereit.

Matthias Löwe

Sebastian Kaufmann: *Heidegger liest Goethe. Ein vielstimmiges »Zwiegespräch« (ca. 1910 bis 1976)*. Heidelberg: Winter 2019, 100 S., 24,00 €

Die Lektüre von Goethes Werken gehörte sicher nicht zu Martin Heideggers primären Bildungserlebnissen. Wir wissen, dass er lange Zeit seines Lebens mit Goethe nichts anfangen konnte, ja ihn sogar teilweise ablehnte. Bezeichnend dafür ist die Charakterisierung von Goethes Lyrik als »Reimgeklingel« und »Singsang« in der ersten Hölderlinvorlesung.[1] Im Brief *Über den Humanismus* verfallen mit Schiller auch Goethes Kosmopolitismus und seine humanistischen Visionen (im *Faust* und *Wilhelm Meister*) der Kritik; dem wird der unmetaphysische Dichter Hölderlin kontrastiert. Zu einer Wende in seiner Sicht Goethes kommt es bei Heidegger erst nach 1964. Wie Hans-Georg Gadamer 1996 erwähnt,[2] erkennt Heidegger jetzt den späten Goethe an: Er liest nicht nur den *Wilhelm Meister* und die *Italienische Reise*, sondern sogar den *West-östlichen Divan*, nachdem er in den dreißiger Jahren vom *Divan* nur die *Noten und Abhandlungen* geschätzt hatte.

Sebastian Kaufmann, ein Freiburger Germanist mit Forschungsschwerpunkt Literatur und Philosophie, der gleichzeitig an der Forschungsstelle »Nietzsche-Kommentar« der Heidelberger Akademie der Wissenschaften arbeitet, will diese geltende Sicht auf das Verhältnis von Heidegger und Goethe als zu oberflächlich entlarven und verfolgt in seinem Buch Heideggers Bezug zu Goethe durch die verschiedenen Lebensstadien Heideggers hindurch (die erste Phase bis 1930, die zweite zwischen 1930 und 1950 und die dritte nach 1950, das Spätwerk). Dabei lässt er sich von der These leiten, das Verhältnis Heideggers zu Goethe sei bisher vernachlässigt worden (S. 8). Das Interesse an diesem Thema beginne erst in jüngster Zeit (Günther Martin, Clemens Pornschlegel, Harald Seubert). Er will dem Vorurteil entgegenwirken, Heidegger habe Goethe nur abgewertet und erst spät anerkannt.

Heideggers erstes einschneidendes Goethe-Erlebnis sei, so Kaufmann, ins Jahr 1905 zu datieren, motiviert durch ein theologisches Problem. Allerdings entgeht dem Autor nicht, dass Heidegger früh schon Attacken auf das Konzept der »klassizistischen Humanität« (S. 19) reitet. In den frühen Freiburger Vorlesungen erscheint Goethe in Zusammenhang mit Wilhelm Diltheys Begriff des »Lebenszusammenhangs«, d.h. die Sicht auf Goethe ist gerahmt durch seine Beschäftigung mit der »Lebensphilosophie« (S. 20). Heidegger entlehnt von Goethe auch den Begriff ›Urphänomen‹. 1923 las Heidegger Konrad Burdachs Studie *Faust und die Sorge* und stieß hier auf die Cura-Fabel von Hyginus, die für *Sein und Zeit* wichtig wird (S. 21). Kaufmann vermutet eine »Parallele zwischen der Sorge in *Sein und Zeit* und in Goethes *Faust*« (S. 22).

Das Verhältnis zu Goethe beim mittleren Heidegger nennt der Autor selbst »ambivalent« (S. 26). Es gebe zwar, so muss er zugeben, die Abwertung gegenüber Goethe (vererbt von

3 Helmut Koopmann: *Weimarer Klassik*. In: *Thomas Mann-Handbuch. Leben – Werk – Wirkung*. Hrsg. von Andreas Blödorn u. Friedhelm Marx. Stuttgart 2015, S. 277-279; hier S. 278.

1 Martin Heidegger: *Gesamtausgabe* (GA). Bd. 39. Hrsg. von Susanne Ziegler. Frankfurt a.M. 1980, S. 17.

2 *Die Logik des verbum interius. Hans-Georg Gadamer im Gespräch mit Gudrun Kühne-Bertram und Frithjof Rodi*. In: *Dilthey-Jb.* 11 (1997/1998), S. 19-30; hier S. 24 – ein Text, den der Verfasser nicht kennt.

Norbert von Hellingrath), aber es gebe auch die Hochschätzung Goethes als einer ›wesentlichen‹ Dichtung (GA 34, S. 64) – eine Stelle, die oft unterschlagen werde (S. 26, Fn. 63). Es gebe in dieser Zeit überdies konkrete Bezugnahmen auf seine Lyrik (z. B. GA 40, S. 96). Zur Verdeutlichung der Seinsfrage rekurriere Heidegger auch auf das berühmte Gedicht »Über allen Gipfeln« (S. 28 f.) – unter Konzentration auf das »ist« zu Beginn des zweiten Verses. Zwischen 1934 und 1948 kritisiert Heidegger Goethes Humanismus (S. 34-46), kurz vor und nach 1945 beobachtet Kaufmann eine verstärkte Ablehnung Goethes. Das Humanitätsideal der Weimarer Klassik sei, so Heidegger, nur noch toter Bildungsballast – ganz anders Hölderlin und Nietzsche (GA 43, S. 42). Er geht so weit, Goethe als »Verhängnis« (GA 54, S. 108) zu bezeichnen. Kaufmann macht hierfür vor allem zwei Gründe namhaft: Goethe stehe einmal quer zum nationalsozialistischen Zeitgeist (vor allem der Begriff ›Welt-Literatur‹ verfällt hier der Kritik [GA 97, S. 58]), zum anderen sieht Heidegger Goethe damals als Vorbereiter der nihilistischen Vorherrschaft der Technik (GA 55, S. 89). Im Humanismusbrief stellt Heidegger Hölderlins »weltgeschichtliches Denken« dem »bloßen Weltbürgertum« Goethes scharf entgegen (GA 9, S. 339). In den Ende 1945/46 geschriebenen *Schwarzen Heften* erhebt Heidegger gegen Goethe den Vorwurf des Großbürgertums (»wohlsituierter Frankfurter«; vgl. GA 97, S. 58, 63, 76, 87). Herausgefordert sieht Heidegger sich nach 1945 auch durch die zu dieser Zeit einsetzende Goethe-Restauration: Seine Kritik gilt dem kulturpolitischen Zeitgeschehen. Goethe, so Heidegger, diene den Deutschen nach 1945 als Pol einer »kulturellen Entnazifizierung« (S. 41); der Geist des Humanismus sollte die Barbarei der Nazis überwinden. Heidegger stellt wieder das »flächenhafte ›Denken‹« des Frankfurter Bürgers gegen die prekäre Existenz Hölderlins, dem aufgrund seiner existenziellen ›Not‹ die »verborgenen Ab-gründe der Metaphysik« aufgegangen seien (GA 97, S. 76). Kaufmann gelangt zu der These, Heideggers Goethe-Kritik stehe im Kontext einer »Ablehnung der technischen Moderne« und dem ihr entsprechenden politischen System der Demokratie (S. 46).

Im Spätwerk beobachtet Kaufmann eine Umwertung Goethes. Ab 1950 sehe Heidegger Goethe, insbesondere dessen Alterswerk, positiver. Das sei aber, so seine These, keine Neubewertung, sondern eine »Rückkehr zu früher […] schon vertretenen Positionen« (S. 47). Kaufmann zitiert aus einem Brief Heideggers an Hannah Arendt vom 18. Dezember 1950: »[…] mit den Jahren lerne ich Goethe verstehen«.[3] Wegen Goethes Gegnerschaft gegen Newton zählt Heidegger ihn jetzt zu den Überwindern des rechnenden Denkens und der modernen Technik der Neuzeit (»Kampf für die Phänomene«).[4] Die strikte Opposition zwischen Goethe und Hölderlin, so die These des vorliegenden Buchs, werde aufgeweicht (S. 48). Als Beleg führt Kaufmann unter anderem Heideggers Vorlesung *Satz vom Grund* von 1955/56 an, wo Goethe ein neues Verständnis des Gegenständlichen als nicht nur berechen- und beherrschbares Objekt attestiert wird. Heidegger schätzt jetzt auch einzelne Gedichte Goethes, z. B. »Wär nicht das Auge sonnenhaft« (1810) oder »Als Allerschönste bist du anerkannt« (1827). Das Buch *Aufenthalte* von 1962 belege Heideggers Hochschätzung der *Italienischen Reise* (GA 75, S. 218 f.). Das Alterswerk Heideggers, so Kaufmanns abschließende These, zeige »Spuren einer vertieften und erweiterten Goethe-Lektüre« (S. 57).

Im abschließenden Kapitel 5 behandelt Kaufmann dann noch »Heidegger und die deutsche Goethe-Philologie um/nach 1950« (S. 59 ff.). Heidegger, so wird hier deutlich, lobte Max Kommerell, beachtete die Goethe-Arbeiten von Emil Staiger, Arthur Henkel und Hans Joachim Schrimpf jedoch nicht, sondern beschränkte sich auf eine Lektüre der Primärtexte. Das entsprach seiner Kritik der »literarhistorischen Forschung« in den Hölderlin-Interpretationen.[5] Trotzdem gewann Heidegger großen Einfluss auf die Germanistik, insbesondere die Hölderlinforschung.

3 *Hannah Arendt/Martin Heidegger: Briefe 1925 bis 1975 und andere Zeugnisse*. Hrsg. von Ursula Ludz. Frankfurt a. M. 1988, S. 121.

4 Ebd.

5 Martin Heidegger: *Gesamtausgabe* (GA). Bd. 52. Hrsg. von Curd Ochwadt. Frankfurt a. M. 1980, S. 3.

Kaufmann geht es in seinem Buch vor allem darum, die bisherige Meinung zum Verhältnis Heideggers zu Goethe zu widerlegen, dass Heidegger Goethe in den dreißiger Jahren abgewertet habe und ihm erst im Spätwerk ab 1950 etwas gerechter geworden sei (S. 11 f.). Dabei will er auch Heideggers eigene Selbstaussagen korrigieren, er sei in seiner »Jugend« »böse« auf Goethe gewesen (S. 15 f.). Hier beginnt das Problem von Kaufmanns Studie. Wir haben es nämlich mit dem seltenen Fall eines Autors zu tun, der seine als innovativ vorgestellte These im Rahmen des Versuchs ihrer Beglaubigung Schritt für Schritt selbst destruiert und am Ende nur ein Ergebnis bekommt, das genau dem gängigen Vorurteil entspricht, das er eigentlich widerlegen wollte. Natürlich nennt Heidegger Goethe vielfach in seinem Werk, aber eine Nennung bedeutet nicht auch gleich eine »Beschäftigung« mit ihm (S. 12). Für die frühe Phase gibt Kaufmann zu, dass Heidegger nicht an Goethe selbst Interesse gehabt habe, sondern mehr an den Einflüssen Goethes auf die Geisteswissenschaften. Auch das Lob Goethes als einer »wesentlichen« Dichtung beim mittleren Heidegger taugt nicht wirklich zum Beleg seiner These, denn der Name Goethe taucht nur in einer Reihe mit anderen ›großen‹ Dichtern auf (GA 36/37, S. 164), ohne dass seine Dichtung auch nur annähernd so breit wie die Hölderlins gewürdigt würde. Die von Kaufmann herausgestellte Heidegger'sche Würdigung des Verses 2 von Goethes »Über allen Gipfeln« hat ebenfalls wenig Beweiskraft, denn ob Heidegger damit wirklich Goethes Dichtung »seiner Philosophie als ebenbürtig zur Seite stellt« (S. 33), ist mehr als fraglich, weil Kaufmann im gleichen Atemzug darauf hinweist, dass Heidegger diese spezifische Bedeutung von Sein auch bei anderen Dichtern wie Eduard Mörike oder Stefan George findet. Natürlich nimmt Heidegger ein Goethe-Gedicht als *Beleg*, damit würdigt er aber Goethe noch nicht als Dichter. Eine philosophische Wertschätzung ist etwas völlig anderes als eine bloße Lektüre.

Eine wirkliche Aufweichung der Opposition zwischen Goethe und Hölderlin auch im Spätwerk kann ich letztlich nicht erkennen, denn Goethe bleibt für Heidegger metaphysisch und steht damit grundsätzlich nicht auf derselben Stufe wie Rilke (das »Heile«) und Hölderlin (das »Heilige«). Hölderlin erhält durchweg ein anderes Gütesiegel. So zeigt das Zitat aus *Aufenthalte* in Kaufmanns Studie deutlich, dass Heidegger selbst 1962 noch nicht sicher ist, ob Goethe wirklich nicht metaphysisch ist, sondern letztlich noch im »neuzeitlichen Humanismus« verhaftet bleibt und keinen wirklichen Begriff von Griechenland hat (S. 55). Goethe wird zwar als Kritiker der Moderne verstanden, aber nicht als ein Dichter jenseits der Metaphysik. Es ist ja auch nicht zufällig, dass in Heideggers beiden Hauptwerken *Sein und Zeit* und den *Beiträgen* Goethe nicht vorkommt.

Wenn mich das Buch auch philosophisch nicht überzeugt, so doch philologisch. Sehr gut ist nämlich die vollständige Stellenkonkordanz zu Goethe in den bisher 95 Bänden der Gesamtausgabe (GA 73-100), da die Ausgabe selbst bekanntlich weder über ein Personen- noch über ein Sachregister verfügt. So kann sich jeder Leser selbst einen Eindruck davon verschaffen, wie Heidegger Goethe wirklich rezipiert hat.

Christoph Jamme

Adela Sophia Sabban: *Goethes Werke in der Bilddeutung von Wilhelm von Kaulbach und seinen Schülern. Die »Gallerie zu Goethe's sämmtlichen Werken« (1840-1841).* Marburg: Büchner 2019, 334 S., 35,00 €

Ab Mitte des 19. Jahrhunderts waren aufwendig gestaltete Prachtausgaben von Klassikern beim bürgerlichen Publikum zunehmend beliebt. Hatte Goethe darauf bestanden, dass seine Werkausgaben bei Johann Friedrich Cotta ohne Bildschmuck erschienen, so gewann nach Goethes Tod Cottas Sohn und Nachfolger Georg von Cotta den Münchner Künstler Wilhelm von Kaulbach als Illustrator für eine *Gallerie zu Goethe's sämmtlichen Werken*, die gleichzeitig mit seiner neuen Werkausgabe (beide 1840-1841) erschien. Diese Illustrationen stehen im Zentrum der vorliegenden Untersuchung. Adela Sophia Sabban hat von den 40 Blättern etwa die Hälfte ausgewählt und untersucht sie nicht nach der Reihe, sondern thematisch gebündelt. Sie erkennt überzeugend Schwerpunkte der Motivwahl in den Themen *Das Bild des Dichters* (Kap. 7), *Die Krisis der Hauptfiguren* (Kap. 8), *Die Frage der Kunst* (Kap. 9), *Satirisches* (Kap. 10) sowie *Liebeserlebnisse* (Kap. 11). Das letzte Kapitel gilt der Rezeption der *Gallerie* im 19. Jahrhundert (Kap. 12).

Zum Zeitpunkt des Auftrags hatte Kaulbach sich bereits durch seine Mitarbeit an den Fresken der Münchner Residenz und der Neuen Pinakothek ausgezeichnet und war Hofmaler Ludwig I. Er hatte 1830 bis 1835 an 36 Szenen zu Werken Goethes für die Räume der bayerischen Königin in der Münchner Residenz gearbeitet. Kaulbachs Gemälde wurden lange als ›Historienschinken‹ belächelt, verdienen jedoch mehr Beachtung im Rahmen einer differenzierteren Sicht auf die Kunst des 19. Jahrhunderts und das visuelle Gedächtnis. Bei der Illustration von Goethes Werken prägte er den Publikumsgeschmack weit über seine Zeit hinaus und Sabban gibt wichtige Anstöße für die Forschung auf diesem Feld.

Nach einer knappen Einleitung und Kapiteln zur Wort-Bild-Problematik in der Illustration (Kap. 2), der literarischen Illustration vor Kaulbach (Kap. 3) und dem Verhältnis von Kaulbach zu seinem Verleger Cotta (Kap. 4) wendet sich die Autorin der *Gallerie* zu – ihrer Entstehung, Publikationsgeschichte und Erforschung –, bevor sie ihre Methode umreißt. Im Vordergrund steht für sie, auf welche Weise die Illustrationen die Werke deuten und welche Perspektiven und Markierungen sie den Leserinnen und Lesern bieten (S. 18). In der Methode folgt sie Wolfgang Harms' Analyse von Wort-Bild-Beziehung (*Text und Bild. Bild und Text*, 1990). Kap. 6 beschäftigt sich mit den oben genannten Goethe-Fresken bzw. Kaulbachs Entwürfen dazu. Sabban kann aufzeigen, dass die zehn in die *Gallerie* übernommenen Motive trotz nur leichter Änderungen »beträchtliche Verschiebungen« in der Auslegung darstellen und auf die unterschiedliche Funktion als Dekoration in (vorwiegend privaten) Räumen der Königin bzw. »(bürgerlichem) Buchschmuck« hinweisen (S. 49). Sie postuliert ferner, dass die *Gallerie*-Bilder Hinweise zur Rekonstruktion der Gemälde geben könnten, da diese »verfälschend restauriert« wurden (S. 49).

Für die *Gallerie* insgesamt argumentiert die Autorin, Kaulbachs Auswahl der Motive spiegele die Gewichtung der Werke Goethes um 1840. Kaulbachs führende Rolle in der Herstellung der 40 Vorlagen innerhalb kurzer Zeit beweist sie anhand von Zahlungen des Verlagshauses und von Anweisungen an die Stecher. Listen im Anhang nennen alle Zeichner und Stahlstecher mit den entsprechenden Beiträgen, Lebensdaten und, soweit vorhanden, Literaturangaben. Demnach stammten von Wilhelm von Kaulbach die meisten, nämlich 13 Vorlagen.

Die Bildbeschreibungen im Hauptteil und die Analyse der Beziehung zum entsprechenden Text sind genau und durchweg nachvollziehbar. Hier seien nur ein paar Beispiele genannt. Sabban untersucht den Einfluss eines Denkmal-Entwurfs von Bettina von Arnim und deutet das entsprechende *Gallerie*-Bildnis Goethes als programmatisch: Als »›herrschaftlich‹ Thronender […] geleitet er den Betrachter und Leser gleichsam durch sein Werk, führt ihn zu nachvollziehender Selbstbildung« (S. 204).

Darstellungen wesentlicher Momente eines Dramas oder Romans, in denen sich die Krise der Hauptfiguren konzentriert, zeigen – in Sabbans Überschriften – *Werthers Verzweiflung* (S. 76), *Götz von Berlichingens Tod* (S. 80), *Klärchens Hilferuf für Egmont* (S. 85), *Egmont im Gefängnis von der Freiheit gekrönt* (S. 91), schließlich *Torquato Tasso oder das Zerbrechen eines Traums* (S. 98). Sie weist hier darauf hin, dass einige Motive solcher Krisen nach Mustern biblischer Szenen gestaltet seien (*Torquato Tasso*, *Tankred*, *Hermann und Dorothea*) und damit Goethes Werke in der Perspektive auf diese Tradition deuten (S. 204).

Das Thema Künstler und künstlerisches Schaffen gliedert sie in Menschenbildung, Künstleralltag, Produktion und Kollaboration, Herstellung des Homunculus, schließlich die Problematik von leiblicher und idealer Liebe in der fünften Römischen Elegie. Alle umkreisen die »Bedeutung der Kunst für Goethe« (S. 206). Nur einmal gelangt sie zu einem negativen Urteil; in seiner Komposition zur Elegie nämlich verfehle Kaulbach diese Bedeutung.

Sabban beobachtet ferner, dass Kaulbach relativ viele satirische Werke wählte, darunter zwei zum Epos *Reineke Fuchs*, dem er später die bekannte eigene Bildfolge widmete. Sie erklärt das damit, dass diese um 1840 noch bekannter waren als heute, die zeitbezogene Kritik somit »präsenter« (S. 205) oder auf politische Erscheinungen um 1840 übertragbar gewesen sei. Auf welche Weise Kaulbach frömmelnde Tendenzen, übertriebene Empfindsamkeit oder falsches Freiheitsstreben karikierte, ist darüber hinaus ein bemerkenswerter Beitrag, der die spärliche Forschung zur deutschen Karikatur vor 1848 ergänzt.

Aus den Beispielen zum Thema Liebe (darunter zu dem Gedicht *Wer kauft Liebesgötter?*) folgert die Autorin, Kaulbach habe das Thema in unmittelbar ansprechenden Szenen und als »glückliches Miteinander« (S. 172) gestaltet, statt Spannungen und Konflikte herauszugreifen. Die von ihr angedeutete Frage, inwiefern Kaulbauch eine familienfreundliche Umdeutung von Werken Goethes einleitete oder vornahm, ist noch näher zu untersuchen.

Das Ergebnis der Analyse lautet, dass Kaulbach sich auf das bei Goethe Beschriebene und Gesagte konzentrierte, es schärfte und Ausschmückungen vermied. Kaulbach und die sieben weiteren Künstler schufen »weitgehend neue Formen der Verbildlichung« von Goethes Werken (S. 201). Die Autorin attestiert der *Gallerie* ein »tendenziell […] in sich geschlossenes Konzept« (S. 201), den Anspruch bestätigend, den der Cotta-Verlag in seinen Anzeigen erhob. Sie meint, die Stiche der *Gallerie* zeichneten sich »durch die Wahl und die spezifische Gestaltung der Bild-Szenen, die das Davor und das Danach der Handlung eines Werkes zu fassen suchen«, aus (S. 202). So verallgemeinert kann diese Aussage nicht gelten, denn schon seit Goethes Werkausgabe bei Göschen haben zumindest akademisch und an der Historienmalerei geschulte Künstlerinnen und Künstler (etwa die von Sabban untersuchten Beispiele von Naeke und Ramberg, auch Moritz von Schwind und Angelika Kauffmann) Entscheidungsmomente und konfliktlösende Dramenschlüsse für Titelkupfer zu Werken Goethes gewählt und nacheinander Erzähltes gleichzeitig dargestellt. Das kann also nicht als einzigartig für Kaulbach beansprucht werden.

Das Buch basiert dem Vorwort nach auf einer Magisterarbeit (München 2018). Insofern ist es eine herausragende Leistung, aber die Rezensentin hätte sich doch eine gründliche Überarbeitung für das Buch gewünscht, die die gesamte *Gallerie* analysiert, die Lesbarkeit optimiert und die Materialien im Anhang besser in die Analyse einbezieht. Eine kommentierte Neuausgabe der *Gallerie* wäre ansprechender und aussagekräftiger. Zwar finden sich alle 40 Stiche der *Gallerie* im Anhang abgebildet (Abb. G1-G40; Legende getrennt im Verzeichnis dazu), die Analyse konzentriert sich aber auf etwa die Hälfte und so fragt man unweigerlich nach den fehlenden. Die nahe Anordnung der Abbildungen mit Legenden im Text bei den Beschreibungen statt im Anhang würde das Vergleichen erleichtern und stellt heute keine große Herausforderung für das Layout dar. Alternativ hätte die Verfasserin auch auf die hochaufgelöste digitale Ausgabe in der Herzogin Anna Amalia Bibliothek hinweisen können, zumal die Qualität der Reproduktion dahinter zurückbleibt, zumindest in der E-Ausgabe. Die umfassende Bibliografie (geordnet in Bildquellen, Quellen, Archivquellen und Literatur) und der Anhang mit den Abbildungen und weiteren Materialien (Übersichten der Lieferungen, der Zeichner und Stecher und ihrer Beiträge sowie ein Beispiel für die Einbindung in die Werkausgabe etc.) bilden mehr als ein Drittel des Buchs.

Eine wichtige Leistung dieses Buchs liegt darin, dass es neue Fragen aufwirft und weitere Arbeiten zu Kaulbachs Goethe-Illustrationen anstoßen kann, etwa die genannte Neuausgabe mit Kommentar zu allen Stichen (bzw. Kommentierung der vorhandenen digitalen Ausgabe in der HAAB), ferner eine Erörterung von Schülerschaft und Zusammenarbeit. Sabban verzeichnet zwar akribisch Zeichner und Stecher, behandelt aber die *Gallerie* insgesamt als visuelle Interpretation eines Einzelnen. Dennoch hat sie einen lobenswerten Anfang gemacht, der für alle informativ und anregend ist, die sich für literarische Illustrationen und Bildgeschichte interessieren.

Waltraud Maierhofer

Jana Piper: *Goethe und Schiller in der filmischen Erinnerungskultur*. Würzburg: Königshausen & Neumann 2019, 336 S., 32 Abb., 49,80 €

War die Inszenierung von Dichterbiographien im 19. Jahrhundert und bis ins 20. Jahrhundert hinein noch fast ausschließlich die Aufgabe von gedruckten Lebensbeschreibungen und Literaturgeschichten, von Denkmälern, Dichterhäusern und Dichterfeiern, so wurden diese traditionellen Erinnerungsformen mit der Entwicklung des Films im 20. Jahrhundert um ein zentrales Medium erweitert. Es entstanden zahlreiche Kino- und Fernsehfilme, in denen die deutschen Dichter Goethe und Schiller auf der Leinwand oder dem Bildschirm zu neuem Leben erweckt wurden. Je nach Genre – von der Filmbiographie bis zum Dokumentarfilm – reagierten diese Verfilmungen natürlich auch auf die jeweiligen politischen, ideologischen und kulturellen Kontexte ihrer Entstehungszeit.

Jana Piper verfolgt in ihrer Studie, die 2017 von der Universität Kassel als Dissertation angenommen wurde, das Ziel, »die bislang defizitär untersuchte filmische Erinnerung an Goethe und Schiller« (S. 12) und deren Status in der nationalen Erinnerungskultur systematisch zu untersuchen, um auf diese Weise zu einer »Kategorisierung der filmischen Erinnerungsfiguren Goethe und Schiller« (S. 13) zu gelangen. Auch weil internationale Filmbiographien über diese Autoren ohnehin nicht existieren, legt sie den Schwerpunkt auf deutsche Verfilmungen, »die im erinnerungskulturellen Zusammenhang eines Gedenkjahres produziert wurden«, die also in den Jubiläumsjahren 1932, 1949, 1955 usw. entstanden sind und von ihr als »explizite Erinnerungsfilme« bezeichnet werden; zum Vergleich bezieht sie auch »implizite Erinnerungsfilme« mit ein, die unabhängig von den Erinnerungsjahren produziert wurden (S. 13). Pipers Erkenntnisinteresse wird vorrangig von der Frage geleitet, inwieweit Goethes und Schillers Biographien und die damit verknüpften »Erinnerungsfiguren« (S. 21) in den Verfilmungen – von der Weimarer Republik über den Nationalsozialismus und die Zeit des geteilten Deutschland bis in unsere Gegenwart – zeitbezogen aktualisiert werden und welche intermedialen Linien und Brüche dabei zu verzeichnen sind.

In den ersten Kapiteln (I-IV) werden die Herangehensweise sowie grundlegende Begriffe geklärt. Piper stützt sich methodisch vor allem auf Ansätze der neueren kulturwissenschaftlichen Gedächtnisforschung (Aleida und Jan Assmann, Astrid Erll, Stephanie Wodianka). Wenn die Verfasserin außerdem einen Überblick über die Gattungen biographischer Erinnerungsfilme gibt, wären sicherlich noch konkrete Beispiele zur Illustration wertvoll gewesen. Im Zusammenhang mit den wichtigsten Erinnerungstopoi zu Goethe und Schiller spricht Piper von einem umfangreichen »Mythenkomplex« (S. 59) im kollektiven Gedächtnis, der gerade auch die Stadt Weimar als zentralen Erinnerungsort mit einbeziehe. Darin, so hebt die Verfasserin mit Recht hervor, werde Goethe bereits seit dem 19. Jahrhundert anders als Schiller »mehr als Humanitätsträger denn als nationale Führungsfigur in Anspruch genommen« (S. 69).[1]

Im darauffolgenden Analyseteil (Kapitel V und VI) geht Piper ausführlich auf die Erinnerungsfilme über Goethe und Schiller ein. Zuerst beleuchtet sie die impliziten Erinnerungsfilme, um dann chronologisch in der Reihenfolge der kalendarischen Erinnerungsjahre die expliziten Erinnerungsfilme zu thematisieren. In den Analysen wird insbesondere die jeweilige filmische Inszenierung der Autorfiguren in unterschiedlichen Rollen, unter anderem in der des Schriftstellers oder in zwischenmenschlichen Kontexten, betrachtet. Dabei arbeitet Piper »ikonographische Referenzen« (S. 279) zu zeitgenössischen Bildern heraus und vergleicht die Verfilmungen vor dem Hintergrund ihrer jeweiligen außerfilmischen Entstehungskontexte. So werden überraschende Zitationen und Verbindungslinien deutlich, z. B. zwi-

1 Vgl. auch Dieter Borchmeyer: *Goethe*. In: *Deutsche Erinnerungsorte I*. Hrsg. von Étienne François u. Hagen Schulze. München 1999, S. 187-206.

schen dem NS-Propagandafilm *Friedrich Schiller – Triumph eines Genies* (1940) und dem DDR-Film *Friedrich Schiller* aus dem Jahr 1955 (S. 207-209). Dass die Verfasserin bei ihren Analysen – gerade bei der Betrachtung spezifischer filmischer Verfahren – oft nicht noch weiter ins Detail geht, ist sicherlich auch dem umfangreichen Untersuchungskorpus geschuldet. Allerdings stellt sich die grundsätzliche Frage, inwieweit die Trennung zwischen impliziten und expliziten Erinnerungsfilmen überhaupt notwendig gewesen wäre, übernehmen doch – wie Piper in ihren Analysen übrigens selbst mehrfach beweist – auch die impliziten Erinnerungsfilme durchaus politische und ideologische Funktionen, während die Bezüge der expliziten Erinnerungsfilme zum Erinnerungsjahr gerade im Falle Goethes oft wenig augenfällig sind (z. B. S. 254, 270).

Im Schlussteil (Kap. VII) fasst Piper die Ergebnisse ihrer Arbeit knapp zusammen, indem sie vor allem die Unterschiede in der filmischen Erinnerung an Goethe und an Schiller gegenüberstellt, um so zu einer »finale[n] Kategorisierung der Erinnerungsfiguren« (S. 293) beider Autoren zu gelangen. Sie hebt dabei vor allem hervor, dass die Goethe-Filme deutlich weniger intermediale und ikonographische Kontinuitäten aufweisen als die Filme über Schiller. Außerdem werde Goethe in den Filmen in der Regel kaum politisch instrumentalisiert, sondern eher in seiner »Privatheit« (S. 294) gezeigt, während Schiller – mit jeweils unterschiedlichen Zielsetzungen – immer wieder die Rolle des idealistischen Freiheitskämpfers einnehme und anhand seiner Biographie »zeitbezogene Deutschlandbilder der Erinnerungsjahre« (S. 296) entworfen werden. Überraschend sind diese Befunde nicht; vielmehr belegen sie eine Weiterentwicklung derjenigen polaren Bilder, die schon in den traditionellen Erinnerungsmedien, teilweise bereits in zeitgenössischen Darstellungen angelegt worden sind.[2] Welche Funktionen Goethes Biographie in den Verfilmungen anstelle einer politischen Funktionalisierung einnimmt, wird von Piper allerdings nicht genauer beantwortet. Dabei hätte gerade die Spur, dass Goethes Biographie auch in den Verfilmungen der Vermittlung »zeitenthobene[r] Werte« (S. 293) dient, zu fruchtbaren Ergebnissen führen können.

Piper hat sich mit großer Akribie in die Materie eingearbeitet. Im Bereich der Darstellung leidet die Arbeit jedoch immer wieder unter unklaren Hierarchisierungen in der Gliederung und Gedankenführung. So irritiert etwa, um nur ein Beispiel zu nennen, dass die Zusammenfassung der Untersuchungsergebnisse zu einzelnen Erinnerungsjahren lediglich mit römischen Ziffern unter der Besprechung des jeweils zuletzt besprochenen Films zu finden ist (S. 185, 209, 226, 254, 269). Auch fehlen leider immer wieder Überleitungen zwischen einzelnen Kapiteln und Unterkapiteln, die für den Leser eigentlich unverzichtbar sind, um den Argumentationen der Verfasserin folgen zu können.

Abschließend ist hervorzuheben, dass Jana Pipers Arbeit die Erforschung der zeitgenössischen Klassiker-Rezeption vor allem durch ihre enorme Dokumentationsleistung zu bereichern vermag, sodass der so gebotene Gesamtüberblick künftig zum Ausgangspunkt detaillierterer Einzeluntersuchungen werden dürfte. Pipers Studie schließt außerdem mit einem produktiven Ausblick: Wie wird es mit der Erinnerung an Goethe und Schiller – innerhalb und außerhalb der Jubiläumsjahre – in den nächsten Dekaden weitergehen? »Es bleibt abzuwarten«, so resümiert die Verfasserin, ob dann »das Medium Film, oder auch das Internet als neues mediales Dispositiv des Films, sich dann […] gegen eingefahrene Rituale des Gedenkens positionieren« wird (S. 302). Fest steht, dass wir auch künftig mit inspirierenden multimedialen Aktualisierungen der historischen Biographien Goethes und Schillers rechnen dürfen.

Michael Veeh

2 Vgl. Stefan Matuschek: *Goethe und Schiller*. In: *Metzler Lexikon moderner Mythen*. Hrsg. von Stephanie Wodianka u. Juliane Ebert. Stuttgart, Weimar 2014, S. 175-179.

Stefan Keppler-Tasaki: *Wie Goethe Japaner wurde. Internationale Kulturdiplomatie und nationaler Identitätsdiskurs 1889-1989.* München: Iudicium 2020, 191 S., 18,00 €

»Japan ist überall wo man es zu erschaffen weiß«.[1] So lautet eine Sentenz Goethes, deren Ambivalenz auf den ersten Blick nicht zu erkennen ist, verbirgt sich doch dahinter zunächst nur Goethe als Gärtner, der eine in Japan verbreitete Pflanze, den Keulenbaum, im Blick hat, verbunden mit der Zuversicht, dass er auch im Weimarer Belvedere gedeihen würde. Dass Goethe in Japan mit unüberschaubaren Konsequenzen Wurzeln fassen konnte, ist leider immer noch wenig bekannt und bestätigt die Notwendigkeit einer konzentrierten Studie zu diesem Thema.

Dieses Desiderat hat nun der deutsch-japanische Literatur- und Medienwissenschaftler Stefan Keppler-Tasaki zum Gegenstand einer gründlichen Untersuchung zu Goethes japanischer Rezeptionsgeschichte gemacht. Dafür bringt er selbst gute Voraussetzungen mit, denn als Einstein Visiting Fellow an der Universität Tokyo hat er bereits seit 2015 interkulturelle und intermediale Brücken zwischen Tokyoter und Berliner Forschungseinrichtungen geschlagen. In diesem Sinne versteht er es auch als seine Aufgabe, Goethe »im Spektrum der japanischen Kulturprominenz von Mori Ôgai bis Tezuka Osamu und die Rückübersetzung dieses japanischen Goethe in einen deutschen, germanistischen und komparatistischen Verständigungsrahmen zu untersuchen« (S. 9). Dabei erstreckt sich für Keppler-Tasaki der Beobachtungszeitraum von 1889 bis 1989 – also von jenem Jahr, in dem der junge japanische Medizinstudent in Berlin, Mori Ôgai, seine Übertragung des Mignon-Liedes (»Kennst du das Land«) vorlegte, bis zu dem Jahr, in dem der japanische Autor Tezuka Osamu auf dem Sterbebett die letzte Folge seiner Manga-Story *New Faust* entwarf.

Im vorliegenden Buch geht es um jene Epoche der Japonisierung Goethes – Keppler-Tasaki bezeichnet sie als den Prozess der japanischen »Nostrifizierung« (S. 18) –, in der Goethe als Kosmopolit unverhofft eine »eurasische« Dimension gewinnt (S. 15). Goethe wird im fernen Japan wenige Jahre später willkommen geheißen als »der Weise von Weimar, als Anomalie der deutschen Kultur« (S. 19). Keppler-Tasaki zeigt dies nicht nur am Beispiel des japanischen Ästhetikers Tanizaki Junichiro. Eindrucksvoll führt er zugleich in eine ganze Reihe prominenter Autoren ein, die Goethe nicht nur ins Japanische übersetzt haben, sondern ihn auch in Anspruch nehmen als Affirmation für Werte einer idealen japanischen Nationalidentität, darunter zenbuddhistische Denker wie Nishida Kitaro, der Regisseur Kurosawa Akira und der ›Goethe-Papst‹ der japanischen Germanistik Kimura Kinji.

Es überrascht daher nicht, dass Keppler-Tasaki in diesem Zusammenhang auch Thomas Mann erwähnt, der Goethe für die Deutschen ohnehin als ein »Futurum« (S. 15) bezeichnet hatte und der 1932 in einem Beitrag zur Festschrift der japanischen Goethe-Gesellschaft der Jugend Japans den Dichter als ›mythosbildendes Persönlichkeitswunder‹ empfahl, nachdem Japan seit der Meiji-Ära Ende des 19. Jahrhunderts Deutschland als neue Militär-, Wirtschafts- und Bildungsmacht ohnehin schon als Vorbild bewunderte.

Für Keppler-Tasaki ist allerdings in den drei Jahrzehnten seit 1989 in Japan keine Goethe-Aneignung mehr erkennbar. Weiterhin erkennbar bleiben gleichwohl die von ihm leider nur beiläufig erwähnten beiden Institutionen des Langzeitgedächtnisses der japanischen Goethe-Begeisterung: die Mori-Ôgai-Gedenkstätte der Humboldt-Universität in Berlin und das 1987 in Tokyo eröffnete Goethe-Museum. Zudem legt Keppler-Tasaki die überragende Bedeutung des japanischen Arztes, Dichters, Übersetzers und Kritikers Mori Ôgai als Pionier für die kulturelle Selbstverständigung Japans im Zeichen Goethes ausführlich dar. Im Fall des japanischen Unternehmers Kogawa Tadashi, der das Tokyoter Goethe-Museum in finanzieller

1 Goethe an Carl August, 3.4.1818 (WA IV, 29, S. 123).

Eigenregie errichten ließ, findet sich bei Keppler-Tasaki immerhin der wichtige Hinweis, dass die dort verwahrte Sammlung Kogawas von Goethe-Editionen und -Publikationen die »weltweit größte Sammlung nach den Beständen in Weimar« darstellt (S. 34). So kommt der Autor zu dem vorsichtigen Schluss, dass die »Geschichte von Goethe als japanischer Identitätsressource vielleicht noch nicht an ihr Ende gekommen« sei (S. 157). Das gilt nicht zuletzt auch für ein in der Tat singuläres postmodernes Phänomen japanischer Goethe-Nachhaltigkeit, nämlich die Fortdauer von Goethes Namen als Titel einer japanischen Lifestyle-Zeitschrift: als Ikone des Erfolgs für das erneuerte Selbstbewusstsein japanischer Geschäftsleute nach der Bubble Economy. Es handelt sich hierbei um ein Hochglanz-Magazin, das seit 2006 monatlich in der Kolumne des »erstrangigen japanischen Schriftstellers« Murakami Ryū (S. 153) Erwartungen mit dem Produktnamen ›Goethe‹ verbindet und auf diese Weise verschiedene Felder der Goethe'schen Lebensführung als Legitimationsansatz nutzt, so zum Beispiel für das Interesse älterer Männer an bedeutend jüngeren Frauen mit Blick auf die späte Liebe Goethes zur 17-jährigen Ulrike von Levetzow. Diese Publikation wird inzwischen von einer Online-Version und einem Goethe-»Biz Salon« begleitet. Keppler-Tasaki verbindet den Blick auf Goethes japanische Rezeptionskarriere mit dessen eigenem Blick auf Japan. Er erinnert an Goethes Bekenntnis aus dem Jahr 1815 gegenüber Christian Heinrich Schlosser, er habe »China und Japan [...] vor einem Jahre fleißig durchreist« (WA IV, 25, S. 163). Keppler-Tasakis Urteil, dass hier von Goethe Japan »kurzerhand dem chinesischen Imperium zugeschlagen wurde«, überzeugt allerdings nicht ganz. Denn leider erwähnt der Autor in diesem Zusammenhang nicht den Bericht des späteren österreichischen Generalfeldmarschalls Heinrich von Hess aus dem Jahr 1813:

> Nur auf den japanischen Palast beschränkte sich unsere letzte Wanderung und das schon in den letzten gar sehr bewegten Tagen meines Dresdener Aufenthalts [am 16. August]. Allein dennoch besahen wir noch durch drei Stunden diese höchst interessante königliche Sammlung. Goethes Bemerkungen und Vergleiche über die Geschmacksbildung – die Formen und Malerei aller außereuropäischen Kunstwerke gegenüber der europäischen, sowie insbesondere der japanischen, deren Produkte wir hier bewunderten, waren auch in diesem Fache von gleicher Originalität und Gediegenheit. Ganz richtig entwickelte er ihre Kunstrichtung und Fortschritte [...]. Die meisten verfolgte er nun stufenweise, einige von Jahrhundert zu Jahrhundert [...]. (*Gespräche*, Bd. 2, S. 828 f.)

Die hier erwähnte »Originalität und Gediegenheit« der Goethe'schen Bemerkungen über die japanischen »Kunstwerke« scheint zumindest auf den ersten Blick dem genannten Urteil Keppler-Tasakis zu widersprechen.

Manfred Osten

Albrecht Schöne: *Erinnerungen*. Göttingen: Wallstein 2020, 334 S., 28,00 €

Wer einen ausgeprägten Widerwillen gegen überbordende Festschriften verspürt (vgl. S. 316) und das selbstbewusste Understatement zum Habitus und damit gleichsam zum gelebten Stilmittel erkoren hat, steht angesichts des hohen, ja höchsten Alters, wie es am Ende von Goethes *Faust* heißt, und vor allem angesichts der Bedeutung des eigenen wissenschaftlichen Lebenswerks vor einer Herausforderung, um die ihn manch anderer gewiss beneiden könnte: Wie erzählt man vom eigenen Leben und von den vielfältigen Verflechtungen der Biographie in die Fach- und Zeitgeschichte?

Albrecht Schöne hat eine elegante Antwort auf diese Frage gefunden: Zunächst als Erinnerungsbuch für acht Enkelkinder und andere ihm Nahestehende geplant, dann aber auf Anraten des Verlegers Thedel von Wallmoden für einen größeren Leserkreis geöffnet, sind pünktlich zu seinem 95. Geburtstag im Juli 2020 diese *Erinnerungen* erschienen – gemessen an der inhaltlichen Fülle ein vergleichsweise schmales, souverän erzähltes Buch. In kluger Regie präsentiert der Göttinger Literaturwissenschaftler Grundlinien seiner Familiengeschichte, die bis in die Reformationszeit zurückreicht und sogar einen gemeinsamen Vorfahren mit Goethe aufweist; er zeichnet die Stationen seines Werdegangs nach, zu dessen frühen Jahren prägende Erfahrungen in der nationalsozialistischen Diktatur gehören; und er schildert vor allem seinen intellektuellen Weg im Kontext eines Universitätssystems, dessen Niedergang in der Gegenwart er vielfach bedauernd konstatiert.

Was als persönliches Erinnerungsbuch begann, wird immer wieder transparent für die großen politischen, gesellschaftlichen, mentalitätsgeschichtlichen und fachwissenschaftlichen Entwicklungen, als deren Beobachter Albrecht Schöne sich versteht, mitunter auch als deren Gestalter bzw. entschiedener Widerpart, stets jedoch als wacher und kritisch fragender Zeitgenosse. Denn grundlegend bleibt bei aller Freude am Erzählen, die sich besonders anschaulich in den geradezu zärtlichen Erinnerungen an seinen Vater manifestiert, die fortgesetzte Reflexion des Erlebten im Modus wissenschaftlichen Fragens.

In dieser narrativen Engführung von äußerer Biographie und geistiger Beschäftigung liegt ein besonderer Reiz des Buches, dessen Verfasser sich auswählend, ordnend, staunend, mitunter wertend, selten bedauernd und stets dankbar im Einklang weiß mit dem zurückgelegten Weg. Unbeeindruckt von allen akademischen Moden hat Albrecht Schöne seine großen Forschungsprojekte aus dem eigenen Fragen und Erleben heraus entwickelt und erscheint so in der Tat als ein Vertreter jener akademischen Universalität und inneren Unabhängigkeit, die er in seinen Dienstjahren an der Göttinger Universität und der dort ansässigen Akademie der Wissenschaften selbst erlebte. Die Herkunft aus altlutherischem Milieu – beide Großväter waren Pfarrer – führte zur Entdeckung der »Säkularisation als sprachbildende Kraft« (so der Titel der Habilitationsschrift, Göttingen 1958, ²1968). Die Erfahrungen, die Schöne als »Hitlers Jungvolkführer« (S. 81) und als Panzerleutnant im Zweiten Weltkrieg machte, weckten und nährten zweifellos seine Aufmerksamkeit für politische Lyrik wie auch für die gefährlichen Indoktrinationen von rechts wie von links, denen insbesondere die Geisteswissenschaften zu allen Zeiten ausgesetzt sind. Die historischen Erlebnisse der Kriegs- und Nachkriegszeit zogen ihn in die Welt der barocken Dichtung, die er in zahlreichen Editionen und Interpretationen erschloss; die verletzenden Erfahrungen der Studentenrevolte, die den sich als liberal verstehenden Göttinger Hochschullehrer durchaus nicht verschonten, motivierten ihn immer wieder zu philologisch-hermeneutischen Erkundungen der Literatur der Aufklärung und insbesondere zum Studium Lichtenbergs, dessen kreative, heitere Vernunft Schöne als wirksames Antidot gegen jede Form von ideologischer Verengung und menschenverachtender Diskriminierung entdeckte und seinen Lesern höchst anschaulich vermittelte. Goethe schließlich, dessen *Faust* für den Editor und Organisator Schöne zu einem seiner erfolgreichen Großprojekte wurde und den er in einer seiner jüngsten Publikationen als Briefschreiber genau lesend neu entdeckte, ist für den Gelehrten über Jahrzehnte eine Bezugsgröße geblieben, die Orientierung und Klarheit vermitteln kann.

Beim Lesen dieser Erinnerungen stellt sich beinahe der Eindruck ein, all diese imposanten wissenschaftlichen Leistungen seien mit leichter Hand entstanden; denn der Autobiograph macht wenig Aufhebens um die Mühen, die ihn Buch um Buch, Projekt um Projekt gekostet haben werden. Viel lieber erzählt er von Begegnungen mit unbekannten und bekannten Weggefährten und Zeitgenossen. Besonders die Enkel mögen ihre Freude daran haben, sich den Großvater bei kompliziertesten japanischen Zeremonien oder beim akribisch geplanten Mensa-Besuch zusammen mit dem damaligen Bundespräsidenten Richard von Weizsäcker vorzustellen. Dieses erstaunliche Arrangement, das durch ein Foto dokumentiert wird, gehörte zu den von Albrecht Schöne sorgsam erdachten Details des großen Kongresses der *Internationalen Vereinigung für germanistische Sprach- und Literaturwissenschaft*, der 1985 unter seiner Präsidentschaft zum allerersten Mal überhaupt auf deutschem Boden stattfand und so, wie Schöne in Erinnerung ruft, ein eindrückliches Zeichen dafür wurde, dass die deutsche Germanistik auch international wieder an Ansehen und Vertrauen gewonnen hatte.

Der Anspruch, dem intensiv erfahrenen Auftrag gerade der zeitgeschichtlichen Verantwortung gerecht zu werden, ist eine der wesentlichen Antriebskräfte Albrecht Schönes. Das zeigen seine Reden zu bedeutsamen Anlässen wie dem 50. Jahrestag der Göttinger Bücherverbrennung 1933 oder die eindringliche Erinnerung an die Protestaktion der Göttinger Sieben, die Schöne seinen Zeitgenossen als herausforderndes Beispiel akademischer Zivilcourage nahebringt. Besonders am Herzen liegt dem ehemaligen Wehrmachtsoffizier die Verbindung mit Israel und zu dem von ihm mit aufgebauten und betreuten Studienprogramm für deutsche Sprache und Literatur an der Hebräischen Universität in Jerusalem.

Dass dem hochverdienten, national wie international angesehenen Gelehrten und unermüdlichen Vermittler deutscher Literatur, dem streitbaren Aufklärer und anspruchsvollen Lehrer schließlich 1990 der Orden *Pour le Mérite* verliehen wurde, den jeweils nur 40 Auserwählte tragen, mag die Leser dieser Erinnerungen weniger überraschen, als ihr Verfasser es im vorletzten Kapitel seines Buches von sich selbst in der Rückschau schildert.

Das letzte Kapitel gilt den »letzten Dingen«. Anders als Goethe, der trotzig von sich behauptete, »den Tod aber statuiere ich nicht« (S. 328), macht Albrecht Schöne, zu dessen langjährigen Forschungsinteressen auch die sprachliche Gestaltung von Todesanzeigen gehört, einen detaillierten Vorschlag dazu, wie seine Angehörigen eines Tages mittels eines Dreizeilers von Paul Celan der Nachwelt Kenntnis von seinem Ableben geben mögen. Was auf den ersten Blick ein wenig makaber oder auch allzu kontrolliert erscheinen mag, fügt sich am Ende der Lektüre stimmig in das Gesamtbild dieser Erinnerungen: ein protestantisch beherztes, ja leidenschaftliches Understatement noch in der Vorwegnahme dessen, was sich einst der eigenen Verfügungsmacht entziehen wird.

Sabine Doering

Aus dem Leben der Goethe-Gesellschaft

In memoriam

Professor Dr. Karl Otto Conrady
21. Februar 1926 – 1. Juli 2020

Karl Otto Conrady gehörte zu den beliebtesten und bekanntesten Germanisten der Nachkriegsgeneration. Sein Wirken als Gelehrter, als Politiker, als Historiker seines Fachs und zudem als Publizist hat das Bild der Germanistik in Deutschland entschieden geprägt.

Geboren wurde Conrady am 21. Februar 1926 in Hamm. Als Jugendlicher wurde er Mitglied des Deutschen Jungvolks (DJ) und der Nationalsozialistischen Deutschen Arbeiterpartei (NSDAP). Diesen Irrweg hat er später in seinen Untersuchungen über die Rolle der Germanistik im Nationalsozialismus kritisch aufgearbeitet.

Nach Militärdienst und Gefangenschaft studierte er ab 1947 Germanistik und Latinistik an der Westfälischen Wilhelms-Universität Münster und promovierte 1953 bei Benno von Wiese mit einer Dissertation über Kleist. Im Jahr 1957 habilitierte er sich in Münster mit einer Arbeit zum Thema *Lateinische Dichtungstradition und deutsche Lyrik des 17. Jahrhunderts*. Diese wichtige Studie erschien 1962 als Buch. Von 1958 bis 1968 war Conrady Diätendozent in Göttingen. Im Jahr 1961 war er als Professor für Neuere Deutsche Literatur in Saarbrücken tätig und von 1962 bis 1969 an der Universität Kiel. Von 1969 bis 1991, dem Jahr seiner Emeritierung, lehrte er an der Universität zu Köln.

Seine große bleibende Leistung dürfte die zweibändige Goethe-Biographie sein, *Goethe. Leben und Werk* (1982-1984), die mehrmals neu aufgelegt wurde. Keine Gesamtdarstellung nach 1945 – man denke an Viëtor, Staiger und Friedenthal – hat es zu einem solchen Erfolg gebracht, denn nur Conrady verstand es, die höchsten wissenschaftlichen Ansprüche mit einem populären Stil zu verbinden. Er schrieb lebendig, einfühlsam und kenntnisreich, doch betrachtete er seine Arbeit bescheiden als »Annäherung« an das Geschehene. Besonders hervorzuheben sind die vielen langen Zitate aus Briefen, Tagebüchern und dichterischen Werken. So führt sein Buch die Leser unmittelbar hinein in Goethes Welt.

Eine noch größere Bekanntheit dürfte Conradys *Das große deutsche Gedichtbuch* (1977) erlangt haben, erweitert als *Der neue große Conrady* (2000). Hier gehen Belesenheit und Liebe zur Lyrik Hand in Hand. Wenig bekannte Barockdichter wie Quirinus Kuhlmann, Lyriker der Aufklärung wie Hölty und zu selten gelesene Dichterinnen wie die Karschin stehen neben Gegenwartslyrikern wie Durs Grünbein und dem früh verstorbenen experimentellen Dichter Reinhard Priessnitz. Conrady vertritt in dieser Publikation einen »vorurteilsfreien« Lyrikbegriff – eine »Minimaldefinition«, die auch die oft umstrittene visuelle Poesie eines Eugen Gomringer einschließt.

Conrady gehörte zu den engagierten Gelehrten. Von 1967 bis 1969 war er SPD-Abgeordneter im Schleswig-Holsteinischen Landtag. Den Deutschen Germanistenverband leitete er von 1976 bis 1979. Von 1996 bis 1998 war er Präsident des PEN-Zentrums Deutschland. In den Bestrebungen, die dunkle Vergangenheit seines Fachs unter dem Nationalsozialismus zu beleuchten, gehörte er zu den frühesten Stimmen. Sein Heft *Völkisch-nationale Germanistik in Köln. Eine unfestliche Erinnerung* (1990) ist eine mustergültige Klärung. Karl Otto Conrady starb in Köln am 1. Juli 2020 im Alter von 94 Jahren.

Jeremy Adler

Professor Dr. Hans-Dietrich Dahnke
4. Mai 1929–16. März 2020

Wer das *Goethe-Handbuch* aufschlägt, wird dem Namen des Germanisten Hans-Dietrich Dahnke begegnen, der zu den Herausgebern dieses Kompendiums gehört. Darin liegt sein wesentlicher Beitrag zur Goethe-Forschung. In hohen Jahren ist er nun von uns gegangen.

In Rostock als Sohn eines Bäckermeisters geboren, hat er, mehrfach Wohnort und Schule wechselnd, 1948 in Neubrandenburg das Abitur abgelegt und im Herbst jenes Jahres ein Studium der Germanistik und Kunstgeschichte an der Universität Greifswald aufgenommen. Das Jahr seiner Geburt hat ihn vor dem Einrücken in die faschistische Wehrmacht bewahrt, ihn gleichwohl als Augenzeugen die Schrecken des Kriegsendes in seiner mecklenburgischen Heimat erleben lassen. 1950 wechselte er an die Berliner Humboldt-Universität und schloss sein Studium 1952 mit dem Diplom ab.

Seinen ursprünglichen Plan, Lektor im Aufbau-Verlag zu werden – ein Volontariat war vorausgegangen –, gab er auf, als ihm sein akademischer Lehrer Leopold Magon eine Assistentenstelle an der Universität anbot. 1956 wurde Dahnke mit der Arbeit *Probleme der Gesellschaftsauffassung und -darstellung bei Jeremias Gotthelf* promoviert. Von 1959 bis 1962 lehrte er am Institut für Fremdsprachen der Universität Bagdad; an der von ihm geleiteten Deutsch-Abteilung waren neben anderen Lehrkräften aus der DDR auch Wissenschaftler aus der Bundesrepublik und aus Westeuropa tätig. In dieser Zeit entstand das von Dahnke mit erarbeitete, 1961/62 in zwei Bänden in Bagdad veröffentlichte Lehrbuch *Wir lernen Deutsch*. Der Aufenthalt in Bagdad brachte ihm und seiner Familie nicht nur die faszinierende Hochkultur des Zweistromlandes nahe, er stiftete auch die lebenslange Freundschaft mit einem Kollegen aus dem anderen deutschen Staat.

Nach Berlin zurückgekehrt, nahm Dahnke seine Lehrtätigkeit im Rahmen einer Dozentur wieder auf, habilitierte sich 1966 mit der Studie *»Herr von Hakensterz und seine Tagelöhner« und »Ut mine Stromtid«. Fritz Reuters Beitrag zum deutschen Gesellschaftsroman des 19. Jahrhunderts* und wurde im selben Jahr zum Professor für Neuere deutsche Literatur an der Humboldt-Universität berufen.

Als akademischer Lehrer war Hans-Dietrich Dahnke hoch angesehen und beliebt. Die Einheit von Lehre und Forschung, wie sie Wilhelm von Humboldt der Berliner Universität 1810 ins Stammbuch geschrieben hatte, war ihm ein wertvolles Gut. An einem Lehrbrief *Deutsche Dichtung und Publizistik in der 1. Hälfte des 19. Jahrhunderts*, konzipiert als wissenschaftliche Orientierung für Deutschlehrer, war er als Autor beteiligt; in drei Auflagen ist der Band herausgekommen. Für den 1967 erschienenen Band *Romantik* in der Reihe *Erläuterungen zur deutschen Literatur* verfasste er das umfangreiche Kapitel zur deutschen Frühromantik. Studien zur deutschen Literatur des 18. und 19. Jahrhunderts veröffentlichte er u.a. in den Zeitschriften *Weimarer Beiträge* und *Sinn und Form*; Einzelausgaben von Werken Jean Pauls und Fontanes begleitete er mit Nachworten. Gemeinsam mit Peter Müller gab er 1971 im Reclam-Verlag eine kommentierte Auswahl der *Frankfurter gelehrten Anzeigen* von 1772 heraus. Eine von ihm betreute einbändige Auswahlausgabe der Werke von Novalis in der *Bibliothek deutscher Klassiker* erlebte seit 1983 mehrere Auflagen. In zwei Auflagen (1977 und 1981) erschien seine Schrift *Erbe und Tradition in der Literatur*. Die im Verlag Volk und Wissen publizierte elfbändige *Geschichte der deutschen Literatur* sah ihn unter den Hauptautoren des Bandes 7/1 (1978), der den Zeitraum zwischen 1789 und 1806 umfasste.

Am 1. September 1978 wurde Dahnke zum Direktor des neugegründeten Instituts für klassische deutsche Literatur an den Nationalen Forschungs- und Gedenkstätten der klassischen deutschen Literatur in Weimar (NFG) berufen, dem ich als Mitarbeiter angehört habe. Die Gründung dieses Instituts signalisierte so etwas wie einen Paradigmenwechsel. An die Stelle eines ideologisch überhöhten Bildes von deutscher Klassik – als Maßgabe auch für die Literatur der Gegenwart – und einer damit einhergehenden Bewertung der Romantik als reaktionäre Geistesströmung, wie sie bis zum Tod von Helmut Holtzhauer 1973 die wissenschaftliche Tätigkeit in Weimar geprägt hatte, sollte, so die Intention des 1975 als Generaldirektor an die NFG berufenen Walter Dietze, eine von Prädispositionen weithin unbelastete Erforschung literaturgeschichtlicher Zusammenhänge unter Berufung auf den historischen Materialismus treten. Hans-Dietrich Dahnkes wissenschaftliche Entwicklung erwies ihn für diese Aufgabe als besonders geeignet, wenngleich mit dem Wechsel nach Weimar der Verzicht auf die universitäre Lehre verbunden war. Leichter gemacht wurde ihm dieser Wechsel insofern, als er, zeit seines Lebens dem Ideal eines humanen Sozialismus verbunden, der in Berlin besonders heftigen ideologischen Auseinandersetzungen an der Universität überdrüssig war. Weit eher entsprach in dieser Konstellation seinem auf achtsame Vernunft hin angelegten Naturell die Hingabe an die Forschung.

Mit dem neuen Profil der NFG waren dem Institut vier Aufgabenbereiche zugewiesen: wissenschaftliche Veröffentlichungen in Gestalt von Sammelbänden und Einzelstudien, editorische Tätigkeit im Bereich der deutschen Klassik und Romantik, Lehrangebote vor allem im Rahmen des Weiterbildungsprogramms der NFG sowie wissenschaftliche Beratung bei Weimarer Ausstellungs- und Museumsprojekten. Gemeinsam mit dem 2019 verstorbenen Germanisten Bernd Leistner, seinem Stellvertreter, hat Dahnke 1982 bei Reclam einen Band mit dem Titel *Schiller. Das dramatische Werk in Einzelinterpretationen* sowie 1989 im Aufbau-Verlag das zweibändige Sammelwerk *Debatten und Kontroversen. Literarische Auseinandersetzungen in Deutschland am Ende des 18. Jahrhunderts* herausgegeben. In beiden Publikationen, an denen die Mitarbeiter des Instituts beteiligt waren, sollten Lehren aus einer wissenschaftlichen Entwicklung gezogen werden, die sich mehr denn je als Sackgasse erwiesen hatte. Nicht mehr Kategorien wie Fortschritt und Reaktion sollten die literaturwissenschaftliche Analyse leiten, die sozial- und ideengeschichtlichen Abläufe selbst sollten das Urteil über eine Kunst fundieren, die in ihrem ästhetischen Eigenwert zu untersuchen war. Dahnke hatte für die erste Institutsveröffentlichung Schillers *Wallenstein* interpretiert, für die zweite gemeinsam mit Leistner die Einleitung geschrieben sowie Studien zu den Themen *Was ist Aufklärung?* und *Die Debatte um »Die Götter Griechenlandes«* verfasst. Einzelstudien aus seiner Feder zu Goethe, Schiller, Wieland und Novalis sowie zu Problemen der klassisch-romantischen Epoche liegen in Zeitschriften und Sammelbänden vor, die Kongressen im nationalen wie internationalen Rahmen entsprungen waren. Die 1982 eröffnete Ausstellung zu Leben und Werk Goethes im Goethe-Nationalmuseum Weimar verdankte ihm wesentliche geistige Impulse.

In guter Erinnerung geblieben ist mir das Arbeitsklima, das in dem von Hans-Dietrich Dahnke geleiteten Institut herrschte. Eine sympathische Spielart norddeutscher Geistigkeit ist die Liberalität, das Gelten- und Gewährenlassen des Anderen. Dank solcher Liberalität des Direktors existierte – unter den gegebenen Bedingungen – die Atmosphäre einer in Maßen geistigen Freiheit. Innerhalb der von außen gesetzten Grenzen hatten die Mitarbeiter die Möglichkeit, ihren Talenten und Fähigkeiten gemäß zu denken und zu schreiben. Diese Freiheit hat Dahnke verteidigt gegen Dietzes Nachfolger im Amt wie gegen bornierte Funktionäre innerhalb und außerhalb der NFG; er nahm sich auch die Freiheit, in Weimar weilende Wissenschaftler aus der anderen Hemisphäre zum internen Gedankenaustausch ins Institut einzuladen. Seinem Wesen nach war Dahnke zudem stets ein besonnener und kluger Ratgeber.

Mit der Auflösung des Instituts 1991 und dessen Umwandlung in eine Direktion für germanistische Edition und Forschung an der Stiftung Weimarer Klassik (der Nachfolgeorganisation der NFG) war zwar das Ende von Dahnkes Direktorat, nicht aber das seiner wissenschaftlichen Tätigkeit gekommen. Ergebnis eines mehrmonatigen Studienaufenthalts 1990 in Marbach war die bemerkenswerte Abhandlung *Friedrich Beißners Einleitung zum ersten Band der Schiller-Nationalausgabe*, Zeugnis eines im besten Sinne historischen Methodenbewusstseins. Aufgrund seiner profunden Kenntnisse und wissenschaftlichen Lauterkeit wurde er 1991 in das Herausgebergremium des *Goethe-Handbuchs* berufen, das seine Arbeit an der Rheinisch-Westfälischen Technischen Hochschule (RWTH) Aachen und an der Klassik Stiftung Weimar aufnahm. Gemeinsam mit Regine Otto hat er die 1998 veröffentlichten Bände 4/1 und 4/2 *Personen, Sachen, Begriffe* herausgegeben; etliche Artikel steuerte er selbst bei.

Auch nach Erscheinen dieser Bände blieb Dahnke wissenschaftlich produktiv. In dem 2012 von der Sächsischen Akademie der Wissenschaften herausgegebenen Sammelband *Wege der Aufklärung in Deutschland. Die Forschungsgeschichte von Empfindsamkeit und Jakobinismus zwischen 1965 und 1990 in Experteninterviews* ist er ausführlich als prominenter Zeitzeuge befragt worden. Zu seinen mecklenburgischen Wurzeln kehrte er zurück, wenn er sich in der Fritz-Reuter-Gesellschaft mit Vorträgen und mit Aufsätzen in deren Schriftenreihe zu Wort meldete oder den Beitrag *Ernst Moritz Arndts Anteil an der Befreiung Deutschlands von Napoleon* (2014) veröffentlichte, mit dem er ein in seinen Augen falsch oder einseitig gezeichnetes Bild des jungen Arndt korrigieren wollte; seine Arndt-Studien fortzusetzen, blieb ihm leider versagt. Autobiographische Aufzeichnungen bewahrt sein Nachlass.

Der Goethe-Gesellschaft war Hans-Dietrich Dahnke über viele Jahrzehnte verbunden: als Mitwirkender bei den Hauptversammlungen, als Autor im Goethe-Jahrbuch, als aktives Mitglied, das Stipendiaten für wissenschaftliche Konsultationen zur Verfügung stand und sie als Gäste gemeinsam mit seiner Frau empfangen hat.

Ein harmonisches Miteinander und familiäre Geborgenheit waren ihm wichtig; aus seiner 1953 geschlossenen Ehe gingen drei Söhne hervor. Gemeinsam standen wir – seine ebenfalls 1929 geborene Witwe, seine Söhne und Schwiegertöchter – an seinem Grab; Enkel, Freunde und Weggefährten ließ die Corona-Pandemie nicht zu.

Hans-Dietrich Dahnke ist ein langes und aufs Ganze gesehen glückliches Leben zuteilgeworden. In der Welt der Wissenschaft, in der Erinnerung der ihm verbundenen Menschen wird man dankbar und mit großer Wertschätzung an ihn denken.

Jochen Golz

Professor Dr. Hans Reiss
19. August 1922–2. April 2020

Hans Reiss, der am 2. April 2020 im Alter von 97 Jahren bei seinem Morgenkaffee ruhig gestorben ist, übertraf die trockenen Fakten seiner Vita so sehr wie seine Lebensdarstellung *Erinnerungen aus 85 Jahren* den Eintrag über ihn in *Wikipedia*. Obwohl in seinen letzten Jahren an einen Rollstuhl in der Heidelberger Wohnung gefesselt, die er mit seiner Frau Linda, einer begabten Künstlerin, teilte, führte er neben eifrig erwarteten Telefongesprächen einen regen Briefwechsel mit seinen vielen Freunden in Deutschland und im Ausland. Die Kommunikation mit ihm war stets äußerst anregend – ganz gleich, ob er sich mit Kollegen über intellektuelle Themen unterhielt oder mit meiner zehnjährigen Enkelin, die ihn bezauberte.

Seine 373 Seiten umfassende Autobiographie *Erinnerungen aus 85 Jahren* (2009) kommt einer Übersicht über die internationale Germanistik der letzten fünfzig Jahre gleich und enthält Begegnungen mit Persönlichkeiten des europäischen politischen, religiösen, intellektuellen und kulturellen Lebens, z. B. mit Ernst Gombrich, Elias Canetti und Elisabeth Schwarzkopf. Reiss beschreibt darin auch seine Flucht 1939, im Alter von 16 Jahren, aus der elterlichen Wohnung in Mannheim nach Irland, wo er am Trinity College Dublin Literatur studierte. Mit seinem Doktorat in Germanistik unterrichtete er zuerst am Trinity College und dann an der London School of Economics und der Londoner Universität. Im Jahr 1958 ging er an die McGill University in Montreal und später, von 1965 bis zu seiner Emeritierung im Jahr 1988, leitete er die Deutsche Abteilung der University of Bristol, an die er viele Kollegen aus Amerika und Europa zu Vorträgen und Gastprofessuren einlud. Nach seiner Emeritierung war er als Gastprofessor und Vortragender an etwa 80 Universitäten tätig. Im Jahr 2008 zog er nach Heidelberg, wo er seine letzten Jahre verbrachte.

Obwohl er als Goethe-Spezialist besonders geschätzt war – die englische Fassung seines Buches *Goethes Romane* (dt. 1963, engl. 1969 *Goethe's Novels*) erhielt 1972 von der amerikanischen Gesellschaft der Forschungsbibliotheken den Titel »Outstanding Book of the Year« und 1997 (nach dem Bundesverdienstkreuz 1. Klasse) wurde er mit der Goldenen Medaille der Weimarer Goethe-Gesellschaft ausgezeichnet –, umfingen seine Interessen ein viel breiteres intellektuelles Spektrum. Seine einflussreichen Bücher zeigen vor allem eine Neigung zur Politik: *Politisches Denken in der deutschen Romantik* (1966), *Kants politisches Denken* (1977) und *Formgestaltung und Politik. Goethe-Studien* (1993). Seine Werke, die auch dem englischlesenden Publikum die bedeutendsten Autoren der modernen deutschen Literatur – z. B. *The Writer's Task from Nietzsche to Brecht* (1978) – vorstellen, sind alle, ob in Deutsch oder Englisch, in jenem klaren und witzigen Stil geschrieben, der auch seine Konversation auszeichnete.

Hans Reiss wird von vielen sehr vermisst werden – nicht nur als ein lieber und treuer Freund und Kollege, sondern auch als Vertreter jener schwindenden Gruppe von europäischen Intellektuellen, die ihre breite philosophische Sicht mit überzeugenden Argumenten stützen und in einem zugänglichen Stil darstellen können.

Theodore Ziolkowski

Professor Dr. Jochen Schmidt
14. Dezember 1938–18. Mai 2020

Am 18. Mai 2020 verstarb an seinem Alterstruhesitz in Bad Salzschlirf bei Fulda im Alter von 81 Jahren Prof. Dr. Jochen Schmidt, Ordinarius für Neuere deutsche Literaturgeschichte an der Albert-Ludwigs-Universität Freiburg und einer der international angesehensten germanistischen Literaturwissenschaftler der vergangenen Jahrzehnte. Jochen Schmidt wurde am 14. Dezember 1938 in Berlin geboren und wuchs in Bad Wurzach im schwäbischen Allgäu auf, dessen melodiöse Intonation ihm als feine heimatliche Reminiszenz zeitlebens verblieb. Sein Studium der Germanistik, Romanistik, Gräzistik und Geschichtswissenschaft führte ihn in den späten fünfziger und frühen sechziger Jahren an die Universitäten in München, Tübingen, Paris und Freiburg und brachte ihn in engen Austausch mit prägenden philologischen Lehrern, unter ihnen der Germanist Walter Rehm und der Romanist Hugo Friedrich in Freiburg, der Klassische Philologe Wolfgang Schadewaldt und der Germanist Friedrich Beißner in Tübingen. Von Beißner, dem Doyen der Hölderlin-Philologie, wurde Schmidt 1965 in Tübingen mit einer Dissertation über Hölderlins geschichtsphilosophische Elegie *Brod und Wein* promoviert; nach Jahren als Hochschulassistent folgte 1973 die Habilitation mit einer einsichtsvollen Monographie zur »poetischen Verfahrensweise« Heinrich von Kleists. Wer das Glück hatte, den jungen Dozenten in jenen frühen Tübinger Jahren zu erleben, erhielt einen unverlierbaren Begriff einer lebendigen, argumentationsfreudigen Philologie im genauen Sinne, als »Liebe zum Wort«; und vollends die Allgäuer Wochenendseminare über Hölderlins Elegien in Jochen und Ute Schmidts zum Bücherparadies umgebautem Wachbühlhof in der Starkenhofer Einöde 4, einem ländlichen Refugium für freie Geister mit herrlichem Fernblick auf die Alpenkette, waren ein utopisches Korrektiv zu jeder akademischen Verbohrtheit und Verhocktheit.

Aus Jochen Schmidt wurde in den folgenden Jahrzehnten einer der produktivsten Germanisten seiner Generation: Auf eine erste Professur in Tübingen folgte 1988 der Ruf auf den Freiburger Lehrstuhl, den er bis zu seiner Emeritierung im Jahr 2004 mit außerordentlicher Resonanz und als von den Studenten bewunderter Lehrer bekleidete. Die Heidelberger Akademie der Wissenschaften nahm ihn 1997 als ordentliches Mitglied in ihre historisch-philosophische Klasse auf, in der er bald eine sehr beachtete Stimme war: Das zusätzliche Wirkungsfeld, das ihm die Akademie-Mitgliedschaft eröffnete, wusste er bis weit über seine Emeritierung hinaus zu pflegen, dies vor allem mit dem bahnbrechenden Unternehmen eines vielbändigen Kommentars zu allen veröffentlichten Werken Friedrich Nietzsches, der inzwischen kurz vor dem erfolgreichen Abschluss steht. Und nicht zuletzt wirkte Jochen Schmidt über viele Jahre als ideen- und einflussreiches Mitglied im Vorstand der Goethe-Gesellschaft in Weimar, die ihm 2013 für sein Lebenswerk als Gelehrter, Philologe und Editor und als einem der profundesten Kenner der Literatur- und Ideengeschichte der Goethezeit ihre höchste Auszeichnung, die Goethe-Medaille, verlieh. Wieviel ihm solche äußeren Ehren und Anerkennungen bedeutet haben mögen, ist nicht leicht zu sagen: Auf die seinerzeitige Weimarer Laudatio erwiderte er auf offener Bühne des Deutschen Nationaltheaters fast spitzbübisch mit einer launigen, zitatengespickten Caprice über Goethes kindliche Freude an Orden und Ehrenzeichen – es blieb vielsagend offen und in ironischer Schwebe, ob ihm, Jochen Schmidt, überhaupt etwas davon nachvollziehbar erschien.

Jochen Schmidt, der vielseitig Beschlagene, hinterlässt ein eminentes wissenschaftliches Œuvre mit grundlegenden und erschließenden Abhandlungen zur Literatur der Goethezeit, insbesondere zu der von ihm geliebten spannungsvoll-ungleichen Trias aus Goethe, Hölderlin und Kleist. Das Hölderlin-Jubiläumsjahr 2020 bot mannigfache Gelegenheit, die herausragende Qualität seiner dreibändigen, akribisch kommentierten Ausgabe der Werke und Briefe des Dichters im Deutschen Klassiker Verlag erneut zu bewundern, und auch viele von Schmidts großen Goethe-Studien werden auf lange Zeit unverzichtbar bleiben: die eindringlichen Interpretationen der pindarisierenden Sturm-und-Drang-Hymnen im überwölbenden ideengeschichtlichen Horizont seiner magistralen *Geschichte des Genie-Gedankens in der deutschen Literatur, Philosophie und Politik*, der so präzise wie tiefschürfende Kommentar zu beiden Teilen der *Faust*-Dichtung, womöglich nach wie vor die hilfreichste Orientierung im dramatischen Massiv von Goethes Weltgedicht, oder schließlich Schmidts bedeutende Heidelberger Akademie-Abhandlungen zu »Metamorphosen der Antike in Goethes Werk« oder über »Grenzerfahrung und Entgrenzung« in Goethes Altersgedicht *Urworte. Orphisch*, nicht zu vergessen die souveränen Überlegungen zu »Ironie und Skepsis in Goethes Alterswerk, besonders in den *Wahlverwandtschaften*« im Goethe-Jahrbuch 2004, um nur einiges Ausgewählte hervorzuheben. All diese Arbeiten, stets zunächst in Schmidts bis ins Alter außerordentlich schöner und regelmäßiger Handschrift niedergeschrieben, alle in einem luziden, klaren, manchmal fast lateinisch knappen, immer aber energischen und autoritativen Stil gehalten – all diese Werke verraten den Mann, seinen weiten Horizont und seinen unverwechselbaren geistigen Habitus. Jochen Schmidts Liebe und Aufmerksamkeit gehörte dem Großen, Schwierigen und Fordernden, ihm widmete er sich mit singulärer Energie und als ein wahrer Genius der Konzentration und Versenkung – ein paradoxes Aperçu Friedrich Schlegels schien wie für ihn erfunden: »Man muss das Brett bohren, wo es am dicksten ist«. Denn, ja: Jochen Schmidt war kein Dünn-, sondern ein Dickbrettbohrer, ein Mann des schweren intellektuellen Kalibers, des hohen, auch fordernden Anspruchs und der konsequenten Ausrichtung am kanonischen Höhenkamm – aber ein Klassizist war er darum nicht. Er glättete nicht, sondern rauhte auf und fragte nach der inneren Gegensatzspannung der großen Werke: nach dem »Wechsel der Töne«, dem »späten Widerruf« oder dem »Harmonisch-Entgegengesetzten« bei Hölderlin, nach ironischen Ambivalenzen und Paradoxa bei Kleist, nach Dialektiken von Apollinischem und Dionysischem, von Ordnung und Entgrenzung, von Vernunft und Irrationalität, von Aufklärung und Gegenaufklärung, wie nur einige der Gegensatzpaare, Polaritäten und Spannungen lauten, denen er nachspürte und nach deren möglicher Synthesis er fragte. So wie Jochen Schmidts Interessen als Leser und Interpret weniger dem leichten und spielerischen Gelingen galten als vielmehr der überwundenen und gemeisterten Schwierigkeit, so schienen bisweilen auch seine eigenen wissenschaftlichen Leistungen das Gepräge überwundener Widerstände aus gleichsam stoischem Geist zu tragen. Selbst Schmidts Neigung, ja wahrscheinlich Liebe zum wissenschaftlichen wie pädagogischen Genre des Kommentars (zu Goethe, zu Hölderlin, zuletzt zu Nietzsche) hatte ihren Ursprung wohl in solchen Erwägungen: Einer, ein herausragend Befähigter, musste sich – gleichsam als Spuren-Leser und *primus lector inter pares* – abmühen und bohrend in die Materie vertiefen, damit die anderen, die Normal-Leser, von den Früchten seiner Anstrengung profitieren und das Faszinosum schwieriger und eben darum lohnender Dichtungen dank seiner deutenden Fingerzeige besser, richtiger, vollständiger verstehen und genießen konnten. Jochen Schmidts ureigenes wissenschaftliches Ethos in seinem ambitionierten Selbstanspruch wie in seiner pädagogischen Mission berührt sich hier unmittelbar mit den Figuren genialischer Vermittlung und Stellvertretung, die er in so vielen Texten von Goethes *Prometheus* oder *Mahomets Gesang* bis zu Hölderlins elitär-demokratischen Hymnen scharf herausgearbeitet hat. Immer geht es da um Fragen von großer, kollektiver Geltung und Verbindlichkeit, aber einige sind berufen, dieses Allgemeine stellvertretend auszulegen und es in gültiger Formulierung exemplarisch auszusagen, »dem Volk ins Lied / Gehüllt die himmlische Gabe zu reichen«, wie es in Hölderlins *Feiertagshymne* vom Priesteramt des Dichters heißt. Einer dieser Hermeneuten, Kommentatoren, geborenen Vermittler von Ausnahmerang war Jochen Schmidt ohne jeden Zweifel selbst – auch in seiner eigenen Wahrnehmung. Und doch war er bei allem Bewusstsein des eigenen Rangs als Interpret frei von elitärem Dünkel, denn auch von ihm galt, was Hölderlins Ode *Dichterberuf* vom Poeten sagt: »Doch nicht behält er es leicht allein, / Und gern gesellt, damit verstehn sie / Helfen, zu anderen sich ein Dichter« – auch Jochen Schmidt, der Solitär und Aristokrat des Geistes, suchte als Kollege wie als akademischer Lehrer den geselligen Dialog mit den »anderen«, die Verständigung im Gespräch, die demokratische Deutungsgemeinschaft der Interpreten. Er war – bei aller Kraft zur Zuspitzung und hin und wieder zur gelehrten Kontroverse, in der er agonal und feurig auftreten und polemische Blitze schleudern konnte – ein zugewandter, teilnehmender Mensch, und gar Spaziergänge mit ihm auf den Schwarzwaldwegen über Freiburg waren für den jüngeren Kollegen eine Lust und ein einziges, unendlich anregendes Gespräch.

Jochen Schmidt, dessen Wirken als Philologe und als Interpret unter dem Imperativ der *Patmos*-Hymne zu stehen schien, »daß gepfleget werde / Der feste Buchstab, und bestehendes gut / Gedeutet«, Jochen Schmidt war vieles zugleich: eine energische, unbeugsame und integre Persönlichkeit, ein ebenso fordernder wie fördernder Lehrer und Mentor, ein Geistes- und Kulturwissenschaftler, der im Reich der Bücher und Ideen zu Hause war wie wenige und es sich doch nicht im Elfenbeinturm bequem machte, ein überzeugungsstarker und streitbarer Geist von humaner Liebenswürdigkeit und Großzügigkeit, ein Mann der Hochkultur und verfeinerten Bildung, der ein Herz für die Benachteiligten besaß und sich vielfältig als Citoyen engagierte: gegen politischen Extremismus und Radikalismus, für die Bewahrung von Natur und Landschaft und gegen die Plünderung ihrer Ressourcen, in den letzten Jahren sehr tatkräftig im Einsatz für syrische Bürgerkriegsflüchtlinge. Jochen Schmidt war all dies, die Einheit und Synthesis dieses »Harmonisch-Entgegengesetzten«, und darin für viele, mit je anderen Nuancen seines Wesens, ein Maßstab und ein Vorbild.

Werner Frick

Professor Dr. Yan Baoyu
15. September 1923 – 1. Juli 2020

Wer den 1998 erschienenen Band 4/1 des *Goethe-Handbuchs* aufschlägt, der Artikel zu Personen, Sachen und Begriffen versammelt, wird dort dem Namen des Verstorbenen begegnen, der nahezu auf ein Jahrhundert gelebten Lebens zurückblicken konnte und Zeuge eines wahrhaft bewegten Zeitalters war. Mit großem Gewinn liest man seine Ausführungen, in denen er Spuren des Einflusses der chinesischen Kunst und Literatur auf Goethes Werk aufsucht. Die Verbindung scheinbar so ferner Kulturen war für ihn ein Lebensthema. Eine genauere Kenntnis seines umfangreichen wissenschaftlichen Werkes ist dem des Chinesischen unkundigen Germanisten leider verwehrt, weil Yan vor allem in seiner Muttersprache publiziert hat.

Sein Weg ist beispielhaft für eine Generation, die, oft aus einfachen sozialen Verhältnissen kommend, ihre schulische Bildung in einem politisch zerrissenen China erhalten hat – teils bürgerlich, teils kommunistisch geprägt, zudem in weiten Teilen von Japan besetzt. Erst nach

Gründung der Volksrepublik 1949 erhielt diese Generation in größerem Maße die Möglichkeit, zu studieren und eine akademische Laufbahn einzuschlagen. Yan hatte bereits 1948 ein Studium der Anglistik und Germanistik abgeschlossen. Zur weiteren Ausbildung wurde er von der Regierung 1954 ins Ausland geschickt; hohe individuelle Begabung und ideologische Loyalität wurden vorausgesetzt. Eine erste chinesische Gruppe traf bereits 1953 in Leipzig ein, um dort Germanistik zu studieren. Im Jahr darauf begann Yan in Leipzig eine Aspirantur und begab sich in die Obhut von Hans Mayer. Die Jahre in Leipzig und insbesondere das Wirken seines akademischen Lehrers Hans Mayer hat er lebenslang in dankbarer Erinnerung bewahrt. Als ich ihm zum letzten Mal gegenübersaß – 2009 in einem Restaurant in Peking –, bestand die Tischrunde durchweg aus ›alten Leipzigern‹, die noch einmal jene Epoche heraufbeschworen, in der Hans Mayer, Ernst Bloch, Hermann August Korff und Theodor Frings in Leipzig lehrten.

Persönliche Bescheidenheit hat es Yan stets versagt, sich selbst ins Rampenlicht zu stellen und Aufhebens von seinen großen intellektuellen Qualitäten zu machen. Gewiss hat er Leipzig 1959 mit sehr guten Ergebnissen verlassen, so dass ihm der Weg in akademische Lehrämter seines Heimatlands offenstand. Alles ließ sich zunächst gut an. Doch seine Hoffnung auf eine lebenslange dauerhafte Anstellung an der Universität in Peking wurde mit dem Ausbruch der ›Kulturrevolution‹, die de facto eine brutale Unterdrückung aller Kultur war, erst einmal zunichtegemacht. In ihrem berührenden Nachruf sprechen seine Kinder von Yans Güte, seiner Redlichkeit, seiner Liebe zu den Menschen und zu Musik und Literatur. Goethe und Beethoven bildeten die Fixpunkte seiner geistigen Existenz; einige Studien widmete er Bertolt Brecht, der fernöstlicher Kultur nahestand. Solchen geistigen Positionen musste er vor sogenannten ›Rotgardisten‹, einem aufgehetzten intellektuellen Pöbel, als ›Revisionist‹ öffentlich abschwören; wie viele andere Intellektuelle auch wurde er dazu verurteilt, fern seiner Familie, fern auch der Universität bei schwerer körperlicher Arbeit auf dem Land seine Treue zum Kommunismus unter Beweis zu stellen.

Das Ende dieser Periode, in der sich ein altes Kulturvolk seiner Wurzeln selbst berauben wollte, muss er als geistige Befreiung empfunden haben. Endlich konnte er an der Universität Peking, ihrem Rang nach die erste seines Landes, eine seiner Bildung und Begabung angemessene Position einnehmen. 1983 wurde in Peking eine Gesellschaft für deutschsprachige Literatur gegründet und Yan zu ihrem stellvertretenden Vorsitzenden gewählt. Als er im selben Jahr zu einem ersten Stipendienaufenthalt nach Weimar kam, hat er über diesen Wechsel der Verhältnisse kein Wort verloren, sich allenfalls in kleinem Kreis einmal vorsichtig geäußert. Meine Kollegen und ich, seinerzeit am Institut für klassische deutsche Literatur der Nationalen Forschungs- und Gedenkstätten tätig, hatten ihn schnell ins Herz geschlossen und gern in unsere Familien eingeladen. Mit großer Freude haben wir wahrgenommen, dass er zwischen 1988 und 1990 als Professor für Komparatistik an der Universität Bayreuth lehren konnte. 1988 erhielt er den renommierten Grimm-Preis des Deutschen Akademischen Austauschdienstes. Als ich ihn 2009 traf, begegnete er mir als Doyen der chinesischen Germanistik, hochverehrt von seinen oft sehr viel jüngeren Kollegen. Sehe ich es richtig, so haben auch die schrecklichen Ereignisse der ›Kulturrevolution‹ ihn nicht von seinem Glauben an eine gerechtere soziale Welt, wie sie in Marx' Prophetie vorgezeichnet war, abbringen können. Zum Abschied schenkte er mir die Statue eines altchinesischen Weisen, wohl die des Konfuzius. Zu verstehen war dies als Bekenntnis zu einer auf Zuwendung und Ehrfurcht beruhenden sozialen Ordnung, wie sie sich in den Lehren des Konfuzius vorfindet; im Wirbel des chinesischen Turbokapitalismus drohen solche Lehren verloren zu gehen.

Jedes Jahr trafen anlässlich des chinesischen Neujahrsfestes in der Geschäftsstelle der Goethe-Gesellschaft in Weimar Yans Glückwünsche ein, begleitet von Tierfiguren, in deren Sternzeichen das kommende Jahr in China stehen würde. Nun bleiben sie aus. Was bleibt, ist die Erinnerung an einen großen Gelehrten und an einen lauteren Menschen, der auch durch ein kultiviertes, herzliches Miteinander die Welt geprägt hat.

Jochen Golz

Professor Dr. Theodore Ziolkowski
30. September 1932 – 5. Dezember 2020

Die Nachricht vom Tod Theodore Ziolkowskis kam für seine deutschen Freunde völlig überraschend. Dabei hatte er das hohe Alter von 88 Jahren erreicht – aber was bedeutete dies schon bei Ted Ziolkowski, bei dem man sich daran gewöhnt hatte, dass er nahezu Jahr für Jahr ein neues Buch vorlegte, zuletzt 2020 eine Monographie zu dem gewichtigen Thema »Roman Poets in Modern Guise. The Reception of Roman Poetry since World War I«? Die intellektuelle Neugier und Schaffenskraft dieses Gelehrten schienen bis zuletzt unbegrenzt, seine geistige Energie und Konzentrationsfähigkeit unerschöpflich, und so fragten sich seine Freunde und Leser nie, ob ein neues Buch von Ziolkowski wohl sein letztes sein könnte, sondern sie fragten sich allenfalls, welchem Thema er sich nun zuwenden werde. Es ist, als wären die Verse, die Goethe im April 1825 in das Stammbuch seines Enkels Walther eintrug: »Ihrer sechzig hat die Stunde, / Über tausend hat der Tag. / Söhnchen! werde dir die Kunde / Was man alles leisten mag« Ted Ziolkowski in die Wiege gelegt worden. Der erste Aufsatz, den der 26-Jährige im Jahr 1958 veröffentlichte, galt Goethes *Unterhaltungen deutscher Ausgewanderten.*

Im Rückblick wohnt dieser Themenwahl eine gewisse wissenschaftsgeschichtliche Ironie inne, denn Ziolkowski war einer der ersten großen amerikanischen Germanisten, die nicht aus einer Familie deutscher Ausgewanderter stammten oder zu den vor Hitler aus Deutschland geflohenen Gelehrten gehörten. Für den 1932 in Alabama geborenen Sohn eines aus Polen stammenden Musikers und Musikpädagogen – immerhin eines Paderewski-Schülers – bildete die Entscheidung für das Studium der deutschen Sprache und Literatur das Resultat eines familiären Kompromisses: Er selbst hätte es vorgezogen, als Trompeter (Vorbild: Bix Beiderbecke) Jazzmusiker zu werden, die Eltern wünschten sich, dass er Medizin studiert, was er aber rasch aufgab; und weil er in seinem Elternhaus auch die deutsche Sprache kennengelernt hatte, fiel dann eben die Entscheidung für die Germanistik. Er hat mit großer Zielstrebigkeit das Beste daraus gemacht. Nach dem Studium an der Duke University wechselte er an die Yale University, wo der angesehene Germanist Hermann J. Weigand, über den Ziolkowski auch in späteren Jahren immer nur mit Ehrfurcht sprach, sein Mentor wurde. Im Alter von nur 25 Jahren erwarb Ziolkowski in Yale den Ph. D. mit einer Arbeit über Hermann Hesse und die Romantik; die Romantik und auch Hesse blieben fortan zentrale Themen seines wissenschaftlichen Werks. Nach Lehrtätigkeiten in Yale und an der Columbia University in New York wurde Ziolkowski 1964, damals gerade 32 Jahre alt, Professor of Germanic Languages and Literatures and Comparative Literature (seit 1969 Class of 1900 Professor of German and Comparative Literature) an der Princeton University.

Der Princeton University, wo er ideale Arbeitsbedingungen vorfand, blieb Ziolkowski bis zu seiner Emeritierung im Jahr 2001 treu. Als leidenschaftlicher akademischer Lehrer, der bei aller Liberalität im Methodischen die philologischen Tugenden hochhielt, erwarb er sich größtes Ansehen. Von 1979 bis 1992 hatte er das verantwortungsvolle Amt des Dean of the Graduate School inne; er hat es dazu genutzt, zahlreiche junge Wissenschaftlerinnen und

Wissenschaftler in einer entscheidenden Phase ihrer Laufbahn zu fördern und ihnen den Weg zu einer akademischen Karriere zu ebnen. Wer einen Eindruck von seiner Reputation und Breitenwirkung als Hochschullehrer gewinnen möchte, kann dies leicht anhand des Bandes *Themes and Structures. Studies in German Literature from Goethe to the Present* tun, den Alexander Stephan 1997 zu Ziolkowskis 65. Geburtstag herausgegeben hat. Dass er 1985 das Amt des Präsidenten der Modern Language Association innehatte, bezeugt auf eindrucksvolle Weise sein überfachliches Ansehen.

Wie bereits die Denomination seiner Professur zeigt, hat Ziolkowski eine Literaturwissenschaft, die innerhalb der Grenzen einer Nationalphilologie verbleibt, nie für sich akzeptiert. Er hat die deutsche Literatur immer in weltliterarischer Perspektive gesehen; die Wechselwirkungen und Austauschprozesse zwischen den Literaturen, aber auch zwischen den Künsten haben sein Forschungsinteresse bleibend auf sich gezogen. Deshalb auch hat ihn die Thematologie so sehr fasziniert: die Erforschung der Wanderungswege und Transformationsprozesse, die die großen Themen und Figuren der Weltliteratur von ihren Ursprüngen bis zur Gegenwartsliteratur zurückgelegt haben. Ziolkowskis staunenswerte Erudition und umfassende weltliterarische Belesenheit bezeugen sich in Buchtiteln wie *Fictional Transformations of Jesus* (1972), *Minos and the Moderns. Cretan Myth in Twentieth-Century Literature and Art* (2008), *Gilgamesh among us. Modern Encounters with the Ancient Epic* (2011) oder *Uses and Abuses of Moses* (2016). Das mit Sinn für symbolische Zeitenschwellen im Jahr 2000 veröffentlichte Buch *The Sin of Knowledge* untersucht die problemgeschichtlichen Verbindungen zwischen den Mythen von Adam, Prometheus und Faust im Hinblick auf das Thema der verbotenen Grenzüberschreitungen des menschlichen Wissens. In dem 1997 erschienenen großen Buch *The Mirror of Justice. Literary Reflections of Legal Crises* erforscht Ziolkowski die Bedeutung der Literatur als Reflexionsmedium von Krisen der Rechtssysteme im weiten Bogen von der attischen Tragödie bis zu Franz Kafka. Ein wunderbares Kabinettstück weltliterarisch inspirierter Textlektüre hat er mit dem 2010 erschienenen Büchlein *Die Welt im Gedicht. Rilkes Sonette an Orpheus II.4* vorgelegt, in dem er ein einziges Gedicht Rilkes aus seinen stoff-, thema- und formgeschichtlichen Bezügen (Einhorn, Orpheus, Sonett) interpretiert.

Theodore Ziolkowskis richtungsweisende Monographien über Hermann Hesse (1965; er hat gern und heiter zugestanden, wie sehr dessen Verbreitung vom Hesse-Hype der Hippies profitieren konnte), über den modernen deutschen Roman (1969) und über die klassische deutsche Elegie (1980) sind auch in der deutschsprachigen Germanistik breit rezipiert worden. Berühmt wurde er aber in Deutschland wohl doch erst mit seinem Meisterwerk *German Romanticism and Its Institutions* (1990, dt. *Das Amt des Poeten*), mit dem er die deutsche Romantik gleichsam vom Himmel auf die Erde, von der Metaphysik in die Materialität holte, indem er sie aus der Geschichte der Institutionen zu begreifen suchte, von denen sie geprägt wurde und die sie geprägt hat: Bergwerk, Rechtssystem, Irrenanstalt, Universität, Museum. Dies Buch hat die Romantikforschung auf eine neue Stufe gehoben, indem es für immer mit dem Klischee von der Weltentrücktheit der Romantiker brach. Der Ruhm dieser institutionengeschichtlichen Neudeutung der Romantik hat allerdings einer breiteren Rezeption der (zumeist auf Deutsch verfassten) Bücher im Weg gestanden, mit denen Ziolkowski seine Romantikforschungen historisch verbreiterte und kulturgeographisch vertiefte: die Trilogie *Das Wunderjahr in Jena* (1998), *Berlin – Aufstieg einer Kulturmetropole um 1810* (2002) und *Vorboten der Moderne. Eine Kulturgeschichte der Frühromantik* (2006), der dann noch die beiden Bücher zur Heidelberger Romantik (2009) und zur Dresdner Romantik (2010) zur Seite traten. Breitere Beachtung, nicht zuletzt in methodischer Hinsicht, verdienen auch seine Bücher *Clio the Romantic Muse. Historicizing the Faculties in Germany* (2004), das die Durchsetzung des historischen Denkens in den universitären Disziplinen im 19. Jahrhundert untersucht, und *Stages of European Romanticism. Cultural Synchronicity across the Arts, 1798-1848* (2018), in dem er in sechs Jahresschnitten die Entwicklung der europäischen Romantik in Literatur, Musik und bildender Kunst sinnfällig werden lässt.

Man blickt auf das Riesenwerk dieses Gelehrten, das 35 Bücher und zahlreiche Aufsätze umfasst, mit Bewunderung und Dankbarkeit. Das Schreiben hat ihm Freude gemacht; dabei hat er, der ganz in der historischen Gedankenwelt seiner Bücher lebte, ohne je den Bezug zu den Problemen seiner Gegenwart zu verlieren, immer darauf geachtet, leserfreundlich zu schreiben und die Verselbständigung theoretischer Diskurse zu vermeiden. Es hat Ted Ziolkowski an Ehrungen und Auszeichnungen nicht gefehlt; über jede von ihnen hat er, der zwar selbstbewusst, aber doch auch bescheiden auftretende Gelehrte, sich von Herzen gefreut: den Jacob-und-Wilhelm-Grimm-Preis des Deutschen Akademischen Austauschdienstes (DAAD), den Forschungspreis der Alexander von Humboldt-Stiftung, die Goethe-Medaille des Goethe-Instituts, das Bundesverdienstkreuz 1. Klasse, den Ehrendoktor der Universität Greifswald, die Mitgliedschaft in zahlreichen Akademien von der American Academy of Arts and Sciences bis zur Deutschen Akademie für Sprache und Dichtung.

Der Goethe-Gesellschaft hat Ted Ziolkowski seit 1995 angehört; in Weimar kannte er sich so vorzüglich aus wie in Freiberg und Dresden, Jena und Heidelberg. Berlin hat er geliebt; den Herbst hat er gemeinsam mit seiner Frau Yetta, die ihn siebzig Jahre lang durchs Leben begleitet hat und ohne die er nicht zu denken war, viele Jahre lang, bis ihm das Reisen schwerfiel, in Berlin verbracht. Natürlich kannte er sich auch in Berlin besser aus als ich; ich verdanke ihm viele schöne Hinweise zur Geschichte und Gegenwart der Stadt, in der ich lebe. Ted war ein großer Freund, zuvorkommend, zuverlässig, großzügig, von herzlicher Zugewandtheit. Wer je das Glück hatte, Gast von Yetta und Ted Ziolkowski in Princeton zu sein, wird stets mit Dankbarkeit daran denken. Es bleiben seine Bücher – wer mit dem Glück leben will, ein weltliterarisches Bewusstsein zu besitzen, sollte immer wieder in ihnen lesen.

Ernst Osterkamp

Veranstaltungen der Goethe-Gesellschaft im Jahr 2020

Aufgrund der Corona-Pandemie konnten leider acht Veranstaltungen unserer Vortragsreihe und drei Goethe-Akademien nicht durchgeführt werden.

Folgende Veranstaltungen fanden statt:

23. Januar 2020
Neujahrsempfang für Mitglieder und Goethefreunde in der Geschäftsstelle der Goethe-Gesellschaft mit Vorstellung des Jahresprogramms 2020
im Anschluss Geselligkeit bei einem Glas Wein

18. Februar 2020
Prof. Dr. Stefan Matuschek (Jena)
Geheimcode, Natur und Utopie. Goethe und die Mythologie

12.–15. März 2020
Goethe-Akademie
Spannungsvolle Nähe. Goethe und Beethoven
(gemeinsam mit der Thomas-Morus-Akademie Bensberg)

10.–13. September 2020
Goethe-Akademie
»Die Wahlverwandtschaften«. Kontexte und Wirkungen
(gemeinsam mit der Thomas-Morus-Akademie Bensberg).

Stipendienprogramm im Jahr 2020

Folgenden Bewerberinnen konnte die Goethe-Gesellschaft im Jahr 2020 ein Stipendium gewähren:

Gauri Deshmukh (Indien)
Iqbal und Goethe. Genealogie einer transkulturellen Begegnungsgeschichte

Vera Höltschi (Belgien)
Der Tanz in den Faustwerken von Goethe, Heine und Thomas Mann und ihr Verhältnis zum Ballettlibretto. Eine intertextuelle und intermediale Studie

Shorena Kukhaleishvili (Georgien)
Zu einigen künstlerischen Strukturelementen in Günter Grass' »Die Blechtrommel«

Natia Tcholadze (Georgien)
Die sinfonische Struktur von Thomas Manns »Der Zauberberg«

Tingting Wu (China)
Die Gestaltung der Frau in den Werken des jungen Goethe.

Dank für Zuwendungen im Jahr 2020

All jenen, die im Jahr 2020 durch eine kleinere oder größere Spende die Tätigkeit der Goethe-Gesellschaft unterstützt haben, sei an dieser Stelle herzlich gedankt. Unser besonderer Dank gilt dem Ehepaar Ingrid und Helmut Fricke, Delligsen, sowie Herrn Nikolaus von Taysen, Baierbrunn.

Wie bereits im Goethe-Jahrbuch 2019 möchten wir an dieser Stelle an unser langjähriges Mitglied Ursula Theuner aus Köthen erinnern. Aus dem Erbe von Frau Theuner sind uns im Jahr 2020 nochmals finanzielle Mittel zugeflossen. Wir werden ihrer stets voller Hochachtung und in großer Dankbarkeit gedenken.

Für namhafte Spenden und Zuwendungen zur Sicherung des Werner-Keller-Stipendienprogramms gilt unser herzlicher Dank Frau Dr. Mechthild Keller, Köln, Frau Monika Quiring, Bonn, Herrn Dr. Florian Fischer, Koblenz, der Beauftragten der Bundesregierung für Kultur und Medien, Frau Prof. Monika Grütters, Berlin, der Kellmann-Stiftung Humanismus und Aufklärung, München, sowie der Dohrmann Grundbesitz- und Beteiligungsgesellschaft mbH, Remscheid.

Für die Förderung des Goethe-Jahrbuchs sei dem Freistaat Thüringen sowie Frau Ursula Löfflmann, Ramosch (Schweiz), im Besonderen gedankt.

Mit Bedauern erfuhren wir von der Auflösung der Goethe-Gesellschaft Bergisch Gladbach. Die verbliebenen Geldmittel kamen satzungskonform der Goethe-Gesellschaft in Weimar zugute und sollen hier ebenfalls dankbar Erwähnung finden.

Nachfolgend möchten wir namentlich jenen Damen und Herren danken, die der Goethe-Gesellschaft eine Spende ab 50 Euro zuteilwerden ließen:

Dr. Pjotr Abramow, Moskau (Russland)
Dr. Michael Albert, München
Martina Allisat, Köln
Dr. Christina Althen, Frankfurt a. M.
Herbert Andert, Weimar
Roland Andreas, Leipzig
Dieter Anger, Berlin
Dr. Stephan Anger, Berlin
Prof. Dr. Dietrich Babel, Marburg
Tilla Baerwolff, Hamburg
Ingrid von Bahder, Berlin
Prof. Dr. Karlheinz Bauch, Chemnitz
Dr. Ulrich Baur, Neuss
Helga Beck, München
Karl-Heinz Beckmann, Meerbusch
Matthias Bellmann, Weimar
Dr. Wilfried Bergmann, Zimmern, OT Rottweil
Prof. Dr. Thomas Berndt, Zollikon (Schweiz)
Dr. Hartmut Berwald, Ostbevern-Brock
Ingrid Biberacher, Nürnberg
Volkmar Birkholz, Erfurt
Dr. Ulrike Bischof, Weimar
Renate Blank, Essen
Gabriele Bloess, Kerpen
Dr. Urs Boeck, Hannover
Prof. Dr. Martin Bollacher, Bochum
Rolf Bönker, Fröndenberg-Ardey
Hubert W. Böttger, Weimar
Michael Braun-Huster, Gerabronn
Klaus-Jürgen Bräunig, Dortmund
Ursula Brungs, Königswinter
Gerhard Bücker, Bremen
Hermann Bünten, Krailling
Prof. Dr. Karl-Dieter Bünting, Essen
Dr. Hans-Jürgen Danzmann, Bad Säckingen
Ludwig Dedié, Braunschweig
Willfried Denker, Bergisch Gladbach
Gisela Dobbelstein-Krings, Herzogenrath
Dohrmann GmbH, Remscheid
Hilmar Dreßler, Leipzig
Hartwig Dück, Coburg
Franz Dudenhöffer, Speyer
Dagmar Ebel, Lüneburg
Frank Eckel, Gornsdorf
Dr. Manfred Eckstein, Schleiz

Dr. Fritz Egli, Basel (Schweiz)
Dr. Gerd Eidam, Burgwedel
Anneliese Erdtmann, Güstrow
Dr. Sieglinde Fechner, Leipzig
Ulrich Felchner, Gütersloh
Dr. Karl-Heinz Fiebeler, Berlin
Dr. Florian Fischer, Koblenz
Dr. Hans-Ulrich Foertsch, Marl
Sigrid Freisleben, Nürnberg
Helmut Fricke, Delligsen
Adelheid Friedrich, Altenburg
Bernd Frilling, Vechta
Renate Gesigora-Semrau, Köln
Dr. Klaus F. Gille, Bloemendaal (Niederlande)
Goethe-Gesellschaft Saalfeld e.V.
Ina Greyn, Kempen
Dr. Udo Große Wentrup, Hamm
Dr. Renate Grumach, Berlin
Dr. Volker Güldener, Oberursel
Prof. Dr. Claus Günzler, Waldbronn
Thomas Gurt, Osterbruch
Dr. Dieter Gutekunst, Germering
Christine Hanke, Werdau
Martin Hann, München
Prof. Dr. Werner Hansen, München
Christoph Henning, Schönebeck
Prof. Dr. Walter Hinderer, Princeton (USA)
Dr. Christian Hintz, Waldhausen
Brunhild Höhling, Oranienbaum-Wörlitz
Renate Holle, Berlin
Prof. Dr. Rainer M. Holm-Hadulla, Heidelberg
Hans-Jürgen Holzmann, Heidelberg
Dr. Annerose Iber-Schade, Plettenberg
Dr. Mathias Iven, Potsdam
Dr. Siegfried Jaschinski, Stuttgart
Wolfgang Jehser, Rotenbek
Ulrich Jordan, Dortmund
Dr. Erkme Joseph, Marburg
Dr. Sabine Jüttner, Landshut
Kristina Kaiser, Berlin
Wilhelm Kaltenborn, Berlin
Berthold Kastner, Gundelfingen
Dietrich Kauffmann, Düsseldorf
Prof. Dr. Ulrich Keil, Münster
Dr. Mechthild Keller, Köln
Peter Kettig, Kiel
Irmingard Kienast, Olching
Edith Kiessner, Hamburg
Frank Klein, Brühl
Manfred Klenk, Mannheim
Joachim Klett, Wertheim-Hofgarten
Ute Klien, Güstrow
Udo Kniep, Wetter
Lothar Köhn, Senden
Mario Kopf, Dessau-Roßlau
Irmgard Körner, Erkrath
Dr. Sylvia Kowalik, Jokkmokk (Schweden)
Kaspar Kraemer, Köln
Gabriele Kralinski, Weimar
Dr. Joachim Krause, Gladbeck
Helmut Krumme, Bonn
Bob Kuhlmann, Osnabrück
Dr. Bernd Kummer, Wiesbaden
Erika Leck, Münster
Dr. Irene Leidner, Bad Elster
Dr. Michael Leidner, Bad Elster
Dr. Claudia Leuser, Nürnberg
Ursula Löfflmann, Ramosch (Schweiz)
Dr. Gertrude Lückerath, Köln
Andrea Lüdtke, Ilsenburg
Cedric Lutz, Lenzburg (Schweiz)
Martin Marr, Erfurt
Ute Mayer, München
Christian Mertens, Bonn
Herbert J. Meyer, Weimar
Dr. Wolfgang Miege, Bergisch Gladbach
Dieter Mlynek, Hannover
Prof. Dr. Manfred Mörl, Schiffdorf
Prof. Dr. Klaus-Detlef Müller, Tübingen
Dr. Klaus Nerenz, Göttingen
Prof. Dr. Sebastian Neumeister, Berlin
Hans-Joachim Oestmann, Verden
Boris Oppermann, Ehingen
Dr. Dr. h.c. mult. Manfred Osten, Bonn
Wolfgang Oster, Coswig
Dr. Claudia Paris, Leipzig
Bernd Pasterkamp, Saarbrücken
Dr. Wolfram Peitzsch, Baldham
Friedrich Petry, Wetzlar
Dr. Ruth Peuckert, Erfurt
Michael Plett, Arnsberg
Dr. Dr. Dieter Pocher, Güstrow
Johannes Popp, Leipzig
Dr. Elisabeth Prüß, Güstrow
Monika Quiring, Bonn
Dr. Alexander Reitelmann, Meckenheim
Rolf Renken, Bad Salzuflen
Dr. Melitta Rheinheimer, Berlin
Armin Richter, Murnau
Prof. Dr. Karl Richter, St. Ingbert
Inge Rossbach, Bad Kreuznach
Dr. Mark D. Roth, Erndtebrück

Dr. Dieter Rothhahn, Frankfurt a. M.
Andreas Rumler, Elsdorf
Jutta Rumler, Elsdorf
Heinrich van de Sandt, Düsseldorf
Ricarda van de Sandt, Ühlingen-Birkendorf
Jürgen Santori, Essen
Prof. Dr. Gerhard Sauder, St. Ingbert
Brigitte Schäferling, Gammertingen
Wilhelm Scheidgen, Bergisch Gladbach
Dr. Martin Schencking, Welschneudorf
Else Schill, Syke
Dr. Rosemarie Schillemeit, Braunschweig
Dr. Marleen Schmeißer, Berlin
Willi Schmid, Rosenheim
Dr. Thomas Schmitt, Fulda
Dr. Peter Schneider, Hamburg
Ingeborg Schotte, Erfurt
Frank Schuhr, Nordenham
Dr. Henner Schultz, Weimar
Dr. Brigitte Seebacher, Rothenbach
Dietrich Seele, Porta Westfalica
Dr. Volker Segers, Hannover
Dr. Christiane Segers-Glocke, Hannover
Dr. Siegfried Seifert, Weimar
Kurt Siekmann, Recklinghausen
Dr. Horst Skonietzki, Berlin
Prof. Dr. Wilhelm Solms, München
Detlev Spangenberg, Radebeul
Dr. Angela Spelsberg, Münster
Frank Sperrhacke, München
Holger Spies, Frankfurt a. M.
Thomas Sprick, Hamburg
Hans Stellmacher, Itzehoe
Martin Stempel, Breunigweiler
Gabriele Stenger, Hanau
Dr. Hans-Peter Stöckmann, Wernigerode
Martin Strauch, Ilmenau
Ilse Streit-Dewald, München
Eleonore Stückroth, Berlin
Nikolaus von Taysen, Baierbrunn
Stefan Tönjes, Nordenham
Eleonore Wagner, Gütersloh
Dr. Markus Wallenborn, Worms
Kristina Wandt, Leipzig
Prof. Dr. Reinhard Wegner, Heidelberg
Weimarer Zirkel e. V., Verein zur Förderung der Humanität
Ingrid-Ilse Weingärtner, Bonn
Günther Weinhart, Stuttgart
Dr. Helga Wichmann-Zemke, Osterholz-Scharmbeck
Dr. Bernhard Wiesner, Bad Berka
Prof. Dr. Reiner Wild, Heidelberg
Prof. Dr. Gottfried Willems, Jena
Eberhard Wolff, Köln
Hagen Wolff, Celle
Dr. Regina Wuthe-Klinkenstein, Dedeleben
Gerd Ziegler, Weimar
Alexander von Zweidorff, Hamburg.

Dank für langjährige Mitgliedschaften in der Goethe-Gesellschaft im Jahr 2020

An dieser Stelle gilt unser herzlicher Dank all jenen Mitgliedern, die der Goethe-Gesellschaft seit Jahrzehnten angehören und ihr treu verbunden sind.

Im Jahr 2020 waren 65 Jahre Mitglied der Goethe-Gesellschaft:

Annemarie Coudray, Meiningen
Dr. Klaus Fleischer, Rackwitz, OT Zschortau
Dr. Othmar Höfling, Paderborn
Inge Rossbach, Bad Kreuznach.

Im Jahr 2020 waren 55 Jahre Mitglied der Goethe-Gesellschaft:

Ursula Ebner, Darmstadt
Wolfgang Jorcke, Berlin
Gerhard-Helmut Sitzmann, Abensberg
Dr. Horst Skonietzki, Berlin.

Im Jahr 2020 waren 50 Jahre Mitglied der Goethe-Gesellschaft:

Prof. Dr. Wolfgang Bender, Euskirchen
Hartmut Deutelmoser, Ahrensburg
Dr. Peter Eilert, München
Prof. Dr. Anneliese Klingenberg, Weimar
Prof. Dr. Sebastian Neumeister, Berlin
Gerd Reifarth, Veitshöchheim
Dr. Marleen Schmeisser, Berlin
Prof. Dr. Kunitake Suzuki, Mito (Japan)
Ingrid Tempel, Hoyerswerda.

Im Jahr 2020 waren 45 Jahre Mitglied der Goethe-Gesellschaft:

Lothar Bock, Saalfeld/Saale
Sibylle Gutekunst, Germering
Peter Hartel, Schmallenberg
Dr. Ina Haupt, Jena
Ingolf Huhn, Hopfgarten
Prof. Dr. Klaus Jänich, Langquaid
Dr. Horst Jesse, München
Heidrun Kaiser, Berlin
Joachim Kersten, Hamburg
Stefan Kluge, Stuttgart
Uta Krauße-Lerm, Böblingen
Prof. Dr. Ulrich Landeck, Zollikon (Schweiz)
Dr. Klaus Nerenz, Göttingen
Dr. Marie-Luise Nerenz, Göttingen
Hans-Günther Otto, Rudolstadt

Michael Pahle, Leipzig
Elke Seifert, Augsburg
Dr. Sabine Solf, Wolfenbüttel
Hannelore Wagenknecht, Hildesheim.

Im Jahr 2020 waren 40 Jahre Mitglied der Goethe-Gesellschaft:

Käte Beckert, Moritzburg
Dr. Sieglinde Eckardt, Schleusingen
Dr. Johannes John, München
Christina Mansfeld, Weimar
Prof. Dr. Valters Nollendorfs, Riga (Lettland)
Konrad Paul, Weimar
Prof. Dr. Karl Richter, St. Ingbert
Prof. Dr. Gerhard Sauder, St. Ingbert
Frank Schuhr, Nordenham
Manfred Steiner, Essen
Eleonore Wagner, Gütersloh.

Tätigkeitsberichte der Ortsvereinigungen für das Jahr 2019

Aachen (gegr. 1990)

Vorsitzender: Prof. Dr. Helmut Schanze, Laurentiusstr. 69, 52072 Aachen; stellv. Vorsitzende: Helga Schulz, Wiesenweg 49, 52072 Aachen. – Prof. Dr. Rolf Selbmann (München): *Goethe-Denkmale.* – Prof. Dr. Georg-Michael Schulz (Kassel): *Heinrich von Kleist.* – Prof. Dr. Christof Wingertszahn (Düsseldorf): *»Werther« und kein Ende? Unter besonderer Berücksichtigung der »Werther«-Illustrationen.* – Besuch der Ausstellung *Goethe. Verwandlung der Welt* in der Bundeskunsthalle Bonn (Leitung: Prof. Dr. Christoph Berger, Aachen). – Matinee zu Goethes Geburtstag: *Wesen der Romantik* (klassisch-romantische Musik mit Matthias Rein, Klavier). – Prof. Dr. Helmut Schanze (Aachen): *Goethe, Napoleon und die Romantik.* – Dr. Markus Schwering (Köln): *Das verschüttete Meisterwerk. Goethes Singspiel »Scherz, List und Rache«.* – *L'arte del mondo* unter Leitung von Werner Ehrhardt (Leverkusen): Besuch der weltweit ersten Produktion von Goethes Singspiel *Scherz, List und Rache.*

Altenburg (gegr. 1986)

Vorsitzende: Adelheid Friedrich, Zeitzer Str. 68a, 04600 Altenburg; stellv. Vorsitzender: Friedrich Krause, Friedrich-Ebert-Str. 28a, 04600 Altenburg. – Dr. Hans-Jochen Marquardt (Halle): *Reclams Kosmos. Zeugnisse eines universalen Programms. Zur Geschichte von Reclams Universal-Bibliothek von 1867 bis 1945.* – Dr. Bernhard Fischer (Weimar): *Goethe und Eckermann.* – Dr. Christian Hain (Weimar): *»sein Heil in etwas Ewigem gefunden«. Johannes Daniel Falk in Goethes Weimar.* – Prof. Dr. Volker Hesse (Berlin): *Goethe und Schiller. Kreativität trotz Krankheit.* – Ulrike Richter (Leipzig): *Theodor Fontane: »L'Adultera«. Fassung für Papiertheater.* – Dr. Katrin Löffler (Leipzig): *Arme Schlucker, trinkfeste Raufbolde, stolze Stutzer. Studentenleben um 1800.* – Prof. Dr. Christof Wingertszahn (Düsseldorf): *»Käme ich nach England hinüber, ich würde kein Fremder seyn«. Goethe und Großbritannien.* – Dr. Thomas Frantzke (Leipzig): *»Lila«. Goethe und die Empfindsamkeit.* – Adelheid Friedrich (Altenburg): *Rückblick und Vorschau.*

Aue-Bad Schlema (gegr. 1983)

Vorsitzender: Konrad Barth, Richard-Friedrich-Str. 3, 08301 Bad Schlema; stellv. Vorsitzender: MR PD Dr. Manfred Jähne, Seminarstr. 22e, 08289 Schneeberg. – Dr. Annette Seemann (Weimar): *Maria Pawlowna (1786-1859). Eine russische Zarentochter in Weimar.* – Prof. Dr. Friedrich Naumann (Chemnitz): *»Dieses Jahr ist mir das wichtigste meines unruhigen Lebens geworden«. Alexander von Humboldts (1769-1859) russisch-sibirische Forschungsreise von 1829.* – MR PD Dr. Manfred Jähne (Schneeberg): *Goethe und das »10fach interessante Schlesien«. Eine Zeitreise.* – Erhard Kühnel (Bad Schlema): *Die »Geschwinde Post«. Zur Postgeschichte der Bergstadt Schneeberg.* – PD Dr. Volker Klimpel (Dresden): *Goethe und die Kügelgens.* – Prof. Dr. Rüdiger Bernhardt (Bergen/Vogtl.): *Goethes Wiederkehr, Mignons Tod und ein berühmter Bohemien als Harfner.* – Prof. Dr. Elke Mehnert (Aue): *Das Kaffeehaus als literarischer Ort.* – Literarisches Treffen zum weihnachtlichen Jahresabschluss mit Vorstellung des Jahresprogramms 2020.

Augsburg (gegr. 2005)

Vorsitzender: Dr. Wolfgang Pollert, Prof.-Messerschmitt-Str. 30b, 86159 Augsburg; stellv. Vorsitzender: Dr. Ulrich Hohoff, St.-

Lukas-Str. 26, 86169 Augsburg. – Dr. Wolfgang Pollert (Augsburg): *Zensur und Pressefreiheit zur Goethezeit.* – Dr. Dr. h.c. mult. Manfred Osten (Bonn): *Goethes Vision der Migrationskatastrophen des 21. Jahrhunderts im »Faust« und in »Herrmann und Dorothea«.* – Barbara Kiem (Freiburg i.Br.): *»Ihr kommet, Winde, fern herüber«. Von Harfen und Äolsharfen.* – Dr. Klaus Disselbeck (Bonn): *Goethes Naturverständnis als Grundlage seiner Farbenlehre.* – Dr. Heike Spies (Düsseldorf): *Im Narrenspiegel. Luther, Goethe, Heine und Thomas Mann.* – Dr. Bertold Heizmann (Essen): *»Eigentlich ein Hund, dieser Goethe«. Gottfried Benn zwischen Ablehnung und Verehrung seines »olympischen Urgroßvaters«.* – Prof. Dr. Helmut Schanze (Aachen): *»Warum habt Ihr das getan?«. Goethe, Napoleon und die Romantik.* – Dr. Dieter Strauss (München): *Goethes brasilianische Wanderungen.* – Dr. Wolfgang Pollert (Augsburg), Jörg Stuttmann (Aystetten bei Augsburg): *Karl Ludwig Giesecke. Ein Augsburger im Blickfeld Goethes.*

Bad Harzburg (gegr. 1947)

Vorsitzender: Wilfried Eberts, Hopfenstr. 6, 38667 Bad Harzburg; stellv. Vorsitzende: Anja Fuchs; Peter Wasmus, An den Flachsrotten 4, 38312 Börßum. – Gabriele Drewes (Wolfenbüttel): *Kuriose Begebenheiten aus dem Wolfenbütteler Herzogschloss.* – Dr. Francesca Müller-Fabbri (Weimar): *Einblicke in Goethes Dante-Rezeption.* – Katja Nordmann-Mörike (Bad Harzburg): *Leben und Werk Nikolai W. Gogols.* – Dr. Dieter Strauss (München): *Goethes brasilianische Wanderungen.* – Dr. Gabriele Radecke (Berlin): *Schneiden, Kleben und Skizzieren. Theodor Fontanes Notizbücher und die Entstehung der »Wanderungen durch die Mark Brandenburg«.* – Exkursion nach Naumburg (Leitung: Wilfried Eberts). – Dr. Bertold Heizmann (Essen): *Im Schatten Goethes. August von Kotzebue.* – PD Dr. Ulrich Kaufmann (Jena): *Friedrich Schiller und Jakob Michael Reinhold Lenz. Zwei Dichter des »Kastratenjahrhunderts«.* – Nikolausvesper mit Beiträgen der Mitglieder.

Bergisch Gladbach (gegr. 2000)

Vorsitzende: Renate Arnold, Eschenbroichstr. 38, 51469 Bergisch Gladbach; stellv. Vorsitzender: Dr. Hans-Jürgen Schulte, Kalmüntener Str. 38, 51467 Bergisch Gladbach. – Vicki Spindler (Berlin), Mathias Mertens (Stralsund): *»Männer, Männer, sie machen uns glücklich und elend«. Ein Abend über die Frauen um Goethe mit ersonnenen Weiberworten, wo Quellen fehlen, bei Käthchen, Friederike, Lotte, Lili, Charlotte, Christiane, Minchen, Silvie, Marianne und Ulrike.* – Helge Heinold (Frankfurt a.M.): *»Sanct Rochus-Fest zu Bingen«. Goethes Reisebericht.* – Besuch der Ausstellung *Goethe. Verwandlung der Welt* in der Bundeskunsthalle Bonn. – Exkursion in den Thüringer Wald (4 Tage). – Liederabend im Dachgarten der Bundeskunsthalle Bonn anlässlich von Goethes Geburtstag. – Volker Ranisch (Zürich/Schweiz): *Theodor Fontane. Ein Dichterporträt.* – Dr. Dr. h.c. mult. Manfred Osten (Bonn): *Die Aktualität Alexander von Humboldts im 21. Jahrhundert.* – Christian Liedtke (Düsseldorf): *Heinrich Heines Faust. Eine Rivalität zu Goethe?* – *L'arte del mondo* unter Leitung von Werner Ehrhardt (Leverkusen): Besuch der weltweit ersten Produktion von Goethes Singspiel *Scherz, List und Rache.*
Die Ortsvereinigung Bergisch Gladbach wurde 2020 aufgelöst.

Berlin (gegr. 1919, Neugründung 1987)

Vorsitzende: Beate Schubert, Fischottersteig 7, 14195 Berlin; 1. stellv. Vorsitzender: Prof. Dr. Volker Hesse, Waldowallee 60, 10318 Berlin, 1. stellv. Vorsitzender seit Juni 2020: Prof. Dr. Uwe Hentschel, Dahmestr. 115, 16341 Panketal; 2. stellv. Vorsitzender: Prof. Dr. Uwe Hentschel, Dahmestr. 115, 16341 Panketal, 2. stellv. Vorsitzender seit Juni 2020: Prof. Dr. Ulrich Bernsau, Kollwitzstr. 98, 10435 Berlin. – Jahresthema: *Goethe. Der Zeichner, Kunstkenner und Sammler.* – Beate Schubert (Berlin): *Goethes Verhältnis zu den bildenden Künsten.* – Dr. Dr. h.c. mult. Manfred Osten (Bonn): *Einführung in Goethes Schule der Achtsamkeit.* – Dr. Petra

Maisak (Bad Homburg): *Der junge Goethe und die bildenden Künste.* – Prof. Dr. Norbert Wolf (Salzburg): *Goethes Kunstanschauung vom Sturm und Drang bis zur Rückkehr aus Italien.* – Studienreise nach Weimar, Bonn und Düsseldorf. – Festakt *100 Jahre Goethe-Gesellschaft Berlin* im Konzerthaus Berlin in Zusammenarbeit mit der Berliner Singakademie: Prof. Dr. Volker Hesse (Berlin): Begrüßung; Prof. Dr. Jochen Golz (Weimar): *Zur Geschichte der Goethe-Gesellschaft Berlin*; Beate Schubert (Berlin): *Goethe und seine Berliner* Beziehungen; *Berlin-Quartett*: Mozarts Klavierquartett g-Moll, KV 478. – Dr. Dr. h.c. mult. Manfred Osten (Bonn), Nikolaus Sander (Berliner Singakademie): *Über das Verhältnis zweier ›ziemlich bester Freunde‹. Johann Wolfgang von Goethe und Carl Friedrich Zelter* (Podiumsdiskussion); Chor der *Berliner Singakademie*: *Zelter-Vertonungen von Goethe-Gedichten.* – Prof. Dr. Johannes Grave (Jena): *Spannungen in Goethes Kunstauffassung um 1800.* – Prof. Dr. Hermann Mildenberger (Weimar): *Goethes Weg zur Landschaft.* – Prof. Dr. Thorsten Valk (Weimar): *Goethe und die Kunst der Romantik.* – Goethes 270. Geburtstag in Schloss Ziethen: Dr. Jens Riederer (Weimar): Die *Weimarer Teekultur im 18. Jahrhundert.* – – Leseabende: Hans-Wolfgang Kendzia (Berlin): *»Von deutscher Baukunst«.* – Dr. Monika Estermann (Berlin): *»Italienische Reise«. Palladio und die Antike.* – Wolfgang Jorcke (Berlin): *Goethe und die Sammlung Boisserée.* – – Prof. Dr. Stefan Matuschek (Jena): *Goethes Antike-Konzept in seiner historischen Entwicklung.* – Dr. Robert Steegers (Bonn): *Der Sammler Goethe im Spiegel seiner Werke und seiner Zeit.* – Rosa u. Jonathan Tennenbaum (Paretz): *Goethes »West-östlicher Divan«* (Rezitationen). – Prof. Dr. Uwe Hentschel (Chemnitz, Berlin): *Autographen. Sammeln als Leidenschaft.* – Dr. Markus Bertsch (Hamburg): *Wirkung und Rezeption Goethes in der zeitgenössischen Kunst.*

Bonn (gegr. 1993)

Vorsitzender: Helmut Krumme, Ferdinandstr. 17, 53127 Bonn; stellv. Vorsitzender: Prof. Dr. Georg Schwedt, Lärchenstr. 21, 53117 Bonn. – Dr. Dr. h.c. mult. Manfred Osten (Bonn): *Ist der Koran ›streng, groß und furchtbar‹? Zur Aktualität des Goethe'schen Islam-Verständnisses.* – Franz Josef Wiegelmann (Siegburg): *Goethe in der Kunst. Heinrich Kolbes Bild »Goethe als Dichter und Künstler« in der Kritik seiner Zeit.* – Elisabeth Matthay-Wussow (Aachen): *Sophie Mereau, eine Dichterin um 1800.* – Prof. Dr. Helmut Schmiedt (Köln): *Goethe und Karl May.* – Prof. Dr. Anne Bohnenkamp-Renken (Frankfurt a.M.), Prof. Dr. Thorsten Valk (Weimar): *Goethe und die Romantik. Ein Gespräch* (in Verbindung mit der Ausstellung *Goethe. Verwandlung der Welt* in der Bundeskunsthalle Bonn). – Goethes 270. Geburtstag: Prof. Dr. Ernst Osterkamp (Berlin): *Marienbader Bergschluchten. Goethes »Elegie« und ihr Zusammenhang mit »Faust II«* (Festveranstaltung der Kölner Goethe-Gesellschaft); Patrick Cellnik, Camilla Köhnken: *Goethe und die Musik. Ein Liederabend mit Vertonungen von Beethoven, Reichardt, Zelter und Schubert* (in Kooperation der Bundeskunsthalle mit den Goethe-Gesellschaften der Städte Köln, Bonn, Siegburg und Bergisch Gladbach). – Dr. Francesca Müller-Fabbri (Weimar): *»Das Leben hat für mich jetzt durchaus nur Kunstgenuß«. Adele Schopenhauer als Künstlerin und Kunstkritikerin.* – *Mit Goethe in Pyrmont und Göttingen* (Exkursion). – Prof. Dr. Young-Ae Chon (Seoul/Südkorea): *Grenzgänge der poetischen Sprache beim »Faust«-Übersetzen.*

Bremen (gegr. 1941)

Vorsitzender: Prof. Dr. Gert Sautermeister, Hans-Thoma-Str. 22, 28209 Bremen; stellv. Vorsitzender: Herbert von der Heide, Buchenstr. 11, 28844 Weyhe; stellv. Vorsitzender seit September 2019: Andreas Rumler, Wörtherstr. 32, 28211 Bremen. – Peter Lüchinger, Prof. Dr. Hans Kloft, Prof. Dr. Tassilo Schmitt (alle Bremen): *Der Gang in die Unterwelt. Bilder und Texte zu Homer und Vergil.* – Gerhard Bücker, Prof. Dr. Gert Sautermeister (beide Bremen): *Wird das Theater Bremen seiner Aufgabe gerecht? Gedanken zu neuen Inszenierungen.* – Prof. Dr. Gert Sautermeister (Bremen): *Zum 200. Geburts-*

tag des großen Schriftstellers Gottfried Keller. – Prof. Dr. Hans Kloft (Bremen): *Arthur Fitger, ein Dichter und Bremen.* – Rainer Iwersen (Bremen): *Zwei Vesuvausbrüche: 1787 in Goethes »Italienischer Reise« und 1944 in Malapartes »Die Haut«.* – Angelika Tilsner (Leipzig): *Abgründige Einfachheit. Zur Unerschöpflichkeit des Volksmärchens.* – Klaus Nägelen (Bremen): *»Der Herr hat heute Kritik«. Theodor Fontane auf Parkettplatz 23. Fontanes Theaterkritiken.*

Chemnitz (gegr. 1926)

Vorsitzender: Siegfried Arlt, Hüttenberg 13, 09120 Chemnitz; Geschäftsführerin: Dr. Helga Bonitz, Hüttenberg 13, 09120 Chemnitz. – Hilmar und Sigrun Dreßler (Leipzig): *Tag- und Nachtgedanken bei Goethe, Hölderlin und Novalis.* – Dr. Francesca Müller-Fabbri (Weimar): *Adele Schopenhauer (1797-1849) und der deutsche Dante-Kult im 19. Jahrhundert.* – Franz Josef Wiegelmann (Bonn): *Angelika Kauffmann (1741-1807), die Malerin und Muse von Rom. Goethes römische Wahlverwandte, Gastgeberin, Lehrerin und Freundin.* – Prof. Dr. Dr. Friedrich Naumann (Chemnitz): *Alexander von Humboldt (1769-1859) und sein »Kosmos«. Zum 250. Geburtstag des Universalgelehrten.* – Dr. Dieter Strauss (München): *Teufelspakt und Erlösung bei Goethe, Thomas Mann und Klaus Mann.* – Prof. Dr. Frido Mann (München): *Das Weiße Haus des Exils. Thomas Manns Villa als Ort des transatlantischen Dialogs.* – Studienreise nach Berlin und Brandenburg (Leitung: Dr. Helga Bonitz, Chemnitz). – Szenische Lesung im Goethe-Haus Marienbad (CZ) aus den Büchern des *West-östlichen Divan* mit Dr. Petra Beckert-Oehler (Schneeberg), Dr. Helga Bonitz und Siegfried Arlt (beide Chemnitz). – Margrit Straßburger (Berlin): *»Ich rief den Teufel und er kam«. Heinrich Heine und die Liebe.* – Dr. Heidi Ritter (Halle): *Die Rezeption des Medea-Mythos bei Euripides, Lessing und Christa Wolf.* – Samet Er (Hannover): *Goethes lange spirituelle Reise in die Welt des Islam.*

Darmstadt (gegr. 1948)

Vorsitzender: Prof. Dr. Gernot Böhme, Rosenhöhweg 25, 64287 Darmstadt; stellv. Vorsitzende: Dr. Ute Promies, Kasinostr. 3, 64293 Darmstadt. – Jahresthema: *Goethes autobiographische Schriften.* – Dr. Christoph Michel (Freiburg i. Br.): *Autobiographische Texte zu Goethes Schweiz-Reisen.* – Prof. Dr. Sibylle Schönborn (Düsseldorf): *Goethes »Tag- und Jahres-Hefte«.* – Prof. Dr. Reiner Wild (Mannheim): *Die »Campagne in Frankreich«.* – Prof. Dr. Jochen Golz (Weimar): *Goethes Tagebücher.* – PD Dr. Michael Jaeger (Berlin): *Goethes »Italienische Reise«.* – Prof. Dr. Benedikt Jeßing (Bochum): *Goethes »Dichtung und Wahrheit«.* – Prof. Dr. Gerhard Sauder (Saarbrücken): *Goethes Darstellung seiner Kindheit und Jugend in »Dichtung und Wahrheit«.* – – In der Reihe *Goethe. Was hat er uns heute zu sagen?* sprachen: Prof. Dr. Hartmut Böhme (Hamburg): *Forschen mit Goethe. Leitbegriffe und Perspektiven. Sprache/Zeichen, Ästhetik/Natur, Entgrenzung/Selbstbegrenzung, Zufall/Ordnung.* – Prof. Dr. Gernot Böhme (Darmstadt): *Die Frauengestalten in Goethes Werk.* – Ruth Richter (Dornach): *Bildung und Umbildung. Die brisanten Konzepte Goethes für die Biologie.* – Prof. Dr. Yuho Hisayama (Kobe/Japan): *Weltliteratur heute. Goethe zwischen Deutschland und Japan.* – Goethe-Lesekreis jeden 2. Sonntag im Monat bei Kaffee und Kuchen. Es wurde gelesen: *Briefe aus der Schweiz.* – Besuch der Ausstellung *Goethe. Verwandlung der Welt* in der Bundeskunsthalle Bonn

Die Ortsvereinigung Darmstadt wurde 2020 aufgelöst.

Dessau – Anhaltische Goethe-Gesellschaft (gegr. 1925, Neugründung 2008)

Vorsitzender: Joachim Liebig, Bauhausstr. 14, 06846 Dessau-Roßlau; stellv. Vorsitzender: Dr. Steffen Kaudelka, Mainstr. 14, 06846 Dessau-Roßlau. – Wolf Hesse (Bonn): *Erinnerungen an Dessau.* – Dr. Peter Heinrich (Dessau): *Monsieur Göthé. Goethes unbekannter Großvater* (Buchvorstellung). – Prof. Dr. Christoph Stölzl (Weimar): *Harry*

Graf Kessler, eine Schlüsselfigur für die Kunst der Moderne. – Dr. Steffen Kaudelka (Dessau): *Stumme Zeugen der Vergangenheit. Rundgang über den historischen Friedhof Dessau.* – Karl Thiele (Dessau): *Goethes Reisen in das Fürstentum Anhalt-Dessau.* – Prof. Dr. Peter Goßens (Bochum): *Die allgemeine Weltliteratur und ihr Medium. Goethe und die literarische Übersetzung.* – Mitglieder des Vorstands der Goethe-Gesellschaft: *Goethe heiter bis kurios.* – Ulrike Richter (Leipzig): *Johann Wolfgang von Goethe: »Der neue Paris«. Papiertheater mit Liedern zur Hakenharfe.*

Dresden (gegr. 1926)

Vorsitzender: Dr. Jürgen Klose, Lahmannring 29, 01324 Dresden; stellv. Vorsitzende: Liane Schindler, Kipsdorfer Str. 192, 01279 Dresden. – Literaturtheater Dresden: *Weihnachten bei Ludwig Tieck oder Das russische Geschenk.* – Frank Richter (Dresden): *Carl Gustav Carus (1789-1869). Der Malerfreund Caspar David Friedrichs und seine Landschaften. Zum 150. Todestag.* – Katrin Böhnisch (Dresden): *»Doch mich umgarnen finstre Mächte!«. Carl Maria von Webers »Freischütz«.* – PD Dr. Ulrich Kaufmann (Jena): *Friedrich Schiller und Jakob Michael Reinhold Lenz. Zwei Dichter des »Kastratenjahrhunderts«.* – Martin Ehnert (Dresden) liest aus *Therese Huber (1764-1829): »Die Familie Seldorf«* (mit CD-Einspielungen von Paul Wranitzkys Sinfonie op. 31); Einführung: Dr. Jürgen Klose. – Prof. Dr. Hans John (Dresden): *Clara Schumann (1819-1896) und ihr Verhältnis zu ihren Musiker-Freundinnen Fanny Mendelssohn Bartholdy und Pauline Viardot-García.* – Katja Mauksch, Henrik Hoose (beide Dresden) lesen aus *Johann Wilhelm Daniel von Archenhol(t)z: »England und Italien«, »Geschichte des Siebenjährigen Krieges in Deutschland von 1756 bis 1763« u.a.* (mit CD-Einspielungen von Kompositionen Friedrichs II. von Preußen); Einführung: Dr. Jürgen Klose. – Dr. Annette Seemann (Weimar): *Im Schatten der Titanen. Caroline von Wolzogens Roman »Agnes von Lilien« (1797/98).* – Ulrike Richter (Leipzig), Lesung, Spiel, Gesang und Harfe: *»Aus dem Leben eines Taugenichts« von Joseph Freiherr von Eichendorff. Papiertheater mit Liedern des 19. Jahrhunderts.* – Dr. Jürgen Klose (Dresden): *Der Schriftsteller Christian Gottfried Körner. Notizen zu seinem Schaffen bis zu Schillers Tod.*

Eisenach (gegr. 1979)

Vorsitzender: Gerhard Lorenz, Am Hängetal 5, 99817 Eisenach; stellv. Vorsitzender: Eberhard Kruse, Bohngartental 7, 99819 Markssuhl. – Prof. Dr. Jochen Golz (Weimar): *Zum 200. Geburtstag von Großherzog Carl Alexander von Sachsen-Weimar-Eisenach und Walther Wolfgang von Goethe. Eine Würdigung und Nachbetrachtung.* – Dr. Matthias Heber (Bad Wimpfen): *»Als gäbe es in unserem Land so etwas wie Unschuld«. Juan Gabriel Vásquez, eine ungewöhnliche, aber wichtige Stimme der lateinamerikanischen Kultur.* – Dr. Dieter Strauss (München): *»Faust ist einer von uns!«. Der Teufelspakt in Goethes »Faust«* (Ostermatinee). – Prof. Dr. Volker Hesse (Berlin): *Goethe und das Licht.* – Gerhard Lorenz (Eisenach): *Geschichtliches aus den Wäldern um Eisenach von Gottlob König bis heute.* – Mitglieder der Goethe-Gesellschaft Eisenach: *»Nichts Tierisches ist uns fremd«. Heiteres und Besinnliches von A wie Affe bis Z wie Zikade* (Rezitationen und Gesang). – Vicki Spindler (Berlin), Mathias Mertens (Stralsund) in einer Matinee anlässlich von Goethes 270. Geburtstag: *»Männer, Männer, sie machen uns glücklich und elend«. Goethe und seine geliebten Frauen.* – Dr. Thomas Frantzke (Leipzig): *»nach dem Abgang kommen die Clowns«. Napoleon im Urteil Heines.* – Dr. Hilde Woltz (Eisenach): *Leben und Werk von Friedrich Preller d.Ä.* – Mitglieder der Goethe-Gesellschaft Eisenach, Gemischter Chor der Wartburgstadt: *Geschichten, Gedichte und Lieder rund um die Advents- und Weihnachtszeit.* – Besuch einer Vorstellung im Landestheater Eisenach: *Michail Bulgakow: »Der Meister und Margarita«.* – Tagesfahrt nach Altenburg. – Tagesfahrt nach Kassel.

Erfurt (Neugründung 2014)

Vorsitzender: Bernd Kemter, Aga Lindenstr. 20, 07554 Gera; stellv. Vorsitzender: Dieter Schumann, Pergamentergasse 37, 99084 Erfurt. – Philipp Restetzki (Görlitz): *»Der Philosoph, dem ich zumeist vertraue«. Goethes Verhältnis zu Spinoza unter besonderer Berücksichtigung von Goethes »Faust«.* – PD Dr. Michael Jaeger (Berlin): *»Feuermaschinen«. Goethe und Marx.* – Dr. Egon Freitag (Weimar): *Wielands »Teutscher Merkur«, ein neuer Zeitschriftentyp in Deutschland.* – Fünftägige Exkursion *Auf den Spuren der Dichter* nach Kamenz, Frankfurt/O., Cottbus, Gorzow-Wielkopolski, Bad Freienwalde (Leitung: Bernd Kemter). – Prof. Dr. Ludolf von Mackensen (Kassel): *Der Maler der Romantik Philipp Otto Runge und Goethe.* – Iris Renner (Erfurt): *Goethe und die Natur. Gedichte und Prosa.* – Prof. Dr. Hans-Joachim Kertscher (Halle): *Begegnungen mit der Antike. Voß, Wieland, Klopstock und Goethe.* – Bernd Kemter (Gera): *Goethe und Rousseau.* – Angelika Kemter (Gera): *»Des freien Waldes freies Kind«. Emerenz Meier, eine bayrische Dichterin.* – Dr. Gerhard Müller (Jena): *Goethe und die Freimaurerei.*

Erlangen (gegr. 2000)

Vorsitzender: Prof. Dr. Theo Elm, Holzleite 19, 91090 Effeltrich; Geschäftsführerin: Heida Ziegler, Im Herrengarten 6, 91054 Buckenhof. – Dr. Helmut Hühn (Jena): *»Denn die Natur ist aller Meister Meister!«. Goethe als Naturforscher und Dichter.* – Rudolf Höcker (Eckental): *»Hier ist's jetzt unendlich schön«. Das Gartenreich Dessau-Wörlitz.* – Dr. Gernot Chmelirsch, Peter Schulze (beide Erlangen): *Fotoschau zur Studienreise in den Harz 2018.* – Heida und Siegfried Ziegler (beide Buckenhof): *»Wie im Vorüberschweben eines leisen Traumbildes« (Goethe). Der Landschaftsgarten des Fürsten Franz. Studienreise nach Wörlitz, Dessau, Köthen und Nebra.* – Prof. Dr. Rudolf Drux (Köln): *Goethes Homunculus und seine Nachkommen in Literatur und Wissenschaft.* – Prof. Dr. Theo Elm (Effeltrich): *Die andere Moderne. Hofmannsthal, Rilke und die Lyrik um 1900.* – *Sommerlicher Liederabend mit Gedichten von Goethe bis Grass* (Komposition: Eberhard Klemmstein; Ausführende: Eva Schöler, Christian Hilz, Dorian Keilhack). – Siegfried Ziegler (Buckenhof): *»Dichtung und Wahrheit«. Goethes Zeit- und Selbstporträt* (Seminar). – Dr. Arata Takeda (Berlin): *Goethes »Leiden des jungen Werthers« in neuer Sicht.* – Prof. Dr. Mathias Mayer (Augsburg): *»Die einzigste Gestalt«. Goethes Liebe zum Superlativ.*

Essen (gegr. 1920)

Vorsitzender: Dr. Bertold Heizmann, Gewalterberg 35, 45277 Essen; stellv. Vorsitzender: Dr. Hans-Joachim Gaffron, Listerstr. 11, 45147 Essen. – Prof. Dr. Sabine Wienker-Piepho (Freiburg i.Br., Jena): *Goethe-Kitsch. Ein kulturwissenschaftlicher Streifzug durch die Vermarktung eines Dichterfürsten.* – Vicki Spindler (Berlin), Mathias Mertens (Stralsund): *»Männer, Männer, sie machen uns glücklich und elend«. Ein Abend über die Frauen um Goethe mit ersonnenen Weiberworten, wo Quellen fehlen, bei Käthchen, Friederike, Lotte, Lili, Charlotte, Christiane, Minchen, Silvie, Marianne und Ulrike.* – Dr. Bertold Heizmann (Essen): *»Im Schatten Goethes. Kotzebue«* (Buchvorstellung). – Prof. Dr. Volker Hesse (Berlin): *Goethe und die Kinder.* – Prof. Dr. Christian Grawe (Melbourne/Australien): *Kolossalerfolge jammervoller Dümmlinge. Fontane und der populäre Roman seiner Zeit. Zum Fontane-Jahr 2019.* – Christian Liedtke (Düsseldorf): *Überall und nirgends. Heinrich Heines Denkmäler.* – Prof. Dr. Stefan Matuschek (Jena): *Goethe und die Mythologie.* – Exkursion nach Bad Lauchstädt und Halle. – Dr. Wolfgang Pollert (Augsburg): *Der Ilmenauer Bergbau unter der Leitung Goethes.* – Dr. Hans-Ulrich Foertsch (Vest Recklinghausen): *Johanna Sebus. Tod am Niederrhein.*

Freiburg i.Br. (gegr. 1999)

Vorsitzender: Dr. Christoph Michel, Sickingenstr. 25, 79117 Freiburg i.Br.; Geschäftsführer: Clemens Kleijn, Am Schaienbuch 26,

78054 Schwenningen. – Prof. Dr. Jochen Golz (Weimar): *Einschüchterung durch die Klassizität? Goethe und Brecht* (mit Rezitationen von Gregor Biberacher). – Dr. Gesa von Essen (Freiburg i. Br.): *Margarete alias Gretchen. Goethes Figur im Wechselspiel der Künste.* – *»Sie spielen und singen, und singen so schön«. Heinrich Heines »Buch der Lieder«, verflochten mit Flötenklängen* (mit Prof. Dr. Claus Thomas, Rezitation; Inés Zimmermann, Flöte). – PD Dr. Jutta Heinz (Tübingen): *Goethe und Wezel. Eine Nicht-Parallelbiographie aus Anlass des 200. Todestages von Johann Karl Wezel* (mit Rezitationen von Sabine Scharberth und Gregor Biberacher). – Prof. Dr. Dr. h.c. Helmut Koopmann (Augsburg): *Goethe als Tagebuchschreiber.* – Fahrt zur Aufführung von Friedrich Schillers *Don Carlos* (Leitung: Christel und Prof. Dr. Rudolf Denk, Freiburg i. Br.) im Rahmen der Internationalen Schillertage in Mannheim, Inszenierung des Düsseldorfer Schauspielhauses. – Prof. Dr. Günter Schnitzler (Freiburg i. Br.): *Goethe-Rezeption bei Charles Sealsfield (d. i. Karl Postl).* – Prof. Dr. Hans-Jürgen Schings (Berlin): *Fausts Meeresprojekt* (mit einer Rezitation von Gregor Biberacher). – Prof. Dr. Dr. h. c. Heinrich Detering (Göttingen), Prof. Dr. Yuan Tan (Wuhan/China): *China und Goethes »Weltliteratur«.* – Christian Fries spielte Georg Büchners *Lenz*, anschließend Gesprächsrunde, moderiert von Prof. Dr. Werner Frick (Freiburg i. Br.). – Feier des 20-jährigen Bestehens der Goethe-Gesellschaft Freiburg i. Br.: *»ein Kontinent mitten im Kontinente«. Goethe in Böhmen* (bildunterstützter Vortrag von Dr. Christoph Michel unter Mitwirkung von Sabine Scharberth, mit Beiträgen von Barbara Kiem und Alexa Rudolph sowie mit einer musikalischen Umrahmung durch Reinhard Buhrow). – Fahrt zur Aufführung von Giuseppe Verdis *Don Carlos* in der Staatsoper Stuttgart (Leitung: Christel und Prof. Dr. Rudolf Denk, Freiburg i. Br.). – Barbara Schnitzler spielte die Charlotte im Monodrama *Ein Gespräch im Hause Stein über den abwesenden Herrn von Goethe* von Peter Hacks, anschließend Gelegenheit zum Gespräch mit der Künstlerin, moderiert von Prof. Dr. Rudolf Denk (Freiburg i. Br.). – PD Dr. Christopher Meid (Freiburg i. Br.), C. J. Andreas Klein (Schwenningen): *Goethe in Europa/Goethe über Europa. Eine kommentierende und zitierende Wechselrede.* – Dr. Annette Seemann (Weimar): *Marianne von Willemer, Goethe und der »West-östliche Divan«.* – *»Als ich auf dem Euphrat schiffte«. Goethes »West-östlicher Divan« in Vertonungen von Eberwein, Schubert, Schumann, Mendelssohn, Wolf, Strauss, Schoeck und Rihm* (Konzert mit Felicitas Frische, Sopran; Hans Jörg Mammel, Tenor; Reinhard Buhrow, Klavier; Barbara Kiem, Moderation und Konzeption).

Fulda (gegr. 2019)

Vorsitzender: Reinhard Schwab, Akazienweg 2, 36157 Ebersburg; stellv. Vorsitzender: Helmut Sämann, Brüsseler Str. 9, 36039 Fulda. – In Fulda wurde am 7. März 2019 eine Goethe-Gesellschaft gegründet. – Folgende Veranstaltungen fanden statt: *Auf Spurensuche in Goethes Geburtsstadt. Ein literarischer Rundgang durch Frankfurt a. M.* – Zu Goethes 270. Geburtstag Präsentationsstand auf dem Fuldaer Weinfest: *Auf einen Wein bei Goethe* mit Goethe-Wein aus dem Rheingau. – Zum Tag der deutschen Sprache: Josef Kraus (Preisträger des Deutschen Sprachpreises 2018): *»Die Grenzen meiner Sprache bedeuten die Grenzen meiner Welt« (Ludwig Wittgenstein).* – In der Reihe *Jenseits von Goethe* Literaturabend zu Theodor Fontane im Fontane-Jahr 2019 mit Dr. Paul Kahl (Göttingen): *Theodor Fontane. Eine Huldigung. Mit einem Exkurs über Fontanes Goethe-Lektüre.* – Mehrere literarisch-gesellige *»Verweile doch«-Treffen* der Mitglieder in Fulda.

Gera (gegr. 2006)

Vorsitzender: Bernd Kemter, Aga Lindenstr. 20, 07554 Gera; Geschäftsführerin: Elke Sieg, Zum Wiesengrund 3, 04626 Schmölln. – Philipp Restetzki (Görlitz): *»Der Philosoph, dem ich zumeist vertraue«. Goethes Verhältnis zu Spinoza unter besonderer Berücksichtigung von Goethes »Faust«.* – PD Dr. Michael Jaeger (Berlin): *»Feuermaschinen«.*

Goethe und Marx. – Dr. Egon Freitag (Weimar): *Wielands »Teutscher Merkur«, ein neuer Zeitschriftentyp in Deutschland.* – Fünftägige Exkursion *Auf den Spuren der Dichter* nach Kamenz, Frankfurt/O., Cottbus, Gorzow-Wielkopolski, Bad Freienwalde (Leitung: Bernd Kemter). – Prof. Dr. Ludolf von Mackensen (Kassel): *Der Maler der Romantik Philipp Otto Runge und Goethe.* – Iris Renner (Erfurt): *Goethe und die Natur. Gedichte und Prosa.* – Prof. Dr. Hans-Joachim Kertscher (Halle): *Begegnungen mit der Antike. Voß, Wieland, Klopstock und Goethe.* – Bernd Kemter (Gera): *Goethe und Rousseau.* – Dr. Michael Knoche (Weimar): *»Tumult im feurigen Gemüte«. Goethe und Nicolai.* – Dr. Gerhard Müller (Jena): *Goethe und die Freimaurerei.*

Gotha (gegr. 1985)

Vorsitzende: Kerstin Brauhardt, Waltershäuser Str. 71, 99867 Gotha; stellv. Vorsitzende: Marion Merrbach, Mönchelstr. 3, 99867 Gotha. – Dr. Michael Weichenhan (Gotha): *»Die Farben sind Taten des Lichts, Taten und Leiden«. Zur Interpretation von Goethes Farbenlehre im Kontext von Kunst und Physik.* – Prof. Dr. Heiner Lück (Halle): *»der Pöbel hätte mich fast gesteinigt, wie er hörte, ich sei Jurist«. Goethes Sicht auf Recht und Juristen. Ein Versuch.* – Prof. Dr. Udo Ebert (Jena): *Ästhetisches Vergnügen und psychologische Neugier. Schillers Interesse an Verbrechern.* – Dr. Bernhard Fischer (Weimar): *Der Olympier und sein Verleger Johann Friedrich Cotta.* – Dr. Friedegund Freitag (Gotha): *»Meine Seele ist in Gotha, Ihnen zu Füßen«. Herzogin Luise Dorothea von Sachsen-Gotha-Altenburg und Voltaire.* – Kokott & Georgi (Mühlhausen): *»Ich bin ein deutscher Dichter«. Ein Heinrich-Heine-Programm.* – Dr. Ariane Ludwig (Weimar): *Charlotte von Schiller. Eine Biografie in Büchern, ein Leben in Lektüren.*

Gunzenhausen (gegr. 1998)

Vorsitzender: Dr. Johann Schrenk, Alramweg 3, 91187 Röttenbach; stellv. Vorsitzende: Bärbel Ernst, Waagstr. 1, 91710 Gunzenhausen. – Dr. Bertold Heizmann (Essen): *»Im Schatten Goethes. Kotzebue«* (Buchvorstellung). – Ulrike Bergmann (Marktbergel): *»Singet nicht in Trauertönen von der Einsamkeit der Nacht«. Gedichte und Balladen Goethes nach Melodien von Reichardt, Zelter und Schubert* (Vortrag mit Musik). – Dr. Johann Schrenk (Gunzenhausen): *»Was habe ich Euch getan«. Ein jüdisches Schicksal in Franken* (Vortrag und Lesung). – Ders.: *Theodor Fontane. Lyrik und Prosa* (Rezitation). – Dr. Frank Holl (München): *Alexander von Humboldt und Johann Wolfgang von Goethe. Die Naturauffassung zweier Wahrheitssucher.*

Güstrow (gegr. 1982)

Vorsitzende: Dr. Elisabeth Prüß, Seidelstr. 5, 18273 Güstrow; stellv. Vorsitzende: Anneliese Erdtmann, Prahmstr. 28, 18273 Güstrow. – Gisela Scheithauer (Güstrow): *Closter-Sache Rühn.* – Dr. Volker Probst (Güstrow): *8917 Tage bei und für Barlach. Ein Blick zurück.* – Prof. Dr. Herbert Müller (Wismar): *Zahlen der Bibel.* – Städtische Galerie Wollhalle (Güstrow): Uwe Seemann führt durch seine Fotoausstellung. – Dr. Christa Naumann (Halberstadt): *Johann Gottfried Seume: »Spaziergang nach Syrakus«.* – Dr. Claus Cartellieri (Dobbertin), Manfried Scheithauer (Güstrow): *Zum 200. Geburtstag von Theodor Fontane fuhren wir nach Dobbertin.* – Busexkursion zu einigen Gutsanlagen in Mecklenburg-Vorpommern (Exkursion; Leitung: Inge Randow, Güstrow). – Prof. Dr. Uwe Hentschel (Chemnitz, Berlin): *Erotische Literatur des 18. Jahrhunderts.* – Leo Höglinger (Güstrow): *Goethe und der Wein.* – Prof. Dr. Hannelore Scholz-Lübbering (Berlin): *Sehnsucht nach der Kunstheimat. Die Geschwister Friedrich, Ludwig und Sophie Tieck in Rom 1801-1804.*

Halle (gegr. 1964)

Vorsitzender: Prof. Dr. Hans-Joachim Kertscher, Spitze 4a, 06184 Kabelsketal; Geschäftsführerin: Dr. Heidi Ritter, Dölauer

Str. 54, 06120 Halle. – Prof. Dr. Daniel Fulda (Halle): *Seit wann spricht man von deutschen Klassikern? Eine Spurensuche, die nach Wien führt.* – Prof. Dr. Rudolf Helmstetter (Erfurt): *Entfernte Zeitgenossenschaft. Theodor Fontane und Gottfried Keller zum 200. Geburtstag.* – Dr. Joachim Seng (Frankfurt a. M.): *Monsieur Göthé, der unbekannte Großvater Johann Wolfgang Goethes.* – Dr. Dr. h. c. mult. Manfred Osten (Bonn), Prof. Dr. Hans-Joachim Kertscher (Halle): *Goethe und das Glück. Ein Gespräch.* – Dr. Heidi Ritter (Halle): *»Meine Kunst lasse ich nicht liegen«. Zum 200. Geburtstag von Clara Schumann.* – Dreitägige Exkursion nach Franzensbad, Marienbad, Karlsbad und Teplitz. – Barbara Kiem (Freiburg i. Br.): *Johann Gottfried Herders Betrachtungen zur Musik.* – Dr. Cornelia Ilbrich (Frankfurt a. M.): *Der Ehrtrieb als moralische Triebfeder bei Johann Karl Wezel.* – Prof. Dr. Hans-Joachim Kertscher (Halle): *»Ohne die Briefe meiner Freunde wäre ich längst ein Misanthrop«. Der Briefschreiber Johann Wilhelm Ludwig Gleim.* – Prof. Dr. Anne Bohnenkamp-Renken (Frankfurt a. M.): *Die Rezeption von Goethes »West-östlichem Divan« im 19. Jahrhundert.* – *Plaudereien um Goethe vor 200 Jahren* mit Prof. Dr. Hans-Joachim Kertscher unter Mitwirkung von Dr. Hans-Henning Schmidt sowie Vorführung des Videofilms zur Exkursion nach Böhmen durch das Mitglied Michael Woide (Halle).

Hamburg (gegr. 1924)

Vorsitzende: Ragnhild Flechsig, Gustav-Falke-Str. 4, 20144 Hamburg; stellv. Vorsitzender: Dr. Uwe Petersen, Beim Schillingstift 4, 22589 Hamburg; stellv. Vorsitzender seit März 2020: Heinz Grasmück, Grindelallee 139, 20146 Hamburg. – Prof. Dr. Wolfgang Bunzel (Frankfurt a. M.): *»Zu des Rheins gestreckten Hügeln«. Goethes Kuraufenthalte in Wiesbaden 1814/15 und die Gründung der Zeitschrift »Ueber Kunst und Alterthum«.* – Dr. Kai Sina (Göttingen): *Kollektivpoetik. Goethe und die Literatur der offenen Gesellschaft. Emerson, Whitman und Thomas Mann.* – Prof. Dr. Udo Köster (Hamburg): *Die deutschen Juden im Paris der Julimonarchie. Die Oper »La Juive« von Scribe und Halévy und ihre Aktualität heute (gemeinsam mit der Deutsch-Französischen Gesellschaft Cluny e. V.).* – Dr. Maike Schmidt (Kiel): *Über die sittlichen Mächte der Familie, der Ehre und der Moral. Friedrich Hebbels bürgerliches Trauerspiel »Maria Magdalena«.* – Dr. Helmut Hühn (Jena): *»Geprägte Form, die lebend sich entwickelt«. Eine Einführung in Goethes Gedicht »Urworte. Orphisch«.* – Prof. Dr. Albrecht Hausmann (Oldenburg): *Universität und Literatur.* – Dr. Annette Seemann (Weimar): *Marianne von Willemer, Suleika und Goethe.* – Prof. Dr. Olaf Müller (Berlin): *»Wenn Dichter Physiker besiegen«. Goethe mit Newton im Streit um die Farben.* – Fünftägige Exkursion *Auf Goethes und Luthers Spuren nach Wittenberg, Torgau, Wörlitz und Dessau* (Leitung: Ragnhild und Helmut Flechsig, Hamburg). – Prof. Dr. W. Daniel Wilson (London): *»Der Faustische Pakt. Goethe und die Goethe-Gesellschaft im Dritten Reich«* (Buchvorstellung). – Dr. Dorothea Schröder (Hamburg): *Felix Mendelssohn Bartholdy und Ignaz Moscheles. Eine Künstlerfreundschaft der Romantik.* – Volker Wolter (Hamburg): *»Habent sua fata libelli«. Vom Schicksal einzelner Bücher. Bericht eines Bibliophilen.* – – 22. Klassik-Seminar: *Johann Wolfgang von Goethe: »Faust«* mit folgenden Vorträgen: Prof. Dr. Thorsten Valk (Weimar): *»Margarete singt«. Szenen aus Goethes »Faust« in den Vertonungen von Schubert, Wagner und Berlioz.* – Philipp Restetzki (Görlitz): *»Dressierte Geister«. Über den »Faust«-Unterricht am Beispiel eines Fachvortrags.* – Dr. Tim Lörke (Berlin): *Streben, Bemühung, Erlösung. Zum Gottesbild in Goethes »Faust«.* – PD Dr. Michael Jaeger (Berlin): *»Faust« oder: Die Analogie der Moderne.*

Hannover (gegr. 1925)

Vorsitzende: Elke Kantian, Ferdinand-Wallbrecht-Str. 64, 30163 Hannover; stellv. Vorsitzender: Dr. Jonas Maatsch, Akademie der Wissenschaften zu Göttingen, Theaterstr. 7, 37073 Göttingen. – Dr. Frank Holl (München): *Goethe und Alexander von*

Humboldt. Die Naturauffassung zweier Wahrheitssucher. – Prof. Dr. Anne Bohnenkamp-Renken (Frankfurt a.M.): *Die neue genetische Ausgabe von Goethes »Faust«.* – Hubert Spiegel (Frankfurt a.M.): *»Mehr Licht! Nun, o Vorhang, roll«. Goethes letzte Worte im Wettstreit der Überlieferung.* – Dr. Carola Schelle-Wolff (Hannover): *Die Stadtbibliothek Hannover im Wandel der Zeiten.* – Prof. Dr. Christian Grawe (Melbourne/Australien): *Fontane und der populäre Roman seiner Zeit.* – Prof. Dr. Jochen Golz (Weimar): *Mein Goethe.* – Gabriele Meuer (Hannover): *Leonardo da Vincis Gemälde »Das Abendmahl«.* – Prof. Dr. W. Daniel Wilson (London/Großbritannien): *»Der Faustische Pakt. Goethe und die Goethe-Gesellschaft im Dritten Reich«* (Buchvorstellung). – Dr. Regine Dieterle (Zürich/Schweiz): *Fontanes Werke, neu gelesen.* – Peter Meuer (Hannover): *»Dir zu öffnen mein Herz verlangt mich«. Ein Gedicht in Goethes Handschrift aus der Sammlung Culemann.* – – Folgen eines Veranstaltungszyklus von Hanjo Kesting (Hamburg) mit seinen Kommentaren zu Werken der Vortragsreihe *Erfahren, woher wir kommen. Große Erzählungen der Weltliteratur.* Aus folgenden Erzählungen lasen: Frank Arnold: *Edgar Allan Poe: »Die Morde in der Rue Morgue«*; Sonja Beißwenger: *Anna Seghers: »Der Ausflug der toten Mädchen«*; Volker Hanisch: *Stefan Zweig: »Schachnovelle«*; Frank Arnold: *Bret Harte: »Das Glück vom Roaring Camp«*; Sonja Beißwenger: *Annette von Droste-Hülshoff: »Die Judenbuche«*; Siegfried W. Kernen: *Anatole France: »Die Affäre Crainquebille«.* – – Besuch der Ausstellung *Goethe. Verwandlung der Welt* in der Bundeskunsthalle Bonn. – *Auf den Spuren Goethes in Mailand* (Exkursion).

Heidelberg (gegr. 1967)

Vorsitzende: Dr. Letizia Mancino-Cremer, Mombertplatz 23, 69126 Heidelberg; stellv. Vorsitzender: Prof. Dr. Dr. h.c. Dieter Borchmeyer, Osterwaldstr. 53, 80805 München. – Prof. Dr. Dr. h.c. Dieter Borchmeyer (Heidelberg, München): *Goethe und Neapel* (Lesung); Johannes Vogt (Heidelberg), Laute. – Prof. Dr. Michael Wink (Heidelberg): *Ginkgo biloba. Von der Evolution der Pflanzen über Johann Wolfgang von Goethe bis zur Alzheimer-Therapie.* – Salim Alafenisch (Heidelberg): *»West-östlicher Divan« und andere Geschichten. Eine Reise zwischen Orient und Okzident.* – Dr. Enno Krüger (Heidelberg): *Goethes Enkel in Heidelberg.* – Theater Carnivore (Heidelberg): *»West-östlicher Divan« von Johann Wolfgang von Goethe.* – Società Dante Alighieri (Heidelberg): *70 Jahre Società Dante Alighieri, Comitato di Heidelberg.* – *»Das Leben ist ein Gänsespiel«. Goethe und die Lust am Spiel* (Führung auf Schloss Heidelberg). – Florian Kaiser (Heidelberg): *Der »West-östliche Divan« von Goethe* (Lesung). – Prof. Dr. Christof Wingertszahn (Düsseldorf): *Goethe, ein Freimaurer und Humanist.* – Heike Görner (Heidelberg): *»Die Katze in Goethes Bett« von Letizia Mancino* (Lesung). – Dr. Letizia Mancino (Heidelberg): *Goethe in Rom.* – Yue Li (Heidelberg): *Karneval und Theater in Goethes »Das Römische Carneval«.* – Werner H. Heußinger (Heidelberg): *Goethe als Humanist und Freimaurer.* – Prof. Dr. Jan Snoek (Heidelberg): *Goethe und die Illuminaten.* – Dr. Denise Roth (Knittlingen), die *artverwandten* (Heidelberg): *Faust in Rock und Pop.* – Prof. Dr. Christoph Cremer (Heidelberg): *Goethes Farbenlehre und die moderne Optik.*

Ilmenau (gegr. 1963)
Förder- und Freundeskreis Goethemuseen und Goethe-Gesellschaft Ilmenau-Stützerbach (ab 2006)

Vorsitzender: Heinz Ewald, Schleusinger Str. 86, 98714 Stützerbach; stellv. Vorsitzender: Martin Strauch, Am Markt 5, 98693 Ilmenau. – Dr. Siegfried Seifert (Weimar): *Lady Hamilton. Gesellschaftsdame, Mätresse und Künstlerin in der Zeit des Klassizismus.* – Dr. Michael Weichenhan (Gotha): *»Den lebendigen Sinn in einen lebendigen Ausdruck fassen«. Goethes Suche nach der angemessenen Sprache für die Natur.* – Prof. Dr. Heiner Boehncke, Hans Sarkowicz (beide Frankfurt a.M.): *Das Leben des Hans Jakob Christoffel von Grimmelshausen.* – Feier zum 270. Geburtstag Goethes: Wolfgang Werner (Ilmenau): Ausstellung *Erkundungen mit Stift und Kamera* (Fotografie und Zeichnung), Martin Strauch (Ilmenau): *»Orient und Okzident«. Gedichte aus dem »West-östlichen Divan«* (literarisch-musikalische Matinee mit dem Kammerorchester der Musikschule Arnstadt/Ilmenau), Dr. Annette Seemann (Weimar): *Der Beruf der Hofdame im klassischen Weimar. Ein Einblick in die höfische Alltagskultur.* – Martin Strauch: *»Mit Goethe im Gepäck«. Kultur- und Erlebnisreise an den westlichen Gardasee.* – *Kochberger Gartenvergnügen* (Fahrt zum Klassik-Gartenfestival). – Ostereierblasen und kreatives Bemalen für Kinder und Erwachsene. – Udo Moritz, Martin Strauch (beide Ilmenau): Weihnachtskugelblasen mit Puppenspiel und Musik.

Jena (gegr. 1922)

Vorsitzende: Prof. Dr. Alice Stašková, Institut für germanistische Literaturwissenschaft, Friedrich-Schiller-Universität Jena, Fürstengraben 18, 07743 Jena; stellv. Vorsitzender: Prof. Dr. Klaus Manger, Sonnenbergstr. 9, 07743 Jena; stellv. Vorsitzende: Melanie Hillerkus, Institut für germanistische Literaturwissenschaft, Friedrich-Schiller-Universität Jena, Fürstengraben 18, 07743 Jena. – Prof. Dr. Dr. h. c. mult. Peter Gülke (Weimar): *Verschmähte Schubertlieder.* – JunProf. Dr. Sophie Marshall (Jena): *Wicht, Wind und Wasser. Die Macht der Klänge bei Goethe und um 1000 n. Chr.* – Prof. Dr. Steffen Höhne (Weimar, Jena): *Johann Wolfgang von Goethe aus Prager Sicht. Kultur- und literaturpolitische Aneignungen.* – Prof. Dr. Klaus Manger (Jena): *Dogmatismus contra Kosmopolitismus. Wielands Abderiten im Streit.* – Dr. Christian Helmreich (Halle-Wittenberg): *»Es wandelt niemand ungestraft unter Palmen«. Anmerkungen zur Beziehung zwischen Goethe und Alexander von Humboldt.* – Lesung und Konzert, unter Mitwirkung von Marcel Beyer, Ensemble *Auditivvokal* Dresden, Einführung: Prof. Dr. Jörn Peter Hiekel (Dresden) (Durchführung mit freundlicher Unterstützung der Ernst von Siemens Musikstiftung). – Prof. Dr. Udo Ebert (Jena): *Goethes und Schillers Rechtsdenken vor dem Hintergrund der Aufklärung.*

Karlsruhe (gegr. 1960)

Vorsitzende: PD Dr. Beate Laudenberg, Moldaustr. 10a, 76149 Karlsruhe; stellv. Vorsitzender: Dr. Rüdiger Schmidt, Graf-Galen-Str. 40, 76189 Karlsruhe. – PD Dr. Tina Hartmann (Bayreuth): *»Die günstigste aller dramatischen Formen«. Warum Goethe ein Leben lang Opern schrieb.* – Kathrin Beddig (Pfinztal): *Literarisch-musikalische Hommage an Goethes »Chinesisch-Deutsche Jahres- und Tageszeiten«* – Dr. Bertold Heizmann (Essen): *»Alles derb und tüchtig von Hause aus, dabei von der gröbsten Rohheit und Härte«. Zur Rezeptionsgeschichte des Nibelungenliedes* (zum zehnjährigen Bestehen als UNESCO-Weltdokumentenerbe). – Dr. Jens Bortloff (Mannheim): *Das »Sanct Rochus-Fest zu Bingen« und Goethes Religion der Humanität.* – Besuch der Ausstellung *Goethe. Verwandlung der Welt* in der Bundeskunsthalle Bonn. – *»Gemütlichste Gespräche« im Kaffeehaus* zu Goethes 270. Geburtstag. – Prof. Dr. Dietrich von Engelhardt (Karlsruhe, Lübeck): *Humboldt im Dialog von Naturwissenschaft, Philosophie und Kunst* (zum 250. Geburtstag Alexander von Humboldts). – Dr. Eva Hirtler (Karlsruhe): *»Durch Feld und Wald zu schweifen«. Das Motiv des Wanderns in den Liedern Franz Schuberts.* – Dr. Gerhard Friedl (Karlsbad-Spielberg): *»Eine außerordentliche Erscheinung an unserm literarischen Himmel«. Zu Schillers »Don Carlos«* (zum 260. Geburtstag Friedrich Schillers). –Führung durch die Ausstellung *Hans Baldung Grien* in der Staatlichen Kunsthalle Karlsruhe durch Dr. Holger Jacob-Friesen.

Kassel (gegr. 1949)

Vorsitzender: Dr. Stefan Grosche, Tränkeweg 1, 34537 Albertshausen; Geschäftsführerin: Maja Fischer, Friedhofsweg 1, 34466 Wolfhagen. – Dr. Jana Piper (Hamburg): *Goethes »Italienische Reise« im Film.* –

Marieluise Labrie (Kassel): *Zeit und Ewigkeit in der Dichtung Annette von Droste-Hülshoffs.* – Dr. Jochen Johannsen (Siegen): *»Völker als Gedanken Gottes«? Herder und die Geschichte eines Missverständnisses.* – Prof. Dr. Rolf Breuer (Paderborn), Prof. Dr. Stefan Greif (Kassel): *Samuel Beckett und Friedrich Hölderlin.* – PD Dr. Jutta Heinz (Tübingen): *Das »Journal von Tiefurt« als Spielwerk der Geselligkeit des Weimarer Musenhofs.* – Hikaru Kanki, Klavier; Johannes Schwarz, Bariton (beide Hannover): *Goethe und der Komponist Carl Loewe.* – Besuch der Ausstellung *Goethe. Verwandlung der Welt* in der Bundeskunsthalle Bonn. – Dr. Harald Kimpel (Kassel): *»Die Kunst hat nie ein Mensch allein besessen«. Goethe auf der documenta.* – Prof. Dr. W. Daniel Wilson (London): *»Der Faustische Pakt. Goethe und die Goethe-Gesellschaft im Dritten Reich«* (Buchvorstellung). – Dr. Justus Lange (Kassel): *»Die süße Traurigkeit des Mundes«. Leonardo, mit Goethes Augen gesehen.* – Prof. Dr. Martina Sitt (Kassel): *Franz Rosenzweig: »Goethes Werke (sind) fähig, die Rolle der Bibel des modernen Menschen zu spielen«.*

Kiel (gegr. 1947)

Vorsitzender: Dr. Malte Denkert, Geibelallee 4, 24116 Kiel; Geschäftsführer: Dr. Julius Pfeiffer, Moltkestr. 76, 24105 Kiel. – Dr. Therese Chromik (Kiel): *Mein Goethe.* – Prof. Dr. Albert Meier (Kiel): *Johann Wolfgang von Goethe: »Faust«. Vortrag für Schülerinnen und Schüler* (in Zusammenarbeit mit dem Institut für Qualitätsentwicklung an den Schulen Schleswig-Holsteins IQSH). – Dr. Alexander Lotzow (Kiel): *Johannes Brahms und Goethe.* – Robert Langhanke (Flensburg): *Humanität und Philologie. Leben, Werk und Rezeption des niederdeutschen Dichters Klaus Groth.* – Dr. Frank Baudach (Eutin): *Klassizist und Klassiker. Johann Heinrich Voß und Goethe.* – Prof. Dr. Andreas Blödorn (Münster): *Thomas Mann und Goethe.* – Erle Bessert (Hamburg): *Matthias Claudius und Goethe.* – Dr. Hargen Thomsen (Wesselburen): *»Eine Feuerkohle in der Tasche«. Friedrich Hebbels Goethe-Lektüren.* – Exkursion zum Hebbel-Museum sowie zur Storm-Stätte Hademarschen. – Literarischer Abend in der Vorweihnachtszeit.

Köln (gegr. 1949, Neugründung 1994)

Vorsitzender: Dr. Markus Schwering, Max-Liebermann-Str. 1, 50676 Leverkusen; stellv. Vorsitzender: Peter Krüger-Wensierski, Brombeerweg 11, 51519 Odenthal. – Prof. Dr. Leo Kreutzer (Köln): *Goethes »West-östlicher Divan« als poetisches Manifest eines ›Dialektischen Humanismus‹.* – Prof. Dr. Wilhelm Voßkamp (Köln): *Bildung und Bildungskritik im Roman von Goethe bis Thomas Bernhard.* – Prof. Dr. Rudolf Drux (Köln): *Goethes lyrische Schiff- und Kahnfahrten. Ein Beitrag zur Entwicklung seiner Symbolkunst.* – Prof. Dr. Anne Bohnenkamp-Renken (Frankfurt a. M.): *Den »leidenschaftlichen Zwiespalt zwischen Classikern und Romantikern« endlich versöhnen? Ein Brief Goethes und das Projekt Deutsches Romantik-Museum.* – Dr. Markus Schwering (Köln): *Herrschaft und Knechtschaft. Texte der Weimarer Klassik im Licht der zeitgenössischen Diskussion.* – Kaspar Kraemer (Köln): *Palladio, Goethe – und ich. Architekturgeschichtliche Kontinuitäten von der Antike bis heute.* – Festveranstaltung der Kölner Goethe-Gesellschaft im Rahmen der Goethe-Ausstellung in der Bundeskunsthalle Bonn. Festvortrag: Prof. Dr. Ernst Osterkamp (Berlin): *Marienbader Bergschluchten. Goethes »Elegie« und ihr Zusammenhang mit »Faust II«.* – *Goethe: »Faust I«. Ein Schauspielsolo mit Peter Vogt.* – Weltweit erste Produktion von Goethes Singspiel *Scherz, List und Rache* (Markus Schwering, Alte-Musik-Ensemble *L'arte del mondo* unter Leitung von Werner Ehrhardt, BAYER-Kultur Leverkusen). – Prof. Dr. Rudolf Drux (Köln): *Zwischen Augenblick und Ewigkeit. Zum Zeit-Begriff in Goethes poetischen Werken.*

Kronach (gegr. 1990)

Vorsitzender: Hans-Jürgen Schmitt, Fehnstr. 51, 96317 Kronach; stellv. Vorsitzender: Herbert Schwarz, Gießübel 38, 96317 Kro-

nach. – Vorträge: Eckbert Arneth (Kronach): *Die Novellen Stefan Zweigs. Anmerkungen zu einem weniger bekannten Kapitel der deutschen Literatur.* – Herbert Schwarz (Kronach): *Der fränkische Dichter Ludwig Derleth (1870-1948).* – Hans-Jürgen Schmitt: (Kronach): *200 Jahre Goethes »West-östlicher Divan«.* – Ders.: *Franz Kafkas Roman »Der Prozess« und dessen dramaturgische Umsetzung im Theater Rudolstadt.* – Ders.: *Goethe als Übersetzer und seine Beschäftigung mit der Familie Rameau* (Einführung zur Theaterfahrt nach Dresden). – Ders.: *Eichendorffs Novelle »Das Schloss Dürande« und Othmar Schoecks Oper von 1943.* – Prof. Dr. Günter Dippold (Lichtenfels): *Alexander von Humboldts fränkisches Erbe.* – Prof. Dr. Andreas Tacke (Trier): *Lucas Cranach d. Ä. Ein Künstler zwischen den Zeiten.* – Dr. Natalie Gutgesell (Bad Staffelstein): *Victor von Scheffel und sein Lied der Franken.* – – Theaterfahrten: *Franz Kafka: »Der Prozess«. Dramatisierung des Romans von Franz Kafka* (Theater Rudolstadt). – *Jean-Philippe Rameau: »Plateé«* (Semperoper Dresden). – *Othmar Schoeck: »Das Schloss Dürande«* (Meininger Staatstheater). – *Ewald Palmertshofer (nach Gerhart Hauptmann): »Vor Sonnenaufgang«* (Theater Rudolstadt). – – Konzertfahrt: Andris Nelsons: *Werke von Beethoven und Schubert* (Gewandhaus Leipzig).
Die Goethe-Gesellschaft Kronach wurde 2020 aufgelöst.

Leipzig (gegr. 1925)

Vorsitzender: Michael Pahle, Blüthnerstr. 1, 04179 Leipzig; stellv. Vorsitzende: Dr. Maria-Verena Leistner, Brockhausstr. 61, 04229 Leipzig. – Prof. Dr. Bernd Leistner (Leipzig): Vom Weimarer Subbibliothekar zum Leipziger Kulturbürger. Erinnerung an Johann Georg Keil (1781-1857). – Prof. Dr. Wolfgang Bunzel (Frankfurt a. M.): Die Brentanos und Goethe. Stationen einer spannungsreichen Beziehung. – Prof. Dr. Dirk von Petersdorff (Jena): »Die Welt ist voller Widerspruch, und sollte sich's nicht widersprechen?«. Spannungsverhältnisse in Goethes lyrischem Werk. – Dr. Ulrike Leuschner (Darmstadt): »Dieser eigne Mann, der auf mein Leben den größten Einfluss gehabt«. Die schwierige Freundschaft zwischen Goethe und Merck. – Prof. Dr. Christof Wingertszahn (Düsseldorf): »Käme ich nach England hinüber, ich würde kein Fremder sein«. Goethe und Großbritannien. – Prof. Dr. Lothar Engelmann (Leipzig): Goethe als Patient. – Prof. Dr. Uwe Hentschel (Chemnitz, Berlin): Goethe und die Schweiz. – – Exkursionen: Tagesfahrt nach Bad Lauchstädt mit Besuch des Goethe-Theaters. – Dreitägige Kulturfahrt nach Heiligenstadt und Ebergötzen.

Ludwigsburg (gegr. 1998)

Vorsitzender: Werner Fleig, Hoferstr. 25, 71636 Ludwigsburg; stellv. Vorsitzende: Christel Rabe, Alleenstr. 15, 71638 Ludwigsburg. – Neujahrsempfang mit Goethe-Gedichten in verschiedenen Vertonungen (Angelika Lenter, Sopran; Magdalena Galka, Klavier). – Theaterinszenierung mit Stefan Österle: *Großer Mann, was tun?* Ein Schiller-Programm des DEIN-Theaters Stuttgart. – Gerald Güntner (Stuttgart): *Schiller und Goethe, eine Freundschaft*; im Anschluss im Scala Live-Übertragungen aus dem Royal Opera House: *Gounods Oper »Faust«.* – Ders.: *Friedrich Schiller in Stuttgart* (Stadtführung). – Besuch der Ausstellung *Goethe. Verwandlung der Welt* in der Bundeskunsthalle Bonn. – Studienreise nach Marienbad und ins böhmische Bäderdreieck. – Feier von Goethes Geburtstag im Logenhaus der Freimaurer: Rudolf Guckelsberger, Rezitator, las Texte aus *Wilhelm Meister* und Tobias Southcott, Harfe, setzte die musikalischen Kontrapunkte beim traditionellen Abendessen mit einem Goethe-Menü. – Teilnahme der Goethe-Gesellschaft Ludwigsburg am Literaturfest/Jubiläum des Kulturzentrums der Stadt Ludwigsburg mit dem Beitrag *Goethe und die neue Zeit*, vorgetragen von Sonja Wahl und Dr. Werner Heil. – Goethe-Vertonungen. Lese-Konzert in Kooperation mit der Jugendmusikschule Ludwigsburg (Susanne Vogelmann, Sopran; Jürgen Zimmermann, Klavier; Ramon Schmid, Rezitation).

Mannheim Rhein-Neckar (gegr. 2010)

Vorsitzender: Dr. Jens Bortloff, Krautgartenweg 12, 68239 Mannheim; stellv. Vorsitzende: Liselotte Homering, Neue Heimat 21, 68305 Mannheim. – Dr. Ulrike Pott (Halberstadt): *Dichter, Sammler, Netzwerker. Johann Wilhelm Ludwig Gleim als wichtige Persönlichkeit der Generation vor Goethe.* – Prof. Dr. Julia Bohnengel (Heidelberg): *»Der Todfeind aller Weimarischen Thätigkeit«. Goethe und Kotzebue.* – Dr. Markus Wallenborn (Worms): *Goethe-Rezeption im Nationalsozialismus.* – Prof. Dr. Dr. h.c. Dieter Borchmeyer (München): *Was Goethe über Wagner gedacht haben würde und was Wagner über Goethe dachte.* – Schloss Herrnsheim und Worms (Exkursion). – Denis Bode, Sascha Koal (beide Mannheim): *Kommentierte Rezitation des »Faust« von Johann Wolfgang Goethe.* – Prof. Dr. Udo Ebert (Jena): *Ästhetisches Vergnügen und psychologische Neugier. Schillers Interesse an Verbrechern.* – Prof. Dr. Jochen Hörisch (Mannheim): *Goethe, Feuerbach und die Lebenskunst. Ein Vortrag vor dem Gemälde »Hafis vor der Schenke«.*

München (gegr. 1917)

Vorsitzender: Prof. Dr. Rolf Selbmann, Schellingstr. 3, 80799 München; Geschäftsführer: Hans Brendel, Johann-Sebastian-Bach-Str. 2, 99423 Weimar. – Vortragszyklus 1 (Teil II): *Briefkultur der Goethezeit.* – Dr. Michael Ewert (München): *Georg Forster als Briefautor.* – Dr. Rotraut Fischer (Darmstadt): *»Unsere Gemeinde bringt unsere herzlichsten Grüße«. Ein Briefnetzwerk der Goethezeit.* – Prof. Dr. Jochen Golz (Weimar): *»Königliche Hoheit«, »Mein lieber Freund«. Anmerkungen zu Goethes amtlicher Korrespondenz.* – Prof. Dr. Karin Teppen (Heidelberg): *»O, welch schwere Verdammnis, die angeschaffenen Flügel nicht bewegen zu können!«. Liebespaare der Romantik.* – Dr. Edith Zehm (München): *»Und so fortan!«. Über 30 Jahre Briefwechsel zwischen Goethe und Zelter.* – Vortragszyklus 2 (Teil I): *Zur Aktualität des »Divan«.* – Prof. Dr. Rolf Selbmann (München): *Goethes Orient.* – Dr. Dr. h.c. mult. Manfred Osten (Bonn): *War Goethe ein »Muselmann«? Zur Aktualität des »Divan« im 21. Jahrhundert.* – Prof. Dr. Hendrik Birus (Bremen): *Dichterische »Divan«-Echos.* – Julia Cortis (München) las aus Goethes *Divan* (Auswahl Dr. Johannes John, am Flügel Birgitta Eila, beide München). – Exkursion nach Weimar, Jena und Erfurt.

Naumburg (gegr. 1988)

Vorsitzende: Dr. Irene Traub-Sobott, Berbigstr. 8 D, 06628 Naumburg OT Bad Kösen; stellv. Vorsitzende: Susanne Kröner, Lepsiusstr. 9, 06618 Naumburg. – Heidemarie Stein (Naumburg): *Die Pfaueninsel im Wannsee. Preußens Arkadien.* – Dies.: *Caroline von Wolzogen, geb. von Lengefeld (1763-1847).* – Dr. Roland Krischke (Altenburg): *Goethe und Heidelberg.* – Dr. Dirk Sangmeister (Gotha): *Johann Gottfried Seume: »Mein Leben«. Eine Selbstbiographie.* – Dr. Jana Kittelmann (Halle): *Wechselwirkungen. Fontane und Goethe als Briefschreiber.* – Theaterbesuch *Niegelungen. Goethes Verfehlungen* (Vandrich-Haus Naumburg). – Opernbesuch *Joseph Haydn: »Der Apotheker«* (Schloss Großkochberg). – Tagesausflug nach Altenburg mit Führungen durch das Lindenau-Museum und das Schloss. – Tagesausflüge nach Weimar: *Hinter den Kulissen des Deutschen Nationaltheaters* (Führung) und Besuch der Ausstellung *Abenteuer der Vernunft. Goethe und die Naturwissenschaften um 1800.*

Nordenham (gegr. 1946)

Vorsitzender: Dr. Burkhard Leimbach, Im Sonnenwinkel 4, 26954 Nordenham; Vorsitzende seit Februar 2020: Stefanie Seyfarth, Seedorffstr. 5, 26954 Nordenham; stellv. Vorsitzender: Stefan Tönjes, Goethestr. 5, 26954 Nordenham. – *DuoFusion* (Maxine Troglauer, Bassposaune; Vanessa Porter, Schlagzeug): *Neujahrskonzert.* – Prof. Dr. Matthias Bormuth (Oldenburg): *Pioniere der modernen Selbsterkenntnis. Sokrates und Paulus.* – *Trio Parnassus* (Julia Galic, Violine; Michael Gross, Violoncello; Johann Blanchard, Klavier): *B. Molique, C. Chaminade, C. Schumann.* – Franz Josef Wiegelmann (Bonn): *Goethe und Carl Friedrich Zelter. Lebensstationen einer außergewöhnlichen Freundschaft.* – Alexander Krichel (Klavier): *Beethoven/Liszt, Kreisler/Rachmaninoff, Wagner/Liszt.* – Dr. Markus Wallenborn (Worms): *»Hatte Goethe ein Verhältnis mit Anna Amalia, bevor er Schiller vergiftete?«. Verschwörungstheorien um Goethe.* – *Duo Berlin* (Dorothea Stepp, Violine; Milena Wilke, Violine): *Vom Salon zum Konzertsaal. Viotti, Wieniawski, Spohr, Boccherini.* – Dr. Klaus Dirschauer (Bremen): *Rituale der Zeitnahme. Die Bändigung des Zeitflusses.* – Dr. Andreas Püttmann (Köln): *Wie christlich ist Deutschland – und hat es was davon? Eine Bestandsaufnahme.* – Helmfried von Lüttichau, Johano Strasser, Lilo Kraus (Harfe), Chris Schmitt (Bluesharp): *Hommage an Robert Gernhardt.* – *Xenon Quartett* (Lukas Stappenbeck, Sopransaxophon; Anze Rupnik, Altsaxophon; Adrian Durm, Tenorsaxophon; Benjamin Reiche, Baritonsaxophon): *Jahresendmusik.*

Nürnberg (gegr. 1995)

Vorsitzende: Dr. Claudia Leuser, Maxplatz 30, 90403 Nürnberg; stellv. Vorsitzender: Dr. Günther Kraus, Kachletstr. 13, 90480 Nürnberg. – Prof. Dr. Wolfgang Bunzel (Frankfurt a.M.): *Bettine von Arnim. Letzte Liebe. Das unbekannte Briefbuch. Korrespondenz mit Julius Döring* (Lesung). – Prof. Dr. Bernhard Lang (Paderborn): *»Aus dem Leben eines Taugenichts«. Eichendorffs Erzählung, noch einmal gelesen.* – Dr. Heike Spies (Düsseldorf): *Bibel, Sprache, Wahrhaftigkeit. Goethe und Luther.* – Prof. Dr. Jochen Golz (Weimar): *»In tausend Formen magst du dich verstecken«. Goethe und die Weltreligionen.* – Literarische Reise an den Bodensee (Organisation und Leitung: Dr. Günther Kraus). – Prof. Dr. Guido Fuchs (Hildesheim): *»Man könnte dich ein Mädchen schelten« (»Faust II«). Der schöne Knabe in der Literatur.* – Dr. Claudia Leuser (Nürnberg): *Der jüdische Aufklärer Moses Mendelssohn und seine Botschaft für unsere Zeit.* – Dr. Bertold Heizmann (Essen): *Schauspielerinnen um Goethe. Caroline Jagemann.* – Cora Chilcott, Christian Schmidt (beide Berlin): *»Mein Leben nur an deinem Leben hängt«. Goethes Briefe und Zettelgen an Charlotte von Stein. Ein Kaleidoskop aus Wort und Bild.* – Mitglieder lesen für Mitglieder. Adventsfeier mit Texten (nicht nur) rund um die Advents- und Weihnachtszeit.

Oldenburg (gegr. 1987)

Vorsitzende: Dr. Katrin Henzel, Carl-von-Ossietzky-Universität Oldenburg, Fakultät III – Sprach- und Kulturwissenschaften, Institut für Germanistik, 26111 Oldenburg; stellv. Vorsitzende: Kristin Eilert, Haareneschstr. 88, 26121 Oldenburg. – *Hans Christian Andersen. Poet mit Feder und Schere.* Porträt in Wort, Bild und Musik mit Detlef Stein (Wort) und Joke Flecijn (Cello) sowie Tagesexkursion nach Bremen mit Führung durch die Ausstellung *Hans Christian Andersen. Poet mit Feder und Schere* in der Kunsthalle Bremen, jeweils in Kooperation mit der Oldenburger Bibliotheksgesellschaft und der Landesbibliothek Oldenburg. – Ina Cappelmann (Oldenburg): *Das Spiel mit fotografischer Evidenz in zeitgenössischen Prosatexten. Rafael Horzon: »Das weisse Buch«.* – Dr. Maria-Verena Leistner (Leipzig): *»Meine Lieder schossen auf wie die Nesseln«. Denkwürdiges über Helmina von Chezy (1783-1856).* – Dr. Rolf Hosfeld (Potsdam): *Welttheater als Tragikomödie. Heinrich Heines Epochenerfahrungen.* – Ausstellung *Imaginäre Reise in den Orient. Goethe und der »West-östliche Divan«* von Dr. Klaus Gallas (*West Östlicher Diwan Festival Weimar GmbH*) in Kooperation mit der Oldenburger Bibliotheksgesellschaft und der Landesbibliothek Oldenburg. – Dr. Gabi Pahnke (Rom): *Spaziergang durchs papierne Jahrhundert. Das Netzwerk von Johann Gottfried Seume.* – Sommer-Gartenfest anlässlich von Goethes 270. Geburtstag. – Prof. Dr. Vera Viehöver (Liège/Belgien): *»Alles, was uns gemeinsam berührt«. Die Ehetagebücher von Clara und Robert Schumann (1840-1844).* – *Eckermann und sein Goethe* (szenische Lesung mit Bernd Eilert und Klaus Modick im *Theater*

Laboratorium Oldenburg auf Initiative der Oldenburger Goethe-Gesellschaft). – Prof. Dr. Yvonne Ehrenspeck-Kolasa (Oldenburg): *Metamorphosen und Transformationen des Ästhetischen in der Moderne von Kant über Schiller zu Herbart.* – Lyrischer Mittwochabend im Gesellschaftshaus Wöbken. – Einmal im Monat fand ein Lesekreis statt.

Plauen (gegr. 1946, Neugründung 1991)

Vorsitzende: Dr. Barbara Pendorf, Wagnerstr. 45, 08527 Plauen; stellv. Vorsitzende: Sabine Schott, Reißiger Str. 83, 08525 Plauen. – Helmar Stöß (Plauen): *Oscar Wilde: »Das Gespenst von Canterville«.* – Dr. Gerhard Müller (Jena): *Goethe als Freimaurer.* – Lars Junge, Cornelia Schumann, Thomas Mahn (alle Dresden): *3. Hermann-Hesse-Abend mit Musik im Vogtlandmuseum.* – Dr. Klaus Damert (Mansfeld): *Gottfried August Bürger, das prominenteste Opfer der deutschen Klassik.* – Christine Theml (Jena): *Johanna Schopenhauer. Eine Freundin Goethes und eine Salonière.* – Tagesausflug nach Großkochberg mit Besichtigung des Schlosses. – Prof. Dr. Uwe Hentschel (Chemnitz, Berlin): *Die Utopie von der vernünftigen Lust. Erotische Literatur im 18. Jahrhundert.* – Margrit Straßburger (Berlin): *Briefe von Anton Tschechow* (Lesung). – Dr. Bertold Heizmann (Essen): *August von Kotzebue.* – Dr. Claudia Taszus (Jena): *Ernst Haeckel und Goethe.* – Dieter Maas (Plauen): *Weihnachtliche Texte* (Lesung).

Pößneck (gegr. 1983)

Vorsitzender: Karl-Hermann Röser, Raniser Straße 50, 07381 Pößneck; stellv. Vorsitzende: Elke Kehr, Saalfelder Str. 86, 07381 Pößneck. – Karl-Hermann Röser (Pößneck): *»Ein Huth in Russland«. Briefe aus der Fremde.* – Dr. Egon Freitag (Weimar): *»Ich streiche was ehrlich's in Thüringen herum und kenne schon ein brav Fleck davon«. Goethes Liebe zu Thüringen.* – Dr. Thomas Frantzke (Leipzig): *»Wie herrlich leuchtet mir die Natur«. Parks und Gärten der Goethezeit.* – Bernd Kemter (Gera), Dieter Schumann (Erfurt): *»Liebreizende und bösartige Frauenzimmer am Weimarer Hof«. Klatsch und Tratsch am Weimarer Hof.* – Steffi Böttger, Konstanze Hollitzer, Stephan Heinemann (alle Leipzig): *»Es geht mir gut, doch seh' ich weniger als ich wollte«. Goethe und Mendelssohn in Neapel.* – Dr. Lutz Unbehaun (Rudolstadt): *Caroline Junot und Emilie von Gleichen-Rußwurm. Das Leben der beiden Töchter Schillers.* – Karl-Hermann Röser (Pößneck): *»Pfuiteuflische Geschichten«. Goethe regt sich auf!*

Ravensburg (gegr. 2012)

Vorsitzender: Dr. Franz Schwarzbauer, Raueneggstr. 13, 88212 Ravensburg; stellv. Vorsitzende: Renate Igel-Schweizer, Liebenhofen 25, 88287 Grünkraut. – Jahresthema: *»Im Gegenwärtigen Vergangnes suchen«* (Goethe: *»West-östlicher Divan«*). – Philipp Hartmann (Leipzig): *»Das Leiden anderer erzählen?«. Über epische Distanz in »Herrmann und Dorothea«.* – Stefan Bollmann (München): *»Monte Verità«. Der Traum vom alternativen Leben.* – Dr. Franz Schwarzbauer (Ravensburg): *Goethe: »Iphigenie auf Tauris«* (Lektürekurs für Mitglieder und Freunde der Goethe-Gesellschaft Ravensburg). – *Lesemarathon 2019: Karl Philipp Moritz: »Anton Reiser«* (8 Leseauszüge aus dem Roman). – 4-Tages-Exkursion nach Weimar. – Tages-Exkursion nach Schloss Warthausen *Auf den Spuren von Sophie von La Roche.*

Rosenheim (gegr. 1999)

Vorsitzender: Ulrich Noltenhans, Schillerstr. 22a, 83024 Rosenheim; stellv. Vorsitzende: Dr. Barbara Mütter, Rehleitenstr. 3, 83098 Brannenburg. – Prof. Dr. Jochen Golz (Weimar): *»Sorglos über die Fläche hinweg«. Goethe auf Reisen.* – Martin Pfisterer (München): *Georg Büchner: »Lenz«* (Lesung). – Herwig Imendörffer (Wien/Österreich): *»daß hinter allen Sprachen das Unsägliche steht«. Der späte Rilke und die Tiefendimension unseres Inneren.* – Hanskarl Kölsch (Sauerlach): *Robert Musil: »Der Mann ohne Eigenschaften«* (Seminar). – Prof. Dr. Rudolf Drux (Köln):

»Die Kraniche des Ibykus«. Goethes Idee und Schillers Realisation einer klassischen Ballade. – 20 Jahre Goethe-Gesellschaft in Rosenheim: Prof. Dr. Jochen Golz (Weimar): *Goethe im 21. Jahrhundert* (Festvortrag). – Dr. Joachim Seng (Frankfurt a. M.): *»Monsieur Göthé. Goethes unbekannter Großvater«* (Buchvorstellung). – Ulrich Noltenhans (Rosenheim): *Vom Sturm und Drang zur Klassik. Zwei Gedichte Goethes.* – Andreas Salomon (Rosenheim): *Ernst Toller. Sozialistischer Revolutionär und Literat.* – Dr. Michael Schmidt (Bad Endorf): *Das Leben als Kopie. Theodor Fontanes Roman »L'Adultera«.*

Rothenburg o. d. T. (gegr. 1996)

Vorsitzender: Herbert Krämer-Niedt, Pfeifersgässchen 8, 91541 Rothenburg o. d. T.; stellv. Vorsitzender: Erich Landgraf, Nuschweg 9, 91541 Rothenburg o. d. T. – Herbert Krämer-Niedt (Rothenburg o. d. T.): *Wieder einer aus der Phalanx der fränkisch-deutschen Literaten. Hermann Kesten aus Nürnberg* (illustrierter Vortrag mit Text-Beispielen, gelesen von Mitgliedern). – Zum Welttag des Buches 2019: *Apotheker, Journalist, Romanautor, Lyriker, Erzähler und Theaterkritiker: Theodor Fontane* (Veranstaltung von Goethe-Gesellschaft, Kulturforum und Stadtbücherei Rothenburg o. d. T.; organisiert und moderiert von Hannelore Hochbauer, die mit Erich Landgraf und Herbert Krämer-Niedt die Texte auswählte; vorgetragen von den Genannten und Mitgliedern). – Herbert Krämer-Niedt: *Einführung in das Theaterstück »Tschick«, angelegt von Robert Koall nach der Romanvorlage von Wolfgang Herrndorf* (gespielt auf dem *Toppler-Theater* Rothenburg o. d. T.). – Ders.: *Einführung in die Revue »Höchste Zeit« von Tilmann von Blomberg und Bärbel Arenz* (gespielt auf dem *Toppler-Theater* Rothenburg o. d. T.). – Ders.: *Erneut ein renommierter fränkisch-deutscher Literat. Der faszinierende, schillernde, interessante Max Dauthendey aus Würzburg* (illustrierter Vortrag mit Text-Beispielen, gelesen von Mitgliedern). – Dr. habil. Rolf Haage (Weimar): *Goethes Naturforschungen und ihr Einfluss auf seine Dichtung im Neptunistenstreit.*

Rudolstadt (gegr. 1975)

Vorsitzender: Hans-Günther Otto, Ahornweg 55, 07407 Rudolstadt; stellv. Vorsitzender: Burkhard Grüner, Höhenblick 1, 07426 Dröbischau. – Dr. Christoph Michels (Rudolstadt): *Die Goethe-Gesellschaft Rudolstadt in Krakau und Schlesien. Ein Reisereport* (Video). – Dr. Ulrike Bischof (Weimar): *Briefe an Goethe und ihre Beilagen.* – Dr. Doris Fischer (Rudolstadt): *25 Jahre Stiftung Thüringer Schlösser und Gärten. Aufgaben und Herausforderungen für die Zukunft.* – Prof. Dr. Jochen Golz (Weimar): *Goethe im 21. Jahrhundert.* – Dr. Peter Neumann (Rudolstadt): *Schlegel, Schelling & Co. Die Geschichte eines philosophischen Aufbruchs.* – Exkursion auf Schillers Spuren nach Meiningen, Bauerbach und ins Henneberger Land. – Fahrt nach Weimar zum 270. Geburtstag Goethes. – Prof. Dr. Uwe Hentschel (Chemnitz, Berlin): *Die Utopie von der vernünftigen Lust. Zur erotischen Literatur des 18. Jahrhunderts.* – Dr. Bertold Heizmann (Essen): *»Nie gehörte Töne«. Caroline Jagemann und der Theaterdirektor Goethe.* – Heidemarie Förster-Stahl (Großkochberg): *Streiflichter auf Rudolstadts Theatergeschichte.*

Saalfeld (gegr. 1966)

Vorsitzender: Dr. Stefan Efler, Mozartstr. 12, 07318 Saalfeld; stellv. Vorsitzender: Martin Picard, Schillerstr. 18, 07318 Saalfeld. – Hellmut Seemann (Weimar): *Goethe und die Moderne.* – Prof. Dr. Michael Maurer (Jena): *Klassische Liebesbriefe. Goethes Beitrag zur Briefkultur.* – Dr. Katrin Löffler (Leipzig): *Zwischen Herrschaft und Gesinde. Alltag eines Hofmeisters im 18. Jahrhundert. Die ungewöhnliche Autobiographie von Johann Christian aus Stralsund.* – Dr. Egon Freitag (Weimar): *»Tropftest Mäßigung dem heißen Blute«. Charlotte von Stein, Goethes berühmte Geliebte.* – Führung durch die Villa Bergfried. – Heidemarie Stein (Naumburg): *Sophie von La Roche.* – 3-tägige Studienreise nach Wetzlar mit Besuch der Bad Hersfelder Festspiele. – Prof. Dr. Uwe Hentschel (Chemnitz, Berlin): *Die Utopie von der vernünftigen Lust. Zur erotischen Literatur des*

18. Jahrhunderts. – Dr. Bertold Heizmann (Essen): *»Im Schatten Goethes. Kotzebue«* (Buchvorstellung). – Prof. Dr. Jan Witthaus (Kassel): *Einblicke in die klassische spanische Literatur.*

Siegburg (gegr. 2000)

Vorsitzender: Paul Remmel, Wolsdorfer Str. 42e, 53721 Siegburg; Geschäftsführer: Franz Josef Wiegelmann, Töpferstr. 23, 53721 Siegburg. – Besuch der Grabstätte von Maximilian Jacobi auf dem Alten Friedhof in der Johannesstraße in Siegburg. Die Ortsvereinigung pflegt im Rahmen einer Patenschaft die Grabanlage. – Zum wiederholten Mal veranstaltete die Goethe-Gesellschaft die Aktion *Siegburg sammelt Goethe*, die dem Auf- und Ausbau der gesellschaftseigenen Goethe-Bibliothek dient, und präsentierte den Bestand der Sammlung in einem Verzeichnis auf der Internetpräsenz der in Gründung befindlichen Stiftung unter www.stiftung-goethe-bibliothek.org. - Besuch der Ausstellung *Goethe. Verwandlung der Welt* in der Bundeskunsthalle Bonn. Die Siegburger Goethe-Gesellschaft präsentierte sich mit einem eigenen Stand und informierte die Ausstellungsbesucher über ihre Arbeit. – Franz Josef Wiegelmann (Siegburg): *»So nah und doch so fern«. Beethoven und Goethe* (Dia-Vortrag). – Weihnachtsfeier für die Mitglieder und Freunde der Gesellschaft.

Sondershausen (gegr. 1973)

Vorsitzende: Dr. Barbara Heuchel, Wilhelm-Külz-Str. 7, 99706 Sondershausen; Geschäftsführerin: Heide Schödl, August-Bebel-Str. 77, 99706 Sondershausen. – Heidelore Kneffel (Nordhausen): *Ein Abend für Sarah Kirsch.* – Dr. Heidi Ritter (Halle): *Heinrich von Kleist und das Verhältnis Goethes zu Kleist.* – PD Dr. Jutta Heinz (Tübingen): *Wezel und Goethe. Eine Parallelbiografie.* – Exkursion nach Wiederstedt: Besuch des Schlosses Oberwiederstedt (Novalis-Forschungsstätte). – Theaterbesuch in Nordhausen: *Goethes »Iphigenie«.* – Annette Leistenschneider (Nordhausen): *Die Arbeit der Operndirektorin und aktuelle Produktionen des Theaters Nordhausen.* – *»Sturm der Gefühle – Das Leben der Brontë Schwestern«* (Filmabend). – Dr. Bertold Heizmann (Essen): *Im Schatten Goethes. August von Kotzebue zum 200. Todestag.* – Dr. Stephan Elbern (Bad Frankenhausen): *Goethe und Napoleon.* – Brigitte Ballhaus (Sondershausen): *Lesung von Texten zum 200. Todestag von Johann Karl Wezel.*

Ulm und Neu-Ulm (gegr. 1997)

Vorsitzender: Ernst Joachim Bauer, Wacholderweg 8, 89150 Laichingen; stellv. Vorsitzender: Dr. Hans-Ulrich Schäfer, Gleißelstetten 91, 89081 Ulm; stellv. Vorsitzender seit Juni 2019: Eberhard Retter, Steinhövelstr. 2, 89075 Ulm. – Walter Frei (Ehingen): *Der junge Hofmannsthal und Wien.* – Goethes Geburtstagsfeier mit einem Besuch in der Ulmer Druckerwerkstatt. – Helmut Schlaiß (Langenau): *»Die italienische Reise«. Ein fotografisches Abenteuer nach Goethe.* – Dr. Edith Zehm (München): *»›Meine Erfahrungen in dem gegenwärtigen Kriege‹. Tagebuch des Feldzugs mit Herzog Carl August von Weimar«* (Buchvorstellung). – Karl-Heinz Ott: *»Hölderlins Geister«. Eine Gesprächslesung mit dem Autor.* – Dr. Dieter Strauss (München): *Goethes Wanderjahre in Lateinamerika und der Südsee.*

Vest Recklinghausen, Sitz in Marl (gegr. 1999)

Vorsitzender: Dr. Hans-Ulrich Foertsch, Römerstr. 38, 45772 Marl; stellv. Vorsitzende: Hedda Buckendahl, Im Bueschken 1, 45659 Recklinghausen. – Prof. Dr. Rainer M. Holm-Hadulla (Heidelberg): *»Sympathy for the Devil«. Die künstlerische Bewältigung des Bösen am Beispiel von Johann Wolfgang von Goethe und Mick Jagger.* – Dr. Bertold Heizmann (Essen): *Heimkehr als literarisches Thema.* – Dr. Markus Schwering (Leverkusen): *»Ich habe ihn nie gemocht«. Goethe-Feindschaft im 19. und 20. Jahrhundert.* – Dr. Stefan Roggenbuck (Recklinghausen): *Mit Goethe durch das Land der Dichter* *und Denker.* – Hedda Buckendahl (Recklinghausen): *Über den Schriftsteller Christoph Ransmeyer.*

Waldshut, Goethe-Gesellschaft Hochrhein (gegr. 1973, Neugründung 2000)

Vorsitzende: Barbara Falge, Obere Haspelstr. 2 A, 79761 Waldshut-Tiengen; stellv. Vorsitzender: Daniel Leers, Seilerweg 2, 79790 Küssaberg. – Prof. Dr. Jochen Golz (Weimar): *»Hochbeglückt in deiner Liebe«. Die Stimme der Frau in Goethes Dichtung.* – Bernd Rauschenbach (Eldingen), Joachim Kersten (Waldshut): *Gespräch über den unveröffentlichten Briefwechsel von Arno Schmidt und Hans Wollschläger.* – Dr. Regina Dieterle (Zürich/Schweiz): *Zur Biografie Theodor Fontanes.* – *Goethe-Café*: Gespräche über zeitgenössische Literatur mit Gerlinde Münzer und Eva Berberich (beide Waldshut-Tiengen).

Wetzlar (gegr. 1973)

Vorsitzende: Angelika Kunkel, Silhöferstr. 14, 35578 Wetzlar; stellv. Vorsitzender: Thomas Le Blanc, Merianstr. 11, 35578 Wetzlar. – Gertrud Gilbert (Bad Nauheim): *»Kein lieber Stadt als Frankfurt«. Stoltze trifft Goethe.* – Prof. Dr. Gerhard Kurz (Gießen): *Goethe und die Rechtfertigung des Klatsches.* – Barbara Kiem (Freiburg i. Br.): *»Ihr kommet, Winde, fern herüber«. Von Harfen und Äolsharfen.* – Dr. Joachim Seng (Frankfurt a. M.): *Goethe als Brückenbauer zwischen Orient und Okzident.* – Tagesexkursion nach Frankfurt mit Besuch der Gerbermühle und des Willemer-Häuschens. – Dr. Maria-Verena Leistner (Leipzig): *»Der Hut flog mir vom Kopfe«. Auskünfte über Wilhelm Müller.* – Feier von Goethes 270. Geburtstag: *Goethe und der Garten* (Lesung: Harald Pfeiffer, Gießen; Moderation: Dr. Ulrike Enke, Wettenberg). – Oliver Meyer-Ellendt (Wetzlar): *»Und des geschaukelten Betts lieblicher, knarrender Ton«. Goethe als Liebhaber in Poesie und Praxis.* – Exkursion nach Düsseldorf und Bonn (Leitung: Dieter Lehnhardt, Reiskirchen). – Prof. Dr. Helmut Schanze (Aachen): *Erfindung der Romantik.* – Prof. Dr. Helmut Schmiedt (Köln): *Goethe und Karl May.* – Dr. Wolfgang Keul (Asslar): Literarischer Lese- und Gesprächskreis (6 Abende). – Dieter Lehnhardt (Reiskirchen): *Nachlese zur Busreise nach Düsseldorf und Bonn.*

Wuppertal (gegr. 1988)

Vorsitzender: Prof. Dr. Andreas Meier, Bergische Universität Wuppertal, Fakultät 1: Geistes- und Kulturwissenschaften, Germanistik, 42119 Wuppertal.
Es liegt kein Bericht vor.

Freundeskreis des Goethe-Nationalmuseums (gegr. 1982)

Vorsitzender: Dieter Höhnl, Friedensgasse 3 a, 99423 Weimar; stellv. Vorsitzender: Dr. Alf Rößner, Karl-Liebknecht-Str. 5, 99423 Weimar. – Dr. Detlef Ignasiak (Jena): *»Eigentlich bin ich zum Schriftsteller gebohren«.* Theodor Fontane. – Dr. Sylvia Weigelt (Jena): *Der gescheiterte Kurfürst Johann Friedrich I.* – Dr. Ulrike Trenkmann, Dr. Stefan Höppner (beide Weimar): *»Es ist recht schade, daß wir nicht in dunklern Zeiten leben, denn da würde die Nachwelt eine schöne Bibliothek unter meinem Nahmen aufzustellen haben«. Goethes Privatbibliothek.* – Jakobsfriedhof: Kranzniederlegung anlässlich des 200. Todestages von Christian Gottlob von Voigt. – Dr. Gabriele Radecke (Berlin): *Schneiden, Kleben und Skizzieren. Theodor Fontanes Notizbücher.* – Dr. Thomas Schmuck (Weimar): *Blick in Goethes Schubladen. Steine und Fossilien in Goethes Sammlungen zur Erdgeschichte.* – Führung durch die Ausstellung *Ernst Hardt – Ein Weimarer Dichter schreibt Rundfunkgeschichte* durch Dr. Alf Rößner (Weimar). – Dr. Torsten Unger (Erfurt): *»Wo bist du, Faust, des Stimme mir erklang, / Der sich an mich mit allen Kräften drang?«. Auf den Spuren von Faust. Besichtigung von 13 historischen und 27 literarischen Orten* (Buchvorstellung und Vortrag; im Anschluss Sommerfest im Garten von Goethes Haus am Frauenplan). – Dr. Joachim Seng (Frankfurt a. M.): *Goethe als*

Brückenbauer zwischen Orient und Okzident. – Exkursion nach Bonn zur Ausstellung *Goethe. Verwandlung der Welt* sowie Besuch von Gerbermühle, Brentano-Haus in Oestrich-Winkel und Goethe-Museum Düsseldorf. – Dr. Silke Henke (Weimar): *»Faust« neu ediert. Zur historisch-kritischen Hybridausgabe von Goethes Drama.* – *»mit dem Glockenschlag zwölf«* (traditionelle Geburtstagsfeier im Garten von Goethes Haus am Frauenplan); Eckart von der Trenck, Dieter Höhnl (beide Weimar): *»Fröhlich trinken, geistig schreiben«. Goethe und der Wein.* – Prof. Dr. Jan Philipp Reemtsma (Hamburg): *Fast ein Skandal. Wielands große Liebe Christine Hogel.* – Gisela Maul (Weimar): *Goethes Farbenlehre. Experiment und Theorie.* – Zum 200. Geburtstag des Dichters: Fontane-Reise nach Berlin-Brandenburg. – Dr. Francesca Müller-Fabbri (Weimar): *Adele Schopenhauer und die Familie von Goethe. Objekte und Funde.* – Dr. Hilde Woltz (Eisenach): *»Zarten Seelen ist gar viel gegönnt«. Carl Gustav Carus: Arzt, Naturwissenschaftler, Landschaftsmaler, Psychologe und Philosoph.* – Prof. Dr. Detlef Jena (Rockau): *»Das Menschenglück, es ist ein Traum«. Eine Studie zu Goethes Begegnungen mit dem Fürsten Charles Joseph de Ligne, dem »frohesten Mann des Jahrhunderts«, in Weimar und im böhmischen Teplitz* (Vortrag und Buchvorstellung anlässlich des 280. Geburtstags von Anna Amalia). – Besuch der Ausstellung zu Mathilde von Freytag-Loringhoven (Führung: Dr. Jens Riederer, Weimar). – Rotraud Greßler, Michael Göhring (beide Waltershausen): *»Mein heißgeliebter Punschlieddichter«. Eine Hommage auf Friedrich Schiller anlässlich seines 260. Geburtstags.* – Dr. Thomas Schmuck (Weimar): *Goethe und Alexander von Humboldt.* – Dr. Kristin Knebel, Dr. Thomas Schmuck (beide Weimar): Sonderführung durch die Ausstellung *Abenteuer der Vernunft. Goethe und die Naturwissenschaften um 1800.* – Sonderführung durch das Bauhaus-Museum (Führung: Dr. Ulrike Bestgen, Weimar). – Sonderführung durch das Museum Neues Weimar (Führung: Sabine Walter, Weimar). – Günther H.W. Preuße, Rezitation; Jaspar Libuda, Kontrabass (beide Basdorf): *»Wer blos mit der Tinte spielt, / Ist noch lang kein Tintoretto«. Ein musikalisch-literarisches Fontane-Programm.*

Freies Deutsches Hochstift
Frankfurter Goethe-Museum

Direktorin: Prof. Dr. Anne Bohnenkamp-Renken, Großer Hirschgraben 23-25, 60311 Frankfurt a.M. – Ausstellungen: *»Die Schönheit der Sprache jedoch strahlt«. Der Buchkünstler Hermann Rapp (1937-2015).* – *Brücken bauen: Joseph von Hammer-Purgstall zwischen Hafis und Goethe* (in Kooperation mit dem Universalmuseum Joanneum, Graz/Österreich). – *»Poetische Perlen« aus dem »ungeheuren Stoff« des Orients. 200 Jahre Goethes »West-östlicher Divan«* (in Kooperation mit der Klassik Stiftung Weimar). – – Gespräche im Goethe-Haus: Prof. Dr. Ernst Osterkamp (Berlin), Dr. Gustav Seibt (Berlin), Prof. Dr. Anne Bohnenkamp-Renken (Frankfurt a.M.): *Goethe-Annalen 1819.* – Frankfurter HausGespräche zum Thema *Freiheit* (in Kooperation mit der Stiftung Polytechnische Gesellschaft, dem Haus am Dom und dem Literaturhaus Frankfurt): Prof. Dr. Jochen Bär (Vechta), Prof. Dr. Michael Stolleis (Frankfurt a.M.), Prof. Dr. Anne Bohnenkamp-Renken (Frankfurt a.M.): *Zur Geschichte des Freiheitsbegriffs.* – Thorsten Gabler (Frankfurt a.M.), Christian Stückl (Oberammergau): *Schiller heute* (in Kooperation mit dem Gymnasium Riedberg). – Prof. Dr. Tilman Nagel (Göttingen), Prof. Dr. Wolfgang Bock (Frankfurt a.M.): *Orientalistik zwischen Enthusiasmus und Erkenntnis.* – Prof. Dr. Ulrich Wyss (Frankfurt a.M.), Prof. Dr. Jürgen Schläder (München), Norbert Abels (Oberursel), Jens Kilian (Berlin), Moderation: Prof. Dr. Bernd Zegowitz (Frankfurt a.M.): *»Die Frau ohne Schatten«. »Die schönste aller existierenden Opern«.* – – Reihe *Was ist Romantik?* mit folgenden Vorträgen: Prof. Dr. Joseph A. Kruse (Berlin), Prof. Dr. Sandra Kerschbaumer (Jena), Moderation: Prof. Dr. Wolfgang Bunzel (Frankfurt a.M.): *Heinrich Heine und die Romantik.* – Dr. Ulrike Kienzle (Frankfurt a.M.), Michael Gees (Küsnacht/Schweiz) am Flügel und im Gespräch: *Clara Schumann. Weggefährtin, Interpretin und*

Gralshüterin der musikalischen Romantik. – Prof. Dr. Hendrik Birus (München), Prof. Dr. Anne Bohnenkamp-Renken (Frankfurt a. M.): *Goethes »West-östlicher Divan«.* – Dr. Markus Bertsch (Hamburg), Dr. Mareike Hennig (Frankfurt a. M.), Prof. Dr. Michael Thimann (Göttingen): *Von Landschaften, Linien und Konzepten. Gibt es eine Kunst der Romantik?* – – Weltliteratur in Übersetzungen: *Elena Ferrante: »Meine geniale Freundin«* mit der Übersetzerin Karin Krieger (Berlin) und Dr. Jasmin Behrouzi-Rühl (Frankfurt a. M.) (in Kooperation mit dem italienischen Generalkonsulat). – Stefan Weidner (Berlin): *Ibn Arabi.* – – Vorträge und Buchpräsentationen: Hans Eckert (Frankfurt a. M.): *Von Hammersmith nach Weimar. Deutsche Privatpressen und ihre englischen Vorbilder.* – Dr. Renate Moering (Wiesbaden): *Arnim und Bettine. Briefwechsel*, Lesungen: Dr. Jasmin Behrouzi-Rühl und Dr. Konrad Heumann (beide Frankfurt a. M.). – Ursula Marx (Berlin): *Atelier Benjamin. Einblicke in Benjamins Arbeitsweise* (am *Tag für die Literatur*, Literaturland Hessen). – Prof. Dr. David E. Wellbery (Chicago/USA): *Affirmation und Ressentiment. Zur dramatischen Logik von Goethes Egmont.* – Prof. Dr. Ernst Osterkamp (Berlin): *Marienbader Bergschluchten. Goethes »Elegie« und ihr Zusammenhang mit »Faust II«.* – Dr. Michael Knoche (Weimar): *»Tumult im feurigen Gemüte«. Goethe und Nicolai im Wortgefecht.* – Prof. Dr. Wolfgang Bunzel (Frankfurt a. M.): *»Durchdrungen vom Geist seiner Kunst«. Bettine von Arnims Einsatz für Carl Blechen.* – – Lesungen: Dr. Joachim Seng, Lesung: Michael Quast (beide Frankfurt a. M.): *»Man verlor sich gern in dem Gewühl«. Goethes Altstadt und die liebe Verwandtschaft.* – Dr. Jasmin Behrouzi-Rühl, Lesung Katharina Schaaf (beide Frankfurt a. M.) im Badehaus des Brentanohauses in Oestrich-Winkel: *Goethes Zeitreise an Main, Rhein und Euphrat.* – – Liederabende *Lied & Lyrik: Theodor Fontane zum 200. Geburtstag* (Jana Baumeister, Sopran; Christos Pelekanos, Bariton; Suzanne Reeber, Klavier). – *Clara Schumann zum 200. Geburtstag mit Liedern und Texten von Clara und Robert Schumann und Johannes Brahms* (Karola Pavone, Sopran; Sofia Pavone, Mezzosopran; Boris Radulovic, Klavier). – *»West-östlicher Divan« mit Liedern von Schubert, Wolf, Schoeck* und anderen (Elizabeth Reiter, Sopran; Julian Habermann, Tenor; Götz Payer, Klavier). – *»Die Zeit ist ein sonderbar Ding«, Hofmannsthal-Vertonungen von Frank Martin und Richard Strauss* (Thilo Dahlmann, Bassbariton; Hedwig Fassbender, Rezitation; Hedayet Djeddikar, Klavier). – – Sonstiges: Dr. Jasmin Behrouzi-Rühl, Dr. Natascha Bagherpour (beide Frankfurt a. M.): *Bulbuls Nachtlied oder Hudhuds Morgengesang. Was geschah, als Goethe auf Hafis traf?* (in Kooperation mit dem Archäologischen Museum Frankfurt a. M.). – Motettenchor Frankfurt a. M., Lesung: Felix von Manteuffel: *»Ein köstlicher Tag, vom Morgen bis in die Nacht«. Mit Goethe in Venedig.* – Nacht der Museen: *HAFIS. Bridges – Musik verbindet. Persische Musik und Lyrik, Führungen.* – *Klaviermusik der Romantik. Benefizkonzert für das Deutsche Romantik-Museum* mit Bernd Glemser (Baden). – Feier zu Goethes Geburtstag: Dr. Rüdiger Volhard, Prof. Dr. Anne Bohnenkamp-Renken (beide Frankfurt a. M.): *Vortrag und Gespräch zu Marianne von Willemer und Goethe*, Liedvortrag von Katharina Magiera, Alt; Simone Di Felice, Klavier. – Reinhard Pabst (Bad Camberg): *Ein Rundgang durch Adornos Träume.* – Claudia Ott (Göttingen), Vortrag und Lesung; Lieder: Eric Fergusson (München), Bariton; Helmut Schmitt (Emmenhausen), Klavier: *Die arabische Magelone. Ein literarischer Liederabend.* – – Tagung: *»Die Frau ohne Schatten«. Hugo von Hofmannsthals und Richard Strauss' »Schmerzenskind«* (Leitung Prof. Dr. Thomas Betzwieser, Prof. Dr. Bernd Zegowitz, beide Frankfurt a. M.). – – Besuch der Ausstellung *Goethe. Verwandlung der Welt* in der Bundeskunsthalle Bonn. – Sonderführungen zum Thema *Romantische Nachtwachen mit Schopenhauer und Goethe* (Führung: Dr. Thomas Regehly, Frankfurt a. M.).

Goethe-Museum Düsseldorf/
Anton-und-Katharina-Kippenberg-Stiftung

Direktor des Goethe-Museums und Vorstand der Anton-und-Katharina-Kippenberg-Stiftung: Prof. Dr. Christof Wingertszahn, Goethe-Museum, Schloss Jägerhof, Jacobistr. 2, 40211 Düsseldorf. – Prof. Dr. Helmut Schanze (Aachen): *»Warum habt Ihr das getan?«. Goethe, Napoleon und ›die Romantik‹.* – *Goethe: »Die Leiden des jungen Werther«* (in Kooperation mit dem *Jungen Schauspiel* Düsseldorf) (Theateraufführung). – *Tord Gustavsen Trio: The Other Side. Jazz im Goethe-Museum.* – *Aljoscha: Urpflanze* (Ausstellung). – Prof. Dr. Jörg Paulus (Weimar): *»Magnetische Orte«. Jean Pauls physiologische Geographie.* – Prof. Dr. Heinz Rölleke (Wuppertal): *Goethes »Faust«. ›Wette‹ im Himmel, ›Pakt‹ auf Erden, Gretchen, Fausts ›Erlösung‹.* – *Gesprächskultur und Geselligkeit. Friedrich Heinrich Jacobi in Pempelfort zum 200. Todestag* (Ausstellung). – Prof. Dr. Theo Buck (Aachen): *Zwei Stellungnahmen aus Paris. Zu Heinrich Heines Auseinandersetzung mit Madame de Staël.* – Prof. Dr. Marco Versiero (Mailand/Italien): *L'arte della politica nel pensiero di Leonardo da Vinci* (Vortrag in Kooperation mit der Deutsch-Italienischen Gesellschaft Düsseldorf). – *»Faust«-Labor* (Ausstellung). – Claudia Hübbecker (Düsseldorf): *»Warum, liebste Elise, sind Sie nicht in Pempelfort?«. Friedrich Heinrich Jacobi und Elise Reimarus* (Lesung). – Dr. Dr. h.c. mult. Manfred Osten (Bonn): *200 Jahre »West-östlicher Divan«. Zur Aktualität des Goethe'schen Koran-Verständnisses.* – Dr. Gerd Nauhaus (Zwickau): *»Zu Goethe und nach Paris«. Die Jugendtagebücher Clara Schumanns.* – Chor, Orchester und Theatergruppe des Marie-Curie-Gymnasiums Düsseldorf: *Amerika – Makarie. Szenen aus »Wilhelm Meisters Wanderjahre«* (Konzert und Schauspiel). – Prof. Dr. Alexander Nebrig (Düsseldorf): *Hölderlins »Ister« und die Flussdichtung des 18. Jahrhunderts.* – Roger Morelló Ros, Violoncello; Alica Müller, Klavier: *Schumann meets Tango, Klassik im Goethe-Museum.* – Karl-Heinz Keldungs (Düsseldorf): *NS-Prozesse 1945-2015. Eine Bilanz aus juristischer Sicht* (Buchvorstellung in Kooperation mit dem Verlag Edition Virgines). – *»Was die Welt im Innersten zusammenhält«* (Ausstellung und Vortrag). – Goethe-Sommerfest zum 270. Geburtstag (mit musikalisch-literarischem Programm): Helmut Schlaiß im Gespräch mit Dr. Barbara Steingießer: *Italienische Reise. Ein fotografisches Abenteuer auf Goethes Spuren* (Ausstellung und Gespräch). – Prof. Dr. Heinz Rölleke (Wuppertal): *»O wie fühl' ich in Rom mich so froh!«. Goethe und Italien.* – Theater-AG des Marie-Curie-Gymnasiums unter Leitung von Rebekka Bolz: *»Amerika, du hast es besser«. Szenen aus »Wilhelm Meisters Wanderjahre«* (Schauspiel), *Wolf Doldinger & Best Friends* (Musik). – *Yaron Herman Trio: Songs of the Degrees. Jazz im Goethe-Museum.* – Guido Schiefen (Violoncello): *Klassik im Goethe-Museum.* – Dr. Dr. h.c. mult. Manfred Osten (Bonn): *Goethe und Alexander von Humboldt.* – *»Wo wir hinschauen Ideenausschlachter«. Die internationale und intermediale Thomas-Bernhard-Rezeption* (Tagung in Kooperation mit der Heinrich-Heine-Universität Düsseldorf). – *Wolf Doldinger & Best Friends: Jazz im Goethe-Museum.* – Prof. Dr. Herbert Zeman (Wien/Österreich): Vortrag und Lesung; Teresa-Sophie Puhrer, Sopran; Julius Zeman, Klavier: *Goethe trifft Beethoven.* – *Farbenlehre for Fashion! AKRIS & Goethe* (Ausstellung). – Prof. Dr. Hans-Georg Pott (Düsseldorf): *Die Chemie stimmt (oder nicht). Goethes »Wahlverwandtschaften«.* – Denis Scheck (Köln): *»Schecks Kanon. Die 100 wichtigsten Werke der Weltliteratur«* (Buchvorstellung). – Dr. Hanna Lund (Frankfurt/O.): *Von Musen und Fischweibern. Goethe-Debatten in Berliner Salons.* – Prof. Dr. Ion Aurel Pop (Bukarest/Rumänien): *The Historical Specificity of Transsylvania. Some Considerations* (Vortrag in rumänischer Sprache mit englischer Übersetzung). – *Herausforderungen der Pflanzenforschung im Kontext des Klimawandels* (Panel-Diskussion des Exzellenzclusters für Pflanzenforschung, CEPLAS). – Alexandra von der Weth, Gesang; Roland Techet, Klavier: *»West-östlicher Divan«: Persien. Eine Reise durch Musik und Literatur* (Konzert). – Klavierstudio Koyama (Meerbusch): *Klavierkonzert mit Gedichten von Goethe.* – Prof. Dr. Ulrich Joost (Darmstadt): *»Rhythmisch bequem«. Metrische und graphische Scherze in Johann Christian Günthers Gedichten.*

Ausschreibungstext zur Vergabe von Werner-Keller-Stipendien

Die Goethe-Gesellschaft in Weimar fördert durch Stipendien, die wir überwiegend privaten Spenden von Mitgliedern und Freunden unserer Gesellschaft verdanken, wissenschaftliche Projekte, die der Erforschung von Leben und Werk Goethes und der Zeit der deutschen Klassik dienen, die Rezeption des Dichters und seiner Epoche zum Gegenstand haben oder sich einer entsprechenden Übersetzung widmen.

Besondere Verdienste um das Stipendienprogramm hat sich der Ehrenpräsident der Goethe-Gesellschaft Prof. Dr. Werner Keller, von 1991 bis 1999 deren Präsident, erworben, so dass das Stipendienprogramm seit 2010 Werner-Keller-Stipendienprogramm heißt.

Bedingungen

Voraussetzung für die Bewerbung um ein Werner-Keller-Stipendium ist die Arbeit an einer akademischen Abschlussarbeit, Dissertation, Habilitation oder Übersetzung.

Das Stipendium beträgt 1000 € monatlich. Vergeben werden im Allgemeinen dreimonatige Stipendien. Regelungen zur Übernahme der Reisekosten werden individuell vereinbart.

Die Goethe-Gesellschaft vermittelt den Stipendiaten ein Einzelzimmer. Der vom Stipendiaten zu begleichende Mietanteil beträgt je nach der vermittelten Unterkunft 100 bis 200 €. Unabdingbar ist eine gültige Auslandskrankenversicherung, die vom Stipendiaten rechtzeitig vor der Reise im Heimatland abzuschließen ist.

Die Goethe-Gesellschaft ermöglicht die Publikation besonders qualifizierter Abhandlungen im Goethe-Jahrbuch. Von den Stipendiaten wird ein kurzer Abschlussbericht über ihre Tätigkeit erwartet. Gebeten sei zudem, bei einer Publikation der Ergebnisse auf die Förderung durch die Goethe-Gesellschaft hinzuweisen.

Arbeitsmöglichkeiten

Stipendiaten der Goethe-Gesellschaft können im Goethe- und Schiller-Archiv, im Goethe-Nationalmuseum und in der Herzogin Anna Amalia Bibliothek arbeiten. Zudem stehen die Bestände des Landesarchivs Thüringen – Hauptstaatsarchivs Weimar, der Hochschule für Musik »Franz Liszt« und der Bauhaus-Universität Weimar (Sammlungen, Bibliotheken) für Forschungsarbeiten zur Verfügung.

Bewerbungen

Anträge für die Vergabe des Werner-Keller-Stipendiums sind zu senden an:

Dr. Petra Oberhauser
Geschäftsführung Goethe-Gesellschaft
Burgplatz 4
99423 Weimar.

(Telefon: 03643–202050 Fax: 03643–202061
e-mail: goetheges@aol.com www.goethe-gesellschaft.de)

Die Bewerbungsunterlagen sollten bestehen aus einer ausführlichen Projektbeschreibung, einem kurzen Lebenslauf, der die wissenschaftliche Entwicklung erkennen lässt, zwei Beurteilungen und einer Publikationsliste.

Die Bewerbung ist bis zum 30. September für das jeweils folgende Jahr einzureichen.

Die Mitarbeiter dieses Bandes

Prof. Dr. Jeremy Adler, 41 Mapesbury Road, London NW2 4HJ, Großbritannien
jeremy.adler@kcl.ac.uk

Prof. Dr. Frieder von Ammon, Universität Leipzig, Institut für Germanistik, Beethovenstraße 15, 04107 Leipzig
frieder.vonAmmon@gmx.net

Prof. Dr. Hans Richard Brittnacher, Goltzstraße 34, 10781 Berlin
brittnacher21@aol.com

Dr. Héctor Canal Pardo, Klassik Stiftung Weimar, Goethe- und Schiller-Archiv, Burgplatz 4, 99423 Weimar
hector.canalpardo@klassik-stiftung.de

Christina Clausen, Goethe-Universität Frankfurt, LOEWE Research Cluster, Architectures of Order, Senckenberganlage 31, 60325 Frankfurt a. M.
christina.clausen@tu-darmstadt.de

Prof. Dr. Alessandro Costazza, Università degli Studi di Milano, Dipartimento di Lingue e Letterature straniere, Piazza S. Alessandro 1, 20123 Milano, Italien
alessandro.costazza@unimi.it

Prof. Dr. Sabine Doering, Carl-von-Ossietzky-Universität Oldenburg, Institut für Germanistik, Postfach, 26111 Oldenburg
sabine.doering@uni-oldenburg.de

Prof. Dr. Sebastian Donat, Leopold-Franzens-Universität Innsbruck, Institut für Vergleichende Literaturwissenschaft, Innrain 52, 6020 Innsbruck, Österreich
dekan-philkult@uibk.ac.at

Dr. Jutta Eckle, Klassik Stiftung Weimar, Goethe- und Schiller-Archiv, Burgplatz 4, 99423 Weimar
jutta.eckle@klassik-stiftung.de

Dr. Klaus Eggensperger, Universidade Federal do Paraná, Departamento de Letras Estrangeiras Modernas, rue General Carneiro, 460, 80060-150 Curitiba, Brasilien
klausegge@gmail.com

Prof. Dr. Werner Frick, Albert-Ludwigs-Universität Freiburg, Deutsches Seminar – Neuere Deutsche Literatur, Platz der Universität 3, 79085 Freiburg i. Br.
werner.frick@germanistik.uni-freiburg.de

Dr. Simon Friedland, 5528 S. Hyde Park Blvd., Apt. 602, Chicago, IL 60637, USA
simonfriedland1@gmail.com

Dr. Jakob Gehlen
gehlen@posteo.de

Prof. Dr. Dr. h.c. Jochen Golz, Goethe-Gesellschaft in Weimar e.V., Burgplatz 4, 99423 Weimar
goetheges@aol.com

Prof. Dr. Rüdiger Görner, Queen Mary University of London, Mile End Road/Arts one Building, London E1 4NS, Großbritannien
r.goerner@qmul.ac.uk

Arin Haideri, Universität Bielefeld, Fakultät für Linguistik und Literaturwissenschaft, Postfach 100131, 33501 Bielefeld
arin.haideri@uni-bielefeld.de

Prof. Dr. Peter Hanenberg, Universidade Católica Portugesa, Católica Doctoral School, Palma de Cima 1649-023 Lisboa, Portugal
hanenberg@fch.lisboa.ucp.pt

Dr. Alexandra Heimes, Leibniz-Zentrum für Literatur- und Kulturforschung, Schützenstraße 18, Raum 321, 10117 Berlin
heimes@zfl-berlin.org

PD Dr. Jutta Heinz, Goethe-Wörterbuch, Arbeitsstelle Tübingen, Frischlinstraße 7, 72074 Tübingen
jutta.heinz@adw.uni-heidelberg.de

PD Dr. Michael Jaeger, Käthe-Niederkirchner-Straße 13, 10407 Berlin
asmljaeger@aol.com

Prof. Dr. Christoph Jamme, Leuphana Universität Lüneburg, Institut für Philosophie und Kunstwissenschaft, Universitätsallee 1, UC5.210, 21335 Lüneburg
jamme@uni.leuphana.de

Dr. Johannes John, Bayerische Akademie der Wissenschaften, Neuere deutsche Literatur, Alfons-Goppel-Straße 11, 80539 München
ndl.john@ndl.badw.de

Dr. Jan Kerkmann, Albert-Ludwigs-Universität Freiburg, Philosophisches Seminar, Platz der Universität 3, 79085 Freiburg i. Br.
jan.kerkmann@philosophie.uni-freiburg.de

Prof. Dr. Arne Klawitter, Waseda Universität, School of Letters, Toyama 1-24-1, Shinjuku-ku, 162-8644, Tokyo, Japan
arne.klawitter@web.de

PD Dr. Christian Klein, Bergische Universität Wuppertal, Fakultät für Geistes- und Kulturwissenschaften, Neuere deutsche Literaturgeschichte, Gaußstraße 20, 42119 Wuppertal
chklein@uni-wuppertal.de

Prof. Dr. Andreas Kleinert, Martin-Luther-Universität Halle-Wittenberg, Institut für Physik, 06099 Halle/Saale
andreas.kleinert@physik.uni-halle.de

Werner Kohlert, Hospitalstraße 13, 01097 Dresden
hkohlert@web.de

PD Dr. Matthias Löwe, Friedrich-Schiller-Universität Jena, Institut für Germanistische Literaturwissenschaft, Fürstengraben 18, 07743 Jena
matthias.loewe@uni-jena.de

Prof. Dr. Bernhard Maaz, Bayerische Staatsgemäldesammlungen, Barerstraße 29, 80799 München
gd@pinakothek.de

Prof. Dr. Waltraud Maierhofer, 3832 County Down Lane, North Liberty, IA 52317, USA
waltraud-maierhofer@uiowa.edu

Dr. Petra Maisak, Am Elisabethenbrunnen 1, 61348 Bad Homburg
pb.maisak@gmail.com

Prof. Dr. Dieter Martin, Albert-Ludwigs-Universität Freiburg, Deutsches Seminar – Neuere Deutsche Literatur, Platz der Universität 3, 79085 Freiburg i. Br.
dieter.martin@germanistik.uni-freiburg.de

Prof. Dr. Stefan Matuschek, Friedrich-Schiller-Universität Jena, Institut für Germanistische Literaturwissenschaft, Fürstengraben 18, 07743 Jena
stefan.matuschek@uni-jena.de

Prof. Dr. Marcus Vinicius Mazzari, Universidade de São Paulo, Departamento de Teorie Literária e Literatura Comparada, Av. Prof. Luciano Gualberto, 403, 05508-900 São Paulo S. P., Brasilien
marcusmazzari@hotmail.com

Prof. Dr. Peter Noelke, Rilkestraße 50, 53225 Bonn
noelke.cp@gmx.de

Dr. Gerhard Müller, In der Doberau 11, 07749 Jena
x7muge@gmx.de

Dr. Petra Oberhauser, Goethe-Gesellschaft in Weimar e. V., Burgplatz 4, 99423 Weimar
goetheges@aol.com

Dr. Dr. h. c. mult. Manfred Osten, Weißdornweg 23, 53177 Bonn
manfred.osten@t-online.de

Prof. Dr. Ernst Osterkamp, Heimat 35, 14165 Berlin
ernst.osterkamp@rz.hu-berlin.de

Dr. Clemens Özelt, Universität Zürich, Deutsches Seminar, Schönberggasse 2, 8001 Zürich, Schweiz
clemens.oezelt@uzh.ch

Dr. Sophie Picard, Aix-Marseille-Université, Faculté des arts, langues, lettres, sciences humaines, Département d'études germaniques, 29 avenue Robert Schuman, 13621 Aix-en-Provence, Frankreich
sophie.picard@univ-amu.fr

Prof. Dr. Bodo Plachta, Niesertstraße 34, 48145 Münster
b.plachta@t-online.de

Prof. Dr. Hartmut Reinhardt, Universität Trier, Fachbereich II – Germanistik, 54286 Trier
ha.reinhardt@t-online.de

Prof. Dr. Carsten Rohde, Sun Yat-sen University, School of Foreign Languages, German Department, 135 Xingang West Road, Guangzhou 510275, China
rohde@mail.sysu.edu.cn

Dr. Elisa Ronzheimer, Universität Bielefeld, Fakultät für Linguistik und Literaturwissenschaft, Postfach 10 01 31, 33501 Bielefeld
elisa.ronzheimer@uni-bielefeld.de

Dr. Reto Rössler, Europa-Universität Flensburg, Institut für Sprache, Literatur und Medien, Auf dem Campus 1, OSL 133, 24943 Flensburg
Reto.Roessler@uni-flensburg.de

Dr. Jens Ole Schneider, Friedrich-Schiller-Universität Jena, Institut für Germanistische Literaturwissenschaft, Fürstengraben 18, 07743 Jena
jens.ole.schneider@uni-jena.de

Dr. Svitlana Shkvarchuk, Straße Entusiastiv 7, 180, 58032 Czernowitz, Ukraine
svitlana.czernowitz@gmail.com

Prof. Dr. Jürgen Trabant, Krampasplatz 4 b, 14199 Berlin
trabant@zedat.fu-berlin.de

Dr. Michael Veeh, Universität Regensburg, Institut für Germanistik, Lehrstuhl für Ältere deutsche Literatur, Universitätsstraße 31, 93053 Regensburg
Michael.Veeh@gmail.com

Ass.-Prof. Dr. Paula Wojcik, Universität Wien, Institut für Europäische und Vergleichende Sprach- und Literaturwissenschaft, Sensengasse 3 a, 1090 Wien, Österreich
paula.wojcik@univie.ac.at

Dr. Margrit Wyder, Friedhofstraße 50, Zürich, Schweiz
margrit.wyder@uzh.ch

Dr. Edith Zehm, Andechser Straße 6 B, 82205 Gilching
ezehm@germanistik.uni-muenchen.de

Prof. Dr. Carsten Zelle, Schinkelstraße 13, 44801 Bochum
carsten.zelle@rub.de

Siglen-Verzeichnis

AS	Goethes Amtliche Schriften. Veröffentlichung des Staatsarchivs Weimar. Bd. I: 1776-1786. Hrsg. von Willy Flach. Weimar 1950. Bd. II. Bearbeitet von Helma Dahl. 1. Halbbd.: 1788-1797. Weimar 1968. 2. Halbbd.: 1798-1819. Weimar 1970. Bd. III: Erläuterungen zu den Schriften 1788-1819. Bearbeitet von Helma Dahl. Weimar 1972. Bd. IV: Register. Bearbeitet von Helma Dahl. Weimar 1987.
BuG	Goethe: Begegnungen und Gespräche. Hrsg. von Ernst Grumach u. Renate Grumach. [Ab Bd. III:] Begründet von Ernst Grumach u. Renate Grumach. Hrsg. von Renate Grumach. Berlin 1965 ff.
DWb	Deutsches Wörterbuch. Begr. von Jacob und Wilhelm Grimm. 33 Bde. Leipzig 1854-1962. Nachdruck München 1984.
FA	Johann Wolfgang Goethe: Sämtliche Werke. Briefe, Tagebücher und Gespräche. 40 Bde. (in 45). Hrsg. von Friedmar Apel u. a. Frankfurt a. M. u. Berlin 1985-2013 [Frankfurter Ausgabe].
GB	Johann Wolfgang Goethe: Briefe. Historisch-kritische Ausgabe. Im Auftrag der Klassik Stiftung Weimar/Goethe- und Schiller-Archiv [seit 2015] in Verbindung mit der Sächsischen Akademie der Wissenschaften zu Leipzig u. der Mainzer Akademie der Wissenschaften und der Literatur hrsg. von Georg Kurscheidt, Norbert Oellers u. Elke Richter. Bd. 1,I/II ff. Berlin 2008 ff. [seit 2014 Berlin, Boston].
Goethe-Handbuch	Goethe-Handbuch. 5 Bde. Hrsg. von Bernd Witte, Theo Buck, Hans-Dietrich Dahnke, Regine Otto und Peter Schmidt. Stuttgart, Weimar 1996-1999. Supplemente: Bd. 1: Musik und Tanz in den Bühnenwerken. Hrsg. von Gabriele Busch-Salmen unter Mitarbeit von Benedikt Jeßing. Stuttgart, Weimar 2008; Bd. 2: Naturwissenschaften. Hrsg. von Manfred Wenzel. Stuttgart, Weimar 2012; Bd. 3: Kunst. Hrsg. von Andreas Beyer u. Ernst Osterkamp. Stuttgart, Weimar 2011.
GJb	Goethe-Jahrbuch (auch für alle anders lautenden Titel des Jahrbuchs). Weimar 1880 ff.
Gespräche	Goethes Gespräche. Eine Sammlung zeitgenössischer Berichte aus seinem Umgang. Auf Grund der Ausgabe und des Nachlasses von Flodoard Freiherrn von Biedermann ergänzt und hrsg. von Wolfgang Herwig. 5 Bde. Zürich, Stuttgart, Bd. 4-5: Zürich, München 1965-1987.
GT	Johann Wolfgang Goethe: Tagebücher. Historisch-kritische Ausgabe. Im Auftrag der Klassik Stiftung Weimar hrsg. von Jochen Golz unter Mitarbeit von Wolfgang Albrecht, Andreas Döhler und Edith Zehm. [Ab Bd. VI:] Im Auftrag der Klassik Stiftung Weimar hrsg. vom Goethe- und Schiller-Archiv. Bd. I ff. Stuttgart, Weimar 1998 ff.
GWb	Goethe-Wörterbuch. Hrsg. von der Berlin-Brandenburgischen Akademie der Wissenschaften, der Akademie der Wissenschaften in Göttingen und der Heidelberger Akademie der Wissenschaften. Bd. 1 ff. Berlin, Stuttgart 1978 ff.
HA Briefe	Goethes Briefe. 4 Bde. Hrsg. von Karl Robert Mandelkow und Bodo Morawe. Hamburg 1962-1965.
HA Briefe an Goethe	Briefe an Goethe. 2 Bde. Hrsg. von Karl Robert Mandelkow. Hamburg 1965-1969.

LA Goethe. Die Schriften zur Naturwissenschaft. Vollständige mit Erläuterungen versehene Ausgabe im Auftrage der Deutschen Akademie der Naturforscher Leopoldina. Begr. von Lothar Wolf und Wilhelm Troll. Hrsg. von Dorothea Kuhn, Wolf von Engelhardt und Irmgard Müller. Abt. I: Texte. 11 Bde. Weimar 1947-1970. Abt. II: Ergänzungen und Erläuterungen. 10 Bde. (in 18 Teilbden). Weimar 1959-2011. Abt. III: Verzeichnisse und Register. Weimar 2014-2019 [Leopoldina-Ausgabe].

MA Johann Wolfgang Goethe: Sämtliche Werke nach Epochen seines Schaffens. Münchner Ausgabe. 21 Bde. (in 33). Hrsg. von Karl Richter in Zusammenarbeit mit Herbert G. Göpfert, Norbert Miller, Gerhard Sauder und Edith Zehm. München 1985-1998 [Münchner Ausgabe].

RA Briefe an Goethe. Gesamtausgabe in Regestform. Hrsg. Karl-Heinz Hahn, Redaktor Irmtraut Schmid. [ab Bd. 6:] hrsg. von der Stiftung Weimarer Klassik, Goethe- und Schiller-Archiv, [ab Bd. 8:] hrsg. von der Klassik Stiftung Weimar, Goethe- und Schiller-Archiv. Bd. 1 ff. Weimar 1980 ff.

SchrGG Schriften der Goethe-Gesellschaft. Weimar 1885 ff.

SNA Schillers Werke. Nationalausgabe. 1940 begründet von Julius Petersen. Fortgeführt von Lieselotte Blumenthal, Benno von Wiese, Siegfried Seidel. Hrsg. im Auftrag der Klassik Stiftung Weimar und des Schiller-Nationalmuseums in Marbach von Norbert Oellers. 40 Bde. Weimar 1943 ff.

WA Goethes Werke. Hrsg. im Auftrage der Großherzogin Sophie von Sachsen. 143 Bde. Weimar 1887-1919. Nachdruck München 1987. [nebst] Bd. 144-146: Nachträge und Register zur IV. Abt.: Briefe. Hrsg. von Paul Raabe. Bde. 1-3. München 1990 [Weimarer Ausgabe].

Abbildungsnachweis

Beitrag Rüdiger Görner

Abb. 1	Statens Museum for Kunst, København

Beitrag Héctor Canal, Jutta Eckle

Abb. 1	https://ores.klassik-stiftung.de/ords/f?p=408:1:16208016401261; 15.10.2020
Abb. 2 u. 3	Klassik Stiftung Weimar, Goethe- und Schiller-Archiv, GSA 28/746, St. XX

Beitrag Werner Kohlert

Abb. 1	Privatbesitz Foto: © Frank Höhler

Beitrag Christian Klein

Abb. 1	Franziska Walther: *Werther reloaded.* Mannheim: Kunstanstifter 2016, S. 44 f. © kunstanstifter/Franziska Walther

Aus dem Leben der Goethe-Gesellschaft

In memoriam

Porträt Karl Otto Conrady	Foto: © Thilo Schmülgen
Porträt Hans-Dietrich Dahnke	Foto: privat
Porträt Hans Reiss	Foto: privat
Porträt Jochen Schmidt	Foto: © Ute Schmidt-Berger
Porträt Yan Baoyu	Foto: privat
Porträt Theodore Ziolkowski	Foto: © Robert Matthews

Manuskripthinweise

1 Manuskripte (Zeilenabstand 1,5, Schrifttyp Arial, Schriftgröße 12 Punkt, einseitig beschrieben) senden Sie bitte per E-Mail an:

Dr. Petra Oberhauser
goetheges@aol.com.

Abhandlungen sollten 30.000 Zeichen (inkl. Leerzeichen) nicht überschreiten. Bei Rezensionen wird der gewünschte Umfang dem Autor bei Vergabe der Rezension mitgeteilt.
Bitte beachten Sie, dass Teile aus Dissertationen nicht im Jahrbuch veröffentlicht werden.

2 Der Name des Verfassers steht bei Abhandlungen in Versalien über der Hauptüberschrift, bei Rezensionen kursiv unter dem Text.

3 a Absätze werden durch Einzug gekennzeichnet, größere Sinnabschnitte durch eine Leerzeile.

3 b Vers- und Prosazitate (Primär- und Sekundärliteratur) von vier und mehr Zeilen werden in der Regel durch Einrückung hervorgehoben. Anführungszeichen entfallen dann.

4 Titel von Büchern, Aufsätzen, Zeitschriften, Zeitungen etc. werden im Text und in den Anmerkungen kursiv und ohne Anführungszeichen wiedergegeben. Ausnahme: Anführungszeichen werden benötigt bei Zitaten oder Titeln im Titel – Beispiel: Herman Meyer: *»Zarte Empirie«. Studien zur Literaturgeschichte*. Stuttgart 1963. Vgl. auch die Beispiele unter Punkt 12.

5 a Kürzere Zitate werden im Text und in den Anmerkungen durch »Anführungszeichen« kenntlich gemacht.

5 b Zitate innerhalb von Zitaten werden durch ›einfache Anführungszeichen‹ gekennzeichnet.

5 c Goethe-Zitate, die mit im Siglenverzeichnis des Goethe-Jahrbuchs genannten Werkausgaben belegt werden können, werden im Anschluss an das Zitat im Haupttext nachgewiesen; alle anderen Zitate werden in den Anmerkungen nachgewiesen.

6 a Stellen, die der Autor eines Beitrags hervorheben möchte, sind zu kursivieren. Sie erscheinen dann auch in der Druckfassung kursiv.

6 b Sind Hervorhebungen in einem Zitat im Original durch Sperrung gekennzeichnet, bleibt die Sperrung auch in der Druckfassung erhalten. Bitte kennzeichnen Sie diese Stellen im Manuskript durch eine unterbrochene Linie.

7 Auslassungen in Zitaten werden durch eckige Klammern [...] gekennzeichnet.

8 a Die Anmerkungen erscheinen im Jahrbuch als Fußnoten, im Manuskript als Endnoten. Die Anmerkungszahlen sind automatisiert einzufügen. Sie werden hochgestellt, nicht mit Klammern versehen.

8 b Eine Anmerkungszahl, die sich auf einen Satz oder Teilsatz bezieht, steht nach dem jeweiligen Satzzeichen (Punkt, Komma etc.). Eine Anmerkungszahl, die sich auf ein Wort oder eine Wortgruppe innerhalb eines Satzes bezieht, steht unmittelbar hinter dem Wort oder der Wortgruppe.

8 c Absätze in den Anmerkungen sollten möglichst vermieden werden; stattdessen kann ein neuer Abschnitt durch einen Gedankenstrich vom vorherigen abgesetzt werden.

8 d Die Anmerkungen beginnen mit einem Großbuchstaben und enden mit einem Punkt. Namen von Autoren, Herausgebern oder Bearbeitern werden nicht hervorgehoben.

9 Allgemeine bibliographische Begriffe werden abgekürzt (z. B.: Bd., Diss., Hrsg., hrsg. von, Jb., Jg., Nr., S., V., Zs. usw.).

10 Die verwendete Goethe-Ausgabe wird mit der entsprechenden Sigle im direkten Zitatanschluss nachgewiesen (z. B.: WA I, 5.1, S. 100; vergleichbar wird verfahren bei FA, LA, MA). Die Auflösung der Siglen erfolgt generell über ein Siglen-Verzeichnis am Ende des Jahrbuchs.

11 Wird ein Titel wiederholt zitiert, erscheint lediglich der Nachname des Autors mit Verweis auf diejenige Stelle, an der er vollständig genannt ist:

Vulpius (Anm. 10), S. 132 f.

12 Für die Zitierweise in den Anmerkungen gelten folgende Beispiele:

Belagerung von Maynz (MA 14, S. 517-557).

René Jacques Baerlocher: *Nachwort*. In: *»Das Kind in meinem Leib«. Sittlichkeitsdelikte und Kindsmord in Sachsen-Weimar-Eisenach unter Carl August. Eine Quellenedition 1777-1786*. Hrsg. von Volker Wahl. Mit einem Nachwort von René Jacques Baerlocher. Weimar 2004, S. 331-504.

Katharina Mommsen: *Goethe und die arabische Welt*. Frankfurt a. M. 1988, S. 86 f.

Vgl. Reinhart Koselleck: *Goethes unzeitgemäße Geschichte*. In: GJb 1993, S. 27-39; hier S. 28.

Margarethe Beckurts: *Zur Bedeutung der Novelle in Goethes »Wahlverwandtschaften«*. In: *Zs. für deutsche Philologie* 103 (1984), Sonderheft, S. 75 f.

Peter Michelsen: *Fausts Erblindung*. In: *Aufsätze zu Goethes »Faust II«*. Hrsg. von Werner Keller. Darmstadt 1992, S. 345-356.

Heinrich Voß an Charlotte von Schiller, 12.11.1809; zit. nach Härtl (Anm. 4), S. 73.

Bitte verwenden Sie statt der Angabe ff. stets die konkreten Seiten- bzw. Verszahlen. Anstelle von »a. a. O.« verwenden Sie bitte den Hinweis »Autorname bzw. Kurztitel (Anm. xx)«.

13 Die Autoren erhalten eine PDF-Datei des gedruckten Beitrags.

Goethe-Gesellschaft in Weimar e. V.
Herrn Prof. Dr. Stefan Matuschek
Präsident der Goethe-Gesellschaft
Burgplatz 4
99423 Weimar

Jahrbuch-Pate

Ich möchte die Goethe-Jahrbücher 2021, 2022 und 2023 mit einer Patenschaft fördern. Dafür dankt die Goethe-Gesellschaft den Jahrbuch-Paten namentlich am Anfang eines jeden geförderten Jahrbuchs.

Name, Vorname: ______________________________

Adresse: ______________________________

____

Hiermit ermächtige ich die Goethe-Gesellschaft in Weimar bis auf Widerruf, von meinem Konto mittels SEPA-Lastschrift den angekreuzten Betrag abzubuchen:

☐ 300,– € zum 31.3.2022 (eine Spendenbescheinigung geht Ihnen zu)

☐ jeweils 100,– € zum 31.3.2022, zum 31.3.2023 und zum 31.3.2024

☐ Bitte senden Sie mir jährlich eine Spendenbescheinigung.

Meine Kontoverbindung lautet:

Kreditinstitut: ______________________________

IBAN: ______________________________

BIC: ______________________________

______________________________ ______________________________

Ort, Datum Unterschrift

Wir bitten zu beachten:

Voraussetzung für die Lieferung des Goethe-Jahrbuchs ist die Entrichtung des Mitgliedsbeitrags von 60 € (Schüler, Studenten, Arbeitslose und Ehepartner eines Mitglieds 20 €).

Der Mitgliedsbeitrag ist bis zum 31. März des jeweiligen Kalenderjahres fällig. Es wird gebeten, ihn auf eines der folgenden Konten zu überweisen:

Sparkasse Mittelthüringen
IBAN: DE37 8205 1000 0301 0040 48
BIC: HELADEF1WEM

oder Postgiroamt Frankfurt a. M.
IBAN: DE19 5001 0060 0118 8196 01
BIC: PBNKDEFF

oder Deutsche Bank – Filiale Weimar
IBAN: DE21 8207 0024 0282 7111 00
BIC: DEUTDEDBERF

oder per Bankscheck an die Geschäftsstelle der Goethe-Gesellschaft in Weimar.

Spenden für die Tätigkeit der Goethe-Gesellschaft erbitten wir auf eines der obengenannten Konten.

Anschriftenänderungen: Wir bitten Sie, jede Anschriftenänderung der Geschäftsstelle der Goethe-Gesellschaft, Postfach 2251, 99403 Weimar,
Telefon: 03643 – 202050, Fax: 03643 – 202061, e-mail: goetheges@aol.com mitzuteilen.

Anträge auf Mitgliedschaft können formlos an die Geschäftsstelle gerichtet werden. Jeder Goethefreund ist herzlich willkommen!

Bitte informieren Sie sich auch über unsere Gesellschaft unter
www.goethe-gesellschaft.de
und abonnieren Sie dort unseren kostenlosen Newsletter.